U0118916

Yilin Classics

АЛЕКСАНДР ИСАЕВИЧ
СОЛЖЕНИЦЫН

经/典/译/林

# Раковый корпус

# 癌症楼

[俄罗斯] 亚历山大·索尔仁尼琴　著

姜明河　译

译林出版社

图书在版编目（CIP）数据

癌症楼 ／（俄罗斯）索尔仁尼琴著；姜明河译. —
南京：译林出版社，2022.8
（经典译林）
ISBN 978-7-5447-9225-7

Ⅰ.①癌… Ⅱ.①索…②姜… Ⅲ.①长篇小说－俄
罗斯－现代 Ⅳ.①I512.45

中国版本图书馆 CIP 数据核字（2022）第 099326 号

著作权合同登记号　图字：10-2021-438 号

癌症楼　［俄罗斯］亚历山大·索尔仁尼琴／著　姜明河／译

责任编辑　　金　薇
特约编辑　　李玲慧
装帧设计　　陈天岷
校　　对　　孙玉兰
责任印制　　颜　亮

原文出版　YMCA-PRESS, Париж, 1968 г.
出版发行　译林出版社
地　　址　南京市湖南路 1 号 A 楼
邮　　箱　yilin@yilin.com
网　　址　www.yilin.com
市场热线　025-86633278
排　　版　南京展望文化发展有限公司
印　　刷　南京新世纪联盟印务有限公司
开　　本　880 毫米 ×1240 毫米　1/32
印　　张　16
插　　页　4
版　　次　2022 年 8 月第 1 版
印　　次　2022 年 8 月第 1 次印刷
书　　号　ISBN 978-7-5447-9225-7
定　　价　78.00 元

　　他借助作品中的道德力量，继承了俄罗斯文学不可或缺的传统。

——瑞典学院

# CONTENTS · 目录

## 第 一 部

# 第 二 部

# 主要人物表

## 主人公

奥列格·菲利蒙诺维奇·科斯托格洛托夫——被鲁萨诺夫私下称作"啃骨者"。

薇拉·科尔尼利耶夫娜·汉加尔特——日耳曼人，放射科医生。昵称：薇罗奇卡、薇加、薇鲁霞。

卓娅——医学院学生，在癌症楼实习。昵称：卓英卡。

## 鲁萨诺夫一家

帕维尔·尼古拉耶维奇·鲁萨诺夫——现年四十五岁，癌症楼病患。昵称：帕沙、帕申卡、帕西克。

卡皮托利娜·马特维耶夫娜·鲁萨诺娃——帕维尔·尼古拉耶维奇·鲁萨诺夫的妻子。昵称：卡帕。

尤里·帕夫洛维奇·鲁萨诺夫——帕维尔·尼古拉耶维奇·鲁萨诺夫的长子。昵称：尤拉。

阿维叶塔·帕夫洛夫娜·鲁萨诺娃——帕维尔·尼古拉耶维奇·鲁萨诺夫的长女。昵称：阿拉、阿尔卡。

拉夫连季·帕夫洛维奇·鲁萨诺夫——帕维尔·尼古拉耶维奇·鲁萨诺夫的次子。昵称：拉夫里克。

**玛伊雅·帕夫洛夫娜·鲁萨诺娃**——帕维尔·尼古拉耶维奇·鲁萨诺夫的次女。昵称：玛伊卡。

## 医院的其他医护和工作人员

**柳德米拉·阿法纳西耶夫娜·东佐娃**——放射科主任医师。昵称：柳霞、柳多奇卡。

**尼扎穆特金·巴赫拉莫维奇**——院长。

**米塔**——日耳曼人，癌症楼的护士。昵称：米塔奇卡。

**玛丽亚**——乌克兰族，癌症楼的护士，个子挺高但很干瘦，皮肤黝黑，常常神情忧郁。丈夫跑了，留她独自抚养孩子。

**内利娅**——护理员，原先扫地，后来管送饭。

**伊丽莎白·阿纳托利耶夫娜·杜扎尔斯卡娅**——护理员，放射科的清洁工，爱看法文书籍，丈夫遭到流放。昵称：丽扎、丽丽娅。

**奥林皮阿达·弗拉季斯拉沃夫娜**——护士，上了年纪，看上去体态端庄，很有风度。

**列夫·列昂尼多维奇**——外科主任医师，身材高大，胳膊很长。昵称：廖瓦。

**奥列先科夫**——已退休的医生。

**图尔贡**——癌症楼男护士，医科大学实习生。

**叶夫根尼娅·乌斯季诺夫娜**——肿瘤外科医生，已出现老相的瘦瘦的女人，总是很疲倦，爱抽烟，会尽力避免为病人做外科手术。

## 癌症楼的其他病患

**叶夫列姆·波杜耶夫**——已不年轻，脖子上长了肿瘤。

**焦姆卡**——十六岁，推寸头，个头很高，腿上生了病。父亲在战争中牺牲，母亲生活浪荡，焦姆卡从去年起在工厂区做学徒。昵称：焦姆沙。

**艾哈迈占**——乌兹别克年轻人，拄拐，病房里唯一一个乐观快活的人。

**普罗科菲·谢苗诺维奇**——皮肤黝黑，头脑简单，说话带乌克兰口音，患有心脏肿瘤。昵称：普罗什卡。

科利亚·阿佐夫金——十七岁左右，床位靠窗，肚子剧痛。昵称：科连尼卡。

沙拉夫·西布加托夫——鞑靼族年轻人，安安静静，背部有肿瘤，需要每晚坐浴，入院比大家都早，但病床安放在男病房门外的前厅里。

穆尔萨利莫夫——乌兹别克老头，集体农庄的看门人。

叶根别尔季耶夫——哈萨克牧羊人，中年人，骨架很大，患处在嘴上。

瓦季姆·扎齐尔科——地质学家，患有恶性黑色素瘤。

亨里希·雅各博维奇·费德拉乌——日耳曼人，患处在脖子上。

阿列克谢·菲利波维奇·舒卢宾——高个儿，佝偻得厉害，容颜苍老，喜欢盯着人观察，沉默寡言，像只猫头鹰。患有直肠癌。

马克西姆·彼得罗维奇·恰雷——患有胃癌，与鲁萨诺夫很投契，虽然后者心里其实不大瞧得上他。

## 其　他

卡尔·费奥多罗维奇——日耳曼人，从集中营调来的外科医生，曾在关押地给奥列格做过手术。

杜宾斯卡娅——奥列格关押地的卫生所所长。

谢尔盖·尼基季奇·马斯连尼科夫——莫斯科近郊一位老医生，曾为奥列格写信答疑，告诉了他关于"恰加"的事情。

尼古拉·伊万诺维奇·卡德明——被流放到乌什-捷列克的妇科医生，奥列格的好友。

叶连娜·亚历山德罗夫娜·卡德明娜——卡德明的妻子。

茹克——卡德明家的大狗，毛像玄狐，大得像狗熊。

托比克——卡德明家的小狗，小巧玲珑，全身雪白，有两只灵活的黑耳朵。

# 第一部

# 第一章

# 根本不是癌

癌症楼也叫作"十三号楼"。帕维尔·尼古拉耶维奇·鲁萨诺夫从来不迷信,也不可能有迷信思想,但是,当他看到为他开的住院许可证上写着"十三号楼"的时候,他的心不知为什么却为之一沉。这是很不明智的,就该把什么假肢楼或者肠道楼称为十三号楼。

然而,目前除了这所医院,整个共和国再也没有别的地方能治他的病了。

"可我这儿并不是癌,对吗,大夫? 我这儿不是癌吧?"帕维尔·尼古拉耶维奇一面轻轻摸着自己脖子右侧那个可恶的肿瘤,一面怀着希望问道。那肿瘤几乎天天在长,不过外面还是紧绷着白皙完好的皮肤。

"不是的,当然不是。"东佐娃大夫龙飞凤舞地写着一页页病历,其间不下十次用这样的话安慰他。她写字时戴上那圆角方框眼镜,一停笔就把眼镜摘下来。她年纪已经不轻,面色又有点苍白,显得很疲倦。

这还是几天前门诊时的情形。指定到癌症楼去的病人,哪怕只是去门诊检查,夜里就会睡不着觉。而东佐娃决定让帕维尔·尼古拉耶维奇立即住院,愈快愈好。

在两星期之内,这出人意料、突如其来的病,像雪崩一样压到了一个无忧无虑、颇有福气的人头上,不仅如此,现在使帕维尔·尼古拉耶维奇苦恼的程度不亚于疾病本身的另一件事,是他不得不作为一般病人住进这所医院,可他不记得自己什么时候治病住过普通病房了。于是他动用电话——打给叶夫根尼·谢苗诺维奇,给申佳平打,也给乌尔马斯巴耶夫打,而他们又往医院里打,问这所医院里有没有特殊病房,或者能不能临时腾出一个小房间作为特殊病房。可是，由于这里实在太挤而毫无结果。

唯一通过院长说妥了的是，可以免去住院前在接诊室登记、进公共浴室洗澡并更衣的一套手续。

于是，尤拉把他们那辆载着父亲和母亲的浅蓝色"莫斯科人"牌小轿车一直开到"十三号楼"的台阶跟前。

尽管外面有些冷，但在露天的石阶上，却有两个女人身穿恶心的绒布病号服，双手抱胸，瑟缩着站在那里。

从见到这两件不干不净的病号服开始，这里的一切都使帕维尔·尼古拉耶维奇感到讨厌：台阶面上的水泥由于人来人往而磨损得厉害；门把儿被病人的手抓得失去了光泽；候诊室地板的油漆已经剥落，高高的橄榄色护墙板看上去已经很脏，一些由板条钉起来的长凳上坐不下所有人，远道来的病人就直接坐在地上，他们当中有穿绗织棉袍的乌兹别克男人，有包白头巾的乌兹别克老太婆，而年轻的乌兹别克妇女扎的则是雪青色和红红绿绿的花头巾，这些人脚上穿的都是带套鞋的长筒靴。一个俄罗斯小伙子独占一条长凳躺在那里，身上那解开衣襟的大衣直拖到地板上，他瘦得厉害，可肚子却鼓得很高，由于疼痛不停地叫喊。他的声声号叫使帕维尔·尼古拉耶维奇感到刺耳和心烦，仿佛这小伙子不是由于自己的，而是由于他鲁萨诺夫的痛楚才如此叫喊。

帕维尔·尼古拉耶维奇的脸变得苍白，连嘴唇都变得没有血色，他停下来悄声对妻子说：

"卡芭！在这里我会死的。没有必要。咱们回去吧。"

卡皮托利娜·马特维耶夫娜抓住他的手，紧紧地握了握：

"帕申卡！咱们能回哪儿去呢？……往后怎么办？"

"也许跟莫斯科方面还能找到门路……"

卡皮托利娜·马特维耶夫娜把大脑袋整个转向了丈夫，一头红棕色的短鬈发使她本就大的脑袋显得更宽了：

"帕申卡！莫斯科方面，这也许还得过两个星期，说不定根本疏通不了。怎么能等呢？那个东西一天比一天大！"

妻子紧紧握着他的手，给他壮胆。在社交和公务方面，帕维尔·尼古拉耶维奇自己是很有主见的，但在家庭事务中他却总是依赖妻子，这使他心里觉得更愉快、更踏实。凡是这方面的重大事情，她都能迅速而正确地作出决断。

长凳上的那个小伙子还在撕心裂肺地叫喊！

"说不定医生会同意出诊……咱们付钱……"帕维尔·尼古拉耶维奇指望这样，但心里没有底。

"帕西克！"妻子劝说道，心里跟丈夫一样痛苦，"你是知道的，就我自己来说，一向最主张这样：花点钱请医生来家看病。可是我们已经问清楚了，这里的医生不出诊，他们不收钱。况且他们离不开仪器设备。不行……"

帕维尔·尼古拉耶维奇自己也明白这样不行。他说这个只不过是抱着一线希望而已。

根据跟肿瘤防治医院院长的约定，下午两点钟护士长该在这里的楼梯脚下等候他们。此刻正有一个病人挂着双拐从楼梯上小心翼翼地下来。可是，护士长不在那里，楼梯底下她的那个小房间也锁着门。

"就没个能遵守约定的人！"卡皮托利娜·马特维耶夫娜发火了，"发给他们工资究竟是为了什么！"

卡皮托利娜·马特维耶夫娜肩上还是那么裹着两条银狐皮大领子，沿着写有"禁止穿外衣入内①"的走廊往前走去。

帕维尔·尼古拉耶维奇仍站在前室里。他提心吊胆地把头轻轻侧向右边，触了触锁骨与下颌之间的那个肿瘤。得到的印象是：半小时之内——从刚才他在家里对着镜子围围巾时看了最后一眼到现在，它似乎又长大了些。帕维尔·尼古拉耶维奇感到浑身虚弱，真想坐下来。可是所有的长凳看来都很脏，况且还得请一个裹着头巾、两腿中间放着一只油腻口袋的娘儿们挪一挪。帕维尔·尼古拉耶维奇好像从老远就闻到了这只口袋所散发出的恶臭。

我们的居民要到什么时候才能学会出门时带整洁的手提箱！（不过，现在既然有了这个肿瘤，一切也都无所谓了。）

---

① 在俄罗斯及一些苏联国家，进入室内一般需要脱掉外套，一方面保持整洁，一方面表示对他人的尊重。部分公共场所（如学校、医院、博物馆等）中会张贴"禁止穿外衣入内"的标识，这些地方都设有存衣处供人们存放外套。

鲁萨诺夫站着，轻轻靠在墙的凸缘上，忍受着那小伙子的叫喊、眼睛所见的一切以及鼻子所闻的一切带来的折磨。从外面走进来一个庄稼汉，端着一只容量为半升、贴有标签的罐子，里面几乎盛满了黄色液体。他并不遮掩这罐子，而是像举经过排队才买到的一杯啤酒那样自豪地举着。这庄稼汉走到帕维尔·尼古拉耶维奇跟前停了下来，差点儿把这罐子伸到他鼻子底下。此人本想向他打听什么，但看了看他头上的海狗皮帽也就转身往前走了，去找那个拄双拐的病号：

"行行好！这该往哪儿送，啊？"

断腿的病号指了指化验室的门。

帕维尔·尼古拉耶维奇只觉得恶心。

外面的门又打开了，进来一个不戴白帽子、只穿白罩衫的护士，模样不俊，脸实在太长。她一眼就看到帕维尔·尼古拉耶维奇，并且料到是谁，所以走到他跟前。

"对不起，"她匆忙得气喘吁吁地说，脸红得跟涂了口红的嘴唇一个颜色，"请原谅！您等我很久了吧？那边运来了一批药，我在签收。"

帕维尔·尼古拉耶维奇本想用尖刻的话回答她，但克制住了没说。等待已经结束，这够使他高兴的了。尤拉提着一只手提箱和一兜子食品走过来，跟开车时一样只穿一身西服，没戴帽子。他很镇静，蓬松的浅黄色额发晃动不已。

"跟我来吧！"护士长朝楼梯底下她那小房间走去。"我知道，尼扎穆特金·巴赫拉莫维奇跟我讲过，您不打算穿医院里的病号服，并且随身带来了自己的睡衣，不过，那是还没有穿过的，对吗？"

"刚从商店里买来的。"

"必须这样，否则就得经过消毒，这您知道吧？您就在这里换衣服。"

她打开一扇胶合板门，拉亮了灯。这个斜顶小房间没有窗户，墙上却挂着许多用彩色铅笔画的图表。

尤拉默默地把手提箱送进去就出来了，帕维尔·尼古拉耶维奇便进去换衣服。护士长急于利用这段时间赶到别的地方去一趟，但这时正巧卡皮托利娜·马特维耶夫娜走了过来：

"姑娘，怎么，您这么急吗？"

"是,是有一点……"

"您叫什么名字?"

"米塔。"

"多么奇怪的名字。您不是俄罗斯人吧?"

"是日耳曼人……"

"您让我们等了好久。"

"请原谅。我这会儿正在那边接收……"

"好吧,听我说,米塔,我希望您能知道,我丈夫……很有贡献,是个非常宝贵的干部。他叫帕维尔·尼古拉耶维奇。"

"帕维尔·尼古拉耶维奇,好,我会记住的。"

"您要知道,他一向是由别人照料惯了的,而现在又得了这么严重的病。能不能派一个值班护士专门照看他?"

米塔那本来就忧虑不安的脸上现出更加忧虑的神色。她摇了摇头:

"我们这里,除了手术病人不算,白天三个护士护理六十个病号。而夜里是两个护士值班。"

"您瞧,果然是这样! 在这里即使人快要死了,也喊不到护士来跟前。"

"您为什么这样想呢? 对所有的病人我们都会给予照料的。"

对"所有的"……既然她说过"对所有的病人",那还有什么好对她解释的呢?

"不用说,你们的护士还要换班,对吗?"

"是的,十二小时换一班。"

"这种无专人负责的治疗太可怕了! ……我宁可跟女儿轮流在这里侍候! 我也愿意自己花钱请一个专人护理,可是我听说,这也办不到,是吗?"

"我想,这是不可能的,还没有过这样的先例。况且病房里连一把多余的椅子也没地方放。"

"我的天哪,我能想象出这是什么样子的病房了! 还是得去看看! 那里有多少病床?"

"九张。能马上住进病房已经算是不错的了。我们这里,新来的病号都躺在楼梯上和走廊里。"

"姑娘,我还是得提出请求,您熟悉这里的人,事情会比较好办些。您去

跟哪位护士或护理员讲好,让她对帕维尔·尼古拉耶维奇的关照不同于一般的公事公办……"这时她咔嚓一声打开了一只黑色的女用大手提包,从里边掏出三张五十卢布的钞票。

站在旁边默不作声的儿子,这时把身子转了过去。

米塔把两手放到了背后。

"不,不!不能这样委托……"

"可我并不是给您呀!"卡皮托利娜·马特维耶夫娜硬把三张展开的钞票往她怀里塞,"既然按合法规定办不到……我付工钱就是了!我只是请您转达我的一点心意而已!"

"不,不,"护士长冷淡下来,"我们这里没这个规矩。"

随着小房间门的吱轧声响,帕维尔·尼古拉耶维奇身穿绿色和褐色条纹新睡衣、趿着暖和的毛皮镶边拖鞋走了出来。他那几乎全秃的头上戴着一顶崭新的深红色的绣花小圆帽。此刻,在没有冬大衣领子和围巾遮掩的情况下,他脖子侧面那个有拳头大的肿瘤看起来让人格外害怕。他的脑袋已不是正中地支撑着了,而是微微偏向了一边。

儿子去把换下来的衣物统统收进手提箱里。妻子把钱藏进包里,惴惴不安地望着丈夫:

"你是不是觉得特别冷呢?……刚才应该带一件厚长衫。我会送来的。对了,这里有一条围脖,"她把围脖从他衣兜里掏了出来,"围上好了,免得着凉!"她裹着银狐皮领和皮裘,身体显得有她丈夫三倍壮。"现在你到病房里去,安置一下。把吃的东西都放好,好好看看和想想,还需要什么,我坐在这儿等着。待会儿你下楼来告诉我,傍晚我就会把东西都送来。"

她并未六神无主,她总是把什么事情都考虑得很周到,不愧为丈夫的生活伴侣。帕维尔·尼古拉耶维奇怀着感激和痛苦的心情看了看她,然后看了看儿子。

"这么说,尤拉,你要走了?"

"是晚上的那趟火车,爸爸。"尤拉走到跟前说。对待父亲他保持尊敬的态度,但是毫无热情。即使是此刻,与留下来住院的父亲离别,他也像平时一样,一点也不激动。他对待一切都是漠然的。

"那就走吧,孩子。这可是你头一回出差去办重要的事情。一开始你就

8

要保持公正的口气。不能心肠太软！心肠软了反而会害了你自己！要永远记住，你不是尤拉·鲁萨诺夫，不是以个人身份出现的，你是法律的代表，明白吗？"

尤拉明白也罢，不明白也罢，反正帕维尔·尼古拉耶维奇此刻很难找到更确切的话来说。米塔的重心不断在两脚间倒换，急着想走。

"我和妈妈还要在这儿等你的。"尤拉微微一笑。"你先上去看看，别急着告别，爸爸。"

"您自己能走到那里吧？"米塔问。

"我的天，人家勉强站得住，难道您不能把他扶到床前吗？把口袋带去！"

帕维尔·尼古拉耶维奇像个孤儿似的望了望自己的家人，拒绝了米塔的搀扶，自己牢牢地抓住栏杆，开始上楼。他的心怦怦直跳，而这还绝不是因为登高。他沿着梯级往上走，犹如被押上那个……怎么称呼它呢……像讲台似的高处去砍掉脑袋。

护士长提着他的口袋，抢在前面跑上楼去，在那里她向玛丽亚喊了几句什么话，而帕维尔·尼古拉耶维奇还没走完第一段楼梯的时候，米塔就已经从楼梯的另一边跑了下来，并且迅速走出大楼，以此向卡皮托利娜·马特维耶夫娜表示，她的丈夫将会在这里得到怎样精心的护理。

帕维尔·尼古拉耶维奇缓慢地登上楼梯拐弯处那宽阔的平台，这样的平台只在古老的建筑物里才有。在楼梯中间的这块平台上，放着两张有病人的床，旁边还有床头柜，居然一点也不影响人们上上下下。其中一个病人情况不妙，衰弱无力，正在用氧气袋输氧。

鲁萨诺夫竭力不看他那没有转机的脸，扭过身去望着上面继续攀登。但在第二段楼梯顶上等待着他的也不是令人振奋的景象。护士玛丽亚站在那里。她那黝黑的圣像式的脸上既没有笑意，又没有问候的意思。她个子很高，又瘦又扁，像个士兵在那里等他，而且马上就通过楼上的门厅在前头带路。从这里开始，有好几道门，凡是不挡住门的地方都有病床，上面躺着病号。在没有窗子的拐角上，一盏经常开着的台灯照亮了护士用的一张小写字台，还有她的配药桌子，旁边墙上挂着一个带毛玻璃和红十字的壁柜。他们从桌子旁边走过，再经过一张病床跟前，玛丽亚就伸出干瘦的长胳膊示意：

"从窗子那里算起第二张床。"

话音刚落她就匆忙走开,这是一般医院令人不快的特点:不站上一会儿,也不聊几句。

病房的门总是敞开着的,但尽管是这样,帕维尔·尼古拉耶维奇进门时还是感觉到潮湿、浑浊和混杂着药品的气味,对他这样嗅觉灵敏的人来说,这使他很难受。

病床都垂直墙壁而放,排得很挤,狭窄的通道只有床头柜那么宽,即使是病房中间的通道也仅能容两个人擦肩而过。

在这中间通道里,站着一个穿粉红色条纹睡衣的矮墩墩的宽肩膀病人。他的整个颈脖都用绷带包扎得很紧很厚,纱布几乎碰到了耳垂。绷带的白箍使他那褐发蓬乱、木呆呆的沉重脑袋不能随便动弹。

这个病号正在声音沙哑地讲什么故事,其他病号在床上洗耳恭听。鲁萨诺夫进来时,他整个身躯,连同跟身躯牢牢连在一起的脑袋,转向了鲁萨诺夫,以毫无同情的眼神打量了一下,说道:

"嗬嘿,又来了一位癌友。"

帕维尔·尼古拉耶维奇认为没有必要理睬这种不拘礼节的讲话。他感觉到此刻整个病房的人都在瞧着他,但他根本不想相应地也打量一下这些偶然与他同住一起的人,甚至连招呼也不想打。他只是在空中摆了摆手,示意那个褐发病号靠边站。那人让帕维尔·尼古拉耶维奇走过去后,又把整个身躯连同铆结实了的脑袋转了过去。

"喂,老兄,你得的是什么癌?"他问,声音含混不清。

已经走到自己床前的帕维尔·尼古拉耶维奇,听到这一问话,简直像滑了一跤。他抬起眼睛盯着那个无礼的家伙,竭力不使自己发作(但他的肩膀还是抖动了一下),庄重地说:

"什么也不是。我得的根本不是癌。"

褐发鬼鼻子里哼哧了一声,接着就让全室都听见他的议论:

"嘿,傻瓜一个!如果不是癌,难道会安排到这里来?"

## 第二章

# 念书不能增添智慧

住进病房的第一天晚上，仅仅几个小时的工夫，帕维尔·尼古拉耶维奇就已经感到十分可怕了。

一个出乎意料、无用处且无意义、对谁也没有好处的坚硬肿瘤，像钩子拖鱼似的把他拖到了这里，并且扔在这张又窄又小、铁网吱轧作响、垫子薄得可怜的铁床上。自从在楼梯底下换好了衣服，告别了亲人，上楼走进这个病房，先前的整个生活就仿佛砰地关上了大门，而这里突出的令人作呕的生活简直比肿瘤本身还使人感到可怕。再也不可能选择令人愉快、得到慰藉的景物看了，而只能看那八个此时似乎跟他平起平坐的沮丧可怜虫——八个身穿褪了色的、破旧而又不合身的粉红色条纹睡衣的病人。要听，也没有什么可选择的了，只能听这些临时凑在一起的人的无聊谈话，话题与帕维尔·尼古拉耶维奇毫不相干，也引不起他的兴趣。他倒是宁愿命令他们住嘴，特别是脖颈上缠着绷带、脑袋被夹住的那个令人讨厌的褐发鬼。大家总是直呼他"叶夫列姆"，尽管他已不年轻。

然而这个叶夫列姆怎么也安定不下来，他不躺在床上，也不离开病房，而是心神不定地在病房中间的通道上来回走动。有时他会眉头紧皱，像被打了一针似的扭歪了脸，捧住了脑袋，然后又继续走动。他这样走动一阵之后，正好在鲁萨诺夫的床头停下来，隔着床头架子把自己那不能弯曲的整个上半身俯向他，探出一张宽阔、阴郁的麻脸，灌输道：

"如今一切都完啦，教授。回不了家啦，明白吗？"

病房里很暖和，帕维尔·尼古拉耶维奇穿着睡衣、戴着绣花小圆帽躺在毯子上面。他整了整金边眼镜，以素有的严厉眼神盯了叶夫列姆一眼，回答说：

"我不明白，同志，您到底想要我干什么？再说，您为什么要吓唬我呢？要知道，我并没有问您什么问题。"

叶夫列姆只是恶狠狠地吭嗤了一下鼻子：

"是啊，你问也罢，不问也罢，反正是回不了家。眼镜你倒是可以送回去，还有新睡衣。"

说完这番粗鲁的话，他便直起不能转动的上半截身子，又在通道上走动起来，真是鬼迷心窍。

当然，帕维尔·尼古拉耶维奇是能够让他住口和自重的，但要这样做，此刻他却缺乏自身素有的意志力，而听了这个缠着绷带的魔鬼这番话，他更是泄气了。需要的是支持，可别人偏偏把他往坑里推。不过几个小时的工夫，鲁萨诺夫就似乎失去了自己的整个地位、功绩和未来的宏伟蓝图，变成了只不过是七十公斤重的白净而温热的肉体，连明天自己会怎样都不知道。

大概忧思在他的脸上反映了出来，因为叶夫列姆在这之后的往返走动中有一次停在他对面，已改用平和的口气说话了：

"即使能回家，也待不了多久，到头来还是得回这里。虾①很喜欢人。它要是把什么人钳住，那就到死也不会放开。"

帕维尔·尼古拉耶维奇没有精力给予反驳，于是叶夫列姆又继续走动。这病房里谁会去制止他！大家都心情沮丧地躺着，有几个还不像是俄罗斯人。靠另一面墙，由于炉台突出的缘故，只放了四张床，其中隔着通道与鲁萨诺夫脚对脚的一张，是叶夫列姆的床。其余三张床上的病号都还很年轻：靠近炉子的是一个皮肤黝黑、样子呆头呆脑的小伙子；一个拄拐的乌兹别克青年；靠窗户那里，是一个瘦得像绦虫一样的青年，他蜷缩在自己的病床上，面色蜡黄，呻吟不停。在帕维尔·尼古拉耶维奇这面的一排，左边躺着的是两个少数民族病号；接下去，靠门那里是一个推寸头的俄罗斯少年，个头很高，正坐在那儿看书；鲁萨诺夫右边靠窗的最后一张床上坐的好像也是一个俄罗斯人，但这样一位邻居不会使你感到高兴：他长着一副强盗

---

① 在俄文中，"虾"与"癌"是同一个词（рак）；此处语义双关。

的嘴脸。他使人产生这样的印象，大概是因为有一道疤（从接近嘴角的地方开始，沿着左颊的底部几乎一直拐到颈脖）；也可能是由于他那蓬乱的黑发有的朝上竖着，有的向旁边翘起；又有可能是由于他那总是生硬而粗暴的表情。这个强盗也对文化产生了浓厚的兴趣——快把一本书读完了。

天花板下的两盏电灯已经开着，光线很强。窗外已经变得晦暗。病号都在等晚饭。

"这里岂不就有一个老头，"叶夫列姆还在唠叨，"躺在楼下，明天要动手术。还是在1942年的时候，就给他切除了一只小虾，医生对他说：'没关系，自由自在地生活吧。'懂吗？"叶夫列姆仿佛是劲头十足地在说，可是声音却让人觉得似乎是在给他自己开刀。"十三年过去了，他连这家医院也不记得了，酒也喝，女人也搞——你瞧，一个乐天的老色鬼。可现在他那只虾长得那么大！"叶夫列姆甚至得意地吧嗒了一下嘴，"恐怕要直接从手术台送太平间啰。"

"行啦，这些不妙的预言已经足够了！"帕维尔·尼古拉耶维奇一甩手就转过脸去，他不敢相信是自己说话的声音：听起来是那么没有威严，那么可怜巴巴。

大家都默不作声。还使人心烦的是对面一排靠窗的那个老是翻身的瘦弱青年。他坐也不是，躺也不是，蜷着腿用膝盖顶住胸口，怎么也找不到一种合适的姿势；他的脑袋已经不是在枕头上，而是搁在床架子上了。他呻吟不已，声音极其微弱；从他那扭歪的脸的表情和抽动可以看出他疼痛难忍。

帕维尔·尼古拉耶维奇转过脸，也不再去看他，把脚伸进拖鞋，开始心不在焉地查看自己的床头柜，一会儿把放满食品的底柜的小门打开又关上，一会儿把上面那摆着梳洗用品和电动剃须刀的小抽屉拉出来又推进去。

叶夫列姆把两手十指交叉在胸前，依然走动着，偶尔会像针扎似的打个寒战，此时他口中念念有词，仿佛是在超度亡魂：

"所以，我们的事儿很糟糕……十分糟糕……"

帕维尔·尼古拉耶维奇背后传来不太响的啪嗒一声。他小心翼翼地转过脸去，因为脖子的每一次动弹都会引起疼痛，于是他看到，原来这是他那个强盗相貌的邻居看完了书，拍了一下封面，把书拿在一双粗糙的大手里把玩。深蓝色封面和同色的书脊上斜印着烫金已暗淡无光的作者签名。帕维尔·尼古拉耶维奇辨别不清那是谁的签名，却也不愿意向这号人打听。他心里给这位邻居起了个外号——"啃骨者"。这很贴切。

"啃骨者"阴郁的大眼睛望着那本书，肆无忌惮地向整个病房大声宣布：

"要不是焦姆卡从柜子里挑出了这本书，那就很难相信，这书不是故意扔给我们看的。"

"什么，焦姆卡？什么书？"靠门那张床上的少年接话问了一句，他也在看书。

"哪怕搜遍全城，大概也甭想找到这样一本书。""啃骨者"看看叶夫列姆又宽又扁的后脑勺（由于不便而许久未理的头发已经扎进了绷带），又看看他那紧张的脸。"叶夫列姆！别嘟哝了。把这本书拿去看看吧。"

叶夫列姆停了下来，像头公牛，莫名其妙地望了一眼。

"还看书干吗？我们大家很快就要完蛋了，看书干吗？"

"啃骨者"的疤痕牵动了一下：

"正因为我们很快就要完蛋，所以你要赶紧读。喏，拿去！"

说着他就把书向叶夫列姆递过去，但对方并未跨步来接：

"太长了。我不想读。"

"你不认得字还是怎么了？""啃骨者"不过是劝劝而已。

"我……可说是很有文化呢。就我所需要的方面来说，我很有文化。"

"啃骨者"在窗台上摸到了铅笔，并翻到书的末页，从目录上选了几篇做了记号。

"用不着担心，"他喃喃地说，"这里都是些小故事。瞧，就这几篇，你先试试看。再说你，成天嘟嘟哝哝，真让人心烦。拿去读吧。"

"我叶夫列姆什么也不担心！"他接过书，扔到了自己床上。

年轻的乌兹别克人艾哈迈占拄着单拐从门口一跛一跛地走过来。他是病房里唯一一个乐观快活的人。他宣布说：

"拿起小勺准备战斗！"

炉子旁边那个皮肤黝黑的小伙子也活跃起来了：

"弟兄们，晚饭送来了！"

把托盘托得高过肩头的一个穿白罩衫的送饭女人出现了。进门后她把托盘端在面前，依次走到一张张床的跟前。除了靠窗那个疼痛难忍的小伙子，所有的病号都起来端菜。病房里每个人都有一只床头柜，只有少年焦姆卡没有，他跟大骨架的哈萨克人合用一只。这哈萨克人的人中上隆起一个深褐色的痂，没有包扎，十分难看。

不要说帕维尔·尼古拉耶维奇这时根本不想吃东西，甚至自己家里带来的东西也不想吃，仅仅这晚饭——像胶皮一样的碎麦米方糕，浇着黄色的胶状酱汁——和不干净的、柄扭成麻花似的灰色铝勺的样子，就又一次使他痛切地想到自己落到了一个什么样的地方，而同意进这所医院也许是犯了一个莫大的错误。

这时，除了不停呻吟的那个小伙子，大家都很快就吃了起来。帕维尔·尼古拉耶维奇没把盘子端在手里，而是用指甲在敲它的边缘，看看给谁合适。有些人侧身坐着，有些人背对着他，而靠门那个小伙子正好瞧见了他。

"你叫什么名字？"帕维尔·尼古拉耶维奇问道。他说话漫不经心，认为对方该能听到。

饭勺叮当作响，但小伙子明白是在问他，所以当即回答说：

"普罗什卡……也就是，呃……普罗科菲·谢苗内奇。"

"拿去。"

"啊？那也可以……"普罗什卡走过来，端起盘子，点了点头表示感谢。

帕维尔·尼古拉耶维奇琢磨着脖子上的硬包，他突然意识到自己在这里不算是轻病号。全病房的九个人中只有叶夫列姆绷着绷带，帕维尔·尼古拉耶维奇可能要开刀的地方正好也是那个部位。疼得厉害的也只有一个人。再就是那个跟他隔一张床的健壮的哈萨克人，长了个深褐色的痂。至于那个年轻的乌兹别克人，他虽然拄一根拐，但也只是稍稍借点力。其余的人外表根本看不出什么肿瘤，也没什么难看的地方，样子就像健康人。尤其是普罗什卡，他面色红润，仿佛是在休养所，而不是在医院里，此刻他正津津有味地在舔盘子。"啃骨者"虽然面色有点发灰，但行动却很灵活，说话放肆，而见了方糕简直要扑上去似的。因此帕维尔·尼古拉耶维奇脑子里曾闪过一个念头：他会不会是装病，来这儿白吃国家的饭，因为在我们国家病人吃饭不用花钱。

　　而帕维尔·尼古拉耶维奇的肿瘤却压迫着头部，妨碍颈部转动，每小时都在膨胀。然而这里的医生并不计算多少小时：从午饭到晚饭这段时间里，没有一个医生来看过鲁萨诺夫，没有采取任何治疗措施。要知道，东佐娃大夫正是以紧急治疗的理由才把他引诱到这里来的。如此看来，她根本不负责任，玩忽职守。鲁萨诺夫竟相信了她，在这拥挤沉闷、潮湿发霉、不干不净的病房里白白浪费宝贵的时间，其实，就该在电话里跟莫斯科方面联系，坐飞机到那里去。

　　意识到自己走错了一步、不该延误了治疗，加上肿瘤给他带来的忧愁，帕维尔·尼古拉耶维奇的心如此难受，以致听不得从勺子碰盘子开始的任何声音，看不得这些铁床、劣质毯子、墙壁、电灯和病号。他觉得自己落进了圈套，直到明晨之前不可能迈出任何决定性的一步。

　　他满怀怨气躺了下来，用家里带来的毛巾蒙在眼睛上，挡住灯光和其他的一切。为了转移一下注意力，他开始想象自己的家和亲人，想象他们这时能在那里做什么。尤拉已经在火车上了。这是他第一次去实地监察。好好亮亮相是很重要的。但尤拉不是个十分坚毅的人，有点儿马虎大意，但愿他别在那儿丢脸。阿维叶塔在莫斯科度假。稍微消遣消遣，看看戏剧演出，而主要的是有一个切实的目的：观察一下态势，说不定得拉拉关系，因为已经是大学五年级①了，也该确定自己一生中的理想位置了。阿维叶塔将是一个很有作为、很能干的记者，她当然应该到莫斯科去闯，这儿的天地对她来说是太小了。她是那么聪明，那么有才气，家里的人谁也比不上她，虽然她还缺乏经验，但她向来一点就通！拉夫里克有点吊儿郎当，书念得不怎么样，但在体育运动方面简直是个天才，已经去里加参加过比赛，像成年人似的住在那儿的旅馆里。他连汽车也会驾驶。眼下正在全苏支援陆海空军志愿协会举办的短训班里接受训练，以便取得执照。期中考试有两门功课不及格，可得抓一抓。玛伊卡这会儿大概正在家里弹钢琴（在她之前家里没有人会弹）。而走廊里的那块小地毯上大概躺着朱利巴尔斯。最近一年，帕维尔·尼古拉耶维奇每天早晨都热衷于亲自带狗出去遛遛，这对他自己的身体也有好处。往后只能由拉夫里克带它出去了。他喜欢嗾使狗去吓唬行

---

　　① 苏联时期全日制高等教育的学制一般为五至六年。

人，随后就对人家说：您别害怕，我扯着它呢！

然而，所有这一切——鲁萨诺夫夫妇的整个和睦的模范家庭，他们的整个井然有序的生活和无可挑剔的住宅，在几天之内就与他分隔开来，留在肿瘤世界的彼岸了。无论父亲的结局怎样，他们还将生活下去。无论他们现在怎样着急、怎样关心、怎样哭泣，肿瘤还是像一堵墙把他与他们隔离，留在墙这边的只有他自己。

回想家事没让他好受些，于是帕维尔·尼古拉耶维奇便尽力通过思考国家大事去排遣自己的愁绪。全苏最高苏维埃会议应当是星期六开幕。似乎没什么重大的问题要讨论，只是通过一个预算。今天，当他离家来医院的时候，电台开始广播一篇关于重工业的长篇报告。可这儿的病房里连收音机也没有，走廊里也没有广播喇叭，真够可以的！哪怕保证有不间断的《真理报》也行。今天是关于重工业，昨天则是关于扩大畜牧业产品生产的决议。是啊！经济生活有了有效的发展，毫无疑问，各种国家机构和经济机构都面临着重大的改革。

于是，帕维尔·尼古拉耶维奇开始设想，在共和国和州的层级内有可能具体进行哪些改组。这类改组向来都引起震动，一时间会使日常工作受到影响，有关的干部互通电话，频频碰头，商量办法。不管改组是朝什么方向进行的，有时还会出现完全相反的局面，但从来没有任何人降职，包括帕维尔·尼古拉耶维奇在内，总是在往上提升。

然而，即使想到这里他也没有忘却忧愁和感到振奋。只要脖子那儿皮下一阵刺痛，那无法消除的无情的肿瘤就会进入脑海，把整个世界遮住。结果又是：预算、重工业、畜牧业和改组——这一切统统留在肿瘤的彼岸。而这一边只有帕维尔·尼古拉耶维奇·鲁萨诺夫。只有他一个人。

病房里响起一个女人悦耳的声音。尽管今天不可能有什么事情会使帕维尔·尼古拉耶维奇感到愉快，但这声音简直可说是十分甜蜜：

"量体温啦！"仿佛她许诺要分发糖果似的。

鲁萨诺夫把蒙在眼睛上的毛巾揭去了，稍稍抬起身子并戴上眼镜。多么幸运啊！这已不是那个哭丧着脸、皮肤黝黑的玛丽亚，而是一个结实健康、身材挺秀的姑娘，头上不是系着三角巾，而是在金黄的头发上戴一顶小帽，像医生们那样。

"阿佐夫金！喂，阿佐夫金！"她站在靠窗那个年轻人的床前爽朗地叫他。小伙子躺的姿势比先前更奇怪了——身子跟床成斜向，脸朝下，枕头压在肚子底下，下巴抵在床垫子上，像狗搁脑袋那样，眼睛则望着床栏，看上去跟在兽笼子里似的。他那绷紧的脸上时不时掠过发自体内的痛楚的阴影。一只胳膊耷拉着，手碰到了地板。

"喂，打起点精神来！"护士以使他感到羞愧的口吻说道，"力气您是有的。自己拿体温表好了。"

小伙子好不容易把手从地板上举了起来，像从井里吊一桶水似的拿起一支体温表。他是那么虚弱，疼得又那么厉害，简直无法让人相信他才十七岁上下，不会比这更大。

"卓娅！"他一面呻吟一面恳求。"给我一只热水袋吧。"

"您是在跟自己作对。"卓娅严厉地说，"给过您热水袋，可您不是把它放在打针的地方，偏偏放在肚子那儿。"

"那会减轻我的疼痛啊。"他固执己见，表情很痛苦。

"跟您说过了，您那样会使自己的肿瘤扩散的。肿瘤医院根本不许用热水袋，那还是特意为您弄来的。"

"好吧，那我就不让你们给我打针。"

但卓娅已不听他说什么了，她用一个指头敲了敲"啃骨者"的空床，问道："科斯托格洛托夫哪儿去了？"

（太巧了！不出帕维尔·尼古拉耶维奇所料！"食骨者"与"啃骨者"何其相似！）①

"抽烟去了。"靠近门口的焦姆卡回答说。他一直在看书。

"哼，我会让他抽个够的！"卓娅嘟哝说。

有的姑娘是多么让人喜欢！帕维尔·尼古拉耶维奇欣然望着她那束紧腰身的丰满线条和微微凸出的眼睛——他只是欣赏，毫无私心，并且感到自己的气在消下去。卓娅微笑着递给他一支体温表。她正好站在鲁萨诺夫长着肿瘤的那一边，但她一点也没露出害怕或者从未见过这种东西的样子，连

---

① "科斯托格洛托夫（Костоглотов）"这个姓在俄文中是由"吞食""骨头"两个词根组成的。

眉头也没皱一下。

"没为我指定什么治疗措施吗?"鲁萨诺夫问。

"暂时还没有。"她以微笑表示歉意。

"可这是为什么呢? 医生在哪儿?"

"他们已经下班了。"

对卓娅发脾气是不应该的,但不给鲁萨诺夫治疗岂不是某个人失职!必须行动起来! 鲁萨诺夫向来瞧不起听天由命不作为和办事拖泥带水的那种性格。当卓娅来收体温表的时候,他问道:

"你们这里的外线电话在什么地方? 我该怎么走才能去打?"

归根结底,可以马上下决心给奥斯塔片科同志打个电话了! 打电话这个普通的主意,使帕维尔·尼古拉耶维奇回到了他所习惯的那个世界。这也使他获得了勇气。于是他又感到自己是个斗士了。

"三十七度。"卓娅带着微笑说,并在他床头挂的那张新体温卡上标出曲线的第一个点。"电话在挂号处。不过,您现在走不过去。这要从另一个大门进去。"

"请听我说,姑娘!"帕维尔·尼古拉耶维奇稍稍抬起身子,脸色也沉了下来。"医院里怎能没有电话? 比如说,这会儿出了什么事怎么办? 就说我吧,要是发生什么事情呢?"

"我们会跑去打电话的。"卓娅并没害怕。

"要是遇上暴风雪或倾盆大雨天气呢?"

卓娅已经转到邻床的乌兹别克老头那里,并且接着画他的体温曲线图。

"白天可以直接走过去,可现在已经上锁了。"

这姑娘好倒是挺好,只是有点没礼貌: 还没听完别人的话,就已经转到哈萨克人那儿去了。帕维尔·尼古拉耶维奇不由得冲着她的背影大声说:

"那就应该有另一部电话! 总不会没有吧!"

"有倒是有的,"卓娅从哈萨克人床边那儿回答说,"不过是在院长办公室里。"

"那不就好办了吗?"

"焦姆卡……三十六度八……可办公室是锁着的。尼扎穆特金·巴赫拉莫维奇不喜欢……"

说到这里她就走了。

这是合乎逻辑的。你不在的时候别人到你办公室里去确实使人不愉快。但医院里总该想个办法呀……

同外界取得联系的一闪念又断了线。抵在颌下的那个拳头大的肿瘤重又把整个世界封闭了起来。

帕维尔·尼古拉耶维奇找出一面小镜子来照了一下。天哪，它简直像膨胀了起来！旁人看一眼也会感到可怕，何况自己看！要知道，这东西不曾有过！周围的人谁也没长这玩意儿！是啊，帕维尔·尼古拉耶维奇活到四十五岁，从未见过谁长出这么难看的东西！……

他不再去想肿瘤又长大了没有，就把小镜子收了起来，还从床头柜里拿了点东西吃。

两个最粗鲁的家伙——叶夫列姆和"啃骨者"，不在病房里，出去了。靠窗的那个阿佐夫金又换了个姿势蜷缩着，但是不再呻吟了。其余的病号都很安分，听得见翻动书页的声音，有几个人已经躺下睡了。鲁萨诺夫也只好睡觉了。什么也不想，度过一夜，等到明天早晨把医生训一顿。

于是他脱了衣服，躺进被窝里，继续用毛巾把脸蒙了起来，试图入睡。

可是什么地方有人在悄声说话，寂静中听得特别清楚，也令人十分恼火，简直像凑近了帕维尔·尼古拉耶维奇的耳朵在说似的。他忍不住了，掀去脸上的毛巾，稍稍抬起身来，尽量避免碰疼脖子。这时他发现，悄声说话的就是他邻床的乌兹别克人——一个干瘦的老头儿，皮肤差不多是褐色，蓄着黑色的稀稀拉拉的山羊胡，戴的是一顶皱巴巴的小圆帽。

他两手枕在脑后仰卧在床上，眼睛望着天花板，嘴里念念有词，这老傻瓜莫不是在祈祷？

"哎！老人家！"鲁萨诺夫伸出一根手指威胁他。"别念叨啦！你妨碍别人呢！"

老头儿不作声了。鲁萨诺夫重又躺下，用毛巾蒙住了脸。但他还是睡不着。此时他明白了，妨碍他入睡的是天花板上两个灯泡那刺眼的光。那不是磨砂灯泡，灯罩也遮不住光。即使隔着毛巾也能感觉出这光来。帕维尔·尼古拉耶维奇吭哧了一声，又两只胳膊撑着使脑袋离开枕头，微微抬起身来，同时也注意避免肿瘤刺痛。

普罗什卡站在自己床边靠近开关的地方,开始脱衣服。

"年轻人!请把灯关了!"帕维尔·尼古拉耶维奇吩咐道。

"可是还……还未送药来呢……"①普罗什卡不知所措,但还是把手伸向开关。

"'把灯关了'是什么意思?""啃骨者"在鲁萨诺夫背后吼叫起来。"管好您自个儿吧,这里又不是只有您一个人。"

帕维尔·尼古拉耶维奇正式坐了起来,戴上了眼镜,一面保护好肿瘤,一面转过脸去,弄得铁网床吱吱作响,他说:

"您说话能不能客气点儿?"

那个无礼的家伙做了个鬼脸,压低了声音回答说:

"别来惹我,我又不是您手下的人。"

帕维尔·尼古拉耶维奇带着怒火盯着他,但这对"啃骨者"一点也不起作用。

"好吧,可是开着灯做什么呢?"鲁萨诺夫采用平心静气交谈的方式。

"抠屁股眼儿。"科斯托格洛托夫存心无礼。

帕维尔·尼古拉耶维奇顿时感到呼吸困难,尽管他对病房里的空气似乎已经习惯了。应该在二十分钟之内让这个无赖出院去干活儿!但是此刻拿不出任何可以施加影响的具体办法。

"如果要看书或者做别的事情,可以到走廊上去。"帕维尔·尼古拉耶维奇公正地指出。"您为什么要把大家的权利据为己有?这里的病人情况不同,应当区别对待嘛……"

"会区别对待的。"对方反唇相讥。"将来会给您登讣告,注明某某年入党,而我们死后,脚朝前抬出去就算拉倒。"

这样桀骜不驯,这样肆无忌惮的人,帕维尔·尼古拉耶维奇还从未遇见过,也不记得还有过。他甚至不知所措——怎样对付呢?总不能向那个丫头诉苦去。看来,暂时只好以保持尊严的方式中止谈话。帕维尔·尼古拉耶维奇摘下了眼镜,谨慎地躺下,并用毛巾蒙住了脸。

他简直被气炸了,也为自己耳根子软、同意住进这所医院而懊恼。不过

---

① 普罗什卡说话带有乌克兰口音。

明天就出院还不算晚。

他的表显示时间刚过八点。有什么办法呢,此时他已决定忍受一切。他们总归会安静下来的。

可是又开始有脚步声了,床与床之间也开始震荡,毫无疑问,这意味着叶夫列姆回来了。他的脚步使房间的旧地板产生了反应,这种反应又通过病床和枕头传给了鲁萨诺夫。不过帕维尔·尼古拉耶维奇决定忍耐,不去指责他。

我们的居民身上还有多少未被根除的蛮横无理啊!背着如此沉重的包袱怎么能把他们带进一个新的社会呢!

晚上的时间拖得没个尽头!护士开始走进走出——一次,两次,三次,四次,给这个人拿来药水,给那个人送来药粉,给第三个和第四个打针。阿佐夫金在打针的时候叫喊了起来,又央求给他拿一个热水袋来镇痛。叶夫列姆继续来回走动,一刻也不停。艾哈迈占跟普罗什卡虽然各自待在床上,却聊个不停。好像只在这时他们才真正有了精神,似乎什么心事也没有,也没什么病要治。就连焦姆卡也没躺下睡觉,而是走过来坐在科斯托格洛托夫床上,于是两个人差不多就在帕维尔·尼古拉耶维奇耳边唠叨个没完。

"我想尽量多看些书,"焦姆卡说,"趁现在有时间。我想考大学。"

"这很好。不过你要知道,念书不能增添智慧。"

("啃骨者"在向这个孩子灌输什么!)

"怎么不能增添?"

"就是不能。"

"那什么能增添智慧呢?"

"是……生活。"

焦姆卡沉默了一会儿,回答道:

"我不同意这种看法。"

"我们部队里有过那么一个政委,叫'帕什金',他总是说,念书不能增添智慧,军衔也不能增添智慧。有的人给加了一颗星,就觉得增加了智慧。根本不是那么回事。"

"这么说,读书没有必要?我不同意。"

"谁说没有必要?尽管读好了。只是你自己要心中有数,智慧不在这里。"

"那么智慧在哪里呢?"

"智慧在哪里?你要相信自己的眼睛,而不要相信耳朵。你是想考什么系呢?"

"这我还没有决定。想考历史系,也想考文学系。"

"那理工科呢?"

"这我不想。"

"奇怪。我们那个时候才是这样。可现在所有的年轻人都喜欢科技。你不喜欢?"

"我……我最感兴趣的是社会生活。"

"社会生活?……噢,焦姆卡,懂得科技,你会生活得比较安稳。你最好还是去学组装收音机。"

"我干吗要那'比较安稳'!……眼下,要是我得在这儿住上两个月,我就该赶赶九年级下半年的功课。"

"可教科书呢?"

"我这儿有两本。立体几何可真难。"

"立体几何?去拿来看看!"

听得见那少年去了又回来。

"是的,是的,是……基谢廖夫编的那本立体几何,老本子了……还是那一本……直线与平面相平行……如果一条直线与平面上的某条直线是平行的,那么它与平面本身也是平行的……嘿,这才算得上是一本书,焦姆卡!大家都这么写书就好了!一点也不厚,薄薄的,是吧?可里面包含着多少内容啊!"

"这本书要教一年半。"

"想当年我也是学的这个本子。那时我把它学透了。"

"那是什么时候?"

"我这就告诉你。当年我也是上九年级,从下半年开始学……就是说,是在1937年和1938年。真难以置信还会有书念。当时我最喜欢的是几何学。"

"后来呢?"

"什么后来?"

"中学毕业以后？"

"中学毕业以后我考上了大学最好的专业——地球物理。"

"这是在哪儿？"

"还是在列宁格勒。"

"那么后来呢？"

"我念完了一年级，可就在1939年9月，征十九岁的青年服兵役的命令颁布了，我也就被征走了。"

"后来呢？"

"后来就在正规部队里服役。"

"后来呢？"

"后来，你还不知道吗？战争爆发了。"

"那时您是军官？"

"不，是军士。"

"为什么？"

"这是因为，假如所有的人都去当将军的话，就没人去赢得战争的胜利了……如果一个平面通过与另一平面平行的直线，并与该平面相切，则交叉线……听我说，焦姆卡！我每天都教你学立体几何好吗？嗷，会有进步的！你愿意吗？"

"愿意。"

（在耳边这么唠叨，还嫌不够。）

"我将给你安排课程。"

"你就安排吧。"

"真的，不然的话，时间都白白浪费掉了。我们现在就开始。首先来搞清这三条公理。你要知道，这三条公理看起来很简单，但包含在以后的每一条定理里，究竟包含在什么地方，你应当看得出来。瞧，这就是第一条：如果一条直线上的两点属于一个平面，那么该直线上的任何一点都属于这个平面。这是什么意思呢？你瞧，假设这本书就是平面，而铅笔是直线，明白吗？现在你来试试看……"

他们在探讨，关于公理和结论还唠叨了许久。但是帕维尔·尼古拉耶维奇决心忍耐，只是示威性地翻过身去，背朝着他们。后来他们总算闭口了,并且分开来了。阿佐夫金服下了两倍的安眠药,入睡了,不再呻吟。可就在这时,帕维尔·尼古拉耶维奇翻身之后面对着的那个老头,开始咳嗽起来了。灯已经熄了,可他,这该死的老头儿却咳呀咳个没完,而且咳得那么讨厌,还带着哮鸣声,让人觉得他马上就要断气似的。

帕维尔·尼古拉耶维奇又翻过身去,背朝着他。他扯开蒙在头上的那块毛巾,但真正的黑暗还是没有出现:灯光从走廊射进来,听得见那里的嘈杂声,有人走动,痰盂和水桶也乒乓直响。

睡也睡不着。肿瘤带来了压迫感。多么幸福和多么大有作为的生活却面临崩溃。他深深可怜起自己来了。只消再轻轻一触,眼泪便会夺眶而出。

叶夫列姆这时没有放过机会给予触动。即使在黑暗中他也没安静下来,而是在给邻床的艾哈迈占讲一个荒唐的故事:

"人何必要活上一百年呢?一点也没有必要。这件事想当初是这样的:真主在给所有的动物分寿命,它们各得五十年,够了。可是人来得最晚,真主那里只剩下二十五年没分了。"

"就是说,没法挽回了吧?"艾哈迈占问。

"是的。于是人开始抱怨:太少了!真主说:够了。人还是说:太少!于是真主就说,那你自己去问好了,要是谁有多余的,也许会给你。人便去打听,他碰见马,对它说:'喂,马啊,给我的寿命太少。你就让点给我吧。'马说:'好吧,你拿二十五年去。'人继续往前走,迎面见到狗。'喂,狗啊,你把寿命让点给我吧!'狗说:'行啊,给你二十五年!'人又往前走,碰见了猴子。他从猴子那里也要了二十五年。他回到真主那里。真主对他说:'好啦,这是你自己决定的:最初的二十五年你将过人的生活;第二个二十五年你将像马一样干活;第三个二十五年你将像狗那样乱叫;还剩下的那二十五年嘛,你将像猴子似的被人取笑……'"

# 第三章 🐝

## 小蜜蜂

卓娅虽然很有头脑,动作麻利,非常迅速地在她所管的楼层忙来忙去,一会儿从服务台去病房,一会儿又从病房回到服务台,但她明白,到下班的时候还是来不及做完所有该做的事情。于是她快马加鞭,把男病房和小间女病房里的事情做完,熄了灯。还有一间特大的女病房,里面放有三十多张病床,那里的病号从来也没按时安静下来,你给她们熄不熄灯反正都一样。那里的许多人都是长期住院,住得厌烦了,睡不好觉,空气又不好,老是为了让阳台门开着还是关上这件事争吵。有几个病号则喜欢从这个角落到那个角落去说东道西。她们会直到半夜甚至到夜里一点钟还在那里谈论物价、食品、家具、孩子、丈夫、邻居,直到最不知羞耻的话题。

而今天,护理员内丽娅——一个大屁股、粗嗓门、浓眉毛、厚嘴唇的姑娘,还在那里擦洗地板。这活儿她虽然早就开始干了,但怎么也结束不了,因为她老是跟人搭讪。可是,那个病床安放在男病房门外前厅里的西布加托夫却等着坐浴治疗。由于天天晚上需要坐浴,再加上对自己背部的恶臭感到不好意思,西布加托夫自愿留在前厅里,尽管他住在这里比所有的老病号都早——似乎他不是个病号,而是在长期值勤。

卓娅从女病房一闪而过时,说了内丽娅一两句,可是内丽娅只会顶嘴,干活却还是磨磨蹭蹭。她年龄不比卓娅小,认为听从这个丫头指挥是受了委屈。卓娅今天来上班,情绪像过节那么好,而护理员的这种顶撞却使她十分恼火。一般说来,卓娅认为,任何人都有自己灵活自由的权利,来上班也未必非要累得筋疲力尽不可,但总得适可而止,有个限度,尤其是在病号面前。

最后，卓娅把药都发了，该做的事也都做了，内丽娅也算是擦完了地板，女病房里的灯熄了，楼上前厅里的顶灯也熄了，这时已是十一点多，内丽娅在楼下调好了一种温水溶液，盛在西布加托夫通常用的盆里端上来给他。

"哎，哎哟，我累得要死，"她声音很响地打了个哈欠，"我去打上那么三百分钟的盹儿。喂，病人，你反正要坐整整一个小时，等你是没法等的。待会儿你自己把盆儿端到楼下去倒掉，啊？"

（这栋结构坚固、所有的前厅都很宽敞的老式建筑，楼上没有下水管道。）

沙拉夫·西布加托夫从前是个怎样的人，现在已无法猜测，也无从判断：他受的苦时间太久，过去的生活似乎连影子也没剩下。不过这个年轻的鞑靼人，经过三年疾病的不断折磨之后，成为整个医院里最温顺、最有礼貌的人。他常常是面带微微的笑容，仿佛为长期给人添了麻烦而表示歉意。由于自己为期四个月和六个月的两次住院，他认识了这里所有的医生、护士和护理员，就像熟悉自己家里的人一样，他们也都认识他。而内丽娅是新来的，只有几个星期。

"我端不动啊，"西布加托夫低声说，"要是有地方倒，那我可以分几趟送出去。"

然而卓娅的桌子就在近旁，她听见了，并且冲了过来：

"你可真不害臊！他的腰弯都不能弯，你叫他怎么把盆儿端走啊！"

这话她好像是怒不可遏喊出来的，但声音却近乎耳语，除了他们三个人，谁也听不见。而内丽娅虽然是平心静气地回了一句，但整个二楼都听得见：

"有什么可害臊的？我也累得像条死狗似的。"

"你是在值班呀！是要付给你钱的！"卓娅愤怒地说，声音压得更低。

"啾！付给我钱！不就是那么点钱？我到纺织厂去也会挣得多些呢。"

"嘘！你能不能小点儿声啊？"

"噢——噢——噢，"屁股很大的内丽娅呻吟似的叹了口气，整个前厅都有了回响，"亲爱的枕头朋友啊！我可真想睡觉呀……昨天跟司机们玩了个通宵……行吧，病人，待会儿你把盆儿推到床底下，明天早晨我端出去。"

她并没用手掩住嘴就又打了个深长的哈欠，在哈欠快打完了的时候对卓娅说：

"这会儿我到会议室沙发上去躺躺。"

于是她不等同意就朝走廊尽头的一扇门走去——那里是一间开医务会议的屋子,里面有柔软的家具。

还有许多工作没有做完,她却扔下不管了:痰盂一个也没有倒,前厅里的地板该擦洗没擦洗。但卓娅望了一眼她那宽阔的背影,忍住了没说什么。她本人参加工作也不是很久,但渐渐懂得这样一条令人不愉快的原则:谁要是不干活,你拿他也毫无办法;谁要是肯干,那就得一个顶俩。明天早晨伊丽莎白·阿纳托利耶夫娜来接班,既要干分内的活,又要替内丽娅清洗和打扫。

此刻,当西布加托夫确定周围没有人了的时候,他就使骶骨露出来,浸到放在床边地板上的盆里,并且保持这种别扭的姿势坐着,一声不吭。任何一个不小心的动作都会导致他骨头里面疼痛,而如果触及损伤部位的话,就会引起更剧烈的痛楚,甚至内衣的经常摩擦都会使他受不了。他背的底部到底是怎么回事,他从来没有看见过,只是偶尔用手指去摸摸。前年人们用担架把他抬进这所医院,他不能起来,两腿不能走路。当时,许多医生都给他看过,但一直由柳德米拉·阿法纳西耶夫娜负责治疗。四个月以后,疼痛完全消失了!他可以自由走动,可以弯腰,没有一点不适的感觉。出院时他吻过柳德米拉·阿法纳西耶夫娜的手,而她只是提醒他注意:"你要时刻当心,沙拉夫!不要跳,别撞着!"可他找不到那样的工作,只得再去当发货员。对一个发货员来说,怎能避开从货车往地上跳呢?怎能不帮装卸工和司机的忙呢?不过起初倒是平安无事,可后来发生了一次事故——一只桶从汽车上滚了下来,恰恰撞在沙拉夫的要害部位。撞伤的地方创口溃烂了,总也不能愈合。从那时起,西布加托夫就仿佛被链子拴在癌症楼里了。

卓娅在桌前坐了下来,尽管火气还没有消,她还是再一次检查是不是按医疗程序做完了所有事情,用墨水笔在很次的纸上继续把已经洇得模糊的记录写完。写汇报没有好处,而且,卓娅生来不喜欢这一套。就得自己设法对付,可她恰恰不会对付内丽娅。睡上一会儿也没什么不好的。遇到好的护理员值班,卓娅自己也会在半夜的时候睡会儿。可现在得坐着。

她在看自己做的记录,但听到有个男人走近这里,并且站在她的身旁。卓娅抬起了头。站在那里的是科斯托格洛托夫,他又高又瘦,满头蓬乱的黑发,两只大手几乎插不进病号服两旁的小口袋。

"早就该睡了,"卓娅规劝似的说道,"还走来走去做什么?"

"晚上好,卓英卡①。"科斯托格洛托夫竭力采用温柔的语气,甚至拉长了调子说道。

"祝您夜安!"她脸上闪过微笑,"我去给你们测体温的时候已经说过'晚上好'了。"

"请别见怪,那会儿您是在工作。可现在我是到您这里来做客的。"

"竟是这样?"她扬起了睫毛,睁大了眼睛(这在她是很自然的,自己并没意识到)。"您怎么认为我会接待客人呢?"

"因为您值夜班的时候总是在死背书,可今天我没看见您这儿有教科书。通过最后一门考试了吧?"

"您可真会观察。是的,考过了。"

"考了几分? 不过,这并不重要。"

"总算得了个四分。可您为什么认为不重要?"

"我是想,您也许得了个三分,谈分数会使您不愉快。这么说,现在是假期?"

她眨了眨眼睛,脸上露出轻松愉快的表情。这一眨眼,也使她想通了:真的,干吗心绪不佳呢? 两个星期的假期,多舒服! 除了医院,哪儿也用不着去! 有多少空闲的时间! 即使值班的时候也可以看看书,也可以像现在这样聊聊天。

"这么说,我来做客是对的啰?"

"那您就坐下吧。"

"可您要知道,卓娅,如果我没记错的话,过去放寒假是从1月25日开始的。"

"因为秋天我们去棉田劳动过。每年如此。"

"您还得学习几年?"

"一年半。"

"能把您分配到什么地方去呢?"

---

① 对卓娅的爱称。

她耸了耸胖乎乎的肩膀。

"祖国幅员辽阔。"

她的眼睛有点凸,甚至在她心平气和的时候也是如此,仿佛眼皮底下容纳不了,想往外挤似的。

"不过,会不会把您留在这里呢?"

"不会,当然不会。"

"那您怎么能撇下家呢?"

"什么家? 我只有奶奶一个人。我把奶奶带走就是了。"

"您爸爸妈妈呢?"

卓娅叹了口气。

"我妈妈去世了。"

科斯托格洛托夫看了看她,没有再问起她的父亲。

"您算是本地人吗?"

"不,老家在斯摩棱斯克。"

"噢! 老早就离开那里了吗?"

"疏散时来的,还能是什么时候呢。"

"这是在您……九岁的时候吧?"

"嗯。在那里念完了二年级……后来也就和奶奶卡在这里了。"

卓娅向放在墙根地板上的橘黄色采购用大提包探过身去,从那里取出一面小镜子,接着又摘下了护士帽,把被帽子压紧了的头发稍稍抖松了一点,梳成疏朗的略呈弧形的金色短刘海。

金发的微光也映照在科斯托格洛托夫粗犷的脸上。他心情平静,欣然注视着她。

"那您的奶奶在什么地方?"卓娅快照完镜子的时候,开玩笑似的问道。

"我的奶奶,"科斯托格托洛夫十分认真地说,"和我的妈妈……都在围困中死去了。"

"是在列宁格勒?"

"嗯。妹妹也被炮弹炸死了。她也是个护士,只是更孩子气。"

"是啊,"卓娅叹了口气,"有多少人在围困中遇难了! 该死的希特勒!"

科斯托格洛托夫冷冷一笑:

"希特勒该死,这不需要再去证明。但是列宁格勒被围困这笔账,我认为还是不能只算在他一个人头上。"

"什么意思?!为什么?"

"能是什么意思!希特勒就是要来消灭我们的。难道能指望他把小门稍稍打开,对被围困的人们说'你们一个一个地出来,别拥挤'?这是在打仗啊,他是敌人。而被围困这件事的责任是在别的人身上。"

"那到底是谁呢??"十分惊讶的卓娅悄声问道。她从未听到过类似的话,连想也没去想过。

科斯托格洛托夫蹙紧了黑黑的浓眉。

"比方说,已经做好打仗准备的那个人或那些人,哪怕在英国、法国和美国都跟希特勒联合起来的情况下也是如此。他们拿了几十年的工资,也预见到列宁格勒的突出地位及其防御意义。他们预估到了未来轰炸的猛烈程度,考虑到了把食品仓库隐蔽到地下。正是他们,跟希特勒一起,困死了我的母亲。"

这道理很简单,但似乎太新鲜了。

西布加托夫在他们身后角落里静静地独自坐浴治疗。

"那岂不……岂不应该……审判他们?"卓娅悄声地说。

"我不知道。"科斯托格洛托夫撇了一下本来就显得有点儿厚的嘴唇,"我不知道。"

卓娅没再戴上帽子。她的白罩衫的第一颗纽扣没扣,看得见里边金灰色连衣裙的领子。

"卓英卡。我来找您是有点儿事情。"

"噢,原来如此!"她的睫毛跳动了一下。"那就请在日班时谈吧。现在您去睡觉!您刚才不是说做会儿客吗?"

"我正是来做会儿客的。但在您还没不可救药,还没最终成为一个医生之前,请您向我伸出人道之手。"

"难道医生就不伸人道之手吗?"

"唉,他们的手不是那种手……而且也根本不会伸出来。卓英卡,我一生的特点就是不喜欢当长尾猴子给人做实验。我在这里治病,可是什么也不向我解释。这我受不了。我看见您有一本书——《病理解剖学》。书名是这样吧？"

"是的。"

"这是一本关于肿瘤的书,对吗？"

"对。"

"那就请您发扬一下人道精神,把那本书带给我！我得把它浏览一下,心里好有个底。只是自己心里有个底而已。"

卓娅嘟圆了嘴唇,摇了摇头:

"可病人看医学书籍是禁忌。就连我们,作为医科大学生,在学习某种病症知识时,也总疑心……"

"这对别人也许是犯忌的,但对我不起作用！"科斯托格洛托夫的大手在桌子上轻轻一拍。"在生活中我所遇到的惊吓实在太多,现在已不知道什么叫害怕了。有一次在新年临近的时候,州立医院里的一位朝鲜族外科大夫给我看病,也不愿对我解释病情,我对他说:'您尽管说好了！'他说:'我们这里是不允许那样做的！'我于是说:'您尽管说吧,我负责！我应该把家里的事情安排一下！'这时他就告诉我:'三个星期您是能活的,多了我不敢担保！'"

"他有什么权力这样！……"

"他是好样的！一个真正的人！我跟他握了手。我应该知道！既然在这之前我受了半年的折磨,而最后一个月弄得我既不能躺又不能坐,也不能站,怎么也无法止疼,一昼夜打不上几回盹儿,那我当然仔细地想过那事！这个秋天我切身体验到,人可以在自己的肉体还没有死亡的时候跨过死亡线。体内尽管还保持着某种血液循环和食物消化过程,但是心理上已经做好了死亡的一切准备,甚至感受到死亡的滋味。对周围的一切都无动于衷,仿佛是从棺材里看到的。虽然你不把自己算作基督教徒,有时甚至相反,可是你会突然发现自己到底还是宽恕了所有欺侮过你的人,就连对迫害过你的人也已无仇恨。对你来说,任何事和任何人都已无所谓了,你不想去纠正什么,什么也不会使你觉得遗憾。我甚至认为,这是一种十分平衡的心理状态,泰然自若的心境。现在,我已经脱离了这种状态,但是我不知道,这是不是值得高兴。种种欲望和激情全都会回到身上,包括好的和坏的。"

"您怎么还摆起架子来了！怎能不高兴呢！您来我们这里住院的时候……那是几天以前？"

"十二天。"

"当时就在这个前厅里,您在沙发上直打滚,看着您就让人害怕,脸色跟死人的一样,什么也不吃,体温,早晨晚上都是三十八度。可现在呢?您居然能来做客了……让一个人在十二天之内复活到这种程度,简直是奇迹!这种情况在我们这里是很少见的。"

的确,当时他由于长期的紧张,脸上密布着很深的灰色皱纹,像凿子凿出来似的。如今,皱纹已明显少了,也不那么晦暗。

"幸运在于我竟能适应X射线。"

"这是很不常见的!真是走运!"卓娅满怀热情地说道。

科斯托格洛托夫淡然一笑:

"我一生很少有走运的时候,看来在X射线方面走一次运是合情合理的。我现在连做的梦也是些令人飘飘然的好梦。我想,这是恢复健康的一种先兆。"

"我看这完全可能。"

"因此我更需要明白,更需要搞搞清楚!我要知道还有什么治疗措施,前景如何,可能会出现哪些复杂情况。我已经感到好多了,也许该让治疗停下来?这我需要明白。可是无论柳德米拉·阿法纳西耶夫娜,还是薇拉·科尔尼利耶夫娜,都什么也不跟我解释,只是像对待猴子那样给我治疗。把那本书带给我吧,卓娅,我请求您!我不会出卖您的。"

他说得那么恳切,表情也富有生气了。

卓娅伸手抓住桌子的抽屉把手,犹豫了会儿。

"书就在这儿?"科斯托格洛托夫猜到了。"卓英卡,给我吧!"他已把手伸了过去。"您下一次值班是什么时候?"

"星期日白天。"

"那好,到时候我一定还给您!行了!一言为定!"

这个梳有金色刘海、眼睛微微凸出的姑娘多好啊,一点也不傲慢。

幸好他没有看到,自己长久与枕头接触的脑袋上那拳曲而蓬乱的头发,怎样向四面八方翘起;由于在医院里比较随便,他那平纹粗布病号衫的一只领角,从没有扣好的外衣领口里边钻了出来。

"是的,正是,正是,"他翻开书看了看目录,"很好。我会从这本书里找到一切答案。这可要谢谢您,否则,鬼才知道会不会把我的病治过了头。要知道,对她们来说,填一下表格也就算完事了。我说不定会设法逃出去。就算是良药,有时也会缩短人的寿命。"

"您竟有这样的想法!"卓娅两手一拍。"不该把书给您!算啦,还给我!"

说着,她就用一只手去拽书,随后又用两只手拽,但他还是轻轻把书抓在手里。

"是图书馆的书,这样会扯破的!还给我!"

她那胖乎乎的、紧实的肩膀和胖乎乎的、紧实的胳膊被罩衫绷得紧紧的。脖颈不胖也不瘦,不长也不短,非常匀称。

他们在拉扯这本书的同时也互相挨近了,互相盯着对方的眼睛。他那五官并不端正的脸洋溢着微笑,就连那道疤痕似乎也不怎么可怕了,不错,这道疤已经有很久了,颜色也早已变淡。科斯托格洛托夫一边用另一只手轻轻从书上扳她的手指,一边悄声劝说:

"卓英卡,我知道您是不会赞成愚昧无知,而是主张启蒙的。怎么能妨碍别人扩大知识面呢?我开了个玩笑而已,不会逃到任何地方去的。"

她语气坚决地低声回答:

"您怎么那么放任自己?单凭这一点您就没有资格读这本书。您为什么不早点儿来住院?为什么要等到像个死人似的才来?"

"哎呀,"科斯托格洛托夫叹了口气,声音也高了些,"还不是因为没有交通工具。"

"这是什么地方啊,竟没有交通工具?可以坐飞机嘛!为什么要等到万不得已呢?为什么不早一点转到比较文明的地方去?你们那儿有什么医生或者医士吗?"

她松开手,不再争书。

"医生倒是有的,是妇科医生。甚至有两位呢……"

"两位妇科医生!"卓娅十分惊讶。"莫非你们那儿全是妇女?"

"恰恰相反,缺的就是妇女。妇科医生有两位,可其他医生一位也没有。也没有化验室,验血不能验。我的血沉数值竟达到六十毫米,可谁也不知道。"

"真可怕！而您现在还拿不定主意——治还是不治吗？如果您不可怜自己,至少也该想到您的亲人,想到您的孩子!"

"孩子?"科斯托格洛托夫仿佛醒了过来,仿佛这场争书的嬉戏是在梦中,而现在他又回到自己的面目粗犷、说话慢慢吞吞的状态。"我哪有什么孩子。"

"那妻子呢,不也是亲人吗?"

他更为迟缓地说:

"妻子也没有。"

"男人们总是口口声声说没有妻子。既然这样,您还有什么家里的事情要安排的? 您对那个朝鲜族医生说什么来着?"

"那我是对他撒了个谎。"

"说不定是现在对我在撒谎吧?"

"不是,真的不是。"科斯托格洛托夫的脸色变得有点阴郁。"我这个人非常挑剔。"

"您的性格使她受不了吧?"卓娅点了点头,表示理解。

科斯托格洛托夫极其缓慢地摇了摇头。

"我从来不曾有过妻子。"

卓娅困惑莫解,心里在想他究竟有多大年纪。她翕动了一下嘴唇,不过忍住了没问。嘴唇又翕动了一下,可她又忍住了。

卓娅是背对着西布加托夫坐着的,而科斯托格洛托夫是面朝着他,所以看得见西布加托夫怎样万分小心地从坐盆里站起身来,两手按着腰部等待晾干。他的神情表明他吃尽了苦头: 极度的痛苦已经过去了,可任何事情都不能引起他高兴。

科斯托格洛托夫深深地吸了一口气,又深深地呼出一口气,仿佛这呼吸是他的一项工作。

"哦,真想抽口烟! 这儿绝对不行吗?"

"绝对不行。况且,对您来说抽烟就意味着死亡。"

"无论怎样都不行吗?"

"无论怎样都不行,尤其是在我值班的时候。"

但她脸上露出了笑容。

"要么只抽一支吧？"

"病人都睡了，怎么可以！"

他还是掏出一支手工拼接起来的长长的空烟嘴，衔在嘴里咂巴。

"您知道，俗话说得好，年轻的时候结婚太早，老了的时候又太晚。"他把两只胳膊肘支在她桌子上，拿着烟嘴的手指插进了头发。"战后我差一点儿就结了婚，虽然我当时正在上大学，她也在上大学。本来是会结婚的，可事情完全翻了个个儿。"

卓娅端详着科斯托格洛托夫那不怎么和善但却刚毅坚强的脸。肩膀和胳膊显得骨瘦如柴，但这是疾病造成的。

"没办成？"

"她……这该怎么说呢……她给毁了。"他紧紧地斜着闭上了一只眼睛，而用另一只眼睛望着她。"她给毁了，不过总的来说，还活着。去年我还跟她通过几封信。"

他眯缝起眼睛。看见指头夹着的烟嘴，便把它放回到一只小口袋里去。

"您可知道，这几封信里的一些话突然使我沉思了起来：当初她是不是真的像我想象的那么完美？也许她没那么好？……在二十五岁的时候我们能懂得什么呢？……"

他的一双深褐色的眼睛直盯着卓娅：

"就拿您来说吧，您现在了解男人什么呢？什么也不了解！"

卓娅笑了起来：

"要是相反，我恰恰什么都了解呢？"

"这绝对不可能。"科斯托格洛托夫不容反驳地说。"您自以为是了解了的事情，其实并不了解。要是就此嫁人，必——定——看走眼。"

"好一番远见！"卓娅晃了晃脑袋，接着还是从那只橘黄色的大提包里取出一件绣花活儿，把它展开。那是绷在绷子上的一小块底布，上面已经绣好了一只绿色的鹤，狐狸和罐子还只是画着轮廓。

科斯托格洛托夫瞧着它，像看到奇事似的。

"您会绣花？"

"这有什么好使您惊奇的？"

"我真没想到，现今连医学院的女大学生也会做刺绣活儿。"

"您没看见过姑娘们怎样绣花吗?"

"也许除了我很小的时候,在20年代。后来这也要被看作是有资产阶级思想,为此会在共青团会议上把你狠批一顿。"

"现在这是很时兴的。您竟没看到?"

他摇了摇头。

"这您有看法?"

"您想到哪儿去了! 这多么可爱,瞧着也舒服。我很欣赏。"

她一针接着一针地绣,让他欣赏。她看的是底布,而他看的是她。在黄色的灯光下,她的睫毛微微泛着金光。就连露出来的连衣裙衣角也泛出一层金色。

"您是一只带刘海的小蜜蜂。"他悄声说。

"什么?"她皱起了眉。

他重复了一遍。

"是吗?"卓娅似乎期待着更动听的恭维。"要是您住的那个地方谁也不绣花,那大概很容易买到绣花丝线吧?"

"什么,什么?"

"绣花丝线。就是这种线——绿的、蓝的、红的、黄的。我们这儿很难买到。"

"绣花丝线。我会记住的,一定去问问。要是有,我必会寄给您。要是我们那儿这种丝线有的是,那您干脆搬到我们那里去,岂不更合适?"

"你们那究竟是什么地方啊?"

"可以说是处女地。"

"这么说,您是在荒地上工作? 您是垦荒者啰?"

"就是说,我到那儿去的时候,谁也不认为那是未开垦的荒地。现在倒是弄清楚了,那是处女地,垦荒者一批批到我们那儿去。等您毕业分配的时候,您就要求去我们那儿好了! 毫无疑问,不会不批准的。去我们那儿肯定会同意。"

"莫非你们那儿真的十分糟糕?"

"一点也不糟糕。只不过人们对什么是好、什么是坏的观点颠倒了。住在五层楼房的笼子里,让别人在你的上方敲敲打打,来回走动,四面八方都是广播喇叭——这被认为是好得不得了。而住在草原边上的土房子里,成为一个勤劳的庄稼人——这被认为是极其倒霉。"

他一点也不是开玩笑,而是带着一种疲惫的坚信不疑的神情说的,甚至不愿借助于话音之高去强调自己的结论。

"可那是一片荒原还是沙漠?"

"荒原。没有沙丘。还是有一些草的。那儿长着一种'然塔克'草,就是'骆驼刺',您不知道吗?这种草带刺儿,但是7月里会开出粉红色的花来,甚至还散发出清香。哈萨克人有上百种药都是用这种草做的。"

"这么说,那是在哈萨克斯坦。"

"嗯。"

"地名叫什么?"

"乌什-捷列克。"

"是个村庄吗?"

"叫它是村庄也行,叫它是区中心也行。那里有一所医院,只是医生太少。您到我们那儿去好了。"

他眯缝起眼睛来。

"别的什么也不长吗?"

"不,怎么会不长呢,那里有水田作物,还有甜菜、玉米。菜园里种什么都行。当然,得付出不少劳动。月锄①不离手。集市上总是有希腊人卖牛奶,库尔德人卖羊肉,日耳曼人卖猪肉。赶集的时候有多热闹啊,您去看看才好呢!人们都穿着民族服装,骑着骆驼去赶集。"

"您是农艺师?"

"不。土地规划员。"

"可您究竟为什么要住在那儿呢?"

科斯托格洛托夫挠了挠鼻子:

"我很喜欢那里的气候。"

"那儿交通很不便,是吗?"

"为什么?通汽车呢,要多少有多少。"

---

① 中亚地区用来挖土、锄地的一种农具,锄刃部分形状似铲。

"可我究竟干吗要到那儿去呢?"

她斜着眼睛看科斯托格洛托夫。在他们聊天的这段时间里,科斯托格洛托夫的相貌显得和善了些。

"您?"只见他前额的皮肤往上一抬,仿佛准备祝酒似的。"您怎能知道,卓英卡,在地球的哪一个点上您会是幸福的,在哪一个点上您会是不幸的? 这谁能说自己心中有数?"

## 第四章 🦋

# 病号的焦虑

手术病人,就是说应施手术切除肿瘤的那些病人,由于楼下病房的床位不够,也有一部分被安置在楼上,同放射科病人,即规定用放射线疗法或化学疗法治疗的病人混在一起。因此,每天上午楼上的病房都有两次巡诊:一次是放射科医生看自己的病人,另一次是外科医生看自己的病人。

但2月4日,星期五,是动手术的日子,外科医生没到病房巡诊。而放射科医生薇拉·科尔尼利耶夫娜·汉加尔特,开完碰头会以后,也没有马上去巡诊,只是走到男病房门口,往里面瞧了一眼。

汉加尔特医生个儿不高,很苗条。她之所以让人觉得十分苗条,是因为她的腰身特别纤细。她那按老式样在脑后盘成髻子的头发,比黑色浅些,但比棕色深些,也就是有人主张采用"褐色女郎"这一难以理解的词来形容的那种发色的女子,其实可以把那颜色称作黑棕色——介乎黑色与棕色之间。

艾哈迈占看见了她,高兴地向她直点头。科斯托格洛托夫在读一本大书,这时正好抬起头来,从远处向她行了个礼。她朝他俩微微一笑,并举起一个指头,像人们告诫孩子那样,让他们在她离开之后安静地待着。她随即闪开门口,走了。

今天,她应当跟放射科主任柳德米拉·阿法纳西耶夫娜·东佐娃一起,而不是自己一个人到各个病房巡诊,但是柳德米拉·阿法纳西耶夫娜被院长尼扎穆特金·巴赫拉莫维奇叫去后还没回来。

东佐娃只是在自己一周一次的巡诊日子里,才不得不放下X光片子的分析诊断工作。平日,上午最宝贵的头两个小时,也是眼睛最敏锐、头脑最清楚的时候,她总是跟当班的住院医师一起坐在荧光屏前。她认为这是自己工作中最复杂的一部分,二十余年的工作经验使她懂得,诊断方面的错误会导致怎样昂贵的代价。放射科里她手下有三个医生,都是年轻妇女,为了使她们每一个人的经验都比较全面,不使其中任何一人缺乏临床实践,东佐娃让她们轮岗,在门诊部、放射诊断室各待三个月,再在住院部当三个月主治医生,如此周而复始地持续。

汉加尔特医生现在正处在这第三阶段。这里最主要、最危险而又研究得最不够的就是掌握恰当的照射量。没有那样一条公式,根据它可以计算出哪一种照射强度和照射量对某种肿瘤有最大的杀伤力,对身体的其余部分则危害最小,公式是没有的,而只能凭经验、凭感觉并根据病人的具体情况行事。这也是一种手术,只不过是用光做的,肉眼看不见,时间也拖得比较长。不破坏、不杀死正常的细胞是不可能的。

主治医生的其他职责只要求按部就班地执行:及时指定化验,检查化验结果,并做好三十份病历的记录。任何医生都不愿意填写表格,但是薇拉·科尔尼利耶夫娜愿意接受,因为在这三个月的时间里她有自己的病号——不是屏幕上那淡淡的明暗线条的交织,而是自己一直负责治疗的活人。他们信任她,每每期待她的话语和目光。当她不得不移交主治医生职责的时候,她总是舍不得离开她尚未治愈的那些病人。

值班护士奥林皮阿达·弗拉季斯拉沃夫娜,是个上了年纪、头发斑白、看起来比某些医生还有风度的体态端庄的女人。她通知各个病房,让做放射治疗的病号不要走开。而那个大的女病房里的人仿佛等的就是这个通知——身穿同一种灰色病号长衫的女人们立即一个接一个地到楼下去:看看卖酸奶油的老大爷来了没有,送牛奶的那个老大娘来了没有;从医院台阶上向手术室的窗子里边看上几眼(窗子下半部分涂了白色,但透过上半部分看得见外科医生和护士的帽子以及明亮的顶灯);在水池子那儿刷刷罐子;探望一下熟人什么的。

不仅仅是她们那注定要挨手术刀的命运,而且还有这些灰色的、穿旧了的、即使在相当干净的时候看起来也不整洁的绒布病号长衫,使这些女人与女人的本分和女性的魅力绝了缘。长衫谈不上什么款式,它们都是那么肥肥大大,每一件都足以把任何程度的胖女人裹起来,袖子也是毫无式样的肥筒子。还是男病号的那种白色与粉红色相间的条纹上衣像样些；女病号不发连衣裙，只发这种没有纽襻和扣子的长衫。有的人从下面缝短一些，有的人将它放长一些，大家一律束着绒布腰带，为了不致露出衬衣，还都用手把两边衣襟往胸前捩。受到疾病折磨的这种女人，身穿如此寒碜的长衫，是不会唤起任何人的愉快眼神的，这她们自己也知道。

而男病房里，除鲁萨诺夫以外，所有的病号都安静地等候着医生来巡诊，很少走动。

那个乌兹别克老头儿，集体农庄的看门人穆尔萨利莫夫，像往常一样戴着自己那破旧不堪的小圆帽，直挺挺地仰卧在铺好的被子上面。此时大概他已感到高兴，因为咳嗽不再折磨他。他把两手叠放在感到呼吸困难的胸口上，眼睛凝视着天花板。他那古铜色的皮肤包着的几乎只是一具骷髅：看得出鼻梁、颧骨以及山羊胡子后面的尖下巴骨。他的耳朵薄得只剩两片扁平的软骨。他只要再干缩和变黑一点点，便会成为一具木乃伊。

他旁边的那个中年人，哈萨克牧羊人叶根别尔季耶夫，不是躺在床上，而是盘着腿坐在那里，就像坐在自己家里的地毯上一样。他那有力的大手托着大而圆的膝盖。他那结实的身体如此岿然不动，即使在静坐时偶尔微微摇晃，也无非像工厂的烟囱或水塔那样有点微震而已。他的肩膀和脊背把上衣绷得紧紧的，肌肉发达的腕子几乎撑破了袖口。他住进这所医院的时候，嘴唇上有一处不大的溃疡，在这里经过照射之后变成一个暗红色的大痂，使他的嘴张不开，吃喝都受到阻碍。但他没有坐立不安，既不焦躁，也不叫喊，而总是慢条斯理地把盘子里的饭食吃光，而且就这样安安静静地坐上几个小时，眼睛不看任何地方。

再过去，靠门的一张病床上，十六岁的焦姆卡伸直了自己的那条病腿，不停地用手掌抚摸和按摩小腿上使他不得安宁的地方。他像小猫一样蜷缩着另一条腿在看书，其他什么都不在意。不是睡觉和接受治疗的时间，他基本上都在看书。化验室里有一个摆满了书的书柜，女主任特许焦姆卡自己进去换书，不必等整个病房轮到换书的时候才换。现在他看的是一本浅蓝色封面的杂志，但这本杂志不是新的，而是被翻得很破，封面被太阳晒褪了色——化验室的这个书柜里没有新出版的书刊。

普罗什卡则十分认真地铺好了自己的床，没有一道褶皱，没有一个小坑。他把两腿垂到地上,规规矩矩地坐在那里,很有耐心,像完全健康的人。他也的确完全健康——在病房里对什么也不抱怨,外表也没有任何疾患,黝黑的脸颊呈现出健康的面色,额发梳得光溜齐整。小伙子到哪儿都称得上一表人才,哪怕去参加舞会。

他旁边的艾哈迈占,由于找不到对手,就把棋盘斜放在被面上,自己跟自己下跳棋。

脖子上缠着铠甲似的绷带、脑袋不能转动的叶夫列姆,没有在通道上走来走去惹人心烦,而是用两个枕头把背后垫高,一直在看昨天科斯托格洛托夫硬塞给他的那本书。诚然,他很少翻动书页,别人还会以为他拿着书在打瞌睡呢。

而阿佐夫金,还是那么痛苦难熬,像昨天一样。他也许一夜没合眼。窗台上和床头柜上散扔着他的东西,被褥也乱七八糟。他的额头和两鬓沁出了汗珠,体内的阵阵疼痛全部反映在蜡黄的脸上。有时,他弯着腰站在地板上,胳膊肘支着床,就那么待着。有时,他两手捂住肚子,身体弯成两截。在病房里他已有好多天不搭话了,关于自己他什么也不说,只是在央求护士和医生多给点药的时候他才肯开口。一旦有家属来看他,他就要他们再去买一些在这里看到的那种药。

窗外是阴沉沉的天,没有风,灰蒙蒙的。科斯托格洛托夫早晨做过照射治疗回来之后,问也不问帕维尔·尼古拉耶维奇,就把自己上方的通风窗打开了。一股湿润但并不寒冷的空气从那里挤了进来。

帕维尔·尼古拉耶维奇担心肿瘤着凉,就把脖子裹了起来,坐到墙边。这些听天由命的人是多么愚蠢,简直跟木头一样!看来,这里除了阿佐夫金,谁也没有真正的病痛。好像是高尔基说过,只有为自由而斗争的人,才有资格享有自由。恢复健康这件事也是如此。至于帕维尔·尼古拉耶维奇,早晨他就做了果断的决定。挂号处刚刚开门,他便往家里打电话,把夜里的决定告诉了妻子:通过一切渠道设法转到莫斯科去,而不能在这里甘冒风险,害了自己。卡芭很会走门路,想必正在活动。不消说,这是一种怯懦的表现:被一个肿瘤吓慌了神,还到这里来住院。说起来这简直让人不敢相信,从昨天下午三点到现在,甚至连一个人也没有来摸一摸,看看他的肿瘤是否正在扩大。谁也没送药来。床头上挂一张体温卡也就了事了,这只能安慰傻瓜。不行，我们的医疗机构还需要整顿，再整顿。

医生们终于露面了，但她们还是没有走进病房，而是停在门外，在西布加托夫那儿站了很久。西布加托夫把后背的衣服撩了起来，让医生们看。（与此同时，科斯托格洛托夫把自己的书藏到了褥垫底下。）

不过后来她们还是走进了病房，有东佐娃医生、汉加尔特医生和一位手拿记事本、臂肘上搭着一条毛巾的体态端庄、头发花白的护士。几个穿白大褂的人一齐进来，总是会引起一阵紧张、恐惧和希望的浪潮。来者的长衫和帽子愈白，表情愈严肃，病号的那三种感受就愈强烈。其中表现最严肃、最庄重的是护士奥林皮阿达·弗拉季斯拉沃夫娜，对她来说，巡诊就跟祈祷仪式之于助祭一样。她是这样一个护士，认为医生高于普通人，认为医生什么都懂，从来不犯错误，其嘱咐也无不正确。所以，任何医嘱她都怀着一种近乎幸福的感觉记在自己的记事本里。现在的年轻护士已经不像她那样做了。

然而，医生们进了病房之后，并没急于走到鲁萨诺夫床前去！柳德米拉·阿法纳西耶夫娜——一个浓眉大眼，脸盘也大，头发已呈灰色但修剪齐整、微微拳曲的高大女人，不太响亮地对大家说了声"你们好"，就在第一张病床的焦姆卡身旁站住，审视着他。

"你在看什么书，焦姆卡？"

（难道她就找不到更聪明的问话了吗！况且是在工作时间！）

和许多人习惯的一样，焦姆卡没有回答在看什么书，而是把褪了色的浅蓝色杂志封面翻转过来让她看。东佐娃眯缝起眼睛来。

"噢，这也太旧了，前年的了。看它有什么用？"

"这里有一篇文章很有意思。"焦姆卡富有深意地说。

"是关于什么呢？"

"关于真诚！"他更加意味深长地回答，"说的是文学里缺少了真诚……"

他把有病的那条腿放到地上，但是柳德米拉·阿法纳西耶夫娜立刻阻止他：

"不需要放下！把裤腿卷起来就行了。"

他卷起了裤腿，医生在他床沿上坐下，伸出几个指头小心翼翼地触摸那条腿。

薇拉·科尔尼利耶夫娜扶住床架站在她身后,隔着她的肩头注视着,轻声说:

"照了十五次,三千个'单位'。"

"这儿疼吗?"

"疼!"

"这里呢?"

"再往下也疼。"

"那你为什么一直不说?逞英雄!对我说,从哪儿开始疼。"

她慢慢地触及患处的边缘。

"要是不按疼不疼?夜里呢?"

焦姆卡那光光的脸上还没长一根胡子,但是持续紧张的表情使他显得十分老成。

"白天晚上都疼得钻心。"

柳德米拉·阿法纳西耶夫娜跟汉加尔特交换了一下眼色。

"那么,你觉得在这一段时间里是疼得厉害些还是轻了点?"

"不知道,也许稍微轻了点,不过,也有可能是错觉。"

"血液方面。"柳德米拉·阿法纳西耶夫娜询问化验结果,汉加尔特这时已把病历递给了她。柳德米拉·阿法纳西耶夫娜看过病历之后,又瞧了瞧少年。

"吃饭有胃口吗?"

"我有生以来一直胃口很好。"焦姆卡自豪地答道。

"我们已开始给他增加营养。"薇拉·科尔尼利耶夫娜拖着保姆式的声调亲切地插话说,同时朝焦姆卡微微一笑。焦姆卡也朝她笑笑。"要输血吗?"汉加尔特在接过病历的时候,立刻悄声问了问东佐娃。

"是的。焦姆卡,你看怎么样?"柳德米拉·阿法纳西耶夫娜又审视着他。"还继续照射,是吗?"

"当然,还要继续!"少年脸上闪出喜悦的光彩。

他望着她,眼神里充满了感激。

他是这样理解的,认为这可以代替手术。他觉得东佐娃也是这样理解的。(可东佐娃的意思是,在切除骨瘤之前,必须用X射线控制它的活动,防止转移。)

叶根别尔季耶夫早已做好了准备，留神等着，待柳德米拉·阿法纳西耶夫娜刚从邻床站起身来，他就立即在通道上挺胸立正，像个士兵似的站在那里。

东佐娃向他微微一笑，凑近他的嘴唇，察看那个大痂。汉加尔特把有关的数据悄声念给她听。

"嗬嘿！很好！"柳德米拉·阿法纳西耶夫娜鼓励他，像通常人们跟不同语言的人讲话一样，嗓门格外大。"一切都很顺利，叶根别尔季耶夫！你很快就可以出院回家啦！"

艾哈迈占了解自己应尽的义务是什么，他把医生的话翻译成乌兹别克语（他和叶根别尔季耶夫之间都能互相听得懂话，尽管两人都觉得对方的语言是不纯正的）。

叶根别尔季耶夫满怀着希望和信任，甚至是喜出望外地定睛细看着柳德米拉·阿法纳西耶夫娜，这是普通老百姓对真正有学问的人和真正的良师益友所表达的那种钦佩和喜悦的心情。但他还是摸了摸自己的那个痂的周围，并且问道：

"是不是又大了？肿了没有？"艾哈迈占为他翻译。

"这慢慢都会脱落的！一般都是这样的！"东佐娃宽慰他，话说得特别响，"都会脱落的！在家里休息三个月，再到我们这儿来！"

她转向了穆尔萨利莫夫老汉。穆尔萨利莫夫已经垂下两腿坐在床上，正准备站起身来迎接她，但她按住了他，在他身旁坐下。这个皮肤呈青铜色的干瘦老头望着她，对她能治百病的医术也充满了信心。东佐娃通过艾哈迈占问他咳嗽病怎样了，随后让他把衬衫撩起来，在他胸前疼痛的部位轻轻按了按，又用一只手通过另一只手敲了敲，与此同时还听薇拉·科尔尼利耶夫娜报告照射的次数、验血的结果和打针的情况，并且自己接过病历，默默地看着。先前，这个健康的躯体里一切都是有用的，一切都各就各位，可是现在，一切都是多余的，并且直往外撑——似乎是些什么结节和有棱角的东西……

东佐娃又给他开了些针剂，并要他从床头柜里把自己服用的药片拿出来看看。

穆尔萨利莫夫取出一只盛复合维生素片的空瓶儿。"什么时候买的?"东佐娃问。艾哈迈占翻译了他的回答:前天。"可药片哪儿去了?"回答说:吞下去了。

"怎么,吞下去了??"东佐娃十分惊讶,"一次全吞下去了?"

"不,分两次。"艾哈迈占翻译说。

医生、护士、俄罗斯族病号、艾哈迈占都哈哈大笑起来,穆尔萨利莫夫则微微咧开了嘴,还不知是怎么回事。

只有帕维尔·尼古拉耶维奇被他们这种无聊的、不合时宜的笑声气得满腔怒火。瞧,他马上就会让他们清醒!他在考虑,选择一种什么样的姿势与医生相见最合适,最后决定半卧在床上,认为这样会收到更大的效果。

"没关系,没关系!"东佐娃安慰穆尔萨利莫夫。她又给他开了些维生素C,之后就在护士恭恭敬敬递过来的毛巾上擦了擦手,忧心忡忡地转向了下一张病床。这时,她面朝窗户,离窗又近,脸色显得有点发灰,一副不健康和疲劳过度的面容,甚至可以说是有点病态。

秃了顶的帕维尔·尼古拉耶维奇,戴着小圆帽和眼镜,绷着脸坐在被窝里,他的样子像个教员,而且不是普通的教员,是桃李满天下的功勋教育家。他耐心地等到了柳德米拉·阿法纳西耶夫娜走近他的床边,正了正鼻梁上的眼镜,郑重地说:

"是这么回事,东佐娃同志,我不得不把这所医院的状况反映给卫生部,而且打电话给奥斯塔片科同志。"

她没有发抖,脸色没变得煞白,说不定还变暗淡了些。她的两个肩头同时做了一个奇特的动作——画了个圆圈,仿佛肩膀由于拉纤而十分疲劳可又得不到舒展。

"如果您在卫生部有门路,"她当即表示同意,"甚至能给奥斯塔片科同志打电话,我可以给您提供补充材料,要不要?"

"还有什么补充的必要!像你们这样对病人漠不关心,简直无法容忍!我到了这里已经足足十八个小时!可是谁也不对我进行治疗!老实说,我……"

(他不能对她再说什么了!她自己应该明白!)

病房里所有的人都默不作声，望着鲁萨诺夫。如果说有人受到了打击，那么这绝不是东佐娃，而是汉加尔特——她嘴唇闭成了一条线，紧皱着眉头，前额也蹙到一起，似乎看到了后果无法挽回的事情而又无法加以制止。

高大的东佐娃，俯临坐在床上的鲁萨诺夫，她甚至没让自己皱起眉头，只是再次画圈似的耸了耸肩，并且以息事宁人的方式低声说：

"瞧，我现在不就来给您治疗了。"

"不，现在已经晚了！"帕维尔·尼古拉耶维奇斩钉截铁地说，"这里的状况我看够了，我要离开这里。所有人对我都漠不关心，所有人都不给我作出诊断！"

他的声音出乎意料地颤了起来，因为他的确非常委屈。

"诊断已经给您作出。"东佐娃两手扶在他的床架上，从容不迫地说。"您没有别的地方可去，这种病在我们共和国再没有别的地方可以给您治。"

"可您不是说过我得的不是癌吗？！……那么请您把诊断结果拿出来看看！"

"一般来说，我们不必对病人说他们得的是什么病。不过，要是这会减轻您的精神负担，那就让我告诉您：您得的是淋巴肉瘤病！"

"这就是说，并不是癌！"

"当然不是。"她的脸上和声音里甚至没有流露出由于争吵而引起的那种理所当然的恼火，因为她看见了他颌下那个有拳头大的肿瘤。能去对谁发火呢？对肿瘤吗？"谁也没有强迫您到我们这里来住院。您哪怕现在就出院也是可以的。不过您可要记住……"她犹豫了一下，随即心平气和地警告他："要知道，人们并不是仅仅死于癌症。"

"怎么，您想吓唬我？！"帕维尔·尼古拉耶维奇吼叫起来。"您为什么要吓唬我？这是毫无道理的！"他更加咄咄逼人，但是听到"死"字，他心里全都凉了。随后，他语气比较缓和地问："您是不是想说，我的病的确是那么危险？"

"如果您不断地从一所医院换到另一所医院，那当然危险。您把围脖解开吧。请站起来！"

他解去了围脖，站在地板上。东佐娃开始小心地触摸他的肿瘤，然后又摸摸脖子没有毛病的一侧，进行比较。她要他把头尽可能往后仰（头无法仰得很靠后,因为肿瘤立刻就牵制住了),再尽可能往前低,往左和往右转动。

情况竟是如此!原来他的头已几乎不能随便活动,已经失去我们通常所不注意的那种惊人的灵活性了。

"请把上衣脱下来。"

他那墨绿和茶褐色条纹的睡衣是用大纽扣扣起来的,也并不紧,脱起来似乎不会有什么困难,但是手臂的拉伸影响到脖子,所以帕维尔·尼古拉耶维奇发出了呻吟声。噢,事情竟到了这种地步!

头发花白、体态端庄的护士帮他摆脱了袖子的纠缠。

"您觉得胳肢窝里疼吗?"东佐娃问,"有没有碍事的感觉?"

"怎么,那里也会出毛病?"鲁萨诺夫的嗓音完全低下来了,这阵子他说话比柳德米拉·阿法纳西耶夫娜的声音还轻。

"把胳膊向两旁举起来!"她聚精会神、小心翼翼地在他腋下触摸着。

"采取什么治疗措施呢?"帕维尔·尼古拉耶维奇问。

"我对您说过了:打针。"

"往哪儿打?直接打在肿瘤上?"

"不,静脉注射。"

"是天天打吗?"

"每周三次。把衣服穿上吧。"

"开刀呢,不可能吗?"

(他虽然问"不可能吗?",但恰恰最害怕躺到手术台上去。跟所有的病人一样,他宁愿接受保守疗法。)

"开刀是毫无意义的。"她在护士递过来的毛巾上擦了擦手。

毫无意义就好!帕维尔·尼古拉耶维奇心里这么想。不管怎么说,得跟卡芭商量一下。到处奔走求助也不是那么容易。其实,他的实际影响并不像他在这里摆出的架势那样,没有他希望的那么大。要给奥斯塔片科同志挂个电话也绝不是那么简单的事。

"好吧,我考虑一下。那就明天决定,好吗?"

"不,"东佐娃说,毫无商量的余地,"必须今天决定。明天我们不能打针,因为明天是星期六。"

又是规章制度！好像规章制度订了出来就不能打破似的！

"为什么星期六就不能打针呢？"

"因为对您打针后的反应必须严密观察，包括打针的当天和第二天。而星期日这是做不到的。"

"这么说，那针是很厉害的啰？……"

柳德米拉·阿法纳西耶夫娜没有回答。她已经转向科斯托格洛托夫了。

"那就等到星期一，行不行？……"

"鲁萨诺夫同志！您指责说，十八个小时没有对您进行治疗。怎么，拖延七十二个小时您反倒愿意呢？（她已经取得了胜利，完全压制住他，而他却毫无办法！……）您要么接受我们的治疗，要么不接受。如果接受，今天上午十一点钟就给您打第一针。如果不接受，那就请您签字，表明您拒绝我们的治疗，我今天就可以让您出院。至于等上三天，不采取治疗措施，我们没有这个权力。在我结束对这间病房的巡诊之前，您考虑好了就告诉我。"

鲁萨诺夫两手捂住了脸。

喉咙以下几乎全被白长衫裹严了的汉加尔特，悄然无声地从他身旁走过。奥林皮阿达·弗拉季斯拉沃夫娜则像一艘船似的一驶而过。

东佐娃由于这番争执已经累了，指望能在下一张床边高兴起来，她和汉加尔特都已经提前露出了微笑。

"喏，科斯托格洛托夫，您觉得怎么样？"

科斯托格洛托夫掠了掠翘起的头发，以健康人的声音响亮而又充满信心地回答：

"非常好，柳德米拉·阿法纳西耶夫娜！不能再好了！"

两位医生互相看了一眼。薇拉·科尔尼利耶夫娜的嘴角只是微露笑意，而眼睛却闪烁着喜悦的光彩。

"不过，"东佐娃在他床沿上坐下，"还是说说——您究竟有什么感觉？在这一段时间里有什么变化？"

"好吧！"科斯托格洛托夫欣然从命。"第二次照射之后，我的疼痛就减轻了。第四次以后，疼痛就完全消失了，而且也不发烧了。现在我睡得非常好，一觉能睡十个小时，任何姿势都不感到疼。可过去，这种不疼的姿势我怎么也找不到。以前饭来了，看也不想看，可现在全都能吃下去，而且还要求添点。就这样,不疼了。"

"不疼了?"汉加尔特笑出声来了。

"可是,给添点吗?"东佐娃也笑了。

"有时候给添。总之,这叫我说什么呢?我的世界观起了变化啦。我来的时候完全像具死尸,而现在却活蹦乱跳。"

"也没有恶心的感觉吗?"

"没有。"

望着科斯托格洛托夫,东佐娃和汉加尔特的脸上都泛起了喜悦的光彩,正像老师望着出类拔萃的优秀生一样:与其说是以自己的知识和经验为荣,毋宁说是为他的出色回答而感到骄傲。这样的学生必然会为其老师所喜欢。

"还感觉得到肿瘤吗?"

"对我来说,它现在已经不碍事了。"

"可是还感觉得到吗?"

"只是在我躺下的时候,才感觉有个多余的东西,似乎还在滚动,但并不碍事!"科斯托格洛托夫坚持说。

"好吧,您躺下。"

科斯托格洛托夫以习惯的动作(最近一个月里,他的肿瘤被好几所医院里的许多医生,甚至实习生摸过,还叫邻近诊室的医生来摸,大家都十分惊讶)把腿搁到床上,屈起两膝,不枕枕头仰面躺下,并使腹部袒露。这时他立刻就感觉到腹内一直伴随着他的那只蛤蟆在里边很深的一个地方趴了下来,压迫着他。

柳德米拉·阿法纳西耶夫娜坐在旁边,以轻柔的触摸从外围渐渐逼近肿瘤。

"别紧张,肌肉放松!"她提醒他,尽管他自己也知道,但还是不由自主地紧张了起来,这护卫性的紧张,妨碍了触诊。后来,她终于使他信任地放松了腹肌,在胃后深处明显摸到他的肿瘤的边缘,接着她就顺着整个外缘摸了一遍,起初触摸轻柔,第二次比较重些,第三次更重些。

汉加尔特隔着她的肩头在观察。科斯托格洛托夫则望着汉加尔特。她非常讨人喜欢。她想显得严厉些,但总也严厉不起来,因为她很快就跟病人们搞得很熟了。她想显得老成些,却没有结果,她身上总有一股女孩子气。

"还像先前那样,可以清楚地摸到。"柳德米拉·阿法纳西耶夫娜说,"变扁了些,这是毫无疑问的。退到里面去了,不挨着胃,所以他不觉得疼。也变软了些。但是边缘差不多还是那样。您要摸摸看吗?"

"不必,我每天都摸,其实应该有间隔。血沉——二十五,白细胞——五千八……您自己看吧……"

鲁萨诺夫放开捂着脸的双手,把头抬了起来悄声问护士:

"就是说,需要打针,是吗?很疼吧?"

此时科斯托格洛托夫也在打听:

"柳德米拉·阿法纳西耶夫娜!我还得照射多少次?"

"这现在还无法确定。"

"喏,大概说说。您估计什么时候可以让我出院?"

"什么???"她本来在看病历,此时突然抬起头来,"您在问我什么??"

"问您什么时候可以让我出院?"科斯托格洛托夫还是那么很有信心地重复了一遍。他双手抱膝,一副自主的神气。

在东佐娃的眼神里,欣赏优秀生似的那种喜悦已经完全消逝了。她意识到这是一个很难对付的病号,面部表情就显示出他那倔强、固执的性格。

"我只是刚刚着手给您治疗呢!"她要让他清醒一下,"从明天起才算是正式开始。在这之前还只不过是试探试探。"

然而,科斯托格洛托夫并没有屈服。

"柳德米拉·阿法纳西耶夫娜,我想稍稍解释一下。我知道,我的病还没有治好,但我并不打算完全治好。"

唉,这些病人可真古怪!一个比一个厉害。柳德米拉·阿法纳西耶夫娜脸一沉,这下她真的生气了:

"您到底是在说什么?您是不是一个精神正常的人?"

"柳德米拉·阿法纳西耶夫娜,"科斯托格洛托夫平心静气地摊开一只大手,"讨论起现代人精神正常与不正常来,我们的话题就会扯得很远……您使我恢复到这种状况,是值得高兴的,我由衷地感谢您。现在,我想在这种状况下过上那么几天正常的生活。再治下去,我不知道结果会怎样。"在他说这话的过程中,柳德米拉·阿法纳西耶夫娜由于不耐烦和愤怒,下嘴唇渐渐离开了上嘴唇。汉加尔特的眉头抖动,眼睛看看这个又看看那个,她想插话,缓和一下气氛。奥林皮阿达·弗拉季斯拉沃夫娜傲慢地望着反叛者。"总之,我不愿现在就付出太大的代价以换取未来什么时候能过正常生活的期望。我寄希望于自身机体的抵抗力……"

"您靠自身机体的抵抗力是爬进我们医院的呀!"东佐娃厉声驳斥,随即从他床上站起身来。"您甚至不明白自己是在拿什么当儿戏!我不想再跟您谈下去了!"

她像男人那样一甩手就转向阿佐夫金了,但是在被子上屈起两膝的科斯托格洛托夫像条黑狗,虎视眈眈地望着她:

"可我,柳德米拉·阿法纳西耶夫娜,请求您,再谈谈!也许,您感兴趣的是这项实验的结果,而我所渴望的是安安静静地过上一阵子。哪怕只过上一年也好。就这些。"

"好,"东佐娃转过脸去干脆地说,"会有人来招呼您的。"

她情绪激愤,面对着阿佐夫金,暂时怎么也无法换一种新的语气和新的面孔。

阿佐夫金没有起来。他捂着肚子坐在床上,只是迎着医生抬起了头。他的上下嘴唇没有合拢,而是反映出各自的痛楚。他的眼睛里没有其他任何神情,只剩下哀求的神色,那种仿佛向聋子哀求帮助的神色。

"怎么样,科利亚?究竟怎么样?"柳德米拉·阿法纳西耶夫娜搂了搂他的肩膀。

"不——好。"他尽量不用肺部呼气,只是动弹了一下嘴唇,声音极轻地回答,因为肺部的任何一点震动都会即刻影响到腹部的肿瘤。

半年前,他肩扛铁锹走在共青团星期日义务劳动队伍的最前头,还一路引吭高歌,可现在,他甚至无法用比耳语高些的声音诉说自己的疼痛。

"来,科利亚,让咱们一起来想想办法。"东佐娃说,声音也是那么低。"也许,是治疗把你折腾累了?也许,是医院的环境使你厌倦?是不是厌倦了?"

"是的。"

"你嘛,是本地人。要不要回家休养一段时间?要不要?……我们让你回家休养一个月到一个半月好吗?"

"那么以后呢……你们还收我吗？……"

"当然收，我们一定收。你现在是我们的人了。打了这么多针，你需要休息一下。针停了，你可以到药房里买点药，每天三次含在舌头底下。"

"是合成雌酚吗？……"

"是的。"

东佐娃和汉加尔特不知道：这几个月里，阿佐夫金除了按规定打针吃药以外，还总是苦苦哀求每一位接班的护士和每一位值夜班的医生另给他一点安眠、止痛的药粉或药片。阿佐夫金把这些药物储存了起来，塞满了一只小布袋，就是准备在医生对他绝望的那天，为自己留下条解脱之路。

"你应当休息一下，科连卡①……休息……"

病房里非常静，所以鲁萨诺夫这样叹了口气就格外听得清楚，他放下捂着脸的双手，抬起头来说道：

"我让步，大夫。打针好了！"

---

① 科利亚的昵称。

## 第五章

# 医生的焦虑

当我们觉得一团看不见的,但是浓密而沉重的迷雾进入胸腔,把那里的一切都紧紧地裹起来,向中间挤压的时候,该把这种感觉称作什么呢? 懊丧? 压抑? 在这种时刻,我们只感觉到这团迷雾的收缩、凝聚,一时间甚至闹不清楚,究竟是什么压得我们透不过气来。

这就是薇拉·科尔尼利耶夫娜巡诊结束后跟东佐娃一起下楼梯时的感觉。她心里很难受。

在这种情况下,听一听,再分析一下是有好处的: 这一切都是由于什么? 然后采取相应的措施。

原来她是在为妈妈担心。放射科的三个住院医师私下里提到柳德米拉·阿法纳西耶夫娜时管她叫妈妈。就年龄来说,她可以做她们的妈妈,因为她们都还不满三十岁,而她已接近五十。此外,还由于她在工作上对她们的热心培养。她严于律己,一丝不苟到近乎求全责备的程度,并希望三个"女儿"也都能具有这种一丝不苟和求全责备的精神;她是精通X光片诊断和X光放射治疗的屈指可数的专家之一,不顾时代的趋向和知识范围的精细划分,一心要她手下的住院医师也能把握两者。她没有留一手,没有什么不传授给她们的秘密。当薇拉·汉加尔特时而在这一方面时而在那一方面表现出比她思想更活跃、感觉更敏锐的时候,"妈妈"尤为高兴。薇拉从离开医学院校门到现在,已在她指导下工作八年了。她觉得自己现在所拥有的全部力量——把哀求救助的人从死神的怀抱里夺回来的力量,统统来自柳德米拉·阿法纳西耶夫娜。

鲁萨诺夫这个人会给"妈妈"招来极大的麻烦。得动动脑子,豁出脑袋可不行。

咳,要是只鲁萨诺夫一个人,倒也没什么!任何一个居心叵测的病人都有可能这样做。要知道,猎狗一旦被呼唤就会趴不住,必往前冲。这不是水上的波纹,而是记忆里的犁沟。它可能被后来撒上的沙子填平,但只要别人再喊一声,哪怕喊的是酒后狂言:"打医生!"或者"打工程师!"——棍子已经握在手里了。

乌云虽然已经飘走,但这里那里还残留着团团疑云。就在不久前,国家安全部的一名司机因胃部出现肿瘤住在她们医院里。他属于外科的病人,薇拉·科尔尼利耶夫娜本来跟他毫不相干,但是有一次她值夜班,晚间巡诊的时候,此人诉说他睡不着觉。她给他开了溴梦拉[1],可是,当她从护士那里得知,这种药只有小包了,就说:"一次给他两包好了!"病人把药收下了,薇拉·科尔尼利耶夫娜甚至没有注意他那异样的眼神。这事她本来是不会知道的,但医院里的一个女化验员跟这个司机是邻居,到病房里去探望过他。神情紧张的化验员跑来告诉薇拉·科尔尼利耶夫娜:司机没把那药粉服下去(为什么一次开两包?),他一夜没睡。而现在他又盘问化验员:"为什么她姓汉加尔特[2]?你把她的情况详细谈谈。她想毒死我。对这个女人可得研究研究。"

薇拉·科尔尼利耶夫娜等了好几个星期,准备接受研究。在这几个星期里,她可要毫不懈怠、准确无误,甚至精神振奋地作出诊断,毫厘不差地确定药量,用眼神和微笑去鼓励落进这个声名狼藉的癌圈子里的病人,随时担心他们之中的任何人投来这样的目光:"你不是下毒的凶手吧?"

今天巡诊时还有一件事使她特别难受:科斯托格洛托夫是病人中治疗效果最明显的一个,不知为什么薇拉·科尔尼利耶夫娜对待他非常亲切,可恰恰是他向"妈妈"提出了那样的问题,怀疑她存心不良,拿他做实验。

柳德米拉·阿法纳西耶夫娜离开巡诊病房的时候也心情沉郁,她也想起一桩不愉快的事情。那件事是跟最爱闹事的女人波林娜·扎沃奇科娃有

---

[1] 一种安眠药。

[2] 暗示这是日耳曼人的姓氏。

关。有病的倒并不是她本人,而是她的儿子,可她陪着儿子住院。给她儿子做了手术,切除一个体内肿瘤。那天她在走廊里缠着主刀大夫,要求把儿子的肿瘤给她一小块。假若她碰上的不是列夫·列昂尼多维奇,说不定真的会弄到手。而她下一步的打算是,把这块小东西送到别的医院去,在那里检验诊断是否正确,要是与东佐娃作出的最初诊断不符,她就勒索钱财或者向法院起诉。

这样的事在她们每一个人的记忆里都不是只有一件。

此时,巡诊结束之后,她们便去把当着病人的面不便说的话说完,并做出会诊决定。

十三号楼的房间不够用,为放射科医生们办公连一间小房间也腾不出来。她们既不能待在"伽马炮"操作室,也不能待在十二万和二十万伏特的长焦距X光照射室。X光片诊断室里虽然有地方,但那里太暗。因此,她们把处理日常事务、写病历和其他档案材料的桌子放在短焦距X光器械室——似乎她们在经年累月的工作中与令人恶心的X光空气及其异味、异热接触得还嫌太少。

她们来到这里,在这张没有抽屉、刨工粗糙的长桌子旁并排坐了下来。薇拉·科尔尼利耶夫娜在翻阅住院病人的病历,女病人的和男病人的,把她自己能够处理的和需要跟大家一起研究的分开。柳德米拉·阿法纳西耶夫娜闷闷不乐地望着面前的桌子,下唇微微噘出,手中的铅笔轻轻地敲着桌面。

薇拉·科尔尼利耶夫娜不时把同情的目光投向她,但始终没下决心去谈鲁萨诺夫、科斯托格洛托夫以及医生们的共同遭遇,因为事情是明摆着的,没有必要多说,而要说的话倒有可能说得不太中肯、不够婉转,不仅不能给人以安慰,反而会触到痛处。

终于,柳德米拉·阿法纳西耶夫娜说道:

"最令人恼火的是我们无能为力,不是吗?!"(这可能指今天察看过的许多病人。)她又用铅笔敲了几下。"而事实上哪儿也没出差错。(这可能指阿佐夫金和穆尔萨利莫夫。)诊断时我们曾有过动摇,但治疗是对头的。我们也不能采用较小的剂量。我们的事都被那只桶给毁了。"

原来如此!她想到的是西布加托夫!是的,有时会遇到这样难以收到治疗效果的病症：你在他们身上消耗的是三倍创造性的精力，而要拯救他们的生命却无能为力。西布加托夫最初被放在担架上抬来的时候，X光片子显示出整个骶骨几乎都已彻底破坏了。之所以难以确诊，是因为最初认为是骨瘤，甚至请教过一位教授，而后来才逐步弄清楚是巨细胞肿瘤，骨头里已出现了积液，整个骶骨被一种胶冻样组织所取代。然而，治疗是对头的。

骶骨不能抽出，不能锯掉——这是牢记在脑子里最根本的一条。只能用X光照射，而且必须一开始就照射量大——小了无济于事。西布加托夫果然好起来了！骶骨巩固了。他的病虽已痊愈，但由于射线量大的原因，周围的组织都变得极度敏感，很容易形成新的恶性肿瘤。因此，他被桶撞倒以后，身上就突然出现营养性溃疡。如今，他的血液和组织都已不接受X光照射，而新的肿瘤来势凶猛，又没有办法消灭它，只能加以抑制。

对医生来说，这时便会意识到无能为力，意识到治疗方法很不完善，而对心灵来说，产生的是一种惋惜，一种最常见的惋惜之情；这个忧郁的鞑靼人西布加托夫，是那么温顺、有礼貌，从不忘记别人对他的好处，可是我们为他所能做到的却仅仅是延长他的苦痛。

今天早晨尼扎穆特金·巴赫拉莫维奇曾专为这方面的事情把东佐娃叫去：为了加快床位的周转，凡是最终没有明确好转希望的疑难病人，一律让他们出院。对此，东佐娃也是同意的，因为楼下候诊前厅里经常有人坐在那里等候床位，甚至一等就是几昼夜，而各区肿瘤防治站也不断要求允许他们把病人转来。原则上她表示同意，可这一原则最明显不过地适用于西布加托夫，而不是别人，要让西布加托夫马上就出院，她怎么也做不到。为了挽救这一块人的骶骨所耗费的时间和精力实在是太多了，现在怎么也不愿向一种简单的理性推论让步，甚至不忍放弃无效措施的简单重复，而是抱着最终失算的是死神而不是医生这种渺茫的希望。为了西布加托夫，东佐娃甚至改变了学术研究的方向：她深入钻研骨科病理学，仅仅出于拯救西布加托夫这一强烈愿望。也许，在候诊室里坐等的病人更需要治疗，可是要把西布加托夫打发走她是做不到的，她宁愿在院长面前千方百计地要花招。

尼扎穆特金·巴赫拉莫维奇还竭力主张不要让濒临死亡的病人待在医

院里，应当尽可能让他们死在院外，这也能提高床位周转率，对留下的病人可以减少心理压力，统计数字也会显得好看一些，因为他们离开医院不是由于死亡，而只是由于"病情恶化"。

今天让阿佐夫金出院就属于这一类。他的病历，几个月来已经变成厚厚的一本了，那黏结起来的一页页粗糙的土黄色纸张还带着灰白色的木质纤维，经常挂住笔尖，上面写着许多紫色的和蓝色的数据与诊断意见。透过这本粘起来的病历，两个医生都看到这个疼得汗涔涔的城市少年缩成一团坐在床上的样子，但是，柔和的声音轻轻念出来的数字比法庭上雷霆万钧的判决还无情，谁也无法申诉。这里记载着二点六万个照射单位，其中包括最近一个疗程的一点二万个；合成雌酚五十针；七次输血，可是白细胞仍然只有三千四百，红细胞……癌细胞的扩散有如坦克突破防线，已经波及胸腔纵膈，出现在肺叶上，锁骨上方也有了淋巴结，而机体已无法做出阻止它们的任何反应。

两位医生在继续翻阅病历，把积压下来的几份接着填写，而那位护士——X光技术员此时仍在给门诊病人做放射治疗。这会儿她把一个穿蓝色连衫裙的四岁小女孩和她的母亲带了进来。小女孩脸上有一些红色的血管瘤，它们还很小，还不是恶性的，但应当进行照射治疗，以免它们继续发展和转化。这小姑娘自己没当回事儿，殊不知自己那小小的嘴唇上也许已被死神打上了深深的烙印。她不是头一次来到这里，已经不害怕了，像小鸟儿似的叽叽喳喳，喜欢去摸仪器上镀镍的零件，对那个亮晶晶的世界很感兴趣。给她照射一次的时间总共只有三分钟，可这三分钟她怎么也不肯一动不动地坐在对准患处的狭长照射管下面。她不停地转来转去，偏离方向，X光技术员不耐烦地关掉电源，一再把照射管重新对准她。母亲拿着一个玩具吸引小女孩的注意力，还答应给她许多其他礼物，只要她这会儿乖乖地坐着。随后进来一个满面愁容的老妇人，她好半天才解下头巾，脱去上衣。接着是从住院部来的一个穿灰色病号服的女人，她脚掌上长着一个小球似的有色肿瘤——这东西只不过是由于被鞋里的钉子扎了一下引起的。此人同护士有说有笑，根本没有料到这个直径只有一厘米的区区小球，竟是恶性肿瘤之王——恶性黑色素瘤，不知为什么医生们就是不肯给她切除。

两位医生难免也要为这些病人分心，看看她们的病情，给护士出出主意，就这样，薇拉·科尔尼利耶夫娜该去给鲁萨诺夫注射恩比兴的时间已经过了，她马上把有意压下来的科斯托格洛托夫的那份病历放到柳德米拉·阿法纳西耶夫娜面前。

"在进院时处于被严重耽误的状态下，居然取得这样大有希望的良好开端。"她说，"可惜这个人太固执。但愿他不会真的拒绝治疗。"

"那就让他试试看！"柳德米拉·阿法纳西耶夫娜轻轻敲了一下桌子。科斯托格洛托夫的病跟阿佐夫金的那种病是一样的，但是疗效明显，变得大有希望，在这种情况下他还敢拒绝治疗！

"在您面前，他是不敢，"汉加尔特当即表示同意，"可我没有把握能拗得过他。要么，把他叫来跟您谈谈？"她在剔除指甲缝里粘着的一点尘垢。"我跟他的关系搞得相当别扭……总也无法用严厉的口吻跟他讲话。我自己也不知道是什么原因。"

他们之间的别扭还是从初次见面的时候开始的。

那是在1月份的一个阴暗的日子，雨下得很大。汉加尔特作为医院值班医生来上夜班。晚上九点左右的时候，楼下的一个胖女人——身体健壮的护理员来向她诉苦：

"大夫，那里有一个病人在胡闹。我拿他没办法。这怎么行，要是不采取措施，简直就会骑到我们的头上。"

薇拉·科尔尼利耶夫娜走出去，看见宽大的楼梯底下靠近上了锁的护士长小屋的门口，一个瘦高个儿的男子直接躺在地板上，这人脚上穿的是靴子，身上是泛出棕红色的士兵大衣，一顶普通的护耳棉帽虽然有点小但还是绷在脑袋上。他把一只行李袋枕在头下，给人总的印象是他准备在这儿过夜。两腿秀丽、穿一双高跟鞋的汉加尔特（她在衣着方面从来都不是随随便便的）走到他跟前，威严地看了一眼，企图通过眼神使他感到羞愧，迫使他站起来，然而，那人虽然看见了她，却依然满不在乎，动也不动，甚至好像微微闭上了眼睛。

"您是什么人？"她问。

"一个人呗。"他声音不高、无所谓似的回答。

"您有到我们这里住院的许可证吗?"

"有。"

"是什么时候拿到的?"

"今天。"

从他两侧地板上的水迹来看,毫无疑问,他的军大衣全湿透了,而且靴子和行李袋也同样如此。

"但是躺在这里不行,我们这里不允许。何况这里也不方便……"

"方——便,"他没精打采地应道,"我,在自己的祖国,还会不好意思见谁呢?"

薇拉·科尔尼利耶夫娜不知所措了。她感觉到不能呵斥他,命令他起来,况且他也不听你的。

她回头朝前厅那边看了一下,那里白天总是挤满探望病号和候诊的人;三张长椅是供家属会见病人坐的;而夜里医院关门以后,外地来的重病号如果没地方住,就留在那里。此时,前厅里只放着两张长椅,其中的一张上已经躺着一个老太婆,另一张上被一个系花头巾的乌兹别克少妇放着一个孩子,她自己坐在旁边。

前厅里倒是允许躺在地板上,可是那里的地板被踩得很脏。

而要进到这里来,必须穿病号服或白大褂才行。

薇拉·科尔尼利耶夫娜又看了看这个粗野的病人,他那瘦削的脸上只有失去生趣的淡漠表情。

"您在城里一个熟人也没有吗?"

"没有。"

"您没到旅馆去试试吗?"

"试过了。"他已经疲于回答了。

"这儿有五家旅馆。"

"可他们连听都不愿意听。"他闭上了眼睛,表示谈话到此结束。

"要是早一点就好了!"汉加尔特思索了一会儿说,"我们有些护理员的家可以让病人过夜,收费也不贵。"

他依然闭着眼睛躺在那里。

"他说哪怕是一个星期也打算就这么躺在这里!"值班的护理员气鼓鼓

地诉说，"躺着挡道！说什么直到给他床位为止！瞧，你这无赖！起来，别胡闹！这地方是消过毒的！"护理员逼近他。

"可为什么只有两张长椅？"汉加尔特感到奇怪。"本来好像还有一张。"

"还有一张被搬到那边去了。"护理员向玻璃门外指了一下。

对了，对了，有一张长椅，在这道门外边——被搬到器械室门外的走廊上，好让白天来接受门诊照射的病人等候时坐。

薇拉·科尔尼利耶夫娜吩咐护理员把那道走廊门打开，对病人则说：

"起来吧，我给您安置个比较合适的地方。"

他看了她一眼，一时不太相信。然后忍着疼痛带来的折磨和抽搐从地上爬起来。看得出，每一个动作和躯干的转动都使他感到困难。站起来的时候，他没把行李袋抓在手里，而现在要弯腰去取他又疼痛难忍。

薇拉·科尔尼利耶夫娜轻巧地俯下身去，白净的手提起他那湿透了的不干净的行李袋递给他。

"谢谢。"他露出一丝苦笑。"我竟活到了这般境地……"

他躺过的地方留下了一道长长的水迹。

"您淋过雨吧？"她注视着他，愈来愈同情，"那边走廊里暖和，您把大衣脱了。您是不是冷得直抖？发烧吗？"他的额头整个被那顶拉得很低、耷拉着两只毛皮耳朵的黑色破棉帽盖住了，所以她的手指不是放到他的额上，而是贴向了他的脸腮。

一摸就会知道，他发烧了。

"您通常吃什么药呢？"

他似乎以另外一种眼光看她，不再那么极其冷淡了。

"安乃近。"

"您还有吗？"

"嗯。"

"要不要给您拿点安眠药来？"

"如果可以的话。"

"对了！"她猛然想起，"您把住院许可证拿出来看看！"

不知他是冷冷一笑，还是仅仅由于疼痛而牵动了嘴唇。

"没有那张纸——就得淋雨？"

癌症楼

他解开军大衣上面的扣子，从露出来的军装上衣口袋里掏出了住院许可证给她，果然，是当天上午门诊部开的。她看了以后，发现这个病人应归她管，属于放射科的。她拿着许可证转身去取安眠药：

"我马上就会拿来。您先去躺下吧。"

"等一等，等一等！"他仿佛醒了过来，"把那张纸还给我！我们了解这些手段！"

"可您还有什么不放心的呢？"她回过头来，委屈地问道，"难道您不相信我？"

他踌躇地看了一眼，没好气地说：

"凭什么我要相信您？我跟您也没用同一只饭盆喝过汤……"

说完就朝躺的地方走去。

她生气了，自己没回到他那里去，而是让护理员把安眠药和许可证交给他，许可证的上方写上了cito①字样，还画了一道杠，打了惊叹号。

只是在夜间她才从他身旁走过。他睡着了。长椅微微凸起的椅背与同样凸起的座位相接，形成一道浅槽，对这个人来说，睡在上面很方便，不会摔下来。他已把淋湿的军大衣脱了，但还是把它盖在身上：一侧衣襟盖着两腿，另一侧盖着肩膀。一双破靴子挂在长椅的一端。靴面无一处完好，用黑的和红的皮革边料补了又补。靴底的前面填充了金属，后跟打着马蹄铁。

第二天早晨，薇拉·科尔尼利耶夫娜又跟护士长打了招呼，所以护士长就把他安置在二楼楼梯的平台上。

诚然，从那头一天以后，科斯托格洛托夫没有再使她难堪过。他彬彬有礼，以城市人的寻常语言跟她谈话，总是主动先打招呼，甚至还露出友好的微笑。但是总给人留下一种感觉：他会突然做出什么奇怪的举动来。

果然不出所料，前天她叫他来做血型测验的时候，已经准备好了一支空的注射器，打算从他的静脉中抽点血，可他把已经卷起的袖子又放了下来，语气坚决地说：

"薇拉·科尔尼利耶夫娜，我感到很遗憾，请您想想别的办法吧，这试验就不必做了。"

---

① 此系拉丁文，意为"特急"。

"这是为什么,科斯托格洛托夫?"

"我的血已经被喝了不少,我不想再给了。谁的血多,就让谁给吧。"

"可您怎么不害臊?算什么男子汉!"她带着女性所固有的那种嘲笑意味瞥了他一眼,这种表情男人是顶不住的。

"验完了血有什么用?"

"在必要的时候,我们可以给您输血。"

"给我?输血?得了吧!我要别人的血干吗?我不想要别人的血,自己的血一滴也不给。血型您可以记下来,在前线验过,我记得。"

不管她怎么劝说,他也不肯让步,总是找出一些意想不到的理由来加以拒绝。他深信,这一切都是多此一举。

最后,她简直气急了:

"您把我置于一种相当愚蠢和可笑的地位。我最后一次请求您。"

不消说,从她这方面来说,这是失策和屈辱——何必去求他呢?

而他马上把胳臂袒露出来,向她伸过去:

"只是为了您——抽三毫升好了,请吧。"

由于她在他面前总是不知所措,有一次还发生过一段令人尴尬的插曲。科斯托格洛托夫说:

"可您不像日耳曼女子。您大概是跟丈夫姓吧?"

"是的。"她脱口而出。

她为什么这样回答呢?在那一瞬间,不这样回答就仿佛受了委屈似的。

他没再问什么。

其实,"汉加尔特"是她父亲、祖父的姓。他们是俄罗斯化了的日耳曼人。

能怎么回答呢?说"我还没出嫁"?说"我从来没结过婚"?

这是不可能的。

# 第六章

## 活检的始末

柳德米拉·阿法纳西耶夫娜首先把科斯托格洛托夫带进器械室，一个接受了一次照射的女病号刚刚从那里走了出去。这里从上午八点钟开始，用支架吊起来的一支十八万伏特的大型X射线管就几乎不间断地工作，而通风窗口关着，所以空气里充满了一种甜腻腻的、有点儿让人难受的X光辐射热。

病人照射了五六次、十来次之后，肺部一感受到这种热（其实并不单单是热），就会觉得恶心，柳德米拉·阿法纳西耶夫娜对这种热却已经习惯了。东佐娃在这里工作了二十年，当初射线管根本没有防护罩（她还差点儿在高压电线下触电身亡），她每天呼吸X光室的空气，坐在那里进行诊断的时间大大超过容许的限度。尽管有防护屏和手套，她自身所接受的射线量恐怕比那些最能忍耐的重病人还要多，只不过没有人去把这些射线"单位"累计起来算一算罢了。

她动作匆忙，不仅是为了快点出去，还因为不能让X光装置多耽搁。她示意科斯托格洛托夫躺在射线管下的一张硬榻上，并把腹部袒露出来。她用一支使人发痒的凉丝丝的毛笔在他皮肤上刷来刷去，仿佛在写号码。

接着，她向担任X光技术员的护士说明象限示意图，告诉她怎样把射线管凑近每一象限。然后她让科斯托格洛托夫翻身俯卧，又在他背上涂刷了一阵。她通知他：

"照完以后到我那儿来一下。"

说完她就走了。护士又叫他仰卧，用被单覆盖第一象限，然后她去搬来一些沉甸甸的小橡皮铅毯,用它们盖住目前不应受到X光直接照射的一切邻接部位。这些柔韧的小毯子压在身上,给人一种既沉重又舒适的感觉。

这时护士也走出去了,关上了门,现在只能通过厚厚的墙壁上的小窗口看见他。响起了轻微的嗡嗡声,一些辅助灯亮了,主要的管子已经烧热。

无坚不摧的X光束,人的头脑无法想象的、颤动着的电磁场向量,或者用比较易懂的说法叫作量子炮弹,开始倾泻下来,透过留出来需要照射的一块腹部皮肤组织,而后再透过病人自己也叫不出名儿的间层和器官,透过肿瘤蛤蟆的躯体,透过胃或肠,透过动脉和静脉里的血液,透过淋巴,透过细胞,透过脊柱和小骨,再透过间层、血管和背上的皮肤,然后透过硬榻的板面、四厘米厚的地板,透过格栅,透过填料,继续深入坚硬的地基或地下,所到之处一切都被撕裂、射穿。

这种重量子的野蛮轰击是悄然无声进行的,被轰击的组织没有任何感觉,经过十二场轰击之后,科斯托格洛托夫重新有了生的愿望和生活的乐趣,吃饭也有了胃口,甚至恢复了愉快的情绪。照射了两三次就使他解除了活着便是活受罪的疼痛,从此他就一心想了解和弄懂,这些穿透力极强的小炮弹何以能轰击肿瘤而又不触及其余的肉体。科斯托格洛托夫在弄明白这种疗法的原理并相信其正确性之前,是无法毫无保留地接受治疗的。

于是他就设法从薇拉·科尔尼利耶夫娜那里了解X射线疗法的原理,当初,就是这个亲切可爱的女人从他们在楼梯脚下初次见面时起,也就是在他横下一条心,哪怕让消防队员和民警来把他拖走也不在乎,也不自愿离开的时候,便解除了他的成见和戒心。

"您别怕,给我解释解释。"他让她宽心。"我就像一名自觉的战士,应当明确了解自己的战斗任务,否则就无法作战。怎么可能让射线杀伤肿瘤而不损害其他组织?"

薇拉·科尔尼利耶夫娜的一切感受在眼神里尚未流露出来之前,总是首先反映在她那极其敏感的两片薄薄的嘴唇上。此时,她内心的犹豫正是在嘴唇上反映了出来。

(关于这种不分敌我盲目轰击的炮火,她能向他说什么呢?)

"哦,那是不可能的……好吧,我简单地说说。X射线,毫无疑问,对什么都破坏。不过,正常的组织恢复得快,而肿瘤组织便不是这样。"

不管她说的是真话还是假话,这却使科斯托格洛托夫感到满意。

"噢! 在这种情况下我是愿意试试的。谢谢。现在看来我将会痊愈!"

的确,他渐渐好起来了。他欣然躺下,接受X光照射,其时还特别晓示肿瘤细胞,让它知道自己正面临崩溃的命运,即将彻底完蛋。

而有时他在接受X光照射的时候就胡思乱想,甚至打瞌睡。

例如此刻他看到室内挂着许多皮管和电线,就想给自己找到解释,为什么它们那么多,要是其中有冷却装置,那么是水冷还是油冷。不过他的思想并没停留在这上面,他什么也没为自己解释。

原来他又想到了薇拉·汉加尔特。他在想,像这么可爱的女子永远也不会出现在他们的乌什-捷列克。而且,这样的女子一定都有丈夫。不过,他只是顺便想到这一点,他是撇开想象中她的丈夫而想着她的。他在想,要是能跟她聊天,不是聊一会儿,而是聊很久很久,或者在医院的院子里散散步也行,那会多么愉快。有时用激进的见解去吓唬她一下,看她茫然不知所措的神态也很有意思。每当她在走廊里迎面走来或者走进病房的时候,她那亲切的微笑总是像可爱的太阳一样洋溢着温暖。她善良,不是就职业上来说,而是心地善良。再就是她那嘴唇……

射线管持续地发出轻微的嗡嗡声。

他在想薇拉·汉加尔特,可也在想卓娅。原来,昨天晚上产生的、今天从早晨起就浮现出来的最强烈的印象,是她的一对耸起的乳房。这对乳房似乎构成了一个近乎水平的搁架。昨晚闲聊时,他们身旁的桌子上放着一把画表格用的相当重的尺子——不是胶合板直尺,而是木料刨出来的那种。整个晚上科斯托格洛托夫都跃跃欲试,想拿起这把尺子,把它放在她那一对乳房所构成的小搁板上,检验一下尺子能不能滑落下来,他觉得不会滑下来。

他还怀着感激的心情想到放在腹下的那块沉甸甸的小铅毯。这小铅毯压着他,并且兴奋地安慰他:"我能保护你,别害怕!"

可会不会保护不了? 它的厚度会不会不够? 它放的位置会不会不那么完全符合要求?

不过，经过这十二天，科斯托格洛托夫不仅仅是重焕生机——恢复了食欲、活动能力和愉快的心情，他还重新恢复了对生活中最美好的东西的感觉，而这种感觉在最近几个月的痛楚中本已完全丧失。由此可见，铅毯守住了防线！

然而，还是得尽快从医院里逃出去，趁自己还走得动。

他没注意到嗡嗡声是怎么停止的，此时粉红色的灯丝已开始冷却。护士走了进来，开始把他身上的保护毯和被单一一撤走。他把两腿从硬榻上放下来，这时也就清楚地看到自己腹部上的那些紫色的方格和号码。

"那么洗澡怎么办？"

"要医生许可才行。"

"想得真周到啊！这就是说，已经为我做了一个月的安排？"

他去找东佐娃。东佐娃坐在短焦距器械室里，正对着光在看几张很大的X光底片。两台机器都已经关了，两扇通风的小窗开着，屋里暂时没有其他人。

"坐下。"东佐娃干巴巴地说。

他坐了下来。

她依然在对比两张X光片子。

科斯托格洛托夫虽然跟她发生过争论，但那都是由于他想抵制医疗过程中那些多余的纯医学研究方面的东西。至于对柳德米拉·阿法纳西耶夫娜本人，他是信任的，不仅因为她具有男子汉式的果断，黑暗中在荧光屏前发布命令明确，年龄也比较大，对待工作一片热忱，而更主要的是因为她从第一天起就胸有成竹地摸到肿瘤的轮廓，准确地判断出它的位置。本身也有所感觉的肿瘤向他表明扪诊的结果是正确的。只有病人能够评定，医生通过手指所了解到的肿瘤是不是那么回事。东佐娃就是那样摸过他的肿瘤，无须借助于X光。

她把X光片子放到一边，摘下了眼镜，说道：

"科斯托格洛托夫，您的病历里缺少一项至关重要的资料。我们需要准确了解您的原发性肿瘤的性质。"每当东佐娃改用医学语言时，她说话的语速就会加快：长长的句子和一连串的术语总是一口气说出来。"您关于前年动过手术的叙述，以及目前转移的情况，与我们的诊断是相符的。但仍然不能排除其他可能性,而这却给我们采取治疗措施带来了困难。眼下,从您的转移部位取样检查是不可能的,这您也明白。"

"谢天谢地。要取我也不会给的。"

"我怎么也不理解,为什么我们拿不到原发病灶标本的玻璃片。您本人能否完全肯定,曾经做过活检?"

"是的,肯定做过。"

"可为什么在那种情况下不把化验结果告诉您?"她话说得很快,完全是实干家作风。有些词汇的意思只能凭猜测才能明白。

然而科斯托格洛托夫已经不习惯于这种赶时间的谈话了:

"化验结果?当时我们那里所发生的一些事情是那么惊心动魄,柳德米拉·阿法纳西耶夫娜,形势是那么紧张,说真的……根本不好意思去问我的活组织检查结果。很多人脑袋都掉了。况且我也不懂为什么要做活检。"科斯托格洛托夫跟医生谈话时,喜欢使用他们的术语。

"您不懂,这是毫无疑问的。但是作为医生,他们应当知道,这可不能当成儿戏。"

"医生们?"

他看了看她那既没有掩盖,也没有染色的斑白头发,打量着那颧骨有点儿高的脸上严肃认真的表情。

生活正是这样:在他面前坐着的就是与他同祖国、同时代的一个好人,他们讲的都是共同的俄罗斯祖国语言,然而他却无法向她解释清楚一些极为普通的事情。莫非是由于这话说来实在太长,或者是由于把原来的话题打断又实在太早?

"说起医生们,柳德米拉·阿法纳西耶夫娜,他们是无能为力的。第一个外科大夫,乌克兰人,决定给我做手术,并为我做好了术前的准备工作,可就在手术的前夜被押走了。"

"您说什么?"

"能说什么?他被抓走了。"

"可是我不懂,他事先得到通知的时候,是能够……"

科斯托格洛托夫笑了起来,他实在觉得有点好笑。

"押走之前,谁也不会事先通知一声,柳德米拉·阿法纳西耶夫娜。出其不意,把人除掉,就是这个意思。"

东佐娃皱紧了宽阔额头下的双眉。科斯托格洛托夫说出的话使她感到不可思议。

"可如果他正好有要动手术的病人呢?……"

"咳!送到那里去的病人,有的病情比我还严重。一个立陶宛人吞下了一只铝勺,食堂里的那种汤勺。"

"这怎么可能!"

"是故意吞下的,为的是离开单人囚室。他当然不知道外科大夫要被押走。"

"那么……后来呢?您的肿瘤不是发展得很快吗?"

"是啊,简直可以说从早到晚都在长,真的……后来,大约过了五天,从另一个集中营调来一个外科医生,是日耳曼人,名叫卡尔·费奥多罗维奇。就这样……到了新的地方他先观察了一下,又过了一天才给我做了手术。可是谁也没对我说起过'恶性肿瘤''转移'之类的话。我也根本不懂。"

"但是活检他送去做了没有?"

"我当时什么也不知道,根本不懂什么叫活检。手术后我躺在那里,身上压着小小的沙袋。快满一星期的时候我开始学着一条腿下床,练习站立;就在这时,集中营里突然又集中了一批人要放逐,总共约七百人,叫作'叛乱分子'。在这一批被放逐的人里,也包括我那位极其温顺的卡尔·费奥多罗维奇。他是从宿舍被带走的,没让他给病人作最后一次巡诊。"

"多么荒唐!"

"可这还不算荒唐呢。"科斯托格洛托夫显得异常亢奋。"我的一个朋友跑来悄悄告诉我,说我也在那张放逐的名单上,是经过卫生所所长杜宾斯卡娅夫人同意的。她明明知道我不能走路,刀口还没有拆线,却点了头,这个混账的女人……对不起……我心想:刀口带着缝线挤在运牛的火车车厢里,必定会溃烂化脓,这就是等死。于是我拿定了主意,等他们来押我走的时候,我就说:'你们开枪打死我好了,就打死在这床上,我哪儿也不去。'我横下了一条心!可是他们没来带我。这并不是由于杜宾斯卡娅夫人发了善心,她对我没有被押走还感到惊奇呢。原来是由于登记分配处里的人发现,我的刑期还剩下不到一年的时间。我把话题扯得远了……随后,我走到窗前去看。医院的木栅外面排着一列长队,离我大约有二十米远,收拾好东西的已被赶到那里集中,准备解走。卡尔·费奥多罗维奇从那里发现我在窗口便喊了起来:'科斯托格洛托夫!把通风小窗打开!'看守骂他:'闭嘴,你这混蛋!'可他还是在喊:'科斯托格洛托夫!您要记住!这很重要!您的肿瘤切片我已派人送到鄂木斯克病理解剖研究室做组织分析去了,您要记住!'就这样……他们被押走了。这就是在您之前给我治过病的几位医生。能怪罪他们什么呢?"

科斯托格洛托夫仰头靠到椅背上。他心情十分激动。不是这所而是那所医院的气氛又使他透不过气来。

东佐娃撇开枝节(病人的叙述总是有许多不必要的东西),抓住要点,继续问下去:

"那么,鄂木斯克方面是怎么答复的?有过答复吗?是怎么向您宣布的?"

科斯托格洛托夫耸了耸瘦削的肩头。

"谁也没向我宣布什么。就连卡尔·费奥多罗维奇为什么向我喊这番话,我也不明白。直到去年秋天,在流放地,我的病情恶化得厉害时,有一个妇科老医生,我的一个朋友,才硬催我去询问。我给自己营里写了封信。没有回音。于是我就给营部写信告状。大约过了两个月,来了这样的回信:'虽经仔细查阅您的档案材料,仍无法确定分析结果。'肿瘤已使我恶心得受不了,本来不想再往哪儿写信,但由于监督处怎么也不放我出去治疗,我也就抱着试试看这种想法往鄂木斯克写了封信,写给病理解剖研究室。很快,没过几天那里就回了信——这已经是在1月份,放我到这儿来之前。"

"说的就是这个,对,对!这封回信!回信在哪儿?!"

"柳德米拉·阿法纳西耶夫娜,当时我正要动身到这里来,我……已经什么都无所谓了。何况那张纸上也没有盖章,只不过是研究室的一名化验员写来的信。她写得很客气,正是在我说明的那个日期里,从那个地点确曾有标本送去,切片分析也做过,并且证实了……您所怀疑的那种类型的肿瘤。还有,当时就已经把答复寄给要求鉴定的医院了,也就是说,寄给了我们营的医院。看来,这事很有可能按照我们那里的一套做法处理了,我完全相信:答复寄来了,反正谁也不需要,于是杜宾斯卡娅夫人就……"

不，东佐娃根本不能理解这种逻辑！她交叉着两只胳膊，手掌不耐烦地轻轻拍着上臂。

"要知道，根据这样的分析结果，应当立刻给您进行X光治疗！"

"给谁？"科斯托格洛托夫开玩笑似的眯缝起眼睛看了看柳德米拉·阿法纳西耶夫娜，"X光治疗？"

瞧吧，他对她讲了有一刻钟，而且还能怎么坦率呢？可她还是什么也没有明白。

"柳德米拉·阿法纳西耶夫娜！"他不无感慨地说，"那里的情况是很难想象的……关于那个世界，外面的人连一点概念也没有！什么X光治疗！我开刀的地方疼痛还没有消失，跟艾哈迈占现在的情况一样，可已经跟大伙一起在干活，浇灌混凝土了。我甚至没有想过自己还能有什么不满。您不知道两个人抬的那种盛着混凝土浆的深箱子有多重吧？"

她低下了头。

"那是另一回事。可是后来病理解剖研究室的这一答复为什么没有盖章？为什么作为私人信件发出？"

"作为私人信件发了出来已经谢天谢地了！"科斯托格洛托夫说，"总算遇到了一个好人。我发现，女人中间的好心人还是比男人中间的多……至于作为私人信件发出来，那得怨我们该死的保密制度！她信上还继续写着：'不过，肿瘤标本寄给我们的时候没有注明病人的姓名。因此，我们不能给您开出正式的证明，标本的解剖玻片我们也不能寄给您。'"科斯托格洛托夫气愤起来。这种表情在他脸上反映得比什么都快。"这算什么了不起的国家机密！真是些白痴！唯恐那边的什么研究室知道某某营里关着一名囚犯科斯托格洛托夫。仿佛是法国国王路易的兄弟似的！至今，我的切片还被作为无名氏的标本放在那里，而您却为治我的病不得不绞尽脑汁。保密倒算是做到了！"

东佐娃望着他，目光坚定而明确。她没有改变自己的主张。

"那么，这封信我也应当放在病历里。"

"好。我一回到那个庄子，马上就给您寄来。"

"不，要快一点。您的那位妇科大夫能不能帮您找到，能不能寄来？"

"找倒是能够找到……不过我自己什么时候回去呢？"科斯托格洛托夫

皱着眉头望着她。

"在我认为您的治疗需要告一段落时,您可以回去,"东佐娃一字一顿而又意味深长地说,"但那也只是暂时的。"

在交谈中科斯托格洛托夫所等待的就是这一瞬间!可不能不战而轻易放过!

"柳德米拉·阿法纳西耶夫娜!我们最好达成协议,不要用大人跟小孩谈话的这种调子,可不可以改用大人跟大人谈话的那种调子?很认真地谈谈。今天巡诊时我对您……"

"今天巡诊时您在我面前,"东佐娃的大脸顿时一沉,"做了一次丢脸的表演。您想干什么?想把病人的思想搞乱吗?您在往他们的头脑里灌输什么?"

"那会儿我想干什么?"他说时并不发火,同样很有分量,并且理直气壮地坐在椅子上,脊背紧靠着椅背。"我只是想提醒您,我有权支配自己的生命。人可以支配自己的生命,不对吗?您是否承认我有这样的权利?"

东佐娃望着他脸上那道没有血色的弯曲疤痕,默然不语。科斯托格洛托夫继续发挥:

"您一开始就基于错误的论点:既然病人进了你们的医院,下一步就是你们代他考虑。由你们的指示,由你们的碰头会、方针、计划以及你们医院的名誉代他做主。就这样,我又是一粒沙子,同在营里一样,我又无法掌握自己的命运。"

"做手术之前,医院总是先取得病人的书面同意。"东佐娃提醒他。

(她提到手术是什么用意?……如果要给他动手术,那他无论如何也不会同意!)

"谢谢!为此而感谢,尽管医院这样做是为了自身的保险。可是除了动手术,要知道,你们是什么也不征求病人的意见的,什么也不向他解释!就说X光这一点吧,那要付出什么样的代价!"

"关于X光,您是从哪儿听来的谣言?"东佐娃在寻思,"是不是从拉比诺维奇那里听来的?"

"我不认识什么拉比诺维奇!"科斯托格洛托夫自信地摇了摇头,"我谈的是原则。"

（一点不错，他正是从拉比诺维奇那里听来这些关于X光后遗症的可怕故事，但答应过决不出卖他。拉比诺维奇曾经是个门诊病人，已经照过二百多次X光，吃了不少苦头。他觉得，每照十来次，自己不是愈来愈接近康复，而是愈来愈接近死亡。在他住的那个地方，同一套住宅、同一栋楼房、同一座城市的人，谁也不理解他的心情：那些健康的人们总是从早到晚奔波忙碌，想一些如意和不如意的事情，在他们看来，这些事情都非常重要。就连自己的家属也已经对他感到厌烦了。只有在这儿，在癌症楼的台阶上，病友们会对他表示同情，一连几个小时听他唠叨。他们能够理解，当"椎弓"的活动三角出现僵化，照光的所有部位辐射瘢痕增厚的时候，这意味着什么。）

你们听听，他居然谈起原则来了！……难道东佐娃和她手下的住院医师所缺少的就是整天跟病人讨论治疗原则！那什么时候才能着手治病呢！

不过，像此人这样固执地好刨根问底，或者像拉比诺维奇那样老是缠着她了解病情，大概五十个病人中间才有一个，有时免不了要耐着性子跟他们解释。从医学上看，科斯托格洛托夫的病例也是很特殊的：奇就奇在她接手之前有人对他采取了极端不负责任的态度，好像以密谋暗算的手段把他推到了死亡的边缘；奇就奇在他接受X光照射之后病情以惊人的速度陡然好转，他恢复了生气。

"科斯托格洛托夫！十二次X光照射使您起死回生，可您怎么竟然对放射治疗本身倒打一耙？您抱怨在劳改营和流放地没有给您治病，置您的生死于不顾；而在这里您又抱怨给您治疗和关心太多。这是什么逻辑？"

"看起来是不合乎逻辑，"科斯托格洛托夫把一头蓬乱的黑发一甩，"但也许本来就不必有什么逻辑，柳德米拉·阿法纳西耶夫娜，您说是不是？要知道，人本身是非常复杂的，为什么非要用逻辑学去加以解释呢？或者用经济学去解释？再不就用生理学？不错，我到你们这里来的时候等于一具尸体，躺在楼梯下面的地板上，要求你们收下，于是乎你们也就得出一个合乎逻辑的结论，认为我到你们这里来是不惜任何代价只求活命。可我，并不愿不惜任何代价！！世上没有任何东西会使我愿意不惜任何代价去换取！"他愈说愈快了，尽管不喜欢这样，但是东佐娃想要打断他的话，可他还有好多话要说。"我来到你们这里,是为了减轻痛苦!我一遍一遍地说:我疼得厉害,帮帮忙吧!你们的确帮了忙!瞧,现在我不疼了。谢谢!谢谢!我欠你们的情,我感你们的恩。不过现在,请放我走吧!让我像一条狗那样回到自己的窝,在那里躺一躺,舔舔身上的毛。"

"等您又疼得受不了的时候,您再爬回来找我们是吗?"

"也许。也许我还会爬回来。"

"我们又必须把您收下是吗?"

"是的!!仅就这一方面来说,我也看到了你们的善心!而您有什么可担心的?担心治愈率?担心不好交差?既然医学科学院认为不应少于六十次,而你们只做了十五次就放我走——您担心这没法交代?"

她还从未听到过这样的胡说八道。如果是从交差的角度考虑,那么现在以"明显好转"为理由让他出院恰恰最为有利,而照射五十次之后反而不能这样做。

可他仍然固执己见:

"你们打退了我的肿瘤,这就够了。你们把肿瘤抑制住了,现在它处于守势,我也有了防御能力,这就好得很。士兵在防守中日子最好过。而你们反正做不到'根治',因为治癌是没有底的。况且,自然界的一切过程都以渐趋饱和为特点,过了头就会事倍功半。起初我的肿瘤被破坏得很快,现在这个过程就会缓慢下来。所以,趁我还有自己的一点血液,还是请你们放我走吧!"

"真有意思,这些知识您是从哪儿得来的?"东佐娃眯缝起眼睛。

"您也许不知道,我从小就喜欢读医学方面的书籍。"

"但是我们的治疗究竟有什么使您害怕的?"

"有什么我该害怕的——我不知道,柳德米拉·阿法纳西耶夫娜,我不是医生。这也许您知道,只是不想跟我说罢了。就举这个例子吧:薇拉·科尔尼利耶夫娜要给我注射葡萄糖……"

"这是必不可少的。"

"可是我不要。"

"为什么呢?"

"首先,这是不自然的。如果我非常需要葡萄糖,那就让我口服好了!

20世纪人们可真别出心裁：每一种药何必都打针呢？自然界能见到这种现象吗？动物是这样的吗？再过一百年，后人将把我们当作野蛮人嘲笑。再说，针又是怎么打的？有的护士一下子就能扎准，可有的护士简直会把整个……肘弯儿都给戳遍。我不愿意！另外，我已经观察了，你们正设法给我输血……"

"您应该高兴才是！有人把自己的血献给您！这是恢复健康的保证，这是生命啊！"

"可是我不要！我曾亲眼看到过给一个车臣人①输血，后来他在床上折腾了三个小时，据说跟他的血'不完全相容'。而有的人输血没输进静脉里，结果胳膊上凸起了肿包。现在还在热敷，整整有一个月。我可不愿意。"

"可是不输血就不能大量进行放射治疗。"

"那就别进行了！为什么你们总是认为自己有权利代替别人做出决定？要知道，这可是一种可怕的权利啊，很少导致好的结果。你们真的要当心！即使是医生也没有这个权利。"

"正是医生有这个权利！首先是医生有！"东佐娃深信不疑地大声说道，她已被彻底激怒。"要是没有这个权利，那就没有任何医学可言！"

"可这会导致什么结果呢？瞧，不久您就会写出一篇关于放射病的报告来，是这样吧？"

"您怎么知道？"柳德米拉·阿法纳西耶夫娜十分惊讶。

"这是不难设想的……"

（桌子上随便放着一个厚厚的文件夹，里边尽是打字稿。从科斯托格洛托夫的方向看去，文件夹上的题目是倒着写的，但在谈话过程中他已经看明白了，并且仔细想过了。）

"……这是很容易猜到的。因为出现了一个新的词儿，那就是说，得写出研究报告来。其实，您二十年前就给某个这样的科斯托格洛托夫照射过，那人曾竭力拒绝，害怕这种治疗，而您一再让他相信，一切都很正常，因为当时您还不知道有放射病。我现在也是这样：我还不知道我该害怕什么，不过，您还是放我走吧！我想凭自己的力量恢复健康。说不定那会对我更好

_____

① 苏联的少数民族之一，主要居住在北高加索一带。

些,您说呢?"

医生有一条常识:对病人不应当吓唬,而应当鼓励。但是,遇到像科斯托格洛托夫这样纠缠不休的病人,则恰恰相反,应当让他大吃一惊。

"更好些? 绝不可能! 我敢肯定地这样对您说,"她用四个指头往桌子上一拍,像用蝇拍拍苍蝇似的,"绝不可能! 您,"她又斟酌了一下打击的分量,"必死无疑!"

她望着他,准备看他怎样发抖。但他只是缄默不语。

"您的命运将跟阿佐夫金一样。您看到过是怎么样吧? 要知道,您跟他得的是同一种病,耽误的程度也几乎一样。艾哈迈占能被我们救过来,因为他手术之后马上就接受了照射治疗。而您失去了两年时间,这一点您要考虑! 本来应当紧接着动第二次手术,切除邻近最容易波及的一个淋巴结,可是没有给您切除,请您注意。于是就发生了转移! 您的肿瘤是癌症中最危险的一种! 它之所以危险,就在于它是迅速扩散和严重恶性的,就是说它能非常快地转移。根据最近的统计,这种病的死亡率高达百分之九十五,您满意了吧? 好,我可以让您瞧瞧……"

她从一堆文件夹中抽出了一本,开始在里边翻查。

科斯托格洛托夫默不作声。后来他开口了,但声音很轻,一点也不像刚才那么自信:

"坦白地说,我对生活并不十分留恋。不仅在我的前头不会有什么生活,就是过去也没有生活。要是现在还有希望活上半年,那就先过上半年再说。至于十年二十年计划,我并不想制订。多治疗等于多受罪。将会出现放射性恶心、呕吐——何必呢? ……"

"找到啦! 您瞧! 这是我们的统计。"她把一张双联的练习本纸转向他。展开的全页纸上通栏写着他那种肿瘤的名称,左半页的上方写着:"已经死亡";右半页的上方:"尚未死亡"。各分三栏填写着姓名——是不同时间写的,有铅笔字,有钢笔字。左边半页没有涂改,而右边半页的姓名一再被划掉、划掉、划掉……

"喏,就是这样。出院时我们把每个人的姓名都写在右边,可后来就陆续转到了左边……但毕竟还有几个幸运的人留在右边,您瞧见了吗?"

她把这张名单给他再看看,让他再想想。

"您以为您已经恢复了健康！"她又进入了强攻，"其实，您的病还是老样子。您到我们这里来的时候怎样，现在还是怎样。唯一弄清楚的就是跟您的肿瘤可以进行斗争！还不是一点希望也没有。就在这种时刻您声称要出院？那好，走吧！您走好了！哪怕今天出院也行！我会立刻让他们给您办手续……随后我就把您登记在这张名单上。填在'尚未死亡'这半页上。"

他不吱声了。

"怎么样？决定吧！"

"柳德米拉·阿法纳西耶夫娜，"科斯托格洛托夫开始讲和，"如果需要在某种合理的程度上再做一定次数的照射，比方说，五次，十次……"

"不是五次，也不是十次！要么一次也别做！要么需要做多少次就做多少次！比如说，从今天开始，每天要给您做两次，而不是做一次。这也包括一切必要的治疗措施！而且不许您抽烟！还有一条必须做到：接受治疗不仅要有信心，而且还要心情愉快！要有愉快的心情！只有这样，才能治好您的病！"

他低下了头。在一定程度上，他今天就是为了讨价还价。他唯恐医生向他提出动手术的方案，现在总算没有提出来。至于照射，倒还可以，没什么。科斯托格洛托夫备有一种秘方草药——伊塞克湖草根，他不是无缘无故要回到自己那偏僻的老家去，而是打算在那里用这种草根治病。由于有了这种草根，他到这所肿瘤医院来其实只是为了尝试一下。

而东佐娃医生，看到自己胜利了，就宽宏大量地说：

"好吧，葡萄糖一项我就给您免了。换一种肌肉注射的针剂。"

科斯托格洛托夫微微一笑：

"应当说，是我向您做出了让步。"

"还有：请您尽快把鄂木斯克的那封回信转来。"

他离开她那里的时候，一边走一边想，觉得自己正走在两大永恒范畴之间。一边是注定死亡者的名单，一边是永久性的流放。永久性的，像星辰一样，像银河一样。

## 第七章

# 治病的权利

可如果他是一点一点地追问，这是什么针剂，它有什么作用，是不是确实需要，从道德的角度来说该不该用，而柳德米拉·阿法纳西耶夫娜又不得不向科斯托格洛托夫解释这种新疗法的功能和可能造成的后果，那他很有可能会彻底造反的。

然而，他正是在把自己出色的论据抛完了的时刻屈服了。

她故意耍了花招，仿佛是在谈一件微不足道的小事似的提到针剂，因为她已被这种解释弄得疲惫不堪，而心里却清清楚楚：正是在目前，单纯X光的效验已在病人身上得到证实的情况下，向肿瘤发动一次新的打击的时刻到来了，这是当代的一些权威人士所竭力推荐的治疗这种类型癌症的措施。在对科斯托格洛托夫的治疗过程中，她清楚看到了非同一般的效果，岂能迁就他的顽固态度而完全放弃对他采用她所相信的各种方法。诚然，缺少原发病灶的标本玻片，但她的一切直觉、观察和记忆，无不向她提示，他的肿瘤正是那种类型的，而不是畸胎瘤，也不是肉瘤。

正是关于这种类型的肿瘤，正是关于这种肿瘤的转移，东佐娃在写一篇副博士论文。就是说，她不是一直在写，而是曾经开了个头，后来时断时续，她的朋友们鼓励她，要她相信一定能获得圆满成功，但她整天被各种各样的琐事缠住，压得透不过气来，已经不指望哪年哪月还能通过论文答辩了。倒不是因为她缺乏经验或资料，而是因为这两者都太丰富，日常的工作要求她时而到荧光屏前，时而到化验室，时而到病床边，要把诸多X光片加以选择、描述，形成自己的见解，并使其系统化，还有，答辩前的几门必须通过的考试——这一切实在没有那么多精力去做。本来是有半年的假期从事科研的,但医院里从来没有这种易治的病人好让医生脱身,也不可能从哪一天开始停止给她带的三个年轻的住院医师答疑而离开半年。

柳德米拉·阿法纳西耶夫娜听人说过,似乎列夫·托尔斯泰曾这样谈论过自己的一个兄弟:他具备作家的一切才能,但是缺少成为作家的缺点。大概,她也缺少将人造就成科学副博士的那些缺点。总的来说,她可不需要去听别人在她背后窃窃私议:"她不单单是名医生,她还是位医学副博士呢。"她也不需要看到自己写的文章前面(她已发表过十几篇了,文章虽短,但质量都很高)加上被排成小号字体,但颇有分量的头衔。诚然,钱多来一点,绝不会是多余的,但要是得不到,那也没什么。

即使不写学位论文,那种被称为学术性的社会工作也足以使她忙不过来。在她们医院里,经常举行临床剖析会,分析诊断和治疗方面的错误,提出新措施的报告——这样的会必须出席,而且必须积极参加(尽管放射科医生和外科医生本来每天也都进行商讨,分析错误,采取新的措施,然而这些会还是照样要开)。而市里还有一个X光学会,也经常举行报告会,展出X光片子。前不久还成立了一个肿瘤学会,东佐娃不仅是会员,还担任了学会的秘书,那里跟一切新开创的事业一样,工作忙到了极点。还有医生进修学院,还要跟《X光学报》、《肿瘤学报》、医学科学院和情报中心通信。结果,大学问虽然都似乎出在莫斯科和列宁格勒,而他们只需在这里给人治病,但却没有一天只是治病而不为科学忙碌。

今天也是这样。她得给X光学会主席打电话,谈她即将去做的报告。还得马上把杂志上的两篇短文看完。再就是给莫斯科写一封回信。另外还得答复一个偏僻地区肿瘤防治站要求答疑的来信。

再过一会儿,一位外科的女主任医师做完一天的手术之后,就要按约定的时间和东佐娃一起为她的一名妇科病人会诊。而在门诊结束之前,还得跟自己带的一个住院医师一起,去看一下来自塔沙乌兹的那个疑患小肠肿瘤的病人。她自己今天还约好了跟X光技术员一起研究如何提高设备利用率,以便给更多的病人照射。给鲁萨诺夫打恩比兴针剂的事也不能忘了,应该上去看看;这类病人他们只是不久前才开始接手治疗,先前都是转到莫斯科去的。

可是她却在跟顽固地胡搅蛮缠的科斯托格洛托夫的争吵上浪费了时间！这种工作方法真是把他惯坏了。还是在他们谈话的时候，负责给伽马射线机安装附属设备的技工们就两次从门缝里张望过。他们想向东佐娃证明采用一些没有列入预算的施工方案的必要性，希望她给他们签发施工单和说服院长。此时他们正拉着她去院长那里，但在走廊上没走多远护士就递给她一份电报。电报是安娜·扎齐尔科从新切尔卡斯克打来的。她们已有十五年没有见面和通信，但这是跟她很要好的一位老朋友，还是在进医学院之前的1924年，她俩就在萨拉托夫的一所助产学校同过学。安娜来电说，她的长子瓦季姆今天或明天将从地质勘探队转到柳霞① 医院里来，要求对他多多关照，并把他的病情如实写信告诉她。柳德米拉·阿法纳西耶夫娜心情激动，撇下技工们，直接去找护士长，要她把阿佐夫金的床位保留一天，准备给瓦季姆·扎齐尔科。护士长米塔，像往常一样，总是在医院里到处奔波，找她并不是那么容易。后来总算找到了，她答应把床位留给瓦季姆，可是却给柳德米拉·阿法纳西耶夫娜出了个难题：放射科最好的护士奥林皮阿达·弗拉季斯拉沃夫娜要被调去参加市工会金库司库学习班学习十天，这十天的工夫得找个人顶替她。这件事简直不可容忍，而且也是没法办到的，东佐娃当即和米塔一起迈着坚定的步子，穿过好几个房间到挂号处去给区工会委员会打电话，希望回绝他们。但是，电话先是这边有人打，后是那边又占线，最后总算打通了，对方一推了事，叫她们往州工会委员会打电话，而那里的人对她们这种政治上所持的漠不关心的态度表示惊讶，莫非她们认为工会的财务工作可以放任自流。看来，无论是区委会的人还是州委会的人，无论是他们本人还是他们的家属，谁也没有领教过肿瘤的厉害，而且他们以为肿瘤绝不会光顾他们。柳德米拉·阿法纳西耶夫娜顺便给X光学会挂了个电话之后，就急忙去找院长求援，可是院长正跟一些陌生人坐在那里商量按预定计划修缮他们的侧楼的事情。就这样，一切都悬而未决，于是她穿过今天尚未前去办公过的X光诊室，回到了器械室。此时那里正是间歇时刻，护士在红灯下记录结果，见柳德米拉·阿法纳西耶夫娜回来了，马上向她汇报，说经过盘点，底片库存按目前的用量顶多能维持三个星

① 昵称，即柳德米拉。

期，而这就意味着必出事故，因为申请底片的报告打上去，至少要一个月的时间才能兑现。东佐娃由此而明确认识到，今天或明天就得找药剂师和院长（可这并不容易），一定要让他们把申请单发出去。

随后，安装伽马射线装置的技工们在半路上把她拦住，她也就在施工单上签了字。此时她正好顺路到X光技术员那里去一趟。她坐了下来，开始跟他们一起计算。根据历来的技术规定，器械工作一小时之后应当休息半小时，但这一点早已被人遗忘，未被遵守，所有的器械都是连续九小时运转，也就是放射科一班半的工作时间。然而，尽管在机器负荷这样重的情况下，尽管在熟练的技术员能把机器下面的病人迅速更换的情况下，依然来不及做需要做的那么多次数。应当给门诊病人每天照一次，而一些住院病人每天照两次（就像从今天起给科斯托格洛托夫规定的那样），以便加强对肿瘤的打击，而且也可以加快病床的周转。为此，他们瞒着技术监督人员，偷偷把电流从十毫安改为二十毫安。结果，速度倒是提高了一倍，但射线管子的寿命显然也会缩短得快些。然而，还是周转不过来。柳德米拉·阿法纳西耶夫娜今天来这里，就是为了在名单上标出记号，同意对哪些病人做多少次不用加保护皮肤的一毫米厚铜滤器的直接照射（这也能把每次照射的时间缩短一半），对哪些病人则加上半毫米厚的铜滤器。

随后她登上二楼，去看看鲁萨诺夫打过针之后有什么反应。接着她回到又在继续给病人照射的短焦距器械室，想着手整理自己的文章和信件。这时伊丽莎白·阿纳托利耶夫娜很有礼貌地敲门求见了。

伊丽莎白·阿纳托利耶夫娜只不过是放射科干杂活的一位"保姆"，但谁也不好意思对她称"你"、称"丽扎"，或者就像年轻医生对年老护理员那样称呼"丽扎阿姨"。这是一位很有教养的妇女，值夜班的空闲时间里她总是坐在那里看法文书籍。可不知为什么她竟在肿瘤医院里当护理员，而且工作十分认真负责。不错，她在这里可以领到一点五倍定额的工资，有段时间这里还发百分之五十的津贴，为的是补偿X光对健康的危害，可后来补贴减少到百分之十五，然而伊丽莎白·阿纳托利耶夫娜始终没有离开这里。

"柳德米拉·阿法纳西耶夫娜！"她说时微微弯着腰表示歉意，就像特别注重礼貌的人那样，"为一点小事来打搅您，我感到很不好意思，可我真不知该怎么办！要知道，抹布没有了，全用完了！拿什么去擦灰尘呢？"

这倒也是个需要考虑的问题！部里规定给肿瘤医院提供镭针、伽马炮、"稳压"设备、最新式的输血仪器、近期的合成药品，然而在这样一份堂皇的清单上是不会有普通抹布和普通刷子的位置的。尼扎穆特金·巴赫拉莫维奇回答说：既然部里没有规定，难道要我自己掏钱给你们买？有一个时期把破床单撕成抹布用，但是总务部门发觉之后便禁止这样做，担心会贪污新的床单。现在，要求把破旧的床单送交指定的地点，由权威验收人员注销然后撕掉。

"我想，"伊丽莎白·阿纳托利耶夫娜说，"为了摆脱困难，要不就要求我们放射科的全体工作人员每人从家里带一块抹布来，怎么样？"

"倒也是个主意，"东佐娃叹了口气，"恐怕也没有别的办法。我同意。请您把这个建议跟奥林皮阿达·弗拉季斯拉沃夫娜说一下……"

对了！奥林皮阿达·弗拉季斯拉沃夫娜本人也需要设法帮她解脱出来。让一个最有经验的护士脱离岗位十天——这简直是太荒唐了。

于是她去打电话，还是毫无结果。随后她马上去看从塔沙乌兹来的病人。她先在黑暗中坐着，让眼睛适应一下。然后察看病人小肠里的钡餐造影，她一会儿站着，一会儿把防护屏放低成桌面似的，让病人朝一边侧卧，又朝另一边侧卧，以便拍片。她戴着橡皮手套轻轻揉压病人的腹部，根据他叫"疼"的部位察看那些模糊的斑点和阴影，随后，柳德米拉·阿法纳西耶夫娜把片子转到诊断室去。

就连她的午饭休息时间也会在处理这些事情的过程中错过去，只是她从来没有觉察罢了，甚至在夏天，也看不见她拿着三明治到小花园里去坐会儿。

马上又有人来叫她到换药室去会诊。在那里，外科主任医生先向柳德米拉·阿法纳西耶夫娜介绍了一下病人的病史，然后把女病人叫来看了一会儿。东佐娃得出结论：只有一个办法可以使病人得救——切除子宫。刚刚才四十岁的这个病人哭了起来。医生们让她哭了几分钟。"这样一来，生活岂不就完了！……要知道，丈夫会把我抛弃的……"

"您就别对丈夫说做了什么手术！"柳德米拉·阿法纳西耶夫娜给她出主意，"他怎会知道呢？他永远也不会知道。您可以把这事瞒起来。"

柳德米拉·阿法纳西耶夫娜总是把救人性命放在第一位，是的，正是指性命，因为病人到了她们医院里，事情几乎总是性命攸关而不是无关紧要的；她一向认为，只要能保住性命，落得任何损失都是值得的。

然而今天，不管她在医院怎么忙得团团转，某种东西整天都妨碍着她的信心、责任和威严。

这是不是由于她自己的胃明显感到疼痛？有几天她没感觉到疼，有几天稍稍有点儿疼，今天则疼得比较厉害。假如她不是一位肿瘤专家，那她对这种疼痛绝不会在意，或者相反，会毫无顾忌地去检查，但她对这根线实在是太熟悉了，以至于无法绕上第一圈——告诉家里、告诉同事。她自己暗暗怀着俄罗斯人的那种侥幸心理：也许能应付过去？也许只不过是神经上的一种感觉？

不，整天妨碍着她，使她仿佛感到刺痛的并不是这一点，而是另外的事情。这种感觉虽然模糊，但却挥之不去。直到现在，当她回到自己角落里的桌子跟前，触及被目光敏锐的科斯托格洛托夫注意到的夹着《放射病》原稿的厚纸夹，她才明白，整天不仅使她不安而且还刺痛她心的乃是同他关于治病权利问题的那场争论。

她还听见他说过这样的话："您二十年前就给某个这样的科斯托格洛托夫照射过，那人曾竭力拒绝，害怕这种治疗，而您一再让他相信，一切都很正常，因为您还不知道有放射病！"

的确，她不久就要到X光学会去做一次报告，题目是"关于迟发性放射病病变"。内容跟科斯托格洛托夫指责她的那一点几乎一样。

还在不久以前，不过一两年，她和其他一些X光专家——这里的，莫斯科的，还有巴库的——开始遇到这些起初无法解释的病例。脑子里出现了疑问。后来便是猜测。关于这个问题他们相互之间通起信来，交换意见，暂时不在报告中涉及，而在报告会的中间休息时间交换意见。这时有人从美国杂志上读到一篇文摘——美国人那里也出现了类似的问题。而病例不断增多，病人陆续前来诉苦，这一切突然得到了一个名称："迟发性放射病病变"。这样一来，该在讲台上去谈这类病例并提出解决方案的时刻也就到了。

这种病变指的是，有些病人十年、十五年前经过大剂量的X光照射治疗取得良好的、成功的、甚至辉煌的疗效，而现在照光部位突然出现坏死和畸形。

如果很久以前做的那些照射是为了治疗恶性肿瘤,那就无怨可诉,至少说是迫不得已。即使从今天的观点来看,这也是出于无奈:拯救病人免于必死的厄运,唯一的方法就是采用大照射量,因为照射量小不起作用。今天,带着残疾找上门来的病人应该明白,这是他为自己已经额外度过的岁月以及尚可度过的余年所付出的代价。

然而,十年、十五年或者十八年以前还不曾有"放射病"这一名称的时候,X光照射被认为是最见效的、绝对可靠的治疗方式,是现代医学技术取得的辉煌成就,假如给劳动者治病不采用这种技术而另找别种相应的或迂回的途径,那简直就会被认为是思想落后,甚至差不多是暗中破坏。当时只担心组织和骨头的早期严重损伤,但那时当即掌握了如何避免这种损伤的措施。于是也就照个不停!照得津津有味!甚至对良性肿瘤也照,对小孩子也是如此。

现在,这些孩子已长大了,变成男女青年,有的还结了婚,但却带着无法挽回的残疾来求医,患处正是当初一照再照的地方。

去年秋天来了一个病人,不是到癌症楼这里来,而是到外科楼,但柳德米拉·阿法纳西耶夫娜得知之后,也去看了一下。那是一个十五岁的少年,身子一侧的手和脚比另一侧发育差,甚至颅骨也是如此,因而他从下到上看上去有点儿呈弧形,跟漫画里不成比例的人一样。对照了病历档案之后,柳德米拉·阿法纳西耶夫娜确定,此人就是当年由母亲带到医院里来的那个两岁半的男孩,骨头有多处病因不明的损伤,但完全不是肿瘤性质,代谢功能出现严重破坏,外科医生当时立即把他转到东佐娃那里,指望碰碰运气,说不定X光能奏效。这样,东佐娃就给他照射,X光果然奏效!而且效果又是那么好,母亲高兴得哭了,说永远忘不了她的救命之恩。

而现在他是一个人来的——母亲已经去世,谁也没有什么办法能够帮助他,谁也无法从他的骨头里把过去照的射线抽回去。

就在前不久,已经是1月底,一位年轻的母亲来诉说乳房里没有奶水。她不是直接来到这里的,而是从一个科室转到另一个科室,最后才转到肿瘤科的。东佐娃不记得她了,但由于她们医院里的病历卡是永久保存的,便到存放档案的小仓库里去翻了一阵,找到她1941年的病历卡,从中得到证实,她还是个小姑娘的时候曾经来过,并且很听话地躺在射线管下照一个良性肿瘤,要是现在,那谁也不会用X光来治这种肿瘤的。

东佐娃只好在老卡上继续往下写:软组织萎缩,种种迹象表明这是迟发性放射病病变。

当然,无论对这个畸形的少年,还是对这个不幸的年轻母亲,谁也不会解释说,他们小时候接受的治疗有问题,因为说明这一点对个人无益,对公家也不利,只会妨害在居民中间进行医疗卫生方面的宣传工作。

但是,这些病例却引起柳德米拉·阿法纳西耶夫娜的震动,她痛心地感到一种无法赎偿和纠正的罪过,而今天科斯托格洛托夫恰恰击中了这一点。

她两手交叉地放在臂肘上,在房间里两台已经关掉的机器之间那狭窄的通道上从门口走到窗前,又从窗前走到门口。

但老是提出医生给病人治病的权利问题能行吗? 如果老是那么去想,如果对每一种今天在科学上得到认可的疗法都总是怀疑,担心它将来会不会被否定或推翻,那么,鬼才知道这会导致什么结果! 要知道,甚至阿司匹林造成死亡的病例也是有记载的:有人生平头一次吃阿司匹林就死了! ……要是那样的话,就根本没法治病! 根本无法做到日常的救死扶伤。

大概,这条规律带有普遍性:任何一个做事情的人做的结果总是包含两个方面——既有益处,又有害处。只不过有的益处多些,有的害处多些。

然而,无论她怎样安慰自己,也无论她怎样清楚地知道,这些不幸的病例连同诊断错误、治疗太晚或措施不当造成的事故加在一起,也许在她所做的全部工作中还占不到百分之二的比例,而被她治好了的、救活了的青年人和老年人,女人和男人,如今在田野、草地和柏油马路上走,在空中飞,在攀电杆,收棉花,扫街道,站柜台,坐在办公室或茶馆里,在陆军和在海军中服役,人数成千上万,他们之中不是所有的人都把她忘了,不是所有的人会忘记她;她也知道,倒是她自己有可能把他们忘记,忘记自己治得最好的那些病例,忘记自己的那些极为艰苦的胜利,可是至死也会记得那几个起死回生的苦命人。

这是她的记忆的特点。

不,今天她已不可能准备那篇报告了,况且下班的时间快到了。(难道还要把稿子带回家去？带回去肯定也是白搭，在这之前带来带去已有上百回了。）

而还应该做完的事，就是把《医疗放射学》上的几篇短文读完。再就是给塔赫塔－库佩尔的那位医师复信，回答他提出的问题。晦暗的窗外透进来的亮光愈来愈弱，她打开台灯坐了下来。一位已经脱去了白长衫的女医生从门缝里看了一眼，问道："您还不走吗，柳德米拉·阿法纳西耶夫娜？"薇拉·汉加尔特也进来问："您还不走吗？"

"鲁萨诺夫怎么样？"

"睡着了。没有呕吐，多少有点发烧。"薇拉·科尔尼利耶夫娜脱去套头的白长衫，露出身上的灰绿色塔夫绸连衫裙，这衣服上班时穿似乎太好了些。

"就那么随便穿您不觉得可惜吗？"东佐娃点头示意她的衣裳。

"有什么可惜的？……干吗压箱底呢？……"汉加尔特本想微微一笑，但结果却弄得有点可怜的样子。

"好吧，薇罗奇卡，既然是这样，那么下次就给他全剂量，十毫克。"柳德米拉·阿法纳西耶夫娜遇到谈话只会浪费时间的时候，总是以她素有的麻利作风快刀斩乱麻，并接着给那位医师写信。

"那么科斯托格洛托夫呢？"汉加尔特轻声问道，此时她已到了门口。

"交过一战，但他吃了败仗，屈服了！"柳德米拉·阿法纳西耶夫娜冷冷一笑，这一笑又使她感觉到胃部一阵刺痛。此时她甚至想把这种病症告诉薇拉，让她第一个知道，但在房间幽暗的深处她眯缝着眼睛望着薇拉，看到她像是要去剧院似的打扮——身穿外出穿的漂亮的连衣裙，足蹬高跟鞋。

于是她决定等下次再说。

大家都走了，可她还坐着。在这几间每天都受到照射的屋子里多待上半个小时，对她来说一点益处也没有，但这样那样的事情总使她脱不了身。每到休假的时候，她总是面色灰白，整年都是白细胞数量连续下降，跌到了两千。要是把一个病人弄到这般地步，那简直就是犯罪。对一个放射科医生来说，每天按规定应当看三个胃病患者，可她每天看十个，而战时，甚至看到二十五个。度假之前，她总是到了需要输血的地步。靠休假也恢复不了一年之中的损失。

　　然而，非做不可的工作习惯每每不肯轻易放她走。每天快到下班的时候，她总是遗憾地看到，又没来得及把事情做完。即使是现在，她在考虑众多事情的时候，也再次为西布加托夫的厄运陷入了沉思，记下了在见到奥列先科夫医生时所要请教的问题。就像她带领自己指导的三名住院医师走上独立工作道路那样，战前，奥列先科夫医生也曾经亲自指导过她，极其细心地向她传授多方面的知识和经验。"柳多奇卡，千万不要一头扎到专业化里面去！"他告诫她，"即使全世界都倾向于专业化，您也要坚持自己的做法——一手抓 X 光诊断，一手抓 X 射线治疗！哪怕世界上只剩下一个这样的医生，那您就做这最后一个好了！"至今他还健在，就住在这个城市里。

　　她已经把灯关了，可是又从门口回来记下了明天要做的事情。穿好了自己的那身蓝色的、已不新的大衣，她还折向院长办公室，但那里的门已经上了锁。

　　最后，她从掩映在白杨树中间的台阶上下来，沿着医疗中心的林荫路走去，但思想还整个儿沉浸在工作中，她甚至想也不想要从中摆脱出来。天气不知是好是坏——她根本没有在意。不过，还没到黄昏时分。在林荫路上遇到许多陌生的面孔，但这在柳德米拉·阿法纳西耶夫娜那里也没引起女性的那种自然而然的好奇心——所遇到的人中间谁身穿什么，头戴什么，足蹬什么。她一路眉头紧皱，锐利地注视着所有这些人，仿佛是在给这些人身上今天还感觉不到，但明天就会出现的肿瘤定位。

　　她就这样走着，从医疗中心的一个内部小茶馆旁边和一个经常在这里把报纸折成漏斗状包扁桃仁卖的乌兹别克男孩身旁走过，一直来到医院大门口。

　　守大门的是个警觉而又爱训人的胖女人，她只放健康的、不受限制的人出大门，病人到了这里则被她喝令回去。柳德米拉·阿法纳西耶夫娜走出这道大门，似乎应当从工作环境转向家庭生活了。但她却不是这样，她的时间和精力并不是在工作和家庭之间平均分配的。她把精神最好的那一部分时间花在医疗中心，而出了大门以后和早晨上班之前很久，工作上的种种想法还像蜜蜂似的在她头脑周围盘旋。

　　她把寄往塔赫塔-库佩尔的信投进了邮筒。穿过马路走向在等电车的人群。她要乘的那路电车响着当当的铃声掉过头来。人们从前门和后门拥了进去。柳德米拉·阿法纳西耶夫娜急忙去占了一个座位——这就是她离开医院之后的第一个小小的希望,她由此开始从主宰病人命运的医生变成任人挤来挤去的普通电车乘客。

但不论是在电车沿着年代已久的单线轨道隆隆行驶还是在错车道久久停靠的过程中,柳德米拉·阿法纳西耶夫娜一直是无意识地望着窗外,时而思考着穆尔萨利莫夫肺部出现的转移,时而思考着打针对鲁萨诺夫可能产生的影响。今天巡诊的时候他说话的那种训人的腔调和威胁的口吻,从上午起被一大堆别的事情冲淡了,此时,下班以后,又显现出令人心情压抑的积淀:晚上和夜里折磨她。

电车上的许多女人也像柳德米拉·阿法纳西耶夫娜那样,随身带的不是小巧的女式提包,而是塞得进一头活猪崽或四个大面包的那种大拎包。电车每过一站,窗外每掠过一家商店,柳德米拉·阿法纳西耶夫娜的思想就愈来愈被有关家庭和家务的事所控制。这一切都压在她的身上,而且只能由她承担,因为能指望男人干什么家务呢?她的丈夫和儿子都是这样的,有一次她去莫斯科开会,他们整整一个星期连碗也没有洗过:倒不是故意留给她洗,而是认为这种周而复始老是重复的工作毫无意义。

柳德米拉·阿法纳西耶夫娜还有一个女儿,已经出嫁了,并且有了一个小孩,可她跟没有丈夫差不多,因为正在闹离婚。一天下来,这时才第一次想起自己的女儿,柳德米拉·阿法纳西耶夫娜并未感到高兴。

今天是星期五。这个星期天柳德米拉·阿法纳西耶夫娜一定得大规模地洗一次衣服,因为积下的太多了。这就是说,下一周前半周的菜无论如何要在星期六晚上做好(她每周做两次菜)。而今天晚上就得把要洗的衣服泡上,不管多晚睡觉。这会儿,也只有这会儿,尽管已经晚了,还得去一趟中心市场,那里到了晚上也能买到东西。

她在需要换乘另一路电车的地方下了车,但她向邻近的食品店橱窗看了一眼,决定进去看看。肉食部空空如也,售货员也走了。鱼类柜台那里没什么可买,只有小鲱鱼、咸比目鱼和鱼罐头。她从五光十色的金字塔式的一排排瓶酒和褐色的——跟香肠的颜色几乎完全一样的——圆滚滚的

干酪跟前走过,想在杂品柜台那里买两瓶葵花籽油(在这之前只有棉籽油)和一袋压缩大麦片。于是她穿过安静的店堂,在收款处付了钱,回到杂品柜台来取货。

可是正当她站在两个人后面等候取货的时候,商店里突然起了一阵闹嚷嚷的声音,人们从街上蜂拥而至,都在熟食柜台和收款处排队。柳德米拉·阿法纳西耶夫娜哆嗦了一下,不等杂品柜台把东西给她,就急急忙忙也去排队,在售货处和付款处各占了位置。在弯曲的有机玻璃柜台里边还是什么东西也没有,不过紧紧挨在一起的排队妇女肯定地说,将有碎肉火腿香肠出售,每人可买一公斤。

她的运气不错,稍晚一点再排第二次队也许还来得及。

## 第八章

# 人们靠什么活着

叶夫列姆·波杜耶夫要不是脖子被癌肿块包围,还是个年富力强的男子汉。论年纪,他还不满半百;肩膀结实,两腿有力,头脑健全。与其说他像一匹结实的马,不如说他更像一头耐劳的骆驼,干完八小时的活还能像头一班一样再干八小时。年轻时他在卡马河上习惯了搬运六普特①重的麻包,当年的那种力气至今也没减多少,即使现在,需要跟工人们一起把混凝土搅拌机推到高台上去的时候,他也从不退缩。他到过许多地方,干过无数行当,在那边拆卸、挖掘、运料,在这边建筑施工,面值小于十卢布的钞票不屑于去点数,半升酒下肚脚步不晃,超过一升便不再贪杯——就这样,他对自己以及周围世界的感觉是,叶夫列姆·波杜耶夫面前没有尽头,没有界限,他将永远是这样。尽管他有的是力气,但却没上过前线——作为专业建筑工人而免服兵役,既不知道负伤是什么滋味,也不知道住野战医院是怎么回事。他从未生过大病,流感、时疫也没得过,连牙疼也没有过。

直到前年才第一次患病——一下子就得了这种病。

癌症。

现在他一开口就说"得了癌",而当初很长一个时期他都佯装镇静,仿佛没什么,不值得大惊小怪,只要能忍受得了就一直拖着,不去找医生。等到去找医生了,他就从一个科被转到另一个科,最后转到了肿瘤科,而这里对所有的病人都说他们得的不是癌。叶夫列姆不愿意弄明白自己得的是什

---

① 旧俄时期的重量单位,自1899年起1普特约合16.38千克。

么病，他不相信自己的理智，而相信自己的愿望：得的不是癌症，会好的。

叶夫列姆最初发病的地方是舌头——灵活自如的、不引人注意的、自己的眼睛从来不能直接看到而在生活中又如此有用的舌头。将近五十年来，他使这条舌头得到了很好的锻炼，就凭这条舌头他为自己争到过本来挣不到的工资。没有干过的活儿，他赌咒发誓说干过了。自己不相信的事情，他也能说个滔滔不绝。既用它来顶撞上头，又用来臭骂工人。他骂起娘来是一套一套的，总是抓住被认为是神圣和宝贵的地方花样翻新，像夜莺一样陶醉于自己的出色表演。他讲的笑话也都粗俗下流，但从不涉及政治。还会唱伏尔加河流域的歌谣。他对遍布各地的好多娘儿们撒过谎，说自己是单身，没有老婆孩子，许诺过一个星期就回来盖房子。"哼，就该让你烂掉舌头！"——他有那么一个临时丈母娘这样诅咒过他。但叶夫列姆的舌头只是在他烂醉如泥的时候才不听使唤。

忽然间，这条舌头开始膨胀起来，老是碍牙齿的事，柔软滋润的嘴也容它不下。

可叶夫列姆还是满不在乎，仍然在大伙面前龇牙咧嘴地说：

"波杜耶夫？世上的事他什么都不怕！"

他们也就说：

"是啊，波杜耶夫的毅力真够强的。"

其实这并不是毅力强，而是五倍的恐惧。他不是凭毅力，而是出于恐惧才挺住，坚持工作，能把手术推迟一天算一天。波杜耶夫一辈子所做的准备都是为了活着，而不是为了死去。这种过渡超出了他的承受能力，他不认识这种过渡的途径，于是就一再排除这个念头，反正没有病倒，天天像正常人一样上班干活，听别人夸他毅力坚强。

给他动手术他不肯，只好开始用针疗：像对地狱里有罪的鬼那样往他舌头里扎针，几天几夜都不取出来。叶夫列姆心里那么想好起来，他是抱着那么大的希望！然而事情并不是这样，舌头胀得更大了。叶夫列姆在自己身上再也找不到那种坚强的毅力了，他愁眉不展，把脑袋伏在铺着白布的门诊桌上，同意开刀。

手术是列夫·列昂尼多维奇做的，做得非常成功！正像手术前所说明的那样：舌头截短了，变窄了，但很快就会习惯于转动，重新像先前那样说话，只是口齿有可能不那么清楚。他还被针疗过一次，放他出去了又叫了回来，于是列夫·列昂尼多维奇说："现在可以说，你过三个月再来，我们还要给你动一次手术，是在脖子上。这次是简单的小手术。"

但是脖子上的这种"简单的小手术"，波杜耶夫在这里可说是看得不少了，所以在指定的日期他没有去。医院一再发信通知他，可他理也不理。总的来说，他不习惯于在一个地方久留，会不当回事儿似的远走高飞，哪怕到科雷马河上，哪怕去哈卡斯。在任何地方他都没有财产、住房和家室之累，他所喜欢的只有自由的生活和口袋里的钱。而医院里来信说："如果您再不来，我们就通过民警把您押来。"瞧，肿瘤医院甚至对那些根本不是癌症病的患者也有什么样的权力。

他去了。当然，他还可以拒绝开刀，但是列夫·列昂尼多维奇仔细摸了摸他的颈部，狠狠地责怪他耽误了时间。就这样，他的脖子左右两侧都做了手术，像挨了强盗的刀子似的；他缠着绷带在医院里躺了很久，而让他出院的时候医生们无不连连摇头。

对自由自在的生活他再也不像先前那么倾心了：工作、玩乐、喝酒、抽烟都使他感到索然无味。他脖子上那地方不见柔软，而是愈来愈绷得紧，硬邦邦的，老是像针扎一样刺痛，甚至影响到头部。肿块沿着脖子往上升，几乎到了耳根。

就这样，一个月以前他仍然又回到这栋用灰砖建造、砖缝匀称齐整的老建筑物前，登上掩映在白杨树中间、被千百双脚磨得光滑的台阶，外科医生们即刻像接待亲人似的将他留了下来，于是他又穿上了那种条纹布病号服，还是住在靠近手术室、窗子抵住后围墙的那间病房里，等候给可怜的脖子做第二次（而总的算来是第三次）手术。叶夫列姆此时再也不能自欺欺人了。他承认自己得的是癌症。

现在，为了追求平等，他开始说服同病房里所有的病人，要他们相信自己得的也是癌症。而既然得上了这种病，那就谁也甭想逃出这个地方。即使出了院也还得全都回到这里来。倒不是他能够在别人的痛苦乃至心碎的脆裂声中找到乐趣，而是要别人也思考事实，不自欺欺人。

后来给他做了第三次手术，开刀开得更疼、更深。但手术后包扎时，医生们似乎并不高兴，而是用行话在相互交谈，并用纱布给他愈缠愈紧，愈缠愈高,使脑袋和躯干牢固地连在一起。他感到射向头部的刺痛更厉害了,更频繁了,几乎是接连不断。

这样一来,干吗还要装模作样呢?得了癌症就应当变得超脱一些,正视两年来他一直眯缝起眼睛、扭头不看的事实:叶夫列姆断气的时候到了。采取一种幸灾乐祸的态度,心情反而会轻松些:不是死,而是断了气儿了。

但这话只能是说说而已,头脑却不能想象,内心也无法体验:这事怎么能发生在他叶夫列姆身上?这怎么会发生呢?当真会这样该怎么办呢?

为了躲开这一事实,他曾挤在人们中间拼命干活,可现在事实终于跟他狭路相逢,借助于绷带掐住了他的脖子。

从其他病人——无论是病房里的还是走廊上的,无论是楼上的还是楼下的——那里,他是听不到对他有任何帮助的话的。所有的话都不知说过多少遍了,可没有一句是中听的。

于是他开始从窗前走到门口,又从门口走到窗前,每天五六个小时踱来踱去。这是他寻求解脱的办法。

叶夫列姆一生中只有几个大城市没去过,边远地区他几乎走遍了,无论待在哪儿,他和其余的人都很清楚,一个人应该具备什么本领。一个人要么掌握很好的专业技能,要么能在生活中钻营。这两者都是生财之道。所以说人们相互认识的时候,道过姓名之后总是紧接着就问:干什么工作,挣多少钱。要是一个人挣钱不多,那就是说,他不是傻瓜蛋便是不走运,反正是不怎么样的一个渺小的人。

所有这些年,波杜耶夫在沃尔库塔、叶尼塞河、远东和中亚所看到的就是这种完全可以理解的生活。人们挣了很多钱,随后也就把钱花掉——有的人是逢星期六去花钱,有的人是度假时去花钱——一次性花掉。

这样的生活可以过得很顺心,直到得了癌症或其他致命的病为止。一旦得了这类病,他们的专业技能也好,钻营本领也好,职务也好,工资也好,统统变得一文不值。无论是他们束手无策的精神状态,还是死不承认得了癌症的自欺欺人的愿望,都说明他们意志薄弱,忽视了生活中的什么事情。

那么究竟忽视了什么呢?

叶夫列姆从小就听人们说,而且自己也知道,他和他的同辈这些年轻人,比自己的老子头脑聪明。他们的老子胆子很小,一辈子连城也没进过,而叶夫列姆十三岁的时候就已经能够骑马打枪了,接近五十岁时把整个国家像摸娘儿们似的摸遍了。可是现在,他在病房里一边来回地走,一边回想他们家乡卡马河一带的老人——不管是俄罗斯人还是鞑靼人,或者沃佳克人①,是怎样死的。他们都不摆什么架子,不追求什么,也不吹嘘他们不会死掉——他们都心情平静地对待死亡。他们不仅不留下债务,而且不声不响地做着准备,预先就指定好把母马留给谁,把马驹留给谁,把无领粗呢大衣留给谁,把靴子留给谁。他们离开人世的时候心情都轻松,仿佛只是搬到另一间茅屋里去住似的。他们之中的任何人也不会被癌吓倒。而且,谁也没有得过什么癌症。

可在这儿,在医院里,人已经在吸氧气袋,眼珠子都快转不动了,而嘴巴还一再说:我不会死! 我得的不是癌!

跟一些呆头呆脑的鸡似的。每一只都等着脖子上挨一刀,可还在咕咕嗒嗒,到处觅食。一只被抓去宰了,而其余的还在刨土觅食。

波杜耶夫就这样日复一日地在病房里走来走去,旧地板被踩得颤个不停,但究竟该怎样迎接死亡,他心中一点也没有变得明确起来。这事儿不能凭空瞎想,也没有人能告诉他。至于在什么书里能找到这个问题的答案,他更是不抱什么希望。

当年他念过四年小学,后来还在建筑工人培训班学习过,但他没有养成看书的习惯:广播天天有,可以代替看报,而书在心目中则完全是多余的东西,他在那些偏僻荒凉的地方由于工资高而混了大半辈子,也没见过多少喜欢看书的人。波杜耶夫只读那些必须要读的东西——交流经验的小册子、升降机说明书、操作规章、公告命令,《简明教程》②只读完第三章。花钱买书或者跑图书馆借书,他认为简直是可笑的。在远行的途中或者在等候什么的时候,要是无意中碰上一本书,那他顶多看上二三十页也就扔了,因为从中他找不到任何可以指导生活的精辟的东西。

就连这里,医院里床头柜上和窗台上摆着的书,他至今也没去碰一碰。这本蓝封面上烫着金字的书,他本来也不会去读它,可是科斯托格洛托夫正

---

① 沃佳克人,即乌德穆尔特人的旧称。
② 此处指《联共(布)党史简明教程》。

好在他感到最无聊厌烦的一个晚上把这本书塞给了他。叶夫列姆将两只枕头垫在后背，开始翻阅。如果这是一部长篇小说，那他也不会看下去。但这是一本小故事集，其中每一篇的情节只用五六页就交代清楚了，有的则只有一页。目录上的篇名繁多。波杜耶夫开始读各篇的标题，立刻感觉到里边谈的似乎是实质性的东西。《劳动、死亡与疾病》《主要法则》《源泉》《一失足成千古恨》《三个老翁》《只要还有光，就走亮处》。

叶夫列姆翻开最短的一篇，把它读完了。他想思考一下，于是也就思考了。想把这篇小故事再读一遍，于是就又读了一遍。又想思考一下，于是又思考了。

看过第二篇之后也是这样。

这时灯熄了。为了这本书不被别人拿去，早晨也不用再找，叶夫列姆把它塞在自己的褥垫下。在黑暗中他还给艾哈迈占讲一个古老的寓言，说真主怎样分配寿命，以及人得到了好多无用的寿命（不过，他自己并不相信这一点，无论怎样的寿命他都不认为是无用的，只要身体健康）。入睡之前他把看过的几篇故事又思索了一番。

只是射向头部的刺痛很厉害，妨碍思索。

星期五的早晨天空晦暗，而且跟医院里的任何一个早晨一样，是阴沉沉的。在这间病房里，每一个早晨都从叶夫列姆那令人心情沮丧的话开始。如果有人说出了自己的希望或心愿，叶夫列姆会立刻给他泼冷水，使他失望。但今天他却死也不肯开口，而是摆好了姿势一心在读这本不起眼的书。洗脸对他来说几乎是多余的，因为就连他的腮帮子也缠着绷带；早饭可以在被窝里吃；而今天又没有医生来给手术病人做巡诊。叶夫列姆慢条斯理地翻着这本书的粗糙厚实的纸张，默默地读着和思索着。

对放射科病人的巡诊结束了，那个戴金丝边眼镜的病号起初对医生骂骂咧咧，随后变得胆怯了，被打了针；科斯托格洛托夫在争自己的权利，出去了又回来了；阿佐夫金出院，弯着腰捂着肚子跟大家告别；其他病人有的被叫去照X光，有的去输血。而波杜耶夫依然没有下来在两排床位之间的通道上徘徊，他默然不语地看自己的书。这本与众不同的书在跟他进行饶有兴味的交谈。

他活了一辈子，可还从未碰到过这样一本真正值得一读的书。

要不是刺痛感射向头部的这脖子迫使他躺在这张病床上,那他未必会去读它。这些小故事也许打动不了一个健康人的心。

还是在昨天,叶夫列姆就注意到这样一个标题:《人们靠什么活着?》这个标题拟得那么贴切,仿佛就是叶夫列姆自己想出来的。最近几个星期,他在医院里徘徊的时候,尽管没有明说,事实上一直在思考这个问题:人们靠什么活着?

这篇故事并不算短,但一开始读起来就很轻松,给人一种亲切、朴素的感觉:

"一个鞋匠带着老婆孩子住在一个农民家里。他既没有自己的房子,也没有地,全靠皮匠活养活一家人。面包价格昂贵,可活儿不值钱,挣来的钱都花在吃的上面。鞋匠跟老婆两人只有一件皮袄,而且,这件皮袄已穿得破烂不堪。"

这些都明明白白,下面也很容易懂,谢苗本人又高又瘦,帮手米哈伊尔也有点儿瘦,可是老爷:

"像是来自另一个世界的人:脸又红又圆,脖子跟公牛脖子差不多,整个儿有如生铁铸成……过着这样的生活他怎能不滚瓜流油呢,这个像铆钉一样结实的人连死神也拿他毫无办法。"

这样的人物,叶夫列姆见过不少:煤炭托拉斯的经理卡拉休克是这样的人,安东诺夫也是,还有切切夫、库赫季科夫。再说,叶夫列姆本人岂不也开始有点儿像这类人物了?

波杜耶夫慢慢地,仿佛是逐字逐句琢磨似的把这篇故事整个儿读完了。

这时已经到了吃午饭的时间。

叶夫列姆既不想徘徊,也不想说话。好像有什么东西进入了他的体内,在那里把一切都倒了过来。原先有眼睛的地方,现在没有眼睛了。原先是嘴的地方,现在已没有嘴了。

医院反正已经从叶夫列姆身上刨下了头一层粗木花。现在就尽管刨好了。

叶夫列姆还是那样,两个枕头垫在后背,曲着两腿,合起来的书放在并拢的膝上,眼睛望着空无一物的白色墙壁。外面,天空中阴云密布。

叶夫列姆对面床上的那个白脸的疗养员打针以后一直在睡。由于他冷得打战,给他盖得比较厚实。

旁边的床上,艾哈迈占在跟西布加托夫下跳棋。他们的语言很少有共同的地方,所以互相用俄语交谈。西布加托夫坐的姿势要使患病的腰不歪不曲。他还年轻,可是额顶上的头发却越来越稀少。

而叶夫列姆的头发却一根也没有脱落,还是那么蓬松稠密,犹如一片无法通过的棕色密林。他身上至今还保存着对付娘儿们的全部精力。然而,一切似乎都没有什么意思了。

叶夫列姆究竟搞过多少这类女人是很难想象的。起初他还记个数,老婆不算在内,后来也就懒得记了。他的第一个妻子阿明娜是叶拉布加的一个鞑靼姑娘,白白的脸蛋,脸上的皮肤非常细嫩,只要指甲稍微碰一下,立刻就会出血。她是一个性格倔强的女子,主动带着小小的女儿离开了他。从那时以来叶夫列姆就不愿再使自己丢脸,总是首先将娘儿们抛弃。他过的是候鸟式的生活,自由自在,一会儿去应招工,一会儿去签订合同,要是拖着一个家,他会感到很不方便。在任何新去的地方他都能为自己找到主妇。至于那些随便搭上的女人,自愿的也罢,不自愿的也罢,他有时连名字也不问,而只按说好了的价码付钱。现在,在他的记忆里,她们每个人的面貌、习性和有关的经过,全都混淆在一起了,只有属于特别的情况,他才铭记在脑子里。比方说,他记得那个工程师的妻子叶芙多什卡,战时在阿拉木图一号车站月台上,她怎样站在他的车窗下面扭动着屁股求他。当时,他们全班人马前往伊犁去开辟新的矿区,托拉斯的许多人都在为他们送行。其中也有叶芙多什卡的丈夫,这个窝窝囊囊的人站在不远的地方在向某人证明什么。而火车头已经拉响了第一声汽笛。"喏!"叶夫列姆喊着,伸出了两只手,"要是你愿意,那就爬进来,咱们一起走!"她果然抓住了他的两只手,当着托拉斯的人和丈夫的面爬进了车窗,就这样她跟着去了,和他同居了两个星期。怎样把叶芙多什卡拖进了车厢,这样的事他记得。

如果说叶夫列姆一生中从娘儿们身上发现了什么特点的话,那就是她们能缠。把一个娘儿们搞上手很容易,可是甩掉就难了。尽管到处都讲"平等",叶夫列姆也不反对,但他内心里从来没把女人当作完全的人——除了自己的第一个妻子阿明娜以外。要是别的汉子认真指出他对待娘儿们不好,那他说不定会感到奇怪。

然而,按照这本奇怪的书来说,叶夫列姆简直一无是处。

灯被提前打开了。

那个有洁癖的满腹牢骚的病号醒了,从被窝里探出秃脑袋,匆匆戴上了眼镜,看上去像个教授。他立刻向大家宣布一个喜讯:针打下去他没觉得什么,本以为会有严重反应。说罢他就伸着脑袋到床头柜里取烧鸡。

叶夫列姆注意到,这些虚弱的人只能吃鸡肉。即使给他们羊羔肉,他们也会说:"这肉不消化。"

叶夫列姆还想看看别人,但这需要把整个身躯转过去。而朝前看去,只能见到这个喜欢训人的家伙在啃鸡骨头。

波杜耶夫呻吟了一声,小心翼翼地把身子转向了右边。

"瞧,"他大声宣布,"这儿有一篇小说,叫作《人们靠什么活着?》。"说着便冷冷一笑。"这个问题谁能回答? 人们靠什么活着?"

正在下跳棋的西布加托夫和艾哈迈占抬起了头。艾哈迈占的健康正在恢复,他心情愉快,信心十足地回答说:

"靠给养。靠伙食和被服。"

参军前他一直住在家乡的小村子里,只会讲乌兹别克语。所有的俄罗斯词儿和概念,有关纪律性和散漫性,都是从部队里学来的。

"还有谁回答?"波杜耶夫声音嘶哑地问道。来自书本的这个难题出乎他的意料,对大家来说也不是那么容易回答。"还有谁回答? 人们靠什么活着?"

穆尔萨利莫夫老头不懂俄语,否则,他有可能比这里所有的人都回答得好。但这时正好有一位男护士——医科大学实习生图尔贡来给他打针,此人回答说:

"靠工资呗,那还用说!"

黝黑的普罗什卡从角落里全神贯注,像看商店橱窗似的注意着,他甚至嘴都张开了半拉,但什么也没有说。

"喏,说呀!"叶夫列姆敦促着。

焦姆卡把自己看的一本书放下,皱着眉头在思考这个问题。叶夫列姆手里的那本书,也是焦姆卡拿到病房里来的,但他没能把它读下去,那本书像一个聋子在与你交谈,答非所问,谈的完全不是那么回事。它使人消沉,思想混乱,而人们所需要的却是行动方面的忠告。因此他没有读《人们靠什么活着?》,不知道叶夫列姆所期待的答案是什么。他在考虑自己怎么回答。

"喏,说吧,小伙子!"叶夫列姆鼓励他。

"在我看来,"焦姆卡慢条斯理地回答,像站在黑板前回答老师提问一样,一边想一边回答,唯恐答错,"首先靠的是空气。其次靠水。再就是靠食物。"

先前,要是有人问叶夫列姆,他也会这样回答。只是还会补充一点——靠烈酒。但这本书谈的完全不是那方面的问题。

他吧嗒了一下嘴。

"喏,还有谁回答?"

普罗什卡决心一试:

"靠熟练的技术。"

这说得也对,叶夫列姆一辈子也是这样想的。

西布加托夫这时却叹了口气,不好意思地说:

"靠故乡。"

"这是指什么?"叶夫列姆感到奇怪。

"就是说,靠自己的家乡……要生活在出生的地方。"

"啊……这倒不必。我年轻的时候就离开了卡马河,如今,对我来说那里有它没它都无所谓。河就是河,岂不反正一样?"

"在自己的家乡,"西布加托夫固执地低声说,"病也不会缠着你。在家乡什么事情都好办。"

"好啦。还有谁说?"

"是在说什么?说什么?"精神有点振作了的鲁萨诺夫插嘴问,"到底是什么问题?"

叶夫列姆呼哧着向左边转过身去。靠窗的病床都空着,只剩下那位疗养员。他两手捏住一条鸡腿的两端正在啃。

他们就这样面对面地坐着,仿佛是魔鬼故意安排的。叶夫列姆眯缝起眼睛。

"是这么个问题。教授,人们靠什么活着?"

帕维尔·尼古拉耶维奇不假思索,甚至连啃鸡腿也几乎没有耽误:

"这是一个毫无疑问的问题。应当记住,人们活着,靠的是思想信仰和社会利益。"

说罢,他把关节处的那块美味的脆骨咬了下来。此后,除了爪子上的厚皮和耷拉着的筋,腿骨上什么也没有了。于是他把鸡骨放在床头柜上的一张纸上。

叶夫列姆没有应声。这个虚弱的人回答得如此干脆使他很不高兴。既然讲到思想信仰,那就只好闭口不谈了。

于是他打开书,又专心读了起来。他自己也想弄个明白,究竟怎样回答才算正确。

"那是本什么书?都写了些什么?"西布加托夫放下棋子问道。

"好,听听吧……"波杜耶夫念了开头的几行,"'一个鞋匠带着老婆孩子住在一个农民家里。他既没有自己的房子,也没有地……'"

但朗诵起来是很费力的,且时间又长,所以他就靠在枕头上,开始用自己的话向西布加托夫复述,自己努力在头脑里把故事重温一遍:

"总之,鞋匠开始借酒浇愁了。有一次他有点儿醉意,把路上遇到的快要冻僵的米哈伊尔带了回去。老婆骂他,说自己的日子都不知怎么过,还带个白吃饭的回家。可是米哈伊尔干起活来腰也不直一下,他学会了绱鞋,手艺比鞋匠还高明。有一次,那是在冬天,一位老爷坐车到他们那儿,带来一张贵重皮革,要加工定做一双长筒靴子,穿在脚上不走样,不脱线。可鞋匠如果把皮革剪坏了,那就得赔偿。而米哈伊尔好像莫名其妙地微笑了起来:在老爷背后的角落里他似乎看到了什么。老爷刚走,米哈伊尔就裁这张皮革,结果剪坏了:筒和面连成一体的直拔式长筒靴是做不成了,而只好做成一双平底鞋。鞋匠急得捂住了脑袋,说:'你是怎么搞的,这不等于害了我?'可米哈伊尔说:'此人为自己做好了一年的打算,哪知还活不到晚上。'果然,这位老爷在半路上就呜呼了。太太打发一个小男孩来告诉鞋匠,说靴子不用做了,而要赶快做一双平底鞋。是给死人穿的。"

"真见鬼——,纯粹是胡说八道!"鲁萨诺夫猛然反驳,气愤至极,咬牙切齿地说出了"鬼"字,"难道谈别的话题不行吗?一千米以外也能听出来,那不是我们的道德观念。那里面究竟是怎么说的——人们靠什么活着？"

叶夫列姆中断了叙述，一双肿胀的眼睛转向了这个秃了顶的人。他本来就很不高兴，因为这秃脑袋差点儿猜到了点子上。书里写着，人们不是靠关心自己，而是靠对别人的爱活着。这个虚弱的人说的则是：靠社会利益。

两者似乎是一致的。

"靠什么活着？"这话甚至不便于公开议论。似乎不太光彩。"里面说，凭借爱的力量……"

"靠的……是爱？！……不，不，这不是我们的道德观念！"金丝边眼镜显得十分得意。"喂，这玩意儿都是谁写的？"

"什么？"波杜耶夫发出牛叫似的声音。他的话被歪曲了，离开了本题。

"喏，这些玩意儿都是谁写的？作者是谁？……你看看第一页上边那儿。"

问姓名干什么呢？它跟问题的实质，跟他们的病、他们的生或死有什么相干？叶夫列姆看书没有看外边这姓名的习惯，即使看了，也随看随忘。

现在他还是翻到第一页，并且大声念道：

"托尔……斯泰。"

"不……不可能！"鲁萨诺夫立刻表示反对，"请注意：托尔斯泰只写乐观主义的和爱国主义的东西，否则他的作品是不会出版的。《粮食》《彼得大帝》。他是三次斯大林奖金获得者，你们应当知道！"

"这并不是那个托尔斯泰！"焦姆卡从角落里插话说，"我们这说的是列夫·托尔斯泰。"

"怎么，不是那个？"鲁萨诺夫拖长了声调说，一是舒了口气，另是表示轻蔑，"啊，原来是另一个……是俄国革命的那面'镜子'和'糯米丸子'[①]吗？……你们那个托尔斯泰太软弱了！他在很多问题上，在很多很多问题上认识不清。而应当抗恶，小伙子，应当同恶进行斗争！[②]"

"我也是这么想。"焦姆卡声音低沉地应道。

---

① 此系列宁评论列夫·托尔斯泰及其素食主义的用语。

② "勿以暴力抗恶"是托尔斯泰晚年的主要理念之一。

## 第九章

# Tumor cordis [①]

外科主任医生叶夫根尼娅·乌斯季诺夫娜几乎不具备外科大夫所不可缺少的任何一种特征——既没有那种明显的坚定目光，又没有额头上那种刚毅的皱纹，也没有上下颌咬紧时的那种钢铁般的意志。她虽已年过半百，但把头发全都塞进医生帽子里时，看到她背影的人常常会呼唤："姑娘，能不能告诉我？……"可她转过脸来就现出了倦容，满面是舒展不开的皱纹，眼窝下面浮现出小小的肿包。她经常涂鲜艳的口红以抵消这种老相，但口红每天得涂好几次，因为它总是被烟卷抹去了。

任何时刻，只要不是在手术室里，不是在换药室和病房里，她都在抽烟。即使在那些地方她也会找机会跑出来狠命地抽上一支，看上去她就像要把烟卷吃下去似的。巡诊的时候她偶尔也会把食指和中指举到嘴唇上，过后甚至会引起人们争论：她在巡诊的时候是否抽过烟。

这个已现出老相的瘦瘦的女人同身材明显高大、胳膊很长的外科主任列夫·列昂尼多维奇一起，做过医院所承接下来的一切手术——截肢，在喉头上切开气管插导管，切除胃，触及肠子的任何部分，在骨盆区内可谓为所欲为，而在手术日快结束的时候，她还往往得去切除一两例发生癌肿的乳腺，作为不怎么复杂而她又技术熟练的工作去完成。叶夫根尼娅·乌斯季诺夫娜没有一个星期二或星期五不给女人切除乳房，有一次她一边用干瘪的嘴唇抽烟，一边对打扫手术室的女工友说，要是把她所切除的乳房统统收

---

① Tumor cordis：拉丁文，心脏肿瘤之意。

集在一起,那就能堆成个小丘。

叶夫根尼娅·乌斯季诺夫娜一辈子都只是个外科医生,外科学以外她无用武之地,不过她还是记得并且懂得托尔斯泰笔下叶罗什卡这个哥萨克评论欧洲医生的话:"他们只会用刀拉。真是些傻瓜。可是瞧瞧,山区里的大夫才称得上是行家,他们懂得草药。"

"只会用刀拉"? 不,叶夫根尼娅·乌斯季诺夫娜可不是那样理解外科学的! 当初,她们还在念大学的时候,一位很有声望的外科专家就在讲台上说过:"外科应当成为善行的化身,而不是残酷的代表! 不是给人以疼痛,而是使人解除痛苦! 拉丁文里的一句谚语说:镇痛乃神圣之举!"

然而,即使是治疼的第一步——消痛,也离不开疼痛。

在一次次主刀的过程中,吸引叶夫根尼娅·乌斯季诺夫娜的并不是极端措施,并不是不顾一切,也不是独出心裁,而是相反,尽可能不留痕迹,做得细腻,尽可能做到使内心里感到最为明智——仅此而已。她认为自己主刀之前的那些夜晚,一旦她仿佛置身于电梯之中,半睡半醒的脑子里突然从某个地方浮现出一个意想不到的新的开刀方案——不是已经写在病历卡上的那个方案,而是手术小一些的方案——那是最幸福的夜晚。待头脑完全清醒时,她就爬起来赶忙记下,第二天早晨则在最后时刻担着风险改变方案。这常常成为她主刀的最成功的手术。

如果明天,放射疗法、化学疗法、草药疗法或者什么光疗、色疗、心灵感应疗法能够避开手术刀而救治她的病人,如果外科学将在人类的实践中遭到消失的厄运,叶夫根尼娅·乌斯季诺夫娜一天也不会为它辩护。

因为她能够拒绝的那些手术,正是最有成效的"手术"! 对病人而言属于最大善行的那些手术,是她能悟得出来,并且善于改变计划,绕道而行或者延缓执行的手术。在这一方面,叶罗什卡是对的! 她最不愿意的就是丧失自身的这种探索。

但她丧失了……在同手术刀打了三十五年交道的工作中,她已经习惯于人们的痛苦了,常常没好声好气,常常疲惫不堪。已不再出现萌生改变计划这种念头的夜晚了。她愈来愈看不到每次手术的独特之点,更多看到的是它们那流水作业式的单调。

人类不得不忍受的讨厌的限制之一,就是人们在人生的中途不能大改行以使自己的面貌焕然一新。

到病房巡诊时他们通常是三四个人一起：列夫·列昂尼多维奇、她和住院医师。但是几天前列夫·列昂尼多维奇到莫斯科去参加胸腔手术研讨会了。本星期六到楼上男病房去的，不知为什么只有她一个人，没有主治医生，就连护士也没有。

她甚至不是走了进来，而是悄悄站在门口，身体靠在门框上。这属于女孩子的动作。只有妙龄女郎才会那样倚着，知道这种站法优美，比腰板笔直、两肩平齐、脑袋挺立要好看得多。

她就那么站在那里，阴郁地注视着焦姆卡的游戏。焦姆卡把生病的那条腿伸直，搁在床上，把一条好腿蜷曲起来，当成桌面，放上一本书，两手拿着四支铅笔在书本上搭着什么图形。他端详着这个图形，说不定会那么久久地望着，但这时有人叫他。他抬起头来，顺手也把叉开的铅笔收起。

"焦姆卡，你这是在搭什么？"叶夫根尼娅·乌斯季诺夫娜带着哀愁问道。

"证明定理！"他爽朗地回答，声音似乎格外响。

他们话虽那样说，但相互注视着对方，心里都明白，双方所关心的事与这些话无关。

"不然时间就白白过去了。"焦姆卡解释，但已不那么爽快，声音也不那么响了。

她点了点头。

沉默了一会儿，她还是那么倚在门框上。不，并不是故意要像女孩子那样，而是由于疲劳。

"要么让我给你看一下。"

一向深明事理的焦姆卡，却显得比平时激动，提出异议：

"昨天柳德米拉·阿法纳西耶夫娜看过了！她说还得继续照光。"

叶夫根尼娅·乌斯季诺夫娜点点头。她的脸上流露出一种雅致的愁思。

"那很好。不过我还是得看一下。"

焦姆卡皱起了眉头。他把立体几何放到一边，在床上挪动了一下身子，腾出地方，把病腿袒露到膝盖那儿。

叶夫根尼娅·乌斯季诺夫娜在旁边坐下。她毫不费力地把白长衫和连衣裙的袖管捋了上去，几乎露出胳膊肘。她的两只纤细而灵活的手像一对小动物似的开始在焦姆卡的腿上爬动。

"疼吗？疼吗？"她一再这样问。

"有点儿。有点儿疼。"焦姆卡应道，眉头愈皱愈紧。

"夜里觉得腿疼吗？"

"觉得……不过柳德米拉·阿法纳西耶夫娜她……"

叶夫根尼娅·乌斯季诺夫娜又点了点头，表示理解，并拍了拍他的肩膀。

"好，小朋友。还继续照光吧。"

他们又一次面面相觑。

病房里悄无声息，他们的每一句话都能听得清。

叶夫根尼娅·乌斯季诺夫娜站起来转过身去。炉子旁边本来应该是普罗什卡的床位，但昨天晚上他换到靠窗的那张床上去了。（虽然有不吉之兆：本不该躺在出院去等死的人床上。）而炉旁的那张床，现在由亨里希·费德拉乌占用，此人个儿不高、性格沉静、头发呈淡黄色，对病房里的人来说并不陌生，因为他已经在楼梯那儿躺了三天。现在他站了起来，手臂贴着裤缝伸直，亲切和尊敬地望着叶夫根尼娅·乌斯季诺夫娜。他的个儿没有她高。

此人完全健康！他没感到任何地方有什么不舒服！第一次手术就把他的病彻底治好了。他之所以又来到癌症楼，并不是因为有什么病痛，而是严格遵照医嘱：出院通知书上写着——1955年2月1日来医院复查。他是从老远的地方来的，交通很不方便，换了好几次车。他来到医院的日子既不是1月31日，也不是2月2日，而是像月亮在一定的时刻开始出现月食那么准确。

不知为什么又安排了他住院。

他很希望今天能放他走。

个儿挺高但很干瘦，眼睛暗淡无神的玛丽亚走近。她送来毛巾。叶夫根尼娅·乌斯季诺夫娜擦了擦手，袖子还是那么捋到胳膊肘，在一片寂静中举起手来，用指头在费德拉乌的脖颈上做了很久的推压动作，随后吩咐他解开上衣，进而在锁骨附近凹窝和胳肢窝里摸了半天。最后她说：

"一切都好，费德拉乌。您的情况很好。"

他脸上闪现出喜悦的光彩，像获了奖似的。

"一切都很好。"她慢吞吞地亲切说道，又在他的颌下推压。"再做一次小手术也就没事了。"

"怎么？"费德拉乌顿时脸色一沉，"要是一切都好，为什么还要做手术，叶夫根尼娅·乌斯季诺夫娜？"

"为了使情况更好。"她淡然一笑。

"在这儿吗？"费德拉乌用手掌做了一个斜切脖子的动作。他那柔顺的脸上泛起恳求的表情。他那有点儿稀疏的头发近乎灰白，眉毛也是灰白色。

"是这儿。不过您放心好了，病情一点儿也没耽误。那就安排在下星期二吧。"（玛丽亚记了下来。）"2月底您就可以出院回家，争取以后不再到我们这里来。"

"不是还得来'复查'吗？"费德拉乌试图微笑一下，但是未能笑成。

"对，除非是复查。"她微微一笑，表示歉意。除了自己那疲倦的微笑，她还能用什么去鼓励他呢？

她撇下费德拉乌（他站在那里，随后坐下来寻思），在病房里继续往前走。一边走一边还向旁边的艾哈迈占微微一笑（三星期前她给他的腹股沟开过刀），接着就在叶夫列姆床前停住。

他已经把那本蓝皮书扔在一旁在等她了。叶夫列姆脑袋挺大，缠着绷带的脖子格外粗，加上肩膀也宽，此时蜷着腿在病床上似坐非坐，简直跟荒诞故事里的矮腿神仙差不多。他皱着眉头望着她，准备承受打击。

叶夫根尼娅·乌斯季诺夫娜的胳膊肘支在他的床架上，两个手指搁在嘴边，仿佛是在抽烟。

"喏，情绪怎么样，波杜耶夫？"

问问情绪，无非是随便聊几句而已！说上几句话她就可以走了，算是对这个病号巡诊过了。

"开刀把我都开腻烦了。"叶夫列姆说。

她扬起了一道眉毛，似乎对开刀还能使人腻烦感到惊讶。

她什么也没有说。

叶夫列姆要说的也已经都说了。

两人默默无语，好像都在怄气，又像面临着分手。

"不用说，还是开那个地方啰？"叶夫列姆甚至不是在问，而是在自言自语。

（他本想诘问：你们前几次的刀是怎么开的？你们都是怎么想的？但是，这个对任何领导都不客气、总是当面顶撞的人，却给叶夫根尼娅·乌斯季诺夫娜留了情面。让她自己去想想好了。）

"稍微靠旁边一点儿。"她回答说。

（能对你说什么呢，你这苦命的人啊！舌癌——这可不比下唇癌。颔下的几个淋巴结切除了，可是又发现深处的淋巴道也有转移。先前这是不能切除的。）

叶夫列姆呼哧了一声，就像在硬拖拖不动的东西似的。

"不必了。什么也不必了。"

她也没劝说他什么。

"我不要开刀。我什么也不要了。"

她望着他，一声不吭。

"您让我出院好了！"

她望着他那棕红色的、饱经忧患和恐惧反而无所畏惧的眼睛，也在想：何必呢？既然手术刀追不上转移，何必再让他受折磨呢？

"到星期一那天，波杜耶夫，咱们解开纱布瞧瞧。好吗？"

（他嘴上说要出院，但心里还是希望她说："你发疯啦，波杜耶夫？出院是什么意思？我们还要给你治呢！我们一定能把你的病治好！……"然而她没有表示反对。那就是说，只有等死了。）

他以整个身躯做了一个表示同意的动作。要知道他已无法做到单单点一点头。

于是她向普罗什卡那边走去。普罗什卡起来迎接她，满脸带着微笑。她没给他做任何诊视，只是问：

"喏，您自己感觉怎么样？"

"挺好，"普罗什卡更是笑脸绽开，"那些药片对我很起作用。"

他把一只盛着复合维生素片的小瓶指给她看。他真不知道怎样才能更讨她好,怎样才能说服她打消给他开刀的念头!

她朝药片那儿点了点头。接着,把手伸向他的左胸:

"这儿怎么样?有刺痛感吗?"

"稍稍有一点儿。"

她又点了点头:

"今天我们就让您出院。"

普罗什卡从未这么高兴过!他那两道黑眉简直是翘了起来:

"您说的是真的吗?那么就不用开刀啦?"

她淡然地笑着摇摇头。

整整一星期,医生们对他反复触诊,四次X光透视,一会儿让他坐着,一会儿让他躺下,一会儿又叫他起来,还把他带去给一些穿白长衫的老头子们瞧,他本以为自己的病十分严重,可是突然,不用动手术就可以出院了!

"这么说,我的病已经好了?!"

"还没完全好。"

"那些药片对我的病很起作用,是吗?"他那漆黑的瞳仁闪烁着会意和感激的光芒。他十分愉快,因为他看到自己平安无事的这种结果使她也感到高兴。

"那几种药片您可以到药房里去买。而我这里再给您开一种,您也要服用。"她扭过头去对护士说:"抗坏血酸。"

玛丽亚严肃地低下头去记在本子上。

"您一定要每天服三次,按时服!这很重要!"叶夫根尼娅·乌斯季诺夫娜劝慰他。(劝诫比药还重要。)"您还得多多保重!走路不要匆匆忙忙。别举重的东西。如果弯腰,那就要极其当心。"

普罗什卡得意地笑了起来,笑她世上的事也不是样样都懂。

"怎能不举重的东西呢?我是拖拉机手。"

"您暂时不用去工作。"

"怎么?凭病假条吗?"

"不是。您此刻可以领到我们开的残疾证书。"

"残疾?"普罗什卡惊愕地望着她,"难道我当真是残疾了吗?往后的日子我怎么过?我还年轻,我要干活。"

他摊开一双粗壮有力、要求干活的大手。

但这未能说服叶夫根尼娅·乌斯季诺夫娜。

"过半小时您到楼下的换药室去一趟。证明会给您开好，那时我再跟您解释。"

她走出去了，瘦瘦的玛丽亚腰板笔直地跟在她后面也走了出去。

病房里一下子七嘴八舌地开了腔。普罗什卡在说，为什么要给残疾证明书，这件事得跟小伙子们商量商量，但其余的人都在议论费德拉乌。这事儿使大家都感到吃惊：白白的、光溜溜的脖子好端端的，哪儿也不疼，偏偏要开刀！

波杜耶夫在床上用两手撑着将蜷着腿的躯体转了过来（这看上去就像没有腿的人转身一样），气冲冲地嚷着，甚至脸都涨红了：

"别答应，亨里希！别上当！要是让他们开刀，就会像我一样，迟早会被他们宰了。"

但是艾哈迈占却有不同的看法：

"应当开刀，费德拉乌！他们不会没有根据地瞎说。"

"既然不疼，干吗要开刀？"焦姆卡为之愤慨。

"你那是怎么啦，老弟？"科斯托格洛托夫瓮声瓮气地说，"让好端端的脖子上挨刀，岂不是发疯。"

鲁萨诺夫被这些叫嚷声吵得直皱眉头，但他没责备任何人。昨天打了一针，他心情一度很好，因为没引起什么不良反应。但是整个夜间和早晨，脖子底下的肿瘤依然妨碍他的脑袋动弹，今天他觉得自己非常不幸，因为肿瘤一点儿也没见小。

诚然，汉加尔特医生来过。她非常详细地问过帕维尔·尼古拉耶维奇，了解他昨天晚上和夜里以及今天都有什么感觉，了解他感觉虚弱的程度，并向他解释，不一定第一针就能把肿瘤打退，一时打不退也是完全正常的。这使他稍稍安下了心。鲁萨诺夫仔细打量了一下汉加尔特——她的脸长得不蠢。归根到底，这所医院里的医生还不是最次的，他们有经验，只是得善于向他们提出要求才行。

但他安下心来的时间并没有维持多久。医生走了，可肿瘤还在颌下耷拉着，压迫着他，病人们则议论纷纷，说那个人一点毛病也没有的脖子却偏要开刀,而鲁萨诺夫的瘤子这么大,反倒不开! 而且也不准备给他开。难道情况真有那么严重?

前天,刚走进病房的时候,帕维尔·尼古拉耶维奇根本不能想象,自己会如此之快地感到同这些人的某种联系。

要知道,话题是关于脖子。他们三个人都是脖子方面的问题。

亨里希·雅各博维奇的心绪非常不好。大家给他出的主意,他都听着,无所适从地微笑着。大家都很自信地劝他,告诉他该怎么办,可他自己对自己的事情却看法模糊。(正如他们各自对自己的事情看法模糊一样。)开刀有危险,不开刀也有危险。还是上一次在这所医院里的时候,他就已经看得不少了,打听得够了,当时用 X 光给他照射下唇,就像现在给叶根诺尔季耶夫治疗那样。从那时以来,嘴唇上的痂先是膨胀,后来干缩,再后来就脱落了,但他明白为什么要给他切除颈腺:防止癌细胞扩散。

然而你瞧,给波杜耶夫开过两次刀了,又管什么用呢?……

要是癌并不打算爬到别处去吧? 要是它已经不存在了呢?

不管怎样,得跟妻子商量一下,尤其是得听听女儿亨里埃塔的意见,她是他们家里最有学问、办事最果断的人。可是他占着这里的床位,医院不可能等候信件往返(况且从火车站到他们草原腹地每周只送两次邮件,这还得道路没问题才行)。出院回家去商量很困难,比医生们和那么轻易就给他出主意的病人们想象的要困难得多。为此,必须到本市的管理处去,在费了九牛二虎之力才刚刚弄来的外出证明上盖章,注销临时居留登记,然后坐车上路;穿着现在身上这件短大衣和矮靿皮鞋坐火车到一个小站,在那里换上来的时候交给不相识的好心人保管的皮袄和毡靴(因为那边的气候同这里不一样,那边还是寒风凛冽的严冬),再坐一百五十公里汽车,颠簸到自己那儿的拖拉机站,路上说不定不是坐在驾驶室里,而是坐在货厢里;一到家里,马上就得给州里的管理处打报告,再次申请外出,等批准就得花上两三个乃至四个星期;州里批下来之后,再向本单位请假,而那时候正好开始化雪,道路泥泞,汽车停驶;这且不说,在那个每昼夜只有两班火车、每次只停靠一分钟的小站上,还得向一个又一个列车员烧香磕头才上得了车;来到这里,又得去本市管理处办临时居留登记,然后还得在医院里待上不知几天才能等到床位。

与此同时，大家又在讨论普罗什卡的事儿。瞧，怎能相信什么不祥之兆！他岂不刚刚换到这张不吉利的床上！大家都向他祝贺，劝他接受临时发给的残疾证明书。"他们给——你就拿！既然给，那就是说应该给。现在他们给，以后你就甭想要。"但普罗什卡还是说，他要干活。大伙劝他：你这傻瓜，日子长着呢，活儿够你干的！

普罗什卡去办出院手续了。病房里静了下来。

叶夫列姆又把那本书打开了，但他一行行地看下去，却不明白写的是什么，这他很快就意识到了。

他不明白字里行间是什么意思，因为他坐卧不宁，心神不定，时不时看房间里和走廊上在干什么。要看明白书中的意思，他必须清醒地意识到，自己已经什么也来不及了。什么也改变不了，也说服不了任何人，他自己也只剩下屈指可数的日子能够对自己本身作一番分析了。

只有在那种情况下才能看懂这本书写的是什么。书虽然是普通的黑字印在普通的白纸上，但要读懂它，光靠认得字还不行。

普罗什卡已经办完了手续，兴冲冲地上楼来，在二楼的前厅里他遇到了科斯托格洛托夫，便把手中的一份份证明拿给他看：

"瞧，上面都盖有圆圆的图章！"

其中一张证明是要求火车站让刚动过手术的这个病人买票时不用排队。（如果不写明动过手术，车站上照样让病人排队，那就有可能两三天也走不成。）

另一张证明是写给当地居民医疗单位的，上面写着：

tumor cordis, casus inoperabilis.

"我不懂，"普罗什卡指着那一行外文，"那写的是什么啊？"

"让我想一想。"科斯托格洛托夫眯缝起眼睛，脸色不悦。

普罗什卡去收拾东西了。

而科斯托格洛托夫靠在栏杆上，一绺头发对着楼梯井口垂下。

拉丁文他一窍不通，就像他根本不懂任何一种外语一样，可以说哪一门学问他都没学全，除了测绘——那也不过是军事方面的，仅限于军士训练班的课程内容。他虽然随时随地都恶言恶语地嘲笑知识，但自己的眼睛和耳朵却从不放过一点一滴的见闻，以扩大自己的知识面。他在1938年有机会读过一年地球物理学,1946年至1947年读过不到一年的大地测量学,中间是当兵和打仗,很少有学问上深造的条件。不过,科斯托格洛托夫始终记得自己亲爱的爷爷的一句口头禅:"傻瓜好为人师,而聪明的人甘当学生。"[1]甚至在部队里的那几年,他也经常吸收一些有益的知识,倾听富有智慧的话语,不管说话的是其他团的军官,还是自己排里的士兵。诚然,为了不伤自尊心,他听的时候总是装出无所谓的样子,实际上能记就拼命往脑子里记,尽管他似乎并不需要那些知识。但科斯托格洛托夫在与人结识的时候,从不急于炫耀自己,而是首先设法了解对方是何许人物,来自哪儿,为人怎样。这大大有助于他增长见闻。要说在什么地方吸收的知识最多,那要算战后在拥挤不堪的布特尔监牢[2]里。那里,每天晚上都有教授、副博士和其他有学问的人在自发地宣讲——关于原子物理、西方建筑,关于遗传学、诗学、养蜂学等等,而科斯托格洛托夫是所有这些宣讲最热心的听众。还有,在红色普列斯尼亚[3]的板床下,在取暖货车的粗糙板铺上,在押解途中席地休息时,在劳改营的列队过程中,他无时不按爷爷的那句口头禅去努力弥补大学课堂里没能学到的东西。

就这样,在劳改营里,他曾求教于一位医务统计员——一个上了年纪的怯生生的小老头儿,他在卫生所抄抄写写,而有时也被派去打开水,此人原来是列宁格勒大学古典语文学和古希腊、古罗马文学讲师。科斯托格洛托夫想到可以跟他学拉丁文。为此,他们有时只好在警戒区内冒着严寒来回地走,身边既没有铅笔也没有纸,这位医务统计员偶尔脱去手套,用手指头在雪地上写什么。(老头儿授课毫无私心,他只是为了短时间之内感到自己是个人罢了。再说,科斯托格洛托夫也没有东西可以付给他,但他们差点儿没在看守长那里付出代价,他把他们分别叫去审问,怀疑他们是在策划逃跑,而在雪地上画的就是地形图。他怎么也不相信写的是拉丁文。从此,授课也就中断了。)

根据学过的几课,科斯托格洛托夫脑子里还记得,casus 是"病例"的意

---

① 一句俄谚,原句为"聪明的人甘当学生,而傻瓜好为人师。"
② 莫斯科最大的监狱,始建于1771年,系俄罗斯历史最悠久、最知名的监狱之一。
③ 红色普列斯尼亚系莫斯科一个区的旧称,此处指设在该区的监狱。

思；in是否定性前缀。cor和cordis他也是从那里知道的，即使不知道，也不难猜测出来，因为"心电图"这个词便来自同一个词根。而tumor一词，他在向卓娅借来的《病理解剖学》的每一页上都能见到。

因此，这会儿他没花什么力气就明白了医生对普罗什卡的诊断：

"心脏肿瘤，不可手术治疗的病例。"

既然给他开的药是抗坏血酸，那就意味着，不仅不能开刀，而且任何疗法都不能用。

科斯托格洛托夫俯视着楼梯井口，脑子里想的不是拉丁文的翻译，而是自己昨天向柳德米拉·阿法纳西耶夫娜提出的一条原则——应当让病人了解全部情况。

但那条原则适用于像他这样见过世面的人。

而对普罗什卡是否适用呢？

普罗什卡手里几乎没提什么，他东西不多。送他的是西布加托夫、焦姆卡和艾哈迈占。三个人都小心谨慎地走着：一个注意自己的脊背，另一个当心自己的腿，第三个毕竟是拄着拐棍。普罗什卡则轻松愉快，他那一口白牙熠熠闪光。

这真有点像过去偶尔送出狱的人那种情景。

可一出大门他又会被逮捕，这该不该说呢？……

"那么，那上面写的是什么呢？"普罗什卡一边将证明收起，一边无忧无虑地问。

"鬼知道写的是什么，"科斯托格洛托夫撇了撇嘴，他的疤痕也随之扭动了一下，"医生们变得那么狡猾，写得让你看不懂。"

"喏，愿你们早日恢复健康！小伙子们，愿你们大家都恢复健康！都能很快回家！跟爱妻相聚！"普罗什卡同大家一一告别，从楼梯上还高兴地不时回过头来，向大家连连挥手。

就这样，他满怀信心地走下楼去。

迈向死亡。

## 第十章

# 孩子们

　　她只用手指摸了摸焦姆卡的肿瘤,还轻轻抱了一下他的肩膀,接着就走往别处。但焦姆卡感到,似乎发生了不幸的事情。

　　这他不是一下子感觉到的,病房里先是在议论普罗什卡的事并送他出院,后来是他打算搬到那靠窗的、现在来说是挺吉利的床上去,那儿看书光线好些,跟科斯托格洛托夫学立体几何也方便些,可就在这时进来了一个新病号。

　　这是一个皮肤晒得黝黑的青年人,漆黑齐整的头发略略拳曲。论年岁,他大概已有二十好几了。他左边腋下夹着三本书,右边腋下也夹着三本书。

　　"你们好,朋友们!"他一进门就打招呼,那么大方而又诚恳,使焦姆卡产生了很好的印象。"我该睡哪儿?"

　　可不知为什么他不是看床位,而是看墙壁。

　　"您看书的时间多不多?"焦姆卡问。

　　"整天都看!"

　　焦姆卡想了想。

　　"是看专业书还是消遣书?"

　　"专业书!"

　　"那好吧,您就睡在靠窗的那张床上。被褥很快就会给您铺好的。您的书是关于哪方面的?"

　　"地质学,老弟。"新来的病号说。

　　焦姆卡看到其中一本的书名是《地质化学探矿》。

"睡在靠窗那儿好了。您什么地方疼？"

"腿。"

"我也是腿疼。"

是的,新来的病员迈步时有一条腿特别小心,可他的体态简直可以跟冰上舞蹈演员媲美。

新来病员的床已经铺好了,真的,他好像是为了读书专程而来的,他立刻把五本书摆在窗台上,而第六本他埋头看了起来。他什么也不问,什么也不讲,看了有一个小时的书,随后被叫到医生那里去了。

焦姆卡也在用功看书。先是读立体几何,还用铅笔搭图形。可是定理怎么也进不了他的头脑。而各种图形,无论是直线的截距还是锯齿状的截面,都总是提醒和暗示焦姆卡那件事。

这时他便拿起一本比较容易读的书——得过斯大林奖金的《活水》。各种书出得很多,谁也来不及将它们都读完,而哪一本你读了,却又觉得不如不读。不过焦姆卡还是有一个宏伟蓝图,至少要把获得斯大林奖金的书都读一遍。这样的书每年都有近四十本,焦姆卡还是来不及读完。在焦姆卡的头脑里,甚至书名也混淆在一起。概念也搞糊涂了。他刚刚掌握了一条——对事物要进行客观分析,就是说要看到事物在生活中的本来面貌,可是随即读到有人骂一位女作家[1]的文章,说她"陷入了站不住脚的、愈来愈不能自拔的客观主义泥淖之中"。读着《活水》,焦姆卡总也闹不清楚,怎么自己的心中感到那么乏味和烦闷。

他心中茫然若失的感觉渐渐增强。莫不是他想找人商量商量？还是向谁诉诉苦衷？只要有人跟他推心置腹地谈谈,哪怕对他表示一点同情,也是好的。

当然,他从书本上读到过,也听人家说过,怜悯是一种有损尊严的感情:既有损于怜悯者,也有损于被怜悯者。

然而,他仍然希望别人对他表示同情。

在这医院的病房里,听听别人的谈话,或者自己跟人谈谈,都很有意思,但此时他所渴望的并不是那种谈话内容和谈话方式。跟男人们在一起,得

---

[1] 此处暗指女作家薇拉·潘诺娃(1905—1973)。

保持男子汉的气派。

医院里女人很多,可以说多得很,但焦姆卡是不会愿意跨进她们那喧闹的大病房的。如果凑在那里的都是健康的女人,经过门口时顺便往里面看一眼倒是会挺有意思,说不定能看到点什么。但在这么一大窝子女病人面前他不敢正视,唯恐看到什么。她们的病是一道比寻常的羞耻心更强的禁幕。在楼梯上和前厅里,焦姆卡经常会遇见这些女病人中的几个,她们颓丧得连病号长衫也不好好系,焦姆卡甚至可以看到她们胸前或腰下的内衣。然而这种情形在他心里总是引起痛苦的感觉。

所以他在女人面前总是垂下眼睛。在这里结识女人可不是那么简单。

不过斯乔法大婶自己注意到他,主动向他问这问那,于是他也就跟她结识了。斯乔法大婶不仅是一位母亲,而且还当上了奶奶,她脸上已经带有老太太们那种共同的特征——皱纹和对弱点迁就的微笑,只是说话的声音像男人。他和斯乔法大婶有时会站在楼梯顶上附近的什么地方聊好长时间。别的人从来没像她那样满怀同情地听焦姆卡倾诉,仿佛她自己再没有比他更亲近的人。谈谈自己,甚至谈谈他不愿向任何人透露的关于自己母亲的事,他会感到轻松些。

父亲在战争中牺牲时,焦姆卡才两岁。后来有了个继父,虽然对他并不亲热,却是个讲道理的人,跟他完全可以相处,但母亲成了一个婊子(对斯乔法大婶,他没说出这个词来,可是心里早就下了这样的断语)。继父离开了她,他做得对。从那时起,母亲就把男人带到家里来,而她和焦姆卡的住处只有一间房间。带了男人回来,就必然一起喝酒(他们还硬要焦姆卡也喝,可他总是不肯),而男人们在她家留宿的情形也不一样:有的到半夜,有的到早晨。屋子里没有任何隔板,也并不太暗,因为路灯的光亮从街上映照了进来。这种如猪饲料般肮脏的事使焦姆卡感到如此厌恶,这种事情他的同龄人想起来就会打冷战的。

就这样,他念完了五年级和六年级,上七年级的时候焦姆卡走了,住到学校里看门的老头儿那里。学校每天供他吃两顿饭。母亲也不怎么上心要他回去——她倒是觉得松了口气,反而高兴。

焦姆卡谈起母亲来总是恶狠狠的,心情不能平静。斯乔法大婶听着,连连点头,可是得出的结论却很奇怪:

"大家都在人世间过日子。大家都只有一个人世。"

从去年开始,焦姆卡搬到工厂区去,那里有夜校,给了他宿舍。焦姆卡起初当学徒,后来成为二级车工。他对自己的工作并不是很卖劲,但为了跟母亲的放荡生活对抗,他一点酒也不喝,也不扯着嗓子唱歌,而是拼命学习。他以很好的成绩念完了八年级和九年级的前半年。

他只是偶尔才跟同伴们踢踢足球。就为了这点小小的乐趣,命运惩罚了他:有人脚穿足球鞋在抢球的混乱中并非故意地踢了焦姆卡的小腿,焦姆卡一点也没在意,走路瘸了一阵子,事情也就过去了。可是秋天的时候,这条腿就愈来愈疼,他又拖了很久,没到医生那儿去看,后来用热敷的办法,结果更糟,于是就逐级转诊,转到了州中心,再后来就到了这里。

现在,焦姆卡问斯乔法大婶,命运到底为什么这样不公平。有的人一辈子都是那么一帆风顺、事事如意,而有的人则总是离不开苦难。人们都说事在人为,命运取决于本人。其实并不是那么一回事。

"取决于上帝,"斯乔法大婶对他说,"上帝什么都看得见。必须顺从上帝的旨意,焦姆沙①。"

"如果取决于上帝,如果上帝什么都看得见,那就更没道理了——为什么所有的苦难都压在一个人身上?总该设法分摊一下才是啊……"

然而,必须顺从——这是无可争辩的。如果不顺从,又有什么办法呢?

斯乔法大婶是本地人,她的女儿、儿子和儿媳妇常来看望她,送来吃的东西。这些东西在斯乔法大婶那里留不了多久,她都拿来请周围的女病人和女护理员吃,有时也把焦姆卡从病房里叫出来,塞给他一只鸡蛋或一个小馅饼。

焦姆卡老是不觉得饱,他一辈子也没吃饱过。由于经常抑制吃东西这种念头,结果饥饿的感觉比事实上更甚。但老是吃斯乔法大婶给的东西他有点不好意思,所以,要是他收下了鸡蛋,就不想再留小馅饼。

"拿去,拿去!"她连连摇手,"小馅饼是肉馅儿的。趁现在是开斋期,就吃吧。"

---

① 昵称,即焦姆卡。

"怎么,以后就不能吃了吗?"

"当然,莫非你不知道?"

"开斋期之后是什么日子呢?"

"谢肉节呗,能是什么!"

"那就更好,斯乔法大婶!谢肉节来了岂不更好?!"

"任何事情都有自己好的地方。不过好也罢,不好也罢,反正不能吃肉。"

"那么,要是谢肉节过个没完呢?"

"怎么会没完!一个星期就过去了。"

"以后我们还该做什么?"焦姆卡兴致勃勃地问,一边吃着香喷喷的家常的馅饼,他自己家里从来没做过这种馅饼。

"瞧,现在成长起来的青年人都不信上帝,什么也不懂。而接下来就是大斋期。"

"可为什么要来个大斋期呢?斋期,而且还是个大的!"

"这是因为,焦姆卡,你若把肚子填得太饱,它就老想往地上奔拉。不能总是那样,间歇也是需要的。"

"要间歇干吗?"焦姆卡所体会到的全是间歇。

"安排间歇是为了净心。肚子空才头脑清,难道你没注意到吗?"

"没有,斯乔法大婶,这我可从来没有注意到过。"

从一年级开始,当焦姆卡还不会读不会写的时候,他就由于学校里的灌输而牢牢地记住并明确地懂得:宗教是麻醉剂,是反动透顶的学说,只对骗子们有利。由于宗教的影响,有的地方劳动者至今未能摆脱剥削。一旦清除掉宗教障碍,那就可以拿起武器,就会有自由。

斯乔法大婶老把那可笑的宗教历法挂在嘴上,每句话都离不开上帝,即使在这令人沮丧的医院里她也常常带着无忧无虑的微笑,还请他吃这馅饼,然而,这个斯乔法大婶好像并非是个反动人物。

尽管如此,现在,星期六的下午,医生们都走了,每个病人在想自己的心事,阴沉的天还把某种程度上的光亮映进病房,而前厅里已经亮起了灯,焦姆卡微微瘸着腿走来走去,到处寻找的正是这个除了劝他顺从而不可能提出什么切实忠告的斯乔法大婶。

但愿不要失去腿。但愿不需要截肢。但愿不是非截不可。

同意截还是不同意截？同意截还是不同意截？……

虽然比起这种啃啮似的疼痛来，也许还是截去好些。

但是斯乔法大婶不在平时待的几个地方。不过焦姆卡却在楼下走廊变宽而形成一个小小前厅的地方（那里虽然也摆着楼下值班护士的一张桌子和一橱药品，但被认为是医院的红角①）看到了一位姑娘，甚至可以说是看到了一个小女生。她虽然也穿着洗得变成了灰色的病号长衫，却像电影里的人物：她那黄颜色的头发在现实生活里是没有的，况且这一头黄发还梳成一种颤巍巍的式样。

还是在昨天，焦姆卡就已经头一次瞥见过她，而且，还由于这一把颤巍巍的黄发而眨巴了一下眼睛。他觉得那姑娘很美，简直使他不敢多看上一会儿，所以瞥了一眼便走过去了。虽然按年龄来说整个医院里她与他是最接近的（还有被截去一条腿的苏尔罕），但这样的姑娘在他看来总是高不可攀的。

今天早晨他又见到过她一次背影。即使她穿着病号长衫，也像一株纤纤苔草，一下子就能认出来。她那黄色的发朵一耸一耸地抖动。

毫无疑问，焦姆卡这时并不是找她，因为他还不可能下决心去跟她认识，因为他知道，他的嘴会像是被面团粘住了似的，哼哼唧唧说些不清不楚而又十分愚蠢的话。但看见了她，他的心猛然缩紧了。他竭力不现出腿瘸，竭力平稳地走过去，拐进红角，开始翻阅合订本的共和国《真理报》，这合订本里的好多页已被病号剪去包东西或做他用了。

铺着红布的那张桌子被斯大林半身铜像占去了一半，那铜像的头和肩头都比普通人大些。旁边，似乎与斯大林并排站着一个身量高大、嘴巴也大的女护理员。星期六这天她没有什么急事要办，所以就在自己面前的桌面上铺了一张报纸，放了一把葵花籽儿，津津有味地嗑了起来，壳儿不过手直接吐在报纸上。也许，她本打算来这里只待一小会儿，可是怎么也放不下这些葵花籽儿。

---

① 红角是俄罗斯人家中（尤其是农舍中）一个摆放圣像和桌子，用于做祈祷的角落，通常在房屋的东南角。苏联时期，红角特指一些机构中用于存放报刊、书籍，举办集体阅读和讨论等活动的房间。到20世纪60年代，多数机构中的红角演变为列宁室。

墙上的广播匣子声音沙哑地放送着轻音乐。还有两个病员在一张小桌上下跳棋。

而那个姑娘,如焦姆卡眼角所见,就那么坐在靠墙的一把椅子上,什么也不干,但是坐得端端正正,一只手抻着病号长衫的领口,那儿一向是没有搭扣的,除非女人们自己给钉上。这位黄发女郎坐在那里就像一个娇嫩的天使,碰是碰不得的。要是能跟她随便聊会儿该有多好!⋯⋯当然,也谈谈他的腿。

焦姆卡一边翻阅报纸,一边生自己的气。这时他突然意识到,为了节省时间他都没留下额前的刘海,直接一推了事。可此时此刻在她面前就像个笨蛋。

忽然,天使主动说:

"你怎么这样腼腆呀? 已经是第二天了,见了也不打招呼。"

焦姆卡哆嗦了一下,抬头看了看。啊!——能是跟谁说话呢? 这是在跟他说话!

那花冠似的发朵在她头上微微颤动。

"你怎么,有点害怕,是吗? 去找把椅子,拖过来,让咱们认识一下。"

"我,并不害怕。"但某种东西使他的声音有点异样,妨碍他响亮地回答。

"那就搬把椅子过来坐下好了。"

他抄起一把椅子,加倍小心不现出腿瘸,一只手将它挪到姑娘旁边,跟她的椅子并排靠着墙壁。接着,他伸出手:

"我叫焦姆卡。"

"我叫阿霞。"对方把自己那柔软的手放在他手中,随后又抽了出来。

他坐了下来,结果弄得十分可笑:两个人并排坐着,像新郎新娘似的。再说,这样看她也不方便。他站了起来,移动了一下椅子,显得随便一些。

"你干吗待着,什么事情也不做呢?"焦姆卡问。

"为什么要做呢? 再说,我是在做呀。"

"那你是在做什么?"

"我在听音乐,在想象中跳舞,而你,恐怕不会吧?"

"在想象中跳舞?"

"哪怕真的跳也行!"

焦姆卡否定地咂了咂嘴。

"我一下子就看出,这方面你不很在行,否则这会儿咱们可以转几圈呢,"阿霞环视了一下四周,"况且也没有地方。再说,这算得上什么舞曲呢?只不过那么听听罢了,因为沉默总是使我感到压抑。"

"那你喜欢什么舞呢?"焦姆卡兴致勃勃地跟她交谈,"探戈吗?"

阿霞叹了口气:

"什么探戈,那是奶奶辈跳的舞!现在真正的舞是摇滚。我们这儿还没有人跳。莫斯科有,而且是行家在跳。"

焦姆卡并不是注意听她所有的话,只不过跟她聊天感到愉快,并且有机会瞧她而已。她的眼睛有点奇特——略带绿色。要知道,眼睛是没法染的,原来就是那样。不过它们还是很讨人喜欢。

"那才叫跳舞呢!"阿霞打了个响指,"究竟怎么个跳法,我也不会,没亲眼见过。说说看,你是怎么消磨时间的?是唱歌吗?"

"不,不是。我不会唱歌。"

"为什么,我们只要觉得闷得慌,就唱歌。那你做些什么呢?拉手风琴吗?"

"不……"焦姆卡感到惭愧。他哪儿也不如她。

他总不能直接对她说,他对社会生活有浓厚的兴趣!……

阿霞简直感到不可思议:瞧,这倒是个有意思的典型!

"你大概喜欢田径运动吧?而我,五项运动的成绩还不错。我跳高能跳一点四米,铅球能推十三点二米。"

"我——不行……"焦姆卡痛切地意识到,在她面前,自己是个多么无能的人。瞧,人家会为自己创造多么轻松的生活气氛!而焦姆卡从来都不会……"只是偶尔踢踢足球……"

现在连这也甭想再玩了。

"那么,烟你总会抽吧?酒喝不喝?"阿霞问道,还抱着希望,"还是只会喝啤酒?"

"啤酒能喝。"焦姆卡叹了口气。(其实他连啤酒也没沾过嘴边,但总不能让自己彻底丢脸。)

"哎哟哟!"阿霞拖长了声音,像腰下面挨了拳头似的,"你们怎么还是没出娘窝的宝贝儿子哟! 什么体育成绩也没有! 我们学校里的男生也是这样。9月份我们被并到男校了,校长给自己留下的都是些被整得服服帖帖的和功课好的学生。而所有的棒小伙子都被赶到女校去了。"①

她不是想侮辱他,而是怜悯他,可他毕竟对"被整得服服帖帖"这种说法感到生气。

"你上几年级?"他问。

"十年级。"

"谁允许你们梳这种发式?"

"哪会允许呢! 一个劲儿地反对! ……不消说,我们也跟他们斗!"

倒也是,她说话很直爽。焦姆卡即使被她取笑,即使被她拳头打,也不要紧,只要她不停地说下去就好。

轻音乐结束了,播音员开始报告关于各国人民反对可耻的巴黎协定的斗争。这个协定对法国来说是危险的,因为法国被置于德国统治之下;而对德国来说是不能容忍的,因为德国被置于法国统治之下。

"那么,总的来说你是做什么的呢?"阿霞还在探问。

"总的来说,我是个车工。"焦姆卡漫不经心而又庄重地说。

但即使是车工,阿霞也没感到惊奇。

"那你的工资是多少?"

焦姆卡很珍视自己的工资,因为那是血汗钱,而且又是刚刚挣来的。但此时他感觉到,说工资是多少,他张不开口。

"当然微不足道!"他终于挤出了一句。

"这毫无意思!"阿霞胸有成竹地说道,"你还不如去当个运动员! 你有这方面的条件。"

"这得有本领……"

"得有什么本领? 每个人都能成为运动员! 只要多练就行! 而运动员的待遇多高啊——坐车不花钱,伙食费每天三十卢布,住宾馆就不用提了! 还有奖金! 又有多少城市可以观光啊!"

_____

① 1954年9月,苏联恢复了男女同校的教育制度。

"喂,你都到过什么地方?"

"到过列宁格勒,到过沃罗涅日……"

"你喜欢列宁格勒吗?"

"噢,那还用说!多大的商场啊!百货大楼!什么东西都有专卖的柜台——专卖长筒丝袜的,专卖手提包的!……"

这一切,都是焦姆卡所不能想象的,他心里很羡慕。因为这姑娘如此大胆谈论的一切,也许的确很好,而他的眼界却十分狭窄。

女护理员,像一座雕像,还是那么站在桌旁,与斯大林并排,直着腰板往报纸上吐葵花籽壳儿。

"你这个运动员,怎么到这儿来了?"

他没敢问她究竟有什么病,这可能会使对方不便于回答。

"我在这里只待三天,做做检查,"阿霞甩了一下手,她的另一只手不得不一直按着或者抻着敞开的领子,"给穿这种不像样子的病号衫,真丢脸!在这地方住上一个礼拜,非发疯不可……可你是为什么而到这里来的?"

"我?……"焦姆卡咂了咂嘴唇。关于腿嘛,他倒也是想谈谈,而且要谈得有来龙去脉,而这突然的发问直让他发窘。"我的一条腿上……"

至今,"我的一条腿上"这句话,对他来说是意味深长而又痛苦的。但面对着心情轻松的阿霞,他已开始怀疑,这一切究竟是不是那么严重。于是他几乎像谈到工资那样,不好意思地谈了谈腿。

"医生们是怎么说的?"

"明摆着……他们嘴上不说……可是正打算把腿截去……"

他脸色晦暗,说完了这句话便望着阿霞那容光焕发的面孔。

"你说什么呀!!"阿霞像对老朋友似的,拍了一下他的肩头,"怎么能把一条腿截去呢?他们发疯了不成?是不想治罢了!说什么你也别答应!活着只有一条腿,还不如死了好,你说呢?你要是成为一个残废,还谈什么生活!人活着是为了幸福!"

是的,她当然又是对的!拄着根拐杖还谈得上什么生活?就拿这会儿来说吧,他跟她坐在一起,可是拐杖能往哪儿放呢?那半截腿又怎么摆?再说,他连椅子也搬不来,这还得她替他搬。不,缺一条腿根本谈不上生活。

人活着是为了幸福。

"你早就来这里了吗?"

"你是问多少天?"焦姆卡心里算了一下,"三个礼拜左右。"

"太可怕了!"阿霞耸了耸肩,"多闷得慌! 没有收音机,也没有手风琴! 我能想象得出病房里都会谈论什么!"

这一来,焦姆卡更不想如实告诉她,说自己整天都在用功学习。他所珍视的一切,都顶不住阿霞嘴里吹出来的快速气流,此刻它们似乎被夸大了,甚至变成虚假的了。

焦姆卡冷冷一笑(其实他内心里一点也没有冷笑之意),说道:

"比方说,刚才大家就在议论,人们靠什么活着?"

"这是什么意思?"

"就是说,人们活着是为了什么?"

"嘿!"对任何问题阿霞都能回答,"老师也曾给我们出过这样的作文题:'人活着是为了什么?' 还给了提纲:关于种植棉花的农民,关于挤奶员,关于国内战争时期的英雄,以及对保尔·柯察金的功勋、对马特洛索夫的功勋你持什么态度……"

"那你持什么态度呢?"

"这还用问吗? 意思是:你自己会不会那样做。一定得表态。我们就都写:我们也会那样做。临近毕业考试了,何必把关系搞坏? 可萨什卡·格罗莫夫问:'我能不能不这样写,而按自己的想法?'老师对他说:什么'按自己的想法',我看你敢不敢! 会让你体会一下得一分的滋味! ……有一个调皮的女生写得很逗:'我还不知道,我爱还是不爱自己的祖国。'老师当即声嘶力竭地喊道:'这思想太可怕! 你怎能不爱自己的祖国?''是的,我也许爱它,但并不确切知道。这需要验证。''没什么要验证的! 你在吃母奶的时候就应当把对祖国的爱也吮进去! 你得重写,并且在下一堂课之前写好!'这个女老师我们管她叫蛤蟆。她进教室的时候,从来没有笑意。这也不难理解,她是个老处女嘛,个人生活不如意,就把怨气往我们身上撒。她尤其不喜欢俏丽的女生。"

阿霞是顺口说出了这话的,她坚信脸蛋儿不同,价值也不同。显然,她没有经历过疾病、疼痛、折磨、吃不下和睡不着的任何一个阶段,还没有失去娇嫩的容光和红润的脸色,她只不过是从那些个健身厅和练舞场上跑来做三天检查的。

"那么好的老师呢,有吗?"焦姆卡问,其实这只是为了让她继续讲点什么,不至于沉默,而他就可以不停地看她。

"没,没有!全都是些生闷气的火鸡!唉,学校还不就是那么一回事嘛!……谈都不想谈!"

她那活泼乐观的谈吐也感染了焦姆卡。他已不再感到拘束,而是舒展自如,坐在那里怀着感激的心情听她闲聊。不论什么问题,他都不想跟她争论,他想违背自己的信念去同意她的一切见解:比如活着是为了幸福,又比如不能同意把腿截去。怎奈腿使他感到啃啮似的疼痛,这疼痛缠扰着他,使他不知怎样摆脱——截去半条小腿?截到膝盖?还是半条大腿?由于这条腿,"人们靠什么活着?"的问题对他来说仍然是个主要的问题。于是他问道:

"说真的,你是怎么想的呢?人活着是……为了什么?"

可不,这个黄毛丫头什么都明白!她那有点儿泛绿色的眼睛望了望焦姆卡,似乎不相信他是认真地在问,而是故意在逗弄她。

"能为了什么?当然是为了爱呗!"

为了爱!……连托尔斯泰也说过"为了爱",可那是什么意义上的爱呢?老师也要求他们回答说"为了爱",那又是什么意义上的爱?焦姆卡毕竟习惯于刨根问底和独立思考。

"但是,要知道……"他声音嘶哑地说(话虽然是很简单的,但毕竟不便于说出口),"爱情……爱情还并不等于全部生活。这只是……偶尔才有。从一定的年龄开始,到了一定的年龄为止……"

"你说从什么年龄开始?从什么年龄开始?"阿霞气呼呼地诘问,仿佛他侮辱了她。"我们这种年龄一切都是甜蜜的,还要等到什么时候?除了爱情,生活中还会有什么?"

从她扬起的两道眉毛可以看出,她是那么自信,简直不容反驳,而焦姆卡也没反驳什么。是的,他应该要听,而不是反驳。

她完全转过身来,面对着他俯下身,虽然没有伸出手,却好像伸出了两臂穿过大地上所有的残垣断壁:

"这——永远属于我们!这就是今天!至于别人嚼什么舌头,要听是听不完的,有的有影儿,有的没影儿。爱情！！仅此而已！！"

她对他是那么直爽,好像他们已有上百个晚上在一起闲聊,无话不谈……看来,要是没有那个嗑葵花籽儿的女护理员、一个护士、两个下跳棋的棋手在场,要是走廊里没有病人走动,那么,哪怕是此时此地,就在这个角落里,在他们最美妙的青春期,她也准备帮助他理解人们赖以生存的是什么。

焦姆卡忘记了腿上那一刻不停的,甚至在睡梦中也感觉得到的啃啮般的疼痛,仿佛根本没有他那条病腿。焦姆卡望着阿霞那敞开的领口,嘴微微张开了。过去,母亲所做过的那种令他极其厌恶的事情,此时第一次使他觉得无须愧对任何世人,一点也不肮脏,甚至超越出人间的一切丑恶范畴。

"你怎么啦……"阿霞悄声问道,几乎是耳语,差一点笑出声来,但却怀着同情,"直到现在还没? ……小傻瓜,你还没……"

仿佛在偷东西的时候被当场逮住似的,焦姆卡只感到耳朵、脸上、脑门火辣辣的。在二十分钟之内,这个黄毛丫头就把他多少年来所固守的一切彻底打垮了,他喉咙干渴,像求饶似的问道:

"那你呢? ……"

如同她的病号衫里边只有一件内衣,再就是胸部和心房一样,她的话里也没对他隐瞒什么,她认为没有必要隐瞒:

"唉,我们那儿,半数姑娘都开始了！ ……有一个在上八年级的时候就怀孕了！还有一个在住宅里被抓住的,那是……为了挣钱,懂吗? 她已有自己的存折了！这事怎么会发现了呢? 因为她夹在学生手册里,忘了,结果被老师看见。越早越有意思！ ……干吗要等呢? 当今是原子时代！ ……"

# 第十一章 🌿

## 桦树癌

不管怎么说，星期六晚上连癌症楼病房里都能感觉到那种看不见的轻松气氛，虽然不知道为什么。须知，病人在周日并不能解脱自己的疾患，更不能抛开疾患所引起的愁绪。他们无非是摆脱了同医生们的谈话和主要的治疗措施，看来，人身上永远保持稚气的那根弦所喜欢的正是这一点。

跟阿霞闲聊之后，焦姆卡小心翼翼地迈着愈益疼痛的腿，艰难地走上楼梯，进了自己的病房，并且立刻发现病房里从来也没有这么热闹过。

不仅同病房里的人和西布加托夫都在，还有从楼下来的客人，其中有的是熟人，例如从放射病房里放出来的那位姓倪的朝鲜族老人（当他舌头上安放着镭针的时候，他像银行保险柜里的珍宝似的被锁了起来）；有的则是新来的。一个刚住院的俄罗斯男子，仪表堂堂，灰色的头发梳得高高的，他的患处是咽喉，只能像耳语似的说话，这会儿他正坐在焦姆卡的床上。大家都在听，就连不懂俄语的穆尔萨利莫夫和叶根别尔季耶夫也不例外。

说话的是科斯托格洛托夫。他不是坐在床上，而是坐在自己床边的窗台上，就这一点也表明话题正处在吸引人的时刻。（要求严格的护士是不会允许他坐在那里的，但值班的男护士图尔贡是个平易近人的哥儿们，他懂得这样做不会使医学科学本末倒置。）科斯托格洛托夫把穿着袜子的一只脚蹬在自己床上，把另一条腿蜷了起来，使它像吉他似的搁在前一条腿的膝上，并且微微摇晃着身子，面对整个病房激昂慷慨地发表议论：

"这就是那位哲学家笛卡儿。他说过:'可以怀疑一切!'"

"不过,这并不适用于我们的现实!"鲁萨诺夫举起一个指头提醒他。

"不适用,当然不适用,"科斯托格洛托夫对他的异议甚至感到惊讶,"我只是想说,我们不应该像家兔一样听任医生摆布。请看,我读的这本书,"他从窗台上拿起一本打开了的大开本的书,"阿布里科索夫和斯特鲁科夫为高等院校合写的教科书《病理解剖学》。这里说,肿瘤的变化过程与中枢神经活动的联系还是研究的薄弱环节。而这种联系却是极其奇特的!甚至开门见山地写道,"他找到了要引用的一行,"'虽然很少,但是自行痊愈的例子是有的'!这里是怎么写的,你们注意到没有?不是治愈,而是自行痊愈!嗯?"

整个病房都活跃了起来。仿佛从那本翻开的大书里飞出了"自行痊愈"这只能够触摸得到的彩蝶,每个人都探出前额和面颊,渴望彩蝶发发善心,用翅膀来轻抚一下。

"自行痊愈!"科斯托格洛托夫把书放下之后,晃动着十指张开的双手,一条腿仍像吉他似的搁在膝上,"这就是说,肿瘤会突然莫名其妙地向相反的方向收缩!它渐渐缩小,消散,最终完全消失!懂吗?"

大家都默不作声,像听故事似的微微张着嘴。他们无一不希望他的那个肿瘤,那个把整个生活都彻底搅乱、置人于死地的那个肿瘤,会突然萎缩,消退平复,化为乌有……

大家都默不作声,等候彩蝶来抚摸自己的脸,只有脸色阴沉的波杜耶夫把床弄得嘎吱嘎吱响,绝望地紧皱着眉头,声音沙哑地说:

"大概,这需要……良心上干净。"

并不是所有的人都明白,他是在参加这场谈话呢,还是自己在谈别的事情。

但是帕维尔·尼古拉耶维奇这一次不仅是聚精会神地,而且是怀着一定的好感在听"啃骨者"这位邻居发表议论,这时,他不屑一顾地甩了甩手:

"这跟良心有什么相干?你应感到惭愧,波杜耶夫同志!"

然而科斯托格洛托夫却及时接过话头:

"说得好,叶夫列姆!说得好!一切都是可能的,我们连个屁也不知道。比方说,战后我读过一本杂志,那上面有一篇极其有趣的东西……原来,人的脑袋通口处有一道脑血屏障，只要那些能够致人死命的物质或细菌无法通过这道屏障进入大脑，人就活着。而这又取决于什么呢？……"

那位从进入病房就手不释卷研究地质学的青年，此时正坐在靠近科斯托格洛托夫那另一个窗口的床上看书，偶尔抬起头来听人们争论。这会儿他也抬起了头。客人们在听，同病房的人也在听。炉子旁边的那个费德拉乌正侧身蜷缩在床上，靠在枕头上听，此人的脖子暂时还是干净白皙的，但已厄运难免。

"……原来，取决于这道屏障本身中钾盐与钠盐的比例。其中的哪一种盐，我不记得了，权且是钠盐吧，如果钠盐占主要地位，那么，什么也不能把人制服，屏障不会被突破，人就死不了。相反，要是钾盐占了上风，屏障便起不了保护作用，人就会死去。而钠和钾的比例又取决于什么呢？这倒是个很有意思的问题！它们的比例取决于人的情绪！！懂吗？这就是说，如果精神饱满，如果人的心情舒畅，屏障本身的钠就占优势，任何疾病都不能把人置于死地！但只要他情绪低落，钾马上便会占上风，那也就可以准备后事了。"

地质学家带着平静欣赏的表情听着，像一个聪明的大学生，大致能料到黑板上下一行将会写些什么。他表示赞同：

"乐观主义生理学。这个思路很好。"

似乎浪费了时间，说完他就又埋头看书了。

对这一点，连帕维尔·尼古拉耶维奇也没有任何反对的意思。"啃骨者"的讨论完全符合科学。

"我是不会感到奇怪的，"科斯托格洛托夫继续发挥，"如果再过那么一百年，我们的机体在问心无愧时会分离出一种铯盐来，而在问心有愧时则分离不出来。细胞会不会形成肿瘤或肿瘤能不能消退，也就取决于这种铯盐。"

叶夫列姆声音嘶哑地叹气说：

"我毁了好多娘儿们。生了孩子又把她们抛弃了……她们流了很多眼泪……我的肿瘤消不了。"

"这有什么联系？！"帕维尔·尼古拉耶维奇克制不住了，"这是极端的宗教迷信，好好想想吧！乌七八糟的书，波杜耶夫，您读得太多了，思想上解除了武装！显而易见,您在这儿给我们唠叨的是什么道德上的完善①……"

"您为什么跟道德上的完善那么过不去呢?"科斯托格洛托夫顶撞他,"为什么谈道德上的完善会引起您发这么大的脾气? 这个问题会刺痛谁呢? 只会刺痛那些道德上的败类!"

"您……不要忘乎所以!"只见帕维尔·尼古拉耶维奇的眼镜及其边框倏地一闪,这一时刻他把脑袋挺得又正又直,仿佛没有任何肿瘤从右边顶着他的下颌,"某些问题早就有了定论! 您已不能再妄加议论!"

"可为什么我不能呢?"科斯托格洛托夫一对乌黑的大眼睛直盯着鲁萨诺夫。

"算了,算了!"其他病员纷纷劝解。

"喂,同志,"坐在焦姆卡床上的那个发不出声音的人耳语似的说道,"您刚才的话题是关于桦树菌……"

但无论是鲁萨诺夫还是科斯托格洛托夫,都互不相让。他们素不相识,但都剑拔弩张似的望着对方。

"既然您想发表意见,那就应该具有起码的常识!"帕维尔·尼古拉耶维奇有板有眼地吐着每一个字,教训自己的对手,"关于列夫·托尔斯泰之流的道德上的完善观点,列宁曾写过文章,一劳永逸地批判过! 斯大林同志也写过文章! 还有高尔基!"

"对不起!"科斯托格洛托夫强忍着怒火向对方伸出一只手回敬道,"世上任何人对任何事所下的结论都不可能是一劳永逸的。因为,那样一来,生活也就会停止不前了。一代一代的后人也就没什么可说的了。"

帕维尔·尼古拉耶维奇无言以对。他那敏感的白耳朵的外缘开始涨红,面颊上有的地方也泛起了圆圆的红斑。

(现在需要的不是反驳,不是参与星期六的这场争论,而是要查一查此人是谁,从哪儿来的,有什么背景,以及他的那些极其荒谬的观点对于其所担任的职务是否有害。)

"我并不是说,"科斯托格洛托夫匆匆说道,"在社会科学方面我有什么学问,这我很少研究。但我凭自己的头脑这样理解,列宁之所以批评列

---

① "道德的自我完善"同样是托尔斯泰晚年的主要理念之一。

夫·托尔斯泰的道德完善论，是由于那时这种主张会使社会偏离反对暴政的斗争，偏离即将成熟的革命形势。这是毫无疑问的。可您为什么不许人家开口？"他伸开两只大手，指向波杜耶夫，"他是在生死边缘上思索生命的意义的。在这种情况下他读托尔斯泰著作，您为什么如此恼火？这会碍谁的事呢？莫非要把托尔斯泰的书扔到火堆里烧掉？难道统治公会还没把事情做绝？"（科斯托格洛托夫对社会科学缺乏研究，他把"至圣"和"统治"两个词搞混了。）①

此时帕维尔·尼古拉耶维奇的两只耳朵已全部涨红了。这已经是对政府机构的直接攻击（诚然，他没听清是对哪个具体机构），而且当着偶然聚在一起的听众，这就使局面更为严重，必须适可而止地结束这场争论，待以后有了机会首先审查一下科斯托格洛托夫这个人。因此，帕维尔·尼古拉耶维奇暂时不把问题提到原则高度，仅朝波杜耶夫那边说：

"让他读奥斯特洛夫斯基的作品好了，那会更有益处。"

然而，科斯托格洛托夫没有重视帕维尔·尼古拉耶维奇所把握的分寸，继续在没有思想准备的听众面前宣扬自己的一套：

"为什么要妨碍别人思考呢？归根结底，我们的生活哲学究竟是怎么一回事？'啊，生活多少美好！……我爱你，生活！生活就是幸福！'谈什么深刻感受！这不需要我们，任何动物——鸡、猫、狗都会说。"

"我请求您！我请求您！"帕维尔·尼古拉耶维奇这时已不是在履行公民义务，而是按人之常情提醒他，"不要谈论死亡！我们连提也不要再提了！"

"对我没什么好求的！"科斯托格洛托夫连连摆动铲子似的大手，"要是在这儿不谈论死亡，那到什么地方去谈呢？'啊，我们将永远活在世上！'"

"所以呢？所以呢？您打算怎么样呢？"帕维尔·尼古拉耶维奇提高了声音，"老是谈论死亡，老是想到死亡不成！用这种方式去使钾盐占优势吗？"

---

① 科斯托格洛托夫所指的是沙俄时期东正教教会最高管理机构"至圣公会"。由于在生活方式和创作（特别是1899年出版的《复活》）中表达了对教会的批判，托尔斯泰于1901年被至圣公会开除教籍。

"不必老是谈,"科斯托格洛托夫稍稍冷静了些,自知陷入了矛盾,"不必老是谈,但哪怕偶尔谈谈。这会有好处。否则,想想看,我们一辈子都对人强调:'你是集体的一员!你是集体的一员!'但这只是在他活着的时候。死亡来临的时刻,我们就把他放出集体。成员他倒是成员,可死他不得不自己去死。肿瘤也是只生在他一个人身上,而不是生在集体身上。就拿您来说吧!"他很粗鲁地伸出指头指向鲁萨诺夫,"好,您说说,世上您现在最怕的是什么?是死亡!您最不愿谈论的又是什么?还是关于死亡!这怎么解释呢?"

帕维尔·尼古拉耶维奇不再听下去,他失去了同他们继续争论的兴趣。刚才他没有注意,一不小心让肿瘤牵动了脖子和头部,疼得他完全熄灭了开导这些糊涂蛋、澄清其妄言的兴致。说到底,他进这所医院纯属偶然,在病情处于这样的关键时刻,他不应该同这些人待在一起。而主要的,同时也是可怕的一点是,昨天打过针以后,肿瘤一点也没收缩或软化。想到这里,他心都凉了。"啃骨者"倒是可以兴致勃勃地谈论死亡,因为他正在一天天康复。

焦姆卡的客人,那个发音困难的大身量的男子,捂着疼痛的喉咙,几次想插话发表自己的意见,从而打断这场不愉快的争论。他想提醒他们,此刻他们所有的人统统是历史的客体,而不是主体,但他那嘶哑的声音谁也听不见,而要说得响些他又无能为力,只好把两个指头按在喉头上,以减轻疼痛并帮助发声。舌头和咽喉部位的疾患,说话能力的丧失,不知为什么尤其使人感到难受,而整个面部就成了反映这种难受之感的镜子。刚才他直摆两只大手,试图阻止争吵的双方,而此刻他已走到病床间的通道里。

"同志们!同志们!"他声音嘶哑地说,别人也为他的喉咙感到难受。"不要再提这种丧气的事情!我们岂不已经被自己的病折磨得够沮丧的了!喂,您这位同志!"他从通道里走过去,几乎像祈求似的伸出一只手(另一只手放在喉头上),面对着高高坐在窗台上的、头发蓬乱的科斯托格洛托夫,有如面对着神明。"关于桦树菌的事,您讲得很有意思。请您继续往下讲,请!"

"讲吧,奥列格,讲白桦蘑菇!你开头讲什么来着?"西布加托夫问道。

就连皮肤呈古铜色的倪老头也艰难地转动着舌头,吐字不清地提出了同样的要求。他的舌头一部分已在先前的治疗过程中脱落了，其余的部分此时依然肿胀。

别的人也要求他讲。

科斯托格洛托夫产生了一种无以名状的轻松感。多少年来他在自由人面前一直习惯于默不作声，手搭在背后，脑袋低着，他像先天性佝偻那样有了这种天生特征，甚至经过一年的流放生活也没完全改过来。即使是今天，在这个医疗中心的小径上散步时，他的手也是搭在背后，觉得这样更为自然轻松。多少年来，自由人都被禁止与他这样的人平等交谈，甚至不能把他们当作人来认真商量事情，而更为心酸的是，不得同他握手或接他递来的信，可是现在，坐在他面前的这些虔诚的自由人，正等待他这个无拘无束坐在窗台上的人赐给他们以希望的支柱。从自己这方面来说，奥列格也注意到，此刻他也不像习惯的那样把自己同他们对立起来，而是在共同的不幸中把自己同他们联系在一起。

他尤其不习惯在许多人面前发表讲话，正像不习惯出席各种各样的会议和参加群众集会一样。此刻却要他成为演说家，科斯托格洛托夫感到难以想象，仿佛置身于可笑的梦中似的。然而，正像溜冰一样，起跑之后就很难停住，只能任其飞也似的滑下去，他正是如此，顺着自己未曾料到、但看来必然会痊愈的良好趋势，继续顺水推舟。

"朋友们！这是一件罕见的事情。是一个前来复查的病人讲给我听的，当时我还正在等这里的床位。我抱着无所谓的态度寄去了一张明信片，回信地址写的是医院。瞧，今天竟然收到了回信！过了十二天，回信就来了。医生马斯连尼科夫还为复信晚了而向我表示歉意，原来，因为他平均每天要写十封回信。而每一封要把事情写明白的信，少于半个小时是写不完的。这样，单为写信就得花去五个小时！而且这是没有任何报酬的！"

"相反，每天还得花四个卢布，用在买邮票上。"焦姆卡插了一句。

"是啊。一天花掉四个卢布，一个月就是一百二十卢布！这不是他的义务，也不是他的职责，这只不过是他情愿做的好事罢了。要么，这该怎么说呢？"科斯托格洛托夫转向鲁萨诺夫。"是人道精神，对吗？"

但是帕维尔·尼古拉耶维奇正在读报纸上一篇预算报告的末尾，装作没有听见。

"他没有任何部下,既没有助手,也没有秘书。这一切都是他利用业余时间做的。为此他也没得到什么荣誉!要知道,对我们病人来说,医生好比摆渡人:用着的时候才找他,过后也就被忘了。他把人家的病治好,人家反倒把他的信扔掉。他在信的末尾抱怨说,有些病人不再跟他通信了,殊不知通信会对他们有好处。他们不把服用的剂量和效果写信告诉他。他还请求我,让我按时给他写回信!我们可真应该向他深深地鞠躬!"

"不过,你还是顺着次序讲,奥列格!"西布加托夫请求说,面带着希望的淡淡微笑。

他是多么渴望把病治好啊!(尽管那长年累月折磨人的治疗,显然已没有帮他治愈的可能。)多么希望有朝一日会突然彻底治好!希望背上的创口愈合,腰能够直得起来,走路步伐坚定,时刻感到自己是个堂堂的男子汉!能够跟东佐娃大夫打招呼:"您好,柳德米拉·阿法纳西耶夫娜!我的病已经好啦!"

他们大家多么渴望了解这样一位神医,了解此地医生所不知道的那种药啊!他们承认也罢,不承认也罢,反正每一个人的内心深处都相信,某个地方隐居着这样一位神医,或者这样一位草药郎中,或者这样一个巫医婆,只要得知哪儿能弄到此药,他们就能够得救。

是啊,他们的生命不可能已到了无法挽救的地步!不可能!

无论我们在身体强壮、幸福顺遂的时候会怎样嘲笑奇迹,可是一旦生活把我们逼得走投无路而只有奇迹才能拯救我们的时候,我们就会相信这种独特的和罕见的奇迹!

与所有聚精会神贪婪地倾听他演讲的听众的心情相融合,科斯托格洛托夫开始讲得有声有色了,此刻他相信自己的话甚至超过他默默读过的那封信。

"如果要从头讲的话,沙拉夫,事情是这样的。关于马斯连尼科夫医生,先前的那个病人告诉我,他原是莫斯科近郊亚历山德罗夫县的一个当地的老医生。按照从前的一般惯例,他在同一家医院里当了几十年的医生。他注意到一点:尽管医学书刊上关于癌的论述愈来愈多,可是他所接触的农民病人当中却没有人生癌。这是怎么回事呢?……"

(是啊,这是怎么回事呢?我们小的时候谁不害怕妖魔鬼怪?——一碰那穿不透但却能神秘启合的墙壁就会吓得发抖,仿佛什么人的一个肩膀或者什么人的一条大腿马上就会挤出来。即使在我们的智慧可以揭示奥秘的今天,日常生活中已没有妖魔鬼怪的容身之地,却也说不定会有神怪突然出现在我们面前说:我在这儿!不要忘记!)

"……于是他开始研究,于是他开始研究,"科斯托格洛托夫兴致勃勃地重复了一句,"结果发现这样一种情况:当地所有的农民,为了节省茶叶钱,都不煮茶喝,而是煮恰加,又名桦树蘑……"

"那不是鳞皮牛肝菌吗?"波杜耶夫打断了他的话。最近他已感到绝望,终日不声不响,甘愿认命,此刻这种普通的、不难弄到的药物甚至给他带来了一线光明。

在场的都是南方人,不要说鳞皮牛肝菌,即使桦树本身有些人也从未见过,所以更加不能想象科斯托格洛托夫所说的是什么东西。

"不,叶夫列姆,不是鳞皮牛肝菌。总的来说这甚至不是桦树蘑,而是桦树癌。如果你记得的话,在一些老桦树上有这种……样子十分难看的增生物——一层脊状的东西,外表呈黑色,里面是深褐色的。"

"那么,是多孔菌?"叶夫列姆继续追问,"从前人们用燧石打火时拿它们做引子?"

"也许是。就这样,谢尔盖·尼基季奇·马斯连尼科夫突然想到:几个世纪以来,俄罗斯庄稼人会不会就是在不知不觉中用这种恰加抑制了癌症?"

"就是说,起到了预防作用?"年轻的地质学家点了点头问道。今天整个晚上他都没法看书了,不过听一听这种谈话倒也值得。

"可是,光猜想还是不够的,懂吗?这一切都还必须经过检验。还必须对喝与不喝这种自制土茶的人进行多年的观察才行。还得让身上已经出现了肿瘤的人去喝这种土茶,这就要承担不用其他手段给人治疗的责任。并且需要摸准煮到什么温度、用多少剂量才为合适;煮得滚沸好还是不滚好;每天喝几杯;会不会有后遗症;对哪种肿瘤治疗效果好些,对哪种差些。对所有这一切的研究,耗去了……"

"那么现在呢?现在呢?"西布加托夫急切地问。

而焦姆卡想道:莫非对腿也有帮助?说不定能保住腿?

"现在嘛,瞧,他写来了回信。信里告诉我,该怎么治疗。"

"他的地址您也有吗?"那个发声艰难的病人,迫不及待地问,他的一只手依然捂着嘶哑的喉咙,另一只手已从夹克口袋里摸出笔记本和钢笔。"信上连怎么个服法也写着吗?对喉头肿瘤起不起作用,他没写吗?"

不管帕维尔·尼古拉耶维奇是多么想保持自己的尊严并以彻底的蔑视来对他的这位邻居实行报复,可是他却不能不听听这个故事。对提交最高苏维埃会议审查的1955年度国家预算草案的数字和意义,他再也看不进去了,干脆放下了报纸,脸也渐渐转向"啃骨者"这边来,没有掩饰自己的希望——这种普通的民间土方也能治好他的病。为了不刺激"啃骨者",帕维尔·尼古拉耶维奇已毫无敌意地,但毕竟是提醒式地问道:

"可这种疗法是不是已经得到正式承认?有没有获得哪一级医疗机构的批准?"

科斯托格洛托夫从窗台上居高临下地冷冷一笑。

"关于哪一级医疗机构批没批准,我不知道。信嘛,"他扬了扬用绿墨水写得密密麻麻的一小张有点泛黄的纸,"信写得很具体:怎样捣碎,怎样溶解。我想,要是这种疗法已被上级医疗机构批准,那么护士该会发给我们这种汤药喝的。楼梯上该会放着一只桶。也用不着往亚历山德罗夫那写信了。"

"亚历山德罗夫,"发声困难的病人已经记下来了,"是哪个邮区的?什么街道?"他问得很快。

艾哈迈占也听得很有兴趣,在听的过程中还轻声为穆尔萨利莫夫和叶根别尔季耶夫翻了大意。艾哈迈占本人不需要这种桦树菌,因为他正在渐渐康复。不过,只有一点他不明白:

"既然这种菌是好东西,医生们为什么不采用呢?为什么没被收进药典?"

"这是一条漫长的路,艾哈迈占。有些人不相信;有些人不愿重新学习,所以千方百计地阻挠;还有一些人为了推行自己的一套方法而设置障碍。因而我们也就无从选择。"

科斯托格洛托夫回答了鲁萨诺夫,回答了艾哈迈占,但却没有回答发声困难的那个病人——没把地址给他。这——他做得很自然,仿佛没听见，没来得及，而实际上是不愿意告诉他。这个发声困难的病人有点不大知趣，尽管看起来令人敬重，身材和脑袋像个银行行长，甚至可以说像南美洲的一个小国的总理。再就是，奥列格不忍心叫马斯连尼科夫这个忠厚的长者牺牲过多的睡眠时间去给陌生人写信，毫无疑问，发声困难的病人会向他提出一连串的问题。从另一方面来说，又不能不可怜这副丧失了正常人声音的哑嗓子（我们发声正常却不知爱护）。还有一层，科斯托格洛托夫可说是一个生病专家了，作为一个病人对自己的疾患做了精心的研究，就连病理解剖学也读过了，各种问题都设法从汉加尔特和东佐娃那里得到了解释，现在又从马斯连尼科夫那里收到了回信。为什么竟要他这样一个多年被剥夺一切权利的人来教这些自由人如何躲闪倾压下来的巨石？在他性格形成的内心深处，有这样的生活信条：找到宝贝别吱声，骗得横财莫露形。如果大家一股脑儿地给马斯连尼科夫写信，那么你科斯托格洛托夫下次就甭想再收到回信。

这一切并不是经过了深思熟虑得出的，而是在他那有疤痕的下巴从鲁萨诺夫一边掠过发声困难的病人，转向艾哈迈占的一瞬间闪现的。

“那么，服法他写了吗？”地质学家问。纸和铅笔本来就放在他面前，他看书时总是这样。

“怎么个服法，我可以念给你们听，请拿铅笔准备记吧。”科斯托格洛托夫宣布说。

病房里顿时忙乱起来，大伙互相借铅笔、讨纸片。帕维尔·尼古拉耶维奇手头什么也没有（他倒是有一支新式的带盖钢笔，可是留在家里了），焦姆卡递给他一支铅笔。西布加托夫、费德拉乌、叶夫列姆、倪老头都想记。等大家都准备好了，科斯托格洛托夫便开始慢慢地一边念信一边解释：怎样使恰加不要晒得太干，怎样捣细，用什么水煮，怎样浸泡和滤清，每次喝多少。

大家一行行地记着，有的写得快，有的跟不上便要求重念一遍，就这样，病房里的气氛变得特别融洽与和睦。他们之间有时说话态度是那么不够友好，但有什么隔阂呢？他们只有一个共同的敌人——死亡。既然死亡跟所有的活人作对，那么世上还有什么能使他们分开的呢？

焦姆卡记完之后，用他那与年龄不相称的粗嗓门慢慢吞吞地说：

"不过……到哪儿去找桦树呢？这里又没有……"

大家都叹了口气。在这些离开俄罗斯很久(有的是自愿离开的)，或者从来也没到过那里的人面前，掠过了这个植物容易生长、气候温和、没有酷热太阳照射的地方的景色，时而是笼罩着有利于蕈类生长的霏霏细雨，时而是春潮泛滥和泥泞不堪的田间和林中之路。在这个静谧的地方，普通的树木对人来说却是十分需要和大有好处的。生活在那里的人，不总是了解自己的家乡，他们渴望湛蓝的大海和香蕉，而人真正需要的却是它——白桦树上那畸形的黑色增生物，它的病，它的瘤。

只有穆尔萨利莫夫和叶根别尔季耶夫心里明白，他们所需要的东西，即使在这里——在草原和高山上也一定会有，因为世上每一个地方都为人安排好了一切，只是需要人去了解和掌握而已。

"得托托人，帮着采集并邮来。"地质学家对焦姆卡说。看来他看中了这个恰加。

科斯托格洛托夫本人发现并为大家提供了这整个药方，但没有人可帮他在俄罗斯去找这种菌子。有的熟人已经死了；有的不知下落；有的不便于相托；有的地方差不多城市化了，连那种桦树也找不到，更不用说树上的恰加。现在他感到最大的快乐莫过于像一条狗似的离开这里，去寻找那奥妙的救命药草，如此到森林里待上几个月，采集这种恰加，研成细末在篝火上熬汤，像动物那样渴了就喝，渐渐把病治好。一连几个月在森林里游逛，一心把身体养好，别的什么也不去想。

然而，去俄罗斯的路对他来说是禁止通行的。

而其他有可能到那里去的人，却没有学会这样一种人生哲学：为了一个主要目标，不惜牺牲一切，不惜把一切都置诸脑后。他们所看到的都是算不上障碍的障碍：为了寻找这药物，怎样才能弄到证明或请假？怎样打破生活常规，同家人告别？到哪去筹集一笔钱？作一次远行该如何穿戴，随身带些什么？到哪一站下车，之后又该到哪儿去打听需要了解的一切？

科斯托格洛托夫还轻轻拍着那封信说道：

"他在这里提到，有些所谓的采购员，简直是精明能干的人，他们收集恰加，晒干后寄给委托代购的主顾。不过价钱很贵——一公斤要十五卢布，而一个月需用六公斤。"

"他们有什么权利这样做？"帕维尔·尼古拉耶维奇愤怒了，他摆出的一副威严上司的面孔，会使任何一个采购员吓软腿，"用毫无代价的取自大自然的东西去发横财，他们还有什么良心？"

"别瞎亮亮（嚷嚷）！"叶夫列姆向他嘘了一声（他把字音歪曲得特别难听——不知是故意的，还是口齿不清），"你以为近在眼前，伸手就能拿到？这得背着口袋、拿着斧头满树林里走啊。冬天还得脚踩滑雪板呢。"

"但是一公斤总不该要十五卢布呀，这些该死的投机分子！"鲁萨诺夫怎么也不肯让步，他的脸上又出现了一些红斑。

这是一个太过根本性的原则问题。若干年来，鲁萨诺夫形成了一种愈益明确的看法，而且愈来愈坚信不疑：国内所存在的所有短缺、亏欠、毛病、损失，根源都在于投机倒把，在于小商贩的倒买倒卖。例如一些身份不明的人在街上卖青葱和鲜花，一些女人在市场上卖鸡蛋和牛奶，在车站上卖酸奶、毛袜乃至炸鱼；也在于大规模的非法活动，例如"开后门"挖国家仓库，成卡车地盗运物资。如果把这两种投机倒把活动连根铲除，我们所有的毛病很快都能纠正，我们的成就会更加惊人。如果一个人靠国家的高工资和高额退休金去巩固自己的物质地位，那没什么不好（帕维尔·尼古拉耶维奇自己就梦想得到这种特殊退休金）。在这种情况下，汽车也好，市郊小屋也好，便都是劳动所得。然而，同一种牌子的汽车，同一种标准化设计的市郊小屋，如果是用投机倒把的钱买来的，那就完全是另一码事，因为其中包含着犯罪的因素。帕维尔·尼古拉耶维奇梦想——正是梦想——对投机商人采取处决示众的对策。公开处决可以迅速而又彻底地健全我们的社会。

"那好吧，"叶夫列姆也火了。"别瞎亮亮，你自己坐车到那儿去组织收购好了。用国家的名义也好，用合作社的名义也好，随你的便。在这儿你嫌十五个卢布的价钱太贵，那就别订。"

鲁萨诺夫明白，要害就在这里。他痛恨投机商人，可是现在，如果这种新药还要经过医学科学院的批准，还要等中部俄罗斯各州的合作社去组织连续的采购供应，那么帕维尔·尼古拉耶维奇的肿瘤是等不及的。

发声困难的新病人，像一家颇有影响的报社的记者，拿着笔记本几乎爬到了科斯托格洛托夫的床上，扯着嘶哑的嗓子继续追问：

"有没有采购员的地址？……信上没写那些采购员的地址吗？"

就连帕维尔·尼古拉耶维奇也准备好了,要把地址记下来。

但是,不知为什么科斯托格洛托夫没有回答。不管信中有没有这样一个地址,反正他没回答,而只是从窗台上下来,伸手到床底下去摸一双靴子。他不顾医院的种种禁例,还是私藏了一双靴子,留着散步时穿。

焦姆卡把药方藏进床头柜里,他不再问什么,只是十分谨慎地把自己的那条腿搁到床上。他没有,也不可能弄到那么多钱。

白桦树有助于治病,但并不是对谁都起作用。

鲁萨诺夫可说是有点不好意思:跟"啃骨者"发生了冲突(三天来已不是第一次发生冲突)之后,现在又对他谈的事情如此明显地感兴趣,而且还跟他要地址。也许是为了讨好"啃骨者",也许不是,反正帕维尔·尼古拉耶维奇并非存心,而是无意中提到使他们联结在一起的共同命运,态度颇为真诚:

"是啊!世上还有什么能比……(癌吗?但他生的不是癌)这些……肿瘤……比癌更糟的呢!"

但是,科斯托格洛托夫的心,一点也不为这个年龄比他大、地位比他高、经验比他足的人的信任所动。他用在靴筒上晾干了的深褐色包脚布将脚包起来,一面把皱折处胡乱补缀过的可恶的人造革破靴子往脚上套,一面冲着鲁萨诺夫说:

"比癌更糟的吗?麻风!"

这两个可怕的字以其排炮似的强烈声音在房间里响彻开来。

帕维尔·尼古拉耶维奇皱了皱眉头,平和地说:

"这话怎么说呢?何以见得更糟?麻风的病变过程倒是比较慢的。"

科斯托格洛托夫以阴沉和不友好的目光盯着帕维尔·尼古拉耶维奇浅色的眼镜和闪亮的眼睛。

"糟就糟在人还活着就被从世界上清除。硬使他们跟亲人分离,关进围着铁丝网的地方去。您以为这比得了肿瘤病更好受吗?"

同这个粗鲁无礼的人离得如此之近,毫无遮蔽地处在他那燃烧着阴郁之火的目光下,帕维尔·尼古拉耶维奇觉得很不自在。

"我是想说,所有这些可恶的疾病……"

任何一个有教养的人这时都会明白,应该迈出一步迎上前去。但是

"啃骨者"不理会这一点。他对帕维尔·尼古拉耶维奇所把握的这种分寸嗤之以鼻。这时,他挺直瘦长的身躯站了起来,穿上了外出散步作为大衣的那件肥大的、几乎拖到靴子上的浊灰色绒布女式长衫,扬扬得意地抛出一句自以为富有哲理的话:

"有一位哲学家说过:人要是不生病,就不会知道自己的极限在哪儿。"

他从长衫口袋里掏出了卷成四指厚的一条带五角星搭扣的军人皮带,用它束在掩上了衣襟的长衫外面,只是留神没把肿瘤部位勒得太紧。接着,一边揉着一支不等抽完就会自行熄灭的那种廉价的"钉子"烟卷,一边向门口走去。

发声困难的那个病号在病床之间的通道上给科斯托格洛托夫让路,尽管他具有银行行长和部长总理的外表,但那央求的神态却好像科斯托格洛托夫是四海扬名的肿瘤学权威,他此去将永远离开这栋楼房:

"那么,请您说说,喉头肿瘤大约有百分之几是癌?"

"百分之三十四。"科斯托格洛托夫对他微微一笑,从他身旁走过去。

门外台阶上一个人也没有。

奥列格幸福地吸了一口静止的湿冷空气,没等这口冷气流遍全身,他就即刻点起了一支烟卷,不这样他就总觉得美中不足(尽管现在不仅仅是东佐娃,而且还有马斯连尼科夫在信中也没忘记提醒他戒烟)。

外面一点风也没有,也不算很冷。借着一扇窗户透出的灯光,看得见附近的一个水洼,水面发黑,没有结冰。算来只是2月5日,可已经是春天了,让人不习惯。空气里悬浮着算不上雾的薄霭,薄得掩不住远处路灯和窗户的光亮,只是使它变得柔和些,不那么强烈而已。

奥列格左边有四棵金字塔式的白杨,像四个兄弟紧挨着,耸然向上,比楼顶还高。另一边只有孤零零的一棵,但枝杈伸展得无拘无束,跟那四棵一般高。它后面就是密密层层的其他一些树木,公园从那里延伸开去。

十三号楼门前没有遮拦的石头平台,它的台阶通向一条夹在灌木树篱中间的慢坡沥青路。现在树木上都没有叶子,但紧密地挨在一起,显得很有生气。

奥列格是出来散步的,他想沿着林荫小径走一走,随着每一步的迈出,随着每一次腿骨的舒展,感受一下作为一个九死一生的人走路稳健、有其好腿之喜悦。但是从平台上看到的景色使他停住了脚步,于是他在这里把烟抽完。

对面几栋楼那儿稀疏的路灯和窗户的光线十分柔和。小径上几乎已没有人走动。当后面附近一条铁路上没有隆隆驶过火车的时候,这里就会传来均匀的潺潺流水声——一股湍急的山洞之水在那边楼房后的悬崖下面奔流、飞溅。

再往前,过了悬崖,过了山涧,是市区的一个公园。不知是从那个公园(尽管天气很冷)还是从俱乐部开着的窗户里传来管乐队演奏舞曲的乐声。今天是星期六,所以有人在跳舞……某某人同某某人跳着交谊舞……

奥列格由于讲了那么多话,而且别人都洗耳恭听,所以还处在精神亢奋的状态。还是在两星期之前他就认为自己同生活已经完全绝了缘分,而现在,生活却又突然回到他的身边——这种感觉占据了他整个心灵。诚然,这生活并没向他许诺任何所谓美好的东西,也没许诺这座大城市的人们为之奋斗的一切:住宅、财产、事业上的成就、金钱。但是倒能带来他始终懂得珍惜的自在之乐:不必等候口令就可以在大地上迈步的权利;独自待会儿的权利;眺望星星、凝视灯光照不到的空间的权利;夜间熄灯在黑暗中睡觉的权利;往邮筒里投寄信件的权利;星期日休息的权利;在江河里游泳的权利。这类权利还有许多许多。

包括同女人谈话的权利。

由于恢复了健康,所有这些数不尽的美妙权利才回到他的身上!

他站在那里,一面抽烟,一面陶醉着。

音乐是从公园里传来的。但奥列格所听到的不是这音乐,而仿佛是响彻在他内心里的柴可夫斯基第四交响曲。他仿佛听到这交响曲激动不安而又令人心碎的开头,听到开始部分一支奇妙的小曲。对这支小曲,奥列格是这样理解的:仿佛主人公重新回到生活中来,又仿佛主人公本来是一个盲者,突然重见光明——仿佛他伸出手来抚摩那些物体或亲人的面庞,摸着却还不敢相信自己的幸福,不敢相信这些东西是实际存在的,不敢相信自己眼睛已开始复明。

# 第十二章 🌿

## 一切欲望和激情全都复归

星期日早晨，卓娅匆匆穿衣服要去上班的时候，想起科斯托格洛托夫的请求——下次值班时一定还穿那件金灰色的连衣裙。那天晚上他只看到白长衫里面这件衣服的领口，因此想"在白天的光亮里看一眼"。有时，满足一些通情达理的要求是很愉快的。今天她穿这件连衣裙倒也合适，因为它凑合算得上是过节似的服装，而卓娅指望白天没什么事情可做，那就可以等科斯托格洛托夫来逗她开心。

想到这里，她急忙换上了他说的那件连衣裙，喷了点香水，梳了梳头发，但时间不多了，她就一边往门外走，一边穿大衣，奶奶差点儿没来得及把早点塞进她的口袋里。

这是一个有点雾气、阴冷的早晨，但已完全不像冬天的时节。在俄罗斯，逢这种天气外出要穿风雨衣。可是在这儿南方，人们对冷和热的概念就完全不同了：大热天还穿毛料衣服；大衣，人们总是尽量早穿、尽量晚脱；而有毛皮大衣的人，就巴不得有寒冷的天气，哪怕有几天也好。

一出大门口，卓娅就看到自己要乘的那路电车，便跟在车后跑过一个街区，最后一个跳了上去，气喘吁吁、面颊绯红地待在有风的后面车台上。市内的电车都驶得很慢，又隆隆作响，拐弯时与铁轨的摩擦发出刺耳的尖叫声。

对年轻人来说，气短也好，乃至急剧的心跳也好，都是愉快的，因为马上就会过去，而过去之后就会更充分地感到体魄的健康和心情的欢畅。

医学院放假期间，无非是到医院里去值班——每周值三班半——对她来说，这是十分轻松的，等于休息。当然，不值班就会更轻松，不过卓娅已经习惯于双重负担：她半工半读已是第二个年头了。在医院里没有多少实习的机会，卓娅工作不是为了实习，而是为了挣钱，因为奶奶的退休金光买面包都不够，卓娅的助学金一花就没了，父亲从未寄来什么，卓娅也不向他要。她不愿向这样的父亲伸手。

从上次值夜班以来，也就是寒假的最初两天，卓娅没睡过懒觉，她从小就没有这个习惯。首先，她坐下来给自己缝一件春天穿的乔其纱内衫，衣料还是12月份领到报酬时买的（奶奶经常说："夏天准备雪橇，冬天准备大车"；正是根据这个谚语的道理，商店里好的夏令用品只有冬天才能买得到）。卓娅是在奶奶的那台旧"胜家"牌缝纫机上做活的（这台机器是从斯摩棱斯克搬来的），最初的缝纫技术和剪裁手法也是奶奶传授的，现在都已过时了，于是卓娅就靠眼看心记向邻居、熟人中上过裁剪缝纫培训班的人学，因为她自己怎么也挤不出时间去上这样的课。在这两天里，她没能把内衫缝完，但却跑了好几家干洗店，总算找到一家愿意洗她的一件旧的单大衣。她还坐车到市场上去买过土豆和蔬菜，在那里她讨价还价，似乎把每一分钱都掂一掂，最后，两手提着两只沉甸甸的拎包回来（在商店里买东西，通常是奶奶去排队，但重东西她拿不动）。卓娅还去过一次澡堂。她想随便躺下来看看书，可是没有时间了。而昨天晚上，她跟大学同年级的同学丽塔一起，到文化宫去参加过舞会。

卓娅真希望能有比一般俱乐部更健康、更清新的地方，但是除了俱乐部，便没有可以结识年轻人的那种风气、场所和晚会。她同一个年级和同一个系里有很多俄罗斯姑娘，可小伙子差不多都是乌兹别克人。因此，学校里的晚会她懒得去。

她跟丽塔一起去的那座文化宫，地方宽敞、整洁、供暖好，有大理石的柱子和楼梯，有镶青铜框架的高大镜子——走路或跳舞的时候，老远就能看见你自己，还有昂贵舒适的扶手椅（不过它们都被套子罩了起来，不允许往上坐）。然而，从新年晚会以后，卓娅就没到那里去过，因为她在那里曾受到很大委屈。当时举行的是化装假面舞会，设有最佳服装奖。卓娅给自己缝了一套猴装，带有绝妙的尾巴。她的整个打扮都是经过周密考虑的——发型也好，薄薄的脂粉也好，色彩的对比也好，这一切都既滑稽而又漂亮，可说能稳拿头奖，尽管能够与她竞争的人很多。可是就在发奖之前，几个缺乏教养的小伙子用刀子将她的尾巴割了下来，相互传递和藏匿。卓娅哭了起来——倒不是由于这些小伙子的愚蠢行为，而是由于周围人的发笑，把恶作剧看做是很机智的举动。没有尾巴，这套服装便大为减色，加上卓娅情绪低落，结果什么奖也没得到。

即使是在昨天，她走进文化宫俱乐部时，还带着委屈情绪生俱乐部的气。可是没有任何人和任何物提醒她猴子尾巴事件。到的人是来联欢的，有大专院校的学生，有工厂的工人。卓娅和丽塔没有一次机会能在一起跳，她们一下子就被分开了，在管弦乐队的伴奏下，她们一连三个小时尽情地旋转、摇晃、跺脚。身体需要这种活动，需要这种旋转和扭动，它觉得很舒服。而所有跟她跳舞的舞伴都很少说话，要是偶尔说了句笑话，按卓娅的鉴赏标准来看，那也显得有点愚蠢。后来，一个名叫科利亚的技术设计员出来送她回家。一路上他们谈论印度电影，谈论游泳。要是谈什么正经话题，那必定会觉得可笑的。快到大门口的时候，他们在比较晦暗的地方接吻，而卓娅那撩人春心的乳房是最受够的了。它们被他搂得多么紧啊！他还试图通过别的途径达到目的，卓娅已陶然心醉，但与此同时她想到星期日还要早起，此刻有点浪费时间，一股冷意不由得透入心胸，于是她把他打发走了，自己顺着年久的楼梯跑上楼去。

在卓娅的女友中间，尤其是医学院的女同学之中，流行着这样一种观点：必须尽快向生活索取，而且愈早愈好，愈多愈好。在这种思潮的氛围中，要在一年级、二年级，直至三年级还保持什么老处女似的状态，除了滚瓜烂熟的理论知识以外一无所知，那是完全不可能的。卓娅也经历过，也跟不同的小伙子数次经历过相互接近的各个阶段——从逐渐放宽限制开始，到被突袭和被占有；经历过忘乎一切的飘然时刻，即使炸弹落到屋顶上也不能改变姿势；也经历过平静下来以后浑身乏力的时刻，把散扔在地板上和椅子上的衣物捡起来——本来，他们的衣物怎么也不可能放在一起，而这时双方却看到它们放在同一个地方，而且一点也没感到奇怪，还当着对方的面很自然地把衣服穿上。

快上大学三年级的时候，卓娅就绕过了老处女的行列，可这毕竟不是那么一回事。这一切之中缺少那种生活稳定乃至生活本身的基础，缺少某种具有本质意义的连续性。

卓娅今年只有二十三岁,可她见到和记住的已经不少了,至今还记得从斯摩棱斯克撤退时那令人发疯的漫长路程;起初坐货车,后来乘驳船,再后来又坐货车。不知为什么她尤其记住了货车上的那个邻座,此人不停地用绳子去量每个人所占用的铺板宽度,最后证明卓娅一家多占了两厘米。她也记得战争年代这里的饥饿而又紧张的生活,那时人们所谈论的都是关于粮票和黑市上的价格。记得她的叔叔费佳常常从床头柜里偷她本来就少得可怜的面包。如今,在医院里,她所看到的都是这些忍受着癌症痛苦、难以摆脱厄运的病人,听到的是他们那令人沮丧的倾诉,看到的是他们的眼泪。

同这一切相比,偎依、拥抱乃至更进一步,都只不过是生活苦海中有点甜味的几滴水珠。靠这样的几滴水珠是无法解渴的。

这是不是意味着一定要出嫁呢?是否意味着幸福在于嫁人?可同她结识、跳舞、散步的年轻人,无一例外,统统表现出这样一种意图:热乎一阵,一走了事。这些年轻人私下里说:"我本来可以结婚,可是一两个晚上就能找到一个,何必结婚呢?"

当周围的人都肯让步的时候,你就没法摆出一副傲然不可接近的样子,就像往集市运送的货物很多时,没法卖高价一样。

即使登记也无济于事,同卓娅互相交接班的乌克兰族护士玛丽亚就有过这样的教训:玛丽亚相信登记,但过了一周丈夫还是把她抛弃,远走高飞,无影无踪。七年来,她独力抚养孩子,还要被认为是个有夫之妇。

因此,在举杯相祝的小小晚会上,如果生理方面正赶上危险期,卓娅就会分外谨慎,就像士兵处在布雷区似的。

卓娅还有比玛丽亚更近的例子,她看到过自己的父母过的那种活受罪的生活,看到过他们怎样一会儿吵架、一会儿和好;怎样一会儿各奔东西、一会儿又聚在一起——就这样彼此折磨了一辈子。重蹈母亲的覆辙,对卓娅来说,无异于喝硫酸。

这同样是任何登记手续都不起作用的一个例子。

在自己身体内部,在身体各个部分的对比方面,在自己的性格中,在对生活的整个理解上,卓娅都感到平衡与和谐。只有在这种和谐的气氛里,才谈得上她的生活的扩展。

　　如果有谁在两手摸她身体的间歇中对她说些愚蠢、庸俗的话，或者像昨天的科利亚那样，几乎是照搬电影里的一套，那他马上就会破坏这种和谐，不可能赢得卓娅的好感。

　　就这样，卓娅站在后车台上随着电车一路颠晃，直站到终点，其间女售票员大声斥责过一个不买票的年轻人（而那人听着，还是没有买票）。电车开始绕圈子掉头，圈子的另一边已经聚集了不少等车的人。被数落的那个年轻人没等电车停住就跳了下去。有一个男孩也跳下去了。卓娅也跟着跳下车，因为从这儿走过去路近些。

　　时间已是八点零一分了，卓娅沿着医疗中心那曲折的柏油小路飞奔。作为护士，她不应该奔跑，但作为大学生，则完全可以原谅。

　　等她跑到癌症楼，脱去大衣、穿上白大褂和到了楼上的时候，已是八点十分了。如果是奥林皮阿达·弗拉季斯拉沃夫娜交班，那卓娅就不会有好脸子瞧；如果是玛丽亚交班，那也会对她板着个脸说些难听的话，仿佛她不是迟到了十分钟，而是耽误了半班的时间。然而幸运的是，在她之前值班的也是医学院的大学生——卡拉卡尔帕克族的图尔贡，此人一向待人宽厚，尤其是对她。他本想朝她屁股上拍一下作为惩罚，可她没有使他得逞，两个人都笑了，结果反倒是卓娅把图尔贡从楼梯上往下推了一把。

　　图尔贡虽说是个在校的大学生，但作为一个少数民族干部，已被任命为一所乡村医院的院长，他只有最后几个月可以自由自在，不必一本正经地约束自己。

　　图尔贡留给卓娅的是一本医嘱簿，另外还有护士长米塔交待的特别任务。星期日没有巡诊，治疗暂停，没有刚刚输过血的病人，不过也增加了一件操心的事：病人家属未经值班医生批准不准闯进病房。此外，米塔依然把自己来不及做的、分内的没完没了的统计工作，分一部分给星期日值白天班的护士做。

　　今天，这项工作是整理去年——1954年12月份的厚厚一沓病历卡。卓娅嘟圆了嘴唇，仿佛要吹口哨似的，手指弹了一下卡片的一角，估了估有多少张，还有没有剩余时间用来绣花儿，这时她感到身旁有个高大的人影。卓娅并未觉得奇怪，扭过头去便看见科斯托格洛托夫。他胡子刮得很干净，头发也梳过了，只是下巴上的疤痕像往常一样表明他有一段强盗般的历史。

"早上好，卓英卡。"他完全按绅士的派头说道。

"早上好。"她摇了摇头，仿佛什么事情使她不大高兴抑或怀疑什么事情，其实没有任何原因。

他那深褐色的大眼睛望着她。

"我倒是看不出，您是不是按我的请求做了？"

"什么请求？"卓娅皱起眉头惊讶地问（她的这一着，向来都会收到好的效果）。

"您不记得啦？我还为这一请求跟自己打过赌呢。"

"您从我这里借走一本解剖学，这事我记得很牢。"

"我现在就把它还给您。谢谢。"

"都看明白了吗？"

"我觉得，该明白的都明白了。"

"我这样做是不是对您有害？"卓娅问，这次并非戏言，"我后悔了。"

"不，不，卓英卡！"他急于否定这一点，几乎碰到了她的手，"相反，这本书使我得到了鼓舞。您借给我的书简直太好了。不过……"他望着她的脖颈，"请您把白长衫的第一颗纽扣解开。"

"干什么？"卓娅现出十分惊讶的神情（这在她同样收到了很好的效果），"我没觉得热！"

"恰恰相反，您已经热得满脸通红了。"

"这倒是真的。"她温和地笑了，自己的确想敞开长衫衣领，因为刚才跑得很急，又跟图尔贡嬉闹了一阵，还没喘过气来。于是她把长衫的领子扣解开了。

灰金色的连衣裙金光熠熠。

科斯托格洛托夫睁大了眼睛望着，几乎不出声地说：

"真漂亮。谢谢。待会儿多露出些给我看看行吗？"

"那要看您打的什么赌。"

"我一定告诉您，只是稍微晚些，好吗？我们今天岂不一直要待在一起？"

卓娅把两个眼珠子滴溜溜地一转，像个布娃娃似的。

"那您得来帮我的忙。我冒汗发热是因为我今天有许多工作要做。"

"如果要我用针头去扎活人，我可帮不了忙。"

"要是做些医务统计方面的工作呢？往表格上画画线行吗？"

"我尊重统计工作，只要不是保密的就行。"

"那么您吃过早饭以后来吧。"卓娅向他嫣然一笑，预先酬谢他的帮助。

已经在往各个病房送早饭了。

还是星期五早晨交班的时候，被夜间一席谈话激起好奇心的卓娅，就到挂号处去看了科斯托格洛托夫的登记卡。

原来他叫奥列格·菲利蒙诺维奇（拗口的父称跟他那令人不快的姓倒很般配，不过本名多少冲淡了这种印象）。他生于1920年，已满三十四周岁了；尽管很难想象，但的确还没有结婚，也的确住在一个叫作什么乌什-捷列克的地方。他没有任何亲属（病人亲属的地址，在肿瘤医院也必须登记）。他的专业是地形测绘，现在是土地测量员。

这一切并不能使人看清他的来历，反而更加模糊。

今天，她在医嘱簿上看到，从星期五开始，每天给他肌肉注射两毫升人造雌酚。

这应该由晚上的值班护士来做，就是说，今天这不是她分内的事。但卓娅动了动嘟成茶壶嘴儿似的圆嘴唇。

早饭后，科斯托格洛托夫把《病理解剖学》教科书带来，并准备帮她做事，可是这时卓娅正忙于向各个病房发放一天应服三次或四次的药。

后来，他们终于在她的小办公桌旁坐下。卓娅取出一大张纸用来绘制表格，所有的统计数据都得用画杠杠的方式标上去。她向他解释如何如何（该怎么做她自己也几乎都忘了），还一边移动一把沉甸甸的大尺，一边在纸上画线。

一般来说，这样一些"帮手"——小伙子和单身汉（也包括结了婚的）究竟能帮多少忙，卓娅心中是有底的：每次这样的帮忙总是变成闲聊、说笑、献殷勤，结果表格上老是出现错误。不过卓娅不在乎这些错误，因为即使是最缺乏新意的献殷勤也总比至关重要的表格更有情趣。今天卓娅并不反对把一场可以充实值班时间的游戏继续下去。

使她更为惊讶的是，科斯托格洛托夫立刻就不再对她横看竖瞧和用特殊声调讲话了，而且他很快就弄明白了该做什么和怎么做，甚至还反过来向她解释。他埋头整理卡片，念出需要统计的内容，卓娅则在大统计表的格子里画杠杠。"局部神经瘤，"他念着，"……肾上腺瘤……鼻腔肉瘤……脊髓瘤……"有什么不明白的地方，他就问她。

需要统计的是，在这段时间里每一种类型的肿瘤有多少病例：男的有多少，女的有多少；以十年为一类的不同年龄者各有多少。还需要按采用的治疗方法和用药剂量的不同而加以分类。而每一类又得分为五种可能的结果：治愈、好转、无变化、恶化和死亡。对于这五种结果，卓娅的帮手特别注意。一下子就能看出，完全治愈的几乎没有，不过死亡的也不算多。

"我看，这里总是让垂危病人出院，不叫他们死在医院里。"科斯托格洛托夫说。

"不这样又能怎么办，奥列格，您自己想一想。"（她叫他"奥列格"，作为对他工作的奖励。他注意到这一点，即刻向她瞥了一眼。）"如果明显看到一个病人已无法挽救，只有几个星期或几个月可活了，那又何必让他占着床位呢？那些有可能治愈的病人正排着队等候床位住院。再说那些得了不治之症的病人……"

"什么不治之症？"

"就是无法医治的那些病人……他们的模样和谈话会对可以治愈的那些病人产生很不好的影响。"

瞧，奥列格这次坐在护士办公桌旁，似乎在社会地位和世界对他的看法方面都提高了一步。那个已无法挽救的"他"，那个不应再占床位的"他"，已与他科斯托格洛托夫无关，他不属于不治之症的病人之列。而现在人们同他——科斯托格洛托夫谈话，已经是另外一种口气了，仿佛他是不可能死的，仿佛他是完全可以治愈的。从一种状态到另一种状态的这一飞跃是那么出乎意料，简直使他受之有愧，使他模模糊糊地回忆起一件事来，但他现在没有细想。

"是的，这完全合乎逻辑。可是，让阿佐夫金出院便是另一回事。昨天，医生当着我的面在阿佐夫金的出院证明上写 tumor cordis（心脏肿瘤），没向他做出任何解释，什么话也没说。因此，我有一种感觉，似乎自己也参与了这场骗局。"

此时他坐在那里，没有疤痕的一侧对着卓娅，所以他的脸看上去一点也不带凶相。

在这种融洽的气氛里他们继续工作,合作得很好,午饭之前就把所有的事情做完了。

诚然,米塔还留下另一项工作:把化验结果抄在病人的体温单上,以便减少病历的篇页,也便于往上面粘贴。可是仅仅一个星期日就干这么多活,也太不公平了。所以卓娅说道:

"好啦,多谢您,多谢,奥列格·菲利蒙诺维奇。"

"别再这样!请您还像刚才那样叫我奥列格!"

"您午饭以后得休息休息……"

"我从来不休息!"

"可您要知道,您是病号呀。"

"倒也奇怪,卓英卡,您一走上楼来值班,我的病也就完全好了!"

"那好吧,"卓娅爽爽快快地让了步,"这一次我要在客厅里接待您。"

她随即向医生会议室那里把头一摆。

不过午饭后她又给病人发药,那间大的女病房里还有一些急于处理的事情。这里,她的周围充斥着疾患和病痛,而与其形成鲜明对比的是,卓娅深感到自己从头到脚乃至每一个细胞都是那么干净和健全。她怀着异常喜悦的心情意识到自己的一对乳房既匀称又富有弹性;在病床旁边向病人俯下身去的时候,她感觉到它们那沉甸甸的分量;走得快的时候,它们又是怎样地颤动。

事情终于少些了。卓娅吩咐女护理员坐在桌旁,阻止探病者进入病房,有什么事情就叫她。她把绣花活儿带走,奥列格也跟着她后面进了医生会议室。

这是尽头上的一个明亮的房间,有三个窗户。房间的陈设并不是随随便便的,而是表明会计和院长都明显插过手:里面的两张沙发并不是随便安放着,而是完全正规地摆在那里,高高的陡直的靠背足以使脖子发僵,靠背上方的镜子只有长颈鹿才能在里面看到自己。桌子也是按令人难以忍受的机关格局摆着:一张主席专用的、桌面上压着有机玻璃的大写字台,与另一张长条会议桌垂直相接,排成了 T 字形。长条会议桌似乎按撒马尔罕风格铺着天蓝色的长毛绒桌布,这一桌布的颜色使房间里洋溢着明朗的色调。此外,有几把舒适的小扶手椅,它们没放在会议桌旁,而是奇妙地放成一组,这也使房间显得很别致。

这里，除了11月7日<sup>①</sup>到来之前出的一期《肿瘤学家》墙报，没有任何东西会提醒你这里是一所医院。

卓娅和奥列格在房间最亮地方的两把舒适的扶手椅上坐下，那里的座架上摆着几盆龙舌兰，正面窗户的整块大玻璃外面，有一棵枝杈繁茂的橡树比二楼还高。

奥列格不只是坐着，他整个身体都感受到这把椅子的舒适，脊背在其中弯得多么适中，脖子和头部还可以多么自由地反仰。

"真阔气！"他说，"我大概有……十五年没坐过这么阔气的靠椅了。"

（既然他那么喜欢扶手椅，为什么他不给自己买那么一把呢？）

"好吧，您打的是什么赌？"卓娅问道，她头部的倾斜和眼睛的神情正好符合这样的提问。

现在，他们躲在这间没有其他人的房间里，在这样的扶手椅上坐下来，唯一的目的就是交谈，而谈话的进行将是旁敲侧击还是单刀直入，取决于每一个用词、每一句话的语气、每一个眼神。对于前一种谈话方式卓娅已做好了充分的准备，但来到了这里她却预感到第二种方式的出现。

奥列格没有使她发生错觉。他的头依然靠在椅背上，眼睛掠过她的上方，盯着窗户，郑重其事地说道：

"我打的赌是……一位有金色刘海的姑娘会不会愿意……到我们那边的新垦地去。"

只在这时他才看了她一眼。

卓娅抵住了他的目光：

"可是，那边等待着这位姑娘的是什么呢？"

奥列格叹了口气：

"这我已对您讲过，令人高兴的事情不多。没有自来水；熨斗得用木炭烧；点的是煤油灯；雨天到处泥泞不堪，地皮一干就尘土飞扬；好的衣裳永远也没有机会穿。"

他没有漏说令人不快的任何细节，仿佛存心不让她表示愿意考虑！说

---

① 该日期是十月革命的周年纪念日。

实在的,如果永远没有机会穿得漂漂亮亮,这还叫什么生活? 然而,卓娅知道,住在大城市里尽管什么都方便,但人并非与城市住在一起。她首先要了解的是这个人,而不是想象那个村子。

"我不明白,是什么把您控制在那里的呢?"

奥列格笑了起来:

"是内务部! 还能是什么!"

他还是那样把头靠在椅背上,享受着这种安适。

卓娅警觉起来。

"我也这样料想过。不过,请允许我问,您是……俄罗斯人?"

"是的,百分之百的俄罗斯人! 难道我不可以有黑头发吗?"

说着,他掠了掠头发。

卓娅耸了耸肩膀。

"那么……为什么把您……"

奥列格叹了口气:

"唉,如今的一代青年人可真什么也没见过! 我们那个时候,对于刑法是毫无概念的,也不知道里面有些什么条款,对它们可做怎样广义的解释。可你们是生活在这儿呀,生活在整个边区的中心,居然连集遣移民与行政流放犯之间的起码区别也不知道。"

"究竟有什么区别呢?"

"拿我来说,我就是个行政流放犯。我被流放不是因为民族属性,而是因为我奥列格·菲利蒙诺维奇·科斯托格洛托夫的个人问题,懂吗?"他笑了起来,"有如一个'荣誉公民',不得跟正直的公民们住在一起。"

他的黑眼珠这时朝她一闪。

但她并没有害怕。换句话说,吓倒是吓了一跳,不过惊魂已定了下来。

"那么……您被流放多久呢?"她问,声音很轻。

"永久!"他声音很响地答道。

卓娅耳朵里甚至嗡地一响。

"是终身流放?"她又问了一遍,声音近乎耳语。

"不,正是永久流放!"科斯托格洛托夫坚持说,"案卷上写的是永久。如果是终身流放,那么至少说,死后可以从那里把棺材运出来,而永久流放,想必连棺材也不得运出来。即使太阳熄灭也不得返回,因为永久这个时间概念意味着比太阳的寿命还长。"

就在这时她的心才真正缩紧了。一切都并非无缘无故——这道疤痕也罢,有时他会现出凶相也罢。他也许是个杀人犯,一个可怕的家伙,只要一时性起,就可能把她掐死在这里……

但是卓娅没把椅子挪动一下,以便逃跑时方便些。她把绣花活儿撂了下来(连一针都没有绣过)。卓娅大胆地望着既不紧张也不激动,还像那样舒舒服服靠在扶手椅里的科斯托格洛托夫,自己抑制不住内心的激动,问道:

"要是提起来会使您难过,您就不必对我说了。如果可以的话,请告诉我:判您这样可怕的重刑,到底是由于什么?……"

可是科斯托格洛托夫非但没有因为意识到犯罪而心情沮丧,反而带着一副完全无忧无虑的笑容答道:

"没有任何判决书,卓英卡。我是根据通知单得知被永久流放的。"

"根据……通知单??"

"是的,就是这个名称。跟发货单差不多。就像从工厂往仓库发货一样:什么东西多少包,什么东西多少桶……所用的包装……"

卓娅捧住自己的脑袋:

"等一等……我不明白。这可能吗?……这——只是对您?对所有的人都这样吗?"

"不,不能说对所有的人都这样。只触犯第10款的不流放,而第10款加上第11款——就得流放。"①

"这第11款是怎么回事?"

"第11款?"科斯托格洛托夫想了想,"卓英卡,我似乎对您讲得太多了,以后有关这方面的事情您可得当心啊,否则您自己也会为此而受牵连的。加到我头上的主要罪状是根据第10款,判了七年。凡是被判刑八年以下的,请相信,都意味着罪行是无中生有,捕风捉影。但还有第11款,而第11

--------

① 指苏联时期俄罗斯《刑法》(1926年修订版)第58条第10款和第11款。第58条的内容与反革命活动有关。

款意味着集团性的活动。第11款本身规定的刑期似乎并不更长,但既然我们构成了一个集团,那就得天南地北地永久流放。为的是我们在老地方永远也不能相聚。现在您明白了吧?"

不,她还是没有明白。

"这就是说……"她尽量说得温和些,"是被称为……一个帮吗?"

科斯托格洛托夫突然发出响亮的笑声。而笑声又突然中止,脸色也沉了下来。

"这真是妙极了。跟我的审问者一样,'集团'这个词儿并不使您满意。他也喜欢把我们叫作一个帮。是的,我们的确是个帮——一年级的一帮男女大学生。"他严厉地一瞥。"我知道这里不许抽烟,否则就有罪过,但我还是想抽一支,行吗? 当时我们聚集在一起,向姑娘们献殷勤,跟她们跳舞,小伙子们还谈谈政治。也谈论过……那个人。您要知道,当时有些现象使我们不满。就是说,我们并不是对什么都感到欢欣鼓舞。我们中间有两个人上过战场,本指望战后会有所改变。就在5月份,考试之前,我们全都被抓了起来,姑娘们也包括在内。"

卓娅感到惶惑……她又把绣花活儿拿在手里。从一方面来看,他讲的这些危险的事情不仅不应该向任何人重述,而且连听也不应该听,应该把耳朵捂上。可是从另一方面来看,倒也如释重负,因为他们毕竟没把任何人骗到黑胡同里去,没杀过人。

她咽了一下唾液。

"我不明白……你们究竟干了些什么?"

"能干些什么呢?"他深深地吸了一口烟,又缓缓把烟吐出来。烟雾的面积多大呀,可一支烟卷竟是那么小。"我已经对您讲过:我们是一起学习的。助学金够花的时候,也一块儿喝喝酒。去参加晚会。结果,姑娘们也跟我们一起被抓了去。她们每人被判五年……"他全神贯注地望着卓娅。"您不妨设身处地想一想,期终考试之前突然被抓了起来,于是也就进了班房。"

卓娅放下了绣花活儿。

她原以为会从他那里听到种种可怕的事情,到头来这一切都有点像儿戏。

"那你们,男孩子们,为什么要那样呢?"

"什么?"奥列格不明白她的话是什么意思。

"我是说……为什么不满意……期待什么好结果……"

"不错,的确是这样! 真的,的确是这样!"奥列格不由得笑了起来,"这我还从来没有想过。您又跟我的审问者走到一起去了,卓英卡。他也是这么说的。这椅子太好了! 在病床上是不可能这样坐着的。"

奥列格又使自己舒舒服服地靠在椅背上,一边抽烟,一边眯着眼睛凝视那安着整块玻璃的大窗。

外面虽然已近黄昏,但本来就有点晦暗的天色却没有再暗下去,反而变得明亮了。西天的云层在渐渐拉开,变得稀薄了,而这个房间的一角正好是朝西的。

只在这时卓娅才认真地绣起花来,而且带着乐趣在一针一针地绣。两人都默默不语。奥列格没像上一次那样夸她的手艺。

"那么……您喜欢的姑娘呢? 她当时也在场吗?"卓娅问道,一边继续绣花,头也没抬。

"是……的……"奥列格说,但不是一下子说出了这个"是"字,他似乎在想别的事情。

"现在她在哪儿?"

"现在? 在叶尼塞河一带。"

"那您何不想想办法跟她待在一起?"

"我没有这个打算。"他漠然地说。

卓娅望着他,他望着窗外。可他那时为什么不在他那个地方结婚呢?

"怎么,待在一起——这很难办吗?"她想了想问道。

"对于没有登记的人——几乎不可能,"他心不在焉地说,"但问题不在这里,而是没有必要。"

"您随身有她的相片吗?"

"相片?"他感到奇怪,"犯人是不许有相片的。会统统被撕毁。"

"那么,她是什么模样呢?"

奥列格微微一笑,稍稍眯缝起眼睛:

"头发垂到肩上,可是末端全都往上卷。眼睛嘛,比方说,您的眼睛总含着几分嘲笑的意味,而她的眼睛总带着某种忧郁的神态。人莫不就是这样预感到自己的命运,嗯?"

"你们在营里的时候是不是在一起?"

"没在一起。"

"那你们是什么时候分开的?"

"在我被捕之前五分钟……就是说,是这样的,事情发生在5月份,我们在她家的小花园里坐了很久。已经是夜里一点多钟了,我跟她告别后走了出来,刚刚横穿过马路,就被捕了。当时,汽车就停在拐角上。"

"那她呢?!"

"是在第二天夜里。"

"以后就再也没见过面?"

"还见过一次面,是在对质的时候。当时,我已被剃去了头发。他们指望我们互相揭发。我们没那么做。"

他捏着烟蒂犹豫不决,不知道往哪儿搁。

"搁那儿。"卓娅指着主席位子那里一只亮熠熠的干净烟灰缸。

西天的浮云愈拉愈薄,嫩黄色的夕阳几乎要整个儿脱落出来。甚至奥列格那一向古板而执拗的面孔在这夕阳的余晖里也显得柔和了一些。

"可是您现在为什么不想找她呢?"卓娅同情地问。

"卓娅!"奥列格坚定地说,但突然停下来想了一想,"您能不能稍稍想象一下,如果一个姑娘长得挺标致,她在劳改营里会有什么遭遇?如果她在押解途中,没被那些坏蛋轮奸,那么到了营里他们也来得及对她这样干。到了营里的第一天晚上,营里的那些吃闲饭的寄生虫、派工的淫棍、管口粮的色鬼就会安排她洗澡,当她被带进澡堂时,光着身子从他们面前过。当场决定她归谁。第二天早晨就会把建议告诉她:跟某某人一起住,活儿会在干净、暖和的地方干。要是拒绝的话,他们就会想尽一切办法让她吃苦头,非逼得她自己爬来求饶不可。"说到这里,奥列格闭上了眼睛。"她活下来了,顺利地服满了刑期。我不责怪她,我能够理解。但……仅此而已。她也理解这一点。"

两人陷入沉默。夕阳突破了薄云,放出全部光辉,整个世界顿时变得欢快而明亮。小花园里的树木现出清晰的黑色轮廓,而这儿,房间里,天蓝色的桌布和卓娅的金发也闪出了光彩。

"……我们的女同学之中有一个自杀了……还有一个活着……三个男同学已不在人世……两个我不知道下落……"

他侧向椅子的一边，微微晃动身体，朗诵起诗[1]来：

> 那场风暴已经过去了……
> 我们的人所剩无几……
> 畅叙友谊许多人缺席……

他就那么侧身坐着，凝视着地板。他那蓬乱的头发向各个方向翘起和撅出。它们每天需要两次抹湿和抚平，否则就不可收拾。

此时他沉默不语，但卓娅想听到的一切，都已经听到了。他被禁锢在流放地，但不是由于杀人；他没结过婚，但不是因为品行不好；过了这么多年，他谈到自己从前的未婚妻依然一往情深，看来这个人是会有真正的感情的。

他沉默不语，她也不说什么，只是眼睛时而看看绣花活儿，时而看看他。他身上尽管没有什么称得上美的地方，但此刻她也找不出特别丑的地方。对于疤痕是能够习惯的。就像奶奶所说的那样："你需要的不是一个漂亮的男人，而是一个好人。"经受过这样的磨难之后还那么坚强和刚毅——这就是卓娅从他身上所明确感觉到的。这种经过考验的刚毅，她在自己所结识的男青年当中还没有遇到过。

她一针针地绣着，忽然感觉到他投来打量的目光。

卓娅皱着眉迎上他的目光。

他开始以极富表现力的语调朗诵，目光始终没离开过她：

> 我该召唤谁呢？……
> 我存活了下来，
> 我该跟谁分享
> 这悲伤的欢乐？

---

[1]　此处及接下来的诗句出自叶塞宁的诗歌《苏维埃罗斯》(1924)。

"可是您这不是已经分享了！"卓娅悄声说，眼睛和嘴唇在向他微笑。

她的嘴唇不像玫瑰，但似乎也不是涂了口红。那是一种燃烧得不太炽烈的火焰的颜色，介于朱红与橙黄之间。

黄色夕阳的柔光使他瘦削面庞的病态脸色有了生气。在这温暖的天地里，看来他死不了，他能活下去。

奥列格把脑袋一抖，像吉他歌手唱完了哀伤的歌要换快乐的歌似的：

"嗳，卓英卡！您就彻底为我安排一个节日吧！这些白长衫让我腻烦透了。我希望您给我看的不是护士，而是一个漂亮的城市姑娘！要知道，在乌什－捷列克我是看不到城里姑娘的。"

"不过，我到哪儿去给您找一个漂亮的姑娘呢？"卓娅假意地说。

"只消您把白长衫脱去一会儿。再就是……走上那么几步！"

他把扶手椅往后移动了一下，指了指在什么地方行走。

"可我是在上班呀，"她还没有同意，"我无权在上班的时候……"

不知是关于阴暗的事情他们谈得时间太长了呢，还是夕阳的余晖使房间里那么美好，总之卓娅感到了一股冲动，她心血来潮，觉得这是可以做的，而且一切都会挺好。

她把手中的绣花活儿扔到一旁，陡然离开椅子，站起身来，像个顽皮的小姑娘似的，而且已微微低着头解纽扣了；她那急匆匆的样子，似乎表明不是打算走上几步，而是准备跑上一会儿呢。

"您倒是扯呀！"她把一只胳膊伸给他，仿佛那不是她自己的手臂。他一扯——一只衣袖随即脱下来了。"还有一只！"卓娅以一个舞蹈动作背朝他转过身去，于是他又把她的另一只衣袖扯着脱下来了，白长衫也就顺势留在他的膝上，而卓娅便开始在房间里行走。她像时装模特儿那么走——保持躯体适度的曲线，两臂时而摆动，时而稍稍举起。

她就这样往前走了几步，然后转过头来停住不动——胳膊依然微微伸开。

奥列格把卓娅的白长衫抱在胸前，眼睛睁得很大，直盯着她。

"妙极了！"他瓮声瓮气地说，"太棒了。"

就连在夕阳映照下蓝得无比鲜艳的乌兹别克桌布，也在他心中触发起昨天曾响起的那支有所发现和豁然开朗的曲调。种种放荡、纷乱、低俗的凡人欲望又回到他的身上。在经过了这么多年的颠沛流离、被剥夺一切而始终不屈的生活之后,这柔软的家具、这舒适的房间又给他带来了喜悦。他看着卓娅,并非无动于衷地欣赏她,而是有所图,这就使他感到加倍的喜悦。要知道,半个月前他还是个垂死的病人!

卓娅自豪地翕动火焰色的嘴唇,仿佛还知道什么秘密似的,带着既调皮又严肃的表情,向相反的方向走了过去,直走到窗前。这时她再一次向他转过身来,像上回那样站着不动。

他没有站起来,还是坐着,但却以小扫帚似的一头黑发自下而上地向她凑近。

根据某些只能意会、不可言传的迹象可以感觉得到卓娅身上有一种力——不是搬动柜子时所需的那种力气,而是另一种力,它要求对方以同样的力加以接应。奥列格很高兴,因为他觉得自己能够接受这一挑战,能够跟她较量。

生活中的一切欲望和激情全都回到渐渐康复的躯体上了! 一切都已复归!

“卓——娅!”奥列格拖长了声调说,“卓——娅! 您对自己的名字是怎样理解的呢?”

“卓娅——这就是生命!”她认真地回答,像念标语口号。她喜欢作这样的解释。她两手按在背后的窗台上站在那里,整个身子微微侧向一边,重心移在一条腿上。

奥列格脸上洋溢着幸福的笑容。他的眼睛死死地盯着她。

“跟动物①有没有关系? 有时候您没感到自己跟动物祖先比较近似吗?”

她笑了起来,以他的那种口吻说:

“我们大家都跟动物祖先有点相似。寻觅食物,喂养后代。难道这有什么不好?”

也许,她应该到此止步! 然而,由于受到全神贯注的赞赏目光(这样的目光,哪怕在每个星期六的舞会上都能轻易搂抱姑娘的城市青年那里,也是遇不到的)的激励,她还进一步伸出两手打着响指,扭动着整个身子,像一

---

① 卓娅 3оя 与表示“动物”的词根 зоо- 拼写相近。

般演唱流行的印度电影插曲那样唱了起来：

"到——处——流浪！啊——到——处——流浪！"

但是奥列格突然脸色一沉，对她说：

"别唱了！别唱这支歌，卓娅。"

她即刻就摆出规规矩矩的样子，好像刚才根本就没唱过也没扭过似的。

"这是《流浪者》[①] 里的插曲，"她说，"您没看过那部影片吗？"

"看过。"

"是部很好的影片！我看过两次！（其实她看过四次，但不知为什么她不好意思说。）您不喜欢那部片子吗？您的遭遇岂不跟'流浪者'是一样的。"

"跟我的遭遇可不一样。"奥列格皱起了眉头。他没恢复到先前那种开朗的表情，夕阳的黄光已不再使他感到温暖，看得出，他毕竟还身体有病。

"但他也是从监狱里回来的。他的全部生活同样遭到了破坏。"

"统统是骗人的把戏。他就是个典型的盗贼头子，流氓。"

卓娅伸手去取白长衫。

奥列格站了起来，把衣服抻开，帮她穿上。

"您不喜欢他们那种人？"卓娅点了点头表示感谢，随即开始扣上白长衫的纽扣。

"我恨他们。"他的视线掠过卓娅，目光冷酷，下颌微微地动了动，样子十分难看。"这是一些残忍的野兽，是专靠牺牲别人过活的寄生虫。我国大事宣传了三十年，说他们得到了重新改造，说他们是我们的'社会近亲'，可他们所奉行的原则是：如果你还没被……这时他们所讲的都是骂人的话，而且极其难听，大致是这么个意思：如果还没打你，那你就老老实实地坐着，会轮到你的；如果是扒旁人的衣服，不是扒你的，那你就乖乖地坐着，会轮到你的。倒在地上的人，他们也要去踩，以此为乐，还厚颜无耻地用罗曼蒂克式的外套伪装起来，而我们却帮他们制造神话，甚至让他们的这些歌曲在银幕上一唱再唱。"

"制造什么神话？"卓娅望着他，仿佛请求原谅什么错误似的。

---

① 指1951年上映的印度电影《流浪者》。该片当年不仅在印度获得空前成功，还蜚声国际，于1955年在中国上映，是中国公映的第一部印度电影。

"这——一百年也说不完。好吧，要是您愿意，我就说一个给您听听。"此时他俩并排站在窗前。与自己的谈话毫无联系，奥列格不由分说地握住卓娅的臂肘，像开导小妹妹似的说："盗贼们总是以义侠大盗自居，吹嘘他们不打劫穷人，不碰因犯的圣杖——就是说，不抢狱中的基本口粮，而只是偷走其余的东西。可是1947年在克拉斯诺亚尔斯克的一座递解犯人的监狱里，我们一间牢房里连一只海狸也没有——就是说，从任何人手中都没有什么可抢的。盗贼几乎占牢房人数的一半。他们饿得受不了了，于是就把所有的食糖、面包占为己有。而牢房里的人员组成相当有意思：一半是'恶狼'，一半是日本人，而俄罗斯人只有我们两个政治犯——我，还有一位是著名的极地飞行员，北冰洋上的岛屿至今还以他的名字命名，而他本人却在坐牢。'恶狼'们丧心病狂地把日本人和我们三天的吃食全部抢去，一点也不留下。于是日本人商量好了（他们的话反正听不懂），夜里悄没声儿地爬起来，拆下板铺的木板，一边喊'班宰'①，一边扑向'恶狼'猛打！他们把这些强盗揍得多狠啊！真值得一看！"

"你们也挨打了吗？"

"干吗打我们？我们又没抢他们的面包。那天夜里我们保持中立，但心里在为日本人助威。第二天早晨，局面就恢复正常了：面包也好，食糖也好，我们又得到了规定的一份。可是你瞧监狱当局采取了什么措施！他们把日本人从我们牢房里抽走一半，而把没挨过揍的'恶狼'塞进来增援。这么一来，'恶狼'们又揍日本人，因为他们在人数上占优势，又有刀子——他们什么都有。他们打得十分残酷，往死里打。我和那位飞行员实在忍不住了，便站在日本人一边。"

"反对俄罗斯人？"

奥列格把手从卓娅的臂肘上移开，直了直腰。他轻轻摆了摆下颌：

"我不认为盗贼是俄罗斯人。"

奥列格抬起一只手，用指头摸了一下从下巴顺着腮颊的下缘延伸到脖子上的疤痕，仿佛要把它抹去：

"就在那里，我也被砍了一刀。"

---

① 日语音译，意思是"万岁"，相当于俄语中的"乌拉"。

## 第十三章

## 阴影也一一归来

从星期六到星期日早晨，帕维尔·尼古拉耶维奇的肿瘤还是一点也没有消退，一点也没有软化。他还没有起床就明白了这一点。一大早，他就被乌兹别克老头吵醒了，那老头从天蒙蒙亮的时候就开始咳嗽，整个早晨都冲着他的耳朵咳个不停，真叫他心烦。

窗外已经露白了，阴晦无风的一天已经开始，同昨天、前天一样，只会增添更多的愁闷。那个哈萨克牧民一清早就盘着腿茫然地坐在床上，活像个树墩。今天不会有医生来巡诊，也没有人会被叫去照X光或包扎换药，所以，他大概直到天黑都能这样坐下去。阴森不祥的叶夫列姆又在埋头读托尔斯泰那抚慰灵魂的书。他偶尔起来在通道上徘徊，震得病床发颤，但总算还好，没再缠着帕维尔·尼古拉耶维奇，也没跟别的人抬杠。

"啃骨者"出去了以后，病房里就一整天没有他的人影。地质学家——那个很有教养、给人好感的青年，在读自己的那本地质学，不妨碍任何人。病房里其余的人，都安安静静。

帕维尔·尼古拉耶维奇由于妻子要来看他，心里振作了一些。当然，妻子不可能给他任何具体的帮助，但至少可以向她诉诉苦：他是多么难受，打针没有一点效果，病房里都有些什么样令人可憎的人。听她说几句同情的话，心里也会轻松些。还可以让她带些书来看看，带本令人振奋的现代书来。再就是要她把钢笔带来，免得像昨天那样出洋相，跟一个小青年借铅笔记药方。对了，最主要的是嘱咐她桦树菌子的事。

归根结底，并非完全无路可走：药物治疗不起作用，还有其他的方法。

最重要的是,保持乐观主义精神。

帕维尔·尼古拉耶维奇对这里的环境也在渐渐地适应。早饭后,他继续看昨天的报纸,把上面登载的兹韦列夫①那篇预算报告的结尾部分看完了。恰好,今天的报纸也及时送到。焦姆卡收下了报纸,但帕维尔·尼古拉耶维奇让焦姆卡把报纸先递给他,于是他立刻满意地读到孟戴斯-弗朗斯②政府垮台的消息。(谁叫你施奸计! 谁叫你把巴黎协定强加于人!)他准备回头再读自己所注意到的爱伦堡的一篇长文章,此刻先读另一篇文章,内容是贯彻执行一月中央全会关于大大提高畜牧业产品产量的决议。

帕维尔·尼古拉耶维奇就这样消磨时间,直至女护理员通知说他的妻子来了。一般说来,卧床病人的亲属是允许进入病房探望的,但帕维尔·尼古拉耶维奇此时没有精力去证明自己属于卧床病人,况且他自己也觉得,还是离开这些没精打采、垂头丧气的人到前厅间里去比较自由些。于是鲁萨诺夫用绒围脖把脖子围上,到楼下去了。

并不是每个人对妻子都像帕维尔·尼古拉耶维奇对卡芭那样,在只差一年就是银婚纪念③的时候,依然一往情深。的确,对他来说,一生中没有比卡芭更亲近的人了,没有任何人能像她那样善于同他共享成功的喜悦和分担不幸的忧愁。卡芭是个十分能干的聪明女人,又是忠实的伴侣(帕维尔·尼古拉耶维奇经常在朋友们面前夸赞说:"她的头脑相当于一个村苏维埃!")。帕维尔·尼古拉耶维奇从来没产生过对她不忠的邪念,她也没有不忠于他的行为。据说,随着社会地位的不断提高,丈夫就会渐渐羞于提及自己青年时代的伴侣,这完全是胡说。他们今天的社会地位,与结婚时的水平相比,已是大大地提高了(当年她是通心粉厂的一名女工,最初跟他一起在那里的和面车间工作,但结婚之前鲁萨诺夫就被提拔到工厂委员会里工作,管过安全生产,曾被派去加强商业企业部门共青团方面的工作,还当过一年厂办九年制学校的校长),但在这段时间里,夫妻俩的感情没有产生裂痕,也没有由于地位的改变而瞧不起人。过节的时候,几杯酒下肚

---

① 当时的苏联财政部长。
② 法国激进社会党领袖,于1954年组阁。
③ 欧洲人的习俗,结婚二十五周年为银婚,五十周年为金婚。

以后,如果在座的都是普通客人,鲁萨诺夫夫妇还喜欢回忆自己在工厂里工作的往事,喜欢尽情地唱《艰难的岁月》和《我们的红骑兵,来,我们把自己唱一唱》。

现在,体胖的卡芭,连同她那有两条银狐皮领子的大衣、大小跟公文包相仿的手提包以及装满了食品的购物袋,在前厅最暖和的一个角落里的长椅上足足占去了三个人坐的地方。她站了起来,用柔软而温暖的嘴唇吻了吻丈夫,让他坐在自己那翻开的毛皮大衣的下摆上,使他感到暖和些。

"这里有一封信。"她牵动了一下嘴角说道,根据这一熟悉的动作,帕维尔·尼古拉耶维奇立刻断定,这是一封不愉快的信。在各个方面卡芭都是一个深明事理和头脑冷静的人,可就是始终摆脱不了这种女人的习气:凡是得到什么消息,不管是好与坏,总是藏不住,一迈进门槛就会让它冒出来。

"那好吧,"帕维尔·尼古拉耶维奇有点生气了,"索性把我整死好了!整吧,既然这比什么都重要。"

但是,让话冒出来以后,卡芭心里就有所解脱,能够像正常人说话了。

"不,没什么,没什么了不起的事!"她有点后悔了,"喏,你怎么样?你怎么样,帕西克?打针的情况,我都知道了,因为星期五我给护士长打过电话,昨天上午也打过。要是有什么不好的反应,我早就赶来了。但我听说情况非常好,是吗?"

"打针的情况倒是很好,"帕维尔·尼古拉耶维奇肯定了这一点,他对自己的坚强表示满意,"可这里的环境,卡芭……真够呛!"于是,这里的种种令人灰心丧气和有苦难言的事情,从叶夫列姆和"啃骨者"起,一齐涌上心头,他不知道该从哪一件事开始诉苦为好,结果却痛心地说:"哪怕能用上个单人厕所也好!这里的厕所成什么样子!隔也不隔开!谁都看得见谁。"

(在工作单位里,鲁萨诺夫总是到另外一层楼去上厕所,那地方不是大家都可以去的。)

卡芭理解他的心情是多么不好,需要吐一吐怨气,所以不打断他的倾诉,反而一次次引导他说下去,直到他渐渐把满腹的怨气都倾吐出来,提出那个得不到回答而又无可奈何的问题:"给医生们发工资是为了什么?"卡芭详细问他打针过程中和打针以后的自我感觉,问他对肿瘤有什么感觉,并且解开他的围脖看了看，甚至还说，在她看来，肿瘤稍微、稍微变得小了一点。

帕维尔·尼古拉耶维奇知道，肿瘤并没有缩小，但是听说有可能小了些，他心里还是高兴的。

"至少没有扩大，是吧？"

"没有，一点也没扩大！当然没有扩大！"卡芭对此确有把握。

"只要能停下来，不再发展就好！"帕维尔·尼古拉耶维奇说，像在恳求，他的声音含着眼泪，"只要能停下来，不再发展就好！否则，再这样发展下去，过一个星期，那还得了！……那不就……"

不，他不敢说出这个词来，不敢往那黑洞洞的无底深渊里看一眼。然而，他是多么不幸，这一切又是多么危险！

"下一针是明天打。星期三再打一针。万一不见效呢？那该怎么办？"

"那就去莫斯科！"卡芭斩钉截铁地说，"就这么决定好了：如果再打两针还不见效，那就坐飞机去莫斯科。你星期五已经往那里打过电话了，而后来你自己改变了主意；我也给申佳平家挂过电话，还去找过阿雷莫夫夫妇，阿雷莫夫亲自往莫斯科打电话了解，原来不久前你的这种病只能在莫斯科治，所有的病人都往那里送，可他们，你瞧，为了培养当地的专家，便着手在这里接诊治疗。总而言之，反正医生都十分可恶！既然活人成了他们的加工原料，他们还有什么权利谈论生产成就？不管怎么说，我就是恨这些个医生！"

"是，是啊！"帕维尔·尼古拉耶维奇怀着痛苦的心情表示同意，"是啊！这话我在这里也对他们说过！"

"我还讨厌那些个教书的！为了玛伊卡的事，他们给我添了多少麻烦！而为了拉夫里克，岂不也是这样？"

帕维尔·尼古拉耶维奇擦了擦眼镜片：

"如果是在我当校长的时代，那还可以理解。当时，教书的都是异己分子，跟我们不是一条心，而我们的直接任务就是使他们就范。可是现在，现在我们可以向他们提出要求了吧？"

"对，你听我说！所以我认为把你转到莫斯科去不会有多大问题，走走门路，总可以找到理由。况且，阿雷莫夫已经跟他们说妥了，让他们在那边设法把你安置在一个很不错的地方。怎么样？……我们等打了第三针再说，好吗？"

他们就这样商定了明确的计划，帕维尔·尼古拉耶维奇心里也感到轻松些了。总不能在这个散发霉味的窟窿里乖乖地等死！鲁萨诺夫一家一辈子都是积极主动、讲究实干的人，只有在发挥主动精神的过程中他们的内心才能保持平衡。

今天他们没有必要匆匆忙忙，只要能在这里跟妻子多坐一会儿而不回到病房里去，帕维尔·尼古拉耶维奇就会感到幸福。他觉得有点儿冷，因为外面的门经常打开；卡皮托利娜·马特维耶夫娜便把自己肩上的披巾从大衣里边抽出来，把他裹上。长椅上坐在他们旁边的人正好也都干干净净、很有教养。因此，不妨多坐一会。

他们不慌不忙地逐一讨论生活中由于帕维尔·尼古拉耶维奇生病而中断了的各种事情。只有悬在他们头上的一件主要的事情他们加以回避：病情恶化的结局。针对这种可能出现的结局，他们提不出任何解决方案，无法采取任何措施，做不出任何解释。他们对这种结局毫无思想准备，哪怕仅根据这一点，他们就认为不会出现这种结局。（诚然，妻子头脑里有时也闪过一些想法，比如，万一丈夫死了，财产和住房的分配方案，但是他俩如此受到乐观主义精神的熏陶，心里都觉得宁愿让这些事情处于糊里糊涂的状态，也比大伤脑筋预先安排或者立下什么悲观失望的遗嘱为好。）

他们谈到了工业管理局（帕维尔·尼古拉耶维奇是前年从工厂的特殊部门调到那里去的）的同事所打来的电话，表示的慰问和祝愿。（当然，他并不亲自去抓工业问题，因为他没有那方面的专门知识，工业问题相应地由工程师和经济学家去管，而鲁萨诺夫的任务则是负责对这些人进行特别监督。）他的下属都爱戴他，此时得知他们关心他的病情，他感到得意。

他们也谈到关于他拿退休金的打算。不知怎么回事，他虽然长期处在相当显要的岗位上，工作中也没出过差错，可显然还实现不了自己毕生的理想——领取特殊退休金。就连在数额和起始期上有些优待的那种机关干部退休金也可能没有他的份，原因是1939年他没能响应号召穿上肃反工作人员的服装。可惜啊，不过从最近两年不怎么稳定的局势来看，也并不可惜。也许，安宁更可贵。

他们也谈到近年来人们愈益明显表现出想改善生活的普遍愿望——穿得好些，住得舒适些，有较好的家具，等等。谈到这里，卡皮托利娜·马特维耶夫娜说，如果对丈夫的治疗进展顺利，正如事先向他们指出的那样需要拖上一个半月到两个月的工夫，那么在这段时间里把他们的住房整修一下，倒也合适。浴室里的一条管子早就该移动一下了，厨房里的洗碗池得换个地方，厕所的墙壁需要贴上瓷砖，而饭厅和帕维尔·尼古拉耶维奇的房间必须重新加以油漆：改换色调（她已经考虑过选择什么色调），并且一定要有金色的滚边，现在这很时髦。对这一切，帕维尔·尼古拉耶维奇并不反对，但马上出现了一个令人烦恼的问题：虽然工人是按国家的派工单派来的，他们凭单子领取报酬，可他们还必定向住户勒索（不是要求，而硬是勒索）额外的钱。这并不是说舍不得钱（不过，也可以说是舍不得！），而是一个更为重要和更为令人气恼的原则问题摆在帕维尔·尼古拉耶维奇面前：凭什么要掏出钱来？为什么他自己除了领合法的工资和奖金，从来不要小费和外快？而这些不知羞耻的工人拿了工资还想要钱？在这个方面让步等于放弃原则，是对整个小资产阶级自发势力不可容忍的让步。每当接触到这类问题，帕维尔·尼古拉耶维奇总是非常激动：

"你说说，卡芭，他们为什么这样不珍惜工人的荣誉？为什么我们在通心粉厂工作的时候就从来不提任何条件，从来不向工长要什么'小费'？再说，这种想法还会跑到我们的头脑里去吗？……所以说，我们决不能让他们腐坏下去！这跟受贿有什么不同？"

卡芭完全同意他的看法，但随即也说出了自己的顾虑：要是不给他们钱，要是一开始和中途不给他们"摆一桌"的话，他们必定会报复，必定会在活儿上捣鬼，让你后悔莫及。

"有人讲给我听，一位退休的上校非常坚持原则，他说：额外一个戈比也不给！结果工人们把一只死老鼠塞在他浴室的排水管里，弄得下水不畅，还散发臭气。"

就这样，关于修房子的事他们什么也没有说妥。不论接触到哪一个方面，生活都是复杂的，非常之复杂。

他们还谈到了尤拉。这孩子长大了以后性格十分内向，缺乏鲁萨诺夫勇于进取的那股子劲。他学的是法律，应当说专业不错，大学毕业后又给他安排了很好的位置,不过,应当承认,他不是干这一工作的材料。无论是确立自己的地位,还是结交有门路的人物,他都一点也不会。这次出差,说不定会捅出娄子来。帕维尔·尼古拉耶维奇很不放心。而卡皮托利娜·马特维耶夫娜则为儿子的婚事操心。开汽车是爸爸硬叫他学的,单独的住宅也得由爸爸帮他去弄,可是在婚姻问题上怎样关心和指点他,使他不犯错误呢?要知道,他是那么没有心眼儿,即使一个纺织女工也能把他迷得晕头转向,嗯,就算他不可能遇上什么纺织女工吧,因为他从来不去那些地方,可现在他是在出差呀,能打保票吗?要是他轻率地走了草草登记结婚这一步,那就不仅仅是毁了一个年轻人的一生,而且也是毁了全家的业绩!申佳平的女儿就是这样,她差点儿嫁给医学院里的一个同班同学,可那青年家是在农村,他的母亲是个普通的集体农庄庄员,不妨设想一下:申佳平家的住宅,他们的室内陈设多么阔气,一些负责干部经常到他们那里去做客,突然间餐桌旁出现了这个包着白头巾的老太婆——他们的亲家母!鬼知道这算是怎么回事……谢天谢地,总算在社会关系这条线上查出未婚夫的问题,才救了他们的女儿。

阿维叶塔,又叫作阿拉,则是另一回事。阿维叶塔是鲁萨诺夫家的明珠。父母不记得她什么时候给他们带来过烦恼或麻烦,当然,上小学时的淘气不算。她长得很漂亮,既聪明能干又富有朝气,能够正确地理解和把握生活。不论在大的事情上,还是在小节方面,她都不会走错一步,所以,对她用不着处处留意和操心。她呢,只是由于自己的名字至今还在埋怨父母,说什么不该玩新的花样,现在就叫她阿拉得了。但是身份证上写的阿维叶塔·帕夫洛夫娜。再说,这名也很美。寒假快结束了,星期三她就会乘飞机回来,而且必定会马上赶到医院里来。

名字的事,可真不好办:生活的要求经常在变化,而名字却永远也不能改变。现在,连拉夫里克也为自己的名字在抱怨。目前在学校里还没什么,叫拉夫里克就拉夫里克好了,谁也不会拿他开心,可是今天他就该领身份证了。那上面会怎么写呢?拉夫连季·帕夫洛维奇。当初父母的确怀有这种想法:让他跟一位部长、斯大林的不屈不挠的战友[1]同名,并且在各个方

---

[1] 此处指斯大林时期的安全部长贝利亚,其名字和父称为"拉夫连季·帕夫洛维奇"。

面向他看齐。可是你瞧,这一年多的时间里,要说出"拉夫连季·帕夫洛维奇"这个名称来,就得极其小心才行。好在拉夫里克一心想进军事学校,而军队里是不按本名和父称称呼的。

要是私下里悄声问:这样做都是为了什么呢?申佳平夫妇之间也在这样想,不过不向别人说罢了:就算贝利亚是个两面派和资产阶级民族主义者,有夺取政权的野心,那好吧,尽可审问他,尽可把他秘密处决,但是把这件事向普通老百姓宣布又是为了什么?为什么要动摇老百姓的信念?为什么要在他们思想上引起怀疑?其实,本可发一个秘密文件到一定的级别,把整个问题加以解释就行了,而报纸上就说他因心肌梗死而逝世。还可以举行隆重的葬礼。

他们也谈到了最小的女儿玛伊卡。在这一年里,玛伊卡所有的五分都黯然失色了,她不仅失去了"优秀生"的称号,从光荣榜上被除名,甚至连四分也没得多少。问题都是因为升入五年级引起的。前几年一直是同一位女老师教她。她了解玛伊卡,也了解家长。那时玛伊雅①的学习成绩非常出色。可是这一年里,各科老师有二十个,每个每周来授课一次,连学生的面孔都不认识,只是为了完成教学计划而已,至于对孩子会带来怎样的损害,孩子的性格会受到何等摧残——难道这一点会加以考虑?然而,卡皮托利娜·马特维耶夫娜决计不惜代价,一定要通过家长委员会把这所学校的秩序整顿好。

他们就这样无所不谈地坐了不止一个小时,但都谈得没精打采。谈话的内容,每个人心里都觉得不着边际,这一点他们心照不宣。帕维尔·尼古拉耶维奇的情绪十分低落,不相信他们所谈论的人和事有什么现实意义,他什么也不想干了,甚至觉得,此时最好能够躺下身来,让肿瘤贴在枕头上,蒙起头来睡觉。

而卡皮托利娜·马特维耶夫娜之所以极力维持这席谈话,是因为今天早晨收到她弟弟米奈从K市寄来一封信,这封信几乎把她的手提包烧穿。战前,鲁萨诺夫妇住在K市,在那里他们度过了自己的青年时代,在那里他们结为伉俪,所有的孩子也是在那里生下来的。但战时他们疏散到这里,

---

① 即玛伊卡的大名,玛伊卡是昵称。

此后再没有回K市，住房也就转给了卡芭的弟弟。

她明白，此时此刻，丈夫顾不上这类消息，但是今天带来的这个消息，就连对知心的朋友也不能讲。要把事情的原委和经过说给什么人听听，全城也找不出一个合适的对象。结果是，她在这里竭力安慰丈夫的同时，其实自己也需要得到支持！她无法待在家里，把这个消息闷在自己心中。孩子们之中也许只能对阿维叶塔说明一切。对尤拉，无论如何也不能讲。即使要告诉阿维叶塔，那也得先跟丈夫商量。

可是丈夫跟她在这里坐得越久，他就越显得萎靡不振，使她愈发感到没有可能同他谈这个主要的问题。

就这样，渐渐到了她该走的时候了，于是她开始从购物包里把带来的食品一一掏出来给丈夫看。她那毛皮大衣袖子镶着银狐皮的翻口，大得几乎伸不进全张开着的袋口。

看见了食品（他的床头柜里还有不少），帕维尔·尼古拉耶维奇马上想起对他来说比任何吃食和饮料都重要的事情，其实今天一开始就该先谈那件事。他想起的是恰加——桦树菌子！他焕发了精神，开始向妻子述说这种奇迹，述说那封信、那个医生（说不定是江湖骗子）的情况，还对她说，必须马上想好给谁写信，请这人在俄罗斯帮他们收集这种菌子。

"要知道，在我们那边，K市郊区，白桦树到处都是。这事让米奈帮我办办能有什么难处？你马上给米奈写信！还可以给别的人写，我们岂不有一些老朋友，让他们也操点心！让大家都了解我的处境！"

正好，他自己提到了米奈和K市！此时，卡芭把手提包的搭锁卡嗒卡嗒地开了又关，关了又开，却没把那封信掏出来，因为从弟弟写信的措辞来看，调子是低沉的。卡芭说：

"你知道，帕沙，让K市那边的人纷纷议论你是否妥当，这应好好考虑一下……米奈来信说……不过，这可能还不是事实……说……罗季切夫……在他们那边城里露面了……好像是被……恢复了名誉……这可能吗？"

在她说出又长又令人讨厌的"列—阿—比—利—季罗万"（恢复名誉）这个词儿和瞧着手提包的搭锁低头掏信的时候，正错过了那一瞬间，未能看到帕沙的脸是怎样变得比床单还惨白。

"你怎么啦？？"她惊叫了起来，丈夫的神色比这封信本身更使她害怕，

"你怎么啦？！"

他靠在椅背上，以女人式的动作用她那头巾把自己裹紧了些。

"也许这还不是真的！"她那有力的双臂即刻抱住他的肩膀，一只手还拿着手提包，仿佛正尽力把它往丈夫肩上套，"还不一定有那么回事！米奈自己也没看到过他。不过，人们在议论……"

帕维尔·尼古拉耶维奇煞白的脸色渐渐消退，但他浑身乏力，腰部、肩膀和两手都没有力气，而脑袋则被肿瘤扭得侧向了一边。

"你告诉我做什么？"他痛苦地说道，声音微弱得几乎听不见，"难道我的痛苦还太少？难道我的痛苦还太少？……"接着，他牵动胸部和头部，做了两次没有眼泪的抽泣。

"喏，原谅我，帕申卡！原谅我吧，帕西克！"她抱住他的肩膀，自己也在发抖，摇晃着梳成雄狮式的红棕色鬈发。"要知道，我实在是没了主意！难道说如今他会从米奈那里夺去一间屋子？不，这样下去会导致什么结果？我们已经听到过两起类似的事情，你还记得吧？"

"还管它什么屋子，那该死的屋子，让他要回去好了。"他用带着哭腔的耳语回答她。

"屋子有什么罪过？往后米奈怎么能挤得下？"

"你倒是为丈夫想想吧！你想一想，我会怎么样？……关于古尊，他信上提到没有？"

"没提到古尊……如今要是他们都开始一个个地回来，那会怎么样呢？"

"我怎么知道！"丈夫压低了嗓门回答说，"他们有什么权利现在把那些人一个个放出来？……怎么能这样不近人情地作践人呢？……"

# 第十四章 🌿

# 审 判

　　鲁萨诺夫本来指望这次会见会使他精神上得到鼓励，不料心里反而更难受了，还不如卡芭别来。他扶着栏杆，摇摇晃晃顺着楼梯往上走，身上愈来愈觉得发冷。卡芭穿着大衣不能送他上楼，因为一名女护理员专门站在那里把守，对家属挡驾，于是卡芭就遣使她把帕维尔·尼古拉耶维奇送到病房，并把一袋食品带去。坐在值班小桌旁的就是那个眼睛有点凸出的护士卓娅，不知为什么鲁萨诺夫第一天晚上就对她有了好感，现在卓娅坐在那里，被一堆登记表挡着，正同没有教养的"啃骨者"调情，没把病人放在心上。鲁萨诺夫向她要一点阿司匹林，她即刻不假思索地回答说，阿司匹林只在晚上才发。不过，她还是量了量他的体温。随后给他送来了一点药。

　　不消说，床头柜里的食品都换了新的。帕维尔·尼古拉耶维奇躺了下来，正像他渴望的那样，让肿瘤贴在枕头上（这里有相当软的枕头，这一点出人意料，这就免得从自己家里往这儿拿了），连头带脑地蒙了起来。

　　千头万绪像火一样涌进他的脑海，如此翻腾、撞击，使他身体的其他部分像打了麻药似的失去了知觉，他已听不见病房里的那些愚蠢的谈话，感觉不到叶夫列姆的走动，虽然他的病床也跟地板一起随着叶夫列姆的脚步在颤动。他也看不见天已放晴，看不见太阳落山之前在什么地方露出了脸儿，因为夕照不向着楼房的这一边。时间的飞逝他也无所觉察。他一度睡着了，也许是因为吃了药，后来醒了。醒来之后见电灯已经开亮，于是又睡着了。直到午夜时分，在晦暗和寂静中他又醒来。

　　他感到睡意已完全没有了，起保护作用的一层雾幕已经消失。这时，恐惧马上袭来,揪住他胸腔中央的下方,而且愈攥愈紧。

千头万绪开始云集和翻滚:在鲁萨诺夫的脑海中,在房间里以及更远的黑暗空间里。

这甚至不是什么思绪,而只是他感到害怕罢了。很简单,他就是感到害怕。他怕罗季切夫,说不定那人明天早晨就会冲破护士和护理员的一道道阻拦,闯进这里来揍他。鲁萨诺夫所怕的,不是受到审判,不是舆论的谴责,也不是出丑,而是挨揍。一生中他只挨过一次打,那是在学校里他上六年级,也是念最后一年书的时候:傍晚,一帮人在校门口将他拦住了,不错,谁也没带刀子,可是那无情的硬拳头从四面八方袭来的这种可怕的感受,他一辈子都忘不了。

如果我们最后一次看到某人是个青年,即使多年之后他已变成老头儿死去,在我们的想象中死者依然是个青年。同样,罗季切夫在事隔十八年之后归来,想必已成了个残废,也许变成了聋子,也许得了佝偻病,但在鲁萨诺夫的想象中现在他还是当年那个黝黑健壮的汉子,被捕之前的最后一个星期日,在他们两家合用的长阳台上练哑铃和壶铃。他光着膀子在呼唤:

"帕什卡!你过来!喏,摸摸我的二头肌。唉,别怕,使劲攥!现在你明白了吧,新型的工程师该是什么样的!我们不是像爱德华·赫里斯托福罗维奇那样的佝偻病患者,我们是全面发展的人。可你,瞧瞧,变得有点虚弱了,老坐在门上包皮革的办公室里你非枯干了不可。到我们厂里来吧,我把你安排到车间里去,怎么样?你不愿意?……嗬哈!……"

他爽朗地笑了起来,随即去洗脸擦身,边走边哼:

> 我们是打铁的,
> 我们富有朝气。

此时,在鲁萨诺夫的想象中,正是这个健壮的人挥动着拳头闯进病房里来。而他却无法摆脱这个虚幻的形象。

当初他跟罗季切夫是朋友,在同一个共青团支部里,这套住房也是他们共同从工厂分配得来的。后来罗季切夫走了进工农速成班和上大学这条路,而鲁萨诺夫则顺着领导工会工作和管人事档案这条线高升。起先是双方的妻子关系不好,后来他们两人也不和,罗季切夫跟鲁萨诺夫谈话时常常语气伤人,总的说来是过于不负责任,把自己同集体对立起来。紧挨在一起住他们觉得无法忍受,也感到很挤。就这样,各种因素凑在一起,矛盾自然越来越尖锐,于是帕维尔·尼古拉耶维奇写了一份检举材料,说罗季切夫在同他私下里谈话时,曾对已被粉碎了的工业党的活动表示赞赏,并有在自己工厂里把破坏分子组织起来的打算。(他没直接这样说过,但根据他的行为,他是能够说出这样的话,是会有这种打算的。)

唯有一点鲁萨诺夫放心不下,他反复要求在这件事的案卷里哪儿也不要出现他的名字,也不要进行对质。审讯员对他保证,说根据法律不要求鲁萨诺夫露面,也不一定要当面对质,只要被告人自己承认就行了。甚至鲁萨诺夫的检举信原件也可以不订入此案的卷宗,因此,被告按照第206条[1]签字的时候,是绝不会碰到他这位邻居的名字的。

要不是由于厂党委书记古尊,事情本来会全都顺利地过去。古尊接到保安部门的密令,说罗季切夫是人民公敌,必须把他开除出基层党组织。但古尊坚决反对,并开始叫嚷,说罗季切夫这个小伙子是自己人,要开除他就得把详细材料拿给他看。他拿自己的脑袋给罗季切夫打包票,结果两天后的夜里,他自己也被捕了,第三天上午,作为同一个反革命地下组织的成员,罗季切夫也好,古尊也罢,都被顺利地开除出党。

然而,现在使鲁萨诺夫如坐针毡的事情是,保安部门在向古尊施加压力的两天内,最终不得不告诉他,材料是鲁萨诺夫提供的。这就是说,只要古尊在那边见到罗季切夫(既然他们是由于同一个案件而去到了那里,那么最终他们可能会见面的),就必定会告诉他。这就是鲁萨诺夫现在如此害怕罗季切夫这次预兆不祥的归来的原因,他担心这种根本无法想象的死人的复活。

当然,罗季切夫的妻子也是有可能猜得到的,不过她还活着吗?卡芭当初的设想是这样的:等罗季切夫一被捕,马上就叫卡季卡·罗季切娃搬出去,把整套住房拿下来,阳台也就全都是自己的了。(现在看来会觉得可笑,他们曾把连煤气也没有的住宅里,一间十四平方米的屋子看得那么重

---

[1] 指苏联时期俄罗斯的《刑事诉讼法》第206条,涉及诉讼程序。

要。可是毕竟孩子们在长大。)那间房子的过户手续已经全都办好了,有关方面已派人来让卡季卡搬迁,但她打出这样一块牌子——宣称自己是个孕妇。他们坚持要证明,她也把证明拿来了。按照法律,不能逼迫孕妇搬迁。一直到第二年冬天将临时她才搬了出去。在她怀孕和生产期间,直到产假期满,这漫长的月份里他们不得不耐着性子与她隔壁相处。不消说,在厨房里卡芭不会让她说一个不字,而当时已满四周岁的阿拉也会跟着捉弄她,相当好笑。

此时,鲁萨诺夫仰卧着,在可以听到各种呼吸声和鼾声的病房的晦暗中(唯有护士的台灯从前厅透过毛玻璃门映进来一点微光),试图以毫无睡意的清醒头脑去分析一下,为什么罗季切夫和古尊的幻影会使他如此坐卧不宁?如果其他经他插手而被定罪的人里面有的回来了,是不是也会使他感到害怕?比如说,那个曾当着工人的面骂帕维尔是傻瓜蛋的爱德华·赫里斯托福罗维奇——资产阶级教育制度下培养出来的一个工程师(后来他自己也承认,希望资本主义复辟);比如说,那个罪在歪曲了一位重要首长——帕维尔·尼古拉耶维奇的靠山——讲话的女速记员(在首长的讲话中,那些话根本不是那么说的);比如说,那个性格倔强的会计(他偏偏还是神甫的儿子,所以一下子就叫他服服帖帖了);再比如说,叶利昌斯基夫妇;是啊,这样的人还少吗?……

要知道,这些人当中,帕维尔·尼古拉耶维奇谁也不怕,他越来越大胆、越来越公开地帮助当局确定他们的罪状,甚至两次出面对质,当场提高了嗓门进行揭发。是的,那时因为思想上的不可调和丝毫用不着觉得有什么不光彩的!在那个形势大好的诚实时期,在1937年、1938年,社会气氛明显得到纯洁,呼吸变得那么舒畅!所有的撒谎者、诽谤者、过分勇于自我批评或过分卖弄理论玄虚的臭知识分子——统统不知去向和销声匿迹了,而原则性强、立场坚定、忠心耿耿的人们,包括鲁萨诺夫的朋友和他本人,昂首挺胸,意气风发。

可是现在不同了,出现了一个什么新的、混乱的、不健康的时代,自己从前的那些立场坚定的进步表现难道成了可耻的事情?难道还要为自己的命运担心?

简直是荒唐。的确,回顾自己的一生,鲁萨诺夫不能指责自己胆小怕事。有什么事情使他害怕过！也许他算不上是一个什么特别勇敢的人，但也找不出他表现过怯懦的事例。没有理由认为他在战场上会害怕，只不过作为一名宝贵的、经验丰富的干部，根本没要他上过前线。不应断言他在敌机轰炸下或房屋起火时会惊慌失措，他倒是在敌机轰炸之前就离开了 K市，而房屋起火他也从未遇到过。同样，他从来不怕司法机关和法律，因为他从不犯法，而司法机关一向是保护和支持他的。他也不怕舆论谴责，因为舆论也总是为他辩护。州报上也不可能出现不光彩的文章抨击鲁萨诺夫，因为亚历山大·米哈雷奇或尼尔·普罗科菲伊奇肯定不会让它出笼。而中央一级的报纸不可能过问下面鲁萨诺夫的事情。因此，对于报界他也从来没感到害怕过。

就连乘船横渡黑海的时候，他也丝毫没对海水之深感到害怕。至于他怕不怕登高，这很难说，因为他不是那么没有头脑，会冒险去爬山或攀登悬崖峭壁，而就工作性质来说也用不着他去架桥。

在将近二十年的漫长岁月里，鲁萨诺夫的工作属于管理人事档案一类。这一职务在不同的机关里有不同的名称，但实质都是一码事。只有无知的粗鲁人和不明真相的外人才不明白，这是多么精细的工作。在人生途中，每个人都填过不少表格，而每一份表格上都提出一定数量的问题。一个人对一份表格上一个问题的回答就是一条线，这条线永远从那人身上通到当地的人事档案中心。从每一个人身上都要如此拉出几百条线，合在一起就有千百万条。如果让这些线都能为世人所见，那么整个天空就会被蛛网遮蔽；如果这些线变得像富有弹性的皮筋那样，公共汽车、电车和路人便都将无法行动，报纸的残片或秋天的落叶也不会被风吹得沿街飘飞。它们是看不见、摸不着的，但人们时刻感觉到它们的存在。问题在于，所谓水晶般纯洁的档案，如同绝对真理，如同十全十美的理想，几乎是达不到的。如果仔细分析的话，对每一个活人，档案里总能写点什么反面的或怀疑的意见，因为每个人都会做过什么错事或隐瞒了什么。

由于经常感到这些看不见的线的存在，人们对牵动这些线的人，对管理极其复杂的人事档案的人，自然会产生敬意。这些人便有了权威。

不妨再打一个音乐方面的比喻，鲁萨诺夫凭着他的特殊地位仿佛拥有一架木琴的全副键板，他可以按照自己的愿望和选择，在他认为有必要的时

候敲击键板上的任何一只键。虽然所有的键都是木头做的,但发出的声音
却各不相同。

有些键板,在操作的时候,特别讲究谨慎、细腻的方法。例如,倘若要
暗示某一位同志,本人已对他有所不满,或者直接向他发出警告,让他有
所收敛,鲁萨诺夫就善于采用各种特殊的方式打招呼。当那人向他打招
呼的时候(不用说,是对方先打招呼),帕维尔·尼古拉耶维奇可以严肃地
还礼,但无须微笑;也可以把眉头一皱(这是他在办公室里对着镜子练出
来的),稍稍迟疑一下,仿佛是在考虑,应不应该同这个人打招呼,值不值
得,并且只是在这之后才给予相应的还礼(这里也有文章:是把头全转过
去,还是半转过去,或是根本不转)。这一停顿虽然短暂但却永远能收到
很好的效果。受到这种稍微迟疑或态度有点冷淡的答礼的工作人员,脑
子里就会开始认真检查自己可能犯了什么错误。可见,这一短暂的停顿
在工作人员心中播下了疑惑的种子,这也许能挽救他,阻止他失足,因为
他已经处在危险的边缘,不过帕维尔·尼古拉耶维奇只有之后才能得悉
情况是否如此。

比较厉害的方法是,在遇见某人时(或者打电话给他,甚或特地把他叫
来)对他说:"请您明天上午十点钟到我那儿去一趟。""现在可不可以?"对
方必定会这样问,因为他想尽快弄清楚,为什么事情找他,尽快结束他们的
谈话。"不,现在不行。"鲁萨诺夫会温和地说,但语气严肃。他不说他有别
的事情或要去开会,不,他决不明确说明原因,以便让对方宽心(妙就妙在
这里),他会把"现在不行"这句话说得意味深长,让它能包含许多重要意
思,而且不是所有的含义都是吉兆。"谈什么问题呢?"对方会这样问,也许
他是壮了壮胆子,至少说是没有经验。"明天您就会知道。"帕维尔·尼古拉
耶维奇用悦耳的声调绕过这个不知趣的问题,避而不答。可是,到明天十点
钟以前还有多少时间啊!还有多少事情要做!那个工作人员还得做完一天
的工作,下班回家,跟家里的人交谈,说不定还要去看电影或到学校开家长
会,然后是睡觉(有的能睡着,而有的睡不着),再往后便是第二天早晨,这
时,早饭吃不下,因为这个问题老是有如针扎、鼠啃似的刺激着他:"他找我
去谈什么事呢?"在这好多个小时之内,那个工作人员会在好多事情上感到
后悔,会在好多事情上开始担心,暗自发誓再也不在会上跟领导过不去。而

等到他按时到那里,也许什么事情也没有,只不过是要核对一下他出生的年月或者文凭号码。

如同木琴的键板,不同的奏法可以按木键的音阶使声音逐渐升高,直到发出最尖、最刺耳的声音:"谢尔盖·谢尔盖伊奇(这是全企业的经理,当地的'当家人')请您在几号以前把这份表格填一下。"这时便会有一份表格递给那位工作人员,这可不是一般的表格,而是存放在鲁萨诺夫柜子里的一切表格中最详细、最令人不快的一种,例如,接触秘密文件之前所要填写的那种。也许,根本不需要这位工作人员去接触机密,谢尔盖·谢尔盖伊奇也根本不知道有这么回事,可是大家对谢尔盖·谢尔盖伊奇都怕得要死,谁还会去问?那位工作人员接过表格,还得故意打起精神来,其实,如果他对档案中心隐瞒了什么,心里早就七上八下了。因为在这份表格上什么也没法隐瞒。这是首屈一指的表格。这是一切表格中再好不过的表格。

正是借助于这样的表格,鲁萨诺夫才得以迫使好几个女人同她们的根据第58条①被监禁的丈夫离婚。这些女人无论怎样消灭痕迹,如不用自己的名义寄邮包,不从本市寄出,或者根本没有寄过,都逃不出这表格上那极其森严的"问题围栅",要继续撒谎是不可能的。这围栅只有一条出口:依照法律手续彻底脱离夫妻关系。另外,手续也特别简化:法院无须征求囚犯的同意便可判决离婚,甚至判决之后也无须通知他们。对鲁萨诺夫来说,最重要的是使她们的离婚成为事实,这样就可以避免罪犯那肮脏的手把尚可挽救的妇女从全体公民的康庄大道上拖走。至于这些表格本身,可说派不上任何用场。即使送给谢尔盖·谢尔盖伊奇看,也无非是当作笑料。

在总的生活过程中,鲁萨诺夫所处的半阴半阳、神秘莫测的特殊地位,使他对真正的生活过程有了深刻的了解,从而也使他得到了满足。人人都看得见的生活(生产、开会、厂报、工会基层委员会贴在出入口的布告、补助申请、食堂、俱乐部)并不是真正的生活,那只不过对不明底细的人来说是

---

① 俄罗斯苏维埃联邦社会主义共和国《刑法》第58条涉及的罪名是反革命。其他苏联加盟共和国《刑法》中也有类似条款。

如此罢了。生活的真正趋向,不是声嘶力竭的大喊大叫所能决定的,而是由两三个彼此了解的同志在安静的办公室里心平气和地交谈或通一次语调亲切的电话决定的。真正的生活还流动在机密文件里,流动在鲁萨诺夫及其同事们公文包的深处,它会久久地悄悄跟踪某人,而且仅仅在倏忽间显现本相,露出血盆大口,向牺牲品喷吐火焰——随后便又躲起来,不知去向了。于是,表面上又一切如常:俱乐部、食堂、补助申请、厂报、生产。只是通过出入口的人当中缺少了一个——被开除、被除名、被撤职了。

鲁萨诺夫办公的地方也布置得与他的工作性质相称。这永远是个单独的房间,房门上最初包着皮革、镶有亮晶晶的包钉,后来,随着社会财富的增多,还在门口增设了一个起防护作用的门斗,像只黑洞洞的箱子。这个门斗似乎是一种普通的发明,一点也没什么了不起:深度不超过一米,来者只不过在关上第一道门和尚未推开第二道门的时候多耽搁一两秒钟的工夫。但在决定性谈话之前的这一两秒钟,来者仿佛遭到一次短暂的囚禁:他看不到亮光,空气又不流通,他会感到自己在正要去见的那个人面前实在是渺小得可怜。如果说,他本来还有点胆量和自信,那么在这儿,在这只箱子里,胆量和自信也会不辞而别。

自然,几个人同时拥进帕维尔·尼古拉耶维奇办公室是不可能的,被召见或在电话里获准前去的人,只能一个一个地进去。

办公地点的这种设施以及放人进去的这种规定,对于周密思考和有条不紊地履行鲁萨诺夫这个部门的职责是极其有利的。要是没有那个起保险作用的门斗,帕维尔·尼古拉耶维奇是会感到不舒服的。

不消说,现实中一切现象都有辩证的相互联系,根据这一点来看,帕维尔·尼古拉耶维奇在工作上的处事方式不可能不影响他的整个生活方式。随着岁月的推移,他和卡皮托利娜·马特维耶夫娜不仅对火车上的普通车厢,就是对那对号入座的卧铺车厢也愈来愈不能忍受了,因为那里总是有人挤来挤去,有的穿着羊皮袄,有的带着提桶,有的背着麻袋。后来,鲁萨诺夫夫妇只坐包间软席车厢。不消说,鲁萨诺夫住旅馆也总是事先订好了单间,免得跟别的旅客住在一起。当然,要去休养的话,鲁萨诺夫夫妇也不是随便什么疗养院都肯去的,而是一定要去知根知底、服务毕恭毕敬、环境和条件称心如意的地方,那里的浴场和供漫步的林荫小路得跟普通老百姓隔开。

自从医生嘱咐卡皮托利娜·马特维耶夫娜要多走路以后,除了在这类疗养院里同身份相等的人相处,她简直感到没有地方可以走路。

鲁萨诺夫夫妇热爱人民,热爱自己国家伟大的人民,并为这伟大的人民服务,甚至准备为人民贡献出自己的生命。

但是随着时间的推移,他们愈来愈无法忍受那些……居民。无法忍受那些执拗而任性、老是阳奉阴违,还经常提出什么要求的居民。

鲁萨诺夫夫妇对有轨和无轨电车、公共汽车特别反感,因为那里总是你推我搡,特别是建筑工人和其他工人穿着肮脏的工作服拼命挤着上车的时候,会把机油或石灰蹭在你的外套上,而主要的是,那里所形成的不拘礼节的作风令人讨厌:拍拍肩膀请你递钱买票或传递找回的零钱,你就得为他们效劳,传来传去没完没了。徒步在城里走路又太远,而且很没有气派,与自己所担任的职务很不相称。因此,遇到公家的小卧车已出车在外或在修理的时候,帕维尔·尼古拉耶维奇会连续几个小时不回家吃饭,而是坐在办公室里等给他派车。能有什么办法呢?跟行人随时都有可能碰上不愉快的事,他们之中有的举止粗鲁、穿戴寒酸,有时还喝得醉醺醺的。衣冠不整的人通常是危险的,因为他们很少有责任感,想必也没什么可失去的,否则就会穿得整洁些。当然,万一发生冲突,民警和法律是会保护鲁萨诺夫的,但这种保护必然会来迟一步,只能在事后惩罚坏蛋。

如此看来,对世上什么都不感到害怕的鲁萨诺夫,开始害怕那些放荡不羁、喝得半醉的人,说得确切些,是害怕正面挨上一拳,这是完全可以理解的。

正因如此,罗季切夫归来的消息,起初使他那么惊慌。他倒并不是害怕罗季切夫或古尊按法律程序对他起诉,因为按法律程序他们是奈何不得鲁萨诺夫的。然而,如果他们依然保持着健壮的身体,并且想揍他呢?

不过,清醒地分析一下,帕维尔·尼古拉耶维奇一开始情不自禁产生的恐惧是完全不必要的。也许,罗季切夫早已不存在了,上帝保佑,但愿他回不来了。这些关于什么人已经返回的传闻,很可能是无稽之谈,因为帕维尔·尼古拉耶维奇在自己的工作过程中,还没感觉到有预示新的生活局面的迹象。

再说,就算罗季切夫真的回来了,那也是回到 K 市,而不是到这里。他现在还顾不上找鲁萨诺夫，而是需要自己处处留神，免得重新被撵出 K 市。

即使他已开始寻找鲁萨诺夫，那也并不是一下子就能找到通往这里的线索。到这里来，火车要跑三天三夜，穿过八个州。就算他坐火车来到了本市，他也总是先找到鲁萨诺夫家里去，而不是到医院里来。对帕维尔·尼古拉耶维奇来说，在医院里恰恰最安全。

安全！……真可笑……带着这个肿瘤，竟然觉得安全……

是啊，如果会出现这样一个不稳定的时代，那还不如死了。如果成天担心那些人一个个回来，还不如死了为好。把他们放回来——这是多么荒唐！何必呢？他们在那里已经习惯了，他们在那里已经变老实了，何必把他们放回这里，搅得人们不得安宁呢？……

看来，帕维尔·尼古拉耶维奇总算是度过了思想上的痛苦，打算重新入睡了。应当想办法睡着。

但他需要上趟厕所——这是在医院里最令人不快的一件事。

他小心翼翼地翻身，小心翼翼地动弹（肿瘤像一个铁拳压在他脖子上），从翻开的被窝里爬起身来，穿上睡衣和拖鞋，戴上眼镜，轻轻地蹭着地面走出去。

黝黑的玛丽亚严肃地坐在桌旁值班，听到沙沙声便警觉地回过头来。

楼梯尽头一张床上有个新病号——手臂和腿都很长的一个希腊人——在那里不停地折腾和哼哼。他只能坐着，不能躺下，仿佛被窝里容纳不下他似的，他那一双惊恐的失眠的眼睛目送着帕维尔·尼古拉耶维奇。

在中间的楼梯平台上，一个面孔蜡黄、头发倒还梳得整齐的小个子，靠在垫高了的枕头上吸防雨布料的氧气袋。他的床头柜上放着柑子、饼干、土耳其软糖，还有一瓶酸奶，但这一切对他来说全都无所谓了，因为连普通的不用花钱的干净空气都不能按需要进入他的肺。

楼下走廊里还有几张躺着病人的床。有些病人睡着了。一个东方人模样的老妇人痛苦地仰面躺着，浓密的长发蓬乱地披散在枕头上。

随后，鲁萨诺夫走过一间斗室的门口，那里，凡是要灌肠的病人，不管他是谁，一律安置在同一张不怎么干净的较短的小沙发上。

终于，帕维尔·尼古拉耶维奇深深地吸了一口气，屏住呼吸走进了厕所。在这个没有隔板、甚至连马桶也没有的厕所里，他尤其感到自己没有遮蔽和尊严扫地。一天当中,女护理员把这里打扫好多次,但总也来不及收拾干净,还会出现呕吐、血污和大小便的新鲜痕迹。要知道,使用这个厕所的有对卫生设备尚不习惯的野蛮人,有已经到了不中用边缘的病号。应该去找一下院长,争取允许他使用医生的厕所。

不过,帕维尔·尼古拉耶维奇似乎对实现这具体的设想并没什么干劲。

他又从灌肠室门口走过,又从头发蓬乱的哈萨克老妪床旁走过,又从睡在走廊里的病人身旁走过。

他又从那个吸氧气袋的垂危病人旁边经过。

而到了楼上,那个希腊人以其可怕的嘶哑的耳语声问:

"喂,老兄!这里——所有的病人都能治好吗?是不是也有死在这里的?"

鲁萨诺夫十分惊讶地看了他一眼,在做这一动作的同时,他尖锐地感觉到脑袋已不能独自转动,非得像叶夫列姆那样跟整个身子一起转动才行。粘在脖子上的那个可怕的东西向上顶着他的下颌,向下压迫着他的锁骨。

他急忙回到自己的床上去。

他还会考虑什么?!……他还会怕谁!……他还会把希望寄托在谁的身上?……

他的命运就在这里——在下颌与锁骨之间决定了。

他将在这里受到审判。

在这种审判面前,过去的人脉、靠山和功绩,都无法为他辩护。

# 第十五章

## 人各有命

"你多大年龄?"

"二十六岁。"

"喔,有那么大了!"

"你呢?"

"我十六岁……你想想,十六岁就得去掉一条腿怎么行?"

"他们想给你截到什么位置?"

"截到膝盖——这可以肯定,没有截得再少的,我在这里看到的都是这样。往往截去的还要多。就这样……剩下那残肢晃晃荡荡……"

"你安上一条假腿好了。你打算干什么事情呢?"

"我真想上大学。"

"上什么系呢?"

"语文系或历史系都行。"

"考试你能通得过吗?"

"我想是能通得过的。我从来不怯场,一向很镇静。"

"那很好。安上了假腿对你会有什么妨碍呢? 你可以一边学习,一边工作。也许你会更坐得住。在学术上你会做出更大的成绩来。"

"那么,一般生活呢?"

"除了学术,你指哪方面的一般生活?"

"唔,比方说……"

"结婚,是不是?"

"这也是一个方面……"

"会找到的！每一棵树上都会飞来鸟儿……你现在选择什么呢？"

"你指什么？"

"是要腿还是要命？"

"我选择靠运气。说不定一切都会过去！"

"不，焦姆卡，靠运气是搭不成桥的。靠运气也许只会落得空欢喜。凡是有头脑的人，对事情能否成功不是靠侥幸。对你说过肿瘤的名目吗？"

"好像是叫作'艾斯阿'。"

"'艾斯阿'？那是肉瘤，得开刀。"

"怎么，你能肯定？"

"是的，我敢肯定。要是现在对我说，要截去一条腿，那我必定会同意截去。尽管我的生命的全部意义只在于运动——步行或者骑马，汽车在那边开不了。"

"怎么？他们不打算给你开刀？"

"是的，不打算开刀。"

"是你耽误了时机？"

"这怎么跟你说呢……并不是耽误了时机。不过，这也是部分原因。在野外我忙得团团转。三个月以前我就应该到这里来，可是我不想把工作扔下不管。由于走路、骑马不断摩擦，情况愈来愈糟，伤口恶化，开始流脓水。而每次流过之后就会觉得好些，于是又想工作了。总是想再等一等。即使这会儿我也感到擦痛得很厉害，恨不得剪去一条裤腿或者光着屁股坐着。"

"他们没给你包扎吗？"

"没有。"

"能让我看看吗？"

"你看好了。"

……………

"喔——唷，是多么……多么黑啊！"

"它本来就是黑的。我一生下来这里就有个很大的胎记。你瞧，现在它变成了这个样子。"

"可这儿……是什么？"

"这儿是三处溃疡留下的三条瘘管……总之,焦姆卡,我的肿瘤跟你的完全不一样。我的这瘤子叫恶性黑色素瘤。这坏东西一点也不饶人。通常是八个月,人也就完蛋了。"

"你从哪儿知道的?"

"还是在来这里之前,我读过一本书。读了之后立刻就明白了。不过问题是,哪怕我来得并不晚,他们仍然会不敢给我开刀。恶性黑色素瘤很可恶,手术刀稍稍一碰,马上就会转移。它也是想活着,按自己的方式活下去,你懂吗?在我耽误的这几个月的时间里,腹股沟里也有了。"

"柳德米拉·阿法纳西耶夫娜是怎么说的呢?"

"她说必须设法弄到那种胶质金。如果能弄到胶质金,有可能制止腹股沟里的转移,腿上则可用X光抑制,这样便有可能拖一拖……"

"能治好吗?"

"不,焦姆卡,我的病已不可能治好了。总的来说,恶性黑色素瘤是不治之症,还没有人治好过。能给我怎么治呢?截去一条腿还远远不够,可再往上能截到哪儿呢?眼下的问题是:怎么个拖法?我还能赢得多少时间:几个月,还是几年?"

"这……是怎么回事?你的意思是……"

"是的,我说的是这个意思。焦姆卡,这我已经能够接受了。要知道,并不是活的时间愈长生活就愈充实。对我来说,现在的全部问题在于我还来得及做什么事情。总得抓紧时间在世上做成什么呀!我需要三年时间!如果我还能活上三年,我就心满意足了!但是这三年的时间我不能躺在医院里度过,而是在野外。"

他俩在瓦季姆·扎齐尔科靠窗的床上轻声慢语地交谈。全部谈话只有邻床的叶夫列姆会听得见,但他从清晨起就像一截没有知觉的木头似的躺在那里,眼睛一直盯着天花板。再就是鲁萨诺夫,大概他也能听到,他曾以同情的眼神看过扎齐尔科几次。

"你能来得及做什么呢?"焦姆卡皱着眉头问道。

"好吧,让你听个明白。我现在正在检验一种新的、大有争论的设想,中央的一些大学者对它几乎不相信。这种理论是:根据放射性的水可以发现多金属矿石的矿床。你知道'放射性水'是什么吗?……论据倒是有千百种，但纸上谈兵岂不容易，既可以肯定又可以否定。而我有一种感觉，感觉到可以在实践中证明这一切。但为此必须一直待在野外，根据水情去具体地找到矿藏，而不需要根据什么别的。当然，最好是反复试验。而工作就是工作，哪方面不要耗费精力？比如说吧，没有真空泵，只有离心泵，为了使它发动起来，就得先把空气抽出去。怎么抽呢？用嘴吸！这样也就喝了不少放射性水。而且，这水我们平时也喝。吉尔吉斯工人说：'我们的父亲不喝这里的水，我们也不喝。'然而我们俄罗斯人却喝它。既然有了恶性黑色素瘤，我还怕什么放射性？我正应该去那里工作。"

"真是个傻瓜！"叶夫列姆头也没转，声音沙哑而干巴巴地说。可见，他什么都听见了。"人都快要死了，还研究什么地质学？它帮不了你的忙。不如好好想想——人靠什么活着？"

瓦季姆的那条腿保持不动，而他的头，在灵活自如的脖子上轻而易举地转了过来。他有意让炯炯有神的黑眼睛一闪，柔软的嘴唇微微一颤，随即毫不见怪地答道：

"靠什么活着，这我恰恰知道。靠创造性的劳动！而且，这很起作用。不吃不喝都行。"

他用一支带棱的塑料杆自动铅笔在牙齿之间轻轻敲敲，观察这句话他理解了多少。

"读一读这本书，你就会大吃一惊！"波杜耶夫那难看的指甲在蓝色的封面上敲着，他还是那样躺着，没有转身，也看不见扎齐尔科。

"我已经看过了，"瓦季姆极其迅速地回答说，"这不适合我们这个时代。毫无奋斗目标，没有动力。在我们看来，应当多做工作！而且不是为了填自己的腰包。我要说的就是这些。"

鲁萨诺夫为之一震，他的眼镜透出赞赏的目光，他大声问道：

"请问，年轻人，您是共产党员吗？"

瓦季姆把视线转向了鲁萨诺夫，还是那么落落大方。

"是的。"他温和地说。

"我早就敢于肯定了！"鲁萨诺夫得意地宣称，并举起一个指头。

他可真像一位大学老师。

瓦季姆拍了拍焦姆卡的肩头：

"好啦,回到自己那儿去吧。我得继续工作。"

于是他又埋头读那本《地质化学方法》,书里夹着一页纸,上面有几段摘录,字写得很小,惊叹号和问号标得很大。

他一边读,一边写,握在手指中间那有棱的黑色自动铅笔微微移动着。

他全神贯注地在读,仿佛人已不在病房里,而得到他精神支持和鼓励的帕维尔·尼古拉耶维奇,想在打第二针之前再振作一下,并决定此刻彻底解决叶夫列姆的思想问题,免得他在这里继续散布悲观情绪。于是他正面望着他,左右扫视地对他进行开导:

"那位同志给您上了很好的一课,波杜耶夫同志。不应该就那么屈服于疾病,也不应该一接触宗教式的小册子便深受其影响。您起的作用实际上有利于……"他本想说"有利于敌人",在日常生活中随时可以指出具体的敌人,可在这里,在医院的这些病床上,究竟谁是敌人呢?……"应当善于看到生活的深处。首先要看到功勋的本质。是什么促使人们去建立生产上的功勋?或者在卫国战争中建立功勋?或者,比如说,在国内战争时期,人们忍饥挨饿,缺衣少鞋,没有武器……"

今天叶夫列姆异乎寻常地不爱动:他不仅没有下床在通道上走来走去,而且似乎也失去了平时对许多其他动作的兴趣。先前他只注意保护脖子,要转头时就不得不把身体也扭过去,而今天他的腿和胳膊都动也不动一下,只有用一个指头敲敲书本。劝他吃早饭,他回答说:"肚子没吃饱,光舔碗底不顶用。"早饭前和饭后他都那么一动不动地躺着,要不是偶尔他还眨眨眼睛,让人当真会以为他已经僵化了。

而眼睛是睁着的。

他的眼睛睁着,正好一点也用不着转身就能看见鲁萨诺夫。除了天花板和墙壁,他能看到的只有这个白嘴脸的家伙了。

他也听到鲁萨诺夫都开导了些什么。于是他的嘴唇微微翕动,发出的还是那种没好气的声音,只是口齿更不清楚而已:

"国内战争时期怎么了?莫非你在国内战争时期打过仗?"

帕维尔·尼古拉耶维奇叹了口气:

"我跟您,波杜耶夫同志,按年龄来说还不可能参加那次战争。"

叶夫列姆鼻子里吭哧了一声。

"我不知道你为什么没参加。我参加过。"

"这怎么可能呢?"

"很简单,"叶夫列姆慢吞吞地说,说一句停一会儿,"拿起一把转轮手枪,也就参加了打仗。挺好玩。而且不只是我一个人。"

"那您是在什么地方打过仗?"

"伊热夫斯克附近。打的是立宪派。我亲手枪毙过七个伊热夫斯克人。直到现在我还记得。"

是的,看来他现在还记忆犹新:作为一个毛孩子,当年他是在叛乱城市几条街道的什么地方把那七个大人先后结果的。

这个戴眼镜的人还向他阐述过什么,但今天叶夫列姆的耳朵仿佛浸在水中,只是偶尔冒上来听一会儿。

随着黎明的到来,叶夫列姆睁开了眼睛,看到上方一块光秃秃的天花板,猛然间,许久以前的一件微不足道的而且早已忘怀的事情,毫无缘由地、清清楚楚出现在他的记忆之中。

那是11月的一天,战争已经结束。天在下雪,而雪一落地马上就化,落在从壕沟里掘起来的较温暖的泥土上更是即刻消融,不见踪影。当时在挖煤气管道的基坑,规定的深度是一点八米。波杜耶夫经过那里,看到深度还不合乎要求。但是施工队长却走过来厚颜无耻地要他相信,全线的纵断面已经挖好了。"怎么,还要量一量吗?那对你会更糟。"波杜耶夫拿起一根量杆,量杆上每隔十厘米烫着一道横的黑线,每五十厘米处的横线就更长些。他们走过去量,不时陷在泡烂了的泥浆里。他穿的是高筒靴,施工队长脚上是短筒靴。量了一个地方,只有一点七米。他们又继续往前走去。那里在挖土的有三个人:一个是瘦高个儿的农民,脸上是黑乎乎的胡子楂;另一个是退伍军人,头上戴的依然是一顶军帽,那帽徽已被摘掉了,帽边和帽檐都是漆皮的,而箍带上全是石灰和泥巴;第三个人年纪很轻,头戴鸭舌帽,身穿城里人穿的那种短大衣(当年在穿衣方面还有困难,公家也没发给他们),大概还是他上中学的时候做的,又短又窄,而且已经穿旧了。(他的这件短大衣,叶夫列姆似乎只在这时才第一次看得那么清楚。)前两个人还勉强在挖,挥动铁锹往上翻土,尽管湿漉漉的泥巴粘在铁锹上甩也甩不掉,而这第三个小伙子,胸部抵着锹柄站在那里,像被支起来吓唬鸟儿的一个稻草人，身上覆盖着一层白雪，两手抄在窄小的袖筒里。根本没发给他们手套，而脚上，只有那个军人穿着靴子，其余两人则穿着用汽车防雨布胡乱缝制起来的胶鞋。"干吗待着不干活？"施工队长对这小伙子喊道。"想挨罚口粮是不是？等着瞧吧！"小伙子只是叹了口气，更耷拉脑袋了，锹柄也似乎往他胸中插得更深了。这时，施工队长朝他脖子上敲了一下，他抖了抖脑袋，又开始用锹挖土。

他们着手量壕沟。挖起来的土紧翻在沟的两边，要凭肉眼看准沟上沿达到什么刻度，就得使劲往那里弯身子。那个军人仿佛是在帮忙，而实际上在使尺子往旁边倾斜，企图以这种手段多量出十厘米。波杜耶夫对他骂了一阵娘，使尺子垂直，结果只量得一点六五米。

"你听我说，首长，"这时，这个军人悄悄求他，"这最后的十厘米，你就高抬贵手吧。我们实在挖不动了。肚子里空空的，没有力气。再说这天气，你也看到了……"

"要我为你们去挨审，是不是？你们还能想出什么点子来！图纸上要求很明确。斜坡要平坦，而底面也不能形成一个槽。"

在波杜耶夫直起身来，把尺提起，把脚从泥浆里拔出来的时候，他们三个人都向他昂起了头——一张脸上满是黑胡子楂儿，第二张像走投无路的灵魂，第三张布满了柔细的茸毛，还从来没有刮过。雪纷纷扬扬地落在他们这不像活人的脸上，他们却一直朝上望着他。终于，那小伙子咧着嘴说：

"没什么。你早晚也会上西天的，工长！"

可是，波杜耶夫并没打报告关他们禁闭，而只把他们都干了什么如实地记了下来，免得代他们受过。如果回想一下，那么，比这还对立的场合也是有的。从那时起已经过去十年了，波杜耶夫已不在营里工作，那个施工队长也自由了，临时铺设的那条煤气管道，也许已不再输气，管子也派了别的用场，——可是剩下来的，却是今天冲进他耳朵里的第一个声音：

"你早晚也会上西天的，工长！"

叶夫列姆拿不出任何有分量的借口为自己开脱。说他还想活下去吗？那小伙子岂不也是想活。说叶夫列姆意志坚强？说他悟出了某种新的道理，希望按另一种方式生活？病才不听这一套呢，它有自己的一定之规。

在叶夫列姆褥垫底下已经放了四个夜晚的这本带花金字的蓝皮小书里

就这样写道,印度教教徒相信人死时并非整个儿全死,他的灵魂将转移到动物或其他人身上去。这一条现在正合波杜耶夫的心意:哪怕能带走自己的一点什么也好,不致全被埋葬。哪怕死后能留下自己的一点什么也好。

只是他并不相信灵魂可以转世,一点也不相信。

脖子的疼痛向他的头部放射,一刻也不停,而且颇有节奏,每次四拍。这四拍在他头脑里总是出现这样的回响:叶夫列姆——波杜耶夫——死了——句号。叶夫列姆——波杜耶夫——死了——句号。

如此周而复始,没完没了。连他自己也在心里默默地重复着这句话。重复的次数愈多,自己仿佛愈是脱离开注定要死的叶夫列姆·波杜耶夫。他愈来愈习惯于自己的死亡,把这看做是邻床病人的死亡。而他心中那个把叶夫列姆·波杜耶夫之死视为邻床病人之死的另一个叶夫列姆·波杜耶夫,似乎是不应该死去的。

而那个被视若邻床病人的波杜耶夫又怎么样呢?他得救的可能性似乎已没有了。难道真的只剩下喝桦树菌子煎汁这条路?可是信上写着,这东西必须不间断地连续喝上一年。这就需要干的菌子两普特,如果是湿的,就得四普特。这意味着要寄八只包裹。还要求菌子不是陈的,最好是刚从树上剥下来的。这样就不能把所有的包裹一次性地寄来,而是分开寄,一个月一次。谁能为他及时收集那么多菌子并往这里寄呢?而且是从俄罗斯那边寄来?

这事必须得有自己的亲人才能办。

叶夫列姆一生中接触过许许多多的人,但是他们之中没有一个人跟他密切得有如亲人。

这本来可以托他的第一个妻子阿明娜收集和邮寄。除了她,过了乌拉尔那边,他没有人可托。但她必定会在回信中说:"你就死在那围墙里边好了,你这条老狗!"即使这样,她也是对的。

从常情来说,她是对的。可是按这本蓝皮书上的说法,便是不对的。按书上的说法,阿明娜应当可怜他,甚至爱他——不是作为丈夫来爱,而只是作为一个受苦受难的人来爱。这样,就应当寄菌子邮包来。

书上说得很有道理,如果人人都能按书上说的去做就好了……

这时,地质学家说活着是为了工作这句话,正好飘进叶夫列姆片刻清静的耳朵里。叶夫列姆也就用指甲敲了敲书的封面，对他说了那句话。

而后来，他又视而不见、听而不闻地沉浸在自己的思绪中。于是，疼痛又开始往他的头部放射。

只要这种刺痛不折磨得他受不了，那么此刻会使他感到最轻松、最愉快的事情莫过于动也不动地躺着，不治病，不吃饭，也不说话，什么也不去听，什么也不去看。

简单地说，就是不再存在。

但有人在摇他的腿和胳膊肘，原来外科的一位姑娘已在他床边站了好久，叫他去换药，而艾哈迈占这会儿正帮她把波杜耶夫叫醒。

这么一来叶夫列姆就得起来瞎忙活了。他必须把"起床"这一意志传给六普特重的肉体，强迫自己从床上起来——叫胳膊、腿和腰一齐使劲，强迫裹着肉的骨头从陷入麻痹的状态中苏醒过来，活动它们的关节，让沉重的躯体竖立起来，变成一根柱子，给它穿上衣服，再移动这根柱子经过走廊和楼梯去受无谓之苦——先解后缠几十米长的绷带。

这一过程总是时间很长，又疼，好像是在乏味的噪声中进行。除了叶夫根尼娅·乌斯季诺夫娜，还有两个从来不亲自做手术的外科大夫，她给他们讲解和示范，还对叶夫列姆说了些什么，然而叶夫列姆没有回答她。

他感觉到，他们已没有什么可谈了。所有的话语都淹没在单调乏味的噪声里。

他们把他的脖子缠得比上次更粗，像套上了一只白色的颈箍，他也就这样回到病房里去。绕在他脖子上的东西比他的脑袋还大，此时只有上半个脑袋才露出箍外。

科斯托格洛托夫正好与他打了个照面。他一边走，一边掏出装马合烟的荷包。

"喏，他们是怎么决定的？"

叶夫列姆想说：的确，他们到底是怎么决定的？在换药室里他虽然好像什么也没听进去，但现在却完全明白了，所以回答得很明确：

"随便到哪儿去咽气好了，只是别死在我们医院里就行。"

费德拉乌惊恐地望着那可怕的脖子，心想说不定他自己也会有这么一天。他问道：

"叫您出院吗？"

这一问才使叶夫列姆想到，他不能再按自己的心愿躺到床上去，而是要准备出院了。

这就是说，随后，在腰也不能弯的情况下，还得换上自己平时的衣服。

接下来，是使出全身的力气移动躯体这根柱子走过城市的街道。

想到还得拼命去做所有这些事情，既不知为什么要做，又不知为谁做，他实在受不了。

科斯托格洛托夫望着他，目光流露的并不是怜悯，而是战友式的同情：这颗子弹打中了你，而下一颗就有可能击中我。他并不了解叶夫列姆过去的生活，在病房里也没跟他做朋友，但他喜欢他的直率，而且在奥列格一生所接触过的人中间这还远远不是最坏的一个。

"喏，握握手吧，叶夫列姆！"他抬起手臂伸给对方。

叶夫列姆接受了这有力的一握，咧嘴笑道：

"生下来随风飘，长大了尽胡闹，通往西天的路可只有这一条。"

奥列格转身出去抽烟，而送报的女化验员走进门来，就近把报纸交给了他。科斯托格洛托夫接过来刚刚打开，可是鲁萨诺夫看见了，立刻十分委屈似的朝那个还没来得及退出去的女化验员大声说：

"喂！喂！您要知道，我曾明确跟您说过，报纸要首先给我！"

他的声音里含有真正的痛苦，但科斯托格洛托夫并不可怜他，反而骂骂咧咧地说：

"可为什么必须先给您呢？"

"怎么为什么？这还用问吗？"帕维尔·尼古拉耶维奇发出了痛苦的呻吟，他苦于无法用言语维护自己的权利，尽管这种权利是明摆着的。

如果在他之前有人以其外行人的手指打开刚来的报纸，他就会从内心里产生妒忌。这里谁也不可能像他帕维尔·尼古拉耶维奇那样吃透报纸上的文章精神。他把报纸理解为公开传达的、实际上却是用密码写成的指令，其中不便把一切都直截了当地说出来，但有头脑的行家可以根据种种小的迹象，根据文章的编排，根据回避和略去的内容，对最新动向构成正确的概念。正是因为这一点，鲁萨诺夫应当第一个拿到报纸。

然而，这道理要说出来吧，又不能在这儿明说！所以帕维尔·尼古拉耶维奇只得转为诉说：

"要知道，马上就要给我打针了，我想在打针之前先看一下。"

"打针？""啃骨者"语气缓和了，"我马上就给您……"

他把报上有关中央会议的报道和文件以及被挤到角落里的其他消息匆匆浏览了一眼。他本来就要出去抽烟。此时，他已把报纸弄得飒飒响，正打算折起来递给鲁萨诺夫，忽然注意到什么，又细心地看起来，而且，几乎是立刻以警觉的声音说出同一个长长的词儿，仿佛让它在舌头与上腭之间反复摩擦：

"有——点——意——思……有——点——意——思……"

贝多芬式的四个沉闷的命运叩门声①在头顶上方轰然作响，但病房里谁也没有听见，也许永远也听不见。他还能再说什么呢？

"到底怎么回事？"鲁萨诺夫的神经全然紧张起来，"快把报纸拿过来！"

科斯托格洛托夫无意把任何一条消息指给别人看，对鲁萨诺夫的问话也没回答。他把报纸的附页插在中间，一折为二，再折成送来的那样，只是这六个版面的报纸没能按原折痕折起来，有点鼓鼓囊囊。这时他朝鲁萨诺夫跨出一步（对方也朝他跨过来一步），把报纸递给了他。还没走出门口，他就把绸子荷包解开了，开始用一小条报纸哆哆嗦嗦地卷一支马合烟。

帕维尔·尼古拉耶维奇也在用哆嗦的两手打开报纸。科斯托格洛托夫的"有点意思"这个词儿像一把匕首插在他的肋骨之间。到底什么事情会使"啃骨者"觉得"有点意思"呢？

他那一双精于此道的眼睛迅速掠过一个个标题，掠过发布的会议文件，突然，突然……怎么？怎么？……

用毫不醒目的字体发布出来的一道命令，对于不了解其中奥秘的人来说是一点也不重要的，但他却仿佛从报纸上听到这道命令的叫喊声！空前的叫喊！这是一道不可想象的命令！——关于最高法院的大换班！全苏最高法院！

怎么回事？！马图列维奇——乌尔里赫的副手下台了？！杰季斯托夫下台了？帕夫连科下台了？克洛波夫下台了？连克洛波夫也下台

---

① 指贝多芬《C小调第五交响曲》那象征着命运的叩门声。

了！！最高法院成立多久，克洛波夫就在里边待了多久！连克洛波夫也被撤职了！……今后还会有谁来保护干部？……换上的全都是些新人，名不见经传……掌管司法部门达四分之一世纪的人全都一下子被赶下了台！一个不留？！

这不可能是偶然的！

这是历史的脚步……

帕维尔·尼古拉耶维奇身上出汗了。仅仅是在今天早晨他才让自己定下神来，说服自己相信一切恐惧都毫无根据，可是你瞧……

"给您打针。"

"什么？？"他失去理智地跳了起来。

汉加尔特医生站在他面前，手里拿着注射器。

"把袖子卷上去，鲁萨诺夫。给您打针。"

## 第十六章

## 荒唐的事

他爬着。似乎是在一条混凝土管道里爬着，不，说是管道又不是管道，而似乎是隧道，两边戳出来的钢筋有时会钩住他，而且恰恰碰到脖子右侧的疼处。他胸部贴着地面爬，而感到最沉重的就是迫使他贴向地面的这躯体的分量。这分量远远超过他的体重，他不习惯这样的重荷，简直被压扁了。一开始他以为是混凝土从上面压迫着他，原来不是，这是他的身体那么沉重。他感觉到身体的分量，拖动它就像拖一袋废铁。他心想，这么重恐怕是站不起来的，但主要的是，得先爬出这条管道，哪怕喘一口气，哪怕看看亮光也好。可是管道长得不得了，简直是没有尽头。

这时某人发出了一个声音，但也可以说不是声音，而只是传达出来的思想罢了，命令他向旁边爬。"既然那是墙壁，我怎能往那里爬呢？"他心想。然而，要他向左边爬的这道不容争辩的命令同把他的身体压扁的那份重量一样沉重。他哼了一声就开始爬，随后又往右边爬，这都像刚才往前那么爬。沉重的感觉依然如故，既看不见光亮，也望不到尽头。他刚刚对这边有点适应了，那个清晰的声音马上又命令他向右转，而且要快些。于是他两肘和两脚一齐努力，尽管右边是穿不透的墙壁，他还是爬去，而且还似乎有点名堂了。他的脖子老是被挂住，疼痛传到了头顶。一生中他还从未落得这般狼狈不堪，而要是爬不到头，就这样死去，那是再冤不过的了。

但是，他的两腿忽然变轻了，像充了气似的，而且开始悬浮，轻飘飘的，不过胸部和脑袋依然贴在地上。他仔细听了听——没向他发出任何命令。这时他想："总算能够出得去了，让两腿先伸出管道，身体紧跟着向后退，岂不也就爬了出去。"于是,他当真向后蹭去,两手撑起身体(不知哪儿来的力气),跟在两条腿后面往洞口外面钻。洞口很窄,但主要的问题是,全身的血都在往头上涌,这时他想,脑袋要炸开了,必会死在这里。不过,他两臂再稍稍一撑,虽然浑身都被挂破,毕竟还是钻出来了。

他发现,自己处在某个建筑工地的大管子上,只是看不见哪儿有人,显然都下班了。周围是一片泥泞,肮脏不堪。他坐到管子上歇息,发现旁边坐着一位姑娘,这姑娘身穿污迹斑斑的工作服,没戴帽子,麦秆似的头发披散着,既没别小梳子,也没别发卡。姑娘并不看他,只是那么坐着,但他知道,这姑娘是在等着自己问她。起先他吓了一跳,而后来明白了,对方更为怕他。他根本没有谈话的兴致,但对方显然在等他问什么,于是他问道:

"姑娘,你母亲在哪儿?"

"不知道。"姑娘回答说,眼睛望着自己的脚下,一边咬着指甲。

"怎么会不知道?"他有点生气了,"你应该知道。她应该坦白交代。应该把事实真相统统写出来……你为什么不吭声? 我再一次问你,你母亲在哪儿?"

"我正想问您呢。"姑娘看了他一眼。

她看了他一眼,于是他发现那姑娘的眼中蓄满了水。他即刻打了个寒噤,想起好几件事情,并且不是一件一件想到的,而是同时想到的。他想,这姑娘是冲压工格鲁莎的女儿,而格鲁莎是由于议论人民领袖才被关进监狱的。格鲁莎的这女儿在给他送去的表格上隐瞒了此事,他把她叫去,威胁说要为填表弄虚作假的事将她法办,于是她服毒自杀了。她是服毒死的,但此刻根据头发和眼睛来看,他猜想她是淹死的。他还猜想这姑娘已知道他是谁了。他还想到,既然这姑娘已经淹死了,而他还跟她坐在一起,那就是说,他自己也死了。这一惊倒使他浑身冒汗。他擦了擦汗,对她说:

"可真够热的了! 你知不知道在哪儿可以喝点水?"

"那边。"姑娘把头一摆。

她让他看的是一只木盆或木箱,里面盛满了已经发臭的雨水,还混有变得绿乎乎的泥浆。这时他又一次想到,当初她正是喝了好多这样的水,而现在要他也喝个够。不过,既然她有这样的打算,那岂不是说他还活着?

"这样好了,"他灵机一动,想摆脱她,"你去给我把工地主任叫来。对了,让他顺便为我带双靴子来,否则我怎么走路呢?"

姑娘点了点头,从管子上跳下去,踩着泥水啪嗒啪嗒走去,还是那么披散着头发,身穿工装裤,足蹬长筒靴,跟工地上上工的姑娘装束一样。

他渴得实在受不了了,决定就喝这盆里的水。心想,只喝一点点,问题不大。他从管子上下来了,而且不无惊奇地发现,在泥泞的脏水里走一点也不滑。脚下的土地似乎没有根基,周围的一切也都虚无缥缈,远处什么也看不见。他本可以就这么往前走,但忽然大吃一惊:一张重要的纸丢了。他立刻把所有的口袋都掏了一遍,但比手的动作更快的是,他马上意识到,那张纸的确丢了。

他当即吓慌了神儿,因为在目前的形势下这种东西是不能让一般人看到的。否则,对他来说,会引起很大麻烦。他立刻意识到是在从管道里往外钻的时候丢失的。他急忙往回走,但找不到那个地方。他完全不认得那地方了。任何管子也没有,倒是有不少工人来来往往。这就更糟,因为有可能被他们捡去!

工人们都是他不认识的年轻人。一个穿电焊工帆布上衣、肩上有肩垫的小伙子停下来望着他。他为什么那样瞧呢? 莫非他捡到了?

"喂,小伙子,你没有火柴吗?"鲁萨诺夫问道。

"你又不抽烟。"电焊工答道。

(他们全知道! 是从哪儿知道的呢?)

"我要火柴有别的用处。"

"有什么别的用处?"电焊工注视着他。

的确,他回答得多么愚蠢! 这属于破坏分子的那种典型的回答。他们会把他拘留起来,在这一期间还会找到那张纸。而他之所以要火柴,原来就是为了把那张纸烧掉。

小伙子愈来愈走近他,鲁萨诺夫预感到不妙,慌了手脚。小伙子直盯着鲁萨诺夫的眼睛,一字一句清清楚楚地说:

"叶利昌斯卡娅似乎是有意把自己的女儿托付我,根据这一点我断定她知道自己有罪,并且在等着被捕。"

鲁萨诺夫浑身发抖:

"您怎么知道的?"

（他只是这样问罢了，其实心里明白，这小伙子刚刚看过他的那张纸：刚才那句话同纸上写的一字不差！）

但是电焊工什么也没有回答，径自走了。鲁萨诺夫十分焦急！很显然，他的告密信就在这儿附近，应当尽快找到它，尽快！

他似乎是在一些墙垣之间闯来闯去，拐来拐去，心早就跑到了前面去，可是两条腿跟不上，腿动得太慢了，真是绝望！但总算看到一张纸！他立刻想到，这准是它。他想向它跑过去，可是两腿却动也不动。于是他趴下来，主要靠胳膊拖动身体向那张纸爬去。但愿别被别人先抢去！但愿别人别跑在前头，别被别人抢走了！快了，快到了……终于，他抓住了那张纸！是它！！可是手上一点力气也没有了，连撕掉它的力气都没有，他肚皮贴在地上休息一会儿，而那张纸就压在身下。

这时有人在推他的肩膀。他决定头也不回，不放开身下的那张纸。可是推他推得很轻柔，这是一只女人的手在推。这时鲁萨诺夫猜到了，正是叶利昌斯卡娅本人。

"我的朋友！"她声音柔和地问道，想必是俯身紧贴着他的耳朵，"噢，我的朋友！请告诉我，我的女儿在什么地方？您把她弄到哪里去了？"

"她待在一个好地方，叶连娜·费奥多罗夫娜，您放心好了！"鲁萨诺夫回答说，但头并没转向她。

"究竟在哪儿呢？"

"在儿童收容所。"

"在哪个儿童收容所？"她并不是审问他，她的声音听起来是十分忧郁的。

"这我倒是真的不知道。"他的确想告诉她，可是自己也不知道，因为不是他亲自送去的，况且从那儿又有可能转送到别处去。

"是不是还用我的姓呢？"她在他肩后提问，声音听起来几乎是温柔的。

"不是，"鲁萨诺夫流露出同情，"有过那种规定：必须换一个姓。与我毫无关系，是那样规定的。"

他躺在那儿回想，当初他对叶利昌斯基夫妇甚至可说是有过好感。他跟他们没有任何冤仇。如果说他不得不告那老头儿的密，那么纯粹是由于丘赫年科要求他那样做，因为叶利昌斯基碍丘赫年科的工作。老头入狱以后,鲁萨诺夫出于真心照顾他的妻子和女儿,就在叶利昌斯卡娅意识到自己即将被捕的时候,她把女儿托付给鲁萨诺夫了。至于后来怎么会弄得他还写了告发她的信,他记不起来了。

现在,他从地上回过头去,想看她一眼,可是她已不在那儿,连影子也没有(她不是死了吗,怎么会在这儿呢?),可就在这时,他的脖子,右侧里面,感到强烈的刺痛。于是,他把头放平,继续趴着。他需要休息一下,他太累了,从来没这么疲劳过!浑身酸痛。

他好像躺在煤矿的一条坑道里,但他的眼睛已经习惯于黑暗,发现身旁地上有一架电话,上面撒了一些无烟煤的碎屑。这可使他极为惊讶——这里怎么会有市内的电话机?莫非它真的能与城里挂通?要是这样,就可以打电话叫人给他送点喝的来了。当然,来人把他送到医院里去就更好。

他摘下听筒,可是听到的不是拨号音,而是既爽朗又干练的声音:

"是鲁萨诺夫同志吗?"

"是,我就是。"鲁萨诺夫马上振作了起来(他似乎一下子就感觉到,这声音来自上面,而不是下边)。

"请到最高法院来一趟。"

"最高法院?是!马上就来!好的!"他已准备把听筒搁好,突然想起来了,"对不起,是到哪个最高法院——旧的还是新的?"

"新的。"对方冷冷地回答,"快点来。"于是电话挂断了。

他想起了有关法院人事变动的一切!骂自己不该主动拿起听筒。马图列维奇不见了……克洛波夫不见了……就连贝利亚也不见了!唉,这世道!

既然叫去,那就得去。他本来是没有力气爬起来的,但因为要他去,那他就不得不起来。他四肢用力,身子稍稍抬起了一点,又趴倒了,像一只尚未学会走路的牛犊。诚然,他们没给他规定具体的时间,但是说了"快点来"!他终于扶住坑道壁,站了起来。就这样,他迈着虚弱无力的两腿,晃晃悠悠地往前走,手始终扶着坑道壁。不知为什么脖子右侧又疼了起来。

他一边走一边想:难道真的要审判我?难道会这么残酷无情——事隔那么多年还要审判我?唉,这次法院的大换班不是什么好兆头!

有什么办法呢,尽管他对最高司法机关十分尊重,出于无奈,也只得在

那里为自己辩护。他是敢于为自己辩护的！

他会对他们这样说：判决不是我作出的！审问也不是我主持的！我只不过提供了一些有关嫌疑的信息。如果我在公共厕所发现报纸的残片上有被撕毁的领袖像，我有责任把这残片送到有关部门去，并提供信息。而摆在侦察部门面前的任务，就是要调查核实！也许这是偶然的，也许这不是那么回事。侦察的目的就是为了查清事实！而我只不过是履行了普通公民的职责。

他会对他们这样说：所有这些年头里，重要的事情是整顿社会！从思想上整顿！这就非把社会加以清洗不可。而要清洗社会就缺少不了那些不嫌脏的人。

这些理由在他心中越翻腾，他就越感到怒火中烧，而且越想尽快倾吐出来。这时他甚至希望快点走到，快点被叫去，他可以冲着他们理直气壮地说：

"不是我一个人这样做过！你们为什么偏偏审问我？这事谁没参与？要是没提供过帮助，怎么竟保住了自己的职位？……古尊？他岂不自己也坐了牢！"

他处在一种十分紧张的状态，仿佛已经大喊大叫了一通，但随即发现自己根本没喊，只是喉咙肿胀了起来，而且疼痛。

他似乎已不在坑道里，而是就在走廊里走，有人在后面叫他：

"帕什卡！你怎么啦，病了吗？怎么连步子也迈不动了？"

他打起了精神，走路似乎也像一个健康人了。他回过头去，看谁在叫他，原来是兹韦伊涅克，身穿突击队制服，腰束武装带。

"你到哪儿去，扬·兹韦伊涅克？"帕维尔问道，同时感到惊奇：为什么他如此年轻。就是说，当年他是很年轻的，可是从那时起已经过去了多少个年头？

"能到哪儿去呢？还不是跟你一样，到调查委员会去。"

"什么调查委员会？"帕维尔在想。他好像是被叫到另一个地方去的，但怎么也想不起究竟是什么地方。

他跟上兹韦伊涅克的步伐，和他一起走得很快，精神抖擞，朝气勃勃。他感到自己还不满二十岁，是个单身小伙子。

他们经过一个很大的办公厅，里面有许多办公桌，坐在那里办公的是一些知识分子，其中有打着领带的老会计，蓄着神甫式的大胡须；有翻领纽祥上别着锤子徽章的工程师；有贵妇式的老女人；有浓妆艳抹、裙子短到膝盖以上的妙龄女打字员。他和兹韦伊涅克清晰地踏着四只靴子的脚步一走进去，所有这三十来个人就都把脸转向他们，有的微微欠身，有的坐着哈腰，大家都目送着他们，每一个人脸上都神色惶惶，而这却让帕维尔和扬·兹韦伊涅克十分得意。

他们走进隔壁的房间，跟委员会的其他成员握手问好，然后坐在桌旁，文件夹则放在红色台布上。

"那就放人进来吧！"主席文卡吩咐道。

开始放人了。第一个进来的是冲压车间的格鲁莎阿姨。

"格鲁莎阿姨，你到这儿来干什么？"文卡感到奇怪，"我们是在清洗机构，你来做什么？怎么，你是钻进机构里的吗？"

大家都笑了起来。

"唉，不是这么回事，"格鲁莎阿姨并不羞怯，"我有个女儿还没长大，得把她安置到幼儿园里去，行吗？"

"好吧，格鲁莎阿姨！"帕维尔大声说，"你写个报告，我们来安置。你的女儿，我们一定会安置的！可现在你别干扰，我们马上就要清洗知识分子了！"

他伸手去取玻璃瓶，想倒点水喝，可是瓶子是空的。这时，他向邻座的人点点头，示意他把桌子另一头的玻璃瓶递过来。瓶子递了过来，但那也是空的。

他口渴难忍，喉头像着了火似的。

"喝水！"他请求道，"喝水！"

"马上就来，"汉加尔特医生说，"马上就会给您送水来。"

鲁萨诺夫睁开了眼睛。她坐在他身边的床上。

"我床头柜里有糖渍水果汁。"帕维尔·尼古拉耶维奇声音微弱地说。他浑身发冷、酸疼，脑袋里咚咚地敲个不停。

"好吧，我们这就给您倒糖渍水果汁。"汉加尔特的两片薄薄的嘴唇露出了微笑。她亲自打开了床头柜，取出一瓶糖渍水果汁和一只玻璃杯。

窗外想必沐浴着夕阳的光辉。

帕维尔·尼古拉耶维奇斜着眼睛在看汉加尔特倒糖渍水果汁，提防她偷偷撒进毒药什么的。

酸甜的糖渍水果汁沁人心脾。帕维尔·尼古拉耶维奇靠在枕头上从汉加尔特手中把一杯都慢慢喝了下去。

"今天我觉得很不舒服。"他诉说道。

"没有，您没事儿，"汉加尔特表示了不同的意见，"只不过我们给您加大了剂量。"

新的疑虑刺痛了鲁萨诺夫。

"怎么，每一次你们都要加大剂量吗？"

"以后每次就打这么多。您会习惯的，习惯了以后就不那么难受了。"

然而，颌下的肿瘤依然像个蛤蟆似的趴在那里。

"那么最高法……"他欲问又止。

他已经闹糊涂了，分不清什么是梦呓，什么是现实。

## 第十七章

# 伊塞克湖草根

对鲁萨诺夫接受全剂量的反应如何,薇拉·科尔尼利耶夫娜不放心,所以一天去看了他好几次,就连下班之后也没有马上就走。如果按排定的顺序由奥林皮阿达·弗拉季斯拉沃夫娜值班的话,她就用不着去那么多次了,可是奥林皮阿达还是被调去参加工会司库的学习班,今天值班替换她的是图尔贡,而图尔贡这个人是很不可靠的。

鲁萨诺夫接受注射之后很不好受,但还没到忍受不了的限度。打过针之后就让他服了安眠药,他虽然没有醒过,但老是翻身、扭动和呻吟。薇拉·科尔尼利耶夫娜每次都要停留一会儿,对他进行观察,听听他脉搏的跳动。他有时蜷缩着身子,有时又伸直两腿。他的脸已变得通红,汗涔涔的。他的这个没戴眼镜而又搁在枕头上的脑袋,已不再显得那么官气十足。秃顶上所剩无几的稀疏白发紧紧地贴在颅顶上。

薇拉·科尔尼利耶夫娜到病房里去的次数虽多,但她同时也兼顾别的事情。波杜耶夫要出院了,他被认为是病房里的组长,这个职务虽然有名无实,但总得有人担任。所以,薇拉·科尔尼利耶夫娜离开鲁萨诺夫的病床转向邻近一位病号的时候宣布说:

"科斯托格洛托夫,从今天起您担任病房里的组长。"

科斯托格洛托夫是和衣躺在被子上看报纸的(汉加尔特已是第二次进来,而他仍在看报)。汉加尔特总是无法预料他会作出什么奇怪的反应,所以说这句话时脸上还带着淡淡的微笑,似乎是在解释,她自己也知道这只不过是一种形式罢了。科斯托格洛托夫的视线离开报纸,仰起愉快的面容,不

知该怎样表示对医生的尊敬,便稍稍屈起在床上伸得很直的两条长腿。他的神情非常友好,却说了这样一番话:

"薇拉·科尔尼利耶夫娜!您是想让我在道义上蒙受不可弥补的损失。任何一个当官的都免不了要犯错误,而且有时还会权迷心窍。因此,经过多年的反复思考,我发誓不再担任什么行政职务。"

"那就是说,您曾经担任过,对吗?而且,职务还挺高,是吧?"她也以开玩笑的口吻跟他谈话。

"最高职务是副排长,不过实际上职务还高些。我们的排长因为实在迟钝和无能被送去进修,进修出来之后至少得当个炮兵连长,但不再回到我们炮兵营。而上面派来接替他的另一位军官,一下子就被提到上面的政治部里去了。我们的营长对此并不反对,因为我是个挺棒的测绘兵,小伙子们也都听我的。这样,我虽然只有上士军衔,却担任了两年代理排长——从叶列茨直打到奥得河畔法兰克福。顺便说一句,不管有多么可笑,那是我一生中最美好的岁月。"

他虽然把两条腿屈了起来,但毕竟不大礼貌,所以还是把腿垂到了地板上。

"您瞧,"汉加尔特在听他讲或自己在讲话的时候,微笑始终没有从脸上消失,"既然是这样,您何必推辞呢?如今这差使也会使您满意的。"

"这真是妙不可言的逻辑!——会使我满意!而民主呢?您岂不是在践踏民主原则:病房的人又没选我,选举人连我的履历也不知道……顺便说一句,您也不知道……"

"那好,您就说说吧。"

她照例说话声音不大,他也把声音压低,让她一个人听见。鲁萨诺夫在睡觉,扎齐尔科继续看书,波杜耶夫的床位空着,几乎没有人能听到他们的谈话。

"说来话长啊。况且,我坐着而您站着,我感到很不好意思。这样跟女同志谈话是不合适的。但是,如果这会儿我像士兵那样站起来在通道上立正,那就会显得更蠢。您还是在我的床边坐下吧。请!"

"其实,我倒是该走了。"她说,不过,还是在床沿上坐了下来。

"您瞧,薇拉·科尔尼利耶夫娜,我一生中所吃过的苦头,大多是由于热衷于民主。我曾企图在部队里推广民主作风，就是说，经常与首长争论。结果，1939年没选送我进军官学校，继续让我留下当兵。1940年总算到了军官学校，可是在那里由于顶撞领导而被开除了。直到1941年才勉强毕业于远东的一个初级指挥员训练班。说心里话，我没当上军官可真感到懊丧，我所有的朋友都成了军官。年轻的时候这样的事似乎不能不使人难受。不过，我还是把公道看得高于一切。"

"有一个跟我很接近的人，"汉加尔特眼睛望着被子说，"差不多也是这样的遭遇：很有才能，却始终是普遍列兵。"短暂的停顿、瞬间的沉默掠过他们的脑海，她抬起了眼睛。"不过，您直到今天还是像从前那样。"

"您指的是：很有才能还是普通列兵？"

"很会顶撞人。比方说，您跟医生谈话的一贯态度怎样？特别是跟我。"

正如薇拉·汉加尔特所有的谈话和动作，她提出这个问题时的态度是严厉的，但她的严厉十分奇特，可说是整个儿洋溢着一种和谐的美。

"我顶撞您？我跟您谈话可是毕恭毕敬的。您大概还不知道，这是我最礼貌的谈话方式呢。如果您指的是第一天的情形，那是因为您无法想象我当时的处境有多么困难。我几乎是奄奄一息了，他们才放我出州境。我来到这里，不料冬天竟下起了倾盆大雨，我只得把毡靴夹在腋下，要知道，我们那边已经是相当冷了。我的外套淋透了，简直可以拧出水来。我把毡靴放在行李寄存处，坐上了电车去老城，那里我有一个地址，还是在前线时我手下的一个士兵留的。当时天已经黑了，全车的人都劝我不要去，说是会被人杀了的！1953年大赦之后，所有的流氓和骗子都放了出来，从此再也逮不住他们了。而我对于那个士兵是不是还在那里，心里也没有把握，至于那条街在什么地方，谁也说不上来。于是我就去找旅馆。有些旅馆的前厅那么漂亮，我这双脚走进去自己都会感到难为情。有几处甚至有地方住，可是只要见到我递过去的不是身份证，而是流放证明，马上就回答说：'不行！不行！'唉，有什么办法呢？死我倒是心甘情愿，可为什么要死在篱笆下面呢？我直接到民警局去，对他们说：'听着，我是属于你们管的。你们就安排我过夜好了。'他们支支吾吾地说：'您可以到茶馆去过夜，我们一般不去那里检查证件。'可是我没找到茶馆，就又回到火车站。睡在火车站上也不行，因为民警要赶。第二天一清早我就到你们门诊部。先是排队。诊断之

后说我必须马上住院。这么一来,我就得乘两趟电车到城市另一端的监督
处去。虽然整个苏联都有规定的工作时间,可是监督官走开了,根本没把工
作当成一回事儿。他也没留张字条让流放人员明白他自己会不会回来。这
时我想,如果把证明交给他,那我恐怕就没法从火车站取回毡靴。于是我就
再乘两趟电车折回火车站。每奔波一次就得花上一个半小时。"

"我好像不记得您还带着毡靴。难道真有吗?"

"您不会记得,因为我就在那儿的火车站上把那双毡靴卖给了一位大
叔。我心里想,这个冬天我要躺在医院里,下一个冬天我反正活不到。卖了
毡靴就又去监督处!光是坐电车就花了十个卢布。那边还有一千米烂泥
路得步行,而我身上疼得厉害,真是一步一挪。不论走到哪儿,都得背着自
己的行李袋。谢天谢地,监督官总算回来了。我把流放地所属州监督处的
证明交给他做抵押,并出示你们门诊部开的住院证明,他在上面批了'准予
住院'这几个字。于是我就坐车……还不是到你们这儿来,而是去市中心。
因为我从海报上看到,那里正在上演《睡美人》。"

"嗬,原来如此!您倒还能去看芭蕾舞?早知道这样,我才不会让您住
进来呢!决不!"

"薇拉·科尔尼利耶夫娜,这是奇迹!临死之前还能最后一次去看芭
蕾舞!何况,即使不死,我在自己的永久流放地一辈子也看不到芭蕾舞。
可是偏偏看不成,活见鬼!剧院临时把节目换了!《睡美人》换成了《阿
古-巴雷》。"

汉加尔特不出声地笑着连连摇头。毫无疑问,她对一个垂死病人想看
芭蕾舞的奇怪念头是赞赏的,非常赞赏。

"怎么办?音乐学院有一位女研究生在举行钢琴独奏音乐会。可是这
地方离车站太远,去那里连个凳子角也占不到。而雨却一直下个不停!只
有一条路了:到医院里来,把我自己交给你们。我坐上车来了,院方说:'没
有床位,只得等几天了。'可病人们告诉我:等上一个星期也是常有的事。
再说,我到什么地方去等呢?我该怎么办?不采用劳改营里的那套本事,人
也就完蛋了。而您那时还打算从我手里把证明拿走,是不是?……在这种
情况下,我该用什么态度跟您谈话?"

现在回想起来很有趣,两个人都觉得可笑。

他在讲这一切的时候，是不用动什么脑筋的，心里却在想：如果她是1946年医学院毕业，那么现在至少是三十一岁，跟他差不多的同龄人。可是为什么薇拉·科尔尼利耶夫娜在他看来比二十三岁的卓娅还年轻？不是由于面貌，而是由于腼腆、羞怯的习性给人留下这种感觉。在这种情况下，往往会使人猜测，她也许还没有……只要仔细观察，就会根据一些微小的举动发现她们跟已婚的女子不同。然而，汉加尔特是结过婚的。这到底是怎么回事？

而汉加尔特望着他，也感到奇怪：为什么他最初给她留下的印象是那么不友好，那么粗野。诚然，他目光阴郁，性情暴躁，但他善于以十分和蔼可亲的态度看人、说话，就像现在这样。确切点说，他任何时候都两种态度兼备，你也无法知道，他会以哪种态度对待你。

"关于芭蕾舞和毡靴的事，我现在全明白了，"她笑了起来，"可是那皮靴呢？您岂不知道，您的皮靴是对我们制度的前所未有的破坏？"

这时她眯起了眼睛。

"又是制度，"科斯托格洛托夫撇了撇嘴，疤痕也被牵动，"要知道，哪怕是在监狱里，也有放风的规定。我不能不散步，否则我的病根本治不好。你们总不能剥夺我呼吸新鲜空气的权利吧？"

的确，汉加尔特曾看到过他怎样沿着这个医疗中心的冷僻小径久久地徘徊：他从被服管理员那里设法要来了一件女病号长衫，这种衣服因为数量不够，不发给男病号；军用皮带下长衫的皱折从腹部赶向两侧，但长衫的下摆还是常常被扯开。他脚上穿的是皮靴，头上不戴帽子，黑发蓬乱，迈着坚定的大步，眼睛望着身前路面的石头，走到自己规定的界限就转过身来再走。他总是背着手，而且总是一个人，不跟任何人一起散步。

"这几天尼扎穆特金·巴赫拉莫维奇就会来查病房，要是他看见您那双皮靴，您知道会怎么样？我会受到通报批评的。"

这一次她又不是要求他，而是请求他，甚至带有央求的意思。她自己也感到奇怪，这甚至不是平等的口气，而是多少带点从属的味道，他们之间所形成的这种口气是她跟其他病人之间从来没有过的。

科斯托格洛托夫用自己的手碰了碰她的手，劝慰她：

"薇拉·科尔尼利耶夫娜！百分之百的可靠保证，他绝对发现不了我的皮靴。即使在前厅里我也不会让他撞见我穿着靴子。"

"可是在林荫小路上呢?"

"在那里他认不出我就是他这栋楼里的!如果您愿意的话,让我们来开个玩笑,不妨写封匿名信,告发我藏有皮靴,让他带两名护理员来搜好了,反正他们永远也找不到。"

"难道写告密信这种事也能做吗?"她又眯起了眼睛。

还有一点他不能理解:她干吗要涂口红?这只能使她显得俗气,破坏了她的清秀。他叹了口气:

"反正有人写,薇拉·科尔尼利耶夫娜,而且,是怎么写的呀!写了还能起作用。古罗马人说:Testis unus, testis nullus. 一个人证明不能算人证。可是到了20世纪,就连一个人证明也是多此一举,一个人证也不需要了。"

她移开了视线。这种事情是不大好谈的。

"那么您打算把它们藏到哪里去呢?"

"靴子吗?办法有好几十种,要看有多少时间可以利用。可以扔到没生火的炉子里去,可以用绳子吊到窗外。您放心好了!"

让人没法不笑,也让人没法不相信他真的能蒙混过去。

"不过,头一天您是怎么耍了花招没把靴子交出去的呢?"

"这可太简单了,在换衣服的那间小屋里,我把靴子放在门的背后。护理员把其余的东西统统塞进一个带号牌的口袋里拿到中心保管处去了。我从浴室里出来,用报纸把靴子一裹,也就带进来了。"

他们这已经是在东扯西拉了。可上班的时间她为什么坐在这里闲聊呢?鲁萨诺夫睡得很不安稳,直出汗,但总算是睡着了,没出现呕吐。汉加尔特又一次把了把他的脉,正要离去,但忽然想起了一件事,于是又回过头来对科斯托格洛托夫说:

"您还没得到补充营养吗?"

"根本没有。"科斯托格洛托夫盯着她看。

"那就从明天开始。每天两只鸡蛋、两杯牛奶和五十克黄油。"

"什么什么?不会是我听错了吧?要知道,一生中从来没给我吃过这么好的伙食!……不过,您知道,这倒也公平。不消说,我是连病假补贴也得不到的。"

"这怎么会呢?"

"很简单,因为我加入工会的时间还不满六个月,我也就什么权利也享受不到。"

"哎呀——呀!怎么弄成了这样呢?"

"是啊,我已经没有这种生活习惯了。当初我到了流放地,岂不应该想到尽快加入工会!"

从一方面来说,这人是那么机灵,而从另一方面来说,又是那么没有适应能力。这份补充营养还是汉加尔特为他争取的,费了好大的力气,很不容易争取到的……不过她该走了,这样谈下去是能谈一整天的。

她已经快走到门口了,听见科斯托格洛托夫带着讥讽的口气喊道:

"等一等,您是不是在笼络我这个病房小组长?要是我上任的头一天就落得贪赃受贿,我就会永远受到良心的谴责!……"

汉加尔特走了出去。

但是在病人吃过午饭之后,她必然还得去看一下鲁萨诺夫。这时她已得悉,院长查病房的时间就定在明天。这样,病房里就又多出来一件事情要做——检查病人的床头柜,因为尼扎穆特金·巴赫拉莫维奇特别注意床头柜,不许里面有糕点碎屑和多余的食品,最好是除了发给的面包和白糖以外,什么也没有。他还检查卫生,灵敏得连女人都想不到的地方他也能挑出毛病来。

薇拉·科尔尼利耶夫娜登上二楼,首先昂起头来查看天花板和柜子上面。她好像看见西布加托夫病床上方的角落里有蜘蛛网(外面,太阳露出了脸儿,楼内更亮些了)。汉加尔特把护理员叫来(正好是伊丽莎白·阿纳托利耶夫娜值班,不知为什么所有的麻烦事儿总是落到她的身上),告诉她明天要检查卫生,而现在应该怎样打扫和洗刷,还指给她看那张蜘蛛网。

伊丽莎白·阿纳托利耶夫娜从长衫里边掏出眼镜来戴上,说:

"果然是,您说得一点不错。真不像话!"她摘下眼镜就去搬梯子,取刷子。她打扫卫生时从来不戴眼镜。

接着,汉加尔特走进了男病房。鲁萨诺夫还是那样躺着,直出汗,但脉搏慢了下来,而科斯托格洛托夫恰好穿上了靴子和长衫,准备出去散步。薇拉·科尔尼利耶夫娜向全病房宣布明天有一次重要的巡诊,请大家先把自己的床头柜整理一下,然后由她再进行检查。

"我们先从小组长查起。"她说。

其实,也不必从小组长查起,可她自己也不知道,为什么偏偏向那个角落走去。

薇拉·科尔尼利耶夫娜的整个身段,就像两个顶点相接的三角形:下面的三角形宽些,上面的三角形较窄。她的腰肢是那么细,简直能使两手的十指对接起来,而且把她抛起。但科斯托格洛托夫并没做出任何这类举动,而只是乐呵呵地打开了自己的床头柜让她检查:

"请吧。"

"噢,对不起,请让我过去。"她一路挤过去。科斯托格洛托夫站在一旁。她紧挨着床头柜坐到他的床沿上,并开始检查。

她坐着,而科斯托格洛托夫站在她的后面,可以清清楚楚看到她的脖子——袒露的纤细线条,她的头发,颜色不深不浅,就那么盘在脑后,没有任何赶时髦的派头。

不行,应当设法从这种情感的浪潮中摆脱出来,不能一遇到可爱的女人就神魂颠倒。刚才她跟他在这里坐了一会儿,聊了聊天儿,然后就走了,可他这几个小时一直在想着她。可是她呢?晚上回到家里,有丈夫拥抱她。

必须摆脱出来!但是,要想摆脱,又必须通过女人这条途径,否则便不可能。

他站在那里,直愣愣地望着她的后脑。她那长衫的后领竖了起来,形成一个尖顶小帽似的,于是一根圆鼓鼓的小骨头——脊椎骨最上面的一节显露了出来。真想用手指去抚摩一下。

"不用说,这床头柜是医院里最邋遢的一只,"其时汉加尔特正在评论,"面包屑、油纸,还有马合烟、书和手套。您怎么不害臊呢?您今天就得把这些东西统统收拾干净。"

可是科斯托格洛托夫望着她的脖颈,一声不吭。

她拉开床头柜上端的那只小抽屉,即刻在其他零星小东西中间发现一只盛有约四十毫升褐色液体的小瓶。瓶口塞得很紧,旁边有一只好像旅行时携带的塑料小杯子,还有一支滴管。

"这是什么?药吗?"

科斯托格洛托夫轻轻地吹了一声口哨。

"是些没什么用的东西。"

"这是什么药？我们没给过您这种东西。"

"那又怎么了，难道我不能自备一点药吗？"

"只要您住在我们医院里，而且没有得到我们的允许，当然就不能有自备药品！"

"喏，是我不好意思告诉您……这药水是治鸡眼的。"

然而，她把那只没贴标签的小瓶子在手中转来转去，想打开瓶塞嗅一嗅，这时科斯托格洛托夫马上加以阻止。他把两只粗大的手掌一齐按在她的手上，并把她正要拔去瓶塞的那一只手扳开了。

这种手与手的接触，照例是谈话的必然继续……

"当心点，"他悄悄地提醒她，"这可需要有点学问。不能溅到手上，也不能嗅。"

说着也就很自然地把小瓶拿了过来。

这终归超出了一切儿戏的限度！

"这是什么？"汉加尔特皱起了眉头，"一种烈性药剂，是吗？"

科斯托格洛托夫在她身旁坐下，一本正经地悄声说：

"一种很厉害的药剂。这是伊塞克湖草根。无论是用它泡的药水还是干根，都嗅不得，所以塞得这么紧。如果手接触过这种草根，事后又没把手洗干净，而且无意中碰到了舌头上，那么命也就没了。"

薇拉·科尔尼利耶夫娜感到后怕：

"那您要它干什么？"

"糟就糟在这里，"科斯托格洛托夫嘀咕了起来，"被您发现了，我就有点麻烦。我该把它藏好……我是用它治病的，直到现在还在用呢。"

"仅仅是为了这个目的？"她审视着他。这会儿她的眼睛一点也不眯缝，此刻她是个医生，仅仅是个医生。

她虽然不失医生的威严，但眼睛却透出咖啡色的和悦目光。

"仅此而已。"他老老实实地说。

"说不定您是……留着必要时用的？"她依然不大放心。

"如果您想知道，我可以实说，在到这儿来的路上我的确有过那种念头。

为的是不再多受折磨……但是后来疼痛消失了，这个念头也就打消了。不过，我还继续用它治病。"

"暗地里？在没有人看见的时候？"

"既然不给人以生活自由，那有什么办法呢？不是到处都有什么制度和规定吗？"

"那么用的剂量是多少？"

"按级数增减。从一滴到十滴，再从十滴到一滴，然后停上十天。眼下正处在间隔的阶段。老实说，我不确定我的疼痛的消失仅仅是由于照了 X 光。可能也由于草根的功效。"

他们俩都压低了谈话的声音。

"这是用什么泡的呢？"

"用伏特加酒。"

"您自己泡制的吗？"

"嗯。"

"浓度呢？"

"这怎么说呢……他给了我一小捆，说：这些可以泡一升半。我就大致分了一下。"

"但是，能称多重呢？"

"他也没称。只是大致估了估。"

"估了估？这种剧毒的东西只是估了估？这是毒性很厉害的乌头！您自己考虑考虑！"

"我有什么好考虑的？"科斯托格洛托夫有点生气了。"您要是能尝尝一个人在整个宇宙中奄奄一息是什么滋味，而监督处又不让您跨出村子一步，那您倒是去考虑考虑这乌头看看！还问能称多重！您可知道，为了这把草根我要冒多大风险吗？延长二十年苦役！罪名是擅自离开流放地。可我还是去了。到一百五十公里以外的地方去。那里的深山老林里住着一位姓克列缅佐夫的老人，胡须像巴甫洛夫院士。本世纪初他作为移民流刑犯到了那里，是个不折不扣的土医生！他自己采药，自己规定剂量。他在自己所住的村里也被人取笑，在自己的故土更是谈不上权威。不过，从莫斯科和列宁格勒都有人到他那里去求医。《真理报》的一位记者还去采访过他。据说,那位记者也很信服。可是现在,传说这位老人被投进了监狱,因为不知是哪个傻瓜泡了半升药酒,随便放在厨房里,而过十月革命纪念日的时候家里请客,因为伏特加酒不够了,客人们在主人走开的时候把药酒喝了。结果死了三个人。还有一户人家的孩子也因为误服了药酒中了毒。可这跟老人有什么相干? 他岂不是警告过的……"

但是,科斯托格洛托夫发现所说的这些情况恰恰对自己不利,所以不再说下去了。

汉加尔特激动了起来:

"问题就在这里! 公共病房里禁止存放烈性物质! 这是绝对不允许的! 否则就有可能造成不幸事件的发生。快把那个小瓶交给我吧!"

"不。"他断然拒绝。

"交出来!"她双眉蹙成了一条线,把手伸向他握紧了的拳头。

科斯托格洛托夫那结实有力、干过许多活的大手握得很紧,手指掩得严严实实,连小瓶的影子也看不见。

他微微一笑:

"这样您是达不到目的的。"

她舒展开眉头:

"反正我知道您什么时候出去散步,趁您不在我会把瓶子没收。"

"您提醒我,这很好,我一定把它藏起来。"

"用绳子吊在窗外吗? 现在我该怎么办呢,去告发吗?"

"我不相信您会去告发。您自己今天还谴责过告密行为!"

"可是您逼得我没有办法啊!"

"那就该去告密是不是? 不体面。您担心药剂会被别人,比方说被这个鲁萨诺夫同志拿去喝了是不是? 我不会让这种事情发生的。我把它包起来藏好。而我终究是要离开你们这里的,不用说,那时我还要用这种草根来治病! 您不相信它的效力吧?"

"一点也不相信。这是愚昧者的迷信和拿生命当儿戏。我只相信经过实践检验的科学道理。老师们就是这样教我的,所有的肿瘤学家也都是这样认为的。把小瓶拿来。"

她还是试图扳开他最上面的那根手指。

　　他看着她那双气恼的亮晶晶的咖啡色眼睛,不但不愿再固执下去、和她争论,而且心甘情愿把这只小瓶交给她,甚至把整个床头柜都给她也愿意,但在信念上要他让步却十分困难。

　　"唉,神圣的科学啊!"他叹了口气,"如果这一切都是那么绝对正确的话,也就不会每过十年自己否定自己了。我该相信什么呢? 相信你们的针剂吗? 那为什么你们又决定给我打新的针剂呢? 这新的针剂是什么?"

　　"是很有用的药物! 对您的生命十分重要! 我们必须拯救您的生命!"她特别坚决地对他说出了这几句话,眼睛里闪耀着信仰的光芒。"别以为您的病已经治好了!"

　　"那好,能说得确切点吗? 这种针剂能起什么作用?"

　　"可为什么还要对您说得确切点呢! 打这种针能治您的病,能抑制转移。讲得更确切您反而不懂……好吧,那就把瓶子给我,而我向您保证,您什么时候出院,我就把它还给您!"

　　他们相互注视着对方的眼睛。

　　他看上去十分滑稽——已经为出去散步穿好了女式病号长衫,腰里束着带五角星的皮带。

　　但是,她还是要他把瓶子交出来,态度是多么坚决! 见鬼的小瓶,行吧。他并不是舍不得,家里他还有比这多十倍的乌头呢。他感到遗憾的是另一件事情:这个有一双亮晶晶的咖啡色眼睛的可爱的女人,脸上是那么容光焕发,跟她谈话是那么愉快,然而要吻吻她是永远也不可能的。等到他回到自己那偏僻的流放地,甚至就无法相信自己曾经同这样一个容光焕发的女人并肩坐在一起,而且,她还想尽一切办法拯救他的生命!

　　其实,拯救他的生命,正是她力不能及的事情。

　　"交给您,我也不放心,"他开玩笑说,"说不定会被您家里人误喝了。"

　　(谁! 她家里谁可能误喝?! 她是独居的。可是此刻要说这样的话倒真的不合时宜,有失体统。)

　　"好吧,那就来上一个不分胜负。干脆把它倒掉好了。"

　　他笑了起来。使他感到遗憾的是,自己能为她做的事情竟如此之少。

　　"得了,我到外面去把它倒掉。"

　　不管怎么说,她不该涂口红。

"不，现在我可不相信您了。我得亲眼看到您这样做。"

"不过我有个好主意！何必倒掉呢？不如我把它送给一个你们反正救不了的人。说不定对他能起作用，您说呢？"

"这能给谁呢？"

科斯托格洛托夫向瓦季姆·扎齐尔科的床位那里一摆头，把声音压得更低：

"他得的不就是恶性黑色素瘤吗？"

"现在我更觉得非倒掉不可了。否则您必定会给我闯出祸来，把什么人毒死！再说，您怎么会忍心把毒药交给一个重病人？要是他服毒自杀呢？难道您不会受到良心的谴责？"

她总是回避称呼他的名字。在这次长谈的全过程中她没有一次称呼过他的姓或名。

"这样的人是决不会自杀的。他是个坚强的小伙子。"

"不行，说不行就是不行！我们走吧，去把它倒掉！"

"我今天的情绪实在是太好啦。得了，咱们走吧。"

于是他们从床位之间的通道走过去，然后下楼。

"可您不会觉得冷吗？"

"不会，我里边穿着毛衣。"

瞧，她说"里边穿着毛衣"。她为什么要这样说呢？现在真想看一眼，到底是什么样的毛衣，什么颜色。然而，这也是他永远看不到的。

他们走到台阶上。天已放晴，春意盎然，外地来的人很难相信今天才2月7日。阳光灿烂。枝杈高耸的白杨和组成树篱的灌木都还是光秃秃的，但背阴处的积雪只剩下稀稀落落的几小簇了。树木间倒伏着隔年的芜草，有棕红色的，有灰白色的。小径、石条、方石、沥青路面还是湿润的，没有晒干。小花园里像平时一样活跃，人来人往：有的从对面而来，有的从身旁绕过，有的成对角方向交叉。其中有医生、护士、护理员、勤杂工、住院病人的家属。在两个地方甚至有人坐到了长椅上。各科的楼房这里那里有的窗子已被打开了。

如果就在台阶前把药酒倒掉，那也太奇怪了。

"到那边去吧！"他指了指癌症楼与耳鼻喉症住院楼之间的一条通道。

这是他散步的地点之一。

他们并排走在石板小径上。汉加尔特那顶按航空帽式样制作的医生小帽正好齐科斯托格洛托夫的肩头。

他瞥了汉加尔特一眼。她走路时神态严肃,仿佛在做一件重要的事情。他觉得有点好笑。

"请问,您上中学的时候,叫什么名字?"他突然问道。

她很快地看了他一眼。

"您这是什么意思?"

"当然,没任何意思,只不过好奇罢了。"

她默默地往前走了几步,石板路上响起微弱的橐橐声。还是在头一回,当他躺在地板上等死而汉加尔特走近他的时候,他就发现她有一对羚羊般的细腿肚子。

"薇加。"她说。

(其实,这也不是真话。不完全是真话。在中学里这样称呼她的只有一个人,就是那个有才能而未能从战争中归来的普通列兵。由于一时的冲动,她不知为什么竟把这个名字告诉了第三者。)

他们从阴暗处走上两栋楼房之间的通道——这里既有阳光的直接照射,又有一股微风。

"薇加?取星座的名字?但薇加①这颗星亮得耀眼。"

他们停住了脚步。

"我可并不耀眼,"她点了点头说道,"我只不过是薇拉·汉加尔特②,仅此而已。"

这一回不是她在科斯托格洛托夫面前茫然不知所措,而是科斯托格洛托夫头一次在她面前不知所措。

"我是想说……"他为自己辩护。

"全都明明白白。倒吧!"她发出了命令。

她没让自己露出一丝微笑。

---

① 薇加(Bera)与织女星(Vega)拼写相同。织女星是天琴座中最明亮的恒星。

② 薇加(Bera)由薇拉·汉加尔特(Вера Гангарт)中名和姓的各自头两个字母组合而成。

科斯托格洛托夫把拧得很紧的瓶塞旋松后小心翼翼地拔去，然后弯下了身子（他穿着下摆奄拉在靴筒上方的裙式长衫做这种动作，样子很可笑），从铺路时留下的一小堆石头上掀开了一块。

"请您看看！否则您会说我把药酒倒在自己口袋里了！"他蹲在她脚旁声称。

他还是在头一次看见她的时候，就注意到她的腿，注意到她那羚羊式的腿肚子了。

他把深褐色的浑浊药酒倒在阴湿小坑里黑乎乎的泥土上。这种东西也许能要谁的命，也许能使某人恢复健康。

"可以盖上了吧？"他问。

她俯视着他，脸上露出了笑容。

在倒药酒、盖上石头的这一过程中，有一种孩童式的动作。但这孩童式的动作，又像是在发誓似的，仿佛是发誓保守秘密。

"您倒是夸奖我一下呀。"他站了起来。

"是该夸奖您。"她微微一笑，但仍有点忧郁。"您散步吧。"

于是她向癌症楼走去。

他望着她的白色的背影，望着两个三角形：上面一个，下面一个。

怎么女性对他的任何一种关注都能使他激动到何种地步！每一句话在他听来都包含着比实际上更多的含义，每一个举动之后都会使他期待着什么。

薇——加，薇拉·汉加尔特。这里还存在着某种不能沟通的东西，但这一点此刻他还不明白。他望着她的背影。

"薇加！薇——加！"他悄声说，力图遥送自己的心声，"回来吧，你听见吗？回来吧！喏，转过身来！"

但心声没有传到。她没有转过身来。

## 第十八章 🌿

## "但愿在我的墓室入口……"[①]

自行车,铁环,一旦滚动起来,便只能在运转中保持平衡,而运转一停就会倒下。男女之间的游戏也是如此,一旦开了头,便只能在发展中保持其继续存在。要是今天与昨天相比,一点进展也没有,那么游戏也就不存在了。

奥列格好不容易挨到星期二晚上,也就是挨到卓娅该值夜班的时候。他们玩的五光十色的铁环必须滚到比第一个夜班和星期天白班更远的地方。他在自己身上感觉到,也在卓娅身上预见到促进这种滚动的全部推动力,因此激动不安地等待着她的到来。

他先是到小花园里去迎候,因为知道卓娅会从哪条小路上斜穿过来。在那里,他抽了两支马合烟卷,但是后来他想到身穿女病号长衫看上去样子很傻,不可能给她留下自己所希望留下的那种印象。况且天也黑了,于是他回到楼房里去,脱去了长衫和靴子,只穿睡衣(可笑的程度一点也没减小)站在一楼的楼梯旁边。他那翘着的头发今天被尽可能压平了些。

她从医生更衣室里出现了,因为担心迟到而显得匆匆忙忙。但是看到了他以后,卓娅扬起了眉毛,这倒不是表示惊讶,而仿佛表示本该如此,她正是估计到会在这楼梯口旁边遇见他。

她没有停下来,而科斯托格洛托夫为了不致落在后头,迈开两条长腿,走在她身旁,一步跨两级楼梯。现在他这样上楼并不困难。

"喏,有什么新闻?"她一边走一边问,仿佛问她的副官。

---

[①] 出自普希金的诗歌《每当我在喧哗的市街漫步》(1829)。

新闻？最高法院大换班！这才是真正的新闻,但要弄明白这里的奥秘,必须有多年的准备才行,而现在卓娅所需要的并不是这个。

"我给您想出了一个新的名字,我终于明白该怎么称呼您了。"

"是吗？该怎么称呼?"她顺着梯级往上走,步子迈得很敏捷。

"一边走一边谈不方便,这事很重要。"

他们已经到了上面,而他只在最后几级落在后边。望着卓娅的背影,他发现她的腿显得有点儿粗。不过,这两条腿跟她那壮实的身躯倒很相称。在这一点上甚至别有韵致。不过,与薇加那轻盈的细腿肚子相比,毕竟有另外一种意境。

他自己也对自己感到惊讶。过去,他从来没那样去想也没那样去看女人的腿,认为那是庸俗。他从没那样从这个女人想到那个女人。他爷爷大概会说这是求雌狂。不过,俗话说:肚子饿了你就吃,趁你年轻就去爱。可奥列格年轻的时候把什么都耽误了。现在,正像秋天的草木急于汲取土地里的最后汁水,以免追悔白白放过了夏天一样,奥列格重返生活的时间还很短,但却已过了盛年,不消说,是处在下坡路上,所以他急于看到女人,把女人"吸收"到自己体内——包括不便于对她们明说那种意义上的"吸收"。女人身上都有什么,他比别人更为敏感,因为他多年压根儿没看到过女人。当然也没接近过。他听不到她们的说话声,他不记得什么是女人的声音了。

卓娅接了班,立刻就像一只陀螺似的转起来了——围着自己那值班桌子、医嘱单和药品柜忙活起来,而后来又很快旋进一扇门里去了,要知道,陀螺也是那样飞旋的。

奥列格一直在观察,一见她有一点点间歇的时间,马上就出现在她面前。

"整个医院里就没有任何别的新闻了吗?"卓娅用她甜美的声音问道,一边在电炉上煮注射器和打开安瓿剂。

"嗷！医院里今天可有一件极其重大的事。尼扎穆特金·巴赫拉莫维奇巡视了病房。"

"是吗？还好是不在我值班的时候……怎么样？他把您的靴子没收了吧?"

"靴子倒是没被拿走,可是发生了一场小小的冲突。"

"这是怎么回事?"

"总的来说,这一场面是十分壮观的。大约有十五个白大褂一下子进到我们房间,就是说,进到我们病房里来——包括各科主任、主治大夫、随诊医生,还有我从来没见过的。院长像头猛虎,马上就扑向我们的床头柜。不过我们已得到秘密情报,事先做了点准备,所以他什么油水也没捞到。他皱着眉头,非常不满。这时正好在向他汇报我的情况,柳德米拉·阿法纳西耶夫娜多少有点疏忽:在汇报我的案件材料时……"

"什么案件材料?"

"呃,应该说病历。在谈到最初的诊断是在哪儿做出的,她无意间说出我是从哈萨克斯坦来的。'怎么?'尼扎穆特金说,'是从别的共和国来的?我们自己还床位不够,难道得给外来人治病吗?马上让他出院!'"

"后来呢?"卓娅留神细听了。

"出乎我的意料,柳德米拉·阿法纳西耶夫娜竟像一只老母鸡保护小鸡那样,马上挺身而出,为我说话:'这是医学上的一个十分复杂而又重要的病例!对我们得出根本性的结论是不可缺少的……'而我的处境却十分尴尬:最近几天我还跟她争吵过,自己要求出院,她也向我发过脾气,而这会儿却那样为我辩护。只要我对尼扎穆特金说上一句:'那好,那好!'到中午的时候我就会不在此地了!那也就见不到您了……"

"这么说,您是为了我才没说'那好,那好'啰?"

"那还用问?"科斯托格洛托夫压低了声音,"要知道,您没把自己家里的地址留给我,我能到哪儿去找您?"

但她忙于工作,没法确定这话在多大程度上可信。

"我岂能给柳德米拉·阿法纳西耶夫娜造成麻烦。"他继续说,声音高了些。"我坐在那里,像个呆木头似的,一声不吭。而尼扎穆特金却冲着她嚷:'我现在就可以到门诊部给您带五个这样的病人来!而且都是我们本地的。让他出院!'瞧,这时我大概做了件蠢事,把离开这里的一个好机会失去了!我可怜柳德米拉·阿法纳西耶夫娜,她像挨了打似的眨巴着眼睛,无话可说。我把胳膊肘往膝盖上一支,清了清嗓子,平心静气地问:'我是从垦荒地那里来的,你们怎么能就那么把我打发走呢?''噢,是垦荒工作者!'尼扎穆特金吓坏了(这可属于政治性错误!)。'为了开垦荒地,我们国家不惜任何代价。'说完也就走了过去。"

"您可真会动脑子。"卓娅摇了摇头说。

"卓英卡,我是在劳改营里弄得这么厚脸皮的,从前我不是这样的。总之,我身上许多特征都不是原来有的,而是在劳改营里形成的。"

"但是您这快活的性格倒不一定是在那里形成的吧?"

"为什么不是?我之所以快活,是因为我对各种损失都习以为常了。我感到奇怪的是,在这里亲人们会面时总是伤心流泪。有什么好伤心的呢?又没有人遭流放,也不没收财物……"

"这么说,您在我们这里还要住上一个月?"

"可别让您这不吉利的话说中了……不过住一两个星期是显而易见的。这么一来,我仿佛向柳德米拉·阿法纳西耶夫娜立下了忍受一切的保证书……"

注射器里已灌满了加过温的药剂,卓娅拿着它很快地走了。

今天她面临着一个难为情的问题,也不知该怎么办。根据最近的医嘱,她也得给奥列格打这种针。这针应该打在通常最能忍痛的身体部位,但在他们目前所形成的这种关系的背景下,针可说是没法打,因为它会使整个游戏无法进行下去。同奥列格一样,卓娅也不愿使这场游戏和这种关系就此结束。他们还得使铁环滚上很远一段路程,才有可能重新打针——那时他们就会像亲人般自然。

卓娅回到桌旁,在给艾哈迈占准备针剂时,问科斯托格洛托夫:

"喏,给您打针时您老实不老实?不会踢人吧?"

竟然如此提问题,而且是问科斯托格洛托夫!他正在等候机会表白呢。

"卓英卡,我的信条您是知道的。如果有可能的话,我总是认为以不打针为好,但这要看跟谁打交道才行。跟图尔贡最妙,因为他老是找机会学下象棋。我跟他可以约好:我赢了,就不打针;他赢了,就打。而问题又在于,我即使让他一只'车',也照样能玩下去。可是跟玛丽亚就不能玩这一套,她照样会拿着针管走近你,脸上没有任何表情。我试着开几句玩笑,可她马上会说:'病员科斯托格洛托夫!请您把打针的地方露出来!'她从来不多说一句有人情味的话。"

"她恨你们。"

"恨我？？"

"恨你们男人。"

"啥，从根本上说，这也许是问题的实质。现在来了位新护士，跟她我也不善于打交道。而奥林皮阿达一回来，那就更不好办，因为她是寸步不让的。"

"我也要像她那样！"卓娅一边说一边量出两毫升针剂，但她的声调表明她显然肯于让步。

这时她给艾哈迈占打针去了。桌旁又只剩下奥列格一人。

卓娅不愿让奥列格打这种针剂还有另一种更重要的原因。从星期日开始她就在想，要不要把这种针剂的作用告诉他。

因为一旦他们互相闹着玩的一切都成了真的该如何是好——而这事又是很有可能的。如果这一次不是以带有感伤意味的捡起散扔在屋子里的衣裳而告终，相反结成某种牢固而持久的关系，卓娅当真决定成为他的一只小蜜蜂，决心到他的流放地去（而归根结底他是对的——难道你能知道，幸福在哪个僻静的角落里等着你？），那么，指定给奥列格注射的针剂就不只是他的事情，而且也涉及她。

卓娅也是反对给他打这种针剂的。

"喏！"她拿着空针管回来，兴冲冲地说，"您终于鼓足勇气了吧？去吧，把打针的地方露出来，病员科斯托格洛托夫！我马上就来！"

但他坐在那里，用完全不像病人的眼睛望着她。他想都没想打针的事，这他们已经心照不宣。

他望着她那双微微凸出的眼睛。

"卓娅，我们随便到什么地方去吧。"这话他不是说了出来，而是悄声咕哝了出来。

他的声音愈是压低，她的声音就愈响亮。

"随便到什么地方去？"她感到惊奇，笑了起来，"进城吗？"

"到医生会议室里去。"

卓娅将他那目不转睛的视线都吸收到自己的眼睛里，十分认真地说：

"那可不行，奥列格！有很多工作要做。"

他似乎没有理解：

"我们走吧!"

"对了,"她想起了一件事,"我得灌氧气袋,好给……"她朝楼梯那边把头一摆,也许还说出了病人的姓名,他没有听见,"可是氧气筒的开关太紧,拧不动。您帮帮我的忙好了。走吧。"

于是她在前,奥列格在后,走下一段楼梯,来到转弯处的平台上。

那个面色蜡黄、鼻子尖削的不幸的被肺癌摧残的患者,不知是一向那么瘦小,还是被病魔折磨成这个样子,他的情况很不好,巡诊时医生们已不跟他说话,什么也没有问他。他靠在床上,急促地吸着氧气袋,听得见他胸中咝咝作声。他本来就病情严重,而今天又更加恶化,没有经验的人也看得出来。一袋氧气吸完了,另外一只空袋放在旁边。

他现在的情况很不妙,从他旁边走过或走近他的人,他都一点也看不见了。

他们从他身旁拿起那只空袋,继续下楼。

"你们用什么方法给他治疗?"

"什么方法也不用,这是一个不能动手术的病例,X光又不起作用。"

"一般来说都不打开胸腔吗?"

"在本市还没有先例。"

"那就是说,他只能等死啰?"

她点了点头。

尽管他们手里有一只防止那个病人窒息的氧气袋,但即刻便把他置诸脑后了,因为有意思的事情眼看就要发生了。

高高的氧气筒竖放在此刻锁起来的一条走廊里,也就是靠近X光治疗室外的地方,当初汉加尔特曾把浑身湿透了的、垂死的科斯托格洛托夫安置在那里。(这个"当初"至今还不到三个星期……)

如果不把走廊里的第二盏电灯打开的话(他们只打开了第一盏),那么放氧气筒的那个被墙壁突出部分挡着的角落,便处在幽暗之中。

卓娅的身量比氧气筒低,奥列格则比它高。

卓娅开始把氧气袋的阀门往氧气筒的阀门上接。

科斯托格洛托夫站在后面,嗅着她帽子下面露出来的头发的气息。

"就是这个开关特别紧。"卓娅抱怨道。

他把手按在开关上，一下子就拧开了。氧气带着轻微的咝咝声输入氧气袋里。

这时，奥列格不找任何借口，用拧开了阀门的那只手握住卓娅没拿氧气袋的那只手的手腕。

她没有颤抖，没有惊讶。她注视着氧气袋，看它怎样渐渐膨胀。

于是他的手从她的腕部一边抚摩一边向胳膊肘移动，又通过上臂移向肩膀。

这是直截了当的试探，对他俩来说都是必不可缺的。这是无声的检验，看双方说过的话是否都被完全理解。

是的，完全被理解了。

他还用两个手指抖了一下她的刘海儿，她没有现出不高兴的样子，没有闪开，仍然注视着氧气袋。

于是他使劲搂住她的肩头，使她整个儿贴向自己，而且，终于使自己的嘴触到了她那对他笑过那么多次、跟他聊过那么多次的嘴唇。

卓娅的嘴唇和他接触时并没有张开，并没有放松，而是绷紧、迎合、有所准备的。

只在一瞬间，这一切便清清楚楚，因为在这之前的一分钟他还不明白，他还忘记了嘴唇有各种各样，接吻也有各种不同的接法，一个吻跟另一个吻会完全不同。

但是以轻轻的一啄开了头的这个吻，现在却使两个躯体相互吸引，紧紧地拥抱在一起，久久地合而为一，甚至欲罢不能，再说，也没有必要作罢。嘴唇互相贴在一起，就那样永远待下去也行。

但是经过了一段时间，两个世纪以后，嘴唇还是分开了，只在这时奥列格才第一次看见了卓娅，并立刻听到她在问：

"你接吻的时候为什么闭上眼睛？"

难道他还想到过自己的眼睛？他根本没有留意过。

"你是不是想把我想象成另一个人？……"

他没有注意到自己是闭上了眼睛。

像刚刚喘过一口气，马上又潜到水底去捞埋得很深的一颗珍珠似的，他们的嘴唇又贴在一起了，而这一回他注意到自己是闭上了眼睛，于是就立即睁开。看到她离自己很近很近,近得难以想象,看到她那两只黄褐色的眼睛有如猛禽那般。他眼对眼地望着她。她还是那么坚定地紧闭着嘴唇接吻,那早已做好准备的嘴唇一动不动,可身子倒微微摇晃,眼睛望着他,仿佛在根据他的眼神观察他经过第一次长吻之后的反应。然后是第二次和第三次的反应。

但是就在这时,她的眼睛似乎向旁边一瞥,随即猛地挣脱出身来,惊呼了一声:

"开关!"

天哪,把开关忘了!他急忙抓住开关,匆匆拧紧。

氧气袋居然没有爆炸!

"瞧,接吻有时会造成什么样的后果!"卓娅还没缓过气来,就呼吸急促地说道。她的刘海被弄乱了,帽子也歪了。

她的话虽然说得很对,可是他们的嘴却又结合在一起了,两个人都想把对方吸干。

走廊口上装的是玻璃门,有人有可能看到从墙壁突出部分伸出的两个胳膊肘,唉,管他呢!

当空气终于又进入肺部的时候,奥列格一边捧住卓娅的后脑勺端详着她,一边说:

"卓洛通契克①!这才是你的名字!卓洛通契克!"

她撇着嘴唇模仿说:

"卓洛通契克?……蓬契克②?……"

倒还不错。可以。

"我是一个流放犯人,你不害怕吗?不怕我这个罪犯?……"

"不。"她轻率地直摇头。

"也不嫌我老?"

"你怎么算老呢!"

"也不嫌我有病?……"

---

① 这是一个杜撰的昵称,有"小宝贝"的意思。
② 即油炸面圈,形似甜甜圈,这里是戏言。

她把前额偎在他胸前，就这样站着。

他把卓娅搂得很紧很紧，可是始终不知道她那两只温暖的椭圆形的小托架能否搁住一把沉甸甸的尺子。他说：

"你当真愿意去乌什-捷列克吗？……我们在那里结婚……为我们自己盖一座小房子。"

这一切看起来正是她所缺少和期待着的，也是她那小蜜蜂本性的组成部分。她紧紧地偎着他，整个胸怀都感觉到他，整个胸怀都期望得到解答：是他吗？

她踮起脚，再次用臂膀搂住他的脖子：

"奥列热克[①]！你知道打这种针剂会起什么作用吗？"

"起什么作用？"他的面颊在她脸上摩擦。

"打这种针……怎么对你解释呢……它们的科学名称是'激素疗法'……该种针剂是交叉使用的：给女人注射男性荷尔蒙，给男人注射女性……据说，这样可以抑制转移……但总的来说，首先受到抑制的是什么……你明白吗？"

"什么？不明白！还不完全明白！"奥列格顿时紧张地问，脸色都变了。现在他抓住她的肩膀已经跟刚才不一样了——仿佛要从她身上尽快把真实情况抖出来。"你说，你说呀！"

"一般来说……首先受到抑制的是性功能……甚至在异性第二性征出现之前就会发生。在采用大剂量的情况下，女人会长出胡子来，男人则乳房隆起……"

"慢来！到底是怎么回事？"奥列格吼了起来，只在这时他才明白，"说的就是这种针剂吧？就是给我打的这种？它们会起什么作用？会把一切都抑制下去？"

"并不是一切。力比多还会保留很长时间。"

"力比多是什么？"

她正视着他的眼睛，轻轻地撩了一下他的一绺额发：

"喏，就是你刚才对我产生的那种感觉……那种欲望……"

---

① 对奥列格的昵称。

“欲望倒是还有,可是能力丧失了,是不是这么回事?”他追问下去,显得十分惊慌。

“能力会大大减弱。再往后连欲望也不会有了。你懂吗?”她的手指摸了摸他的瘢痕和今天刚刮过的面颊,“这就是为什么我不希望你打这种针的原因。”

“好——哇!”他渐渐明白过来,挺直了身躯。“这倒是太——棒——了! 我的内心早就感觉到他们在捣鬼,果然不出所料!”

他真想把那些医生痛骂一顿,骂他们任意摆布别人的生命,但忽然想起了汉加尔特那容光焕发和满怀信心的面庞——昨天她曾是那么热情友好地望着他说:“对您的生命十分重要! 我们必须拯救您的生命!”

原来这就是薇加的用心! 她是想为他做件好事吗? 仅仅为了保住他的生命而不惜采用欺骗的手段将他引向那样的命运?

“你将来也会这样做吗?”他斜眼看了看卓娅。

对她有什么好责怪的! 她对生活的理解跟他一样:缺了这一点,活着还有什么意思? 今天她仅仅以贪婪的、火热的嘴唇就带着他在高加索山脉上空遨游了一番。瞧,她就站在这里,嘴唇依然是她的嘴唇! 趁这力比多还在他两条大腿之间和腰间流动,得赶紧接吻!

“……那你能不能给我打一种什么针起到相反的作用呢?”

“那我马上就会从这里被赶走……”

“有这种针剂吗?”

“就是同样的针剂,只不过不交叉使用而已……”

“喂,卓洛通契克,咱们走吧,随便找个地方……”

“我们岂不已经换了个地方,而且已经来到了这里。现在应该回去了……”

“到医生会议室去,走吧!……”

“那里有一个打扫卫生的,有人进进出出……再说,这不能着急,奥列热克! 否则我们就不会有‘将来’了……”

“既然将来不会有力比多了,还有什么‘将来’可谈? ……说不定会恰恰相反,谢谢,力比多会有的,对吗? 喏,快想个主意,咱们走吧,找个什么地方!”

“奥列热克,总得为今后保留点什么……该把氧气袋送去了。”

"对，是得把氧气袋送去。我们马上送去……"

…………

"……马上送去……"

…………

"我们……送去……马上……"

他们不是手拉着手，而是一起捧着那膨胀得像足球似的氧气袋往楼上走去，任何一人脚步的震动都会通过氧气袋传给对方。

这反正跟手拉着手一样。

而在楼梯平台上，在一天到晚有忙于自己事情的病人和健康人匆匆经过的通道床位上，是那个面黄肌瘦、胸廓干瘪的病人靠在枕头中间，他已经不咳嗽了，不住用脑袋去撞支起来的膝头（留着分头的头发已所剩无几），也许他的前额把膝盖当成了密封的墙。

他还活着，但他周围却没有活人在。

可能他正是今天咽气——这个被抛弃的、渴望同情的人，其实就是奥列格的兄弟、奥列格的同类。要是奥列格能坐到他的床边，在这里陪他度过一夜，说不定能够减轻他最后几个小时的痛苦。

然而，他们只是把氧气袋给他放在那里就走了。对他们来说，垂死者的这只氧气袋，他最后要吸的这几毫升的氧气，只不过是到没有人的地方去偷偷接吻的借口而已。

奥列格跟在卓娅后面，像被绳索牵着似的沿着楼梯走上去。他考虑的并不是背后那个垂死的人（半个月前他自己就是那副模样，而半年以后有可能也是这样），而是这个姑娘，这个女人，这个娘儿们，考虑怎样说服她到没有人的地方去偷情。

他本来已完全忘记那是什么滋味了，现在重新领略到嘴唇被热吻揉皱、甚至弄得有点儿粗糙和肿胀的痛感，就更加觉得突然——这感觉犹如青春的热血流遍了他的全身。

## 第十九章

# 接近于光的速度

并不是任何人都把妈妈叫作妈妈，尤其是当着别人的面。十五岁以上、三十岁以下的男青年往往不好意思叫妈妈。可是扎齐尔科一家的瓦季姆、鲍里斯和尤里就从未感到叫妈妈有什么难为情的。他们和睦地爱着自己的妈妈，父亲生前如此，父亲被枪杀之后就更是如此。三兄弟年龄相差不大，在成长过程中几乎是齐头并进，无论在学校里还是在家里，都积极向上，没有染上街头不良习气，也从未使他们的寡母伤心难过。小时候他们一起照过一张相，后来为了有个比较，每过两年她就带他们全体去一趟照相馆（后来则是用自家的照相机拍），于是一张又一张相片陆续放进家庭照相簿：母亲和三个儿子，母亲和三个儿子。母亲是淡黄头发，而三个儿子都是黑头发——大概是从当年娶了他们的扎波罗热曾祖母的土耳其俘虏那里继承的。旁人不总是能够分清相片上他们哪个在哪儿。每照一次相，他们都明显地长大和变壮实，赶过妈妈；她则不知不觉地变老，但面对镜头总是挺直腰板，为有这样一部记载自己生平的活的历史而感到自豪。她是一位医生，在自己城市里很有名，曾赢得许多奖状、鲜花和表示谢忱的蛋糕，不过，即使她生平没有为社会做过别的有益的事情，仅凭把这样三个儿子抚养大了的功劳，也可说没有虚度一个女人的一生。三兄弟都进入同一所工学院：老大从地质系毕业，老二从电视系毕业，老三马上就要从建筑工程系毕业，妈妈就和他住在一起。

在获悉瓦季姆患病之前，她的日子就是这么过的。星期四她差点儿赶到这里来了。星期六那天，她收到东佐娃的电报，说是需要胶体金。星期日电复东佐娃,说自己马上去莫斯科设法弄这种东西。星期一她就能到达莫斯科,昨天和今天大概在设法求见部长和跑其他一些重要部门,请他们看在牺牲的父亲分上(战时父亲没有撤离,留在城里,以吃过苏维埃政权苦头的知识分子面目出现,后因与游击队联系并掩护我们的伤员而遭德国人枪决),从胶体金储备中拨一点给儿子。

所有这些到处求情的做法,哪怕是在千里之外,也都使瓦季姆感到作呕和屈辱。他讨厌任何走门路、吃老本或找熟人的行为。连妈妈给东佐娃发了一封请她关照的电报都已经使他受不了了。不管活下去对他来说是多么重要,但即使面对癌症这样可憎的死神也不愿享受任何特权。不过,对东佐娃观察了一段时间之后,瓦季姆很快就明白了:即使妈妈不发什么电报,柳德米拉·阿法纳西耶夫娜也不会少花时间关心他,只是不会导致她发电报提到胶体金的事罢了。

现在,如果妈妈能弄到这种胶体金,毫无疑问,她一定会乘飞机送来。要是没有弄到,那她也会飞来。瓦季姆从这医院曾给她写过一封信,谈起恰加,倒不是因为相信它的神效,而是为了让妈妈多一件治病救人的事情可做。要是有一天她走投无路,就会违背自己作为一个医生的全部知识和信条,到深山里去寻访那位土医生,找伊塞克湖草根。(奥列格·科斯托格洛托夫昨天来找他,并表示歉意,说不该服从一个娘儿们的意志把草根泡的药酒倒掉了,不过那一点点毕竟太少,好在还有那老头的地址,而老头如果当真被关进了监狱,那么奥列格表示愿意从自己的储备中让一部分给瓦季姆。)

既然大儿子的生命受到威胁,妈妈现在就没法安心生活。她会竭尽全力去做一切,去做一切的一切,哪怕是没有必要或多此一举。她甚至会跟他到考察队去,尽管在那边他有加尔卡照顾。瓦季姆从有关自己疾病的片言只语中听到和看到,他的那个肿瘤归根结底是由于妈妈对他过分地关心和爱护而引起的:他从小腿上就有一块很大的色素斑,妈妈作为一个医生,看来是知道发生质变的危险的;她常常找各种借口摸摸这个斑块,有一次她还坚持请一位高明的外科大夫给儿子动了预防性的手术——可是很显然,这个手术恰恰不应该做。

然而,即使他今天面临死亡的威胁是由于妈妈造成的,他也不能责怪妈妈,无论是当着她的面还是在背后。不能成为光看结果的实用主义者,更合乎人之常情的是,根据动机去看问题。因为自己的工作半途而废和壮志未酬去怪罪妈妈是不公平的。要知道,如果没有他这个人,要不是妈妈给了他——瓦季姆以生命,哪里还谈得上工作热情和雄心壮志。

人有牙齿,就用来啃,用来嚼,用来咬。而植物没有牙齿,瞧它们是多么平和地生长,死得又是多么安详!

但是,瓦季姆可以原谅妈妈,却不能迁就出现了的这种情况!他连一平方厘米的皮肤也不肯放弃!这就是他无法不咬牙切齿的原因。

啊,这该死的疾病,偏偏在最关键的时刻像割草一样将他斩断!

的确,瓦季姆从童年开始就一直有一种预感,似乎他的时间将不够用。逢有女客或街坊来东扯西拉地说个没完,耽误妈妈和他的时间,他总是很懊丧。上中学和上大学的时候,他对任何集体活动都实际上把时间定得提前一两个钟头开始而十分恼火,比方说劳动、参观、联欢、游行,总是把人们必定迟到的时间也算进去。瓦季姆一贯讨厌半小时的新闻广播,因为其中重要和必要的内容五分钟就容纳得了,其余都是水分。能把他气炸的事情是:到任何一家商店去,十次当中会有一次赶上那里正在关门结账、盘点、过货,而这又是永远无法预见的。任何一处村苏维埃,任何一处村邮政所都可能在某一个工作日不办公——这在二十五公里以外也是永远无法预见的。

也许,吝惜光阴是父亲在他身上留下了根。父亲也不喜欢无所事事,瓦季姆还记得父亲怎样把他夹在两膝之间摇晃,还对他说:"瓦季姆!如果你不善于利用一分钟的时间,那么,一小时、一天,甚至一生都会被你白白浪费掉。"

不,不!对时间的这种不知餍足的贪心,即使没有父亲的影响,也从小就在他身上扎了根。只要跟小伙伴们的游戏稍稍变得没有意思,他便不愿硬着头皮跟他们待在大门口,而是马上就离去,并不在乎他们的嘲笑。只要他一觉得这本书淡而无味,就会马上搁下,不再看下去,而是另找内容充实的书看。倘若一部影片头几个镜头就使他觉得无聊透顶(而事先你对一部影片几乎永远都什么也不知道,那是人们故意安排的),他便为花了冤枉钱而自认倒霉,随着椅子的砰然响声离座而去,以挽救剩下的时间和未被污染的头脑。他讨厌那些能把学生训上十分钟、弄得来不及讲课的教员,他们有的地方一带而过,有的地方又讲得十分繁琐,而打了下课铃才布置家庭作业。他们无法想象,一个学生的课间休息会安排得比他们上课的时候还有条理。

也或许,他从小虽然没有意识到,但却感觉到潜伏在自己身上的这种危险?完全无辜的他,从小就处在这个色素斑的威胁之下!他童年时就那么珍惜时间,还把吝惜光阴的习惯传给两个弟弟,上学之前就开始看大人的书,六年级的时候就在家里搞了一个化学实验室——这一切都可以说是他在跟未来的肿瘤抢时间,但这是在暗中赛跑,看不见对手在什么地方,而敌人却什么都看得清楚,在最关键的时刻扑上来咬住不放!这不是疾病,而是毒蛇。就连它的名称也像是蛇:恶性黑色素瘤。

瓦季姆没有注意到,它是什么时候开始的。那是在阿尔泰山脊考察的时候。起初是那色斑变硬,后来开始疼痛,再后来是溃破了觉得好些,继而又变硬,受到衣服的摩擦几乎疼得不能走路。然而,他既没写信告诉妈妈,也没把工作放下,因为他正在收集第一批资料,必须带着这些资料到莫斯科去。

他们的考察队只是研究带放射性的水,根本没有找矿的任务。但是瓦季姆虽然年龄不大,却读过很多书,尤其喜欢并非每个地质学家都精通的化学,不知他是预见到还是预感到,在这一方面将会出现一种新的探矿方法。考察队长对他的这种爱好咬牙切齿,队长所需要的是完成计划。

瓦季姆要求去莫斯科,队长不许他为此目的去出差。于是瓦季姆让他看了自己的肿瘤,取得了病假证明,便来到了这个医疗中心。他当即了解到医生的诊断,而且,院方要他马上住院,说事情不能再耽误下去。他拿到住院证明,却乘飞机到莫斯科去了,希望见到此时正在那里开会的切列戈罗采夫。瓦季姆从未见过他,只读过他主编的教科书和其他著作。有人提醒他,说切列戈罗采夫多一句话都不愿听,他会根据头一句话作出判断,是否有必要跟此人谈话。在去莫斯科的整个途中,瓦季姆都在为这头一句话斟酌。在会议中间休息时,他在小卖部门口被介绍给切列戈罗采夫。瓦季姆连珠炮似的说出了自己的这句话,切列戈罗采夫改变了去小卖部的打算,挽住他的胳膊,把他带到一旁。这五分钟的谈话——瓦季姆觉得它紧张到白热化了——难就难在必须连续陈述自己的见解，又不能漏了回答对方的疑问，既要充分显示自己的学识，又不能和盘托出，得把关键的东西暂时保留。切列戈罗采夫立刻向他倾泻了一大堆反驳意见，其中心思想则是：带放射性的水无非是间接标志，不能成为基本特征，据此找矿势必落空。他话是这么说，但看来倒是希望对方能把自己说服了，他等着瓦季姆回答，大约等了一分钟没有下文，便放他走了。瓦季姆似乎还明白了一点：整个莫斯科的这一研究所都在这个问题上踏步不前，而他一个人在阿尔泰山区的石砾中跋涉考察。

暂时也不可能指望得到更好的结果！目前正需要埋头工作！

可是现在又不得不住进医院……还得把真情告诉妈妈。他本来可以去新切尔卡斯克，但他喜欢这个地方，加上这里离他的山区较近。

在莫斯科，他不只是了解了水和矿石的情况，他还了解到，得了恶性黑色素瘤的患者无一幸免：活上一年的很少，通常只能活八个月左右。

正像以接近于光的速度在运转的物体一样，他的时间和他的质量现在已变得与别的物体、别的人不同：时间更浓缩了，质量更具穿透力了。岁月对他来说已压缩成几周，几天则缩成几分钟。他一生总是抓紧时间，但只是现在他才真正开始匆忙起来。连傻瓜度过六十年的安稳日子，也能在科学方面成为一个博士。可他还不到二十七岁，能有多少成就呢？

二十七岁相当于莱蒙托夫的一生。莱蒙托夫当年也是不愿意死的。（瓦季姆知道自己多少有点儿像莱蒙托夫：同样是个子不高，头发漆黑，匀称纤细，有一双小手，只是没有胡髭。）然而，他把自己铭刻在我们的记忆中——不是让我们记上一百年，而是永远记着！

死神已经和他并排躺在同一张床上，面对这只扭动着黑色身子、抽打着尾巴的豹子，瓦季姆作为一个理智的人，应当找到一种如何与它共处的方式。如果说还剩下几个月的话，那么怎样去卓有成效地度过这段时间呢？他应当把死亡作为自己生活中的一个突如其来的新因素来分析。经过这样的分析，他发现，自己似乎已经开始对它习惯了，甚至也不见外了。

最不正确的思路是一切从失去了什么的想法出发，比方说：要是他能长寿，该有多么幸福，可以到哪些地方去，可以得到些什么。正确的态度是承认统计数据：总是有些人年轻时就要死去。然而年轻时死去的人在人们的记忆中所留下的印象永远是年轻的。临死前所迸发出来的火花会永不熄灭。瓦季姆通过最近几个星期的沉思，悟出了一个重要的、乍看起来有点荒诞的道理：天才比庸才更能容易理解和接受死亡。可事实上，天才之死比庸才之死所失去的东西多得多！庸才非长寿而决不会满足。

当然，这样去想也是令人神往的：只要能坚持那么三四年，在我们这个科技全面蓬勃发展、各种发明创造层出不穷的时代，是一定能够找到对付恶性黑色素瘤的有效药物的。但瓦季姆决定排除延长生命这种幻想，不去幻想痊愈，哪怕夜里也不在这毫无意义的念头上浪费时间，而是咬紧牙关，努力工作，在自己身后给人们留下新的找矿方法。

他希望以此来补偿自己的英年早逝，可以死而无憾。

是的，二十六年来，他体验到最充实、最丰富和最和谐的感觉，莫过于使时间过得有益这样一种感觉。正应该这样，把最后几个月的时间也最合理地度过。

瓦季姆正是怀着这样的工作热情，夹着好几本书走进病房的。

他估计，在病房里将遇到的第一个敌人就是广播喇叭，瓦季姆准备用一切合法的和不合法的手段跟它作斗争：先说服邻近的病人，之后用针去造成短路，而必要时把插座从墙壁上挖掉。这非装不可的广播喇叭，不知为什么在我国到处都被视为文化普及的标志，其实恰恰相反，正是文化落后的标志，它只会鼓励思想上的懒惰，但是瓦季姆从未来得及说服任何人相信这一点。这喇叭不停地絮叨，并穿插播送非你所要了解的新闻和非你所要欣赏的音乐，无异于盗窃时间和空耗精神，而这对那些思想上的懒汉来说是很方便的，对那些肯于发挥主观能动性的人来说则是无法容忍的。有了长生之道的傻瓜，大概除了听广播就不知该怎样消磨这无穷的日子了。

不过，瓦季姆走进病房之后，感到喜出望外的是没有发现广播喇叭！二楼别的地方也没有。（这项设施之所以省略了，是因为医院年复一年地等待搬迁——要搬到另一栋设备较好的楼房里去，那里必会配备完整的广播装置。）

瓦季姆想象中的第二个敌人是黑暗——熄灯早，开灯晚，离窗户远。不过，心胸开阔的焦姆卡把靠窗的床位让给了他，这么一来，瓦季姆从第一天起就适应了：跟大家一起很早就寝，天一亮就醒来开始用功，充分利用一天中最好和最安静的几个小时。

有可能成为第三个敌人的是，病房里过多的闲聊。事实上闲聊也的确不是没有，但总的说来，瓦季姆对病房里的人员组成还是满意的，这首先是从安静方面来看。

他对叶根别尔季耶夫最有好感，因为叶根别尔季耶夫几乎总是默默不语，对任何人都微微动一动他那厚厚的嘴唇和厚厚的脸腮，露出憨厚的勇士般的笑容。

穆尔萨利莫夫和艾哈迈占也不讨人嫌，都很可爱。他们用乌兹别克语交谈的时候，一点也不妨碍瓦季姆，何况他们说话总是很审慎，心平气和。穆尔萨利莫夫看上去像一位富有智慧的老翁，这样的贤哲瓦季姆在山区经常碰到。只有一次穆尔萨利莫夫突然激动起来，相当生气地跟艾哈迈占争论不休。瓦季姆请他们翻译一下，到底争论什么。原来穆尔萨利莫夫对于在取名字方面的独出心裁——把几个词儿拼在一起作为一个名字——很不满意。他断言，真正属于先知留下的名字只有四十个，其余的名字都是不正确的。

艾哈迈占也是个与人为善的小伙子。如果请他说话声音轻些，他总是马上就把声音压低。有一次瓦季姆给他讲埃文基人的生活，大大激发了他的想象力。一连两天艾哈迈占都在反复思考这种不可思议的生活方式，向瓦季姆提出一些意想不到的问题：

"你说说，这些埃文基人穿的衣服是什么样的？"

瓦季姆即刻回答他，于是艾哈迈占便会几个小时沉浸在深思中。但是过后他又会一瘸一拐地走过来问：

"那么他们——这些埃文基人的作息时间是怎么安排的呢？"

第二天早晨他又问：

"你说说，他们每天都有什么任务呢？"

说埃文基人"就那么生活"，这种解释他不能接受。

常常来跟艾哈迈占下跳棋的西布加托夫，也是一个沉静而又有礼貌的人。明摆着，他没有多少文化，但不知为什么却懂得大声说话不体面，不应该。即使在跟艾哈迈占发生争论的时候，他的话似乎也会使对方镇静：

"这里的葡萄难道是真正的葡萄？这里的甜瓜难道是真正的甜瓜？"

"那你说,哪里有真正的?"艾哈迈占激动了起来。

"克里米亚……你要是能去看一下就知道了……"

焦姆卡也是个好孩子,瓦季姆看得出他不是个只会空谈的人。焦姆卡善于动脑子,也善于实践。诚然,他脸上没有天才的光辉烙印,当听到某种出乎意料的思想时,他看上去似乎有点愁眉不展。学习的道路对他来说并不平坦,智力的开发也不轻松,但这种笨鸟先飞的人有时会大有作为。

鲁萨诺夫也没使瓦季姆受不了。这是个一生都勤勤恳恳工作的人,尽管成就平平。他的见解基本上都是正确的,只不过不会深入浅出地表达,只会生硬地照本宣科。

科斯托格洛托夫起初给瓦季姆的印象并不好:过于粗鲁,喜欢嚷嚷。可后来发现这是表面现象,实际上他并不傲慢,甚至还比较随和,只是他生活中充满了不幸,以致性情暴躁。看来,他的种种遭遇,和他那倔强的性格也有关系。他的病正在好转,也还来得及彻底改变自己的生活,只要他有这种决心,并能较为严格地要求自己。他主要的毛病是吊儿郎当,把时间都浪费掉了:一会儿在院子里漫无目的地徘徊,一会儿看看闲书,而且特别爱缠女人。

但在死亡的边缘上,瓦季姆无论如何也不会为追姑娘而分心。加尔卡在考察队等他,盼望着跟他结婚,但他已没有权利这样做,他属于加尔卡的日子已经不多了。

他已经不再属于任何人了。

这就是必须全部清偿的代价。某种欲望一旦占据了我们的心,也就取代了一切其他的欲望。

要说病房里有使瓦季姆感到十分讨厌的人,这便是波杜耶夫。波杜耶夫凶悍、强横,可是一下子垮了下来,成了一个虔诚的理想主义的信徒。瓦季姆无法容忍并感到气愤的是那些宣扬顺从和爱他人的蛊惑性神话,其内容无非是要人们牺牲自己,傻乎乎地等候机会给素昧平生的人提供帮助。至于对方是游手好闲的懒汉还是招摇撞骗的坏蛋,则根本不管!这种空泛而乏味的所谓真理,同瓦季姆那富有朝气的坚毅性格,同他像弦上之箭急于贡献自己力量的愿望是格格不入的。要知道,他也是成竹在胸,决心只予不取,但不是小恩小惠,不是蹒跚地走一步,施舍一点,而是要建树辉煌的功勋，一下子献给全国人民和全人类！

因此，当波杜耶夫出院，浅色头发的费德拉乌搬到他床位上的时候，瓦季姆倒是感到高兴。费德拉乌才算是真正的老实人，整个病房里没有谁比他还沉静的了！他会整天不说话，躺在床上忧郁地望着前方。作为一个邻居，倒是符合瓦季姆的愿望，不过后天——星期五就要把他带去动手术了。

他们俩一直保持沉默，不过今天终究谈起了生病的事，费德拉乌说自己曾经生过病，差点儿死于脑膜炎。

"噢！是撞伤引起的吗？"

"不，是感冒引起的。我在厂里热昏了，而他们用汽车送我回家的时候，路上头部吹了风。结果脑膜发炎了，眼睛什么都看不见。"

他叙述事情的经过时很安详，甚至还面带笑容，一点也不渲染那是多么可怕的一幕悲剧。

"怎么会热昏的呢？"瓦季姆问道，不过眼睛已经是斜着看书了，因为时光已经在流逝。病房里凡是谈起疾病，总是有人听。费德拉乌发现鲁萨诺夫的视线从房间的那边向这边投来，今天他的目光是温和的，费德拉乌的话从某种意义上来说也是讲给他听的：

"厂里的锅炉发生故障，必须进行一次复杂的焊接抢修。但如果把蒸汽全部放掉，让锅炉冷却，而后再重新加温，就得一天一夜。厂长夜里派车来接我，说：'费德拉乌！为了不影响生产，你穿上安全服，冒着蒸汽爬进去抢修，行吗？'我说：'既然需要，那我去修！'那是在战前，生产指标压得很紧，就得那么干。于是我就爬进去修了。干了一个半小时……怎么能推辞呢？在厂里的光荣榜上我一直名列前茅。"

鲁萨诺夫一面注视着他一面听，脸上露出赞许的表情。

"这是一个连党员也值得自豪的行为。"他夸了一句。

"我本来就是……党员。"费德拉乌更谦逊、更沉静地微微一笑。

"过去是？"鲁萨诺夫纠正他。（这些人你一夸，他们就当真。）

"现在也是。"费德拉乌声音很轻地说。

鲁萨诺夫今天顾不得去细想别人的事情，没有心思跟别人争论或告诫他们要有自知之明，他自己的处境就极其不妙，但是对于明显的谎言又不能不加以纠正。而地质学家已经钻到书本里去了。于是鲁萨诺夫以微弱

的声音沉着而清晰地说(他知道,别人一定会聚精会神地听,而且一定能听得见):

"这不可能。您不是日耳曼人吗?"

"是日耳曼人。"费德拉乌点了点头,似乎有些沮丧。

"那不就对了吗?你们被遣送到流放地去的时候,党证都得被收去。"

"没被收去。"费德拉乌摇着头说。

鲁萨诺夫撇了撇嘴,只觉得说话很费力:

"这显然是疏忽了,匆忙中出了差错。您现在应当自己交出去。"

"不,决不!"尽管费德拉乌很腼腆,但却很执拗。"我带着党证有十四个年头了,会有什么差错!当初曾把我们召集到区委会去,并且向我们讲得很清楚:'你们仍然是党员,我们不会把你们同一般群众混为一谈。在流放人员监督处登记归登记,而你们的党费还要照样缴纳。你们不能担任领导职务,但在普通岗位上应起劳动模范作用。'事情就是这样。"

"这我可不知道。"鲁萨诺夫叹了口气。他的眼皮快要耷拉下来了,说话也感到十分困难。

前天打的第二针,一点也没见效:肿瘤没有消退,也未变软,还像一个铁疙瘩似的抵着他的下颌。今天,周身乏力的鲁萨诺夫,正躺在那里等打第三针,预料又将陷于痛苦的谵妄。他跟卡芭已经商量好了,如果三针不见效,就去莫斯科,但帕维尔·尼古拉耶维奇已完全丧失了斗志,只在这时他才感到了无可幸免的前景:不管三针还是十针,在这里还是在莫斯科,只要药物对肿瘤不起作用,就会拿肿瘤没有办法。不错,肿瘤还不等于死亡,它可以留在身上,把人变成残废、畸形,使人卧床不起,但是帕维尔·尼古拉耶维奇毕竟没有看到肿瘤与死亡之间的联系,直到昨天为止。那个看了不少医书的"啃骨者"在昨天之前还没给别人讲解过,肿瘤会向全身扩散毒素,因而绝对不能让它留在体内。

此时帕维尔·尼古拉耶维奇感到一阵刺痛,于是他明白了,完全不理会死亡是不行的。昨天他在楼下亲眼看到人们怎样给一个手术后的病人用被单连头盖起来。现在他才明白他从护理员之间交谈中所听到的"这个人快盖被单了"这句话是什么意思。原来是这么回事!死亡在我们的心目中是黑色的,但这仅仅是它的前兆,而真正的死亡倒是白色的。

当然，鲁萨诺夫也知道，既然所有的人都免不了要死去，自己也终究有一天要安排后事。但那是在某个时候，而不是现在！某个时候死去并不可怕，可怕的是此刻死去。

白色、冷漠的死亡以一条被单的面貌出现，裹着空虚无形的躯体，趿着拖鞋，小心翼翼地悄然走近他，而遭到死亡偷袭的鲁萨诺夫，不仅无法同它斗争，甚至慌了手脚，一个主意也拿不定，一句话也说不出来。它是非法来到的，没有一条规定，没有一项指示能够保护帕维尔·尼古拉耶维奇。

他惋惜起自己来了。他不忍想象，这样目的明确、蒸蒸日上、甚至可以说美好的生活，竟被这横飞而来的肿瘤石子破坏了，他的头脑怎么也无法承认这是不可避免的事情。

他是那么惋惜自己，简直眼泪都涌现出来了，视线也时刻变得模糊。白天他时而用眼镜掩盖眼泪，时而仿佛由于伤风而用手帕遮住。可这天夜里他却悄悄地哭了很久，在自己面前一点也不感到难为情。从童年开始他就没有哭过，他不记得哭是怎么回事，更不记得哭出的眼泪有时会使内心变得轻松一些。它们未能推迟他的危险和不幸——癌症死亡也罢，旧案重审也罢，面临的打针和新的谵妄也罢，仿佛都把他抬到这些危险的一个新的台阶上。他似乎心里比较明朗了。

可他还很虚弱，很少翻身，不想吃东西。他是如此虚弱，甚至在这种状态里还找到了某种快慰，但却是不吉之兆，就像一个冻僵的人无力动弹一样。他似乎变得麻痹了，又像是被棉花堵住了耳朵的聋子，不再怀着平时那种满腔的公民热血去对待周围的事物了——跟丑恶的错误现象作坚决的斗争。昨天，"啃骨者"还向院长谎称自己是垦荒者，可只要帕维尔·尼古拉耶维奇一开口，说两句话，"啃骨者"就会马上从这里滚蛋。

可他什么也没说，自始至终沉默。从公民觉悟的观点来看，这是不应该的，他的职责就是戳穿谎言。但不知为什么帕维尔·尼古拉耶维奇竟然没有说话。这倒不是因为没有说话的力气了或者害怕"啃骨者"会报复，不，不是因为这个。而似乎是他根本就不愿说话，仿佛病房里所发生的一切，并不是都跟他帕维尔·尼古拉耶维奇相干。甚至还有这样不可思议的感情，认为这个爱嚷嚷的鲁莽汉子归根到底也是个成年人了，有他自己并不怎么幸福的命运,那就让他爱怎么生活就怎么生活吧,尽管他时而不许熄灯,时而蛮不讲理地打开通风小窗,时而又不知趣地首先去拿没人碰过的干净报纸。

而今天"啃骨者"就更出丑了。化验室的一个姑娘来统计选民名单(病人在医院里也要参加选举),她向大家收身份证,所有的人都交了身份证或集体农庄的证明,而科斯托格洛托夫却什么证件也没有。化验员自然感到惊讶,一定要他出示身份证。就这样,科斯托格洛托夫居然大吵大闹了起来,说她应该具备起码的政治常识,流放者有各种各样,她不妨打电话到某处去问;说他有选举权,不过万不得已他也可以不参加投票。

这时帕维尔·尼古拉耶维奇才意识到,自己邻床的这个人是怎样一个胡搅蛮缠和不可救药的家伙!但是,这本该使鲁萨诺夫感到后怕,后悔自己住进这所医院无异于陷入一个贼窝,竟然躺在这样的人中间,可他反倒缺乏斗志,采取漠不关心的态度:让科斯托格洛托夫爱怎样就怎样好了,让费德拉乌爱怎样就怎样好了,让西布加托夫爱怎样就怎样好了。让他们所有这些人都在这里治病好了,让他们都活着好了。只要他帕维尔·尼古拉耶维奇也能活下来就行。

裹着白色被单的死神在他前方耸立着。

让他们都活着好了,帕维尔·尼古拉耶维奇也不再去追问他们的老底,不再去审查他们。不过这得有个条件,那就是他们也不得探听他的底细。任何人都不得算老账。过去的就算过去了,如今再去翻老底,看十八年前谁在哪方面犯了错误,也是不公正的。

从前厅里传来了护理员内丽娅刺耳的声音,全院只有她才有这样的尖嗓门。这是她大约隔着二十米在问谁,甚至任何称呼都不喊:

"喂,这双锃亮的皮鞋值多少钱?"

对面那个姑娘回答了什么,倒是听不清楚,接着又是内丽娅在喊:

"啊呀呀,我要是穿上这双鞋,成群的花花公子就会围着我转!"

对方大概并不完全同意,内丽娅觉得有一定的道理:

"噢,一点不错!我头一回穿棉纶丝袜的时候,喜欢得不得了。可是谢尔盖扔了根火柴,马上就烧了个窟窿,这畜生!"

这时她拿着刷子走进病房,问道:

"喏,小伙子们,听说昨天已经把地板彻底擦洗过了,那么今天我们就可以稍稍擦洗一下了,是不是?……哦,对了! 有一条新闻!"她想起来了,便对着费德拉乌得意扬扬地宣布:"你们这儿的那个人已经盖上被单了! 一命鸣呼啦!"

连亨里希·雅各博维奇这样沉得住气的人也耸了耸肩膀,觉得很不自在。

大家没明白内丽娅的意思,于是她又继续解释:

"喏,就是那个有麻子的! 脖子上缠着老粗的绷带! 昨天在火车站上,靠近卖票的地方。现在已把尸体运来解剖了。"

"天哪!"鲁萨诺夫吃力地说,"您讲话怎么一点也不讲究分寸,护理员同志! 这类令人丧气的消息您为何要传播呢?"

病房里的人都陷入了沉思。这倒是真的,叶夫列姆动不动就提到死,看来他的命运是注定了的。就在这条通道上他经常停住脚步,从牙缝里吐出话来正告大家:

"咱们的事情可真有点不妙啊!……"

然而,大家毕竟没有见到叶夫列姆走的这最后一步,他离开医院时给大家留下的印象是活生生的。可是现在不得不想象,前天那个人还在这通道上踱来踱去,此刻已躺在太平间里,正面腹部被开膛,像一截胀裂了的灌肠。

"你最好能给我们讲点什么开心的事儿!"艾哈迈占对她说。

"叫人开心的事儿也有,我讲出来,准会让你们笑痛肚子。不过,有点不怎么体面……"

"没关系,讲吧! 讲吧!"

"对了!"内丽娅又想起了什么,"好乖乖,叫你去照X光呢! 叫你,叫你呀!"她指着瓦季姆。

瓦季姆把手中的书搁在窗台上。他两手扶着病腿,小心翼翼地使它着地,然后又放下另一条腿。他朝门口走去。要不是这条不听使唤、得时时当心的病腿,他的身段可说完全跟芭蕾舞演员一样。

他听到了波杜耶夫的噩耗,但没觉得慌惜。对于社会来说,波杜耶夫没什么价值,就像这个举止放肆的护理员一样。而人类的价值,归根结底,不在于可怕增长的数量,而在于臻于完美的质量。

这时化验员拿着一份报纸走了进来。

而跟在她后面的是"啃骨者"。眼看他就要把报纸抢过去了。

"给我!给我!"帕维尔·尼古拉耶维奇伸出一只手,声音微弱地说。

他总算拿到了报纸。

眼镜还没有戴上他就已经看到,整个头版都是大幅照片和大字标题。他不慌不忙地把身子垫高些,不慌不忙地戴上眼镜,看到了他预料之中的事情——最高苏维埃会议闭幕了:主席团和会议大厅的巨幅照片,紧接着便是用大字排出来的最新的重要决议。

这些决议的字体如此醒目,使人不必再去翻找某段不引人注目,但却意味深长的阐述。

"什么??什么???"帕维尔·尼古拉耶维奇控制不住自己,尽管他不是在跟这病房里的任何人说话,面对着报纸如此惊讶地发问,毕竟有失体面。

原来,头版头条用大字刊登的是:部长会议主席格·马·马林科夫自动请求解除他的职务,最高苏维埃一致通过这一请求。

鲁萨诺夫本以为是通过预算的会议,就这样结束了!……

他感到浑身疲软,报纸也从他的手中掉落了。他无法再往下看了。

他不明白这是什么意思。每个人都能看明白的指示,他却无法看懂了。但他知道,发生了转折,而且是重大转折!

好像是在极深极深的地底下,某处的地质岩层发出了咕噜噜的响声,只是在自己的范围内产生了轻微的颤动,可这一下却震撼了整个城市、医院乃至帕维尔·尼古拉耶维奇的病床。

但是,身穿刚刚熨过的白长衫的汉加尔特医生却面带鼓励的笑容,拿着注射器,从门口迈着轻软、平稳的步子向他走来,根本没有觉察房间和地板曾发生过震动。

"喏,打针吧!"她和蔼地对他说。

科斯托格洛托夫从鲁萨诺夫腿旁把报纸扯了过去,也立刻看到了这条消息。

看过这条消息之后,他站了起来。他坐不住了。

他也不明白这条消息的确切的全部含义。

不过，既然前天最高法院全部改组，今天又更换了部长会议主席，那就是说，此乃历史的步伐！

不能想象，也不能相信，历史的步伐会引向更坏的地方。

还是在前天他就用两手按住想要跳出来的心，不准自己相信，不准自己抱什么希望！

但过了两天，还是贝多芬那四下有提示意味的叩门声仿佛响彻天空，震动耳鼓。

然而病人们却安静地躺在床上，居然没有听见！

薇拉·汉加尔特还是那么安详地把恩比兴注入鲁萨诺夫的静脉。

奥列格匆匆地跑了出去——散步去了！

到广阔的天地去了！

# 第二十章

## 美好的回忆

不，他早就不许自己存任何幻想了！他甚至不敢让自己有高兴的念头！

只有刚开始服刑的新囚犯，最初几年才相信每一次叫他带着东西走出牢房都是恢复自由的召唤，把每一次关于大赦的悄声传闻都当作天使的号音。其实把他叫出牢房，无非是为了向他宣读一份可恶的什么文件，接着把他推到另一间牢房里去，那里层次更低、更暗，空气同样混浊不堪。而大赦则一拖再拖——从胜利纪念日拖到十月革命节，从十月革命节拖到最高苏维埃举行全体会议，大赦像肥皂泡那样破灭，要么只宣布赦免窃贼、骗子、逃兵，而打过仗、吃过苦的人则一次次失望。

为了欢乐，造物主在我们心上所创造的那些细胞，也都由于没有用处而渐渐衰亡。胸中供信心栖身的那几个立方厘米的空间，也因经年空置而萎缩。

尝够了幻想破灭的滋味，做够了获释回家的美梦，最后，他只想回到自己那美好的流放地，回到自己心爱的乌什-捷列克！是的，那是他心爱的地方！说也奇怪，正是从这医院里，从这个大城市，从这个奥列格觉得自己适应不了，而且恐怕也不想去适应的结构复杂的世界，遥想他那一角流放之地，着实感到十分亲切。

乌什-捷列克的意思是“三棵白杨”。它因远在十公里以外的草原上也望得见的三棵古老的白杨而得名。三棵白杨挨得很近。它们不像一般白杨那样挺拔，甚至还有点腰驼背弯。它们大概都有四百年的历史了。达到了一定的高度之后，它们不再往上长，而是向旁边扩展，在一条主要的灌溉渠上方织成浓密的荫盖。据说,这样的老树当年村子里还有不少,但在1931年布琼尼镇压哥萨克人的时候都被砍光了。后来这种树就再也植不活。不管少先队员们栽多少,一抽芽就被山羊啃得活不了。只有美洲枫树在区委会门前的大街上还能扎根成活。

在世上,你该爱什么地方呢?是爱那个当你还是一个尖叫着从母体中爬出的婴儿,什么都不理解,甚至连自己的所见所闻都不理解时就身处的地方吗?还是爱第一次对你说"行啦,不用押送了!你们自己去吧!"的地方?

迈开自己的两条腿走!"带上你的铺盖,走吧!"

那是获得半自由时的头一夜!监督处暂时还监视着他们,不让进村子里去,但允许随便睡在内务部大院的干草棚下面。棚檐下几匹站着不动的马整夜轻轻地嚼着干草——再也想象不出比这更甜美的声音了!

然而奥列格半宿没能睡着。院子的石铺地面被月亮照得整个儿泛白,于是他像个精神失常的人起来按对角线方向在院子里踱来踱去。没有任何瞭望哨,没有任何人看着他,在高低不平的院子地上他幸福地走着,磕磕绊绊,昂首仰望白色的夜空,似乎一直在朝某个地方走去,又仿佛担心来不及赶到,似乎明天不是要去一个不毛之地的小村子,而是要进一个凯歌高奏的广阔世界。南方早春的温暖空气里没有一点儿宁静:如同一个布局松散的大火车站上空机车的汽笛声此起彼伏,彻夜呼应,从村子的各个角落整夜都有毛驴和骆驼在各自的围栏和院子里像吹号似的发出急切、得意的嘶鸣,表达它们求偶的情欲和对传宗接代的信心。这种求偶的呼声在奥列格本人的胸中引起了共鸣。

难道还有比你度过这样一夜之处更为可爱的地方吗?

就在那天夜里,他又恢复了希望和信心,尽管他已多次责备过自己。

经过劳改营的生活以后,流放者的世界不能说是残酷的,尽管这里在灌溉季节也会为争水而舞动农具进行械斗,有时还砍脚。流放者的世界宽广得多,轻松得多,不那么单调。但这里也有它残酷的一面,要往地下扎根可不那么容易,要让茎部吸收养分也不那么容易。还得左躲右闪,不让监督处把你打发到一百五十公里的沙漠腹地去。还得找一个茅屋栖身,付点钱给女房东,可实际上找不出什么东西来支付。每天的面包得花钱去买,还得在食堂里买点什么。必须找到工作做,可是挥了七年十字镐,怎么也不愿拿起农具去灌水种地。虽然村里的一些寡妇有土房、菜园甚至奶牛,也都愿意招一个单身流放者做丈夫,但他觉得把自己卖出去当男人还为时尚早,因为生活似乎并不是结束,而是刚刚开始。

以前在劳改营里的时候,估计有多少个男人到了外面也不会剩下,因犯们以为只要摆脱了押解者的监视,碰上的第一个女人也就是你的了。都以为她们孤孤单单,整天哭哭啼啼,除了男人什么也不想。但到了村里一看,孩子多得不得了,妇女们也似乎整天忙于自己的生活,不论是单身女人还是小姑娘们,都不愿就那么同居,而一定要正式结婚,并在村子里显而易见的地方盖一座房屋。乌什-捷列克的风俗习惯还是延续上一个世纪的。

奥列格早已不受押解者的监视了,可他还是像关在铁丝网围墙之内的那些年头一样,过着没有女人的日子,尽管村里也有像画上那样的黑头发的希腊女子和勤劳的日耳曼金发姑娘。

他们被送往流放地的单子上已写明永久性,奥列格理智上也认了命,准备永久性地待下去,不可能设想还有任何其他办法。可是就在这里结婚——这想法不知为什么却不往心里去。贝利亚被推倒了,他那中空的塑像也顷刻间轰隆隆地坍塌了,大家都在期待发生剧变,然而变化像爬行般缓慢,且又是微小变化。后来,奥列格找到了从前的那个女朋友——他在克拉斯诺亚尔斯克流放地跟她通过几封信。他还打算跟很早以前在列宁格勒相识的一个女子通信,好几个月一直指望她会到这里来。(然而,谁会抛弃列宁格勒的住宅,到他这鬼地方来?)就在这时肿瘤出现了,它以持续难忍的疼痛排斥了其他的一切,连女人也不比一般的好心人更有吸引人的地方了。

奥列格体会到,流放不只是有使人心情压抑的一面——这一点即使根据文学作品,人人也会知道(不是你所喜欢的地方;不是你所愿意与其相处的人),而且还有使人感到解脱的一面——这一面很少有人知道:从怀疑中、从对自己负责的约束中解脱出来。倒霉的倒不是被流放的人,而是领到带有肮脏的"第39条"标记①的身份证的那些人,他们必须不停地奔波,设法安身,寻找工作,可是又到处碰壁,老是为每一个细节的失检而责备自己。可来到流放地,因犯反而觉得名正言顺,因为不是他心血来潮要到这里,所

---

① 此条款禁止相关人员在苏联39个大城市中工作、生活。

以谁也不能把他从这里赶走！当局已为他做了安排，他已不再担心会失去某处的好位置，不再为谋求更好的待遇而忙活。他知道他只有这唯一的一条路可走，这样倒也使他精神振奋。

现在，身体开始康复的奥列格，又面对着错综复杂的生活，他为有乌什-捷列克这样一小块福地而感到愉快，那里为他作了一定的安排，那里一切都清清楚楚，那里大家似乎也把他完全当作公民看待，很快他就会像回家一样回到那里去。那边已有一些亲缘的纽带在牵动着他，他也由衷想把那个地方称为"我们那儿"。

在这之前，奥列格在乌什-捷列克待的一年里有九个月在生病，所以很少仔细观察那里的景色和生活的细微之处，很少仔细地欣赏。对一个病人来说，草原上似乎灰尘太多，阳光似乎过于灼人，宅旁的菜园似乎被烤得过焦，和泥制作砖坯似乎太费力气。

而现在，就像那些叫春的毛驴一样，当生命的号角又在他身上吹响的时候，奥列格一边在这个树多、人多、色彩多样、砖房座座的医疗中心的小径上漫步，一边满怀深情地回忆起乌什-捷列克那个世界里平淡无奇的一草一木。那个平淡无奇的世界对他来说是更为可贵的，因为那是他自己的世界，至死是自己的，永远是自己的世界，而这里却是临时的，暂住的。

他回想起草原上的"茹桑"——苦味犹如黄连，又是那么使人感到亲切！他也想起了多刺的"让塔克"。还想起刺儿更多的"金吉尔"，这种植物会爬满篱笆，5月里开紫花，芬芳袭人，有如丁香。还有那"芝杜"树——它的花香浓得令人头晕，一如欲念超过限度、香水喷得过多的女人。

这又是多么奇怪，一个同俄罗斯的小片丛林、小块田地感情上有着千丝万缕联系的俄罗斯人，总是眷恋俄罗斯中部那沉静而拘谨的自然景色，可是在被迫永久流放到这里来以后，竟会爱上这个时而炎热、时而狂风突起的荒僻旷野，把无风的阴天当作休息日，雨天则视若过节，而且对直到老死都住在这里似乎也俯首听命。他对像萨雷姆别托夫、捷列格诺夫、毛克耶夫、斯科科夫兄弟这样一些人似乎已经有了感情，尽管还没有掌握他们的语言；透过虚妄与虔诚相混的心态乃至感情的冲动，透过他们对古老氏族的愚忠，他看出这是一个本质上纯朴的民族，永远都以真挚回应真挚，以善意回馈善意。

奥列格已经三十四岁了。所有的大专院校都不收三十五岁以上的学生。他已经永远得不到受高等教育的机会了。没有这种机会也就算了。还是在不久前他从一个砖坯工提升为土地测量员助手（他向卓娅说是测量员，那是撒了个谎，其实只是助手，工资为三百五十卢布）。他的上司，区土地测量员，对于测杆上的刻度还不甚明了，因此奥列格的工作按说是够多的了，但他几乎没什么事情可做，因为集体农庄都有分给它们永久（又是永久）使用的那些土地的证书，只是偶尔才需要他去把集体农庄的土地割出一部分作为扩大村镇建设使用。他还远不如一个米拉勃①！这农田灌溉的主宰米拉勃，眼睛不看也能感觉出背后土地的水分变化。随着时间的推移，奥列格大概也会把生活安排得好些。但即使在目前，他回想起乌什－捷列克来心里也总是那么热乎乎的，只等疗程结束就回到那边去，哪怕健康只恢复了一半也要去那里，这又是怎么回事？

对自己的流放地怀着满肚子怨气，憎恨它，诅咒它，岂不更合乎情理？其实不然，就连本该受到讽刺作家鞭挞的事情，在奥列格看来也不过是笑料而已。就拿新来的校长阿本·别尔杰诺夫来说，他从墙上把萨夫拉索夫的《白嘴鸦》②这幅画撕下来扔到了柜子后面（因为他看到画上有教堂，认为那是宗教宣传品）。还有那位区卫生局长，一位精力充沛的俄罗斯女同志，她经常在讲台上向区里的知识分子做报告，私下里却以两倍的价钱向当地的女士们销售一种新花色的绉纱，直到这种料子在区百货商店也出现了为止。还有，救护车常常是烟尘滚滚地疾驰而过，但往往不是运载病人，而是充当区委会的小轿车，要么就是给当官的家里分送面粉和奶油。还有，小小的零售店负责人奥列姆巴耶夫的"批发"买卖：在他的小小食品店里总是空空如也，然而房顶上——卖掉的商品的空箱子却堆积如山；他因超额完成销售计划而获得奖金，平时经常在店门口打瞌睡。卖东西他懒得零称零卖，懒得分散包装。对所有的权势人物都供应足了以后，他就去选他认为有资格的对象，悄悄地对对方说："拿一箱通心粉去，要就是一箱"，"搬一口袋白糖去，要就是一口袋"。就这样，整袋或整箱的食品从仓库直接搬进住宅

---

① 中亚少水地区掌管水源的官吏。
② 俄国著名画家阿列克谢·萨夫拉索夫（1830—1897）最具代表性的风景画。

里去,可都作为奥列姆巴耶夫的零售营业额。还有,区委第三书记一心想以校外学员的身份通过中学毕业考试,可是任何一门数学他都一窍不通,于是夜里他偷偷地去向一个流放教师请教,送给他一张羊羔皮。

这一切只不过引起他微微一笑罢了,因为这一切都是他在狼改营(劳改营)之后所见。不消说,在劳改营里待过之后,这里的什么事情不像笑话?什么事情不使你觉得像休息?

要知道,这可称得上是一种享受啊——傍晚的时候,穿上白衬衫(唯一的一件,领口已经磨破了,至于穿什么样的裤子和皮鞋,那就别问了),沿着村里的那条大街走一走。在俱乐部门前的芦席棚下可以看到海报:"缴获的新故事片①……" 还可以看到那个傻帽儿瓦夏在招徕所有的人进去看电影。你可以花两个卢布买一张最便宜的票——第一排,跟孩子们坐在一起。一个月去过一次瘾——花两个半卢布到茶馆里去挤在车臣族司机们中间喝一杯啤酒。

这种带着笑声和经常怀着喜悦的心情去对待流放生活的态度,奥列格多半是从卡德明夫妇——妇科医师尼古拉·伊万诺维奇和他的妻子叶连娜·亚历山德罗夫娜那里学来的。在流放中卡德明夫妇不论遇到什么事情,总是这样说:

"真是太好了!这比过去好了多少啊!我们能来到这样一个好地方可真是走运啊!"

他们要是弄到了一只白面包,就会高兴得不得了!今天俱乐部上映一部好电影——高兴得不得了!书店里有两卷本帕乌斯托夫斯基选集——高兴得不得了!来了专家镶牙——高兴得不得了!又派来了一位妇科医师,也是流放者——他们同样会觉得非常好!让她专看妇科病,悄悄管打胎的事,尼古拉·伊万诺维奇管一般内科病,钱虽然少些,但却比较安稳。遇到橙黄色、粉红色、火红色、猩红色乃至血红色的草原夕照,那真是一种享受!身躯细长、头发花白的尼古拉·伊万诺维奇会挽着臂粗腰圆、不无病态地愈益发胖的叶连娜·亚历山德罗夫娜,步履稳重地走到村边的几所房子外面去欣赏这夕阳余晖的晚景。

---

① 指苏军从德国缴获的西方电影。

但生活作为种种乐趣所点缀起来的火树银花，是从他们为自己买下一座带宅旁菜园的低矮土房子那一天开始的。他们明白，这是自己最后的栖身之所，是他们终其天年的最后归宿。(他们已经约好，死也一起死：一个归西，另一个随之而去，否则留下来还有什么活头?)他们没有任何家具，便请霍姆拉托维奇老头(也是个流放者)给他们在屋角里用土坯砌了个平台。这就成为一张双人床——多宽敞！多方便！这可真叫人高兴！缝一只大口袋，里边塞满了麦秆——这就是床垫。还请霍姆拉托维奇做一张桌子，而且一定做成圆的。霍姆拉托维奇有点纳闷："活在世上六十多年了，可从未见过圆桌。干吗要做圆的呢?""这您别管了！"尼古拉·伊万诺维奇搓着他那妇科医师白净而灵巧的手说，"反正一定要圆的！"下一件操心的事儿是设法弄到一盏玻璃的，而不是铁皮的高脚煤油灯，灯芯要十股线的那种，而不要七股线的，此外，要有备用的玻璃罩子。在乌什-捷列克没有这样的灯卖，他们是托好心人从老远的地方逐渐带来的。于是，他们的圆桌上也就放上了这样一盏灯，而且还加上了一只自制的灯罩。1954年，当大都市里人们竞相购置落地灯柱的时候，当世界上连氢弹都有了的时候，在这乌什-捷列克，自制圆桌上的这盏灯竟把简陋的土屋变成了18世纪的豪华客厅了！多么阔气啊！他们三人围桌而坐，叶连娜·亚历山德罗夫娜激动地说：

"啊，奥列格，我们现在的生活有多好哇！您知道，如果童年不算的话，这是我一生中最幸福的时期！"

她说得对！因为人们的幸福并不取决于富有的程度，而是取决于心与心的关系和我们的生活观。这两点永远由我们自己作主，而这就是说，人只要自己愿意，随时可得到幸福，任何人都不能妨碍他。

战前他们同卡德明的母亲住在莫斯科郊区。婆婆的性格如此不能容人，老是吹毛求疵，而儿子对母亲又是百依百顺，以至当时已届中年、自食其力，也不是第一次结婚的叶连娜·亚历山德罗夫娜经常感到心情压抑。现在她把那些年头叫作自己的"中世纪"。正需要发生一场灾难性的不幸，好让清新的空气涌进他们的家庭。

不幸也的确降临到了头上，那是她婆婆本人牵的线：战争的头一年，一个没有证件的人前来要求暂避。婆婆对家里人十分苛刻，但又恪守基督教的普遍信条，她收留了那个逃兵，甚至没跟儿子、媳妇商量一下。逃兵在她家里住了两夜就离去了，后来在别的地方被逮住，审讯时他交代出留他住宿的人家。婆婆当时已年近八旬，当局没有碰她，但认为应当把她五十岁的儿子和四十岁的媳妇抓起来。提审时问及，那逃兵是不是他们的亲戚；如果是的话，后果的严重性就会大大减轻，因为这不过是徇私行为，完全可以理解，甚至情有可原。但逃兵同他们非亲非故，只是路过罢了，结果卡德明夫妇不是作为逃兵的窝藏者，而是作为有意识破坏红军战斗力的祖国公敌各判十年徒刑。战争结束了，那个逃兵已在1945年斯大林大赦中获释（历史学家将会百思而不得其解：为什么逃兵最先得到宽恕，而没有任何限制）。他已经忘了当初在哪户人家借宿过，连累了什么人。而卡德明夫妇跟那次大赦却沾不到边儿，因为他们不是逃兵，而是敌人。他们服满了十年徒刑，可还是不放他们回家，因为他们不是单独行动，而是一个集团，一个组织——丈夫和妻子！所以必须永久流放。卡德明夫妇预见到会有这样的结果，所以事先就提出申请，希望至少能把他们流放到同一个地方。当时，似乎谁也没有直接表示反对，这一请求似乎也是合情合理的。然而，丈夫还是被流放到哈萨克斯坦南方，妻子被流放到克拉斯诺亚尔斯克边区。也许是有意把他们分开，因为他们是同一个组织的成员？……不，这倒不是为了惩罚他们，不是故意刁难，只不过内务部机构里没有分管照顾夫妇关系的专职人员，所以他们也就分开了。年近半百、手脚浮肿的妻子被放逐到原始森林，那里除了在劳改营时已经熟悉的伐木外，没有别的活可干。(但直到现在她回忆起叶尼塞河流域的原始森林时，也不免赞叹地说：那里的风景多美啊！)在大约一年的时间里，他们不停地往莫斯科写信求告，最后总算派来一名特别递解员把叶连娜·亚历山德罗夫娜带到乌什-捷列克这里来。

对于现在的生活，他们怎会不高兴！他们怎会不爱乌什-捷列克！怎会不爱自己的小土屋！他们还会想过什么样的好日子？

永久流放就永久流放好了！在这永久流放的时间里是足以研究乌什-捷列克的气候的！尼古拉·伊万诺维奇挂出了三支温度计，安放了一只计算降水量的罐子，而风力则去向英娜·施特廖姆了解。英娜是十年制中学毕业生，在管国家气象站的一个点。气象站如果还观察到什么情况，尼古拉·伊万诺维奇也都一一记入精确统计的气象日志,令人叹服。

还是小时候他就从当交通工程师的父亲那儿养成闲不住的工作习惯和一丝不苟的工作作风。不管柯罗连科[1]是否有点迂夫子气,但他说过(尼古拉·伊万诺维奇引用他的原话):"只要事情井井有条,我们的心里就觉得平静。"卡德明医生还有一句喜欢的口头禅:"事物都知道自己的位置。"事物本身知道,而我们只要做到不妨碍它们就行了。

在冬天的晚上,尼古拉·伊万诺维奇喜欢把这样一件事当作消遣:装订书籍。他喜欢把蓬乱、松散、扭曲的书整理得平整熨帖、赏心悦目。在乌什-捷列克,他甚至请人做了一台装订压书机和一把极其锋利的切纸刀。

付清了土房子钱以后,卡德明夫妇依然在各方面都很节约,衣服总是穿旧的,逐月省下来一点钱好买一台干电池收音机。他们得先跟文化用品商店的库尔德族售货员说好为他们留一些电池,因为电池与收音机是分别到货,而且不是经常有。他们还必须克服所有流放者对收音机怀有的恐惧心理:内务部的官员会怎么想?买收音机的目的是不是为了收听BBC[2]?恐惧心理克服了,电池也弄到了,收音机打开了,于是传出了音乐声,对囚犯的耳朵来说,这种声音只有天堂才有。但这是靠三节电池供电的收音机发出来的,是普契尼[3]、西贝柳斯基[4]、博尔特尼扬斯基[5]等人的作品,在卡德明的土屋里,每天都从节目中选出来收听。就这样,收音机充实了他们的世界,不仅没有什么需要取自外界,而且还可以把自己的财富匀给别人。

但春天一到,晚上就没有多少时间听收音机了,他得抓紧时间照看宅旁的菜园。尼古拉·伊万诺维奇把自己的这块一千平方米的菜园安排得如此精细和富有生机,简直使老公爵包尔康斯基和他那荒山田庄上特聘的建筑师也相形见绌。尼古拉·伊万诺维奇年已花甲,但在医院里还十分活跃,一个人顶一个半人工作,无论哪天夜里随时都准备跑去接生。在村子里,他走

---

① 弗拉基米尔·柯罗连科(1853—1921),俄国进步作家。
② 英国广播公司的简称。
③ 普契尼(1858—1924),意大利作曲家。
④ 西贝柳斯(1865—1957),芬兰作曲家。
⑤ 博尔特尼扬斯基(1751—1825),俄国作曲家。

路总是急急匆匆，健步如飞，不因自己须发斑白而不好意思，人们只见叶连娜·亚历山德罗夫娜给他缝的那件帆布上衣的衣襟迎风飘扬。然而使起铁锹来，他却显得力气不够，早晨干半个小时，也就开始气喘吁吁了。尽管两手和心脏跟不上，规划设计却十分完美。他带领奥列格在以两株小树为界的宅旁空地上参观，边走边夸耀：

"您瞧那儿，奥列格，整个这块地将有一条小径贯穿过去。左面，您将来会看到三棵杏树，这已经种下去了。右边将辟为葡萄园，这无疑也会扎下根去。小径的尽头将出现一座亭子——一座真正的亭子，乌什-捷列克还从未见过的那种！亭子的基石已经安好，那里放一张半圆形的土坯砖台（还是那霍姆拉托维奇问："为什么要半圆形的？"），这里插一些树条，让啤酒花攀藤。旁边将种上芬芳扑鼻的烟草。白天我们将在这里避暑，晚上生上茶炊在这里喝茶，那时也请您光临！"（不过，茶炊还没有买呢。）

他们的园子里还会长出什么来，目前尚不知道，现在肯定不会种的东西有土豆、卷心菜、黄瓜、西红柿和南瓜，这些东西邻居们家里都有。卡德明夫妇会不以为然地说："要知道，这都能够买到！"乌什-捷列克的定居者都善于经营和持家，自己养牛，养猪，养羊，养鸡。卡德明夫妇也不完全反对饲养家畜，但他们的饲养方针并不实用，因为他们所养的都是狗和猫。卡德明夫妇是这么想的：牛奶也罢，肉也罢，市场上都能买到，但狗的忠心能上哪儿买去？难道光花钱就能叫那毛像银狐、大得像狗熊的茹克或小巧玲珑、全身雪白、可是有两只灵活的黑耳朵的托比克那么又跳又蹦地欢迎你？

我们现在把人们喜欢动物看得一文不值，甚至别人爱猫也必然遭到我们取笑。但我们一开始讨厌动物，以后会不会必然发展到对人也讨厌呢？

卡德明夫妇对自己所畜养的每一只动物，爱的并不是它们的皮毛，而是它们的性灵。从老两口身上焕发出来的共同的热忱，不需要任何训练，几乎马上就能被他们的动物所把握。卡德明夫妇跟它们说话的时候，它们总是非常重视，会久久地坐在那里洗耳恭听。这些动物特别珍惜自己跟主人的朋友关系，并以处处伴随主人而感到自豪。如果托比克躺在房间里（狗出入房间不受限制），看到叶连娜·亚历山德罗夫娜正在穿大衣，拿起拎包，它不仅一下子就明白了这会儿是要到村子里去散步，而且马上就会爬起身来，跑到花园里去找茹克，不一会儿就会跟它一起回到屋里来。托比克在那里用狗的语言告诉它有关散步的消息，于是茹克就兴冲冲地跑来，准备跟主人一起出发。

茹克的时间观念很强。把卡德明夫妇送到电影场以后，它不是趴在俱乐部门口，而是悄然离去，但电影散场的时候它总是会回到门口等。有一次影片放映的时间特别短，结果它回来晚了。起初它是多么难过啊，而后来又蹦呀跳呀不知有多高兴！

狗从不伴随尼古拉·伊万诺维奇去上班，它们懂得，那样做是不适当的。如果傍晚的时候卡德明医生迈着敏捷的步伐出门，狗会根据某种心灵的微波感应正确无误地作出判断：他是去探望一个产妇（那它们就不去）还是去游泳（那它们就去）。游泳的地方很远，要走五公里的路才能到楚河去游。本地人也好，流放者也好，青年人也好，中年人也好，都不会每天到那里游泳，因为太远了。只有男孩子经常去，再就是卡德明医生带着他的狗去。说实在的，唯有在这种出游中狗得不到直接的乐趣，因为草原上的这条小路地硬而又草刺多，茹克的爪子被划破了好几处，直到现在还疼，而托比克，有一次呛了几口水，很怕再掉到水里去。不过，责任感高于一切，它们还是坚持伴随主人往返。只是在离河三百米的安全地带托比克就开始落后，为的是不被拖下水，它又晃耳朵又摇尾巴，表示歉意，然后就躺下来等着。茹克则一直走到陡峭的岸边，在这里蹲下它那高大的身躯，像一座雕像从岸上俯视主人游泳。

托比克认为对奥列格也有随从的义务，因为奥列格是卡德明家的常客。（奥列格到他们家去得那么勤，终于引起管理部门的不安，当局的一名官员曾分别盘问他们："你们的关系为什么这样密切？你们的共同兴趣是什么？你们都谈些什么？"）奥列格离开卡德明家的时候，茹克可能不去送，但托比克必定会去，甚至风雨无阻。有时外面在下雨，街上是烂泥，爪子会又冷又湿，托比克实在不想去送，它就伸伸前腿，又挺挺后腿，最终还是会去！托比克同时还是卡德明与奥列格之间的信差。如果有必要通知奥列格，告诉他今天有好电影，或者电台要播送好的音乐节目，或者食品店、百货店里有什么紧俏商品，那么，给托比克套上一个布制的颈圈，里边附一张字条，把方向指给它看，明确说"到奥列格那儿去！"就行了。无论什么天气它都会迈动细长的腿乖乖地跑去找奥列格。要是奥列格不在家,它就会在门口等他。最令人惊奇的是,谁也没有教过它,没有对它进行训练过,而它从第一次执行任务起,就什么都明白了,从此一直那么做。(诚然,为了坚定它的思想决心,奥列格每次都为它所跑的邮递路程给予物质鼓励。)

茹克,就身量和体型来说,像德国牧羊犬,但它身上没有牧羊犬的警觉和凶悍,而是充满了高大强壮动物的和善。它的年纪已经不小了,好几家的主人都喂养过它,而卡德明家是它自己选的。在这之前,它属于一个小酒馆主人(茶馆掌柜)所有。主人用链条拴住它,让它看守放空器皿的箱子,偶尔放它出去咬邻居的狗取乐。打起架来茹克非常勇猛,以至当地的一些没精打采的黄狗见了它就胆战心惊。有一次它被解去链条到卡德明家附近参加狗的婚礼,从此它对卡德明家的院子产生了一种亲切感,经常跑到这里来,尽管这里并没给它吃的东西。酒馆主人离开此地时,把茹克送给了同遭流放的女友埃米利娅。埃米利娅给它充足的吃食,可它还是一再挣脱束缚,跑到卡德明家去。埃米利娅很生卡德明夫妇的气,每次把茹克领回去都重新用链条把它拴起来,可它照样挣脱离去。于是埃米利娅用链条把它同一只汽车轮胎拴在一起。忽然,茹克从院子里看到叶连娜·亚历山德罗夫娜在街上走,尽管叶连娜还故意把头扭向了一边。茹克不顾一切地向她冲去,像一匹拉车的马用自己的脖子拽着轮胎,气喘吁吁地拖了一百来米,直到摔倒在地为止。此后,埃米利娅便放弃了茹克。茹克在新主人那里很快就感受到善良精神,并把这种精神也作为自己的主要行为准则。街上所有的狗也都不再怕它了;对待路上的行人,茹克的态度也和气起来,但不是谄媚讨好。

然而,在乌什-捷列克也有人喜欢开枪打动物。他们如果想不出更好的野味,就喝得醉醺醺地在街上找狗捕杀。茹克有两次遭到枪击。现在,任何对准它的管口,包括照相机镜头,都使它害怕,所以它不让照相。

卡德明夫妇还养猫——那是一些被娇惯、被宠坏了的、喜爱艺术的动物。但奥列格此刻望着医疗中心的小径,想象中看到的正是茹克,正是茹克那善良的大脑袋,而且,不是就那么在街上走的茹克,而是突然出现在他窗外的茹克——它用后腿支起身子,像人似的往窗内张望。这意味着,托比克就在旁边跳来跳去,而尼古拉·伊万诺维奇随即就到。

深深为之感动的奥列格，对自己的命运十分满意，对于自己被流放也完全认了命，他只求老天赐给他健康，并不祈求更多的奇迹。

像卡德明夫妇那样生活就行了——知足常乐！略有所得便知足者才是聪明人。

谁是乐观者呢？乐观者通常会这样说：总之别处都不好，比较差，我们这里还不错，运气好。乐观者常常有一点东西便知足，没有苦恼。谁是悲观者呢？悲观者通常会这样说：总之别处都挺好，呱呱叫，只有我们这儿碰巧很糟糕。

现在但求能把这一疗程好歹熬过去！趁着自己还没完全变成一个废物，设法从这X光疗法、激素疗法的虎口中逃出去。要设法保留力比多，这样人在那边还会有用！因为没有这东西，没有这东西……

回到乌什-捷列克去。再也不打光棍了！结婚！

卓娅未必会去那边。即使会去，也要一年半以后。又得等待，又得等待，一辈子都是等啊等！

可以娶克萨娜当老婆。她会是一个多么好的女主人！瞧她擦起盘子来，毛巾往肩上一搭——简直像个女王！能让你看得出神。跟她一起过，生活准有保障——好房子也能盖起来，孩子会有一大群。

也可以娶英娜·施特廖姆。她才十八岁，这多少有点可怕。但吸引他的正是这一点！还有，她的微笑似乎流露出心不在焉但却好强的神态，若有所思却又带有挑战的意味。但吸引他的正是这一点……

不要相信什么预兆和先声，不要相信什么贝多芬式的叩门声！这一切都是快乐的泡影。横下一条心，不存任何幻想！对未来不抱任何希望，不抱美好未来的幻想！

有什么就满足于什么！

永久——那就永久好了。

## 第二十一章

# 阴影消散

　　奥列格有幸碰见她恰恰是在医院的门口。他为她把门打开，自己闪到一旁；要不是他手把着门、身子闪到一旁，她走路的冲劲那么大，且身子又微微前倾，恐怕会被她撞倒的。

　　他一眼就看清了：巧克力色的头发上压着一顶浅蓝色的无檐软帽；头微微低着，仿佛在顶风行路；大衣的款式十分别致，一排调节松紧的扣带长得很，纽子直扣到喉头。

　　要是他知道这就是鲁萨诺夫的女儿，那他就会返回来。现在他还是到那冷僻的小径上散步去了。

　　阿维叶塔没费任何力气就获准了上楼，因为她父亲病体十分虚弱，这一天又是星期四——可以探望病人的日子。她脱去了大衣，可是递给她披在酒红色毛衣外面的一件白长衫是那么小，两只袖管大概只有在她小的时候才能伸得进去。

　　昨天打了第三针以后，帕维尔·尼古拉耶维奇确实虚软了，不到万不得已他的脚已经不伸出被窝了。他甚至很少翻身，眼镜也不戴，别人谈话他也不插嘴。他一贯拥有的毅力动摇了，开始向自己的虚弱屈服。他起初是讨厌，而后是害怕的肿瘤，现在倒是大权在握——已经不是他说了算，而是肿瘤决定命运了。

　　帕维尔·尼古拉耶维奇知道阿维叶塔要从莫斯科飞来，今天上午一直在等她。他像往常一样怀着喜悦的心情等着她，不过今天他有点儿担心，因为他和妻子商量好了，由卡芭把米奈舅舅的来信以及关于罗季切夫和古尊的事原原本本告诉她。在这之前没有必要让她了解这些事情,但现在却需要她动动脑筋出出主意。阿维叶塔极其聪明,不论在什么事情上考虑问题都从不比父母差,不过帕维尔·尼古拉耶维奇还是有点担心:她对这件事会有什么看法?她能不能设身处地地去想一想,能不能理解?她会不会轻率地斥责父母?

阿维叶塔进病房也像是顶风走路那样向前直冲,虽然她一只手拎着沉甸甸的提包,另一只手还要拉住披在肩上的白长衫。她那嫩光光的脸蛋儿容光焕发,没有一般探望者走到重病号床前时那种深表同情的愁苦表情,那种表情要是帕维尔·尼古拉耶维奇在女儿脸上看到,肯定会十分难过。

"喏,父亲!喏,怎么样,父亲!"她十分活跃地打着招呼,坐到他的床上,由衷地、并不是勉强地吻了吻他那已经有点胡子拉碴的左颊和右颊。"喏,你今天觉得怎么样?详详细细告诉我!来,告诉我!"

她那如盛开的花儿似的容颜和富有朝气的迫切态度给了帕维尔·尼古拉耶维奇一点力量,他的精神稍稍振作了些。

"怎么对你说呢?"他慢慢吞吞、声音微弱地说,似乎自己在向自己解释,"大概,那瘤子并没有缩小,没有缩小。不过倒是有这么一种感觉,似乎头部活动稍微自由了些。自由那么一点点。莫不是压迫得轻了一点儿。"

女儿没有征求父亲的意见,但又丝毫不让他感到疼痛,就把他的领子敞开,从正中观察起肿瘤来,那神态仿佛她就是医生,有可能逐日对病情进行比较。

"我看没什么可怕的!"她下断语说,"不过是甲状腺肿大罢了。妈妈在给我的信上写得那么严重,我还以为这里——天哪!瞧,你刚才说活动已经自由些了,这就是说,打针起了作用,看来,打针有好处。以后肯定还会缩小。等缩小到一半,它对你没有多大妨碍的时候,你出院也行。"

"是的,的确是这样,"帕维尔·尼古拉耶维奇叹了口气,"要是能缩小一半,那也就能凑合了。"

"那时可以在家里治疗!"

"你是说,那时我可以在家里打针?"

"为什么不可以?你对这种针会习惯的,会适应的,那时在家里你可以继续治疗。关于这一点,我们以后再商量,以后再考虑考虑!"

帕维尔·尼古拉耶维奇心情有些轻松了。且不说是否允许在家里打针，光是女儿这种强攻和进取的决心本身就已使他充满自豪感了。阿维叶塔上身俯向他，他没戴眼镜也看清了女儿那诚实开朗的面孔，它是那么坚毅，那么富有活力，遇到任何不公正的事，鼻翼和眉毛都会颤动起来。好像是高尔基曾经说过这样的话：如果孩子不比你强，那你算是白白生了他们，你也是白活了一辈子。然而帕维尔·尼古拉耶维奇可并没有白活。

不过他还是有点不安：那事她是否已经知道了，此刻她会说什么。

但她并没急于转到那件事情上，而是又问了些治疗的情况，问起这里的医生怎么样，还打开他的床头柜检查了一下，看他吃了什么，什么食物变质了，她就换上新鲜的。

"我给你带来了一瓶补酒，每次喝一小杯。红鱼子酱也带来了，你不是喜欢吃吗？还有一些橙子，是从莫斯科带来的。"

"好的。"

与此同时，她环视了一下整个病房，看病房里都有些什么人，并通过额头灵活的一动向他表示：这鬼地方简直没法忍受，但必须以幽默的观点去看待这一切。

尽管似乎没有人在听他们的谈话，她还是更凑近了父亲，他们这样交谈只有对方听得见。

"是啊，爸爸，这太可怕了，"阿维叶塔马上谈到主要问题，"在莫斯科这已不是新闻，人们议论很多。对过去的案子几乎普遍开始复查了。"

"普遍复查？！"

"是的，一一复查。现在这简直跟流行病一样。这股风刮得很厉害！好像历史的车轮可以倒转似的！可谁能做到这一点！谁有这样的胆量！好吧，当初对他们的判刑错也罢，对也罢，可如今为什么要让他们从老远的地方回来呢？再说，现在要让他们在原来的生活中重新扎根，岂不是一个难堪而又痛苦的过程，这首先对他们本人来说就是残酷的！有些人已经死了，何苦要惊动他们的阴魂？为什么要刺激他们的亲属产生一些不切实际的幻想和报复情绪？……再说，'恢复名誉'这个词儿本身意味着什么？要知道，这并不意味着他完全没有错！问题必定是有的，不过没那么严重罢了。"

啊，多聪明的女儿！她说得多么理直气壮！虽然还没有谈到自己家里的事，帕维尔·尼古拉耶维奇就已经看出，他随时都能从女儿那里得到支持。阿拉是不会嫌弃他的。

"连你也知道有人回来了吗？甚至回到了莫斯科？"

"是的，甚至回到了莫斯科！事情正是这样。现在他们都拼命往莫斯科爬，似乎那里有的是蜜糖。会发生什么样的悲剧性的事件！你怎么能够想象，一个人日子过得很安稳，突然被叫到那边去。叫他去对质！你能想象吗？……"

帕维尔·尼古拉耶维奇感到很不是滋味，像吃了一个酸果。阿拉注意到这一点，但她总是喜欢把自己的想法统统说出来，不能中途刹车。

"……他们要他把二十年前都讲过些什么再重复一遍，你能想象吗？这谁能记得住呢？再说，这对谁有好处？既然你们如此急于求成，那就恢复名誉好了，用不着搞什么对质！用不着去刺激人家的神经！那个人回到家里以后，差点儿没上吊自杀！"

帕维尔·尼古拉耶维奇躺在床上直冒冷汗。这一层他可还没有想到——他们会要他去跟罗季切夫、叶利昌斯基或其他什么人当面对质！

"谁逼着这些傻瓜蛋在瞎交待的供词上签了字？他们可以不签字嘛！"阿拉的灵活思想把问题的各个方面都包括了进去。"总而言之，怎么可以不为当时做工作的那些人想一想，而把乱七八糟的旧账统统翻出来呢！毕竟应该为他们想想嘛！他们怎么能经受得住这些突然的变化！"

"妈妈告诉你了？……"

"是的，爸爸！她告诉我了。这件事你一点也不要烦心！"她以坚定有力的双手握住父亲的双肩。"要是你愿意，我就把自己的想法告诉你：勇往直前并能发出信号的人，是先进的、有觉悟的人！他是凭着自己对社会的良好意愿行事的，所以人民理解和珍视这一点。在个别情况下，这样的人也可能出差错。但只有什么事情也不做的人，才会不犯错误。通常，人总是遵循自己的阶级嗅觉办事的，而这种嗅觉永远不会使他搞错问题。"

"好，谢谢你，阿拉！谢谢你！"帕维尔·尼古拉耶维奇甚至感觉到眼泪几乎流到了喉头，但这是松快、吉兆的眼泪。"你说得好：人民理解，人民珍视。"

只是流行着一种愚昧的习惯,似乎非要到什么底层去寻找人民不可。

他用汗涔涔的手抚摩着女儿那凉丝丝的手。

"年轻人能够理解我们,不责备我们,这非常重要。告诉我,你是怎么看的……法律上能不能找出这样的一条,现在可用来对我们……比方说,对我……追究……就是说追究责任……因为证词不确实?"

"你想象一下,"阿拉绘声绘色地做出了回答,"在莫斯科我偶然听到一席谈话,人家也在谈论类似的问题和忧虑。在场的有一位法学家,他解释说,针对所谓伪证罪的法律条文,规定判刑两年以下,可是从那时以来已经颁布过两次大赦了,所以完全不存在追究某某人的伪证责任问题!由此看来,罗季切夫即使有苦也说不出来,你放心好了!"

帕维尔·尼古拉耶维奇甚至觉得,肿瘤的压迫又轻了些。

"啊,我的好孩子,你真聪明!"他幸福地舒了一口气,说道,"你总是什么都知道!你总是来得非常及时。你使我恢复了多少力量啊!"

他双手抓住女儿的一只手,虔诚地吻了吻。帕维尔·尼古拉耶维奇是个无私的人,他总是把孩子们的利益看得高于自己的利益。他知道自己除了忠心耿耿、一丝不苟、坚持不懈这几个优点,没有什么出众的地方,但他的精神可说是在女儿身上得到了发扬光大,他也就沐浴在女儿的光辉之中。

阿拉讨厌披在肩上的那件象征性的白长衫,它老是往下滑,得一直抓着它,现在她索性笑着把它扔在床架上,让它盖住记载父亲体温的那张曲线图。反正这时候医生、护士都不会进来。

阿拉现在身穿那件酒红色的毛衣——新的,父亲还没有见过。

一道醒目的、白色的、宽宽的曲折线,从袖口到袖口连接着毛衣的两只衣袖和前胸,这道富有弹性的曲折线与阿拉那精力充沛的动作十分相称。

只要钱花在使女儿穿戴漂亮方面,做父亲的从来都不埋怨。他们从私人手中买时髦货,其中包括进口的,所以阿拉的穿戴具有大胆、豪放的特点,充分显示出自己那大方、明朗的魅力,这与她那坚定、明晰的思想是完全协调的。

"听我说,阿拉,"父亲悄声问,"你可记得我让你了解的那件事,就是有时某些人在讲话或文章中隐隐约约提到的那个怪名词……个人崇拜……难道说,这里暗指的是……"

要帕维尔·尼古拉耶维奇往下再说出一个词儿来，他会觉得透不过气来。

"恐怕是的，爸爸……恐怕是的……比如说，在作家代表大会上有好几次就那么提过。问题在于谁也不明说，可都做出心里明白的样子。"

"要知道，这可是亵渎神圣的行为！……他们怎么敢于这样，嗯？"

"可耻而又丢脸！有人撒下了种，如今也就枝蔓到处爬，到处缠绕……诚然，他们一面讲'个人崇拜'，但同时又讲'伟大的继承者'。可见，无论朝哪个方向都不应当走得太远……总而言之，爸爸，看问题应当灵活一些，必须跟上时代的要求。我也许会使你不快，爸爸，但不管我们喜欢不喜欢，反正得跟每一个新的历史时期步调一致！我在那儿现在可算见得够多了！我在作家圈子里转了一阵子，有不少……你以为这两年来作家们改变自己的观点是容易的吗？很复杂呀！不过，作家毕竟是有经验、识时务的人，可以向他们学习很多东西！"

阿维叶塔坐在他面前，以明快、准确的语言无情地抨击了往昔的妖魔鬼怪，点出了广阔的光明前景，在这一刻钟之内，帕维尔·尼古拉耶维奇的病有了明显的好转，他的精神也振作了起来，此时他根本不想谈自己的那个讨厌的肿瘤，而且觉得已没有必要张罗转院的事，他只想听女儿讲令人愉快的事情，吸几口从她身上散发出来的清新气息。

"喏，你继续说，继续说，"他要女儿接着讲，"莫斯科那里怎么样？你去了一趟，有什么感想？"

"啊！"阿拉直摇晃脑袋，像马摆脱虻蝇似的，"难道莫斯科的印象能讲得完？莫斯科这地方得亲自去住才行！莫斯科真是另一个世界！到莫斯科去一趟，就好比向未来看五十年！首先说吧，在莫斯科人们都坐着看电视……"

"我们这里很快也会有的。"

"很快！……即使有了也不是莫斯科的那种节目，那是什么电视啊！简直像威尔斯笔下的那种生活[①]：人们坐在那里，看电视！我可以跟你说得广

---

[①] 指英国小说家赫伯特·乔治·威尔斯（1866—1946）及其作品《沉睡者苏醒》（*The Sleeper Awakes*, 1899）。

泛些,我有那么一种感觉,是我瞬间捕捉到的一种感觉,就是说,日常生活的全面革命即将来临!且不说电冰箱或者洗衣机,一切都将发生更剧烈的变化。在莫斯科,这里或那里可以看到全部是玻璃材料的前厅。旅馆里放的是矮矮的小桌子——很矮很矮,跟美国人那里的一样,你瞧,就是这么回事。一开始你会觉得无所适从。像我们家里的那种绸布灯罩,现在可真是俗气,见不得人,只有玻璃的才行!两头有架子的那种床,现在最使人丢脸了,一般都只用矮而宽的沙发或软榻……房间完全变成另一种样子。总之,整个生活格调都在变……这是你无法想象的。不过,我已经跟妈妈说过了,我们得下决心把很多东西换掉。可是这里是买不到的,得从莫斯科往这儿运……当然,也有一些有害的时髦,应当受到谴责。例如那狮子头式的发型,简直是故意搞得披头散发,好像人刚从被窝里爬起来似的。"

"这都是西方传过来的!想要腐蚀我们。"

"这是毫无疑问的。而在文化领域里,这反映得更为明显,诗歌界就是如此。"

随着谈话的内容从秘密问题转向一般问题,阿维叶塔说话的声音提高了,已不受拘束,病房里人人都能听得见。但所有的病人当中只有焦姆卡一个人放下自己要做的事情,不顾愈来愈不可避免地要把他拖上手术台的疼痛,专心致志地在听阿维叶塔说话。其余的人有的心不在焉,有的不在自己的床上,只有瓦季姆·扎齐尔科偶尔从书本上抬起眼睛,看着阿维叶塔的背影。她的整个背脊弯成了一座牢固的桥,紧绷在身上的那件弹性尚未充分展开的毛衣,呈现出均匀的酒红色,唯独一只肩头上落上了一团折射的日光——某个地方开着的一扇窗的反光,泛出一种鲜亮的绛色。

"你多谈谈自己的事!"父亲说。

"好吧,我去这一趟很成功,爸爸。他们答应要把我的一本诗集列入出版社的选题计划!当然,是明年的计划,但这是最快的了,再快是不可想象的了!"

"你说什么!你说什么,阿尔卡①?一年以后我们真的就能拿到诗集吗?……"

---

① 系阿拉的昵称。

女儿今天给他带来的喜悦像雪崩一样散落下来。他知道女儿把自己写的诗带到莫斯科去了，但原来以为从一页页的打字稿到封面上印着"阿拉·鲁萨诺娃"字样的书，路途还相当遥远，几乎走不到头。

"你这是怎么搞成功的？"

阿拉感到十分得意，露出了微笑。

"当然，如果就那么直接到出版社去，呈上自己的诗，那里谁会理你？但是安娜·叶夫根尼耶夫娜把我介绍给M，又介绍给C，我给他们朗诵了两三首诗，他们都非常喜欢，接下来就是由他们给什么人打了电话，给什么人写了条子，事情也就妥了，一切都很简单。"

"这真是太好了。"帕维尔·尼古拉耶维奇脸上闪着喜悦的光辉。他在床头柜上摸到了眼镜戴上，仿佛马上就要看一眼摆在他面前的那本珍贵的书。

焦姆卡有生以来头一次看见一位活生生的诗人，而且还是一位女诗人。他惊讶得合不拢嘴。

"总的来说，我对他们的生活做了深入的观察。他们之间的关系都非常纯朴！奖金获得者都相互直呼其名。他们都毫无架子，非常直爽。我们往往想象作家坐在云端里，前额苍白，高不可攀！其实并不是那么回事。对生活中的各种乐趣，他们也敞开着大门，他们喜欢吃喝玩乐，而且总是跟朋友们在一起。他们总是喜欢逗趣儿，笑得那么开心！可以说，他们过的才是真正快活的生活。可是到了要写长篇小说的时候，便躲到市郊小屋里待上两三个月，于是作品也就写出来了！我呢，我要尽一切努力，争取加入作家协会！"

"怎么，你不打算按自己所学的专业工作吗？"帕维尔·尼古拉耶维奇多少有点不安。

"爸爸！"阿维叶塔压低了声音，"当一名记者能有什么生活可谈？反正那是奴仆的差使。人家给你任务，叫你这样干那样干，自己没有一点发挥的余地，无非是去访问各种各样的……名流。这难道能跟作家生活相比！……"

"阿拉，不管怎么说，我总有点儿担心：万一你落空了怎么办？"

"怎么会落空呢？你可真是天真。高尔基说过：'任何人都能成为作家！'只要下功夫，任何目的都能达到！退一万步说，我也能成为一个儿童作家。"

"总的来说这很好。"帕维尔·尼古拉耶维奇沉思了一会儿。"总的来说这好极了。毫无疑问，文学应当由道德上十分健全的人去搞。"

"我的姓氏也很美，我不打算用笔名。是的，就连我的外表也具有独特的文学家风度呢！"

但实际上还有一种危险，是女儿心血来潮时所估计不足的。

"可是你想象一下，要是批评界骂起你来，你该怎么办？要知道，这在我国等于是全社会都在谴责，那是很可怕的！"

但是阿维叶塔把巧克力色的头发朝后一甩，毫无畏惧地展望未来：

"老实说，他们绝不会十分认真地骂我，因为在思想性方面我不会出大的问题！至于艺术性方面，那就让他们骂好了。而最重要的是，不能忽略生活中所充满了的种种转折。比如，过去说：'不应该出现冲突'！而现在有人说：'虚假的无冲突论。'何况，如果一部分还是老调子，而另一部分则是新调子，那就不难看出情况的变化。可要是大家一下子都操起了新调子，没有变化过程，那也就看不出转折了。这会儿可不能误了时机！最主要的是，要识时务，跟上时代的脉搏。这样也就不会挨批……对了！爸爸，你说要看书，我给你带来几本。现在正好你可以看书，否则你哪有工夫？"

她从提包里往外取书。

"喏，这儿有《我们这里已是早晨》《光明普照大地》《和平缔造者》《山花烂漫》……"

"等一等，《山花烂漫》我好像读过……"

"你看的是《大地花开》，而这是《山花烂漫》。还有这本《青春常在》，必须看看，就先从这本开始看吧。这些书的书名本身就振奋人心，我特意为你挑了这样几本。"

"这很好，"帕维尔·尼古拉耶维奇说，"不过，带感伤情调的书你一本也没拿来吧？"

"带感伤情调的？没有，爸爸。我考虑到……你所处的这种精神状态……"

"这一类的书我都熟悉，"帕维尔·尼古拉耶维奇伸出两个指头指了指那堆书，"你还是给我找几本别的，好吗？"

阿维叶塔已经准备要走了。

焦姆卡在自己的角落里愁眉苦脸地憋了很久，不知是由于那条腿疼痛不止，还是由于不好意思开口跟这样一位光彩照人的青年女诗人讲话，这时终于鼓起勇气发问了。由于事先没有清一清嗓子，一句话说到半截还咳嗽了一阵：

"请问……您对文学创作需要真诚这个问题怎么看？"

"什么，什么？"阿维叶塔立刻向他转过身来，但表情是恩赐式的半笑不笑，因为焦姆卡那嘶哑的嗓音已经清楚地表明了他的腼腆。"这种真诚论①难道也钻到这里来了？为了这真诚论，整个编委会都被赶下了台，可它怎么又在这里出现了？"

阿维叶塔打量了一下焦姆卡的脸，看来他没受过多少教育，还满脸孩子气。她已经没有多少时间了，但听任这孩子受到不良影响似乎又不应该。

"听我说，小朋友！"她像是从讲台上讲话似的，声音那么响亮、有力，"真诚绝不能作为衡量一本书的主要标准。如果思想不正确或者情绪不对头，真诚就只会加强作品的有害影响，因而真诚是有害的！主观上的真诚可能与反映生活的真实性背道而驰——这个辩证法您懂吗？"

这种思想很难使焦姆卡领会，他蹙紧了额头。

"不大懂。"他说。

"那好吧，我来给您解释解释，"阿维叶塔伸开两只胳膊，那白色的曲折线像一道闪电，从一只胳膊经过胸部通到另一只胳膊，"把一个令人沮丧的事实照原样描写下来，是再省劲不过了，但应该做的是往深处翻耕，让暂时还看不见的未来的萌芽露出来。"

"既然是萌芽……"

"什么？"

"萌芽应当自己成长，"焦姆卡急忙插话，"要是用翻耕的办法让它们露出来，那就长不成啦。"

---

① 指1953年第12期《新世界》杂志上发表的弗·波梅兰采夫的文章《论文学的真诚》所引起的风波。

"好吧,我们不谈农业。小朋友,把真相告诉人民——这不等于光讲坏的,光找缺点,也可以理直气壮地讲好的,使好的变得更好!要求写所谓'严峻的真实'这种谬论是从哪儿来的?为什么真实忽然必须是严峻的?为什么它不能是闪闪发光、引人入胜和乐观主义的呢?我们的整个文学都应该是喜气洋洋的!如果把生活写得十分晦暗,归根结底是对人们的侮辱。人们喜欢经过美化而写出来的生活。"

"大体上,这种观点是可以同意的,"后面传来一个清晰悦耳的男人声音,"的确,何苦让人灰心丧气呢?"

阿维叶塔当然不需要任何同盟军,但她凭着自己一贯的好运气知道,如果有人发表意见,那必定对她有利。她面向窗子转过身去,白色的曲折线迎着日影一闪。只见一个年纪与她相仿的表情丰富的年轻人在用一支多棱的黑杆自动铅笔的末端轻轻敲着自己的牙齿。

"文学的目的是什么?"不知他是想说给焦姆卡听,还是想说给阿拉听,"文学的目的在于,我们情绪不好的时候,给我们解闷儿。"

"文学是生活的导师。"焦姆卡嘀咕道,但随即为自己这句话说得很不适宜而涨红了脸。

瓦季姆把头往后一仰:

"什么导师不导师,你说什么呀!没有文学我们也能设法弄清楚生活是怎么回事。作家难道就比我们干具体工作的人高明?"

他跟阿拉互相打量了一下。在目光中他们明白彼此观点是一致的:尽管他们年纪相近,对方的外貌也不可能不引起自己的好感,但各人都在坚定地走自己的生活道路,不可能从任何偶然的一瞥中去寻找奇遇的开端。

"总之,人们把文学的作用过分地夸大了,"瓦季姆在阐述自己的观点,"往往把作品捧到不应有的高度。比如,《巨人传》一书就是例子。没读之前,你会以为那是一部了不起的巨著,可是读过之后,你会发现通篇都是下流话,白白浪费了时间。"

"色情的成分在现代作家的书里也有,那不是多余的,"阿维叶塔一本正经地反驳说,"它可以同最先进的思想性结合在一起。"

"那是多余的,"瓦季姆深信不疑地加以驳斥,"把话印在书上并不是为了刺激情欲。春药可以到药房里去买。"

于是他低下头去继续读自己的书，再也不看她那酒红色的毛衣了，也不指望她来说服自己改变观点。

阿维叶塔一向恼恨人们的思想不能分成正确与错误界限分明的两组，而是按其各种意想不到的色调向四处蔓延，那只会带来思想上的混乱，比如说现在就无法弄清：这个年轻人是赞成她还是反对她；她应当同他辩论，还是就这样算了？

她决定就这样算了，最后又对焦姆卡说：

"你要明白，小朋友，描写现在就有的事物比描写现在还没有、但你知道将来一定会出现的事物要容易得多。今天我们的肉眼所看到的事物，不一定就是真理。真理是指应该有的事物，是指明天会有的事物。应当描写的是我们美好的'明天'！……"

"那么明天人们描写什么呢？"反应迟钝的少年皱起了眉头。

"明天？……嗜，明天人们就描写后天呗。"

阿维叶塔已经离开床沿站到通道上了。她结实、匀称，是鲁萨诺夫家族这一名门出身的特征。帕维尔·尼古拉耶维奇满怀喜悦的心情听完了她给焦姆卡上的这一课。

阿拉已经吻过父亲了，现在她还是朝气蓬勃地举起了五指伸开的手：

"嗜，父亲，为健康而奋斗吧！努力奋斗，继续治疗，甩掉肿瘤——什么也不用担心！一切，一切的一切都会非常如意！"

# 第二部

## 第二十二章

# 流入沙漠的河

亲爱的叶连娜·亚历山德罗夫娜和尼古拉·伊万诺维奇!

你们能够想象这是在哪儿和有着怎样不可思议的情景吗?窗户上装有栅栏(诚然,仅仅装在楼下的窗上,是防盗贼的,栅栏设计成图案式的——有如从一角射出来的光线,也没有护窗板)。一个个房间里排着被褥齐备的床铺。每张床上有一个吓得不知所措的人。一清早就供应一份定量分配的食品,还有糖和茶(这算是种违规操作,因为之后还有早餐)。上午大家都愁云惨淡,沉默不语,谁也不愿跟谁说话,可是到了晚上便闹哄哄了,兴致勃勃地讨论这讨论那。争论的问题包括要不要打开通风小窗,谁的病情会好转,谁的病情会恶化,撒马尔罕的清真寺有多少砖头。白天,人们被单独"提去"跟主管人员谈话,接受治疗,跟家属会见。下棋的下棋,看书的看书。也有人来送东西,收到东西的人就能享受一阵。有时会给谁开一点补充营养品,不过,不是犒赏告密者(这一点我敢肯定,因为我自己就得到补充营养品)。有时来查铺,把私人的东西拿走,因此不得不把它们藏起来,还得为散步的权利而斗争。洗澡是头等重要的大事,同时也无异于一场灾难:炉子热不热?水够不够?发什么内衣?最可笑的莫过于新来的人,他刚被带进房间的时候,就会提出种种幼稚的问题,对于等待着他的是什么命运还没有概念……

怎么样,你们猜到了吗?……你们一定会说我在胡诌,因为如果说是中转监狱吧,又怎会被褥齐备?说是侦讯监狱吧,又为什么没有夜间提审?估计这封信会受到乌什-捷列克邮局的检查,所以我不再做其他的分析了。

就是这样的生活我在癌症楼里已度过了五个星期。有时候我觉得似乎又回到了过去的生活里，而且没有尽头。最苦恼的事情是，我得无限期地蹲下去，直到有了特释证明。（可是监督处开的许可证只有三个星期，严格地说我已经超期了，可以指责我是逃跑。）什么时候让我出院，他们根本不说，一点口风也不透露。显然，根据医疗指示，他们必须从病人身上榨取可以榨取的一切，直到血完全"不中用"了的时候才肯放他出院。

而我的情况是：经过两个星期的治疗以后我一度产生的那种返回生活的喜悦心情，也就是你们上一封来信中称为"亢奋"的状态，现在已完全消失无踪。我非常后悔，当时没坚决要求出院。在对我的治疗中，一切有益的部分都结束了，现在开始的只会有害。

我每天要有两次被X光照得发昏，每次二十分钟，三百个"单位"，虽然我早已忘记了离开乌什-捷列克时的那种疼痛，但却尝到了照射后恶心的滋味（也有可能是打针引起的，反正各种因素凑在一起）。那种恶心充满了五脏六腑，而且会持续数小时！烟当然戒掉了，是自己不想抽了。这种难以忍受的状态使我散步也不成，坐也坐不稳，只找到了一种比较好受的姿势（此刻我就是保持这种姿势在给你们写信，因而用的是铅笔，字写得也歪歪扭扭）：不垫枕头，朝天仰卧，腿稍稍抬起，脑袋甚至略略从床沿下垂。当你被叫去接受照射时，走进充满"X光味儿"的器械室，简直会担心马上就要呕吐。本来，腌黄瓜和酸白菜还能抑制这种恶心的感觉，但是，不用说，这种东西不论在医院里还是在整个医疗中心，都是找不到的，而病人又不准走出大门。有人说，那就让家属给你们带点来。家属！……众所周知，我们的家属在克拉斯诺亚尔斯克原始森林里像野兽似的在用四条腿爬！一个可怜的囚犯能有什么办法呢？于是我就穿上靴子，用军用皮带把病号服拦腰一束，蹑手蹑脚地向医疗中心围墙的一个半塌的地方走去。在那里设法迈出去，然后越过铁路，五分钟的工夫就到了市场上。无论是在市场附近的小胡同里，还是就在市场上，我的模样都没有使任何人感到惊讶或发笑。从这一点我看到我国人民精神之健康，他们对任何事物都习惯了。我在市场上走来走去，皱着眉头讨价还价，恐怕只有老囚犯才善于这样（面对着白皙嫩黄的肥鸡，会带着很重的鼻音问："大婶儿，你这患痨病似的小鸡儿要多少钱?")。我能有多少钱呢?而这点钱又来之何易?……我的爷爷曾经说过:"省一个戈比,能保住一个卢布;而省一个卢布,则能保住一条命。"我的爷爷可真聪明。

我什么胃口也没有,单靠黄瓜维持生命。脑袋沉得不得了,有一次晕得差点儿昏过去。当然,肿瘤剩下不到一半了,边缘也变软了,我自己勉强能摸到它。不过与此同时血液受到了破坏,他们给我吃一种特殊的药,以增加白细胞(这大概又要使别的什么受到破坏!)。而"为了激发白细胞的产生"(他们就是这么明说的!),他们想给我注射……牛奶!简直是野蛮透顶!何不给我就那么端一杯新鲜牛奶来!说什么我也不让他们打这样的针。

他们还扬言要给我输血。我也不肯。好在我的血是A型,难得有这种血浆送来。

总的说来,我跟放射科主任的关系非常紧张,没有一次见面不争吵。这个女人可真严厉。最近一次她触摸我的胸脯,断言说"没有人造雌酚反应",指责我逃避打针,欺骗她。不用说,我表示愤慨(可事实上我当然是欺骗她)。

可是要我对主治医生拿出倔劲来就比较困难,那是为什么?因为她态度非常温柔。(尼古拉·伊万诺维奇,您似乎曾经对我解释过"软话折骨"这句成语的来源。请您再给我提示一下!)她不仅从来不嚷嚷,连皱眉头似乎也不知怎么个皱法。如果她要开什么与我的意愿相违背的针药,自己就低下头去,垂下眼光。于是不知为什么我就会让步。有些细节我跟她不便讨论,因为她还年轻,比我小,有的事情不便于向她刨根问底。顺便说一句,她模样很讨人喜欢。

是的,她书生气十足,对他们那套一成不变的治疗方法深信不疑,我无法使她改变观点。总之,谁也不愿屈尊跟我讨论这些方法,谁也不愿让我充当富有理智的盟友。我不得不留心听医生们的谈话,用猜想去补充他们没有说出的内容,设法弄到几本医书——通过这样的办法把情况搞清楚,使自己心中有底。

尽管如此,要作出决定还是很困难:我该怎么办?怎样做才对?医生经常摸我的锁骨上方,而那里发现转移的可能有多大呢?他们一再用成千上万的 X 光线单位向我轰击是为了什么呢？真的是为了防止肿瘤重新生长吗？还是以防万一，打上五倍、十倍的保险系数，就像架桥一样？还是没有知觉、机械执行指示而不敢越雷池一步，否则就会失业？但我是能够摆脱的！我是能够冲破这个框框的，只要把真实情况告诉我！……可他们什么也不说。

我本来早就会跟他们闹翻，一走了之，但那样他们就不会给我出具证明。而一个流放者是多么需要证明啊！简直是命根子！也许明天监督官或保安员就会把我流放到再远三百公里的沙漠里去，可是有了证明我就可以赖着不走，因为证明上会写着：需要经常观察、治疗。这就请您原谅了，长官！作为一个老犯人，岂能放弃医生出具的证明？这是不可思议的。

这就意味着，又得要花招，弄虚作假，欺骗、拖延，一辈子都这样实在腻味！……顺便提一下，由于耍花招太多，疲于应付，结果也干出了蠢事。我请你们给我寄来的鄂木斯克那位化验员的信，就给我自己招来了不少麻烦。我把信交出去了，结果他们拿去跟病历钉在一起，后来我才明白，在这件事上我被骗了：现在他们正放手对我进行激素疗法，而本来他们好像还有所怀疑。等我拿到了一纸证明，就不吵不闹、和和气气地离开这里。

回到乌什－捷列克以后，为了使肿瘤不向任何部位转移，我还要用伊塞克湖的草根把它制住。用剧毒治病似乎包含着一种浩然正气，因为毒药不用伪装成无害的药物，它就那么直言不讳："我是毒药！请您当心！要么别用，要么您就冒险！"这样，我们就知道自己在迎接什么。

要知道，我并不要求长命百岁！何必想得太远呢？……我的生活，时而一直在看守的监视下，时而一直在病痛的折磨下，现在我只想在两者都没有——既没有看守监视，也没有病痛折磨的情况下多少过一阵子，这是我的最高理想。我既不要列宁格勒，也不要里约热内卢，我只希望回到我们那偏僻的小地方，回到我们的乌什－捷列克。夏天快到了，我希望今年夏天能睡在星空下的行军床上，这样，夜里醒来就能根据天鹅座和飞马座的位移知道几点钟了。只希望这一个夏天能这样度过，能看到星星，而不是看到被探照灯照亮的夜空，而以后哪怕永远不再醒来也行。对了，尼古拉·伊万诺维奇，我还想跟您一起（当然，也带上茹克和托比克），在炎热消退了的时候，沿着草原上的小路走到楚河那儿去，在水较深、没到膝盖的地方，坐到沙底上，让两腿顺流而放，就这样久久地坐在那里，动也不动，跟对岸的苍鹭竞赛。

我们的楚河不流入任何湖海大川。这条河在沙漠中结束生命！一条河，不汇入任何水域，把自己最好的水和最好的动力就那么一路分送给萍水相逢的朋友们——这岂不是我们囚犯生活的写照！我们注定什么也干不成，注定只能背着恶名从这个世界悄然消失，但我们所有最好的东西，犹如我们还没有干涸的一片水面，我们所留下的全部纪念就是通过见面、交谈、帮助这类方式互相捧给对方的一掬水。

流入沙漠的河！……但就连我这最后的一片水面医生们也想剥夺。不知凭什么权利（他们从未想到过问问自己有没有权利），他们未经我同意就代替我决定采用一种可怕的疗法——激素疗法。这简直是一块烧红了的铁，只要用它去烫人一次，就会把人变成一辈子残废。而这种事情在医院的日常生活中竟是那么司空见惯！

有一个问题，过去我早就思考过，而现在尤其如此：生命的最高价值究竟是多少？到底为它该付出多少代价，而付多少便不可以？学校里所教的说："人最宝贵的是生命，这生命对人只有一次。"这就是说，要不惜任何代价抓住生命……劳改营帮助我们之中的许多人认识到，出卖、陷害孤立无援的好人——这样的代价太高，我们的生命不值那么多。说到奉承、拍马、撒谎，营里的人有意见分歧，有人说这代价还可以忍受，也许是那么回事。

可是，为了保全生命，要把赋予生命本身的色彩、香味、激动统统付出——这样的代价又如何呢？换来的只是包括消化、呼吸、肌肉与脑细胞活动的生命，仅此而已。成为一具活动的标本。这样的代价是不是太高？是不是一种嘲弄？要不要照付？在部队待过七年和在劳改营待过七年，这两个七年——童话里或《圣经》里所经常提到的期限——之后，再失去体会什么是男人、什么是女人的能力，这代价是不是太残酷了？

你们最近的来信（到得很快，仅五天时间）使我心中很不平静：怎么，我们区里还来了大地测量考察队？要是能站在经纬仪旁，这该多么令人高兴啊！哪怕只干上一年像样的工作也好！不过，他们会要我吗？要知道，这项工作肯定要越出监督范围的，而且，总的说来，这种事情都是绝对保密的，毫无例外，可我是个有污点的人。

你们所赞赏的《魂断蓝桥》和《罗马，不设防的城市》，看来，我已没有机会看了，在乌什－捷列克是不可能放映第二次的，而在这里要看电影，必须出院后在什么地方过夜才行，可我到哪儿去过夜呢？何况，我出院的时候是不是得爬着出去呢？

你们表示愿意寄点钱给我。谢谢。起先我想谢绝，因为我一生总是避免（确实避免了）欠债。但我想起，我死后还不至于没有任何东西留下：一件乌什－捷列克的羊皮袄——这毕竟是件东西！不是还有当毯子盖的两米长的黑呢料吗？而梅利尼丘克夫妇作为礼物送的那只鸭绒枕头呢？还有钉成一张床的那三只木箱？两只铝锅呢？还有劳改营的那缸子？小勺？还有那只水桶呢？一截梭梭木①！一把斧头！最后，还有一盏煤油灯！我没留下遗嘱，只是由于粗心。

如此说来，如果你们能寄给我一百五十卢布（不要多寄），我将十分感谢你们。你们要我找点高锰酸钾、苏打和肉桂，我一定照办。你们再想想并写信告诉我，还要些什么？要不要搞一只轻便的熨斗？我一定会带给你们，别不好意思开口。

尼古拉·伊万诺维奇，根据您提供的气象资料来看，你们那里还有点儿冷，雪没化尽。可是这里春天的气息已相当浓了，这真有点不大像话，也有点不可理解了。

提起气象，我倒想起了一件事。您如果见到英娜·施特廖姆，请转达我对她的由衷问候。请告诉她，我在这里经常想到她……

或许，是不是也不该提呢……

有一些模模糊糊的感觉在我心里骚动，我自己也不知道：我到底要什么？我有什么权利希求呢？

但是，我一想起使我们得到安慰的那句伟大的习惯用语——"过去岂

---

① 梭梭木是优良的薪炭材。

不更坏!"精神便顿时为之一振。别人那是别人,我们可不能奉拉脑袋! 我们还是要挣扎一番的!

叶连娜·亚历山德罗夫娜提到她两个晚上写了十封信。我在想:如今有谁还念念不忘远方的朋友,为他们献出一个又一个晚上的时间? 因此,给你们写长信是愉快的事情,因为我知道你们会念这样的信,而且会一遍又一遍地念,还会逐句思考,逐一回答。

祝你们永远那么幸福顺遂、美满如意,我的朋友!

**你们的奥列格**

1955年3月3日

# 第二十三章 🌿

## 为什么不过得好点呢

3月5日这一天，外面阴沉晦暗，寒冷的细雨下个不停，但病房里却五光十色，变化异常：昨天晚上在同意开刀的单子上签了字的焦姆卡，要搬到楼下外科病房里去，这里又塞进来两个新的病号。

第一个新病号正好占用焦姆卡的床位——在靠门口的那个角落里。这个人是个高个儿，但伛偻得厉害，脊背不直，容颜苍老。他的两只眼睛如此浮肿，下眼睑如此低垂，以致一般人呈椭圆形的眼窝在他竟变成了圆圈。而在这圆圈里，眼白病态泛红，而淡褐色的虹膜环也由于下眼睑的下垂而显得特别大。这老人似乎是怀着令人不愉快的专注神情，用这双又大又圆的眼睛在持续仔细打量所有的人。

最近一个星期，焦姆卡的病情已变得使他不能忍受了：他的那条腿一刻不停地疼，仿佛抽筋折骨似的，他已不能睡觉，不能做任何事情，而且强忍着不叫喊，以免惊动别人。他被折腾到这等地步，简直不再认为那条腿是他生命中的无价之宝，而成为该死的累赘，只想尽快摆脱它，以求轻松些。一个月以前被他视为生命之终结的截肢手术，现在被看做是得救之道了。

焦姆卡虽然在同意手术签字之前已同病房里所有的病号都商量过了，但是今天他把包裹打包好了跟大家告别的时候，还是有意识地让大家能够再安慰他几句，说几句使他宽心的话。于是，瓦季姆也只好再重复一下自己已经说过的话，什么焦姆卡能这样简便地解决问题，可说是够幸运的了；什么他瓦季姆要是能跟他对换一下，还求之不得呢。

然而焦姆卡还是有保留意见：

"那是用锯子在锯骨头。就那样锯来锯去,像锯原木一样。据说,无论处在哪种麻醉状态都能听得见。"

但瓦季姆不善于、也不喜欢多劝:

"反正你不是头一个。别人经得住,你也受得了。"

在这一方面,如同在所有其他方面一样,瓦季姆是公正而又严于律己的:他不要求别人安慰自己,也受不了那种安慰。任何安慰本身都含有某种发蔫的、宗教性的味道。

瓦季姆还同刚到此地时一样精神专注、懂得自爱和彬彬有礼,只是在山区晒黑了的皮肤渐渐变得颜色浅了,再就是嘴唇往往因疼痛而微微颤动,前额因焦躁和困惑而受到牵动。在这之前,他只是口头上说还能活八个月罢了,而事实上还是照样骑马,飞莫斯科,跟切列戈罗采夫会见,内心深处还是相信能闯过这一关。但他在这里已经住了一个月——那八个月中的一个月,说不定已不是那八个月中的第一个月,而是第三个或者第四个月了。走路一天比一天疼得厉害,很难设想还能再骑上马到野外去。疼痛已波及腹股沟。带来的六本书他已经看完了三本,但原先认为根据水情可以找到矿藏(认为这是唯一重要的事情)的信心不足了,因而他已不是那么坚持不懈地看书了。打的问号和惊叹号也不那么多了。瓦季姆一向认为,要是一天的时间总感到不够用,排得满满的,那才是生命没有虚度的最好标志。但现在他似乎感到一天的时间够用了,甚至绰绰有余,而感到不够的是生命。他能像弦一样绷紧的工作毅力松弛下来了。他已不是经常一清早就醒来,在安静的环境里看书了,而常常是就那么蒙头盖脑地躺着,情不自禁地产生这样的想法:也许认输,就此拉倒,要比奋斗来得轻松。这里俗不可耐的环境、愚蠢无聊的谈话使他感到荒唐和可怕,他恨不得打破自己一向认为光彩的自持力,像野兽面对陷阱那样嗥叫:"玩笑也算开够啦,松开我的腿!"

瓦季姆的母亲奔走了四个高干接待室也没有弄到胶体金。她从俄罗斯带来了恰加,跟这里的一位女护理员讲好了,让她每隔一天把煎好了的几罐药汁带给瓦季姆,她自己则又飞到莫斯科去了:到另外一些接待室去弄那种胶体金。她不甘心眼看某个地方存放着胶体金,而儿子的肿瘤转移却要渗透到腹股沟。

焦姆卡也走到科斯托格洛托夫跟前，说几句或听几句临别的话。科斯托格洛托夫在自己的床上斜躺着，两条腿搭在床架子上，而脑袋则从床垫上向通道倒垂。这样，对焦姆卡来说，他是颠倒的，而焦姆卡对他来说也是颠倒的。科斯托格洛托夫伸出一只手，轻声地（现在他感到大声说话很困难，会使肺底下震痛）道出临别赠言：

"别害怕，焦姆卡。我看到列夫·列昂尼多维奇回来了。他三下五除二就会把手术做好。"

"真的吗？"焦姆卡的神情变得开朗了，"你亲眼看到的？"

"亲眼看到的。"

"那就好了！……我总算等到他回来了，那就好！"

的确，只要那位两只胳膊显得过长的大高个子外科大夫在医院里一出现，病人们的精神便会为之一振，仿佛恍然大悟：这里整整一个月正是少了这位又高又瘦的大夫。如果外科大夫一个个从病人们面前走过去，然后允许病人们自己挑选，那大概会有很多人登记要列夫·列昂尼多维奇做手术。可他在医院里老是显得无精打采，连他的这种表情也被人们这样理解：今天不是手术日。

对焦姆卡来说，虽然叶夫根尼娅·乌斯季诺夫娜没有任何不好的地方，虽然娇小的叶夫根尼娅·乌斯季诺夫娜是位出色的外科医生，但躺到列夫·列昂尼多维奇那双长臂猿般多毛的手下，情绪就会完全不一样。不管结果怎样，能不能得救，反正这位大夫不会出什么差错，这一点，不知为什么，焦姆卡深信不疑。

病人同外科大夫的亲近为时很短，但是却比跟自己的父亲还亲近。

"怎么，那位外科大夫很好吗？"眼睛浮肿的新病人从原先是焦姆卡的床上闷声闷气地问。他的神态显得惶惑，似乎茫然不知所措。他怕冷，甚至在屋里也把绒布长衫罩在睡衣外面，纽子没扣上，也没把腰带系上。这老头左顾右盼，仿佛他是在自己家里被夜间的敲门声惊醒，刚从床上下来，也不知祸是从哪里来的。

"嗷——！"焦姆卡哼叫了一声，神情愈来愈开朗，愈来愈满意，仿佛他这次手术一半已经成功，"那可是把好手！让人一百个放心！怎么，您也要动手术吗？您得的是什么病？"

"也要。"新病人只简单地这样回答,仿佛没听全整个问话。他脸上没有受到焦姆卡轻松神情的感染,他的呆滞的大圆眼睛没有丝毫变化——不知是过于专注,还是完全视而不见。

焦姆卡走了,有人给新病人铺好了被褥,他坐到床上,身体靠着墙壁,又默默地瞪着他那显得很大的眼睛。他并不转动眼珠,而是盯住病房里的某一个人就那么久久地望着。而后又把整个脑袋转过去瞧另一个人。也有可能视线从旁边掠过。他对病房里的任何动静都毫无反应。他不说话,不问也不答。一小时过去了,从他口中所探听到的仅仅是:他来自费尔干纳。再就是听护士说,他姓舒卢宾。

他简直就是一只猫头鹰,鲁萨诺夫一下子就认定这双动也不动的呆滞的圆眼像猫头鹰的眼睛。病房里的气氛本来就令人不快,而这只猫头鹰可说来得又很不合时宜。他阴郁地盯着鲁萨诺夫,瞧得那么久,简直使鲁萨诺夫浑身难受。他对所有的人都这样盯着看,似乎这里大家都有什么地方对不起他。他们病房里的生活已不可能像原来那样自然地进行了。

昨天,医生给帕维尔·尼古拉耶维奇打了第十二针。他对这种针剂已经适应了,不再陷入谵妄,但他经常感到头痛和虚弱。最主要的是已经搞清楚了他没有生命危险,不消说,那是一家人的一场虚惊。肿瘤已缩小了一半多,而依然留在脖子上的那一部分也变软了,虽然碍事,但没有多大影响,头部已逐渐能自由活动了。剩下的问题只是虚弱。虚弱倒是能够忍受,就这一点来说,甚至还别有乐趣:爱躺多久就躺多久,看看《星火》画报和《鳄鱼》杂志,喝点滋补剂,如果想吃就挑好吃的吃,跟知心人聊聊天,听听收音机——不过这都是回家以后的事。要不是东佐娃医生每次都用手指生硬地在他腋下触摸,像用棍子戳似的,那剩下的就只不过是虚弱问题了。她在寻找什么,在这里已经住了一个月的时间,是能够猜到她在寻找什么的:第二个新的肿瘤。有时她还把他叫到诊室里去,让他躺下,然后摸腹股沟,同样是那么戳得人受不了。

"怎么样,会转移吗?"帕维尔·尼古拉耶维奇不安地问。他那由于肿瘤的消退而产生的整个喜悦神情顿时蒙上了阴影。

"治疗的目的正是为了不出现这种情况!"东佐娃摆了摆脑袋,"不过还得打好多针才行。"

"还要打多少针?"鲁萨诺夫吓坏了。

"这要看情况需要。"

(医生从来不把话说死。)

打了十二针他就已经那么虚弱了,面对他的验血单医生们都直摇头,然而还得经受多少针啊? 疾病就这么千方百计地折磨人。肿瘤虽然缩小了,但真正高兴还为时尚早。帕维尔·尼古拉耶维奇日子过得没精打采,大部分时间是躺在床上。好在"啃骨者"也老实了,不再嚷嚷和顶撞别人,现在看得出来他已经不装腔作势了,疾病也降伏了他。他愈来愈经常地把头部往下倒垂,眼睛眯缝起来,就那么久久地躺着。而帕维尔·尼古拉耶维奇则经常服用头痛药粉,用湿毛巾敷前额,闭上眼睛避光。他们就这样并排躺着,相安无事,躺上几个小时也不发生口角。

在这一期间,宽阔楼梯平台(那个老是离不开氧气袋的小个子病号已从此处被送进了太平间)的上方挂起一幅标语——照例是白字写在长长的红布上:

**病员们! 不要互相谈论你们的疾病!**

毫无疑问,用这样的红布,在这样显著的地方,悬挂庆祝十月革命节或五一节的口号会更体面些,不过对于住在这里的病号来说,这一号召也是很重要的,帕维尔·尼古拉耶维奇已几次根据它来制止病人说些使人丧气的话。

(总的说来,从国家的角度考虑,比较正确的做法是,不要把肿瘤病人集中在一起,而应该把他们分散在普通医院里,这样他们就不会互相吓唬了,也可以不把真实情况告诉他们,这样就更为人道得多。)

病房里人员经常变更,但从来没有人进来时高高兴兴的,都是神色沮丧、疲惫不堪。只有已经扔掉了拐棍即将出院的艾哈迈占,经常咧着嘴笑,露出洁白的牙齿,但他只会自得其乐,不善于使别人开心,所以,说不定反而只会引起别人的妒忌。

今天,在那个阴郁的新病人来到之后约两个钟头,时间是灰蒙蒙的下午,大家都各自躺在床上,被雨淋湿的窗玻璃透不进多少亮光,还是在午饭之前人们就想打开电灯,希望夜晚早点来临似的;就在这时,忽然有一个身材不高、非常活跃的人迈着迅速、稳健的步伐,赶在护士的前面走进了病房。他甚至不是走了进来,而是急冲冲地闯了进来,仿佛他知道这里已整好了队列准备欢迎他,而人们等他都等累了。可是,看到大家都无精打采地躺在床上,他十分惊讶地停住了脚步,甚至还吹了一声口哨。于是他带着狠狠责备的意味颇富兴致地说道:

"喂,弟兄们,你们怎么都像落汤鸡似的? 你们都蜷着腿干什么?"虽然他们并没准备欢迎他,可他还是以半军人的手势向大家致意,仿佛是来上了一个敬礼,介绍说:"我是恰雷,马克西姆·彼得罗维奇! 请多关照! 稍息!"

他脸上没有癌症病患者的倦容,而是洋溢着乐观、自信的微笑,于是有几个人对他也报以微笑,其中包括帕维尔·尼古拉耶维奇。一个月来,鲁萨诺夫都是跟愁眉苦脸的呻吟者在一起,这会儿似乎才算来了个像样的人!

"就这样吧。"他谁也没问,凭着一双敏锐的眼睛看准了自己的床位,马上迈着有力的步伐走过去。这是帕维尔·尼古拉耶维奇旁边的一张床,先前属于穆尔萨利莫夫。新来的这位病人走进靠近帕维尔·尼古拉耶维奇床边的通道。他坐到床上,晃了晃身子,床轧轧作响。他下了个断语:"折旧率百分之六十。院长不是个逮老鼠的。"

他开始安放自己所带的东西,不过也没什么要安放的,两只手里什么也没有,一只口袋里是剃刀,另一只口袋里是一包方整的东西,但那不是香烟,而是一副纸牌,几乎还是新的。他把纸牌掏了出来,手指在上面弹了弹,一双机灵的眼睛望着帕维尔·尼古拉耶维奇,问道:

"您玩吗?"

"有时也玩玩。"帕维尔·尼古拉耶维奇坦率地承认。

"朴烈费兰斯① ?"

"很少玩。多半是玩'傻瓜'。"

"这算不上玩牌。"恰雷严肃地说,"那么什托斯呢② ? 文特③ 呢? 扑克呢?"

---

① 桥牌的一种。
② 纸牌赌博的一种。
③ 牌戏的一种。

“都不在行!”鲁萨诺夫窘迫似的把手一挥,“当初没时间学。”

“在这儿就能教会您,还用到哪儿去学?”恰雷兴致勃勃地说,“常言道:你不会就教会你,不愿学就逼你学!”

说完他笑了。就他的脸盘来说,鼻子显得太大——这是一个软绵绵、有点发红的大鼻子。但正因为这个大鼻子,他的脸才显得朴实、使人产生好感。

“没有比玩扑克更有意思的了!”他以权威的口气宣称,“下赌注全凭运气。”

他已不怀疑帕维尔·尼古拉耶维奇会成为牌友,接着就环视四周,继续物色别的人,但附近没有人能使他产生希望。

“我来! 我愿意学!”艾哈迈占在背后喊道。

“好,”恰雷表示赞许,“你去找一件东西来,可以当桌子,放在两张床铺之间。”

他转过脸来继续环顾,看到了舒卢宾呆滞的目光,看到还有一个乌兹别克人缠着粉红色的头巾,下垂的胡须犹如根根银丝;而就在这时内丽娅带着水桶和抹布走了进来,准备擦洗地板,可她来得不合时宜。

“噢——噢!”恰雷马上表示赞赏,“好一位大底盘姑娘! 喂,你过去在哪儿? 我跟你一块儿荡秋千是最合适不过了。”

内丽娅噘起厚厚的嘴唇,这样算是她在微笑:

“那又怎么了,现在也不算晚呀。不过你是病号,那怎么行呢?”

“肚皮贴肚皮,什么病都能去。”恰雷把话说白了,“莫不是你见到我就胆怯了?”

“你身上还能有多少男子汉的东西!”内丽娅打量着他。

“别担心,足够你消受的!”恰雷使她下不了台,“那就赶快擦洗地板吧,我倒是愿意正面瞧瞧你!”

“瞧就瞧吧,这不收钱。”内丽娅十分大方地说,接着就把湿抹布啪的一声扔到头一张床铺底下,弯下腰去擦洗。

这个人也许根本没有病? 从外表看他没有病痛的地方,脸上也现不出体内哪儿疼痛。莫非他是靠意志的命令那样硬挺着,以便做出病房里所没有的、但在我们的时代我们的人所应该给自己树立的榜样? 帕维尔·尼古拉耶维奇带着羡慕的目光望着恰雷。

"您是什么病?"他悄声问,不让别人听见。

"我吗?"恰雷抖动了一下身子。"息肉!"

息肉是怎么回事,病人中谁也说不清楚,但往往在这个人或那个人身上会生出息肉来。

"怎么,不感觉到疼吗?"

"正是因为疼我才到这里来了。不是说要切除吗?请吧,有什么好拖延的?"

"那东西长在您什么地方?"鲁萨诺夫还是那么满怀着敬意地询问。

"大概是胃上吧!"恰雷满不在乎地说,脸上还带着笑容。"总而言之,胃得开刀。要切除四分之三。"

他把手掌比做刀子做了个剖腹的动作,同时眯缝起眼睛来。

"那怎么行?"鲁萨诺夫十分惊讶。

"没关系,我能适应的!只要伏特加渗得进去就行!"

"您可真是想得开,挺得住!"

"亲爱的邻居,"恰雷点点头,他那目光率直的眼睛和有点发红的大鼻子显得很和气,"要是不想见阎王,就不应该心情沮丧。病最好少说,少说少烦恼。我劝你也想开点!"

这时正好艾哈迈占拿来了一块胶合板。他们把胶合板放在鲁萨诺夫和恰雷的床铺之间,还挺好,稳稳当当。

"这才有点文化娱乐。"艾哈迈占十分高兴。

"把灯打开!"恰雷发布命令。

灯打开了。气氛变得更加愉快。

"还缺一个人,谁来?没有也行。"

第四个人似乎还物色不到。

"没关系,您先就那么给我们讲好了。"鲁萨诺夫兴致很高。瞧,他坐在那里,像个健康人似的,两腿垂到地板上。脑袋转动时,颈部的疼痛比以前轻多了。胶合板不过是块胶合板罢了,可是在他看来,简直就是一张小小的牌桌,被天花板上射下来的欢快的强光照亮。红黑花色在纸牌光滑的白色衬底上显得十分清晰醒目。也许,的确应当像恰雷那样对待疾病,说不定那样一来疾病当真会自然而然地好转？干吗要哭丧着脸呢？干吗老是要往坏处想呢？

"那就讲吧，还等什么呢？"艾哈迈占也催促道。

"好吧。"恰雷以放电影胶片的速度使全副纸牌从自己那有把握的手指中间过了一遍：不需要的剔到一边，需要的留下。"要用的牌是从9到A。花色的顺序是：梅花、方块、红心和黑桃。"他把每一种花色都叫艾哈迈占看一看。"懂了吗？"

"是的，懂了！"艾哈迈占十分满意地回答说。

马克西姆·彼得罗维奇把选出来的牌时而弄弯弹响，时而稍稍一洗，继续讲解：

"每人分到手五张牌，其余的放在中央。现在要弄清楚牌的大小和顺序。组合是这样进行的：对子，"他给看了看，"两副对子。顺子——也就是五张牌依次相连，像这样就是，或者这样也是。接下来便是三张同点。再就是富尔……"

"谁是恰雷？"有人在门口问。

"我是恰雷！"

"到楼下去吧，您妻子来了！"

"带没带提兜，您没看见吗？……好吧，弟兄们，暂停。"

他精力充沛、无忧无虑地向门口走去。

病房里静了下来。电灯像晚上一样亮着。艾哈迈占回到了自己床上。内丽娅很快就洒了一地的水，大伙都得抬起腿把脚搁到床上。

帕维尔·尼古拉耶维奇也躺了下来。他总是感觉到那只猫头鹰从角落里投过来的目光——带着指责似的从侧面死死地压迫着他的头部。为了减轻这种压迫，他问：

"您呢，同志，是什么病？"

但是，那个阴郁老头甚至没有迎着问话的人做出任何有礼貌的表示，仿佛那不是在问他。他那泛红的浅褐色的圆眼睛似乎是从鲁萨诺夫的脑袋旁边望了过去。帕维尔·尼古拉耶维奇没等他回答，就开始逐张查看手中那光滑的纸牌。就在这时他听到低沉的声音：

"同样的东西。"

跟什么是"同样的东西"？没教养！……帕维尔·尼古拉耶维奇现在不再看他了，只顾仰卧在床上，就那么躺着寻思。

恰雷的到来和玩纸牌的事使他分了心，本来他在等报纸。今天这个日子太令人难忘了<sup>①</sup>。这是一个很重要的有特殊意义的日子，根据报纸可以对未来做很多预测。而国家的未来也就是你个人的未来。报纸会不会整个版面都加上黑框？还是只加在头一版上？照片占通栏还是占四分之一的版面？标题和社论会用什么样的措辞？自从2月份撤换了一大批人以后，这一切就格外意义重大。要是像平时那样上班，帕维尔·尼古拉耶维奇倒是可以从别人那里获得一些消息，可是在这里，消息的唯一来源就是报纸。

内丽娅在床与床之间挤来挤去，任何一条通道都容纳不下她。但她擦洗得很快，瞧她快收尾了，马上就会把横贯整个病房的那条通道擦完。

瓦季姆照完了X光回来，就沿着这条通道走进病房，他小心翼翼地挪动着那条病腿，面部不时由于疼痛而受到牵动。

他随身带着报纸。

帕维尔·尼古拉耶维奇向他招手：

"瓦季姆！到这儿来坐一会儿。"

瓦季姆停住脚步，踌躇了一下，随后拐进鲁萨诺夫床边的那个通道，坐下来时两手稍稍提着那条裤腿儿，免得擦到痛处。

看得出报纸已被瓦季姆打开过，现在折得跟刚到时不一样。帕维尔·尼古拉耶维奇一接到报纸，马上就发现版面的四周没有黑框，第一版上也没有照片。他急忙往下翻，仔细查看，报纸飒飒响，但是直翻到最后一版，哪儿也没找到照片、黑框或大的标题，似乎根本没有什么文章？！

"没有？什么也没有？"他问瓦季姆，可是不敢说出没有的究竟是什么。

他跟瓦季姆素昧平生。虽然瓦季姆也是个党员，但是还太年轻，也不是领导干部，而只是一个方面的专业工作者。很难想象他头脑里可能装些什么。不过有一次他倒使帕维尔·尼古拉耶维奇十分放心：病房里在谈论一些民族被集遣的事，瓦季姆从他的地质学书本上抬起头来，朝鲁萨诺夫看

---

① 指1955年3月5日——斯大林逝世两周年。

看，耸了耸肩膀，悄声对他一个人说："那就意味着，总是有点问题。在我们国家，不会无缘无故让人流迁。"

就是通过这句正确的话，可以看出瓦季姆的聪明和思想上的坚定。

看来，帕维尔·尼古拉耶维奇没有看错人！此时他无须向瓦季姆解释自己指的是什么，瓦季姆本人已经先找过了。他还把鲁萨诺夫由于激动而没有留意的一篇底栏文章指给他看。

这是一篇普普通通的底栏文章。一点也不引人注意。没有任何照片。只不过是科学院院士写的一篇文章。而且，不是为逝世两周年而写的纪念文章。没提全民的悲痛！没提他"活着并将永世长存"！而是关于"斯大林和共产主义建设的若干问题"。

难道仅此而已？难道只是"若干问题"？仅仅是这些问题？建设方面的问题？为什么要谈到建设？这样也可以写有关防护林带方面的文章！赫赫战功哪里去了？哲学天才在哪儿？科学泰斗哪里去了？全民敬爱何以不提？

帕维尔·尼古拉耶维奇皱紧了额头，怀着痛苦的心情透过眼镜望着瓦季姆那黝黑的面孔。

"这怎么可能呢？……"他谨慎地扭过头去看看背后的科斯托格洛托夫。看来，科斯托格洛托夫是睡着了：眼睛闭着，头还是那么倒垂着。"两个月以前——才两个月，可不是吗？——您该记得，是诞生七十五周年！一切都还按过去那样：巨幅照片！大字标题——《伟大的继承者》。可不是吗？……啊？……"

不，甚至不是危险，不是由此而产生的威胁到还活着的人们的那种危险，而是忘恩！忘恩——这才是此刻最使鲁萨诺夫痛心的事情，仿佛他自己的个人功绩、他自己的无可非议的品德被唾弃、被否定了。既然震撼世纪的光荣在不到两年的时间里就被啃啮殆尽，既然最最敬爱的、最最英明的、你所有的顶头上司以及上司的上司都得服从的那个人，在二十四个月之内就被推倒了，被压在底下，那还有什么指望？还有什么靠得住？在这种情况下怎能恢复健康？

"是这么回事，"瓦季姆说得很轻，"前不久颁布过一项正式规定，不纪念逝世日，只纪念诞辰日。但是从文章本身来看，毫无疑问是……"

他快快不乐地摇摇头。

他似乎也有一种委屈的感受。首先是为死去的父亲不平。他记得父亲是多么热爱斯大林！——不消说，超过对他自己的爱(父亲从来不为自己谋求什么)，也超过对列宁的爱，而且大概也超过对妻子和儿子的爱。提起家庭时他可以心平气和、谈笑风生，可是，提起斯大林时他却从来不是这样，他的声音都会发抖。斯大林的像，一张挂在父亲书房里，一张挂在餐厅里，还有一张挂在孩子房间里。孩子们在成长过程中始终看到墙上那两道浓眉、那浓密的胡髭、那庄重的面容，这面容似乎永远与恐惧和轻浮的欢乐无缘，其全部感情都压缩在一双黑眼睛的丝绒般的光泽中。还有，斯大林发表的每一次讲话，父亲都总是自己先从头到尾读过，然后选几段念给孩子们听，给他们讲解：这里，思想是多么深刻，阐述得多么精辟，而且，用的是多么纯正的俄语。后来，父亲已经去世，瓦季姆也长大了，他才开始感到那些讲话的语言似乎淡而无味，而思想一点也不凝练，倒是可以用简短得多的方式表达，像原先那样的篇幅本来是可以包含更多的思想的。他心中那么想，嘴上却怎么也不会说。他觉得，口头上还是以表达从小养成的崇敬之情较为合乎道理。

伟人逝世的那一天，瓦季姆还记忆犹新。老年人、青年人、孩子们都哭了。姑娘们号啕大哭，小伙子们默默地抹着眼泪。从泪水汇成的这片汪洋大海来看，似乎不是死了一个人，而是整个宇宙裂开了一道缝隙。给人的感觉是，纵使人类能熬过这一天，继续存在的日子也不会太久。

可是到了两周年的时候，连表示悼念的黑框也没有花费油墨印上。甚至找不到这样一句普通的温暖的话："两年前与世长辞……"而上次大战中无数战士正是喊着那个人的名字冲锋陷阵，作为他们说完人生的最后一句话而倒下的。

倒不是仅仅由于瓦季姆习惯了从小受到的那种教育(习惯他能够改变)，而是全部理智要求他考虑，对这位死去的伟人应当表示敬意。那伟人是光明的化身，他放射的光辉让人确信明天不会脱离先前的轨道。他提高了科学的地位，提高了学者的地位，把他们从工资、住房等琐事中解放了出来。科学本身也要求他的稳定性、他的一贯性：即使明天也不要出现任何动荡，不要迫使学者们分散精力，脱离他们那最有贡献、最有意义的工作，而去处理社会结构方面的一些纷争，去教育低能儿，去说服笨蛋。

瓦季姆心情抑郁地拖着自己的那条病腿回到床位上去。

这时恰雷高高兴兴地回来了，带着一提兜吃的东西。他把各种食品一一放进自己的床头柜里，那床头柜是放在另一边，不是放在靠鲁萨诺夫这边的通道头上，他一边放一边谦和地笑着说：

"趁胃还没切除的这最后几天能吃就吃！要不，往后光剩下肠子，还不知道会怎么样呢！"

鲁萨诺夫真是无限羡慕恰雷：这才是乐观主义者！这才是好样的！

"醋渍番茄……"恰雷继续在往床头柜里放食品。他用手指直接从瓶子里捞出一只来吞了下去，眯缝着眼睛说："啊，真棒！……嘿，还有小牛肉。煎得多嫩，一点也不干硬。"他碰了碰，舔舔指头。"好一双女人的巧手！"

然后，他默不作声地把半升酒藏着掖着塞进了床头柜里，不让回病房的其他人看见，但鲁萨诺夫瞧得见。他朝鲁萨诺夫使了个眼色。

"这么说，您是本地人。"帕维尔·尼古拉耶维奇说。

"不，我不是本地人。我只是经常到这里来出差。"

"那就是说，您爱人在本地？"

但这话恰雷没听进去，他把空提兜拿走了。

回来后，他打开床头柜，眯缝起眼睛往里面瞧了瞧，又吞下一只番茄，接着就关上了柜门，得意地晃了晃脑袋。

"喂，刚才咱们讲到哪儿啦？现在接着来。"

在这段时间里艾哈迈占已找到了第四个牌友——楼梯上的一个哈萨克青年。其时艾哈迈占正坐在自己床上，用俄语加上手势绘声绘色地向这个哈萨克青年讲述，我们俄国人怎样把土耳其人打得狼狈逃窜（昨天晚上他到另一栋楼去看了电影《攻克普列文》[①]）。现在他俩都走过来，又把那胶合板安放在两张床铺之间，兴致比刚才更高的恰雷，用一双灵巧的手迅速地

---

① 实为苏联与保加利亚合拍片《希普卡的英雄们》(1955)中的情节。普列文为保加利亚北部城市，普列文州首府。1877—1878年俄土战争中，俄军从土军手中攻克该城。

理着纸牌,让他们看各种样板:

"就是说,刚才讲到富尔,对吗? 富尔就是手中的牌正好凑到三张同点,再加一个对子。懂了吗,车臣人?"

"我不是车臣人,"艾哈迈占摇了摇头,不过并没生气,"参军以前我才算是车臣人。"

"那好。接下来是同花。这就是指五张牌都是同一花色。再往下是四轮马车:四张同点,第五张随便什么都可以。然后是小同花顺子,就是同一花色的顺子牌,从9到K。瞧,就是这样的……或者是这样的……还有大的,叫大同花顺子……"

并不是一下子就能什么都明白,不过马克西姆·彼得罗维奇要他们相信,在玩的过程中会更清楚是怎么回事。而主要的是,他如此好心好意地讲解,讲得那么亲切,口齿那么清楚,使帕维尔·尼古拉耶维奇由衷感到温暖。这样一个可亲可爱的人,这样一个可以信赖的人,他怎么也没想到会在这医院的大病房里遇到! 瞧,他们围坐在一起,形成一个多么团结友好的集体,这样一小时接一小时地玩牌,每天都可以玩下去,何必去想疾病呢? 何必去想其他不愉快的事情呢? 马克西姆·彼得罗维奇是对的!

鲁萨诺夫刚想预先说明:在他们还没有完全掌握牌的打法时,不赌钱,——忽然门口有人问:

"谁是恰雷?"

"我是恰雷!"

"到楼下去,您妻子来了!"

"呸,这娼妇!"马克西姆·彼得罗维奇并无恶意地啐了一口,"我对她说过了,星期六不要来,星期日来。差点儿没撞车! ……喏,对不起,弟兄们。"

牌又没玩成,马克西姆·彼得罗维奇走了,而艾哈迈占和那个哈萨克青年把牌先拿去复习,练着玩。

于是,帕维尔·尼古拉耶维奇又想起了肿瘤和3月5日,从角落里感觉到"猫头鹰"那不以为然而又紧盯不放的目光,可是转过身去,却看到"啃骨者"睁着的眼睛。这人根本没有睡着。

科斯托格洛托夫在这段时间里根本没睡,当鲁萨诺夫和瓦季姆窸窸窣窣翻阅报纸和窃窃私语的时候,他每句话都听见了,故意不睁开眼睛。他很想听听他们说些什么,听听瓦季姆怎么说。现在他已用不着把报纸拿过来打开看了,一切都已清清楚楚。

又突突地跳起来了。心突突直跳。心在捣一扇铁门,这门本来永远不会打开,可是现在却发出了一种轧轧的响声!居然还颤动了一下!环扣上的铁锈也开始散落了。

科斯托格洛托夫对于从自由人那里听到的情况怎么也无法想象:两年前的这一天老年人哭,姑娘们也哭,整个世界如丧考妣。对他来说,这实在是不可思议,因为他记得他们那里当时的情景。那天忽然不放他们出去干活,营房的门锁也不打开,就那么把他们关在里边。营区外面的广播喇叭本来随时都听得见,这天却关掉了。所有这一切合在一起,说明头儿们不知所措,好像是大祸临头。而头儿们有了祸殃,犯人们喜在心上!不用出工,躺在床上,饭自会送来。起初大伙尽睡大觉,后来觉得蹊跷,再后来就弹吉他,弹班杜拉[①],串床铺窃窃私议。囚犯们不论被关到什么偏僻的地方,事情的真相总是会渗透进去!或者通过切面包的女人,或者通过开水房,或者通过伙房。这样也就渐渐传开去,传开去!起初还不太肯定,而只是在营房里走来走去的时候,偶尔坐到床铺上:"喂,伙计们!看来,凶神盖床单啦……""你说什么???"——"我怎么也不会相信!"——"我倒是完全相信!"——"早就到时候了!!"于是,大伙不约而同地笑了起来!吉他弹得更响了,巴拉莱卡琴[②]也弹得更响了!可是,整整一天一夜没打开过营房门。第二天早晨,在西伯利亚还很冷,全劳改营的人都奉命出去列队,一个少校、两个大尉和几名中尉全都到场。由于伤心脸色发黑的少校开始宣布:

"我怀着深切的悲痛……告诉你们……昨天,在莫斯科……"

囚犯们那皮肤粗糙、颧骨突起、丑陋不堪的黑脸开始龇牙咧嘴地现出怪相,他们差点儿没公开欢呼。看到这种即将笑出来的面部表情,少校暴跳如雷地命令道:

---

① 班杜拉:乌克兰弹拨乐器之一种。
② 巴拉莱卡琴:俄罗斯民间三弦弹拨乐器。

"帽子! 摘下来!!"

于是几百名囚犯在刀刃上犹豫不定:不摘吧,暂时还不可能;摘掉吧,实在是违心和委屈。然而就在这时,营里擅长恶作剧的那个天生幽默的人,抢在所有的人前头,把自己头上的一顶假毛皮的斯大林式的帽子摘了下来,抛向空中! ——作为他执行了命令!

几百人都看见了! 于是纷纷把帽子抛向空中!

少校气得透不过气来。

经历过这样的场面之后,如今科斯托格洛托夫了解到,当时老年人哭了,姑娘们哭了,整个世界如丧考妣……

恰雷回来时更高兴了,而且又带来满满一提兜食品,不过提兜已是另一只了。有人暗暗冷笑,而恰雷自己则首先公开地笑了起来:

"唉,你拿这些娘儿们有什么办法呢? 既然她们喜欢,那为什么不让她们高兴呢? 这会碍谁的事? 不管是什么夫人和太太,反正会送上门来!"

接着他就哈哈大笑起来,引得听的人也都咧着嘴笑,他自己笑得直摆手。鲁萨诺夫也由衷地笑了起来,因为马克西姆·彼得罗维奇的顺口溜编得很逗。

"那么您的太太怎样呢?"艾哈迈占乐得气儿透不过来。

"甭提了,老弟,"马克西姆·彼得罗维奇叹了口气,把食品一一放进床头柜里,"咱们的法律需要改革一下。这个事儿倒是穆斯林的办法比较合乎人道。比如说,从去年8月份开始,允许人工流产了,生活中的这个问题也就大大简化了! 的确,女人为什么要孤单单地过日子呢? 一年当中哪怕有人去看她们一次也好。对出差的人来说也是方便的:每座城市都有自己的一个安乐窝。"

食品中间又隐隐约约露出一只深色的玻璃瓶子。恰雷掩上了床头柜的小门,拿着空提兜走了。他很快就回来了,看来对这个娘儿们他并不十分娇宠。他像当初叶夫列姆那样,在通道的同一个地方停住了脚步,一边望着鲁萨诺夫,一边搔了搔头后部的鬈发(他的头发无拘无束,颜色介乎亚麻和燕麦秆之间):

"邻居,咱们一起吃点,怎么样?"

帕维尔·尼古拉耶维奇会意地微微一笑。不知怎么今天的午饭迟迟没有送来，而看到马克西姆·彼得罗维奇兴致勃勃地把食品一样样放进床头柜以后，他根本不想吃那种普通的午饭了。况且，马克西姆·彼得罗维奇本人及其厚嘴唇上流露出的微笑能够引起一种愉快的、愿意品尝美味的感觉，使你不由得恰恰想跟他一起进餐。

"来吧，"鲁萨诺夫邀请他到自己的床头柜这边来，"我这里也有一些吃的东西……"

"来两杯，怎么样？"恰雷弯身问道。他那麻利的两手已在忙着把瓶瓶罐罐、一包一卷往鲁萨诺夫的床头柜上搬。

"这可不行！"帕维尔·尼古拉耶维奇摇摇头，"得我们这种病是严格禁止……"

一个月以来，病房里任何人连想都没敢想，可是对恰雷来说，不这样似乎就没法活。

"你叫什么名字？"恰雷已经到了鲁萨诺夫床前的过道里，同他促膝而坐。

"帕维尔·尼古拉耶维奇。"

"帕沙！"恰雷亲热地把手搭在他肩膀上，"别听医生那一套！他们治病等于把人往坟墓里整。咱们可是要活呀——活得逍遥自在！"

马克西姆·恰雷憨直的脸上显出信心十足和友好的样子。今天是星期六，医院里在星期一之前一切治疗均告暂停。晦暗的窗外雨下个不停，把鲁萨诺夫同他所有的亲人和朋友统统隔开了。报纸上没登悼念的照片，无以名状的委屈情绪凝结在心头。电灯早就赶在漫漫长夜到来之前照得病房亮堂堂，在这种情况下，此时倒是可以跟这个着实可爱的人一起喝一杯，吃一点，而后打打扑克。（他玩扑克，对帕维尔·尼古拉耶维奇的朋友们来说，也会是条新闻！）

恰雷可真是个机灵鬼，酒瓶已被他放在枕头底下了。他用一个手指拔掉了瓶塞，在膝盖旁边悄悄地给两人各斟了半杯。他们就在那里碰了碰杯。

帕维尔·尼古拉耶维奇真正按俄罗斯人的风格，把前不久的恐惧、禁忌和誓言一概置之不顾，只想洗去心头的郁闷，让自己感到温暖。

"咱们要活下去！要活下去，帕沙！"恰雷安慰他说，他那有点搞笑的面孔忽然变得严肃起来，甚至变得很凶，"谁活够了，那他尽管等死好了，可咱们俩一定得活下去！"

这句话成了祝酒辞，他们干了杯。鲁萨诺夫在这一个月里身体变得十分虚弱，除了淡淡的红酒什么也没喝过，现在却一下子像点着了火，而且这团火不断地蔓延，扩散到全身，仿佛还对他说：没有必要耷拉脑袋，进了癌症楼人们照样生活，还要从这里出去。

"这些个……息肉……使你疼得厉害吗？"帕维尔·尼古拉耶维奇问。

"是的，不停地疼。可我不理它！……帕沙！喝了伏特加不会更糟，你要明白这个道理！伏特加能治百病。到了上手术台的时候我还要喝酒精呢，而你以为怎么着？瞧，就在那个小瓶子里……为什么要喝酒精呢？因为它马上就能被吸收，多余的水分不会有。手术大夫把胃翻过来一看——什么也找不到，干干净净！而我反正醉了，什么也不知道！……再说，你也上过前线，明白这个道理：每逢进攻之前，就发伏特加……你负过伤吗？"

"没有。"

"你运气好……而我负过两次伤：这儿，还有这儿，你瞧……"

两只杯子里又各斟上了一百克左右。

"不能再喝了，"帕维尔·尼古拉耶维奇不怎么坚决地推辞说，"危险啊。"

"什么危险？是谁向你灌输了鬼话，说是危险？……来，吃番茄！啊，多好的番茄！"

说得对，既然开了戒，喝一百克跟喝二百克有什么不同？既然伟人死了也没有人提起，喝二百克跟喝二百五十克有什么两样？帕维尔·尼古拉耶维奇把第二杯也干了，表示铭记主人的盛情厚意。一干到底，就像在忌日宴上一样。他满怀忧伤地撇了撇嘴。随后把番茄往扭曲了的嘴唇中间送。他会意地倾听马克西姆说话，两个人的脑门子儿乎碰到了一起。

"嘿，红得多可爱！"马克西姆在发议论。"这里，一千克番茄卖一卢布，要是带到卡拉干达，能卖三十卢布。那还抢不到手呢！可要带吧——不行。托运吧——不接受。为什么不可以呢？你倒说说，为什么不可以？……"

马克西姆·彼得罗维奇激动了起来,他的眼睛睁得很大,从中看得出他在紧张地思索,探求生活的意义。

"一个穿旧上衣的小人物来到站长面前:'你,站长,想活下去吗?'站长连忙抓起电话,以为这人是要来杀害他……可是这个人却在站长办公桌上放了三张一百卢布的钞票。'为什么不让带?'他问,'为什么说"那不行"?你要活,我也要活。你就吩咐他们把我的那批番茄作为行李托运好了!'就这样,帕沙,生活胜利了!一列运行的火车,名义上是'客车',而实际上运的全是番茄:行李架上是番茄筐,行李架下也是番茄筐。给列车员一点小费,给检票员一点小费。出了路局的管辖范围,便是另外一些检票员了,那就对他们也表示点小意思。"

鲁萨诺夫已感到晕乎乎了,浑身发热,此时疾病已被压倒。但是马克西姆所说的事情,似乎不大对头……协调不起来……岂不违背……

"这是背道而驰!"帕维尔·尼古拉耶维奇固执地说,"为什么要这样呢?……这不好。"

"不好?"恰雷感到惊奇,"那你尝尝这种不咸不淡的腌番茄!还有这茄子酱,也来点!……在卡拉干达,石墙上刻着大字:'煤就是粮食'。不消说,这是指工业粮食。可是人们要吃的番茄却没有。要不是会做生意的人往那里运,那就一点也不会有。人们花二十五卢布抢到一千克,还要说一声谢谢。这样总算看到了番茄,否则连影儿也见不到。在卡拉干达那里,人蠢到什么程度,你简直无法想象!他们找了一些警卫、打手,不是派他们去装几十车皮的苹果往自己那里运,而是把他们分布在草原上把守各条路口——要是有人往卡拉干达运苹果,就拦下来。不许通过!他们就那么一直把守着,这些蠢货!……"

"怎么,你就是干这种生意的?你?"帕维尔·尼古拉耶维奇有点懊丧。

"怎么会是我呢?我嘛,帕沙,不是带箩筐跑单的。我是带公文包的。是带小小的手提箱的。有的少校、中校出差证快到期了,就去敲售票处的窗口,可是车票却弄不到!根本弄不到票!……我可从来不去敲那儿的窗口,却总是能弄到车票。我知道,在哪个车站上要弄到票就得去找烧开水的,在哪个车站上就得去找行李寄存处。你要知道,帕沙,生活永远都是占上风的!"

"那你到底是干什么的？"

"我的工作，帕沙，是技术员。虽然我没在技术专科学校毕过业。我还当经纪人。我干工作就是为了口袋里装得满满的。哪儿没有油水了，我就离开那里。懂了吗？"

帕维尔·尼古拉耶维奇似乎觉察到，事情不是那么对头，甚至有点儿偏离了方向。然而，他是那么好、那么爽朗的一个自己人，也是一个月以来第一次遇到的。帕维尔·尼古拉耶维奇不忍心得罪他。

"不过，这样好吗？"他只是试探。

"好，很好！"马克西姆让他宽心，"你吃这小牛肉。一会儿咱们再把你的糖渍水果汁干掉。帕沙！咱们在世上只能活一次，为什么不过得好点呢？应当过得快活，帕沙！"

这一点帕维尔·尼古拉耶维奇不能不同意，这是很有道理的：在世上只能活一次，为什么不过得好点？只不过……

"你知道，马克西姆，这是不合法的……"他婉转地提醒对方。

"怎么说呢，帕沙，"马克西姆同样坦诚地回答，一只胳膊搂住他的肩膀，"这个问题在于从什么角度来看。不同的角度有不同的看法。眼睛里容不得一粒沙，可有的地方喜欢长鸡巴！……"

恰雷说完便哈哈大笑，还直拍鲁萨诺夫的膝盖，鲁萨诺夫也忍不住笑得身子发抖：

"想不到你连这样的诗也知道！……喏，马克西姆，你还是个诗人啊！"

"那你是干什么的？你做什么工作？"新朋友向他打听。

不管他们搂着肩膀谈得多么投机，此时帕维尔·尼古拉耶维奇还是情不自禁地端起了架子：

"总的来说，我是搞人事工作的。"

他说得比较谦虚。事实上当然还要高些。

"在什么地方？"

帕维尔·尼古拉耶维奇说了在哪儿。

"听我说！"马克西姆大为高兴，"有一个很好的人需要给安排个工作！'红包儿'，你放心，按规矩办事！"

"你说什么呀！你这是想到哪儿去了！"帕维尔·尼古拉耶维奇生气了。

"怎么叫想到哪儿去了？"恰雷感到惊讶，他眼睛里又开始颤动着探求生活意义的那种目光，只是由于酒喝多了而变得有点模糊，"要是人事干部不接受'红包儿'，那他们靠什么过日子？靠什么养活孩子？请问，你有几个孩子？"

"这报纸您看完了吧？"在他们头顶上方响起了低沉的、令人不快的声音。

这是"猫头鹰"从角落里走了过来，一双浮肿的眼睛不怀善意，病号长衫的衣襟敞开着。

原来报纸被帕维尔·尼古拉耶维奇坐在身下，有点弄皱了。

"拿去吧，请拿去吧！"恰雷应道，一边从鲁萨诺夫身下把报纸往外抽。"你抬抬屁股，帕沙！拿去吧，大叔，别的东西我不敢说，这玩意儿我们舍得给。"

舒卢宾绷着脸接过报纸就想回去，但这时科斯托格洛托夫把他留住了。就像舒卢宾默默盯着别人那样，科斯托格洛托夫也开始对他仔细打量，此时则看得尤为真切和清楚。这个人可能是谁？为什么他的脸是那么不同寻常？

科斯托格洛托夫此刻以递解犯人的过程中见面第一分钟就可以向任何人提任何问题的那种满不在乎的态度，从半倒悬的仰卧状况下问道：

"大叔，您倒是干什么工作的？"

舒卢宾不只是把眼睛，而是把整个头部都转向了科斯托格洛托夫。眼睛一眨也不眨地又盯着他。一边盯着不放，一边又似乎用脖子奇怪地画了个圈，好像他觉得领口太紧，但事实上他的内衣领口很宽敞，根本不可能妨碍他。突然，他回答了问话，没有置之不理：

"图书馆管理员。"

"在什么地方？"科斯托格洛托夫没有迟疑，赶紧提出了第二个问题。

"在农业技术专科学校。"

不知为什么——想必由于他那目光的冷酷，由于他在角落里像鸥鹡一样保持沉默，鲁萨诺夫就是想羞辱他一下，教训教训他。也或许是伏特加在他身上起了作用，使他嗓门很高、态度很轻率地喊道：

"毫无疑问，不是党员啰？"

　　猫头鹰那淡褐色的眼睛转向了鲁萨诺夫。眼睛眨巴了一下,似乎以为听错了。又眨巴了一下。这时,他突然开口了:

　　"恰恰相反。"

　　说罢,就向房间的另一端走去。

　　他迈起步来似乎不太自然,大概有什么地方使他感到擦痛或刺痛。他加快了步子,病号长衫的前襟向两边敞开,身体有点笨拙地前倾,样子像一只大鸟——翅膀被剪得参差不齐,为的是使它无法振翅高飞。

# 第二十四章

## 输　血

　　科斯托格洛托夫坐在花园长椅下面的一块石头上晒太阳，两条穿靴子的腿笨拙地盘着，膝盖几乎碰到地。两只胳膊像鞭子似的垂到地上。没戴帽子的脑袋耷拉着。他就那么坐着晒太阳，身穿灰色的病号长衫，敞着衣襟——他一动不动、折弯腰似的样子就像这块灰色的石头。他的一头黑发和背部已被烤得发烫，可是他依然坐在那里，动也不动，接受3月的温暖——什么也不做，什么也不想。他可以这样莫名其妙地坐上很久，从阳光中补充他过去在面包和菜汤中所得不到的东西。

　　从旁边来看，甚至看不出他的肩膀还随着呼吸一起一伏。然而，他的身子也不向哪一边倾斜，似乎保持着平衡。

　　楼下的一个胖护理员，就是当初要把他从走廊里撵走以免破坏无菌环境的那个高大的女人，特别喜欢嗑葵花籽儿，此时在小径上悠闲自在地嗑了几颗，走到科斯托格洛托夫跟前，用市场上招徕顾客似的热情声调招呼他：

　　"喂，大叔！你听见了吗，大叔！"

　　科斯托格洛托夫抬起头来，迎着阳光脸上堆起了皱纹，他带着扭曲了的眉头眯缝着眼睛打量着她。

　　"到换药室去，大夫叫你。"

　　他是那么习惯地坐在那里，像一块晒热了的化石，没有一点想动弹的愿望，实在不想站起来，仿佛是被叫去做他所痛恨的苦工。

　　"哪个大夫？"他嘟哝了一句。

　　"哪个要你去，哪个才叫你！"护理员抬高了声音，"我可没有义务在园子里到处找你们。走吧。"

"我并不需要换什么药,肯定不是叫我。"科斯托格洛托夫还是赖着不走。

"是叫你,是叫你!"说话之间护理员嗑了几颗瓜子儿,"像你这样的长腿仙鹤还能跟谁搞错了?这样的宝贝,我们这里就你一个。"

科斯托格洛托夫叹了口气,伸直了两腿,随后支撑着身子,一边呻吟一边站起来。

护理员不以为然地瞧着他:

"老是走来走去,不注意保养精神。得好好躺着才是。"

"哎哟,你可真是个阿姨。"科斯托格洛托夫叹了口气。

他沿着小径蹒跚地走。腰上没束皮带,驼着个背,没有半点军人的仪表。

他朝换药室走去,准备迎接一件什么新的不愉快的事情,并把它顶回去,至于是什么事情,他自己也还不知道。

在换药室里等他的不是十天前就接替了薇拉·科尔尼利耶夫娜的埃拉·拉法伊洛夫娜,而是一个年轻的胖乎乎的女人。说这个女人面色红润还远远不够,她的面颊简直是火红的,显得那么健康。科斯托格洛托夫是第一次见到她。

"您姓什么?"科斯托格洛托夫刚到门口,她就冲着他问。

虽然阳光已不直射眼睛,但科斯托格洛托夫还是那么眯缝着眼睛瞧人,满脸不高兴的样子。他急于了解和判断的是究竟要干什么,而不是忙着回答。有时候需要隐姓埋名,有时候还需要撒谎。他还不知道这会儿该采取什么对策。

"嗯?您姓什么?"胳膊圆鼓鼓的那个女医生又问了一遍。

"科斯托格洛托夫。"他勉强承认了。

"您跑到哪儿去了?快脱衣服!到这边来,躺到台子上!"

科斯托格洛托夫这会儿才一下子全想起、全看见、全明白了:原来是要给他输血!他忘了这是在换药室里进行的。但是,第一,他仍然坚持原则:别人的血不要,自己的血不给!第二,对这个精力充沛的小娘儿们他信不过,她本人就好像喝足了献血者的血。薇加走了。又是新医生,而新医生有另一套习惯,会出新的差错,谁会相信这种没有任何常规的、走马灯式的鬼名堂?

他绷着脸脱去病号长衫,想找个地方挂起来(护士指给他看挂到哪儿),其实心里在找借口拒绝输血。长衫挂好了,上衣也脱下来挂好了,靴子推到角落里(在楼下这里有时候也可以穿着鞋)。他光着脚在铺着干净漆布的地板上走过去,躺在一张高高的、铺得比较软的台子上。他还想不出借口来,但他知道马上就能想出来。

台子上方亮闪闪的不锈钢支架上挂着输血器械:橡皮管和玻璃管,其中一只玻璃管里有水。这个支架上有好几个可以用来插各种容量的安瓿瓶的圈:有五百毫升的,有二百五十毫升的,有一百二十五毫升的。一只一百二十五毫升的瓶插在圈中,里面略带褐色的血浆一部分被写着血型、献血者姓名和献血日期的标签遮住了。

科斯托格洛托夫的眼睛习惯于捕捉不该看的一切,他利用爬上台子的那一会儿工夫,已经把标签上写的什么都看清楚了。这时他并不把头靠到搁头的地方,却马上就此做起文章来:

"嗬——嘿! 2月28日! 是陈血。不能输。"

"您这是什么论断?"女医生恼怒了,"什么陈血新血的,您对于血液保藏懂得什么? 血液可以保存一个月以上!"

她一生气,使本来就已很红的脸变成了紫红色。裸露到肘弯的胳膊丰腴而白里透红,但皮肤上有一些粉刺粒儿,不是由于寒冷引起的鸡皮疙瘩,而是天生就有的。不知为什么正是这些粉刺粒儿使科斯托格洛托夫拿定了主意,决心不让输血。

"把袖子卷上去,手臂放松!"女医生向他下令。

她已经干了一年多的输血工作,不记得还有哪个病人不是多疑的:每个人都摆出那种架势,仿佛他是伯爵血统,生怕被别人的血玷污。病人们必定会眼睛瞅着瓶子,声称颜色不正,血型不对,日期太久,是不是太凉或太热,是否凝结,而有的干脆说:"你们要给我输的是坏血吧?""为什么说是坏血?!""那上面明明写着:'切勿动用'。""那是因为原先已经指定给一个人输的,后来没有必要再输了。"即使病人勉强同意输血了,嘴里还在嘀咕:"反正这血的质量不好。"全凭坚强的毅力她才得以摧毁这些愚蠢的疑虑。何况,她总是得抓紧时间,因为一天要在好几个地方输血,给她规定的工作量相当大。

但科斯托格洛托夫在这所医院里已经看到过因输血而造成的胳膊血

肿,也看到过输血之后造成的恶寒战栗,因此,无论如何也不愿信赖这对不耐烦的、长着粉刺粒儿的淡红色的丰满手臂。对他来说,自己的血,纵使遭到X光的破坏变成滞缓的病血,也毕竟比补充进来的新血更宝贵。自己的血将来总会复元。如果由于血液情况不好,院方提前停止治疗,那就更好。

"不,"他阴郁地表示拒绝,既不把袖子卷起来,也不使手臂放松,"你们那是陈血,而我今天也不大舒服。"

他明明知道任何时候都不该一下子提出两条理由,而是只提一条,可他却两条理由同时脱口而出。

"现在就给您量血压。"医生没有被难倒,护士也已经把血压计给她拿来了。

这位女医生是新来的,护士则是这儿换药室的,不过奥列格跟她没打过交道。护士完全可以说是个小姑娘,但个子挺高,肤色有点儿黑,眼睛的轮廓有点像日本人。她的头发梳成一种极其复杂的样式,护士帽也罢,甚至三角巾也罢,都无法将这发型遮住,因此,这座发塔上的每一道飞檐,每一绺鬈发都被耐心地用一条条绸带绷了起来,这就是说,她大约需要提前十五分钟上班才来得及缠好。

这一切跟奥列格全不相干,但他颇有兴趣地端详她那白色冠冕,竭力想象这姑娘除去了绷缠的绸带,发式是什么样儿。这里的主要人物就是这位女医生,必须跟她斗,毫不迟疑地提出异议,找借口推托,可他却丢掉了斗争的节奏,在打量眼睛轮廓像日本人的姑娘。跟任何年轻女子一样,仅凭年轻这一点,她身上就包含着一个谜,每走一步都带有这个谜,每一回首都意识到这个谜。

其时科斯托格洛托夫的手臂已被一条黑蛇似的橡皮管扎紧,测量的结果表明,血压是适宜的。

他正欲开口说出不同意输血的下一个理由,忽然门口有人来叫女医生去接电话。

她愣了一下,走了出去。护士把黑色的橡皮管装进了匣子,而奥列格还是那么脸朝上躺着。

"这医生是从哪儿来的,嗯?"他问。

这姑娘声音的旋律也都跟她内在的谜有关,她也感觉到这一点,所以一边倾听自己的声音一边说：

"从输血站来的。"

"可她为什么把陈血拿来？"奥列格想从这姑娘那里哪怕是探探口气。

"这不是陈血。"姑娘平稳地转过头去，顶着冠冕在室内走。

这姑娘完全有把握地认为，凡是她需要知道的她都知道。

也许，可能的确如此。

太阳已转到换药室这一边。虽然阳光并不直接射到这里来，但两扇窗子被照得十分明亮，还有一部分天花板被投上了不知由于什么东西而反射过来的一大片光影。屋子里很亮堂，而且整洁、安静。

待在这屋子里倒是不错。

奥列格看不见的那扇门开了，但进来的是另一个人，不是刚才的那个女医生。

来者几乎没有发出囊囊的脚步声，没有用鞋跟跺地的轻重来显示自己的个性。

不过，奥列格却猜到了。

除她以外，没有别人这样走路。这屋子里就缺少她，只缺她一个人。

薇加！

是的，是她。她进入了他的视野。她是那么自然地走了进来，仿佛刚从这里出去了一会儿。

"您这是到哪儿去了，薇拉·科尔尼利耶夫娜？……"奥列格露出了笑容。

他没有大声嚷嚷，而是轻轻地、高兴地问了这么一句。他也没有试图坐起来，虽然没有被缚在台子上。

屋子里变得彻底明亮、整洁、安静了。

薇加自有自己的问题要问，也是笑眯眯地说：

"您在造反？"

但此时奥列格反抗的意图已经消失了，反而为躺在这台子上感到自在，你还不大容易把他就那么赶走呢，他回答说：

"我？……不，该造的反已经造了……您到哪儿去了？一周多了。"

她站在他身边，一个字一个字地分开来说，仿佛在向一个头脑迟钝的学生口述不习惯的生字：

"我去建立了几个肿瘤防治站。从事抗癌宣传。"

"是去什么边远地区吗？"

"是的。"

"以后再也不去了吗？"

"暂时不去。您是觉得不舒服吗？"

这双眼睛里洋溢着什么呢？从容不迫的神情，关怀的神情，尚未得到证实之前最初的忧虑神情，总之，这是一双医生的眼睛。

但除了这一切，这双眼睛还是淡咖啡色的。就是一杯咖啡里兑进两指深的牛奶后的那种颜色。不过，奥列格很久没有喝过咖啡了，连颜色也不记得了，可这双友好的眼睛却怎么也不会忘！可以说，这是老朋友的眼睛！

"不，没什么，不要紧。大概是我晒太阳过头了。坐着坐着，差点儿睡着了。"

"您怎么能够晒太阳呢！肿瘤最忌加温，难道您连这点道理都不懂？"

"我以为指的是不能用热水袋呢。"

"可是更不能晒太阳。"

"这就是说，黑海的海滨浴场是不准我去的啰？"

她点了点头。

"生活啊！……哪怕把流放换成去诺里尔斯克①也行……"

她耸了耸肩膀。这不仅超出了她的能力所及，而且也超出了她理解所及的范围。

这会儿就该问她：为什么您说已经出嫁了？……

难道没有丈夫——是一种屈辱吗？

然而他问的是：

"您为什么改变了主意？"

"什么？"

"为什么不遵守我们的协议。您答应过，要亲自给我输血，不交给任何实习生来做。"

---

① 俄罗斯北方的一个寒冷城市，位于北极圈以北。

"她不是实习生,相反,她是专家。专家们来的时候,我们没有资格插手。不过她已经走了。"

"怎么走了?"

"给叫去了。"

噢,走马灯!要摆脱走马灯,还得靠走马灯。

"这么说,现在由您来管了?"

"是的。不过您说的陈血是怎么回事?"

他一摆脑袋指给她看。

"这血不是陈血,但这不是要给您输的,您要输二百五十毫升。这才是给您的。"薇拉·科尔尼利耶夫娜从另一张小桌子上取来一只瓶子让他看。"您看上面的标签,仔细检查一下。"

"说真的,薇拉·科尔尼利耶夫娜,是可恶的生活把我搞成这样的:对谁也不相信,对什么都要自己检查。可是您以为,在不需要检查的时候我会不高兴吗?"

他说这话时是那么疲劳,似乎已奄奄一息。然而,他不能完全不让他那善于观察的眼睛去核实一下。结果他看到标签上写着:"А型——И. Л. 雅罗斯拉夫采娃——3月5日。"

"噢! 3月5日——这非常合适!"奥列格振奋起来,"这很有好处。"

"您总算明白了这对您有好处。可您争辩了多少次!"

她没明白他的意思。喏,算了。

于是他把内衣袖子卷到胳膊肘以上,让右臂放松,搁在身旁。

的确,对于他这样老是存着戒心、处处留神的人来说,最大的轻松就在于把自己交给信得过的人。现在他知道,这个态度和蔼、几乎同空气一样轻盈的女人,每一个动作都经过深思熟虑,都轻手轻脚,绝不会出什么差错。

所以他躺在那里,仿佛是在休息。

天花板上一大块淡淡的、像花边似的光影,形成一个不规则的圆圈。就连这个不知由什么反射过来的光影,此刻也使他感到亲切,为这一整洁、安静的房间增添了一种装饰。

而薇拉·科尔尼利耶夫娜却诡诈地从他静脉里抽出了几毫升的血,摇动离心机,倒在分成四格的盘子里。

"为什么要分成四格?"他问这话仅仅由于一辈子都习惯于到处问长问短。其实,此时此刻他甚至懒得弄清楚到底是为什么。

"一格是为了确定相容性,三格是为了核对血型。以防万一。"

"如果血型符合,何必还要确定相容性?"

"那是要看病人的血清同献血者的血会不会凝结。这种情形很少,但是不等于没有。"

"原来如此。可为什么要转动呢?"

"为了剔除红细胞。您倒是什么都想知道。"

当然,不知道也可以。奥列格望着天花板上渐渐变得隐约可见的光影。世上的事不可能全知道。无论怎样,到死的时候还是个傻瓜。

顶着白色冠冕的护士把3月5日的那瓶血浆倒过来固定在架子的夹钳上。之后她把一个小枕头垫在奥列格的胳膊肘底下,用一条红色的橡皮止血带扎在他臂肘的上方并开始绕紧,一边以日本式的眼睛注视着,看紧到什么程度算是够了。

奇怪,他刚才怎么会觉得这姑娘身上有什么谜?其实什么谜也没有,只不过是一个普通的姑娘罢了。

汉加尔特拿着注射器走了过来。注射器是一般的那种,里边装有透明的液体,然而针头却不寻常:它不是针,而是一根细管子,末端呈三角形。当然啰,管子本身倒没什么,只要不把它往你身上插。

"您的静脉可以看得很清楚。"薇拉·科尔尼利耶夫娜对他说话,其实却颤动着一边的眉毛在寻找。接着,她使劲把那可怕的针头插了过去,似乎可以听到皮肤破裂的声音。"瞧,已经好了。"

这里还有很多事情不明白:为什么用橡皮带绕在臂肘上方?为什么注射器里有水一样的液体?可以提出来问,也可以自己动动脑筋想:大概是为了不让空气冲进静脉,也为了不让血液冲进注射器。

其时针头还留在他的静脉里,止血带由放松到解除,注射器被巧妙地拔去,护士把输血装置的端头在小盘上面甩了几下,把最初的几滴血甩掉,于是汉加尔特就把这个端头代替注射器接在针头上,就这样一手按住,一手将上面的螺丝稍稍旋松。

在这个装置稍粗的一截玻璃管里,一个接一个的气泡开始慢慢地穿过透明的液体升起。

随着气泡的上升，问题也一个接一个地冒出：为什么用这样宽的针头？为什么把血甩掉？这些气泡又说明什么？然而，只有傻瓜才会提出这么多问题，叫一百个聪明人也来不及回答。

如果要问，他倒是想问问别的事情。

房间里的一切都似乎呈现出节日的欢快，天花板上的这个淡淡的光影尤其如此。

针头得一直那么插很久。瓶子里血液的水平几乎看不出在降低。一点也没降低。

"您还有事情要我做吗，薇拉·科尔尼利耶夫娜？"日本姑娘模样的护士婉转地问，同时又注意听自己的声音。

"没有了，没有事情要做。"汉加尔特轻轻答道。

"那我这会儿想出去一下……半个小时，可以吗？"

"我没有事情要您做了。"

于是这护士顶着白色的冠冕一溜烟地跑了出去。

屋里剩下了他俩。

气泡缓缓地上升，但薇拉·科尔尼利耶夫娜碰了一下螺丝，气泡也就不再升起来了，一个也没有了。

"您把它关了？"

"是的。"

"为什么关上了？"

"怎么，您又想知道？"她微微一笑，但这笑带有鼓励的意思。

换药室里非常安静——老式建筑的墙壁，门也厚实。说话只需略高于耳语声就行了，简直可以把话像呼气一样不费力地吐出去。他们就是想这样交谈。

"是啊，都怨这可恶的性格，老是想知道得更多，超过限度。"

"只要还想知道，那就不错了……"她说。她的嘴唇对于说出的话从来都不是无动于衷的。它们以极其微小的动作——以左右两边不一样地扭曲，以稍稍噘起、微微牵动去加强并进一步阐发所要表达的思想。"在输了最初的二十五毫升以后，应当暂停一段时间，观察一下病人的感觉。"她的一只手依然按着紧挨针头的那端。她带着微微绽开的笑容，和蔼地弯身俯视他的眼睛，仔细检查："您自己感觉怎么样？"

"眼前这个时候觉得很好。"

"说'很好'是不是过分了？"

"不，的确很好。比'好'还好得多呢。"

"有没有觉得发冷，嘴里不是滋味？"

"没有。"

瓶子、针头和输血——这是使他们联结在一起的共同工作，工作对象似乎是第三者，他俩正在同心协力地对其治疗，并且想把他治好。

"那不是眼前这个时候呢？"

"不是眼前这个时候？"在有合法权利的时候就这样久久地彼此眼睛望着眼睛，无须移开视线，那可是太好了。"总的说来很糟糕。"

"究竟糟在哪里？您指的是什么地方？……"

就像一个朋友，她怀着同情和忧虑问他，但得到的将是当头一棒。奥列格已感觉到，她马上就会挨上这一棒了。不管这淡咖啡色的眼睛里怎样充满了柔情，这一棒是怎么也避不开的。

"精神上糟透了。糟就糟在我意识到自己为生命付出的代价太高了。而且，连您也助纣为虐，对我进行欺骗。"

"我？？"

当人们彼此凝视着对方的眼睛，眨也不眨一下，一种完全陌生的特性就会显示出来：你会惊奇地看到目光一掠而过时所发现不了的东西。眼睛仿佛失去了那层有色的保护膜，用不着说话也会使真情迸发，怎么也抑制不住。

"您怎么能那样苦苦劝我相信打针是必要的，而且说我反正不能理解打那种针的意义？可那有什么不能理解的？不就是激素疗法吗，有什么不能理解的？"

当然，像这样对毫无戒备的眼睛搞突然袭击，是不正直的，但也只有这样才能真正问出点名堂来。她的眼睛里有什么东西在闪烁，她惶然不知所措了。

于是，汉加尔特医生——不，是薇加——把视线移开了。

就好像还没被彻底击溃的一个连队从战场上撤退了下来。

她看了看瓶子,但那有什么可看的,血岂不是被关住了?她又看了看气泡,但气泡已不再上升。

于是她旋开螺丝,气泡升起来了,大概到时候了。

她摸了摸从装置垂向针头的那一截橡皮管,似乎在帮助排除管子里滞留的什么,还往端头下面垫了点棉花,使管子不致有一点点弯曲。这时她又用手中的橡皮膏把端头贴在他胳膊上,还把橡皮管从他这只手的像钩子一般随意翘着的指头中间穿过,这样也就使管子自然而然地固定住了。

现在薇加没有必要再拿住橡皮管,也不必站在他身旁,不必望着他的眼睛了。

她脸色阴沉、严肃地调整了一下输血装置,使气泡上升得稍微快些,接着说道:

"就这样,别动弹。"

说完,她走开了。

她没有走出房间,只是走出了他眼睛这个镜头所能捕捉的画面范围。由于他不能动弹,他的视野里只剩下:一只带各种装置的支架,一瓶褐色的血浆,熠熠闪亮的气泡,阳光照耀的窗子顶端,每扇六格的窗子映在毛玻璃灯罩上的倒影,再就是有一个隐约可见的淡淡光影的整个天花板。

而薇加不见了。

但是他问的话没有下文了,像一件东西由于手脚不灵而没有传递好。

所以她没有接住。

奥列格还得继续在这上面花工夫。

凝视着天花板,他开始慢条斯理地喃喃自语:

"要知道,我本来就已经失去了全部生活。既然直到骨髓里我都记得自己是个永久的囚徒、永久的犯人,既然命运不会为我带来任何较好的前景,而且还要有意识地、人为地扼杀我身上的这种能力,那么,何必去拯救这样一条命呢?为了什么?"

这话薇加全都听见了,但她是在镜头之外。也许这样更好:话比较容易说出口。

"先是剥夺了我的个人生活,现在还要剥夺我……延续自己的权利。那我活着还有什么用,谁还需要我?……岂不是废物中的废物!供人怜悯吗？……去接受施舍吗？……"

薇加沉默不语。

天花板上的那个光影，不知为什么偶尔会颤动：莫非是边缘在收拢，还是有一道皱纹掠过，似乎它也百思而不得其解。过后它又不动了。

透明的气泡欢快地发出咕嘟声。瓶子里的血浆渐渐下降了，已经输了四分之一。是女人的血。伊琳娜·雅罗斯拉夫采娃的血。这人是个姑娘？还是老太婆？大学生？还是小商贩？

"施舍……"

突然，仍在镜头之外的薇加说话了，她简直不是反驳，而是在什么地方要全身挣脱开来似的：

"要知道，这不是事实！……您难道真的那么想吗？我不相信这是您的想法！……您不妨扪心自问！您是受了别人的影响，否则您不会有这种思想情绪！"

他从来没有听到过她这样激烈地说话。他没有料到，她的话会这样一针见血。

她骤然中止了自己的话头，默不作声了。

"那该怎么想呢？"奥列格试图小心地引导她继续说下去。

噢，多么静啊！就连气泡在密封瓶子里的咕嘟声也听得见。

她感到说话很困难！她试图越过这道鸿沟，可是力不从心，气喘吁吁。

"总有人不是这样想，哪怕为数不多，只是极少数，但毕竟不是这样想的！要是全都这样想，那还有什么人可能相处？有什么意思？……再说，那还活得下去嘛！……"

这最后一句话她又是绝望似的喊了出来——她终于越过了鸿沟。她似乎以自己的喊声将他猛促了一下。似乎使出了全身的力气将他推了一下，为的是把他那守旧的笨重身躯推向唯一可以得救的彼岸。

于是，就像顽童用葵花秆做的投石器（其作用是加长臂膀）甩出去的一颗石子，甚至像战争最后一年长筒炮里射出去的一发炮弹（先是轰隆一声，嗖嗖地啸叫，接着在高空中扑哧扑哧地响），奥列格腾空而起，按一条疯狂的抛物线飞行，挣脱了固有的束缚，扫除一切障碍，掠过自己一生的第一片荒漠和第二片荒漠，飞到一个阔别多年的地方。

那是童年度过的地方！他一时竟没认出来。但当他眨巴着还有点模糊的眼睛认出来以后，立即感到十分羞愧，因为他还是个毛孩子的时候就曾经那么想过，可现在不是由他告诉薇拉，而是由薇拉作为一大发现首先告诉他。

记忆里似乎还有一件事与此有关，得赶快想起来，快点想想，对了，他想起来了！

他很快就想起来了，但说起来却十分审慎，不留什么把柄：

"20年代有一个姓弗里德兰德①的医生，是个性病专家，他的著作曾轰动过我国。当时人们认为让群众和青年人打开眼界是很有益处的。这像是宣传卫生常识，谈的都是些最不便于谈的问题。总的说来，这大概是必要的，比虚伪地保持沉默好得多。有一本书是《在关着的房门里边》，还有一本是《论爱情的苦恼》。您……没有机会读过这些书吧？至少，作为医生，您读过吗？"

气泡偶尔发出咕嘟的声音。也许还有呼吸声从镜头画面之外传来。

"我承认，我很早就读过了，当时大概才十二岁。不消说，是瞒着大人偷偷读的。读了以后感到震惊，但也感到空虚。感受么……可以说简直不想活了……"

"我……读过。"忽然，一个淡漠的声音回答他。

"是吗？是吗？您也读过？"奥列格喜出望外。他说"您也读过？"这话的时候，仿佛此刻仍是他首先涉及这个问题。"摆在面前的是如此彻底的、符合逻辑的、无可辩驳的唯物主义，试问……活着还有什么意思？这里有精确的统计数字：用百分比表示出有多少女人什么也感受不到，有多少女人感受到狂喜。这些不平常的事情，比如说女人为了……探索自己，从一个范畴转到另一个范畴……"在不断回忆起新的内容的同时，他倒抽了一口气，好像碰痛了或烫痛了什么地方似的。"作者无情地断言，夫妇关系中任何心理因素都是第二性的，任何所谓的'性格不合'都可以用生理学去加以解释。这，您大概都还记得。您是什么时候读的？"

她没有回答。

---

① 指列夫·弗里德兰德(1888—1960)，苏联性病医生、性病知识科普作家。

本来是不应该追问的。总而言之,他大概太粗鲁,而且直来直去地把什么都说出来了。他一点也不懂得跟女人谈话的技巧。

天花板上那奇异的淡淡的光影忽然起了涟漪,某处一些银色的点子熠熠闪亮,向前浮动。根据这一浮动的涟漪,根据这些极其微小的波纹,奥列格终于明白了:天花板上那团有如高空星云般神秘的迷雾,只不过是窗外墙角下一潭积水的反照,一个尚未干涸的水洼的映像。而此刻,起了微风。

薇加默不作声。

"请您原谅!"奥列格表示歉意。他觉得向她道歉是件愉快的,甚至是甜蜜的事情。"我似乎没能把自己的意思表达好……"他试图把头朝她扭过去,但还是看不见她。"要知道,这将毁掉世上一切有人性的东西。要是成为这种观念的俘虏,要是接受这一切……"现在他怀着喜悦的心情回到自己原来的信念,并且力图说服她!

这时,薇加回来了!她进入了画面——脸上根本没有刚才他听出来的那种绝望和激愤的表情,而是只有平时那种和善的笑意。

"我正是希望您不要接受这一点,而且,我相信您不会接受的。"

她甚至容光焕发。

这正是他童年的那个小伙伴,一起上学的那个小姑娘,他怎么会没认出她呢!

他很想说句普通的、亲昵的话,例如"击个掌吧!",很想跟她握握手,说:"喏,我们谈得多么投机,真是太好了!"

但他的右臂插着针头。

真想直呼其名——薇加!或者——薇拉!

但是没有可能。

瓶子里的血浆高度这时已降低了一半。前几天,这血还在别人的体内流动,那人有自己的性格、自己的思想,可现在正把红褐色的健康注入他的体内。此外,它当真什么也没有带来吗?

奥列格注视着薇加那轻盈移动的一双手,看她怎样把肘下的小枕头垫平,怎样在端头下面垫上棉花,手指怎样去摸橡皮管子,怎样把支架可以移动的上半部分连同瓶子一起稍稍抬高些。

他不只是想握一握她的手,甚至想吻一吻她的手。

# 第二十五章

## 薇　加

　　她情绪轻松地从医院里走出来，还抿着嘴轻轻哼着只有自己听得见的小曲。她身上穿的是一件淡茶色的春秋大衣，脚上穿的已不是靴子，因为街上到处都干了。她觉得浑身轻松，尤其是两腿，走起路来是那么不费力气，简直可以穿越全城。

　　傍晚同白天一样，阳光灿烂，虽然已有些转凉，但仍春意盎然。去挤那闷得要命的公共汽车可真没有意思。她只想步行。

　　于是她徒步走去。

　　他们这座城市里没有比开花的杏树更美的了。此时她忽然心血来潮，一定要赶在春天到来之前看到开花的杏树，哪怕看到一棵也好，想碰碰运气，向某处的篱笆后面，或者哪怕远远地往围墙里边看上一眼，那种浅粉红色她是不会同任何别的东西搞混的。

　　但这样的时节尚未到来。树木刚刚开始由灰转青：现在正是树上已呈现绿意、但灰色毕竟仍占优势的时候。如果在什么地方还看得见围墙里边、靠近城市建筑物的一小块园地，那里也只有刚刚翻耕的、风干了的褐土。

　　时令尚早。

　　平时，薇拉乘上公共汽车之前，好像总是匆匆忙忙，可是坐到弹簧已坏的座位上或终于抓住了吊环的时候，却总是这样想：我什么也不想做，马上就到晚上了，而我什么也不想做。理智上明知不该这样，晚上的时间却总是胡乱打发过去，而第二天早晨还是乘那路公共汽车赶去上班。

　　今天，她却不慌不忙地走着，心理倒是什么都想做！一下子浮现出许多事情：有家务要做，还要跑商店、做针线活、去图书馆，或做其他愉快的事情——这些事儿谁也没有禁止或妨碍她做，然而在这之前不知为什么她总是加以回避。现在，她甚至想把这些事情一下子都做了！可她偏偏不急于乘车回去快点着手做这些事情，一件事也不急于做，反而慢悠悠地走着，似乎皮鞋在干燥的柏油马路上每跨一步，对于她都是一种享受。

她从还没有关门的几家商店门口经过，却没走进任何一家去买需要吃的或用的东西。她从许多海报跟前走过，却一张也没有好好看完，尽管就她现在的心情来说倒是想看看它们的内容。

她就这样走着，走了很久，一切乐趣尽在其中。

她脸上时不时浮起笑容。

昨天是"三八"妇女节，但她感到自己心情压抑，仿佛遭到鄙弃。而今天是普通的工作日，情绪却如此轻松愉快。

今天之所以有节日的心情，是因为她感觉到自己对了。蕴藏在心底的、坚信不疑的那些论点遭到嘲笑，不被承认，而你赖以维系的那根线，今天却突然发现是一条钢丝，它的可靠性竟得到这样一个饱经沧桑、多疑而又倔强的人的承认，而且这个人自己也满怀信心地攀住它。

他们就像在人心相隔的无底深渊上空一起乘高架缆车徐徐滑行，彼此都能充分信任。

这简直使她欣喜若狂！要知道，尽管你明白自己精神正常，并非疯癫，但这还不够，还需要听到别人说你精神正常、并非疯癫，况且这个别人又非同一般！她只想对他表示感谢，感谢他说了那样的话，感谢他经历了那样的坎坷还能保持自己的本色。

感谢是一回事，而目前需要做的是向他解释激素疗法的必要。他否定了弗里德兰德，但同样也否定激素疗法。这里存在着矛盾，但从逻辑上来看，病人是没有过错的，倒是要追究医生的责任。

这里存在矛盾也罢，不存在矛盾也罢，反正必须说服他接受这种治疗！不能听任这个人又被肿瘤抓回去！她愈来愈激动：必须说服他，必须拗过他，非把这个人的病治好不可！但要苦口婆心说服这样一个伶牙俐齿而又固执己见的人，首先必须有充分的自信。可是在遭到他的指责时，她自己猛然醒悟：他们医院里所采用的激素疗法是根据全苏的统一指示进行的，它以广泛的肿瘤类别为对象，论点是相当笼统的。现在她不记得有哪一篇专题学术论文是具体论述激素疗法足以有效遏制精原细胞瘤的，而这类文章可能不止一篇，况且还有国外的。为了给予证明，必须把这些文章统统读完。总的说来，她来得及读过的实在不多……

但是现在却不同了！现在她什么都来得及做！现在她一定要去读完这些文章。

科斯托格洛托夫有一次毫不客气地对她说，他看不出他那个用药草治病的土医生哪点不如科班医生，还说在医学方面他没看到数学式的精确数据。当时薇拉几乎是生气了，但事后一想，这话也有一定的道理。在用 X 光破坏细胞的时候，难道他们知道——哪怕是大约知道——遭到破坏的正常细胞占百分之多少，病态细胞又占多少？这比土医生不称分量而光凭手抓晒干了的药草究竟可靠多少呢？……有谁解释过世世代代沿袭下来用普通芥末膏治病的道理？或者：人们都一股脑地用青霉素治病，可是在医学界有谁做过认真的解释，青霉素效力的实质是什么？难道这不是一个糊里糊涂的问题？……这需要注意多少医学杂志上的文章啊，要读，要思考！

但现在她什么都来得及做！

瞧，真快，她不知不觉已到了自家门前的院子里！她登上几级阶梯，跨进栏杆上挂满谁家的地毯、擦脚垫的公用凉台，穿过有不少凹坑的水泥地，兴冲冲地用钥匙打开整套公寓合用的那扇保护层有些地方已经剥落了的门，沿着幽暗的过道往前走——那里并不是每一盏电灯都可以开的，因为它们分别接在各家的电度表上。

她用另一把钥匙打开了自己房门上的保险锁，这间斗室此刻在她看来一点也不阴郁。同市内所有的底层窗户一样，这房间的窗上也装有防盗贼的栅栏。这时室内已有点昏暗，只有早晨才能射进明媚的阳光。薇拉在门口停住脚步，大衣也不脱就惊奇地望着自己的房间，仿佛望着新的住所。在这里倒是可以过得挺好、挺快活的！大概，此时只要换一块台布。有的地方的灰尘要抹去。墙上的画也许该换上《白夜时的彼得保罗要塞》和《阿卢普卡的黑柏树》。

但是，脱去了大衣和系上了围裙之后，她却先到厨房去了。她模模糊糊记得，在厨房里该从哪件事情做起。对了！应当把煤油炉点起来，给自己做点吃的东西。

然而，邻居的儿子，那个中途辍学的健壮的小伙子，把一辆摩托车推到了厨房里，一边吹着口哨，一边拆卸，把零件一一放在地上涂油。夕阳照了进来，映得厨房里相当亮堂。当然，要挤到自己的桌子跟前去也可以，但薇拉忽然完全不想在这里忙活了，而只想到房间里去，一个人待在那里。

就连吃东西也不想了，一点也不想！

于是她回到自己房间里，欣然把保险咔嚓一声锁上。今天她完全没有必要走出房间了。玻璃缸里有巧克力糖，可以不慌不忙地咬着吃……

薇拉在妈妈留下的五斗橱前蹲下来，拉开了一只很沉的抽屉，里边放着另一块台布。

不，先得把灰尘抹去！

而在这之前，又先得换上普通点的衣服！

薇拉兴致勃勃地一次次转换着念头，就像跳舞时不断变换舞步似的。每一次转换都给她带来新的乐趣，跳舞的乐趣亦在其中。

也许，该先把《要塞》和《柏树》挂上？不，这要动用锤子、钉子，而干男人的活最使人不愉快。暂时就让原来的画那么挂着好了！

于是她拿起一块抹布在房间里抹灰尘，一边轻轻地哼着小曲。

但她几乎是一眼就看到昨天收到的那张彩色的明信片，它斜靠在一只凸肚的香水瓶上。明信片的正面是红玫瑰、绿缎带和一个浅蓝色的"8"字。反面则是打字机用黑色字体打出的几句祝辞。这是基层工会寄给她祝贺国际妇女节的。

凡是节日，对于单身的人来说，都是一种负担。而妇女节，对于一个年华正在逝去的单身女人来说，更是难以忍受！孀居和未嫁的女人聚在一起喝酒唱歌，似乎表示她们很快活。这个院子里昨天就有这样一次聚会。有个妇女的丈夫也在她们之中；后来她们喝醉了，就轮流跟那个男人接吻。

基层工会对她的祝贺没有任何嘲笑的意味：祝她在劳动中取得巨大成就，祝她个人生活幸福。

个人生活！……犹如一副总是滑下来的面具。无非是一条被抛弃的死去的幼虫。

她把明信片撕成了四片，扔进了废纸篓。

她继续收拾屋子,揩拭香水瓶、展示克里米亚风景的一座玻璃的金字塔式模型、收音电唱两用机旁的唱片盒、电唱机部分的塑料匣子。

此时此刻她可以听自己的任何一张唱片了,无须担心触到痛处。可以放那张使她忍受不了的:

> 如今,跟过去一样,
> 我仍然独自一人⋯⋯

不过她找了另外一张放上去,打开了收音电唱两用机上控制唱机的开关,而后坐到妈妈留下的深靠背圈椅里,把穿着长筒丝袜的两只脚也蜷到了椅子上。

沾满灰尘的抹布一只角仍握在她心不在焉的手中,像一面三角旗垂向地板。

房间里已变得晦暗,收音机的刻度盘清晰地闪着绿光。

这是芭蕾舞剧《睡美人》组曲。现在是柔板,接下来就是"仙女出现"的段落。

薇加听着,但不是为自己听。她想象着,一个被雨淋湿、疼痛难忍、濒临死亡、从未得到过幸福的人在歌剧院的包厢里听这段柔板,该有什么样的感想。

她把这段柔板再放一遍。

又放了一遍。

她开始谈话了,但不出声。她在想象中同他谈话,仿佛他就坐在那里,隔着一张圆桌,也是在闪着绿色微光的晦暗中。她在说她必须说的话,并且也听他说:她能正确无误地听到他可能回答的话,虽然很难预料他这个人会做出什么反应,但她对此似乎已经习惯了。

她就今天的话题继续跟他谈。根据他们目前的关系还怎么也说不出口的话,现在倒是可以说了。她在向他阐述自己关于男人和女人的理论。海明威笔下的超级男人,不过是一些尚未上升到人的生物罢了,海明威还只是在浅水里浮游。(奥列格必定会嘟哝说,他从未读过海明威的什么书,甚至还会夸耀:部队里没有那种东西,劳改营里也没有,)女人需要从男人那里得到的完全不是这个：女人需要的是温柔体贴，需要的是安全感——同他在一起，有如有了挡箭牌、避风港。

不知为什么，正是跟奥列格这样一个无权的、被剥夺了一切公民资格的人在一起，薇加才体验到这种安全感。

关于女人的说法则更为混乱。卡门①曾被宣布为具备最典型的女性特征。被认为最具有女性特征的是那个积极寻求享乐的女人，但这是假女人，是伪装成女人的男人。

这里还有许多地方需要解释，然而，由于没有思想准备，他似乎一时不知所措，正在细细地思考。

而她再一次重放那张唱片。

天完全黑了，她忘记了继续抹灰尘。刻度盘的绿光颜色愈来愈深，房间也愈来愈被这绿光照亮。

开灯她无论如何也不愿意，可是她又必须看一下不可。

不过，即使在幽暗中，她那可以信赖的手也找到了挂在墙上的一只相框，她满怀深情地将它摘了下来，拿过去凑到刻度盘前面。即使刻度盘没放出自己那幽幽的绿色星光，甚至此刻熄灭了也罢，薇拉仍能继续看清照片上的一切：这是一个男孩清秀的面庞；一双尚未见过世面的眼睛有如万里晴空；雪白的衬衫上系着生平第一条领带，身上穿的是生平第一件西服，而且，不惜在翻领上扎个小孔来别一枚正规的像章：白色的圆圈，中间有一个黑色的侧面头像。照片是 $6 \times 9$ 厘米，像章极小，但白天还是看得很清楚，而此时凭记忆也能看出，这是列宁的侧面头像。

"我不需要别的勋章。"男孩的微笑仿佛在说。

**就是这个男孩为她想出了"薇加"这个名字。**

龙舌兰一生只开一次花，之后很快就会死去。

薇拉·汉加尔特的恋爱也是这样。当时她很小，还坐在课桌旁。

可是他——在前线牺牲了。

---

① 19世纪法国作家梅里美的同名小说主人公——一个以追求自由为特点的典型的吉卜赛女郎形象。

从此以后，这场战争无论属于什么性质都可以：正义的也罢，英雄的也罢，卫国战争也罢，神圣战争也罢——对于薇拉·汉加尔特来说，这反正是最后的战争。在这场战争中，她同未婚夫在一起被打死了。

她是那么希望那时候自己也能够牺牲！当时她抛弃了医学院，立即要求上前线，但是没被批准，因为她是日耳曼人。

战争爆发后头一年夏天的两三个月，他们还在一起。当时她也明确知道他很快就要去参军。到了现在，过了一代人的时间之后，谁都无法解释：当时他们怎么没有结婚？纵使不结婚，他们怎么竟让这几个月——最后仅剩的几个月给白白过去了？当一切都在崩塌、断裂的时候，他们面前难道还能有什么障碍？

障碍还是有的。

如今，这件事在任何人面前也讲不清楚。哪怕对自己，也是如此。

"薇加！我的薇加！"他从前线大声呼喊，"在你还没有属于我之前，我不能死！现在我已经觉得：只要我能有三天工夫抽出身来——度假也罢！住院也罢！——我们就结婚！是吗？你说是吗？"

"你不要为这件事心里难过。我永远不会属于别人。我是你的。"

她曾这样满怀信心地写信给他，而当时他还活着！

可是他没有负伤，他既没有机会住院，也没有得到假期。他是当场牺牲的。

他死了，可是他的星还在闪耀，一直在闪耀……

但是那颗星的光在徒然闪耀。

这不是本身已经熄灭而放出的光仍在照耀的那种星。这是本身还在闪耀，还在灿烂地闪耀，可是它放出的光谁也看不见、谁也不需要的那种星。

她要上前线没有被批准——想死也不成。那就只得活下去。只好回医学院去读书。在医学院里她甚至还是个班长。收割庄稼、大扫除、星期日义务劳动——她总是带头。她还有什么可做的呢？

她以优异的成绩从医学院毕业，指导她实习的奥列先科夫医生对她十分满意（是他把薇加推荐给东佐娃的）。她的事情只剩下治疗，和病人打交道。她只能从中得到救赎。

当然，如果站在弗里德兰德的水平上考虑问题，那么，念念不忘一个死人而不找另一个活人,简直就是荒唐、反常、发疯。这是绝对不可能的,因为人体组织的规律、激素的规律、年龄的规律是不可抗拒的。

不可能? 但薇加她可知道,这些规律在她身上统统被推翻了!

倒不是她认为自己被"永远是你的"这一誓言终生束缚住了。不过也存在这个情况:一个对我们来说是极为亲近的人,不可能完全死去,这就是说,他多少能够看到一些,多少能够听见一些,他还在场,他还存在。他会在无能为力的状况下默默地看到你怎样欺骗他。

如果没有另一个这样的人,哪里还谈得上细胞生长、反应和分泌的规律! 没有另一个这样的人! 还谈什么细胞? 谈什么反应?

只不过是我们随着岁月的流逝变得迟钝罢了,变得疲惫而已。我们在悲痛和忠诚方面都缺乏真正的才能。我们把悲痛和忠诚都交给了时间。唉,我们只是在每天都填饱肚皮、舔舔指头这方面才堪称寸步不让。如果两天不给我们吃饭,我们便会变得失常,我们便会气得爬墙。

我们人类就前进了这么远!

薇加表面上没有变,但心却碎了。她母亲也死了,而她本来只跟母亲相依为命。母亲也是因为伤心而死的:她的儿子,薇拉的哥哥,是位工程师,在1940年被投进了监狱。头几年他还有信写来。头几年她们还给他往布里亚特-蒙古自治共和国那儿寄过邮包。可是有一次邮局发来一份使人纳闷的通知书,结果母亲领回来的是自己寄出的邮包,上面盖了好几个邮戳,地址也一再被划去。她把邮包带回家来,像带回来一口小棺材。他,刚刚生下来的时候,这匣子差不多能盛得下。

这使母亲垮了下来,再加上儿媳不久又嫁了人,母亲对这一点怎么也不能理解,她对薇拉倒是理解。

就这样,只剩下薇拉孑然一身了。

当然,这不单单是她一个人,而是千千万万人中间的一例。

全国有那么多单身女人,使人简直想根据自己所认识的女人作一个大致的估计:单身的是不是比有丈夫的更多? 这些单身的女人都是她的同龄人。年龄相差一岁、两岁……最多十岁。她们也是在战场上牺牲了的那些人的同龄人。

对男人,战争是慈悲的,把他们带走了,却把女人留下来受痛苦折磨。

　　要是有谁从战争的废墟下幸存归来而尚未结婚,那他就不会选择同自己年龄相仿的女人做妻子,而是挑年轻些的。至于年轻几岁的人,那他可说是整整年轻了一代,还是个孩子,不曾经受过战争的碾压。

　　就这样,千千万万的妇女来到世上盲目地生活着,她们从未被编成什么大军。这是历史的差错。

　　但她们之中有的人也并非命运不济,只要能 auf die leichte Schulter[①] 去对待生活就行。

　　日常的和平生活的漫长岁月渐渐流逝,而薇加却始终有如戴着防毒面具,脑袋老是被那可恶的橡皮套住。她简直要发疯了,她被闷得虚弱不堪,于是把防毒面具扯下来了。

　　看起来使人觉得她的生活比较合乎人情了:她允许自己得到别人的好感,开始注意穿戴,也不回避同人们见面。

　　忠贞包含着崇高的满足,也许是最崇高的满足,即使别人不知道你的忠贞也没有关系,甚至你的忠贞不被别人赏识也不要紧。

　　但只要它是一种动力就行!

　　然而,如果它什么也推动不了呢? 如果谁也不需要它呢? ……

　　防毒面具的圆眼孔不管有多大,从里边往外看毕竟不怎么清楚。摘去了防毒面具,没有玻璃片隔着,薇加就会看得清楚了。

　　然而,她并没看清楚。由于没有经验她撞得很疼。由于不够谨慎,她失足了。这短暂的、不值得的亲近关系,不仅未给她的生活带来轻松和光明,反而使她受到玷污和屈辱,反而破坏了她的生活的完整和匀称。

　　可是现在要忘记那段历史却不可能,也无法抹掉它。

　　不,她可不会以轻率的态度去对待生活。一个人愈是脆弱,就愈需要有几十次,甚至几百次偶然的机会才能接近一个跟自己类似的人。每一次新的巧合,只会多少提高一点点接近的程度。然而,只要有一点儿合不到一起,就会马上前功尽弃。这种合不到一起的现象又总是那么很早地出现,那么明显地暴露出来。简直没有人可以商量:该怎么办? 日子该怎么过?

　　世上有多少人,就有多少生活道路。

---

　　① 德语习惯用语,意思是"以轻率的态度"。

很多热心人劝她领养一个孩子。这件事她同各种各样的女人认真地商量过很久,她已经被说服了,自己心里已经热乎起来,到儿童收容所也去过几回。

不过最后她还是打消了这个念头。她不可能出于无计可施一经决定马上去爱一个孩子。危险还在于,以后她可能不再爱那个孩子。更为危险的是:他长大后也许会跟她格格不入。

要是能有一个真正的、自己亲生的女儿就好了!(一定得是女儿,因为可以按照自己的意愿去培养,对男孩就无法那样去培养。)

然而,她也不能同一个陌生人去重走这泥泞的路。

她在圈椅里一直坐到深夜,从傍晚开始急于要做的事情一件也没有做成,连灯也没有打开。收音机刻度盘的这点光对她来说已足够亮了,凝视着这柔和的绿光和黑色的刻度,她陶醉于沉思默想之中。

她听了好多张唱片,其中最令人心情压抑的几张听了也不觉得难过。她还听了几首进行曲。听进行曲的时候,她仿佛觉得在前面的晦暗中举行凯旋式似的。而她高高坐在古老庄严的高靠背椅里,把两条修长的细腿蜷在身下的一边,有如一个胜利者。

她穿过了十四片荒漠,总算走到了。她度过了十四个疯狂的年头,结果证明自己是对的!

正是在今天,她多年的忠贞获得了新的、完美的含义。

她几乎是保持了忠贞。可以认为那是忠贞不渝。在主要的方面保持了忠贞。

然而,正是在今天,她觉得死去的故人是个孩子,而不是她现在的同龄人,不是一个男人——没有那种能使女人感受到安全的男子汉的魁伟体魄。他既没有看到战争的全貌,也没有看到它的结局,更没有看到战后多年的艰苦岁月,他始终是一个有一对不设防的清澈的眼睛的青年。

她躺到了床上,但并没立刻入睡,也不担心今夜会失眠。睡着了以后还常常醒来,做了不少梦,一夜做这么多梦似乎是太多了。有些梦毫无意思,可也有一些梦她竭力想留在脑海里,直到天明。

早晨她醒来,脸上泛起了笑容。

在公共汽车里她被推来挤去,甚至脚也被踩,但她毫无怨恨地忍受着这一切。

穿上了白长衫走去开五分钟的碰头会时,她从老远就高兴地看到列夫·列昂尼多维奇从楼下的走廊里迎面走来。列夫·列昂尼多维奇虎背熊腰,像大猩猩那么可爱而又可笑,他从莫斯科回来以后薇加还是头一次见到他。他的两条胳膊实在是又长又重,垂着的时候几乎把两个肩头也拖着往下沉,这看起来仿佛是身材的缺陷,事实上倒是优点。他的脑袋很大,成梯次配置,向后鼓出个圆顶;白色的船形小帽像平时一样很随便地、可有可无地扣在头上,从后面翘起几只角,中空的帽顶也已被压瘪。他的胸部罩着前面不开襟的白大褂,有如涂着白雪样伪装漆的坦克的前部。像平时一样,他一路走,一路眯缝着眼睛,表情严肃可畏,但薇加知道,他脸上的线条只需稍加调整,就会变成一副笑容。

当薇拉和列夫·列昂尼多维奇面对面在楼梯口相遇时,他脸上的线条果然移动了。

"你回来了我可真高兴啊! 这里简直就缺你了!"薇拉首先向他说。

他笑得更明朗了,并用垂着的一只手从下面挽住她的臂肘,使她转向楼梯。

"什么事情使你这样愉快? 告诉我,让我也高兴高兴。"

"没什么,什么事情也没有。你呢,这一趟跑得好吗?"

列夫·列昂尼多维奇叹了口气:

"好倒是好,可也有扫兴的地方。莫斯科让人不安。"

"那你以后可要详细谈谈。"

"我给你带了唱片。三张。"

"是吗? 都是什么?"

"你是知道的,那些个圣-桑[1]什么的我搞不清楚……反正古姆国立百货大楼里现在有慢转唱片柜台,我把你开的单子交给了他们,一位女营业员就包了三张给我。明天我给你带来。听我说,薇鲁霞[2],今天咱们得去参加

---

[1] 圣-桑(1835—1921):法国作曲家。
[2] 即薇拉的昵称。

一次审判会。"

"参加什么审判会？"

"你什么都不知道吗？要审判第三医院的一个外科大夫。"

"是法院正式审判吗？"

"暂时还是同志式的批判，不过，调查已经进行了八个月。"

"为了什么事情？"

护士卓娅刚值完夜班沿着楼梯下来，她那黄色的睫毛很明显地闪了一下，同他俩一一打了招呼。

"一个孩子手术后死了……趁我刚从莫斯科回来还有那么点冲劲，我一定要去，开上几炮。而在家里待上一个星期，尾巴就又夹紧了。咱们一起去，是吗？"

但薇拉既来不及回答，也来不及拿主意，因为此时该到那软椅套着套子、会议桌上铺着天蓝色台布的房间里去开五分钟的碰头会了。

薇拉非常珍视自己同列夫的关系。同柳德米拉·阿法纳西耶夫娜一样，他是薇拉在医院里最接近的人。他们的关系的可贵之处在于，一个没有妻子的男人与一个没有丈夫的女人之间几乎不可能有的那种关系：列夫从来没用特别的目光看她，没有暗示过什么，没有超出界限，没有产生野心，而她就更不用说了。他们的关系牢靠而友好，一点也不紧张：在他们之间，恋爱、结婚之类的话题，向来是避而不谈的，仿佛世上根本不存在这类事情。列夫·列昂尼多维奇必定能猜到，薇加所需要的正是这样的关系。他本人曾经有过妻子，后来没有了，再后来跟某人"相好"，医疗中心的半边天（这就等于整个医疗中心）喜欢议论他，而目前，似乎怀疑他跟手术室的一名护士有关系。一位年轻的外科女医生——安热莉娜确信地说有这么回事，但是人们怀疑她自己在追求列夫，千方百计想得到他。

在整个碰头会五分钟的时间里，柳德米拉·阿法纳西耶夫娜一直在纸上画什么棱角鲜明的图形，甚至笔尖把纸也画破了。而薇拉恰恰相反，从来没有像今天这样平静地坐在那里。她内心里感到一种前所未有的泰然。

碰头会结束了，薇拉·科尔尼利耶夫娜从大房间女病房开始巡诊。那里她有许多病人，每次巡诊都要花很长时间。走到每一个病人跟前，她都会在床上坐一坐，检查一下，或轻声地谈几句话，她不要求在整个这段时间内病房里鸦雀无声,因为这样反而会显得拘束,何况要阻止女人们说话也不可能。(在女病房里比在男病房里更需要讲究策略,更需要谨慎小心。在这里,她作为一个医生的重要性和成绩并不是那么肯定无疑的。只要她表现出情绪稍微好些,或者过分强调精神因素的作用,跟病人说一切都会圆满结束,那就马上会感到病人对她投来的毫不掩饰的目光或怀着妒意侧目而视的神态,意思是:"你自然无所谓了!你什么病也没有,你是不会有体会的。"按照同样的精神疗法,她劝那些惘然若失的女病号在医院里也不要不注意自己的仪容,不妨讲究点发式,稍搽点脂粉。然而,如果她自己热衷于打扮,就会不受欢迎。)

今天也是这样,她尽可能持重地、精神集中地从一张病床走到另一张病床,按老习惯不理会嘈杂的人声,只听自己的病人陈述病情。忽然,从另一面墙那儿响起一个拖声拖气的声音:

"哟,都是些什么病人呀!这里有的病人可真像公狗似的喜欢围着母狗转!就拿那个头发蓬乱、皮带束在病号衫外面的家伙来说,只要那个叫卓娅的护士值夜班,他就缠着跟她拥抱!"

"什么?……是怎么回事?……"汉加尔特问她的病人?"请您再说一遍。"

病人也就又说一遍。

(没错,昨天夜里是卓娅值班!昨天夜里,正是刻度盘上亮着绿光的时候……)

"对不起,请您再从头详详细细地说一遍!"

# 第二十六章

## 良好的创举


一个并非新手的外科大夫什么时候会心情不安呢？不是在做手术的时候。采取手术措施时做的是明确的一丝不苟的工作，知道继什么之后再做什么，只需把该切除的东西坚决切除干净，免得过后因搞得不彻底而后悔。当然，偶尔也难免遇到情况骤然恶化，病人大量出血，或者突然想起卢瑟福①是死于小肠疝气的手术。外科大夫的心情不安始于手术之后，如果病人的高烧持续不退或肚皮依然隆起。在手术后的这种情况下，必须不用手术刀而是在想象中打开腹腔，看看出了什么毛病，怎样设法加以纠正。百害无益的是把手术后的并发症归咎于某一偶然的次要原因。

正因为这个缘故，列夫·列昂尼多维奇才有一个习惯：在五分钟碰头会之前总是要先跑去看一眼由自己做了手术的病人。

由于明天是手术日，今天巡诊的时间会很长，列夫·列昂尼多维奇不能等一个半小时之后才去了解经他做胃切除的一个病人及焦姆卡的情况。他先去看了看胃切除的病人——情况还不错；他告诉护士该给病号灌什么流汁，每次灌多少。然后到隔壁一间只睡两个人的小病房里去看一眼焦姆卡。

这里的另一个病人已开始康复，可以走了，而焦姆卡平躺在床上，脸色灰白，被子盖到胸前。他仰望着天花板，但目光不是感到宽慰，而是显得忐忑不安，眼眶周围的肌肉高度紧张，似乎他想看看天花板上的某个小小的东西而又看不清楚。

---

① 欧内斯特·卢瑟福（1871—1937）：英国著名物理学家，曾获诺贝尔奖。

列夫·列昂尼多维奇默默地站住,两腿微微分开,身体略略侧向焦姆卡,长长的胳膊空悬着,右手甚至稍稍向旁边挪开,他皱着眉头望着焦姆卡,仿佛是在估量:要是此刻挥动右拳朝焦姆卡的下颌打去,那会怎样?

焦姆卡转过头来,看见他之后笑了。

外科大夫那极为严肃的表情也一下子舒展为笑容。列夫·列昂尼多维奇向焦姆卡眨了眨一只眼睛,把这小伙子当作能够会意的自己人:

"就是说,没问题吧?一切正常?"

"哪能谈得上正常呢?"焦姆卡本来有很多苦可诉,但是,作为一个男子汉,向另一个男子汉诉苦,也就没有必要了。

"疼吗?"

"嗯。"

"还是老地方吗?"

"嗯。"

"这疼的感觉还会持续很长时间,焦姆卡。在未来的一年里,你还会去抓那个地方,结果那儿什么也没有。但感到疼痛的时候,你还是要这样去想:那条腿已经没有了!这样你会好受些。主要的是,现在你可以活下去了,懂吗?而只是去掉了一条腿!"

这话,列夫·列昂尼多维奇说得是那么轻松!的确,让那条病腿见鬼去吧!少了它反而轻松。

"好吧,回头我再来看你!"

他这才赶去开碰头会,一路飞快地甩动着两臂。他迟到了,是最后一个到会的(尼扎穆特金要求很严,不喜欢有人迟到)。他那前面不开襟的白长衫紧紧地绷住了胸膛,背后勉强扣住,但两襟怎么也碰不到一起。他在医院里走路总是匆匆忙忙,上下楼梯两级一跨,胳膊和腿的动作简单而幅度大——病人们正是根据这种大幅度的动作断定,他在这里不是无所事事,不是成天混日子的。

原定五分钟的碰头会一开就是半个小时。尼扎穆特金庄重地(自以为)走进来,庄重地(自以为)同大家打招呼,接着就和颜悦色地(自以为)、不慌不忙地主持会议。他显然在留神听自己的声音,并从旁观者的角度在每一个手势中和头部的转动中看到自己是多么仪表堂堂、聪慧睿智,多么有学问、有威信。在他故乡的村子里，人们编了许多关于他的传奇故事；在市里，他也是知名人士，甚至报纸上有时也会提到他。

列夫·列昂尼多维奇跷着二郎腿坐在被他稍稍向后挪了挪的一把椅子上，五指张开的大手插在系于腹部的辫形白腰带里。他戴着船形小帽，阴沉着脸，但由于他在领导面前经常是面带愠色，所以院长也就不会认为这是针对他的。

院长不是把自己的职务理解为需要坚持不懈、专心致志、付出极大精力的一种工作，而是理解为能够经常出风头、领奖赏和获取种种特权的一种机会。他的头衔是院长，因而相信自己有了这个头衔便真成了一院之长，是首席医师；相信自己比这里其余的医生懂得更多，尽管不一定包括所有的细节；相信自己完全了解他属下医生如何进行治疗，而且只有在他的指点和领导下他们才得以避免各种错误。这就是他要把五分钟的碰头会开得时间那么长，而且还显然认为这受到了全体在座者的欢迎的原因。既然院长的权力如此大大地、顺利顺当地重于职责，他在录用行政人员、医生和护士到医院来工作的事情上做法十分简单：只录用州卫生局、市委或医学院里某人打电话托他给予关照的那些人，他不久后要在那所医学院参加学位论文答辩，正指望着自己能通过；或是录用在某家吃晚餐酒兴方浓时承诺过要录用的人；或者录用和他自己一样同属一个古老家族旁支的人。倘若科室负责人提出反对意见，说新近录用的人员什么都不懂，什么也不会，那么尼扎穆特金·巴赫拉莫维奇便会用比他们更为惊讶的口气说："那你们就教他好了，同志们！否则要你们在这儿干什么？"

此时尼扎穆特金·巴赫拉莫维奇正在向自己医院里的工作人员指出他们工作中存在哪些毛病，他们该如何加倍努力拯救人们的宝贵生命。他的鬓发斑白，这种到了一定年龄出现的斑白鬓发，像一圈雍容高贵的光轮笼罩着天才和蠢货、大公无私者和自私自利者、勤快人和懒汉的脑袋：他仪表堂堂，神态从容，那是思想没有经受过磨难的人得天独厚的表征；他的肤色黝黑均匀，同斑白的鬓发尤为相称。坐在孔雀蓝色台布旁公家的直背沙发椅、圈椅和普通椅子上，表面上注意听尼扎穆特金讲话的无非是两种人：一种是他尚未辞退的，另一种是已被录用的。

列夫·列昂尼多维奇可以清楚地看到头发拳曲的哈尔穆哈梅多夫所坐

的位置。此人的模样跟库克船长①游记中画的插图差不多,好像刚刚走出原始森林:头上插着茂密的树枝,青铜色的脸上点缀着漆黑的斑点,在现出乐不可支的怪笑时,会露出一口宽阔的白牙,唯独鼻翼上缺少一只环(只缺这个了)。当然,问题不在于他的模样,也不在于医学院毕业的正式文凭,而在于没有一次手术不被他弄到不可收拾的地步。列夫·列昂尼多维奇曾让他做过两次手术,都砸锅了,从此他下决心再也不让他做了。而要开除他,也是办不到的,因为这会被认为是排挤少数民族干部。就这样,哈尔穆哈梅多夫三年多来只能写写比较简单的病历,巡诊和换药的时候他也煞有介事地在场,夜间照样值班(睡觉而已),最近甚至领一份半的工资,尽管他跟不担任额外工作的人同时下班。

这里还坐着两个有外科医生大学文凭的女人。一个是潘焦欣娜,年纪四十上下,胖得出奇,她老是心事重重,因为先后跟两个丈夫生了六个孩子,而钱不够用,再加上没有时间照看他们。这些心事从来没从她脸上消失过,即使在所谓的上班时间,也就是为了领到工资而必须待在医院里的那几个小时,也是如此。另一个是安热莉娜,两年多以前从医学院毕业来到这里,她年轻、娇小、红发,长得不难看,由于列夫·列昂尼多维奇对她并不倾心而非常憎恨他,她目前是外科跟他作对的主要策划者。她们两个人都只能看看门诊,任何时候都信不过她们主刀,然而院长也有重要的原因使他永远不能把她们之中的任何一人解职。

外科在名义上有五个医生,手术任务是按五个医生布置的,但能够主刀的却只有两个。

这里还坐着一些护士,其中有几个跟那些医生的情况差不多,但她们也是尼扎穆特金·巴赫拉莫维奇录用的,所以受到他的保护。

有时候列夫·列昂尼多维奇被这一切挤得透不过气来,简直在这里多待一天也不行了,真想脱身而去!然而能到哪里去呢?无论换到哪一所医院里去,岂不都有院长,说不定比这里的更坏,他们都有吹捧起来的虚名,都有自己的一帮占着位子不干活的家伙。要是能单独办一所与众不同的医院,那就是另一回事情了:能脚踏实地工作的人员列入编制,不起作用的一

---

① 詹姆斯·库克(1728—1779):英国航海家。

个也不要。然而列夫·列昂尼多维奇的地位还够不上担任院长,除非到很远很远的地方去,而他从莫斯科到这里走得已经够远的了。

况且,他本人对于担任领导工作丝毫没有兴趣。他知道,戴上了乌纱帽往往会妨碍自己甩开膀子工作。更何况,他在生活中有一个时期也看到过有的人从上面跌下来,通过这些人的事例他认识到权力的虚幻:他曾看到几位师长巴不得去当勤务兵,他也曾把自己的第一位实习导师,外科大夫科里亚科夫,从污水坑里拉出来。

有的时候似乎矛盾也有所缓和,不那么突出,列夫·列昂尼多维奇觉得还可以忍受,没有必要走。这么一来,他反而开始担心自己和东佐娃,还有汉加尔特,会被排挤出去,担心事情正在朝这个方向发展,担心形势不是一年比一年明朗,而是愈来愈复杂。可他已不大禁得起生活的坎坷:毕竟是快四十岁的人了,身子已要求舒适和安定。

在个人生活方面,他总是处在一种困惑的状态。他不知道自己该奋起猛冲还是随波逐流。他这重要的工作不是在这里也不是如此开始的,那工作最初真有点非凡的气势。有一年他距离斯大林奖金只有几米远了,没料到他们的整个研究所突然因弦儿绷得太紧和急于求成而崩溃了,结果他连副博士论文答辩都没有通过。部分原因是,当初科里亚科夫曾这样叮嘱他:"您尽管努力工作吧,努力工作!写论文嘛,总是来得及的。"可到什么时候才能"来得及"呢?

也许,写了论文也顶不了屁用!……

不过,列夫·列昂尼多维奇对院长的不满并没表现在脸上,他眯缝着眼,仿佛在听。何况,正在安排他下个月施行第一例胸腔手术。

但任何事情都有个了结的时候!所谓五分钟的碰头会终于结束了。外科医生们陆续走出会议室,聚集在二楼的前厅平台上。列夫·列昂尼多维奇还是那样把两手插入那束在腹部的腰带里,像一位满不高兴而又心不在焉的统帅,率领两鬓斑白、弱不禁风的叶夫根尼娅·乌斯季诺夫娜、鬈发蓬松的哈尔穆哈梅多夫、肥胖的潘焦欣娜、红发的安热莉娜以及两名护士到病房里去巡诊。

在需要赶紧工作的时候,巡诊便有如走马观花。今天也有不少事情需要赶紧去做,但今天按照日程规定是缓慢的全面巡诊,不能漏掉一张外科病床。他们一行七人,不慌不忙地走进每一个病房,泡在各种药品味儿和病人本身的气息加上懒得通风所造成的浑浊空气里。他们挤在床铺之间的狭窄通道中,尽量靠边走,互相让路,然后隔着肩膀看彼此。在每一张病床前,他们都围在一起,花一分钟、三分钟或五分钟的时间去了解病人的痛苦,就像他们已经适应病房里浑浊的空气那样,耐心地了解其痛苦、感受、既往的病史、现在的病情、治疗进程、目前的状况,总之,凡是理论和实践容许他们做的一切他们都一一地去做。

倘若他们的人数能够少些,倘若他们之中的每一个人都精通自己的业务,倘若每一个医生不是要负责医治三十个病人,倘若他们不必绞尽脑汁去考虑往"检察官的文件"——病历里写什么和怎样写最为适宜,倘若他们不是普通的凡人,亦即没有自己的皮和骨、自己的记忆和意愿,而且由于意识到自己没有遭受这种疾苦而觉得轻松的人,那么,比这样一种巡诊更好的办法恐怕是再也想不出来了。

然而,所有这些假定都不存在,巡诊既不能取消,也不能代替。因此,列夫·列昂尼多维奇照例率领大家巡诊,并眯缝着眼睛(一只比另一只眯缝得厉害些)洗耳恭听主治医生关于每一个病人的情况汇报(不是凭记忆背出来,而是照病历账上念):他来自何方,何时入院(有些老病号的这一情况他早就熟悉了),因患何症入院,正在接受何种治疗,剂量如何,血液情况如何,是否计划施行手术,有何障碍,抑或尚待解决的问题是什么。他一一听完,还坐到好多病人的床沿上,对某些病人还要求露出患处进行视诊和叩诊,然后亲自给病人盖好被子或让别的医生也来摸一摸。

真正的难题在这样的巡诊过程中是解决不了的,为此必须把病人叫去个别处理。巡诊时不能什么事情都直言不讳,而只能用相互明白的话去谈,彼此心照不宣。在这里甚至不能说任何人的病情恶化,只能说"进程有些加剧"。在这里,一切都用半暗示的别名替代,有时甚至用别名的别名,或者说得与实际情况恰恰相反。不仅从来没有人说过"癌"或"肉瘤",就连病人多少有点明白的别名"康采尔""康采罗马""采尔""艾斯阿"也不说。代替这些名目的是些不太刺激人的字眼:"溃疡""胃炎""炎症""息肉"。至于这些字眼究竟该如何理解,那就只能等巡诊之后充分说明。为了使彼此明白,有的话还是可以说的,例如:"纵膈阴影扩大""胃气鼓""属于不宜施行手术的病例""不能排除致命后果"(这意思是"有可能死在手术台上")等等。当实在没有合适的词表达时,列夫·列昂尼多维奇便说:

"把这份病历单放着。"

说罢就往下进行。

在这种巡诊过程中,他们不大可能达到了解病情、相互通气和议定治疗措施的目的,也正因为如此,列夫·列昂尼多维奇才更为重视给病人打气。他甚至把打气看成这种巡诊的主要目的。

"Status idem." 有人向他报告。(这意思是:"还是老样子。")

"是吗?"他高兴地应道。接着他就急忙向病人直接了解:"您真的感到多少好些了吗?"

"好像是。"病人有些诧异地附和着。病人自己并没有觉察到,但既然医生觉察到了,那想必没错。

"您瞧!这样您也就会逐渐康复的。"

另一个病人却十分惊慌:

"大夫,您听我说!我的脊椎骨为什么疼得厉害?莫非那里也有肿瘤?"

"这是继发现象。"

(他说的是实话:转移也就是继发现象。)

在一个死灰色面孔、瘦削得可怕、嘴唇勉强可以翕动回答的老头床边,他听到的报告是:

"病人目前服用强身和止痛药物。"

这就是说:完了,治疗已经来不及,毫无办法,能减轻他的痛苦就好。

于是,列夫·列昂尼多维奇的浓眉一皱,仿佛下决心说明一件难以开口的事情,小心翼翼地交底:

"来,大伯,咱们开诚布公地谈一谈吧!您现在所感觉到的一切症状,都是在这以前所进行的治疗的反应,但您不要催我们太急,安静地躺着,我们一定会把您治好。您好好躺着,看起来好像对您不用采取什么特别的措施,其实您的机体正在我们的帮助之下保卫自己。"

确死无疑的老头连连点头。开诚布公引起的反应远非那么绝望!它给病人燃起了一线希望。

"髂骨区有肿瘤生成,就是这种类型的。"主治医生向列夫·列昂尼多维奇报告,并给他看X光照片。

他对着亮光看了看黑乎乎的透明X光底片,赞许地点了点头:

"片子拍得很好! 非常好! 在这种情况下就没有必要开刀了。"

病人得到了鼓舞:情况不光是好,而且是非常好。

而照片之所以很好,是因为无须再拍,它再清楚不过地显示出肿瘤的大小和边缘。手术已经没法做了,所以大可不必。

就这样,在一个半钟点的总巡诊时间内,外科主任一直说着并非心中所想的话,留神勿使语调表露自己的感情,同时又要使主治医生能够在病历上作出正确的记录——那订在一起的、满是手写的详细记录的病历表有可能成为审判他们中任何一人的依据。他没有一次猛然转过头去,没有一次用惊慌的眼神看人,病人们从列夫·列昂尼多维奇那和善而又带点无聊的表情看到,他们的病极其平常,都是早已知道的,没有一例属于疑难危重的。

一个半小时紧张思考、随机应变的戏演下来,列夫·列昂尼多维奇累了,他揉了揉前额,让皮肤舒展一下。

可是有个老妇人抱怨说好久没人给她叩诊了,于是列夫·列昂尼多维奇就在她身上的几个地方敲了敲。

在男病房里,有个老头说:

"对了! 我有几句话要对您说!"

接着他就语无伦次地谈起自己对病痛的发生和发展过程的理解。列夫·列昂尼多维奇耐心地听着,甚至还频频点头。

"现在,想听听您的意见!"老头让他说。

列夫·列昂尼多维奇微微一笑:

"叫我说什么呢? 我们跟您的目的是一致的。您希望恢复健康,我们也希望您恢复健康,那就让咱们进一步好好配合。"

跟乌兹别克族的几个病号谈话时,他还能说几句最简单的乌兹别克语。有一个戴眼镜的女病人,知识分子气味很浓,甚至看到她穿着病号长衫躺在床上也叫人不好意思,对她就没有当众视诊。对一个有母亲陪着的小男孩,列夫·列昂尼多维奇认真地跟他握手。他在这个七岁男孩的肚皮上先用指头弹了一下,两个人一起笑了。

一位女教师,硬要他请一位神经科医生来给她会诊;只是对这个病号,列夫·列昂尼多维奇才不十分客气地回敬了几句。

不过,这已经是最后一间病房了。他走出来时感到很疲劳,像是刚做完一例复杂的手术。他宣布说:

"休息五分钟,抽口烟。"

于是他跟叶夫根尼娅·乌斯季诺夫娜便凶猛地抽起烟来,喷云吐雾,仿佛他们巡诊的全部意义就在这里。(然而,他们却严厉地告诫病人,说吸烟会致癌,在绝对禁忌之列!)

然后大家走进一间不大的屋子,围着一张桌子坐了下来,刚才巡诊时报出来的那些姓名重新被提到,但巡诊时一个旁听者可能获得的那种普遍好转和正在康复的印象,在这里也就烟消云散了。那个"status idem"的女病人是无法施行手术的,对她做X光照射是属于治标,也就是为了直接减轻痛苦罢了,而根本不指望治本。列夫·列昂尼多维奇主动握手的那个小男孩患的也是不治之症,肿瘤已全面扩散,仅仅由于家长的坚持,不得不让他在医院里再待一阵子,假装给他照X光,实际上机器没有通电。关于那个要求叩诊的老妇人,列夫·列昂尼多维奇说:

"她现在是六十八岁。如果我们用X光给她治疗,也许可以使她拖到七十岁。可我们要是给她动手术,她连一年也活不了。您看呢,叶夫根尼娅·乌斯季诺夫娜?"

既然像列夫·列昂尼多维奇这样一个崇拜手术刀的人都放弃了动手术的念头,叶夫根尼娅·乌斯季诺夫娜就更会表示赞同。

其实,他完全不是手术刀的崇拜者,他是个怀疑论者。他知道,使用任何仪器都不如肉眼看得清楚。要彻底铲除病根,什么都不及手术刀强。

关于不愿自己下决心开刀而要求同家属商量的那个病人。列夫·列昂尼多维奇这时说:

"他的家属远在偏僻的外地,等到跟他们联系上,再等他们来表态,那他早死了。必须说服他上手术台,明天来不及那就下一次。当然,风险很大。也许打开看看后只能缝起来了事。"

"倘若他死在手术台上怎么办?"哈尔穆哈梅多夫郑重地问,仿佛冒风险的不是别人,而正是他。

列夫·列昂尼多维奇把两道形状复杂、又长又浓的眉毛一扬:

"那还是'倘若',可咱们如果不采取这一措施,那他必死无疑。"他想了想。"目前我们这医院里的死亡率是达标的,不妨冒一下风险。"

他每一次都问大家:

"谁有不同意见?"

不过,他感兴趣的只是叶夫根尼娅·乌斯季诺夫娜的意见。尽管在经验、年龄和方法方面存在差距,但他们两人的意见几乎总是一致的,由此可见,通达事理的人最容易达到相互了解。

"对于那个黄头发的姑娘,"列夫·列昂尼多维奇问,"莫非我们就没有任何别的办法了吗,叶夫根尼娅·乌斯季诺夫娜?非切除不可吗?"

"没有任何别的办法,非切除不可,"叶夫根尼娅·乌斯季诺夫娜撇了撇两片弯弯的、涂了口红的嘴唇,"以后还得好好照一阵X光。"

"可惜!"列夫·列昂尼多维奇突然叹了口气,并且垂下了戴着滑稽船形小帽、圆顶歪向后边的脑袋。像在察看指甲似的,他用大拇指(非常大)依次抚摩另外四个指头,一边嘟哝着:"给这样年纪轻轻的人做这种切除术,实在不忍心下手。总觉得是在做违反天性的事情。"

他用食指尖在大拇指甲上又抚摩了一阵,还是想不出别的办法,于是他抬起头来:

"对了,同志们!你们明白舒卢宾是怎么回事吗?"

"是直肠癌吧?"潘焦欣娜说。

"对,是直肠癌,可这是怎么发现的?这里可以看出我们的整个防癌宣传工作和肿瘤防治站究竟起了多少作用。奥列先科夫有一次在报告会上说得好:连手指伸进病人肛门检查都嫌脏的医生根本不配当医生!我们有些人是怎么把人耽误的!舒卢宾跑过好多门诊所,诉说便意频繁、大便带血,后来已感到疼痛,他们给他做了各种化验,可就是没采取最普通的方法——用手指摸一下!他们把他的病当成痢疾治,当成痔疮治——全都白费力气。有一次他在某门诊所看到墙上有关肿瘤知识的宣传画,作为一个有文化的人,他读了以后便猜到了!结果是自己用手指摸到了自己的肿瘤!为什么医生不能早半年这样做呢?"

"部位深吗?"

"大约七厘米,正好在括约肌后面。本来完全可以保留那段张缩的肌肉,他还会是个好好的人!可现在,括约肌也蔓延到了,只得施行退行性切断术,这就意味着,将来排粪不能自行控制,就是说,得把肛门移到侧面,这日子怎么过?……那位大叔人倒是挺好的……"

他们开始排明天手术病人的名单。哪个病人该用什么作术前强身处理,哪个病人该先洗澡,哪个人不用洗,哪个病人该做什么准备,他们都在名单上一一标出了记号。

"恰雷不必给予强身处理,"列夫·列昂尼多维奇说,"他患的是胃癌,而精神却那么好,实在少见。"

(他哪会知道,明天早晨恰雷自己会用小瓶子里的东西给自己强身呢!)

谁给谁当助手,谁管输血,他们都分配好了。结果不可避免地又是安热莉娜给列夫·列昂尼多维奇当助手。这就意味着,明天她又将站在他的对面,而那位手术护士将在旁边走动,她不是去考虑下一步该递什么工具,而是斜眼看着安热莉娜,安热莉娜则将冷眼观察他跟手术护士的动静。那位护士也有点神经质,惹不得,她甚至能把没有消过毒的缝线拿来用,于是整个手术就会失败……这些该死的娘儿们!她们就是不懂得男人的普通规则:在工作岗位上不能……

粗心的爹妈在生下这个女儿的时候给她取名安热莉娜,却没有想到她长大了会变成怎样一个魔鬼①。列夫·列昂尼多维奇斜睨着她那尽管有点像狐狸但招人喜欢的脸蛋儿,真想用和解的口吻说:

"您听着,安热莉娜,或者安热拉,反正您喜欢什么我就叫您什么!要知道,您并不是完全没有才能。假如您不是把才能用于找对象,而是用在外科学上,那您必定会干得相当不错。听我说,咱们可不能闹别扭,要知道,你我是站在同一张手术台旁边的……"

然而,她会把这番话理解成:他终于招架不住,准备投降了。

他本来还想详细介绍昨天的审判会情况,但他只是在吸烟的时候向叶夫根尼娅·乌斯季诺夫娜简单地说了几句,至于对这些同事,他甚至提都不想再提。

他们的工作安排刚一结束,列夫·列昂尼多维奇便站起来,点上了一支

---

① 安热莉娜(Анжелина)这个名字是由"安琪儿"(ангел,天使)一词派生出来的。

烟,接着就大幅度摆动两只长胳膊,让白大衣紧绷的胸膛劈开空气,沿着走廊向放射科快步走去。他想把整个情况单单告诉薇拉·汉加尔特。在短焦距器械室他见薇拉正跟东佐娃坐在同一张桌旁阅读文件。

"到吃午饭的时候了,你们该休息啦!"他走过去就说,"请递给我一把椅子!"

他把椅子往自己屁股底下一放,便坐了下来。本打算高高兴兴像朋友似的聊聊天,但发现气氛不对:

"这会儿你们似乎不怎么欢迎我,是吗?"

东佐娃淡淡一笑,手指转动着那副角制宽边眼镜:

"恰恰相反,我正不知道该怎样讨您的好呢。您肯给我动手术吗?"

"给您? 决不!"

"为什么?"

"因为我要是把您宰了的话,别人就会说我是出于妒忌,因为您的放射科比我的外科成绩好。"

"一点也不是开玩笑,列夫·列昂尼多维奇,我是认真地问您。"

的确,很难想象柳德米拉·阿法纳西耶夫娜还会跟人开玩笑。

薇加坐在那里,神情忧郁,身子紧缩,两肩拱起,似乎有点怕冷的样子。

"近日内我们就要给柳德米拉·阿法纳西耶夫娜检查,列夫。原来她早就感到胃疼,可她一直不说。自己还是个肿瘤专家呢!"

"不消说,您已经收集了所有的证据,证明您那里是癌啰?"列夫·列昂尼多维奇从一鬓延伸到另一鬓的奇异眉毛弯曲起来。在毫无可笑之处的最普通的谈话中,他的表情总是带有嘲弄的意味,只是不知嘲弄何人。

"还没收集齐全。"东佐娃承认。

"都是哪些,能举个例子吗?"

她说出一些症状。

"证据不足!"列夫·列昂尼多维奇指出。"正如赖金所说的那样:远远不足! 等薇罗奇卡在诊断意见书上签了字,咱们再好好谈谈。我不久就会被派去主持一所医院的工作,那时我想把薇罗奇卡带去当诊断医师。您放不放?"

"薇罗奇卡我可绝对不放! 您带别人吧!"

"任何别的人我都不要，只要薇罗奇卡！否则给您开刀又图什么？"

他说说笑笑，不知不觉把一支烟抽到不能再抽的地步，可心里想的却完全是正经事。正如那个科里亚科夫经常说的：年轻的没有经验，年老的精力不足。但汉加尔特目前（和他自己一样）正处在顶峰时期：经验的穗子已经灌满了浆，精力的茎秆茁壮结实。他眼看着她从一个小姑娘似的住院医师成长为如此干练的诊断医师，以致对她的信任不亚于对东佐娃的信任。有了这样的诊断医师，外科医生纵使是个怀疑论者，也尽可高枕无忧。只是女人的这个顶峰期比男人的短。

"你那儿还有早餐点心吗？"他问薇拉，"你反正吃不下，还得带回家去。让我吃了吧！"

玩笑归玩笑，干酪三明治当真出现了，他一边开始自己吃，一边劝别人也吃：

"喂，你们也来一点！……昨天我去参加了一次审判会。你们真该去参加，大有教益！是在学校里进行的。到会的有四百人左右，要知道，这是很有意思的！……情况是这样的：一个男孩因肠套结发生梗阻，需要开刀。手术做了。术后几天孩子活得好好的，已经能做游戏了！——这是确定的事实。忽然又发生局部梗阻，结果孩子死了。在调查过程中那个可怜的手术大夫被折腾了八个月，在这八个月的时间里看他怎么给病人做手术的！现在，出席审判会的有市卫生局来的人，有全市首屈一指的外科大夫，有来自医学院的公诉人，你们听见了吗？这公诉人猛攻'白大褂'的犯罪态度！把家长也拉来作证——也算是找到了证人！——说什么连被子都盖得歪斜了，反正什么蠢话都有！而群众，我们的公民，坐在那里眼睛都气鼓了：瞧，这些混蛋医生！而听众里面也有医生，我们完全明白事情有多么荒唐，明明看到这是个泥沼，却又扭转不了局面：要知道，这是在把我们自己往泥沼里拖，今天你倒霉，明天也许就轮到我！而我们谁也不吱声。如果我不是刚从莫斯科回来，大概也会一言不发。但在莫斯科呼吸了一个月的新鲜空气之后，我的好多观念似乎都起了变化，原先以为是生铁浇铸的隔墙不料竟是朽木的。于是我就跳出来发了言。"

"那里可以自由发言？"

"嗯，有点像辩论会。我说：你们煞费苦心地安排这么一场戏来演，不觉得害臊吗？（我就是这样放的炮！他们企图制止我：'不准继续发言！'）你们以为医疗错误容易发生，而审判错误就不容易发生是不是？要知道，这一事故应是科学分析的课题，而绝不是审判的对象！应当只把医生们召集起来，进行专业性质的科学分析，无须他人参加。我们外科医生每星期二、星期五都要冒险，都要蹚地雷！我们的全部工作都应是建立在对我们信任的基础上，母亲应当信任地把孩子托付给我们，而不是到审判庭上来作证！"

列夫·列昂尼多维奇即使这会儿也激动不已，只觉得喉咙里有什么东西颤动了一下。他忘记了干酪面包还没有吃完，撕开只剩下半包烟的包装纸，抽出一支点上，吸了起来：

"而这个手术大夫还是个俄罗斯人呢！倘若他是日耳曼人，或者是犹太人，"他掀起嘴唇把"犹"字说得很软又拖得很长，"那岂不有人会喊：'绞死他，还等什么？'……不少人为我鼓掌！想想看，怎么能沉默呢？既然绞索已经套到了脖子上，那就应该把它扯断，还等什么？！"

在听这番叙述的过程中，薇加受到极大的震动，连连摇头。她的眼睛现出聪明、紧张、会意的神情，正因为如此，列夫·列昂尼多维奇喜欢把一切都告诉她。而柳德米拉·阿法纳西耶夫娜听了却困惑不解，她抖了抖大脑袋上剪短了的灰白色头发：

"我可不同意这种看法！对我们做医生的不这样要求怎么行？有人把纱布缝在病人肚子里，是忘记了！有人把生理盐水当成普鲁卡因①给病人注射！有人上石膏造成病人腿坏死！有人把剂量搞错十倍！输血的时候把血型也弄错！把病人烫伤的情况也时有发生！这类情况怎能不由我们医生负责？应该像对待孩子那样揪住头发把我们加以教训！"

"天哪，您简直要把我置于死地，柳德米拉·阿法纳西耶夫娜！"列夫·列昂尼多维奇把五指张开的大手举到头上，仿佛是在自卫。"您怎么能这样说话？！这里的问题可说已经超出了医学的范围！这是关系到整个社会性质的斗争问题！"

"喂，请听我说！请听我说！"汉加尔特力图抓住两人的手不让挥动，

---

① 一种局部麻醉药。

促使他们平静下来，"当然，应该提高医生的责任感，但具体办法是减少他们的工作定额——减少一半，减少三分之二！门诊时一个钟点要看九个病人——脑子里难道能容纳得下？应当让医生有可能从容不迫地跟病人谈谈，从容不迫地进行思考。如果动手术，一个外科大夫一天只做一例，而不是做三例！"

但柳德米拉·阿法纳西耶夫娜和列夫·列昂尼多维奇依然各持己见，一而再，再而三地互相叫嚷。最后，薇加终于使他们平静了下来，并且问道：

"后来怎么结束的？"

列夫·列昂尼多维奇把眯缝的眼睛睁开，微微一笑：

"顶住了！整个审判会的预期目的破灭了，只有一点得到确认：病历写得不够确切。不过且慢，这事还没有结束！判决之后，市卫生局的官员发了言，说什么我们对医生的教育不够，对病人的教育不够，工会开会太少。最后由全市首屈一指的那位外科大夫发言！他从这一切得出了什么结论呢？悟出了什么道理呢？他说：'同志们，对医生进行审讯，这是良好的创举，十分良好！……'"

# 第二十七章 🌿

## 人各有所好

　　这是一个普通的工作日,巡诊也是常规的:薇拉·科尔尼利耶夫娜独自去看由她负责照X光的那些病人,到了楼上前厅里,一名护士陪着她。

　　这个护士就是卓娅。

　　她们在西布加托夫床边站了一会,但由于对这个病号采取任何新的措施都由柳德米拉·阿法纳西耶夫娜亲自决定,所以她们没待多久就走进病房里去了。

　　原来,她俩的身材高低完全一样:嘴唇、眼睛、帽子都相应在同一水平线上,但因卓娅结实得多,所以显得高大些。可以设想,两年后她自己当上了医生,那她看上去会比薇拉·科尔尼利耶夫娜来得神气。

　　她们沿着另一排床走去,奥列格始终只看到她们的背影,看到薇拉·科尔尼利耶夫娜帽沿下面深褐色的发髻,还有卓娅帽子底下露出的金色鬈发。

　　然而,即使对卓娅这金色的鬈发,奥列格也已有两次在她值夜班的时候没去看过了。她从未说过什么,可他猛然意识到,她之所以那么迟迟不肯让步,那么令他烦恼和生气,完全不是出于卖弄风情,而是由于恐惧:害怕迈过从暂时到永久这条界线。要知道,他可是个永久的流刑犯。跟一个永久的流刑犯在一起——这是闹着玩的吗?

　　就是在这条界线上奥列格刹那间头脑清醒了,意识到自己是什么人。

　　那一排床位今天全是照光病人,所以她们的进度较慢,薇拉·科尔尼利耶夫娜在每一个病人的身边都坐一坐,看一看,谈上几句话。

　　在艾哈迈占那里,她看过他的皮肤、看过病历上以及最近一次验血单上的各种数据之后说：

"很好，照光快要结束了！你可以回家啦！"

艾哈迈占高兴得合不拢嘴。

"你家在哪儿？"

"卡拉巴伊尔。"

"好，你可以回到那里去了。"

"我的病好了？"艾哈迈占咧着嘴。

"好了。"

"完全好了？"

"眼下已经完全好了。"

"这么说，我不用再来了？"

"过半年你再来。"

"既然完全好了，为什么还要再来？"

"让我们瞧瞧。"

就这样，她走完了整整一排床位，一次也没向奥列格这边转过头来，始终背对着他。只有卓娅总共朝他那个角落瞥了一眼。

她瞥了一眼，带着从某个时刻起所产生的那种特殊轻松感。在巡诊的时候，她总是能够找到只有他一个人才能看到她眼睛的那种时刻，并且抓紧时机把眼睛里闪烁的喜悦火花传递给他，就像发摩尔斯电码那样，迸发的火花一长一短，一划一点。

然而，正是根据这种明显的轻松感奥列格有一次才猛然醒悟：这不像车轮继续往前滚动那么轻松。由于表现得那么轻松，所以实际上极其困难，在自愿的基础上已不可能有什么突破。

是的，的确是这样，既然这个自由的人不能抛弃列宁格勒的住宅，岂不也无法离开这里？当然，幸福在于跟谁一起，而不在于在什么地方，但在大城市里毕竟……

薇拉·科尔尼利耶夫娜在瓦季姆床边待了很久。她看了他的腿，摸了两侧腹股沟，而后又触摸了腹部、髂部，不断问他觉得怎么样，还提了一个对于瓦季姆来说是陌生的问题：饭后有什么感觉，吃了不同的东西有什么不同的感觉。

瓦季姆思想集中,她轻声地问,他也轻声地回答。当出乎他意料地摸到右髂并问起饮食的时候,瓦季姆问:

"您是在检查肝吧?"

他想起母亲临走之前似乎无意中也摸了摸那个地方。

"这人什么都想知道,"薇拉·科尔尼利耶夫娜摇了摇头,"如今的病人们什么都懂,简直可以把白大褂脱给你们穿了。"

头发乌黑油亮、皮肤黝黑泛黄的瓦季姆,脑袋端端正正搁在白枕头上,他以严肃有穿透性的目光望着医生,有如一尊少年圣像。

"这我明白,"他轻声说,"我看过一些书,知道是怎么回事。"

这话说得一点也不咄咄逼人,没有要汉加尔特表示同意或立即向他解释一切的意思,这反倒使薇加感到窘迫,无言以答,坐在他那床边上,好像很对不起他。他模样端正,年纪轻轻,想必也十分聪明,他使薇拉想起与她家很熟的一个家庭里的青年。那人垂死期拖得很长,头脑十分清楚,医生们却都束手无策。正是由于看到他的这种情况,当时还在上八年级的薇加才改变了将来当工程师的主意,决心成为医生。

但是如今面对着眼前的这个病号,她也无能为力。

瓦季姆床旁窗台上一只罐头瓶子里盛着深褐色的恰加煎汁,常有其他病人怀着羡慕的心情来看这种药汁。

"您在喝?"

"是的。"

汉加尔特本人并不相信恰加,她过去从未听人说起过。不过,它至少没有害处,这不是伊塞克湖草根。如果病人相信这种药,那只会有好处。

"关于放射性金的事进行得怎样了?"她问。

"不管怎样还是答应了,也许最近能给,"他还是那么全神贯注而沉郁地说,"但是这东西看来还不能直接拿到手,得从上面逐级往下转来。请您告诉我,"他直盯着汉加尔特的眼睛,"如果要过……两个星期才能送到,是不是就会转移到肝脏了?"

"不会,您说什么呀!当然不会!"汉加尔特确有把握而又爽朗地说了个谎,看来也使他信服了,"如果您愿意知道的话,那我可以告诉您:这个过程是以多少个月来计算的。"

（可是她在骶骨那儿摸来摸去干什么？为什么还问饮食后有什么反应？……）

瓦季姆倾向于相信她的话。

要是能够相信，那就会好受些……

在汉加尔特坐在瓦季姆床边上的这段时间里，卓娅由于没什么事情可做，便转过头去就近从侧面瞧瞧奥列格窗台上的一本书，之后又瞧瞧他本人，并通过眼神向他问了什么问题。但究竟问什么，闹不清楚。她那眉毛扬起并发出疑问的眼睛看上去很美，不过奥列格却面无表情，默然不答。现在，X射线也给照够了，何必紧接着来这种秋波游戏，他不理解。别的还无所谓，玩这种眉来眼去的把戏，他觉得自己未免太老了些。

他根据今天巡诊的做法，正准备接受详细检查，所以已脱去了病号上衣，正欲把贴身的衬衣也脱下来。

但薇拉·科尔尼利耶夫娜结束了对扎齐尔科的巡诊，擦擦手朝这边转过脸来时，不仅不向科斯托格洛托夫微笑，不仅不请他详细述说，不坐到他的床边上，就连看他的时候也只是目光一掠而过，仅够表明巡诊的下一个对象就是他了。不过，仅凭这短暂的一瞥，科斯托格洛托夫就已看出这双眼睛是多么冷漠。给他输血的那天这双眼睛所焕发的那种光彩和喜悦，甚至原先那种亲切的好感以及原先那种关切的同情——一下子全从她眼睛里消失了。她的眼睛里变得空空荡荡。

"科斯托格洛托夫，"汉加尔特说，但视线却基本上是投向鲁萨诺夫，"还是那么继续治疗。倒也奇怪，"她看了卓娅一眼，"激素疗法好像没有引起什么反应。"

卓娅耸了耸肩膀：

"莫不是由于他个人的机体特殊性？"

她显然把汉加尔特医生的话理解成作为一个同行跟她商量，因为再过一年她医学院毕业也将成为医生了。

但是汉加尔特对于卓娅所提出的看法根本没听进去，而是用完全不像商量的口气问她：

"是否严格按规定给他打了针？"

反应迅速的卓娅稍稍把头一昂，略微瞪大了她那浅褐色的、有点凸出的

眼睛，直盯着医生，流露出由衷的惊讶：

"这不会有什么疑问吧？……凡是规定的疗程……总是严格执行！"要是再进一步，卓娅简直会认为是受到了侮辱，"至少在我值班的时候是这样……"

别人值班的情形问不到她头上，这是明摆着的。可是"至少"这两个字她是一带而过的，不知为什么正是这含糊而匆促的声音使汉加尔特确信卓娅在撒谎。既然针剂没有充分显示作用，那就是说必定有人没给他注射！这不会是玛丽亚，也不可能是奥林皮阿达·弗拉季斯拉沃夫娜。而众所周知，卓娅在值夜班的时候……

然而，根据卓娅那大胆的、准备反击的眼神，薇拉·科尔尼利耶夫娜意识到这是无法证明的，卓娅也知道这无法证明而决心顶住！卓娅硬顶的劲头和否认的决心之强，使薇拉·科尔尼利耶夫娜反倒坚持不住，从而垂下了眼帘。

每当她对人产生不快的想法时，总是把眼帘垂下。

她负疚地垂下了眼帘，而得胜的卓娅却继续用自尊心受到伤害的坦直的目光审视着她。

卓娅胜利了，但她当即明白不能再冒这样的风险：万一东佐娃也来盘问，而病号里的某个人，比如鲁萨诺夫出来作证，说她什么针也没给科斯托格洛托夫打过，那就可能失去医院里的这个位置，并在学校里造成不良的影响。

冒险——究竟为什么？那游戏的轮子已经到了无法继续再滚的地步了。于是卓娅以撕毁协议（即不给他打针的协议）的眼神对奥列格打量了一下。

奥列格明显看出，薇加连看都不想看他，但完全不明白原因何在，为什么如此突然？似乎什么事情也没发生。思想上没有任何准备。诚然，昨天在前厅里她背过身去没有看他，但当时他以为那是偶然的。

这就是女人的特点，他把这些特点完全忘了！她们身上的一切都是这样：一吹也就没了。只有跟男子汉才可能有持久、平稳、正常的关系。

卓娅也是一样，她把睫毛一扬，不也是在责怪他吗？她胆怯了。既然针要开始打，他们之间还会剩下什么，还会有什么秘密？

然而，汉加尔特的想法是什么？一定要他把这些针都打下去？为什么她对这种针剂如此重视？听她摆布是不是代价太大？……去……她的吧！

而薇拉·科尔尼利耶夫娜此时正以关切和温暖的口吻跟鲁萨诺夫谈话。这种温暖更衬托出她对奥列格的态度是多么生硬。

"在我们这儿您现在对打针已经习惯了。您适应得很好，大概还不愿停止呢。"她开玩笑说。

（你就捧他的臭脚吧，看我在不在乎！）

鲁萨诺夫在等医生给他巡诊时，看到和听到了汉加尔特同卓娅之间的冲突。作为病房里的邻居，他是知道那丫头为了自己的野汉子在撒谎，知道她跟"啃骨者"是串通一气的。假如问题只涉及"啃骨者"一个人，帕维尔·尼古拉耶奇大概会向医生告密，当然不是在巡诊时公开说出来，而是有可能在医生工作室里偷偷地谈。但他不愿得罪卓娅，说也奇怪，在这里住了一个月的医院，他懂得，就连最不起眼的护士也能把你气火，狠狠地报复你。医院里有自己的一套从属体系，在他住院期间，为了与己无关的一点小事，哪怕是跟一个护士的关系搞僵也是不足取的。

如果"啃骨者"固执得连针也不愿意打，那就让他坐以待毙好了，即使死了也是活该。

至于他自己，鲁萨诺夫坚信现在是不会死的。肿瘤消得很快，他每天都怀着满意的心情等候巡诊，以便让医生向他证实这一点。今天薇拉·科尔尼利耶夫娜也证实肿瘤在继续消退，疗程进展顺利，而虚弱和头疼随着时间的推移也能渐渐被克服。她还说要给他输血。

现在帕维尔·尼古拉耶奇非常珍视那些了解他最初肿瘤情况的病人所提供的旁证。如果"啃骨者"不算在内，这样的见证人病房里只剩下艾哈迈占一人，还有就是这几天刚从外科病房回来的费德拉乌。他脖子上的刀口愈合得比较好，不像当初波杜耶夫那样，而每一次换药，缠在上面的绷带都减少一些。费德拉乌回来以后睡的是恰雷的那张床，这样也就成为帕维尔·尼古拉耶奇的第二位邻居。

让鲁萨诺夫睡在两个流刑犯之间——这件事本身，毫无疑问，是有辱他的尊严的，也可说是命运的嘲弄。如果帕维尔·尼古拉耶奇还跟从前一样，那他一定会去找院方作为一个原则性的问题提出来：能否这样把领导干部跟有害于社会的不轨分子混在一起。然而,在这五个星期里,一直被肿瘤牵着鼻子与折腾的帕维尔·尼古拉耶维奇,好像是变善良了些,或者说想开了些。对"啃骨者"可以把背朝着他,况且他近来已不大出声,很少动弹,一直躺着。至于费德拉乌,如果迁就一下,作为一个邻居还是可以容忍的。费德拉乌感到非常兴奋的首先是帕维尔·尼古拉耶维奇的肿瘤消退得那么快——只有原先的三分之一了,而且,按照帕维尔·尼古拉耶维奇的要求,他看了又看,赞了又赞。他很有耐心,也不粗鲁,随时准备听帕维尔·尼古拉耶维奇对他讲什么,从来也不反驳。关于工作,可想而知,帕维尔·尼古拉耶维奇是不能在这里多讲的,但是关于自己衷心喜爱、不久就会回去的家,为什么不可以详详细细地谈呢?这方面没有什么机密,费德拉乌当然愿意听听别人是怎么舒舒服服生活的(将来大家都会有那样的生活)。一个人过了四十岁,根据他的住房就完全可以判断出他的贡献。帕维尔·尼古拉耶维奇分作几次娓娓道来,谈及他住房的布局和陈设,第一间、第二间、第三间如何如何,阳台是什么样的,有哪些设备。帕维尔·尼古拉耶维奇记性很好,他清楚地记得每一个立柜、每一张沙发是在何时何地、花多少钱买的,都有什么优点。他尤其详细地向这位邻床的病人介绍了自己的浴室,用什么材料铺地面、什么材料贴墙壁,介绍瓷砖铺的踏脚板、放肥皂的小台、枕脑袋的圆凹口、热水龙头、淋浴装置、挂毛巾的装置。这一切可并不是无足轻重的小事。这构成了生活、存在,而存在决定意识,应当使生活愉快、舒适,这样也就会有正确的意识。正如高尔基所说:健康的头脑寓于健康的体魄中。

头发和眉睫淡得几乎没有颜色的费德拉乌,听着鲁萨诺夫动人的叙述,简直目瞪口呆,他从来不顶嘴,甚至在缠着绷带的脖子允许的范围内连连点头。

这个沉静的人虽然是日耳曼血统,虽然是个流迁者,却可以说是个相当体面的人,跟他在病房里做邻居倒还可以。要知道,这个人形式上还是个共产党员呢。帕维尔·尼古拉耶维奇曾以其直截了当的一贯作风当面对他这样讲:

"把你们流放,费德拉乌,乃是国家的需要。您懂吗?"

"我懂,我懂。"费德拉乌带着不能弯曲的脖子直哈腰。

"要知道,当时不这样做不行。"

"当然,当然。"

"对于国家所采取的一切措施,应当正确理解,其中也包括流放。无论怎样,您应当珍惜这一点:可说是还保留了您的党籍。"

"那还用说!当然……"

"而党内职务您过去不是也没担任过吗?"

"没有,没担任过。"

"一直是普通工人?"

"一直是机修工。"

"我也曾经是个普通工人,可是您瞧,后来怎样被提升了!"

他们还详细地谈到各自的子女,原来,费德拉乌的女儿亨里埃塔已在州立师范学院念二年级了。

"噢,您想想!"帕维尔·尼古拉耶维奇惊讶地说,简直是感慨万千。"这可是应当珍惜的:您虽然被流放,女儿却照样上大学!在沙俄时代谁能做这样的梦想!没有任何阻碍,不受任何限制!"

这时亨里希·雅各博维奇第一次表示了不同意见:

"只是从今年起才取消了限制,过去必须监督处许可才行。大专院校曾多次把报考材料退了回来,说什么考试成绩不合格,可谁能到那里去查对!"

"毕竟您的女儿在上大学二年级!"

"您哪里知道,她篮球打得很好,正是因为这一点才录取了她。"

"不管是由于什么而录取的,总得讲点公道话嘛,费德拉乌。何况从今年起限制已完全取消了。"

总的说来,费德拉乌是在农业部门工作,而鲁萨诺夫是在工业部门工作,他对费德拉乌进行辅导也是很自然的事情。

"现在,有了一月全会的决议,你们的工作一定会大有起色。"帕维尔·尼古拉耶维奇善意地开导他。

"这毫无疑问。"

"因为在各拖拉机站的业务区建立指导小组是具有决定意义的一环。这一措施定能解决问题。"

"是的。"

　　但光说"是的"还不够，应当好好领会，于是帕维尔·尼古拉耶维奇又向这位容易说通的邻居仔细解释，为什么拖拉机站在建立了指导小组之后会变成坚强的堡垒。他还同费德拉乌讨论过共青团中央号召栽种玉米的问题，谈到青年们今年怎样大抓玉米，这也将使农业的整个面貌从根本上改观。从昨天的报纸上他们读到关于改变农业计划制订办法的消息——现在他们又有许多话题可谈了！

　　总之，费德拉乌是个很好的邻居，帕维尔·尼古拉耶维奇有时干脆读报给他听。有些消息，要不是在医院里闲得无聊，他自己是不会逐字阅读的。例如：关于为什么在没有同德国缔结和约之前不能同奥地利缔结和约的声明；拉科西在布达佩斯的讲话；反对可耻的巴黎协定的斗争怎样燃烧起来；在西德对那些曾参与集中营暴行者的审判如何敷衍塞责、姑息纵容。有时他还把多得吃不了的自备食品请费德拉乌吃，也把医院的伙食分一部分给他。

　　然而，尽管他们交谈的声音很轻，却总觉得拘束，因为他们的谈话显然始终都被舒卢宾听到了——这只猫头鹰与他们隔了一张床坐着，默然不语，动也不动。自从这个人来到病房里，你任何时候都忘不了他的存在；他那沉得抬不起来的眼睛正在盯着什么，耳朵显然什么都听得见；如果他眨巴眼睛，说不定是表示反对。对帕维尔·尼古拉耶维奇来说，他待在那儿就构成了一种持续性的压力。帕维尔·尼古拉耶维奇曾试图引他开口，了解一下他心里想的是什么，或者让他说说自己得的什么病，但是舒卢宾只是回答寥寥几句丧气的话，甚至认为没有必要谈自己的肿瘤。

　　他要是坐着，也总是处于某种紧张的状态，不像一般人那样坐着休息，而是连坐着都在费劲，就连舒卢宾的这种紧张的坐相也使人感到他时刻怀有戒心。有时他坐得累了，就站起来，但他走路似乎也疼，一瘸一拐地走上几步就停下来站着，一站就是半个小时、一个小时，一动不动，这同样是异乎寻常、令人感到压抑的。况且舒卢宾还不能站在自己床前——那会把门挡住；在通道上也不能站——会妨碍别人走路。因此他看中了科斯托格洛托夫的窗子和扎齐尔科的窗子之间的墙壁。他站在那里，居高临下，像敌人的哨兵似的临视着帕维尔·尼古拉耶维奇的一切：看他吃了什么，做了什么，说了什么。只要他的背靠到那边墙上，他就会在那里站很久很久。

今天巡诊后他就这样站着。他站在奥列格和瓦季姆视线的交叉点上，像墙壁上凸出的一座浮雕。

奥列格与瓦季姆，虽然床位的安置方式使他们两人的目光经常相遇，但互相交谈不多。首先，两人都犯恶心，多余的话根本不想说。其次，瓦季姆早就向所有的人声明过：

"同志们，靠说话去使一杯水变热的话，声音不大，得两千年，而大喊大叫，也得七十五年。这还必须以热量不从杯子里散发为前提，请各位想一想，东扯西拉的闲聊究竟有什么好处？"

更何况他们各自都向对方说过一些使其不快的话，也许并非故意。瓦季姆对奥列格说："就该斗争！我不明白，你们在那边为什么不斗争。"（这话说得有道理。但奥列格还不敢开口讲他们是怎么进行斗争的。）奥列格则对瓦季姆说："他们那么舍不得金子是要留给谁？你父亲为祖国献出了生命，他们为什么不给你？"

这话说得也有道理。瓦季姆自己也愈来愈经常这样想，这样问。但是从旁人口中听到这个问题却不好受。一个月以前他还认为妈妈的奔波是多此一举，利用父亲的功劳要求照顾是难为情的。但现在，带着一条好像被捕兽器夹住的腿，他渴望妈妈打来电报告诉他好消息，他一直在卜算，希望妈妈能如愿以偿！靠父亲的功劳而得救诚然受之有愧，但是凭本人的才华得救却完全理直气壮，只不过分配金子的人不可能知道他的才华。怀着尚未震世和难以抑制的才能是痛苦的，仿佛是欠下了债务，而未能使才能放出异彩、壮志未酬离开人世，简直比一个普普通通的人，比这间病房里其他任何人的死都悲惨得多。

一种孤独感在瓦季姆的血液里搏动和颤栗，倒不是因为妈妈或加利娅不在他身边，没有人来看望他，而是因为周围的人也罢，医务人员也罢，掌握着他的命脉的人也罢，都不知道活下去对他来说比所有其他的人是多么更为重要！

这个想法像锤子似的在他头脑里敲个不停，从希望到绝望，以致他无法领会自己正在阅读的书的内容。他读了整整一页，却猛然发现什么也没有读懂，脑袋发沉，再也无法像山羊跑坡一般顺着别人的思路驰骋。他对着书本发呆，旁人看来他在读书，其实并没在读。

腿被夹住了,整个生活也跟腿一起被拖住了。

他这样坐着,舒卢宾则站在他床旁的墙边,忍受着疼痛,默然不语。科斯托格洛托夫也默默地躺着,脑袋从床边往下耷拉。

就这样,他们像童话里的三只鹭鸶,能够保持很长时间的沉默。

奇怪的是,恰恰是三人中最能保持沉默的舒卢宾忽然问瓦季姆:

"您确信不是在自找苦吃吗?这一切对您有什么用?为什么非要这样呢?"

瓦季姆抬起了头。他那一双近乎乌黑的眼睛打量着老头,似乎不相信这长长一串问话是从他口中吐出来的,说不定问题本身也令人惊讶。

然而,没有任何迹象表明这奇怪的问题是他听错了或者不是这老头子提出来的。老头那圆鼓鼓的发红的眼睛好奇地斜睃着瓦季姆。

瓦季姆是知道该怎样回答的,但不知为什么他感觉不到通常那种一触即发的冲动,不急于作出反应。他的回答似乎有气无力,声音不高,意味深长:

"这事儿有意思。我不知道世上还有什么比这更有意思的。"

不管内心怎样焦躁不安,不管腿怎样疼痛难忍,不管那致命的八个月怎样流逝,瓦季姆还是在克制忍耐中找到快慰,只当任何人头上都没有笼罩愁苦,只当他们是在疗养所,而不是在癌症楼。

舒卢宾低着头凝视地板。后来,在躯干保持不动的情况下,他做了一套奇怪的动作:脑袋转圈儿,脖子则按螺旋形扭动,好像要把脑袋甩掉,可又办不到。他说:

"'有意思'——这不成其为理由,做生意也有意思,赚钱、数钞票、置产业、盖房子、添家具——这一切也都有意思。按这种解释,科学并不比一系列唯利是图、极不道德的行径高尚。"

一种奇怪的观点。瓦季姆耸了耸肩膀:

"不过,要是我的确认为有意思呢?要是我的确认为没有比这更有意思的事情了呢?"

舒卢宾把一只手的手指伸展开——它们自己发出了咯吱声。

"如果从这样的前提出发,您永远也创造不出任何合乎道德的东西来。"

这倒真是彻头彻尾的奇谈怪论。

"而科学本来就没有义务创造精神财富。"瓦季姆解释说,"科学创造的是物质财富,为此人们才支持它。试问,您是把哪一种称为合乎道德的呢?"

舒卢宾闭上了眼睛,好半天才睁开。之后又来一次。他慢吞吞地说:

"能使人的灵魂相映生辉的那种。"

"科学正是那样带来光明的。"瓦季姆微微一笑。

"但不是带给灵魂!……"舒卢宾伸出一个指头摇了摇。"既然您说'有意思'的话。您从没走进集体农庄的养鸡场去待过五分钟对吗?"

"没有。"

"那就请您想象一下:一个又长又矮的棚子。里面很暗,因为窗户就像几道缝隙,还带有铅丝网,防止鸡往外飞。一名女饲养员要管二千五百只鸡。棚里是泥地,而鸡老是又啄又刨,空气里的灰尘之多,简直需要戴防毒面具。她还得从早到晚把极不新鲜的小鲱鱼放在没有盖的大锅里蒸——不消说,散发的尽是臭味。没有人替她的班。夏天从凌晨三点直干到天黑。才三十岁的她,看上去有五十岁。您觉得这个饲养员的工作有意思吗?"

瓦季姆十分惊讶,皱了皱眉头:

"可我为什么要考虑这个问题?"

舒卢宾伸出一个指头指着瓦季姆:

"做买卖的人也是这样想的。"

"正是由于科学不发达,饲养员才吃这样的苦,"瓦季姆找到了有力的论据,"只要科学发达,所有的养鸡场都会非常漂亮。"

"在科学发达之前,您不是每天早晨都往煎锅里打三个鸡蛋吗?"舒卢宾闭上了一只眼睛,用睁着的另一只看人,这样就更使人感到不快。"在科学还没发达到那种程度之前,您是否愿意到养鸡场去工作一段时间?"

"这不会使他觉得有意思的!"科斯托格洛托夫处于倒悬状态发出粗鲁的声音。

鲁萨诺夫以前就发现舒卢宾在讨论农业问题时表现得十分自信,因为有一次帕维尔·尼古拉耶维奇就谷物问题阐述什么道理,舒卢宾插进来对他作了纠正。现在帕维尔·尼古拉耶维奇也来刺一下舒卢宾:

"您莫不是毕业于季米里亚泽夫农业科学院?"

舒卢宾浑身一抖,向鲁萨诺夫转过头去。

"不错,是季米里亚泽夫农业科学院毕业的。"他感到惊讶地加以确认。

刹那间,他趾高气扬,现出神气十足的样子,但接着就又驼着个背,犹如一只被剪去翅膀的鸟,飞又不像飞,还是和原来一样动作笨拙地一瘸一拐向自己的床铺那里走去。

"那您为什么去当图书管理员呢?"鲁萨诺夫得意扬扬地追问了一句。

但舒卢宾已不再搭话了。他缄默不语,像个木头疙瘩。

帕维尔·尼古拉耶维奇对那些在生活道路上不是向上,而是往下走的人,从来都不尊重。

## 第二十八章

## 处处是奇数

列夫·列昂尼多维奇刚回到医院里,科斯托格洛托夫就断定,这是个有实干精神的男子汉。由于无所事事,在巡诊时奥列格便细心观察他。显然,这顶小帽子扣在头上时他是从来不照镜子的;这双手臂长得出奇,有时握成拳头插进前面不开襟的白大褂口袋;这嘴角的收缩,似乎想吹口哨;尽管他看上去力气很大而又十分威严,但在跟病人谈话时却很风趣——这一切使科斯托格洛托夫对他产生了浓厚的兴趣,很想跟他谈谈,向他提几个问题,而这些问题又是此地的女医生当中谁也不能或不想回答的。

但是这些问题没有机会向他提出,因为巡诊的时候,列夫·列昂尼多维奇除了自己的手术病人谁也不理,经过照光病人的床位时只当那里空着;在楼梯上和走廊里任何人跟他打招呼,他都只是微微点个头,但脸上始终摆脱不了心事重重的表情,而且他总是来去匆匆。

有一次,在谈起一个干了什么事而先是抵赖、后来承认的病人时,列夫·列昂尼多维奇呵呵笑道:"到底压破了[①]!"这就更触动了奥列格。因为这个词儿的这层意思并不是每个人都明白,也不是任何人都会用的。

近来,科斯托格洛托夫在医院里徘徊的次数比过去少了,同外科主任相遇的机会就更少。但是有一回他亲眼看见列夫·列昂尼多维奇打开手术室隔壁一间小屋锁着的门走了进去,这意味着那里肯定没别人。于是,科斯托格洛托夫敲了敲涂了色的玻璃门,把它打开。

---

① 指在审讯中认罪,招供。

列夫·列昂尼多维奇刚刚来得及在屋子中间唯一一张桌子跟前的凳子上坐下，但已经在写着什么。他侧身而坐的姿势意味着他不打算在这里待得太久。

"是您？"他抬起头来，好像并不感到奇怪，其实脑子里还在考虑下面再写什么。

大家任何时候都没有空！性命攸关的问题需要在一分钟内做出决定。

"对不起，列夫·列昂尼多维奇，"科斯托格洛托夫倾尽自己所能，努力做到彬彬有礼，这种表情是他所独有的，"我知道您很忙，可是除了您，我实在没人可以请教……只占用您两分钟的时间，可以吗？"

外科医生点了点头。他还在考虑自己的事，这很明显。

"由于……对我正在采取激素疗法，肌肉注射合成雌酚，剂量为……"科斯托格洛托夫采用他引以为荣的做法：用医生的语言、学医生一丝不苟的态度同医生谈话，希望以此唤起对方对他的开诚布公。"我想了解的是：激素的作用是否有积聚性。"

接下来的时间已不由他掌握了，他默默地站在那里，俯视坐着的外科医生，由于自己身材细长而显得有点伛偻。

列夫·列昂尼多维奇皱紧了额头，渐渐把注意力转过来。

"不，不会的，一般认为不应当有。"他回答说，但口气并不干脆。

"可我，不知怎么的，觉得有积聚性。"科斯托格洛托夫继续往下问，仿佛他希望有积聚性，再不然就是对列夫·列昂尼多维奇不怎么相信。

"不，不会的，不应当有。"外科医生还是那么回答，没有把话说绝，也许因为这不属于他的研究领域，也许因为他还没来得及使思想从别的事情上转过来。

"我迫切需要了解，"科斯托格洛托夫的眼神和口气似乎带有威胁的味道，"经过这种疗程，我是否会完全丧失……喏……这么说吧，涉及女人问题的那种机能？……还是仅仅在一定时期内如此？过去打的这些激素会不会离开我的身体？还是永远留在我体内？……或者，过了一段时间，也许可以采用注射同性激素的方法去消除……"

"不，我不主张这样做。不可以。"列夫·列昂尼多维奇望着这个头发黑而蓬乱的病人，但首先看到的是他那道引人注目的伤疤。他想象这道砍痕刚出现时的样子,想象如果这是刚刚送到外科的一例外伤该怎么办。"可您问这干什么? 我不理解。"

"您怎么不理解呢?"倒是科斯托格洛托夫不理解这里有什么不可理解的。也许,这位忠于医生职守、有实干精神的人,只能劝病人从命? "您不理解吗?"

这已经超过两分钟的时限,也超出医生同病人之间的关系了,但列夫·列昂尼多维奇却带着立刻为科斯托格洛托夫所注意到的那种谦虚态度,突然压低了声音,不打官腔,像对老朋友似的说:

"听我说,难道生活的色彩全在娘儿们身上? ……要知道,这种事总会使人极其腻烦……而且只会妨碍正经事儿。"

他说得十分诚挚,样子甚至很疲倦。他想起自己在生活中最紧要的时刻缺乏冲劲儿,说不定正是因为精力被这种事耗费了。

然而,科斯托格洛托夫不能理解他的话! 奥列格现在无法想象那种感觉还会是腻烦的! 他的头机械地向左右两边摇晃,眼睛也视而不见:

"可我这一辈子再也没有更正经的事儿了。"

没有,肿瘤医院的规章制度里并没有订入这样的谈话! ——病人不得向医生(何况还是其他科的医生)质疑有关人生意义的问题! 那位足蹬高跟鞋、走起路来全身扭动的娇小的外科女医生,向门内探了探头,问也不问就走了进去。她没有停下便径直走到列夫·列昂尼多维奇跟前,把一张化验单放在他面前的桌上,自己则倚着桌子(奥列格从远处觉得她似乎紧贴着列夫·列昂尼多维奇),并且,什么也不称呼他就说:

"请听我说,奥夫季延科的白细胞是一万。"

她的松散的头发仿佛散发出的淡淡的棕红色烟霭,在列夫·列昂尼多维奇的面孔前蒸腾。

"这有什么办法呢?"列夫·列昂尼多维奇耸了耸肩膀,"这不是正常的白细胞增多,这说明他有炎症,应当用X光照射加以抑制。"

于是她又说这说那,不停地说。(的确,她的一只肩膀就贴着列夫·列昂尼多维奇的胳膊!)列夫·列昂尼多维奇才写了几个字的纸徒然放在那里,蘸水钢笔倒转过来夹在手指中没有用处。

显而易见,奥列格应当知趣地退出去了。酝酿了很久的一次谈话就这样在最有意思的节骨眼上被打断了。

安热莉娜回过头来,不明白科斯托格洛托夫还待在这儿干什么;但是列夫·列昂尼多维奇也从她头顶上往这边瞧,眼神里带几分幽默。他脸上那无以名状的表情使科斯托格洛托夫下了决心把谈话继续下去:

"列夫·列昂尼多维奇,我还想问一下:您听说过一种叫作恰加的桦树菌子吗?"

"是的,听说过。"对方相当情愿地给了肯定的回答。

"您对它怎么看?"

"很难说。不过我料想,有个别的肿瘤可能对它敏感。比如说胃部的肿瘤。现在莫斯科掀起了一阵恰加狂热。据说,方圆两百公里以内的菌子全被采光了,树林里别想找到。"

安热莉娜从桌旁把身子站直,拿起那张化验单,带着鄙夷的神情,还是那样我行我素,一路摇摇摆摆而去,姿态倒挺动人。

她走了,然而他们起先的谈话情绪已被破坏:问题尽管在一定程度上得到了回答,可要再回过头去讨论女人会给生活带来什么,毕竟不太适宜。

不过,列夫·列昂尼多维奇向他投来的这轻松愉快的目光,以及他这十分平易近人的态度,鼓励着科斯托格洛托夫提出自己准备好了的第三个问题——这同样不完全是鸡毛蒜皮的事。

"列夫·列昂尼多维奇!请原谅我的冒昧,"他歪着脖子晃了一下脑袋,"如果我说错了,请别介意。您……"他也眯缝起一只眼睛,把声音压低,"您……有没有到过那永远唱歌跳舞的地方?"

列夫·列昂尼多维奇活跃起来了:

"到过。"

"这会是真的!"科斯托格洛托夫喜出望外。没想到同是天涯沦落人! "那您是触犯了哪款?"

"我不是触犯了法律。我是自由人。"

"啊,自由人!"科斯托格格托夫感到失望。

不,他们的遭遇是不同的。

"您是根据什么猜到的?"外科医生好奇地问。

"根据一个词儿——'压破了'。不,您好像还说过'小金库'。"

列夫·列昂尼多维奇笑了起来：

"改也改不了。"

论遭遇他们虽然并不一样，但比刚才有了较多的共同之处。

"在那里待的时间长吗？"科斯托格洛托夫不拘礼节地问。他甚至挺直了腰板，不再显得萎靡不振。

"大约有三年的时间。复员后被派去的，怎么也脱不了身。"

其实他不必补充，但他补充了。那岂不是光荣而崇高的工作！但为什么正派人认为有必要加以解释呢？看来，人身上毕竟有这种根深蒂固的指示器。

"担任的是什么职务？"

"卫生处长。"

嗬嗯！原来同杜宾斯卡娅夫人一样充当生与死的主宰。不过，那位夫人是不会作这样的表白的。而这个人却离开了那里。

"这么说，您在战前就已经医学院毕业了？"科斯托格洛托夫像搭扣似的搭上了一连串的新问题。其实他不需要了解这些，这纯粹是他在递解过程中养成的习惯：利用打开和关上送饭小洞门的几分钟时间，了解一个素不相识的人的身世。"您是哪一年出生的？"

"不，我是念完大四的时候，志愿上前线当军医的，"列夫·列昂尼多维奇站起身来，离开没有写好的纸，很感兴趣地走到奥列格跟前，用指头按了按、摸了摸他的伤疤，"这是在那边留下的吧？"

"嗯。"

"缝得很好……不错。是囚犯中的医生缝的吗？"

"嗯。"

"您不记得他姓什么吗？是不是科里亚科夫？"

"不知道，那是在押解过程中。那个科里亚科夫是触犯了哪一款而坐牢的？"奥列格此时又把搭扣搭上了科里亚科夫，急于把他的情况打听清楚。

"他坐牢是因为他父亲曾是沙皇军队的一位上校。"

但就在这时，那个眼睛像日本人、头上有一项白色冠冕的护士进来叫列夫·列昂尼多维奇到换药室去。（自己的手术病人最初几次换药，他总是亲自察看。）

科斯托格洛托夫又驼着个背,沿走廊徐徐而行。

又是一篇由虚线勾勒出轮廓的传记,甚至可说是有了两篇,其余的可以凭想象去加以补充。到那里去的人竟有着那么多种多样的原因……不,他考虑的不是这个,而是:自己躺在病房里,走在走廊上,在花园里散步,不论是自己身旁的人还是对面走来的人,大家都一样是人,无论是他还是你,都不会想到把对方叫住,说:"喂,把你的领襟翻过来!"一点不错,那里有一枚秘密组织的徽章! 这说明他是那里面的人,有过接触,一起干过事儿,了解内情! 他们究竟有多少? ! 但是要使他们任何人开口就难上难。从外表什么也猜不透。瞧,藏得多么严实!

要是有朝一日女人成为累赘,那是多么荒唐! 难道人会堕落到这种程度? 这简直不可想象!

总的说来,没有什么值得高兴的事情。列夫·列昂尼多维奇并没有那么坚决地否定,让人不足以相信他的话。

应该认识到,一切都已失去。

一切……

科斯托格洛托夫原先的死刑现在似乎被改判为无期徒刑。他还可以活下去,只是不知道活着的目的是什么。

他忘了自己要到哪里去,在楼下走廊里愣住了站着不动。

从与他隔了三扇门的一扇门里出现了一个小小的穿白大褂的人,腰部极为纤细,一下子就能被认出来。

薇加!

她正向这边走来! 他俩之间的直线距离没有多远,只消绕过靠墙的两张病床。但奥列格没有迎上前去,有一秒钟可以考虑,还可以再考虑一秒钟,再等一秒……

从那次巡诊后,三天来她一直冷冰冰的,忙着干事,没有向他投过友好的一瞥。

起先他心想——见她的鬼去吧,他也可以不理她。向她解释还卑躬屈膝,他可不愿……

但毕竟于心不忍! 不忍伤她的心。对自己也不忍。难道此刻要像陌生人那样擦肩而过?

他有什么过错？这是她的过错：在打针的问题上欺骗他，希望他不幸。应该是他不能原谅她！

她看也不看他（但是看见了！），走到他身旁，而奥列格违背自己的意愿，用仿佛悄悄请求的声音对她说：

"薇拉·科尔尼利耶夫娜……"

（语调很别扭，但他自己觉得挺不错。）

这时她才抬起一双冷冰冰的眼睛，看见了他。

（说真的，凭什么他要原谅她？……）

"薇拉·科尔尼利耶夫娜……您不想……再给我输点血吗？"

（似乎有点屈辱，但还是觉得挺不错。）

"您不是拒绝接受输血吗？"她还是以不宽容的严峻态度望着他，但某种难以置信在她那双可爱的咖啡色的眼睛里颤动了一下。

（算了，按她自己的看法，她并没有过错。在同一所医院里毕竟不能像冤家仇敌似的相处。）

"那次我觉得挺好。我愿意再来一次。"

他脸上洋溢着微笑。与此同时，他的伤疤显得有点弯曲，但也显得短了些。

（眼下先原谅她，以后总能弄清楚原因。）

看她的眼神到底还是似有所动，也许是一定程度的懊悔。

"明天也许会有血浆送来。"

她好像还扶着一根无形的柱子，但这柱子不知是正在她手下熔化还是弯折。

"不过一定要您给我输！必须您来输！"奥列格真心诚意地要求她，"否则我就不要！"

她回避这一切，努力不再看他，摇摇头说：

"看情况再说。"

于是她就走过去了。

她很可爱，不管怎么说，很可爱。

不过，他究竟要达到什么目的？既然注定要服无期徒刑，他在这里还谋求什么呢？……

奥列格懵懂地立在通道上,回想自己这是要上哪儿去。

对了,他是要去看看焦姆卡!

焦姆卡躺在两人一间的小小病房里,但另一个病人已经出院了,新病人要明天从手术室送来。暂时只有焦姆卡一个人住在那里。

腿被截去已经一个礼拜了,最初的火焰也已经燃烧完。手术正在成为往事,可是腿还像先前一样存在似的,仍在继续折磨着他。焦姆卡简直可以感觉到截去的那只脚的每个脚趾的搏动。

焦姆卡看到奥列格,像看到胞兄一样高兴。以前同室的病友确乎有如他的亲人。一些女病号还送了些吃的东西给他,放在他床头柜上,用餐巾盖着。而医院外面,不可能有人来看他和送东西来。

焦姆卡仰卧在床上爱抚着他的那条腿——其实剩下的只是大腿的一部分,再就是缠在上面的一大堆绷带。但他的头和手都能随便活动。

"喏,你好,奥列格!"他握住奥列格伸过去的手,"来,坐下谈谈。病房里怎么样?"

焦姆卡离开的楼上那间病房,对他来说是已经习惯了的天地。楼下这里的护士和护理员都是另一些人,规矩也不一样。她们老是吵架,斤斤计较谁该做什么,不该做什么。

"病房里有什么可谈的,"奥列格望着焦姆卡瘦削得厉害、显得很可怜的面孔,后者两颊上好像被挖出了两道槽,眉毛上部、鼻子、下巴似乎被碾压和削尖了,"还是老样子。"

"那个干部还在那里吗?"

"干部还在那里。"

"瓦季姆呢?"

"瓦季姆的情况不怎么样。金子没有弄到。现在正担心出现转移。"

焦姆卡皱起了眉头,像是谈起自己的弟弟:

"真可怜。"

"所以说,焦姆卡,你得感谢上帝,你的那条腿被及时去掉了。"

"我这里也有可能发生转移。"

"不见得吧。"

谁能预料呢?这些致命的单个细胞像黑夜里特务的小船,是否已经偷渡过来了？在哪儿靠的岸？这——连医生也看不见。

"给你照X光吗？"

"用小车推我去照。"

"我的朋友，现在你面前的道路很清楚：养好身体，学会使用拐棍。"

"不是一根，而是两根拐杖。两根。"

这可怜的孤儿什么都考虑过了。他本来就像大人那样沉着脸，现在更像个大人样了。

"哪儿给你做拐杖？是这里吗？"

"矫形科。"

"总该免费吧？"

"我写了申请书。我哪里付得起钱呢？"

他俩都叹了口气，有点像年复一年没有一丝欢乐的那种人的叹息。

"明年你怎么把十年级念完毕业？"

"豁出命去也要念完。"

"往后依靠什么维持生活？你又不能再站到机床前去。"

"答应给残疾津贴。我不知道，算二等还是三等。"

"要是三等，能发多少？"科斯托格洛托夫对于各种等级的残疾津贴同各种民法一样搞不清楚。

"就那么回事罢了。只够买面包的，要买食糖就不够了。"

焦姆卡像个男子汉，什么都想到了。肿瘤非要把他的生命之船凿沉不可，而他依然掌着自己的舵。

"还想上大学吗？"

"得努力争取。"

"学文学？"

"嗯。"

"听我说，焦姆卡，我正经地告诫你：那样你会毁了自己的，你还是搞搞收音机维修为好——生活既安定，还可以额外赚点钱。"

"我才不会搞那收音机呢。"焦姆卡吭哧了一声。"我喜欢的是真理。"

"唉，傻瓜，你修你的收音机，也不会影响你讲真理！"

对这事儿他俩意见不一致。他们还谈了些这样那样的事。也谈了奥列格的情况。这也是焦姆卡身上完全不同于孩子的一个特征：关心别人。年轻人往往把心思集中在自己身上。奥列格也像对大人一样对他讲了自己的处境。

"噢，太糟糕了……"焦姆卡闷声闷气地说道。

"你大概不愿意跟我对调吧，是不是？"

"鬼才知道呢……"

总之，焦姆卡在这里照X光加上做拐棍还得待上一个半月左右，大概五月前可以出院。

"出院后你最先想到哪儿去？"

"立刻去动物园！"焦姆卡兴奋了起来。关于这座动物园，他对奥列格不知讲过多少次了。他们曾并排站在医院门口的台阶上，焦姆卡确信不疑地指给他看，动物园就在河对岸茂密树木后面的什么地方。多少年来，焦姆卡从书本上看到、从广播里听到过关于各种动物的故事，可是从未亲眼见过狐狸和狗熊，更不用说老虎和大象了。他所住过的地方既没有动物园，也没有马戏团或树林子。他从小就有一个愿望，想去见识见识各种动物；这个愿望并没有随着年龄的增长而有所减弱。他期待着这次去动物园将给他带来某种特别的感受。当他拖着一条疼痛的腿来到此地住院的那一天，第一件事便是到动物园去，不巧那里正好是休息日，不开放。"听我说，奥列格！你大概不久就要出院了，对吗？"

奥列格驼着个背坐在那里。

"大概是这样。血的情况不好。恶心难受。"

"难道你不到动物园去？"这是焦姆卡所不能容许的；如果奥列格不去，就会使焦姆卡对他产生不好的印象。

"我大概会去。"

"不，你一定得去！我请求你：去吧！你去了以后，我希望你写张明信片给我，好吗？喏，这对你又算得了什么？……可是我在这里将会多么高兴！你把那里现在有些什么动物，什么动物最有意思，都写在明信片上，啊？我可以提前一个月知道！你去吗？给不给我写？据说那里有鳄鱼，还有狮子！"

奥列格答应了。

他走了（他也要去躺一下），而焦姆卡一个人关在这小小的病房里，时而望望天花板,时而看看窗户,独自寻思,隔了好久也没重新拿起书来。窗外什么也看不见,因为窗子上装有辐射状的窗栅,而且朝向医院围墙的死角。现在那围墙上连一道直射的阳光也没有,但外面并不显得晦暗,而是不明不暗,因为太阳蒙着一层薄薄的云翳,并没完全被遮住。这大概是一个没有生气的春日,不太热,不太亮,春神正在悄然勤恳地做着她该做的一切。

焦姆卡一动不动地躺着,往好的方面想象日后的情况:他对截短的腿怎样逐渐适应下来;怎样学会拄着拐杖走路,走得又快又灵活;"五一"节的前一天将会完全像夏天一样,焦姆卡在乘晚间火车之前,从早上开始就可以逛动物园;从今以后他将会怎样有足够的时间把全部中学课程又快又好地学完,还要把好多应该读而从前没得及读的书都读了。今后决不会再浪费这样的晚上时间,比如别的小伙子跳舞去了,你则为自己要不要去而苦恼不已,再说,去了你也不会跳。这样的事不会再出现了。一定要在灯下用功。

这时有人敲门。

"请进!"焦姆卡说。(他说"请进"这个词儿的时候心中很得意。要来见他还得先敲敲门——这他从来没经历过。)

门被遽然打开,阿霞进来了。

阿霞仿佛是冲进来的,匆匆忙忙,好像后面有人追赶似的,但她把门拉上后,就在门框旁站住了,一只手还是握着门把,另一只手攥着病号长衫的翻领。

这已经完全不是来"住三天检查一下"的那个阿霞了,当时冬季运动场的跑道上还等着她回去呢。现在她已变得憔悴、苍白,甚至不可能那么快起变化的一头黄发此时也可怜巴巴地轻轻晃动着。

而病号长衫还是那一件——肮脏不堪,纽扣脱落,不知被多少人穿过,也不知在什么样的锅里煮过。现在,这件衣服对她来说倒比先前较为适宜。

阿霞望着焦姆卡,她的眉毛微微颤动:她是要跑到这里来吗?要不要还往前跑?

但是这样一副狼狈相使人觉得,她不像是比焦姆卡高一年级、多作过三次远途旅行、多懂得不少生活知识的女孩了;在焦姆卡看来,她完全成了自己人。他高兴地说:

"阿霞！坐下……你怎么啦？……"

在住院的这一期间他们曾闲聊过不止一次，也讨论过腿的问题（阿霞坚决主张不截）；手术后她也来看过他两回，带来了苹果和饼干。他们在初次见面的那天晚上就一见如故，从那以后两人就愈来愈熟了。她也坦率地把自己的病告诉了他，尽管不是一下子就谈出来的：她的右乳疼痛，检查出硬块，正在用X光治疗，还给她一种药片放在舌头底下。

"坐下，阿霞！坐下！"

她离开门那儿，用那只背在身后的手摸着墙壁，仿佛以此支撑自己或摸索路径，慢慢地挨到焦姆卡床头旁边的一张方凳跟前。

她坐了下来。

坐下之后她不是正面看焦姆卡，而是使视线从他面前掠过，投在被子上。她并不转脸对着焦姆卡，而焦姆卡也不能转身。

"喏，你到底怎么啦？"他倒像个老大哥似的！他把枕得高高的头侧向阿霞——只是把头转向她，身子仍然朝天仰卧。

她的一片嘴唇开始发颤，眼睑也在翕动。

"阿仙卡[①]！"焦姆卡刚刚来得及这么叫她（实在看她太可怜了，否则他是不敢称她阿仙卡的），她就立刻扑到他枕头上，头挨着头，一小束头发触到他的耳朵，使他觉得怪痒痒的。

"告诉我，阿仙卡！"他叫她说话，手则在被子上摸索，他想找她的手，但没有找到，也看不见她的手放在哪儿。

而阿霞却伏在枕头上号啕大哭。

"到底是怎么回事？告诉我，怎么啦？"

其实他已差不多猜到了。

"要——割——掉！……"

她哭啊哭个不停。后来哭声变成了呻吟：

"哦——哦——哦！"

焦姆卡不记得自己什么时候还听到过像这样哀怨的可怕哭声！

"也许这事儿还不一定，"他劝慰她，"说不定可以避免。"

---

但他感觉到,这哭声里的悲痛不是他几句话所能劝慰得了的。

她的脸埋在他枕头里,哭泣不止。焦姆卡感觉到自己头旁已经湿了。

焦姆卡找到了她的手,抚摩着说:

"阿仙卡!也许可以避免吧?"

"不……说是星期五动手术……"

她的呻吟拖得很长,仿佛要把焦姆卡的心给揪出来似的。

焦姆卡看不见她布满泪痕的面孔,只有一绺绺头发映入他的眼睛。那柔软的头发触得他脸上发痒。

焦姆卡想找些话说,但怎么也想不出来。他只是紧紧地握着她的手,希望她不要再哭了。他可怜她,超过对自己的怜悯。

"活着——还有——什么意思?"她哭着说,"还——有什么——意思?!"

对这个问题,焦姆卡虽然从自身的模糊经验中得出了点看法,但却说不出什么名堂来。即使能够讲得清楚,根据阿霞的呻吟判断,无论是他还是任何别的人、别的什么理由,都无法说服她。从她的经验中所能得出的只是:如今活着毫无意思!

"现在——还有——谁会——要我?……"她结结巴巴地说,十分伤心,"谁会——要——我?……"

她又把脸埋在枕头里,眼泪把焦姆卡的一边面颊也给沾湿了。

"不能这么说,"焦姆卡安慰她,还是那样紧紧地握着她的手,"你当然知道,结婚主要在于……情投意合……性格一致……"

"哪有那样的傻瓜光爱一个人的性格?!"她大声嚷了起来,怒气冲冲,像一匹马前蹄腾空直竖起来,把焦姆卡握着的那只手抽了回去;只在这时,焦姆卡才看到她那湿漉漉的、红红的、长着斑点的、气呼呼而又让人可怜的脸。"谁会要只有一只乳房的姑娘?!谁会要?!十七岁的时候就被割去!"她冲着焦姆卡叫嚷,什么都怪他。

焦姆卡不知道该怎样做才能使她得到安慰。

"叫我怎么能上游泳场呢?!"这一新的闪念像针刺似的疼得她直喊,"怎么上游泳场!!怎么去游泳?!"她两手捧住脑袋,身体成螺旋状扭曲,仿佛要把腰抻断,最后竟偏离焦姆卡倒向了地板。

各种款式的时髦泳装浮现在阿霞的眼前,使她心痛难忍——带背带的和不带背带的，相连的和两截的，今天的和明天的种种时髦式样，橘黄的和蔚蓝的，深红的和淡青的，素色的和条纹的，镶环形边的，还没有试穿过，还没有在镜子面前照过的——所有这些游泳衣她永远也不会去买，永远也不会去穿了！正是她今后再也不可能出现在游泳场上这一事实，此时在她想象中是最痛心、最丢脸的！正因为如此，活着已失去任何意义……

而焦姆卡这时却从高高的枕头上喃喃地说些傻乎乎的不合时宜的话：

"你知道，要是以后谁也不娶你……喏，我当然明白如今我是个什么样的人——否则我随时愿意跟你结婚，这一点你要知道……"

"听我说，焦姆卡！"阿霞爬起来转向焦姆卡，睁大了眼睛望着他；她已不再流泪，一个新的念头占据了她的心头，"你好好听着：你是最后一个！你是最后一个还能看到它、还能吻吻它的人！以后永远也不会有任何人吻它了！焦姆卡！喏，哪怕让我吻吻也好！哪怕让你吻吻它！"

她把病号长衫敞开（其实它本来就没掩严实），一边好像又开始哭泣或呻吟，一边把宽松的内衣领口往下拉，于是里边露出她那注定要被割去的右乳。

这真像是直接进到这里来的一颗太阳，光芒四射！整个病房顿时灿烂辉煌！嫩红色的乳晕（比焦姆卡想象中的大些！）浮现在他面前，眼睛简直顶不住这嫩红色的冲击！

阿霞俯身向他的脑袋挨得很近很近，就这样托着那只乳房。

"吻吧！你吻吧！"她等待着，敦促他。

焦姆卡吸着从她怀里送来的暖香，怀着感激和迷醉的心情，像一头猪崽似的，用急切的嘴唇拱向悬在他脸上的这轮廓弯曲而丰满的整个乳房——它保持着固有的形状，无论是绘画还是雕塑都创造不出比这更柔和、更美的线条来。

"你能记住吗？……你能记住它曾经存在过吗？也能记住它是什么样吗？……"

阿霞的泪水落到了他那头发剪短了的脑袋上。

她并没把乳房收起来，并没挪开去，于是他又回到那一片嫩红中去，嘴唇轻柔地做着她未来的孩子永远不会对这只乳房做的那种动作。没有人进来，所以他吻遍了这悬在他脸上的奇宝。

今天是奇宝，可明天就会被扔进垃圾堆里去。

# 第二十九章
## 硬话与软话

尤拉出差刚回来，就到医院来看父亲，一待就是两个小时。在这之前，帕维尔·尼古拉耶维奇曾打电话让尤拉把棉皮鞋、大衣和帽子带来，因为这间可恶的病房以及躺在床上的那些木头脑袋乃至他们愚蠢的谈话，已经使他感到腻烦透顶，前厅也同样使他感到讨厌。帕维尔·尼古拉耶维奇尽管身体虚弱，却渴望出去呼吸呼吸新鲜空气。

于是他就这样做了。用围脖把肿瘤轻轻裹了起来。在医疗中心的小径上谁也不会遇见鲁萨诺夫，即使遇见了，他穿着混合式的衣服也不会被认出来，所以帕维尔·尼古拉耶维奇散起步来没有任何拘束。尤拉扶着父亲的胳膊，帕维尔·尼古拉耶维奇使劲倚在他身上。在整洁、干燥的沥青路面上一步步挪动腿脚是那么不寻常，更重要的是从中可以感觉到不久即可回去——先回到心爱的家里去休养，然后再回到称心如意的工作岗位上去。帕维尔·尼古拉耶维奇不只是被各种治疗折腾得疲惫不堪，还由于在死气沉沉的医院里无所事事，由于在一台巨大的机器中不再成为人们需要的重要纽带，而变得虚弱无力，他感到失去了一切力量和意义。他盼望尽快回到人们爱他而且少不了他的地方去。

这一个星期里有寒流经过，阴雨连绵，但从今天开始又回暖了。建筑物的背阴处还比较冷，地上潮湿；然而在阳光下帕维尔·尼古拉耶维奇感到如此暖和，以致连春秋大衣似乎都穿不住了，他把纽扣一一解开。

这是可以跟儿子好好谈谈的一个特别合适的机会：今天是星期六，是他出差期的最后一天，他也不用急于去上班。帕维尔·尼古拉耶维奇更无须匆忙。而儿子的情况有些不妙,甚至是近乎危险的,这一点做父亲的心里能感觉到。即使现在,从儿子来到这里以后,他显然问心有愧,老是把视线移向一边,不敢正眼看父亲。尤拉小时候可不是这样的,他一直是个性格直爽的孩子,到了大学时代才出现这种举止,而且只表现在同父亲接触的时候。帕维尔·尼古拉耶维奇对这种躲躲闪闪或者羞羞答答的态度非常恼火,有时他直截了当地对儿子喝道:"喂,把头抬高些!"

然而,他今天决心要克制住自己,同他谈话态度不要生硬,要用关心人的口气。他要尤拉详细讲讲,作为共和国检察监督机构派出的代表到那些遥远的城市去出差,用什么方法显露自己并给自己扬名增光。

尤拉开始讲述,叙述了一桩案子,又叙述了一例,眼睛始终瞧着旁边。

"你讲下去,讲下去!"

他们在太阳下一张晒干了的长椅上坐了下来。尤拉穿的是皮夹克,戴的是绒线帽(他就是不喜欢戴细毡礼帽),样子似乎严肃而又刚毅,然而内心的虚弱把什么都破坏了。

"还有一个案件,跟汽车司机有关……"尤拉眼睛盯着地面说。

"什么事跟司机有关?"

"一个司机冬天开车运送供销社的食品。路程有七十公里,可半路上遇到了暴风雪。路被雪盖没,轮子转不动,天寒地冻,四野无人。暴风雪持续了一昼夜还不停。他在驾驶室里待不住,便扔下满载着食品的汽车去找过夜的地方。早晨,暴风雪平息了,他开来一台拖拉机,可是发现少了一箱通心粉。"

"发货员呢?"

"司机兼发货员,车上就他一个人。"

"制度不严,不像话!"

"当然。"

"所以他肥了自己。"

"爸爸,为了这箱东西,他付出的代价可太高了!"尤拉到底抬起了眼睛。他的脸上出现了一种固执己见的表情。"为了这箱东西他给自己赚来了五年徒刑。而且当时车上还有好多箱伏特加,都完好无损。"

"不能那么轻信,尤拉,不能那么天真。在那暴风雪中,还会有谁干那种事情?"

"说不定有人骑马路过,谁知道呢! 到早晨什么足迹都没了。"

"即使不是他自己干的,至少是擅离职守! 怎么可以把国家财产扔下不管就这样走了?"

事情是没有疑问的,判决也一清二楚,就这样还便宜了他呢! 引起帕维尔·尼古拉耶维奇警惕的是儿子连这个道理都不明白,他得开导开导他。在一般情况下,尤拉总是打不起精神来,可是一旦要证明某一种愚蠢的观点时,却又变得十分固执,简直像头驴子。

"爸爸,你不妨想一想:那里是暴风雪,零下十几度,叫他怎么在驾驶室里过夜? 要知道这样会冻死的。"

"死又怎么样? 哨兵不是都要坚守岗位吗?"

"站岗放哨,每过两个小时就会换班。"

"万一不来换呢? 要是在前线呢? 不管什么天气,人们都坚守岗位,即使死在那里也不离开!"帕维尔·尼古拉耶维奇甚至伸出一个指头指了指人们宁死不离岗位的那个方向。"你该想想你在说些什么! 如果宽恕了这一个,那么所有的司机也会像他那样扔下汽车不管,也会擅离职守,把国家财产统统偷光,难道这点道理你都不懂?"

不懂,尤拉不懂! 根据他的沉默,看得出这个道理他不懂。

"好吧,你的这种看法说明你还十分幼稚,说明你还年轻;你可以对别人说自己的意见,但是我相信,你总不至于通过文件的形式表达这种意见吧?"

儿子那干裂的嘴唇牵动了一下,又动了一下。

"我……写了一份抗议书。已制止了判决的执行。"

"你制止了? 这案件将重新复查? 哎——呀——呀! 哎——呀——呀!"帕维尔·尼古拉耶维奇捂住了半个脸。这正是他所担心的! 尤拉既坏了事,又害了自己,还使父亲脸上无光。帕维尔·尼古拉耶维奇为自己束手无策而感到作为父亲的恼火,想到不能把自己的智慧和机敏灌输给这个糊涂蛋儿子,气得头发晕。

他站了起来,儿子也随着站起来了。他们一路走去,尤拉又竭力扶住父亲的臂肘,但帕维尔·尼古拉耶维奇觉得,即使两只手都用上,也无法使儿子明白自己错在哪里。

他先向儿子阐释法律、法制及其基础的不可动摇性，如果打算在检察监督部门工作的话，则尤其不能轻率地去动摇这种基础。说到这里，他随即表示，一切真理都是具体的，因此法律归法律，可还得考虑到具体的时间、具体的情况，考虑到某一特定时刻应予考虑的因素。他还特别试图使儿子明白，国家机器的各级机构和各个部门之间存在着有机的相互联系；因此，即使是受共和国全权委派到某个偏僻地区，他也不应当目中无人，相反，应当充分考虑到当地的具体条件，没有必要同当地从事具体工作的干部背道而驰，他们对这些条件和要求了解得更为清楚；既然他们判了那个司机五年徒刑，那就是说，在该地区这样做是必要的。

就这样，他们走进一排楼房的背阴处，再从那里走出来，沿着笔直的和曲折的小径走，接着又顺着河岸走，尤拉始终默默地听着，仅仅说过这么一句话：

"你不累吗，爸爸？要么咱们再坐一会？"

不消说，帕维尔·尼古拉耶维奇累了，穿着大衣已觉得热烘烘的，于是他们在稠密的灌木丛中一张长椅上再次坐下——灌木只是枝条稠密，本身还是光秃秃的，因为第一批叶芽儿还刚刚从叶蕾中伸出来。阳光和煦。在整个散步过程中，帕维尔·尼古拉耶维奇始终不戴眼镜，让面部得到休息，让眼睛得到休息。他眯缝起眼睛，就那么默默地坐在阳光下。陡岸下边河水哗哗地流，犹如山涧喧闹。帕维尔·尼古拉耶维奇听着水声，晒着太阳在想：重新回到生活中去毕竟是十分愉快的，你会确信，到大地回春的这一时节，你还将活着，而且到下一个春天的时候也是如此。

但是必须了解尤拉思想的全貌。必须沉住气，不发怒，以免吓得他不敢再讲。休息了一会以后，父亲要儿子继续讲，再谈一些案例。

尤拉即使反应比较迟钝，心里也明明白白：说了哪件事父亲会夸，说了哪件事父亲会骂。所以接下来他讲的那个案例，不能不博得帕维尔·尼古拉耶维奇的赞赏。但他的眼睛老是往旁边看，以致父亲感觉到，儿子还有什么案例瞒着他。

"你把一切都讲出来，统统讲出来！要知道，除了明智的忠告，我不能给你提供什么别的东西。要知道，我是希望你好，我是不希望你犯错误。"

尤拉叹了口气，讲了下面这样一件事情。他在检查过程中，必须翻阅大量过去的司法档案文件,有的甚至已事隔五年之久。他发现,在许多应当贴一卢布和三卢布印花的地方却没有印花。就是说,痕迹留下了,表明本来贴过,可是被揭掉了。这些印花哪里去了呢?尤拉开始寻思、研究,结果在一些最近的文件上发现所贴的印花似乎已有点破损。这就使他料想到,保管所有这些档案的两个姑娘中的一个——卡佳或尼娜——把用过的印花贴上去充新的,而钱向当事人照收。

"竟有这样的事!"帕维尔·尼古拉耶维奇干咳了一声,两手一拍。"有多少漏洞啊!有多少盗窃国家财产的漏洞!你简直一下子都想不出来!"

但是这事尤拉对任何人都只字不提,而是悄悄地进行调查。他决心要把问题搞个水落石出,看两个人当中是谁在舞弊;为了避人耳目,他想出了一个办法:先是追求卡佳,而后又向尼娜献殷勤。他带每一个都去看过电影,也到每一个家里去过:要是发现谁家的陈设富丽,有地毯,那她必定是盗窃犯。

"这个主意想得好!"帕维尔·尼古拉耶维奇两手一拍,笑了起来,"真聪明!表面上是逢场作戏,实际上是在干正事。好样的!"

可是尤拉发现,两个姑娘的生活都很清苦:一个跟父母住在一起,另一个带着妹妹过,家里都没有地毯,甚至好多东西都没有,按尤拉的观念,那些东西是绝对不能缺的,他简直感到惊奇她们的日子是怎么过的。他反复考虑,最后才把一切告诉了领导她们的法官,但当即要求不就此事依法起诉,而只是把她们开导开导算了。法官非常感激尤拉不公开处理此事的主张,因为张扬出去也有损于法官的威信。他俩一起先后把两个姑娘叫来分别训了几个小时。两个姑娘都承认了。总的来说,她们每人每月从中捞取百把卢布。

"应该立案,唉,应该立案!"帕维尔·尼古拉耶维奇感到如此惋惜,仿佛是他自己考虑错了。诚然,使法官难堪也没有必要,就这方面来说,尤拉做得倒也有分寸。"至少她们应当全部退赔!"

讲到最后尤拉的语调已变得没精打采。他自己也无法理解这一事件的意义。当他去找法官建议不要把事情公开处理时,他知道也感觉到自己做得宽宏大度,心中对自己的决定也感到自豪。他想象那两个姑娘是怎样喜出望外,因为她们在被迫交代和承认之后,本来是准备接受处分的,不料竟得到宽恕。他跟法官一起，你一言我一语地批评她们，指出她们的行为是多么可耻，多么卑劣，他在自己严厉声音的感染下，从自己二十三年的生活经历中对她们举出他所知道的一些诚实人的例子，他们有一切条件和机会盗窃，但是他们却没有那样做。尤拉用毫不留情的言辞鞭挞她们，心里知道这些激烈的话将会随着她们被宽大处理而淡化。两个姑娘获得宽恕后走了，但在这之后的好些日子，她们碰见尤拉时脸上没有一点笑容，不仅不走到跟前对他的高尚举动表示感谢，反而故作没有看见他的样子。这使他非常惊讶而又大惑不解！说她们不懂得自己幸免于什么样的命运吧，可也说不通，因为她们是在法院里工作，对这一切都十分清楚。他忍不住走到尼娜跟前，主动问她是否高兴。尼娜回答说："有什么可高兴的？现在非换工作不可。光靠那点工资我是没法生活的。"而长得更讨人喜欢的卡佳呢，尤拉又一次请她去看电影，她回答说："不，我只会光明正大地出去散步，不会鬼鬼祟祟地去看电影！"

他就带着这样一个疑团从出差的地方回来了，直到现在还在想这件事。姑娘们的忘恩负义深深地刺痛了他。他知道生活是比较复杂的，不像头脑简单的、直爽的父亲所想的那样，但哪知事实上还要复杂得多。尤拉究竟该怎么办？不饶恕她们？还是什么也不说，装做没察觉这些被重复使用的印花？要是这样，他的全部工作还有什么意义？

父亲没有再问，尤拉也宁愿不再说什么。

父亲根据这一又被笨拙的手化为乌有的事件，彻底得出了结论：一个人要是小时候没有主心骨，将来也不会有。很难生自己亲生儿子的气，而只是为他感到非常惋惜、懊恼罢了。

他们在外面似乎坐得太久了，帕维尔·尼古拉耶维奇感到两腿有点儿冷，很想躺下。他让尤拉吻了吻他，放儿子走后，他向病房走去。

病房里大伙正谈得热闹。诚然，主要讲演者的嗓门没有声音：他就是先前经常到他们这里来的那位部长派头的哲学讲师，后来他的喉咙开了刀，日前刚从外科病房转到二楼放射科病房。他喉咙前部最显著的地方插着一个金属玩意儿，样子像少先队红领巾的卡头。这位讲师颇有教养，是一个能使人产生好感的人，所以帕维尔·尼古拉耶维奇竭力不伤害他的自尊心，不让他看出他喉头这个夹子怎样使人畏缩。这位哲学家，为了使大伙多少能听到他的声音,现在每次说话都把一个指头按在夹子上。他一向喜欢讲话,习惯于发议论,动了手术以后他也希望充分发挥失而复得的功能。

他站在病房中间的地方,用比耳语稍大一点的嘶哑声音在讲故事:一个过去的军需官把全套家具、雕像、花瓶、镜子都拖到自己家中,起初所有这些东西是从欧洲运来的,后来又从旧货店里添购了一些,旧货店的女店主后来也成了他的妻子。

"四十二岁时他就退休了。其实他身体还很棒!连劈柴都劈得动。手往外套衣襟里一插,走路的神气像个元帅。你以为他对生活该满意了吧?不,他不满意:他念念不忘过去他所在的集团军的司令员在基斯洛沃茨克①的那座有十个房间的小楼、自备的暖气锅炉和两部汽车。"

帕维尔·尼古拉耶维奇认为这个故事并不可笑,而且不合时宜。

舒卢宾也没笑。他是以那样的眼神望道大家,似乎讨厌他们妨碍他睡觉。

"可笑倒是可笑,"科斯托格洛托夫从自己那低垂的状态中做出了反应,"不过……"

"目前州报上登过一篇讽刺小品,可那是什么时候来着?"病房里有人想起那篇东西。"有人用公款盖了一幢别墅,后来被揭露了出来。结果怎么样呢?他承认了错误,把房子交给了儿童福利机构,只给了他一个警告处分,没有判刑。"

"同志们!"鲁萨诺夫解释说,"既然他悔过了,认识了,还把房子交给了儿童福利单位,何必对他采取极端措施呢?"

"可笑倒是可笑,"科斯托格洛托夫还是那么慢慢吞吞地说,"不过,请问,这一切您从哲学上如何解释呢?"

讲师摊开了一只手臂,另一只手按在喉咙夹子上:

"是资产阶级思想的残余。"

"为什么偏偏是资产阶级的?"科斯托格洛托夫嘟哝说。

"那还能是什么阶级的?"瓦季姆留神起来。今天他恰恰有看书的情绪,整个病房却偏偏不得安静。

---

① 俄罗斯南方北高加索地区的休养胜地。

科斯托格洛托夫从倒悬状态中抬起头来,脑袋挨到枕头上,以便使自己能看清瓦季姆以及其他所有的人。

"我看这是人类的贪心,而不是什么资产阶级思想意识。贪婪的人在资产阶级之前就有,在资产阶级之后还会有!"

鲁萨诺夫尚未躺下。他居高临下地教训科斯托格洛托夫:

"这类情况,如果好好挖掘一下,总是可以找到资产阶级的社会出身的。"

科斯托格洛托夫摇了摇头,仿佛啐了一口:

"什么社会出身不出身,全是胡说八道!"

"怎么是胡说八道?!"帕维尔·尼古拉耶维奇急忙按住腰部,仿佛那里被扎了一刀。如此放肆无礼的论调即使出自"啃骨者"之口也使他感到意外。

"怎么是胡说八道呢?"瓦季姆困惑不解地扬起了两道黑眉。

"这是明摆着的,"科斯托格洛托夫嘟哝着把身子又抬高了些,现在已经是半坐半靠了,"你们的头脑里塞满了这种货色。"

"'塞满货色'是什么意思?您对自己的话负不负责任?"鲁萨诺夫尖声叫道,一下子来劲了。

"'你们'指的是谁?"瓦季姆挺直了腰板,但书还那么搁在他腿上。"我们不是机器人。我们并不盲目接受任何信条。"

"你们都包括谁?"科斯托格洛托夫龇牙咧嘴地问。一绺额发耷拉着。

"我们!我们这一代。"

"你们为什么要接受所谓社会出身这种谬论?要知道,这根本不是马克思主义,而是种族主义。"

"什——么?!"鲁萨诺夫几乎是吼叫了起来。

"就是那——么回事!"科斯托格洛托夫也以吼叫回敬他。

"大家听听!大家都听听!"鲁萨诺夫甚至身子歪了一下,他挥动着两手呼吁全病房的人到这边来。"我要求大家作证!我要求大家作证!这是意识形态方面的破坏活动!!"

这时科斯托格洛托夫霍地把两腿从床上放下来,晃着两只胳膊肘对鲁萨诺夫做了一个极其下流的动作,还用写在围墙上的那种司空见惯的脏话骂了起来:

"去你……去你妈的意识形态破坏活动！你们他妈的……习惯了这一套：只要谁的意见跟你们不一致，马上就是什么意识形态破坏活动！！"

这种强盗式的厚颜无耻、下流动作和谩骂的脏话使鲁萨诺夫受到极大的震动和侮辱，他气急败坏，试图把滑下来的眼镜戴好。而科斯托格洛托夫则朝着整个病房，甚至朝着走廊吼叫（以致连卓娅也探头进来看看）：

"你们干吗老是像巫医念咒似的念叨'社会出身，社会出身'？你们知道20年代的人们是怎么说吗？'把您手上的老茧伸出来瞧瞧！'而你们的手为什么那么苍白和肿胖？"

"我做过工，我干过活！"鲁萨诺夫喊道，但他看不清那个侮辱他的人，因为老是不能把眼镜架好。

"这我相——信！"科斯托格洛托夫以厌恶的口吻瓮声瓮气地说，"我相——信！您在一次星期六义务劳动时甚至还亲自抬过一根木头呢，只是您站在中间罢了！而我可能属于商人的儿子，还是三等商人，可是我一辈子都拼命地干活，瞧瞧我手上的老茧！难道我还是资产阶级？难道我从父亲那里继承的是另一种红细胞？是另一种白细胞？这就是为什么我说，您的观点不是阶级观点，而是种族观点。您是种族主义者！"

受到侮辱和委屈的鲁萨诺夫尖声高叫；感到气愤的瓦季姆匆匆地说着什么，但没有站起来；哲学家带着责备的神态直摇那头发梳得十分精心的大脑袋，可他那微弱的声音谁还能听得见！

不过，这位哲学家紧凑到科斯托格洛托夫跟前，趁他换气的机会向他嘶哑地说：

"您可知道'世代相传的无产者'这一说法？"

"哪怕他祖宗十代都是无产者，而他本人不干活，也算不上无产者！"科斯托格洛托夫破口大骂，"他是寄生虫，而不是无产者！他成天战战兢兢，一心想的是特殊退休金，我听说过！"看到鲁萨诺夫瞠目结舌，奥列格更是步步紧逼他："您爱的不是祖国，而是退休金！而且希望早日到手，四十五岁就退休！可我呢，在沃罗涅日城下负过伤，如今除了一双打补丁的靴子什么也没有，但我爱祖国！就说这两个月吧，尽管因病假拿不到一个子儿的工资，可我还是爱我的祖国！"

他挥动两只长胳膊，几乎碰到鲁萨诺夫。他骤然怒不可遏，加入这场激烈的争论中去，就像从前在监狱里参加那几十次争论一样，此时也还记得当初所听到的话语和论点，也许说的人已不在世上。在火头上他甚至发生了想象中的移位，把这间塞满了床铺和病人的窄小而又室闷的病房当成了牢房，因此他才信口骂娘，还做好了准备，在必要的时候动手打架。

鲁萨诺夫感觉到这一点，知道科斯托格洛托夫此时是惹不得的，打个耳刮子也是一抬手的事儿，因此在对方的盛怒和压力之下低头不语。但鲁萨诺夫的一双眼睛气得要冒火星。

"可我不需要退休金！"科斯托格洛托夫无所顾忌地喊道，"我是个一无所有的穷光蛋，并以此为荣！我什么也不追求！我也不想要什么高工资，我蔑视那玩意儿！"

"嘘！嘘！"哲学家在制止他，"社会主义规定了工资有差别的制度。"

"去你们的什么工资差别！"科斯托格洛托夫狂怒起来，"难道在通向共产主义的过程中，一部分人对另一部分人的特权就应该越来越扩大？这就是说，为了使人人平等而首先应当不平等？这是辩证法，是吗？"

他大喊大叫，但叫嚷引起他胃的上部疼痛，这就抑制了他的声音。

瓦季姆几次试图干预，然而科斯托格洛托夫却从什么地方找出愈来愈多的论点，像击木游戏的木棒似的接连抛来，速度之快使瓦季姆来不及招架。

"奥列格！"他企图让他住口，"奥列格！批评一个刚刚处在形成过程中的社会是最容易不过的，但不要忘记，这个社会才四十岁，甚至还不到。"

"我的年纪也没超过它！"科斯托格洛托夫迅速作出反应，"而且将永远比它小！莫非因此我就该一辈子不开口？"

哲学家打了一个手势让他稍停，并为自己喉咙有病请求原谅，接着便声音嘶哑地讲了一些关于医院里刷地板的和领导卫生事业的人对社会做出的贡献不同的道理。

对此，科斯托格洛托夫本来也想胡乱地叫嚷一通，但是被大家遗忘了的舒卢宾突然从老远的门旁角落里走过来。他笨拙地挪动着两腿蹒跚地挨近他们，还是那么邋邋遢遢，病号长衫拖拉着，仿佛半夜被突然叫醒似

的。大伙见了都一愣。他却站到了哲学家面前,举起一个指头,在一片肃静中问:

"《四月提纲》①提出过什么口号,您还记得吗?州卫生局长的所得,不应当比那个内丽娅的工资高。"

于是他一瘸一拐地回到自己的角落里去。

"哈哈!哈哈!"科斯托格洛托夫得到这意外的支持,十分高兴,老头儿真是帮了他的大忙!

鲁萨诺夫坐下来转过身去,他再也无法看到科斯托格洛托夫。而对于角落里那只令人反感的猫头鹰,帕维尔·尼古拉耶维奇一开始就不喜欢,此人说不出任何中听的话,居然把州卫生局长同擦洗地板的女工扯在一起拉平工资!

大家立刻散去,科斯托格洛托夫也失去了继续辩论的对象。

这时,一直躺着没起床的瓦季姆向他招手示意,让他过去坐在床沿上,开始心平气和地向他解释:

"奥列格,您使用的尺度有问题。您的错误在于把现实同未来的理想混为一谈,你应当把今天同1917年以前俄国历史上的那些疮痍相比。"

"我没在那个时代生活过,我不知道。"科斯托格洛托夫打了个哈欠。

"用不着在那个时代生活,这不难了解。只要您读一读萨尔蒂科夫–谢德林的作品就行了,别的参考书用不着看。"

科斯托格洛托夫又打了个呵欠,不想再辩论下去了。肺部的运动使他的胃或肿瘤感到剧痛,这就是说他不能大声说话。

"您在部队服过役没有,瓦季姆?"

"没有,您问这干吗?"

"怎么会免了的呢?"

"在大学里受过高等军事训练。"

"啊,是这样……而我在部队里待过七年,是一名军士。当时我们的军队叫作'工农红军'。一个班长的津贴是二十卢布,而一个排长可拿六百卢布,您明白吗?在前线,军官可以得到补充军饷——饼干、黄油、罐头,他们

---

① 1917年4月,列宁全面阐述革命的纲领,后来被称为《四月提纲》。

吃的时候躲开我们,您明白吗?因为他们不好意思。连掩蔽部我们也是先给他们造,然后才是给自己造。我再说一遍,我当过军士。"

瓦季姆皱起了眉头。

"可您对我讲这些是什么用意?"

"用意么,是想问,这里头哪来的资产阶级思想意识?是谁有这种意识?"

即使不算这番话,奥列格今天的话也说得太多了,几乎是长篇大论,但他感到一种既沉痛又轻松的心情,因为他会失去的东西并不太多。

他又打了个出声的哈欠,并回到自己的床位上去。接着又打了个哈欠。随后又是一次。

这是由于疲劳?还是由于疾病?抑或由于所有这些辩论、反驳、术语、冷酷以及怒视的目光一下子在他的想象中变成了掉入沼泽时发出的吧嗒声,同他们的病,同他们面临的死亡根本不能相比的缘故?

他所渴望接触的,是某种与一切完全不同的、不可动摇的东西。

然而,哪里会有这种东西——奥列格不知道。

今天上午他收到卡德明夫妇的来信。尼古拉·伊万诺维奇医生顺便回答了他问起的一句话——"软话折骨"的出处还是在15世纪的时候,俄国有一部《帕列亚释义书》,大概是一种手抄本吧。那里面讲到有关基托夫拉斯的传说(对于所有古老的故事,尼古拉·伊万诺维奇总是都知道),基托夫拉斯住在遥远的旷野里,他只会笔直朝前走。所罗门王把基托夫拉斯召去,用计把他拴在链条上,让人带他去凿石头。可是基托夫拉斯只会笔直朝前走,当他被牵着经过耶路撒冷时,只得把他面前的房屋统统拆毁,为他开路。路上要经过一个寡妇的小屋。寡妇哭哭啼啼,哀求基托夫拉斯不要拆毁她那简陋的小屋,最后终于打动了他的心。基托夫拉斯开始弯曲身体,挤呀挤呀从侧面挤过去,结果折断了一根肋骨。小屋呢,倒是完好地保全了下来。当时他喃喃地说:"软话折骨,硬话惹怒。"

此刻奥列格在想:这位基托夫拉斯和15世纪的这些手稿抄录者是多么富有人性,同他们相比我们简直是一群狼。

如今谁会以折断肋骨为代价去听软话?……

但卡德明夫妇的信还不是从这里开头的,奥列格从床头柜上摸到了信。他们写道:

亲爱的奥列格！

我们遭到了很大的不幸。

茹克被打死了。

村苏维埃雇了两个猎人用枪打狗。他们在街上走来走去开枪。我们把托比克藏了起来，可是茹克却冲了出去向他们狂吠。要知道，它一向连照相机的镜头都怕，大概它已有那么一种预感！它被枪弹打中了一只眼睛，倒在水渠边上，脑袋垂向渠道。我们赶到它跟前时，它的身体还在抽动。它的躯体是那么大，抽动起来惨不忍睹。

您能想象，屋里变得空寂了。我们感到对不起茹克，因为我们没能把它阻挡住，藏起来。

我们把它埋在花园的角落里，靠近亭子……

奥列格躺在床上想象茹克的模样。不是想象它被打死后一只眼睛淌着血、脑袋垂向水渠的模样，而是它来到奥列格的土屋前用两只前爪和一颗长着一对大耳朵的和善可亲的大脑袋遮住窗口叫他开门的情状。

# 第三十章 🌺

## 老医生

奥列先科夫医生已在世上度过七十五个年头了,给人治了半个世纪的病,未能挣得一座砖瓦楼房,但毕竟买了一所带小花园的木头平房。那还是20年代的事情。从那时起他就住在那里。这所房屋坐落在一条静谧的街上,这条街不但有开阔的林荫道式的街心花园,还有宽敞的人行便道,使房屋同街面相隔足有十五米之远。便道上排列着还是上一世纪就栽植起来的一株株粗干大树,到了夏天,树顶连接成蔽日的绿盖,每棵树干下面的土都被翻松,收拾得干净齐整,并用铁栅围了起来。盛暑中,人们走在那里,不会觉得烈日炎炎,便道旁边贴了瓷砖的水渠中流动着清凉的灌溉渠水。这条拱形的街道环绕着本城建筑最好、市容最漂亮的一个地区,街道本身也成为最美的点缀之一。(不过,市苏维埃里有人在嘀咕,说这些平房零落分散,很不紧凑,装置各种设备费用太贵,不如把它们统统拆除,另建五层楼的住宅。)

公共汽车并不挨近奥列先科夫的住处停靠,所以柳德米拉·阿法纳西耶夫娜得徒步走上一段。这是一个十分暖和、干燥的傍晚,天色尚未暗下来,还看得见那些或多或少地披着柔嫩绿绒的树木在准备过夜,而状似蜡烛的白杨还一点也没有绿意。但是东佐娃只瞧着脚下,不往上看。这一年的春天并无欢乐可言,一切都是受制约的,很难预料这些树木长满绿叶、待到秋天变黄和脱落的时候,柳德米拉·阿法纳西耶夫娜会怎样。过去她也是那么忙得没工夫停下脚步,昂起头来,眯着眼睛仔细看上一眼。

奥列先科夫的房屋有并排的两扇门:一扇是便门,另一扇是带铜把手的老式正门,镶着凸起的门心板。在这种房子里,类似的年头已久的大门通常都被钉死,必须经便门出入。然而,这里门前的两级石磴并没长出芜草和青苔,镌刻着手写斜体"多·吉·奥列先科夫医生"字样的铜牌依然被擦得锃亮。碗状的电铃也没有弃置不用的样子。

柳德米拉·阿法纳西耶夫娜按了按那个电铃。传来了一阵脚步声,奥列先科夫亲自来开门了,他身穿一套当年属于上等料子的褐色旧西装,衬衫领子敞着。

"噢,是柳多奇卡,"他只是微微抬起了嘴角,但这在他来说,已意味着是最显著的微笑,"我正在等您。请进。我很高兴。高兴,尽管又不高兴。您来见我这老头子,恐怕不会有什么好消息。"

东佐娃曾给他打过电话,请求允许前来见他。她本可以把求他的事情在电话中全部讲出来,但这样做似乎不大礼貌。此刻她怀着歉意向他解释,说前来看他不见得有什么坏消息。其时奥列先科夫正忙着帮她脱大衣,不让她自己动手。

"让我来帮您,我还没有衰老不堪!"

他把她的大衣挂在为许多来访者备着的深色抛光长衣帽架上,带领她沿着漆得光滑的地板往里走。他们沿着走廊从这所房子最好、最亮堂的一个房间门前经过(这个房间里边放着一架三角钢琴,谱架竖起,乐谱翻开,给人一种欢快的感觉,这是奥列先科夫的大孙女住的);穿过餐厅(它那朝向院子的窗户被此时还光秃秃的葡萄藤掩映着,室内有一台很大很值钱的收音电唱两用机);来到四壁全都围着书架、里边摆着一张笨重的老式写字台、一张旧沙发和几把舒适圈椅的书房。

"据我看,多尔米东特·吉洪诺维奇,"东佐娃眯缝着眼睛环视四周,"您的书比以前更多了。"

"没、没多,"奥列先科夫稍微摇了摇他那像是金属浇铸的大脑袋,"不过,前不久我确实买了大约二十本,而您知道我是从谁手里买来的吗?"他微微现出欣喜的神色,"是从阿兹纳切耶夫那里买来的。他退休了,您瞧,已经满六十岁了。就在那一天,大家才发现他根本不愿当放射科专家,不愿再跟医学多打一天交道,原来他从内心里喜欢养蜜蜂,今后将把全副精力放在养蜂上。怎么会是这样的呢? 既然你喜欢养蜜蜂,何必把自己最好的年华耗费在别的事情上？……好吧，柳多奇卡，您想坐哪儿？"他问头发有点花白、上了年纪的东佐娃。接着就自己代她做出了决定："瞧，坐在这把圈椅里您会感到很舒适。"

"我并不打算在这儿待多久，多尔米东特·吉洪诺维奇，我一会儿就走。"东佐娃嘴上这样说，但已深深地坐进那把柔软的圈椅，而且立刻感到放心，甚至可说是确信待会儿在这里作出的决定必定是上策。经常性负责的重担，作为一个头头的重担，必须为自己的生活作出选择的重担——这一切还在走廊里的衣帽架旁就已经从她肩上卸下，等她坐到这把圈椅里的时候，就彻底被丢在脑后了。她怀着轻松的心情缓缓地环视这间她所熟悉的书房，看到屋角一只旧的大理石洗手盆而深受感动，那不是新式的盥水盆，而是下面放着水桶的洗手盆，但全都被罩了起来，非常清洁。

她直接望了望奥列先科夫，心里很高兴，因为他还健在，会替她分担一切忧愁。奥列先科夫还站着。他站得笔直，没有一点腰弯背驼的倾向，肩膀和头部的姿势还是显得那样硬朗。他看上去永远是那么信心十足，仿佛他的使命就是给别人治病，而自己绝对不会生病。从他下巴的正中垂下一绺修剪齐整的疏朗银须。他还没有谢顶，甚至须眉也未全白，分梳两边的头发还算光滑，这些年来似乎没有什么变化。他的脸属于不为任何感情动容的一种类型，五官始终各就各位。只有向上拱曲的眉毛通过微乎其微的位置变动显示出感情起伏的整个幅度。

"对不起，柳多奇卡，我就坐在这写字台前。不要把这看成是正式的接待。只不过我是在这个地方坐惯了。"

要是没有坐惯，才是不可思议的！当年几乎每天都有病人到他这间书房里来，后来人少了些，但直到今天还有；他们有时会在这里坐上很久，跟医生进行有关前途命运的痛苦交谈。在这种迂回曲折的谈话中，不知为什么你可能会终生难忘铺在深褐色橡木边框中央的绿色台呢，或一柄古老的裁纸木刀，或一根医用的镀镍金属棒（用于检查咽喉）、一只带铜盖的墨水缸，或杯中冷却了的、颜色深得像波尔多葡萄酒的浓茶。医生坐在自己的写字台前，有时需要让病人摆脱他的视线而稍加思考，就站起来向洗手盆或书架那边走去。一般说来，奥列先科夫医生的一双始终聚精会神的眼睛非必要时从不把视线移开去看旁边，从不垂向桌上的文件，它们从不浪费准备用于观察病人或交谈者的每一分钟。这双眼睛是主要的仪器，奥列先科夫医生就是通过这双眼睛了解病人和学生的情况，并把自己的决心和意志传达给他们的。

多尔米东特·吉洪诺维奇一生受过许多迫害：1902年因参加革命活动（当时他同其他几个大学生一起坐过一个星期的班房）；后来因为他那已经去世了的父亲是个神甫；后来又因为他本人在第一次帝国主义大战①中当过沙皇军队的旅军医，而且不仅仅是个军医，据证人肯定，在那个团仓皇溃退的时刻，他曾跃上战马，扭转败局，率领那个团重新投入这场帝国主义大混战，与德国工人为敌。然而，在所有这些迫害之中奥列先科夫遭到持续最久、最难忍受的迫害，却是因为他坚持私人开业行医的权利，而这项职业处处被禁，愈禁愈严，被认为是个人发财致富的来源，是非劳动行业，无时无处不在滋生着资产阶级。有好几年他不得不摘下行医的招牌，不管登门求医的人如何恳求，不管病情多么严重，一律将他们拒之门外，因为邻近已被安插了自愿的或受雇的财政局密探，加上病人本人也难免会说出去——这可能导致医生丧失一切工作乃至住所。

而他在自己的事业中偏偏最珍视私人行医的权利。要是门上缺少这块镌字的铜牌，他就像冒名顶替似的过着不合法的生活。他奉行的是决不谋取副博士或博士学位的原则，说学位丝毫不能证明日常治病所能取得的成就；如果医生是一位教授，病人反而会感到拘束；把时间花在写学位论文上，还不如多研究一种学派的理论为好。单是在本地的医学院里，三十年来奥列先科夫就先后在内科、小儿科、外科、泌尿科、传染病科乃至眼科工作过，只是在这之后他才成为放射科专家和肿瘤学专家。对于"功勋科学家"，他顶多通过嘴唇一毫米的撇动来表示自己的看法。他常常说，如果在这个人还活着的时候就授予他什么家什么家的称号，而且还要冠之以"功勋"二字，那么此人也就完了，因为荣誉会妨碍医生治病，就像华丽的服装妨碍行动一样。"功勋科学家"不论走到哪里，总是跟着一帮子人；他被剥夺了犯错误的权利，被剥夺了不知道某某事物的权利，甚至被剥夺了思考的权利；他会变得自满、萎靡不振或落后于时代，并千方百计掩饰这一点，而

---

① 该术语在苏联用来指称第一次世界大战。

所有的人又偏偏等着从他那里看到奇迹。

所以，这一切奥列先科夫一概不要，他只要在门上钉一块铜牌，装一只路人够得着的门铃。

不管怎么说，命运的安排使奥列先科夫三生有幸：有一次他得以救活了当地一主要领导人的一个垂死的儿子，另一次救了一位领导人，虽然不是同一位领导人，但也是位要人。还有几次救了几个显要家族的成员。这一切都发生在本市，因为他从来不去外地。就这样，奥列先科夫医生在一些有影响的人物中间确立了声望，他的周围也就出现了一种保护性的光轮。也许，在纯粹是俄罗斯人的城市里，这对他仍然无济于事，但在比较好说话的东方城市里，人们善于对他重新挂牌、接诊病人的事视而不见。战后他已经不在任何地方担任固定的工作职务了，但却给好几所医院当过顾问，出席过一些学会的学术会议。就这样，从六十五岁起，他就不受阻碍地过着自己认为一个医生应该过的那种正常生活。

"是这么回事，多尔米东特·吉洪诺维奇，我是来求您帮忙：您能不能到我们那儿去，检查一下我的肠胃道？……哪一天对您方便，我们就定在哪一天……"

她的面色发灰，声音微弱。奥列先科夫以平稳、凝神的目光望着她。

"没有问题，我们就定个日子吧。不过，您还是先把症状说给我听听。不妨也谈谈您自己的想法。"

"症状我这会儿就告诉您。至于我自己的想法，该怎么说呢？您知道，我是竭力不去想的！就是说，这件事我想的实在是太多了，夜里睡不着觉，要是我自己一点儿也不知道就好了！这是真的。您如果决定要我住院，那我就住院，可是到底是什么病——我不想知道。如果要动手术，最好不要让我知道诊断意见，免得开刀的时候我胡思乱想：'他们现在大概在做什么？此刻正在往外掏什么呢？'您理解吗？"

不知是由于圈椅太大，还是由于她的肩膀完全放松了的缘故，柳德米拉·阿法纳西耶夫娜此刻看上去不像一个身躯高大的女人。她缩小了。

"理解倒是能够理解，柳多奇卡，但我并不觉得有那么严重。您干吗一下子就谈到动手术？"

"应当对什么都有思想准备……"

"那您为什么不早点来？您应该懂得的……"

"事情就是这样，多尔米东特·吉洪诺维奇！"东佐娃叹了口气，"生活让人忙得团团转。当然，应该早点来……不过，我这还不算来得太晚，您别这样想！"她又恢复了那种急切务实的作风，"但这未免太不公平了：我是一个肿瘤病医生，对于一切情况都一清二楚，能够想象继发现象、后果和并发症是怎样的情况，可为什么肿瘤病却偏偏降临到我自己身上？……"

"这没有什么不公平的，"他那低沉浑厚、富有节奏感的话语声很有说服力，"相反，这从最高层次上来说是公平合理的。害上自己专业范畴的病——这对医生来说是一次真正的考验。"

（这怎么能谈得上公平？要什么真正的考验？他这样考虑问题，无非是因为他自己没有得过病。）

"您记得那个护士帕尼娅·费奥多罗娃吗？她常说：'哦，我对病人怎么变得不体贴了？看来我自己又该去住一阵医院了。'……"

"我从未想到过，自己会这样难过！"东佐娃把手指互相握得关节直响。

不管怎么说，此时此刻她还是没有这段时间以来那么苦恼了。

"那您说说您觉得自己身上有什么症状？"

她开始述说，起先只是说个大概，可是奥列先科夫硬要她说得越详细越好。

"多尔米东特·吉洪诺维奇，我根本不想占去您整个星期六晚上的时间！既然您反正要去给我作X光检查……"

"我是个什么样的异教徒，难道您还不知道？在使用X光机之前我岂不也工作了二十年？什么样的诊断没有做出来！道理很简单：任何一种症状都不能忽视，因为一切症状的出现都有其原因。要作出这样的诊断，亲爱的，使所有的症状都能得到解释——不错，正是这样！使用X光机就像使用照相曝光表或钟表一样，只要有它们帮忙，你就完全丢了凭目力判断曝光度或凭感觉估计时间的本领。一旦没有这些东西，你也很快就能适应。对医生来说困难多了些，可病人倒是轻松了些，少做一些检查。"

于是东佐娃开始叙述，把各种症状加以分门别类，尽量不漏掉那些可能引出重病诊断的细节（尽管她情不自禁地希望略去某些细微之处，想听到他说："这算不了什么，柳多奇卡，没什么了不起。"），她还谈到血液的情况,说血液的成分不妙,血沉指标偏高。奥列先科夫仔细听了她的全部自述,另外提了几个问题。在听的过程中,有时他点点头,似乎表示这完全可以理解,是每个人都会碰到的寻常现象,但终究没说"这没什么了不起"。东佐娃脑子里一闪:就实质来说,他大概已经作出了诊断,甚至此刻就可以直接问他,不必等到 X 光透视那天。但是,此刻马上直接问他,且不管正确与否,直接了解答案——这是很可怕的。无论如何得拖延一下,拖延几天缓冲一下!

他们在学术性会议上见面时的交谈是多么亲切啊!然而现在她前来像承认罪行似的说出自己的病情,维系在他们之间的平等之弦一下子就断了!不,不是平等——在他们师生之间从来就不存在平等,现在就更是有过之而无不及了;通过这番自述,她把自己从高贵的医生阶层排除出来,转而列入纳贡求靠的病人阶层。诚然,奥列先科夫没有提出马上就扪触病痛的部位,他还是那样继续把她当作客人与之交谈。他似乎是在建议她同时处在两个阶层,可是她精神上已经垮了,再也不能保持原先那种镇定了。

"说实在的,薇罗奇卡·汉加尔特现在的诊断水平,已足以使我信得过她,"东佐娃说话还是那样急切,一句接一句,这是一向排得很紧的工作日使她养成的习惯,"不过,既然有您在,多尔米东特·吉洪诺维奇,我决定……"

奥列先科夫还是那么凝视着她。此时东佐娃虽看不太清楚,但她已经有两年工夫注意到奥列先科夫专注的目光中经常闪现出一种超脱的神情。这神情是在他老伴死后出现的。

"喏,要是确有必要……就病休一个时期,好不好?就是说,让薇罗奇卡顶替您的工作,行不行?"

("病休一个时期"!他使用了最温和的措辞!但,这意味着她的病并不是小事一桩?……)

"行。她已经成熟了,她完全可以主持放射科的工作。"

奥列先科夫点了点头,捋了捋一缕疏朗的银须:

"成熟倒是成熟了,可是结婚了没有呢?……"

东佐娃摇了摇头。

"我的孙女儿也是这样,"奥列先科夫毫无必要地压低了嗓门,"怎么也找不到合意的人。真不好办。"

他眉角的细微移动反映了内心的不安。

他自己提出要抓紧时间,星期一就给东佐娃检查,而不要拖延。

(如此匆忙?……)

此时出现了冷场,也许这是起身道谢和告辞的适宜时刻。东佐娃站了起来,但是奥列先科夫硬要她坐下来喝杯茶。

"我一点儿也不想喝!"柳德米拉·阿法纳西耶夫娜要他相信。

"可是我想喝!现在正是我喝茶的时候。"

他是在努力将她从罪恶的病人行列里往无望的健康人行列里拉!

"您那小两口在家吗?"

其实,那"小两口"的年龄跟柳德米拉·阿法纳西耶夫娜不相上下。

"不在家。孙女儿也不在。只我一个人。"

"这么说,还得由您亲自动手招待我?那可不成!"

"用不着动手做什么。保暖瓶里有满满一瓶茶。而各种糕点和小吃都在食品柜里,好吧,您去拿出来就是了。"

于是他们转移到餐厅里去,坐在方形橡木桌的角旁喝茶。这张桌子简直经得住一头大象在上面跳舞,可是要把它从这里搬走,恐怕任何一扇门也出不去。墙上的挂钟也已有了年头了,指针表明时间还不算太晚。

多尔米东特·吉洪诺维奇开始谈他心爱的孙女儿的事。她前不久刚从音乐学院毕业,钢琴弹得很出色,既聪明又漂亮,这在音乐家之中也属少见,很招人喜欢。奥列先科夫还把她的一张近影拿给客人看,但他说话不多,并没打算以有关他孙女儿的话题吸引柳德米拉·阿法纳西耶夫娜的注意力。况且,她已不可能把全部注意力都放在任何一件事情上,因为她的心思已四处分散,怎么也集中不起来了。是的,说来倒也十分奇怪:跟你坐在一起若无其事地喝着茶的人,已经能够设想你所面临的危险的程度,或许连病情的进一步发展也已预见到了,但却只字不提,只是把饼干推过来敬客。

柳德米拉·阿法纳西耶夫娜也有可谈的话题,但不是关于离婚的女儿,那会使她十分伤心,而是关于儿子。儿子念书念到八年级,忽然心血来潮地宣称,继续念书毫无意义!不论是父亲还是母亲都找不到论据说服他,所有的论据对他都不起作用。比方你对他说"应当作一个有文化的人!"他会反问你"为了什么？"你说"文化——这是最重要的！"他就会说"最重要的是日子过得快活。"但是不念书你就不可能有一技之长！"我才不要呢。"那就是说你愿意当个普通工人是不是？"不，要我当牛做马我不干。"那你将来靠什么生活呢？"总能找到办法，只要有本领。"他结交了形迹可疑的一伙人，柳德米拉·阿法纳西耶夫娜相当担心。

奥列先科夫的表情似乎说明，即使不听她说，这事情他也早已听说了。

"要知道，在年轻人的导师中间，我们还少了一位很重要的导师——家庭医生！"他说，"女孩子到十四岁，男孩子到十六岁，必须让他们同医生谈心。不是在四十个人的教室里一起谈（即使这样的谈话机会也没有），也不是在学校的医务室里，每隔三分钟放一个人进去。这必须是从小给他们检查咽喉、经常在他们家喝茶的那位医生伯伯。这位公正、善良而严厉的医生伯伯可不比父母，孩子撒娇也好央求也好对他是不起作用的，现在要是他忽然同女孩子或男孩子关在书房里进行秘密谈话，那么，这种谈话必定是渐渐变得十分奇异、既羞于开口又很有意思的，对年轻人不必作什么盘诘，医生自会猜透一切，自会回答最主要的和最难以回答的问题。说不定还会把年轻人叫去再做一次这样的谈心。要是能够这样，要知道，医生不仅可以告诫他们不要犯错误，防止虚假的激情冲动，不要使自己的身体受到伤害，而且还有助于澄清和端正他们的整个世界观呢。只要他们在最忐忑不安的问题上，在最主要的探索方面得到理解，他们就再也不会觉得自己在其他方面是那么毫无希望得到理解。从此，他们也就比较容易接受父母的其他各种论点了。"

奥列先科夫说话声音很洪亮，尚未露出半点苍老的沙音；他两眼炯然有神，使话语更具有说服力，但东佐娃注意到，适才在书房的圈椅里一度使她头脑清醒的内心宁静正一分钟比一分钟减少，一种浑浊、忧郁的感觉在胸中徐徐升起，她似乎觉得失去了什么，甚或当她此刻倾听这番真知灼见的时候也正在失去什么；真想起身告辞、匆匆离去，尽管自己也不知道上哪儿去，为了什么。

"这是对的，"东佐娃表示同意，"我们忽视了有关性知识的教育。"

东佐娃脸上这种一闪而过的不安、焦躁的张皇是瞒不住奥列先科夫的眼睛的。不过，既然她不愿意知道真相，那就没有必要在这个星期六晚上一而再、再而三地去谈什么症状,等星期一往X光屏后面一站岂不就行了,现在应该通过随便交谈让她散散心。

"总而言之,家庭医生是生活中最需要的角色,可这样的角色却非常难找。要知道,找一个知心的医生,就像找对象一样私密,在我们的时代,这甚至比找一个如意的对象还难。"

柳德米拉·阿法纳西耶夫娜皱起了眉头。

"能这样当然很好,可是这就需要多少家庭医生啊?这跟我国的人民普及免费医疗制度是不相适应的。"

"要说'普及'是可以的,说'免费'则不然。"奥列先科夫坚持自己的看法,声音浑厚洪亮。

"免费医疗是我国首要的成就。"

"成就是那么了不起吗?什么叫'免费'?治疗费用只不过不是由病人,而是由国家预算来支付的;至于预算,岂不还是从病人那里来的。这种医疗并不是免费的,只不过与本人不直接发生关系罢了。现在你不知道,花多少钱才能看一次真心诚意的门诊,到处都讲定额、指标,医生没问几句话就叫下一个病号了!再说去医院又是为了什么?无非是为了一张病假条,为了一张伤残证明单,而医生就不得不把这种事儿戳穿。病人和医生成了冤家对头——难道这是医学?"

这种那种症状都钻进了柳德米拉·阿法纳西耶夫娜的脑子里,形成了最为不妙的一种……

"我并不是说,全部医疗都应该收费,但是最初的医疗一定得收费。等到确定病人必须住院和接受仪器治疗,那时免费才合理。不过即使如此,就拿你们医院来说:为什么动手术只有两个外科大夫承担,而另外三个却傻待着?因为他们反正有工资可拿,有什么可担心的?可要是钱由病人直接掏,那就没有一个病人去找他们看病,那时你们的哈尔穆哈梅多夫或潘焦欣娜的腿就会跑得勤快些了!不管通过什么方式,柳多奇卡,总得让医生有赖于他给病人留下的印象,有赖于他的名望才对。"

"哦,上帝保佑,可别让医生依赖所有的病人吧!别依赖那胡搅蛮缠的女人……"

"难道依赖院长就好些了?难道像一名官吏那样领取薪俸就诚实些?"

"可是有一些病人喜欢什么都问,老是拿一些理论问题跟你纠缠,难道对他们的每一个问题都得回答?"

"是的,什么都要回答。"

"哪来那么多时间呢?"东佐娃感到气愤,这谈话使她激动了起来。他趿着拖鞋在这房间里踱来踱去当然很自在。"您想过没有,目前医疗单位的工作紧张到什么程度?您没有那样的切身体会。"

奥列先科夫根据柳德米拉·阿法纳西耶夫娜疲惫的脸色和频频眨巴的眼睛看出,这次分散注意力的谈话对她并没起什么作用。这时恰巧阳台的门开了,从外面进来……一条狗,但它是那样高大、和善和不可思议,仿佛它不是狗,而是一个不知为什么四肢着地的人。柳德米拉·阿法纳西耶夫娜正担心它会不会咬人,但它跟一个眼神忧郁的有理性的人一样不可能让你害怕。

它在屋子里轻轻地走动,甚至是在沉思,根本没有料到走到这里来会引起什么人的惊异。只有一次,它竖起蓬松的、白扫帚似的尾巴,在空中甩了一下,随即垂下,表示进门打了个招呼。除了耷拉着的黑耳朵,它全身的毛皮由白色和棕红色组成复杂的图案:它背上好像披了一件白色的背心,肚皮两侧呈鲜明的棕红色,屁股甚至近乎橘红。诚然,它曾走到柳德米拉·阿法纳西耶夫娜跟前,嗅过她的两膝,但一点也不缠人。它没挨近桌子让自己那橘红色的屁股坐下来,就像通常遇到这种情况的任何一条狗那样,对于比它的头顶高出不多的桌面上的吃食也毫无兴趣,而只是四足着地站在那里,用一对圆鼓鼓、水汪汪的棕色大眼睛望着桌子上方,完全是一种超脱的神态。

"啾,这狗是什么品种??"柳德米拉·阿法纳西耶夫娜十分惊讶,这是她今晚第一次完全忘却自己和自己的病痛。

"圣伯纳德种,"奥列先科夫用鼓励的神情望着那狗,"要不是耳朵太长,吃食时老是拖到盒子里去,一切都可说是挺好的。"

柳德米拉·阿法纳西耶夫娜仔细观察这条狗。这样的狗大概不会在街头上无谓地奔跑,这样的狗想必不会被允许搭乘任何交通工具。正像雪人只能待在喜马拉雅山中一样,这样的狗也只能生活在带花园的平房里。

奥列先科夫切了一块馅饼给狗吃,但不是像给一般的狗那样一扔,而是以平等相待的态度请它吃馅饼，狗也就以平等的身份从容不迫地从他那作为盘子的手掌上衔下馅饼，也许它并不饿，而只是出于礼貌。

不知为什么，这条安详沉静、若有所思的狗的到来，使柳德米拉·阿法纳西耶夫娜产生了一种清新、喜悦之感，即使她从桌旁起身之后，心里还想，她的情况毕竟不是那么太糟，即使要动手术，似乎也不是什么不得了的事情，然而，想到没有认真听取多尔米东特·吉洪诺维奇的忠告，她说：

"我太失礼了！我只顾来向您诉说自己的病痛，竟没有问问您的身体怎样。您好吗？"

他站在东佐娃对面，腰板儿很直，甚至相当魁伟，一点也没有老年人那种风泪眼的样子，耳朵什么都听得见，要说他比她年长二十五岁，简直难以相信。

"暂时还没什么。我反正拿定主意临死时不让自己生病。俗话说，死也要死得痛快。"

他送东佐娃走后，回到饭厅，在摇椅里坐下。这是一张黑漆弯木摇椅，网状的椅背因年深月久已被磨黄。他坐下时把椅子轻轻一摇，等它自己停下来之后，就不再摇动。就在摇椅提供的这种像是失去平衡和不受牵制的特殊状态中，他默默地坐了许久，动也不动。

现在他经常需要这样休息。他的身体需要通过这样的休息恢复精力，他的内心状态，特别是在老伴去世以后，同样需要清静和沉思，不受外界声音、谈话的干扰，摆脱工作上的考虑，甚至摆脱作为一个医生必不可少的种种念头。他的内心状态仿佛需要清洗、净化。

在这样的时刻，他觉得生存的全部意义，包括他本人漫长过去和短暂未来的一生，他的亡妻的一生、他那年轻的孙女儿以及一切人的生存的意义，并不在于他们倾注全部心力和兴趣并为他人所知的主要活动，而在于他们能在多大程度上使每个人生来就具有的永恒形象保持不模糊、不颤动、不歪曲。

就像平静的水潭里映照着的一轮银月。

# 第三十一章 🎐

## 市场偶像

一种内心的紧张产生之后便一直存在着，但这不是折磨人的那种紧张，而是愉快的紧张。他甚至能够确切地感觉到它在什么位置：在胸腔前部肋骨底下。这种紧张像一团热乎乎的气体轻轻地往外挤压；疼痛中令人感到舒服；甚至还会发出声响，但不是耳朵听得见的那种尘世音响。

这是另一种感受，不是前几个星期每逢晚上将他往卓娅身边吸引的那种感受。

他把这种紧张怀在胸中，珍爱它，不时谛听它的声音。如今他能够回忆起，青年时代也曾有过这种感受，可是后来竟忘得一干二净。这是一种什么样的感受？它能持续多久而不成为虚妄？它是否完全取决于引起这种感受的那个女人，抑或还有别的缘故（比如说，这个女人尚未完全与你亲密），以后就会渐渐恢复平静？

不过，亲密这两个字现在对他没有任何意义。

说不定还是有意义的？……胸中的这种感受是仅存的一点希望，所以奥列格才那么爱护它。它成为充实生活和点缀生活的主要东西。薇加的存在使整座癌症楼变得富有情趣和多彩，这座楼之所以没有变成一口枯井，全赖他俩……友好相处，而事情怎么会发展成这样，他也感到奇怪。其实，奥列格很少见到她，有时只是匆匆瞥一眼罢了。前几天她又给他输过一回血。他们又谈得很投机，尽管不是那么能敞开心扉，因为有一名护士在场。

先前他是多么渴望离开这个地方，可现在出院的日期渐渐迫近，他倒恋恋不舍了。回到乌什-捷列克之后他就再也看不到薇加。这该怎么办呢?

今天是星期日,他恰恰没有希望见到薇加。可天气晴朗,阳光和煦,空气像凝住似的,一片暖融融的景象,于是,奥列格到院子里去散步,一面呼吸着愈来愈浓郁的暖气,感到舒展,一面试图想象,她是怎样度过这个星期日的,在忙些什么。

他现在行动懒散,不比过去了。他已不再按既定的直线路径迈着坚定的步伐,走到路的尽头便陡然转身了。他步履疲软,小心翼翼,经常在长椅上坐下来歇一会,要是长椅上没有别的人坐着,他就会伸开腿躺在上面。

今天也是如此。他敞着病号长衫的衣襟,微微驼着个背,慢慢腾腾地走着,不时停下来抬头看看树木。有些树已经半绿了,另一些树刚刚露青,而橡树却不见一片绿叶或嫩芽儿。一切都是那么美好!

这里那里无声无息、不知不觉已钻出不少青草,有的已相当高了,要不是那么嫩绿的话,简直可以被认为是去年留下的草。

在一条没有树荫的小径上,奥列格看见舒卢宾在晒太阳。舒卢宾坐在一条用窄条木马马虎虎钉就的长凳上,重心集中在两股,身子像是有点儿前俯,又像是有点儿后仰,而两只胳膊伸得挺直,两手十指交叉,夹在两膝之间。就这样,再加上耷拉着脑袋,坐在一条孤零零的长凳上,光线明暗对比鲜明,他简直像一座神情忧伤的雕像。

此时,奥列格倒是很愿意坐到舒卢宾旁边去,他还不曾找到一次机会同这个人好好聊聊,而心里很想这样做,因为他从劳改营中知道,不声不响的人必有自己的想法。加上在争论中舒卢宾插进来支持他这一行为,也引起奥列格的好感和触动。

然而,奥列格还是决定从他身旁走过去,因为在劳改营也使他懂得要尊重每一个人独处一角的神圣权利。

他从舒卢宾身旁经过,但走得很慢,脚上的两只靴子像在石子路上划着的桨板,便于对方把自己叫住。舒卢宾果然看见了靴子,随着视线从靴子上移动,他抬起了头。他漠然地看了看,似乎只是默认:"是的,咱们是同一个病房的。"直到奥列格又跨了两步,舒卢宾才半问半邀地对他说:

"不坐会儿吗?"

舒卢宾脚上穿的也不是一般病号穿的那种拖鞋，而是一双高帮的室内便鞋，所以他能在这里散步和坐坐。他头上没戴帽子，只见一圈圈稀稀落落的斑斑白发。

奥列格折回来在长凳上坐下，仿佛他无所谓似的，往前走或坐会儿都行，不过还是坐一会儿好些。

无论话题从何处开始，他随时都能向舒卢宾提一个关键性的问题，而听对方如何回答这个问题，就可以把这个人了解得清清楚楚。但是奥列格没这样做，他只是问：

"这么说，是后天啰，阿列克谢·菲利波维奇？"

即使对方不回答，他也知道是在后天。整个病房都知道，给舒卢宾开刀的日期定在后天。这句话的分量在于"阿列克谢·菲利波维奇"这个称呼上，因为病房里还没有人这样称呼过沉默寡言的舒卢宾。这是一种老军人对老军人说话的口气。

"我是最后一回晒晒太阳。"舒卢宾点了点头。

"不见得是最后一回。"科斯托格洛托夫用深沉的低音说。

他斜着眼睛看舒卢宾，心想这也许是最后一回了。舒卢宾吃得太少，甚至少于食欲所容许的程度，为的是减轻食后的疼痛，这就使他越来越虚弱，体力不支。科斯托格洛托夫已经知道舒卢宾的病是怎么回事，所以现在他问：

"就那样决定了吗？从侧面开排泄孔？"

舒卢宾嘟起嘴唇像是要呕嘴巴似的，同时也点了点头。

两人沉默了一会儿。

"不管怎样，反正是癌，"舒卢宾说，眼睛望着自己前方，而不是看奥列格，"癌症中还有癌症。任何一种糟糕的状况都有比之更糟的。我的这种病情，既不能对别人讲，又没法同别人商量。"

"我的情况可说也差不多。"

"不，不管怎么说，我的情况更糟！我的这种病尤其让人抬不起头来，格外叫人屈辱，而且后果也很可怕。如果我能保住性命，——而这'如果'还成很大问题，那么像您现在这样靠近我站着或坐着可很不好受。任何人都将千方百计离我远点。要是有谁靠得近些，我自己就必定会想：不消说，他在勉强忍受着，心里却在诅咒我。总之，再也不能同人们待在一起了。"

科斯托格洛托夫想了一会儿，一边还轻轻吹着口哨——不是用嘴唇吹，而是心不在焉地把空气从牙缝中送出来。

"总的说来，很难断定谁的情形更糟。这比相互较量成绩更难。每个人都认为自己的不幸是最大不过的。比方说，我可以断定自己所度过的不幸的一生是很少见的，但是我怎么能知道：也许您的经历更坎坷？我作为一个旁观者怎能肯定呢？"

"还是不要肯定为好，否则您会弄错的。"舒卢宾总算转过头来，一双眼白充血、极其富有表情的圆眼睛从近处看了看奥列格。"在深海作业、在地底下采掘、在沙漠里找水的人，过的远远不是最艰苦的生活。生活最艰苦的乃是每天从家里走出时脑袋老是与门楣相撞的人，因为门楣太低……据我看，您打过仗，后来蹲过监狱，是不是？"

"还有，没上过大学，没被提升为军官，再就是至今还处在永久流放的状态。"奥列格若有所思地把这一切列举出来，没有牢骚。"此外，还得了这癌症。"

"就癌症来说，您和我彼此彼此。至于其他方面，年轻人……"

"见鬼，我算什么年轻人！您考虑过没有，肩膀上支的脑袋还是原先的那一颗？身上的皮岂还是原来的那一张？……"

"……至于其他方面，我可以这么告诉您：您很少说假话，您懂吗？您至少不那么卑躬屈膝，这一点您可要珍惜！你们被逮捕，而我们则被驱赶到大会上去批斗你们。你们被判处死刑，而我们则被逼着站在那里鼓掌，表示拥护判决。岂止是鼓掌，连枪决也是人们要求的，是的，是要求的！您大概记得，当时报上是怎么写的：'了解到这些无比卑劣的罪行，全体苏联人民就像一个人一样，无不义愤填膺……'您可知道'就像一个人'这种提法意味着什么？意味着所有我们这些各不相同的人，忽然间，'就像一个人一样'了！鼓掌时还必须把手举得高高的，好让旁边的人以及主席团都看得见。有谁不想再活下去了呢？谁敢出来为你们辩护呢？谁敢唱反调？这样做的人如今在哪儿？……连弃权都不行，哪里还敢反对！有一个人在表决枪毙'工业党'成员时弃了权，立刻引起大喊大叫：'让他说清楚！让他摆出理由来！'那人站了起来，声音干涩地说：'我想，从十月革命到现在快十二年了，可以找到别的手段来制止……'啊，这个坏蛋！同伙！代言人……到第二天早晨，格伯乌①一张通知把他传去。从此一辈子留在那里。"

这时，舒卢宾用脖子做了一个奇异的螺旋式扭动的姿势，脑袋转了个圆圈。坐在长凳上前俯后仰的他，就像栖木上的一只蹲够了的大鸟。

科斯托格洛托夫竭力不现出因其评语感到荣幸的样子：

"阿列克谢·菲利波维奇，这全看抓的是什么阄儿了。你们要是处在我们的地位，也会吃苦头；而我们要是处在你们的地位，也会充当那样的打手。不过，像您这样看透个中原委的人，这样很快醒悟的人，精神上不免受到煎熬。至于一直信以为真的那些人，精神上倒也轻松。他们即使双手沾满了血，也不觉得是血，因为他们糊里糊涂。"

老头那贪婪的目光斜着向他一扫：

"谁会信以为真？"

"就说我吧，也曾信以为真过。在对芬兰的战争②以前。"

"可是有多少人信以为真呢？有多少人糊里糊涂呢？对不懂事的小青年自然不能苛求。但是要我承认，我们的老百姓一下子都变成了头脑迟钝的人——我做不到！我想不通！过去有过那样的情况：地主老爷站在台阶上胡说八道，庄稼人在下边听着只是暗暗发笑；老爷也看见了，管事的在旁边也觉察到了。到了行礼的时候，大家'就像一个人一样'对他弯腰。这难道意味着庄稼人把地主老爷的话信以为真？那么什么样的人才会信以为真呢？"舒卢宾突然激动不已。他的脸在强烈的情感冲动下，整个儿变了样：没有一个线条无动于衷。"一会儿说，所有的教授、工程师都成了暗害分子，他会信以为真？一会儿说，国内战争时期的那些优秀师长是德日间谍，他会信以为真？一会儿说，列宁的那些久经考验的老战友是十恶不赦的叛徒，他会信以为真？一会儿说，他所有的朋友和熟人是人民公敌，他也会相信？一会儿说，千百万俄罗斯士兵背叛了祖国，这他都相信？一

---

① 即国家政治保安局。
② 指1939—1940年冬季的苏芬战争。

会儿说,成批成批的男女老少都被斩尽杀绝,他会统统信以为真? 请问,要是这一切他都信以为真,那他自己又是什么人? 对不起,那他自己是什么呢? 傻瓜吗?! 难道全体人民都成了傻瓜? 请您原谅! 人民是聪明的,而且想要活下去。大多数的人信守着这样一条原则:熬过一切,活下去! 将来,历史面对着我们每一个人的坟墓问起:'他是何许人物?'那就只能借助于普希金的诗句了:

> 在我们这丑恶的世纪……
> 无论在哪一种自然领域里,
> 人都无非是暴君、叛徒或囚犯。"①

奥列格哆嗦了一下。他不知道这几行诗,但其中蕴含着铭刻于人心的那种思想是毋庸置疑的,作者和真理都有血有肉。

舒卢宾举起一根粗大的指头冲着他扬起:

"普希金的诗里甚至没有给傻瓜留下一席地位,尽管他知道,世上随时可以遇到傻瓜。不,我们只能在三者之间作出抉择。如果我没有记错的话,我没有坐过牢,而且,确信自己不是暴君,那就是说……"舒卢宾凄然一笑,咳嗽起来,"那就是说……"

在咳嗽过程中,他那坐着的躯体前后摇晃。

"您以为我这样的日子比您的好过吗? 我提心吊胆过了一辈子,现在很愿意跟您换换呢。"

跟他一样,科斯托格洛托夫也缩着个脖子坐在狭窄的长凳上,前俯后仰地晃动着身子,像一只羽毛蓬松的鸟蹲在栖木上。

他们蜷起的两腿在各自面前的地上投入清晰的斜影。

"不,阿列克谢·菲利波维奇,这样下定论过于轻率,也过于苛刻。我认为写告密信、充当证人之辈才算叛徒。这样的人也是数以百万计的。假定因犯同告密者的比例是二比一,就算三比一吧,他们的人数岂不也是以百万计? 但是,把所有的人都算作叛徒,就未免太偏激了。普希金也是一时激动

① 出自普希金的诗歌《致维亚泽姆斯基》(1826),背景是十二月党人被判处决及流放。

才那么说。在暴风雨中树木被折断，而草只是倒伏，难道能说小草出卖了大树？刚才您自己就说过：熬过去——这就是人民的守则。"

舒卢宾整个面部都堆起了皱纹，皱得嘴巴变成了一条线，两只眼睛不见了。本来是圆鼓鼓的大眼睛，此时已经消失了，眼窝里只剩下一堆皱皮。

皱纹终于舒展开来。还是那淡褐色的虹膜，四周围着微微泛红的眼白，但目光比先前澄净了些：

"说得好听一点，这可以叫作合群性。是一种害怕单独留在集体之外的心理。这不是新发现。弗朗西斯·培根早在16世纪就提出了这种学说——关于偶像的学说。他说，人们不喜欢靠纯粹的经验过活，他们宁可让偏见污染经验。这些偏见就是偶像。培根把它们称为氏族偶像、洞穴偶像……"

他说到"洞穴偶像"时，奥列格的想象中便出现了一幅穴居时代的情景：洞穴中央燃着一堆篝火，整个洞内烟雾腾腾，野人在烤肉，洞穴深处竖立着一座蓝幽幽的偶像依稀可辨。

"……剧场偶像……"

这种偶像放在哪里？前厅里？舞台的帷幕上？不，比较体面的位置当然是在剧院广场的花园中央。

"剧场偶像是什么？"

"剧场偶像——这是指别人的权威性意见，人们在解释自己不曾亲身体验过的事物时喜欢把这类意见奉为指导思想。"

"哦，这种情况是多么普遍！"

"有时他们也有亲身体验，但还是觉得相信权威的意见更方便。"

"这种人我也见过……"

"另一类剧场偶像则指无限赞成各种科学论点。一句话，是自愿把别人的谬误接受下来。"

"说得好！"奥列格非常赞赏，"自愿把别人的谬误接受下来！确实是这样！"

"最后，还有市场偶像。"

"噢！这是最容易想象的！人头攒动的集市上耸立着一座雪花石膏的

偶像。"

"市场偶像——这是由于人们互相联系和交往而导致的谬误。这是使人的头脑受到禁锢的一些谬论,因为人们习惯于使用一些强奸理智的表述。举例来说:人是公敌! 异己分子! 叛徒! 于是人人与其划清界限。"

舒卢宾神经质地时而挥动左手,时而挥动右手,以加强感叹的语气——这又像被剪短了翅膀羽毛的鸟歪歪斜斜地试图起飞的笨拙动作。

不应出现在春日的那灼热的太阳,晒着他们的背部。尚未连接到一起的树枝还没有形成绿荫,只是各自披着新绿。尚未被南方那样的烈日烤得炎热的天空,在白昼飘动的片片白云之间保持着蔚蓝色的背景。但舒卢宾由于没看见或者不相信,却晃动着举得高过脑袋的一根手指头说:

"而在所有偶像上方的是恐惧的天! 是阴云低垂的恐惧的天。您是知道的,傍晚的时候,虽然没有任何雷雨的迹象,有时低空中也会飘来这种浓厚的阴云,晦暗提前到来,整个世界变得凄凉,使人只想躲进屋子里去,尽快挨近炉火和亲人。在这样的天空下我生活了二十五年,全靠弯着腰干活和沉默不语才保全了自己。我沉默了二十五年,也或许是二十八年,您自己可以算去,有时是为了妻子而沉默,有时是为了孩子而沉默,有时是为了自己这罪孽深重的肉体而沉默。可是我的妻子死了。可是我的躯体也要变成一只粪袋,还得从旁边开一个窟窿。可是我的孩子们长大后变得无法解释的冷酷无情,无法解释! 要是女儿突然给我写起信来了,而且是寄来了第三封信(不是往这里寄,而是寄到家里去,我指的是两年之内),那原来是因为党组织要求她跟父亲的关系正常化,您明白吗? 对儿子么,连这样的要求也不提……"

舒卢宾皱着毛茸茸的浓眉,把脸转向奥列格。他那毛发蓬乱的模样使奥列格一下子想起《水仙女》①中发疯的磨坊主。"我哪儿是什么磨坊主?? 我岂不是一只乌鸦!!"

"我简直不知道,那几个孩子是不是我做的梦? 也许我根本没有孩

---

① 俄国作曲家达尔戈梅日斯基(1813—1869)根据普希金的诗剧《水仙女》改编的同名歌剧。剧中的磨坊主因女儿遭公爵遗弃、投河自尽而发疯。后一句引言也摘自该诗。

子？……您倒说说，人难道是木头？！只有木头才不在乎自己是单独躺在那里，还是跟别的木头放在一起。而我是那样生活的：一旦我失去知觉，昏倒在地，甚至一命呜呼，几昼夜之内邻居都不会发觉。尽管如此，您听见没有，您听见没有！"他用力抓住奥列格的肩头，唯恐他听不见似的，"我仍然小心翼翼，步步留神！像我在病房对你们讲的那些话，在费尔干纳我是不敢说的！在我工作的地方也不敢说！至于我现在对您讲这样的话，那是因为很快就要让我上手术台了！即便是这样，有第三者在场我也不会讲的！事情就是这样。您瞧，我被挤到什么样的角落里去了……可我是农业科学院毕业的。我还在历史唯物主义和辩证唯物主义高级进修班毕业。我曾开课讲授过好几门专业知识——这都是在莫斯科的事情。然而，后来一棵棵橡树开始倒下。农业科学院里倒了穆拉洛夫①。教授们成批地被抓了起来。要我表态承认错误？我也就承认错误！要我同被捕者划清界限？我也就划清界限！不是有那么百分之几的人得以幸免吗？我就是属于这百分之几里的。我转而专门研究生物学，以为找到了一个安静的避风港！……不料那里也开始搞清洗，而且那又是怎么个搞法！生物系各教研室的人全部受审查。要我停止授课？好，我也就停止授课。我退而充当助教，我答应做一个小人物！"

这个在病房里是沉默寡言的人，竟是如此健谈！他的话是如此滔滔不绝，仿佛演说才是他最擅长的事情。

"伟大学者们写的教科书被销毁，教学大纲要变更，那好，我同意，就按新的要求上课！那时向我们提出，解剖学、微生物学、神经病理学得按一个不学无术的农艺师的学说和园艺家的实践彻底改造。好啊，我也是那么想的，完全赞成！不行，还得把助教的位置让出来！好，我没意见，我可以去搞教学法。不行，作出牺牲也没有用，在这个位子上也被撤了下来。那好，我没意见，我就去当图书馆管理员，到遥远的浩罕②当图书馆管理员！我先后不知退让了多少！但毕竟算是活了下来，我的孩子也都念完了大学。而图书馆管理员们则会接到上边下达的秘密条子：把

---

① 亚历山大·穆拉洛夫（1886—1938）：苏联农业化学家、政治活动家。

② 乌兹别克斯坦费尔干纳州一城市。

遗传学这门冒牌科学的书籍销毁！把某某作者、某某作者的书统统销毁！这我们岂不是已经习惯了吗？四分之一世纪以前，我自己不就从教授辩证唯物主义的讲台上宣布相对论是反革命的蒙昧主义邪说吗？于是由我起草文件，党组织书记和保密科负责人在上面签字，随后也就把遗传学、左派美学、伦理学、控制论、数学书籍一一扔进炉子里去，付之一炬！……"

他还笑了起来，这只发了疯的乌鸦！

"……我们何必搞街头焚书这种多余的戏剧性举动？我们只是在僻静的角落里把书往炉子里填，还可借以取暖！……您瞧，我被挤到什么地方去了——背靠着炉子的角落……但我总算把孩子拉扯大了。我的女儿还成为区级报社的编辑，她写过这样的抒情诗：

> 不，我不想退让！
> 求饶我可不会。
> 既然非打架不可，那就打吧！
> 是亲爹又怎么样？还不是照脖子上捶！"

他的病号长衫像无力腾飞的翅膀耷拉着。

"是，是啊……"科斯托格洛托夫只能如此应道。"我同意您的看法，您的日子并没有好过些。"

"正是这样。"舒卢宾喘了口气，让自己坐稳些，语调也缓和些。"您倒说说，这一个个历史时期的更迭究竟该怎么解释？人民还是这些人民，可是经过十来年工夫，全部公共热情一落千丈，勇敢的冲动走向了反面，变成了怯懦的冲动。要知道，我从1917年起就是个布尔什维克。要知道，在坦波夫，我是怎样奋勇地去驱散孟什维克社会革命党人控制的议会的，尽管那时候我们只能把两个指头塞进嘴里打一声呼哨，算是发出了冲锋的号令。我还参加过国内战争。当时我们根本没有考虑自己的生死！而且，我们简直把为世界革命献出生命看成是幸福！可是后来是怎么对待我们的？我们怎么会低头的？再说，主要是向什么低头？是向恐惧低头吗？是向市场偶像？向剧院偶像？嗯，我是个小人物，不必说了，可是娜杰日达·康斯坦丁诺夫娜·克鲁普斯卡娅①呢？难道她不明白，她看不见吗？为什么她不大声疾呼？只要她出来为我们所有人做一次讲话，甚至她为此付出生命代价，那会对我们大家产生什么样的影响？也许我们就会变成另一个样子，也许什么都能顶住，事情岂不就不会愈演愈烈？而奥尔忠尼启则怎么样？要知道，当年他可不愧为一只雄鹰啊！无论是什利谢利堡②，还是苦役，都未能使他屈服，可究竟是什么把他阻挡住了，使他一次也没有说出反斯大林的话？他们宁愿神秘地死去或自杀——这难道是勇敢吗？请您给我解释一下。"

"我哪能给您解释呢，阿列克谢·菲利波维奇！我可不行……这该由您给我解释才对。"

舒卢宾叹了口气，试着改变一下坐在长凳上的姿势。可是他这样坐也疼，那样坐也疼。

"使我感兴趣的是另一个问题。就说您吧，您是革命后出生的，可是竟被关进了监狱，那您对社会主义感到失望了吗？还是没有？"

科斯托格洛托夫微微一笑，不置可否。

舒卢宾腾出按在长凳上的那只已经疲软无力的手，搭在奥列格的肩头。

"年轻人！千万别犯这样的错误！千万别从自己的遭遇和这些残酷的岁月得出结论，认为社会主义要不得。这就是说，不管您怎么想，反正资本主义已被历史永远抛弃了。"

"在那里……在那里我们常常这样议论：私人企业有很多好处。生活比较轻松，您说是不是？任何时候什么都有，任何时候都知道要什么可以到哪儿去找。"

"喂，您可要知道，那是庸人之见！私人企业非常灵活，这是毫无疑问的，但它只能在狭小的范围内显示好处。如果不把私人企业像用铁钳那样夹紧，它就会产生出野兽一般的人，产生出交易所的人物，他们的欲望和贪婪是无止境的。资本主义在经济上注定灭亡之前，在道德上早已注定灭亡了！"

"不过，您知道，"奥列格晃了晃额头，"欲望和贪婪都无止境的人，老

---

① 即列宁的遗孀。
② 俄罗斯列宁格勒州一小城。

实说,在我们社会里我也见到过,而且,根本不是在有营业执照的手艺人中间。"

"对!"舒卢宾放在奥列格肩上的那只手愈压愈沉重,"问题在于究竟是什么样的社会主义!我们的弯子转得很快,我们以为只要生产方式改变了,人也就一下子会改变。岂知完全是鬼迷心窍!人一点儿也没有变。人是一种生物类型!要经过千年万年人才会变!"

"这么说,社会主义到底是怎样的呢?"

"是啊,到底是怎样的呢?岂不是个谜?有人说,是'民主的',但这是一种表面现象:没有指出社会主义的实质,而仅仅看到它的形式、政体类型。这仅仅是一个宣称以后不再砍头颅的声明而已,至于社会主义将建筑在什么基础之上,却只字不提。并不是商品充足就可以建成社会主义,因为人如果变成水牛,那就会把这些商品统统踩烂。社会主义也不是整天喋喋不休,唠叨仇恨的制度,因为社会生活不可能建筑在仇恨的基础上。凡是年复一年心中一直燃烧着仇恨烈火的人,不可能从哪一天开始突然宣布:'够了!从今天起仇恨与我无缘,往后我只会爱。'不可能,他必定还要仇恨下去,找更接近的人来仇恨。您可知道赫尔韦格[1]的这样一首诗:Wir haben lang genug geliebt ..."奥列格接下去念道:"Und wollen endlich hassen![2]——这怎会不知道呢。我们在中学里就学过。"

"对,对,你们在学校里学过!不过这实在太可怕!在学校里老师这样教你们,其实完全应当颠倒过来:

Wir haben lang genug gehasst, Und wollen endlich lieben![3]

去他妈的仇恨,我们终于要相爱了!——社会主义就该是这样的。"

"这么说,是基督教式的社会主义?"奥列格猜道。

"'基督教式的'——这种说法未免太过了。以此自称的那些政党在曾经由希特勒和墨索里尼统治的社会里打算靠什么人、同什么人一起去建设这样的社会主义,我无法想象。上世纪末,当托尔斯泰一心要在社会上切实

---

[1] 格奥尔格·赫尔韦格(1817—1875):德国革命诗人。
[2] 两行德文诗的内容是:我们相爱的时间够长了,现在让我们相互仇恨!
[3] 我们相互仇恨的时间够长了,现在让我们开始相爱。

培植基督教思想的时候,他的希望却与当时的现实格格不久,他的说教与现实生活没有任何联系。可是在我看来:针对俄罗斯的具体情况,考虑到我们的省悟、忏悔和反叛,考虑到陀思妥耶夫斯基、托尔斯泰和克鲁泡特金,只有一种社会主义才是正确的,那就是:道德社会主义!而且,这是完全行得通的。"

科斯托格洛托夫皱起了眉头:

"不过,这种'道德社会主义'该怎样理解,怎样设想?"

"这并不难设想!"舒卢宾又兴奋了起来,但并没有刚才那乌鸦磨坊主式的惊恐表情。这一回他处于比较明朗的兴奋状态,显然,他很想使科斯托格洛托夫信服。他像上课似的说得字句分明:"应当向世界展示这样一个社会,在那里,一切关系、基础和法律都将源出于道德,而且,道德是唯一的源泉!一切考虑,比方说,如何教育孩子,孩子的培养方向,成年人的劳动应引向什么目标,他们的业余时间如何安排等等,都必须以道德的要求为出发点。科学研究呢?那也只能搞无损于道德的研究项目,首先是无损于研究者本人的道德。在对外政策方面也是如此!关于任何边界问题也是如此:不应当考虑,这一步骤将在多大程度上增添财富,加强实力,或提高我们的威望,而只应当考虑,它在多大程度上合乎道德。"

"这可未必行得通!还得过两百年!不过请您等一等,"科斯托格洛托夫皱起了眉头,"有一点我不明白:您所说的社会主义,它的物质基础在哪里?经济么,应该说,是先于其他的……不是这样吗?"

"先于其他?这也各有各的说法。例如,弗拉基米尔·索洛维约夫①就相当令人信服地阐述过这样一种思想:经济可以而且必须建立在道德的基础之上。"

"怎么?……先道德,后经济?"科斯托格洛托夫呆呆地望着他。

"是的!听着,您这俄罗斯人,想必弗拉基米尔·索洛维约夫的著作您根本没读过吧?"

科斯托格洛托夫努着嘴唇摇了摇头。

"至少他的名字听说过吧?"

---

① 弗拉基米尔·索洛维约夫(1853—1900):19世纪末影响较大的俄国宗教思想家。

"在班房里听说过。"

"那么，克鲁泡特金的书至少读过一页半页吧？像《人们之间的相互帮助……》[①]？"

科斯托格洛托夫做了个跟刚才一样的动作。

"是啊，既然他的观点是错误的，又何必去读呢！……那么，米哈伊洛夫斯基[②]的书呢？不消说，当然没有读过，因为他的学说已被推翻，此后他的书就被禁止读了，被没收了。"

"什么时候读呢！读谁的书呢！"科斯托格洛托夫愤激地说，"我一辈子弯腰卖命，可是到处都这么问我：某某的著作读过没有？某本书读过没有？在部队里的时候，我手不离铁锹，在劳改营里也是这样，如今在流放地，手里换上了月锄，我哪有时间读书？"

但是，舒卢宾圆眼浓眉的脸上泛起了惶恐不安和准备发起进攻的表情：

"这正好说明什么是道德社会主义：它不是让人们去追求幸福，因为'幸福'也是市场偶像！道德社会主义要人们相亲相爱。吞食弱肉的野兽也能幸福，可是相亲相爱只有人才能做到！这也是人类所能达到的最高成就！"

"不，请您把幸福留给我！"奥列格清晰地坚持自己的想法，"请您把幸福留给我，哪怕让我在咽气之前享受几个月也好！否则岂不早就可以见鬼去啦？……"

"幸福——这是幻影！"舒卢宾使出最后的精力坚持自己的看法，他的脸色变得苍白。"我在培养孩子的时候，也曾感到幸福。而他们却往我心头上啐唾沫。为了这点幸福，我曾把那些有真知灼见的书籍扔到炉子里去烧毁。至于所谓'子孙后代的幸福'，那就更靠不住了。谁能领略那样的幸福？谁跟这些子孙后代交谈过，了解他们还将对哪些偶像顶礼膜拜？在长达几个世纪的时间里，关于幸福的观念变化太大了，使人简直不敢提前奢望未来的幸福。将来，即使白面包多得一抬脚就会被踩上，牛奶足以让人喝得

---

[①] 该书最初出版于伦敦，原名《互助：一个进化的因素》(1902)，俄文版定名为《动物及人之间的互相帮助》(1904)，中译本一般叫《互助论》。

[②] 尼古拉·米哈伊洛夫斯基(1842—1904)：俄国民粹派思想家、哲学家，颇有影响。

喘不过气来，我们依然得不到什么幸福。如果把自己仅有的一点东西同不足者分享，那我们今天就会是幸福的！如果一心扑在'幸福'上，为繁殖后代而忙活，我们只会使整个地球人满为患，造成一个可怕的社会……我不知怎么觉得难受，您知道……我得去躺躺……"

奥列格没有注意到，舒卢宾那本来就憔悴不堪的面容怎样变得毫无血色，像断气之前那样呈死灰色。

"来，让我扶您，阿列克谢·菲利波维奇，让我扶您回去！……"

舒卢宾从刚才保持的坐态中好不容易才站起身来。他们拖着艰难的步子，走得极其缓慢。春天轻盈的气息笼罩着他们，但他俩只觉得周身沉重，只觉得自己的骨头和仅剩的肉、衣裳、鞋子乃至落到他们身上的日光，无不增加了他们的负担和压力。

他们默默地走着，已经没有力气说话了。

只是到了癌症楼门口台阶前，已处在楼的阴影里时，舒卢宾才倚着奥列格的扶持，抬起头来望了望那几棵白杨，望了望那一小块悦目的天空，说道：

"但愿我不会死在手术刀下。真可怕……不管活了多久，不管过的是不是跟狗过的日子一样，总还是想……"

然后他们走进前厅，顿时觉得空气窒闷，有一股臭味。他们一步一级、一步一级慢慢地往医院那宽大的楼梯上走。

这时奥列格问道：

"怎么，这一切都是您在低头折腰、背弃信仰的二十五年里所思考过的问题吗？"

"是的。我背弃了信仰，不断地思考问题，"舒卢宾机械地回答，没有任何表情，声音愈来愈微弱，"即使把书往炉子里塞的时候，也在思考。怎么？我付出了痛苦和背叛的代价，难道还不该得出哪怕一点点自己的看法吗？……"

## 第三十二章

# 从反面来看

东佐娃怎么也料想不到，自己熟悉到这等程度的事情，可谓正反里外、彻头彻尾都了如指掌的事情，竟会如此倒转过来，变成完全新奇和陌生的事情。她跟别人的病已经打了三十年的交道，其中足有二十年坐在X光屏幕前，看荧光屏上的映像，看底片上的摄影，看失神、哀告的眼睛里的表情，对照化验单和文献资料，撰写文章，跟同行辩论，与病人争执——这只会使她自己的经验和逐步形成的观点愈益明确，医学理论愈益连贯。她考虑的是病原和病理、症状、诊断、病程、治疗、预防和预后，至于病人的抵抗、疑虑和恐惧，固然是可以理解的人类弱点，也能引起医生的同情，但在衡量各种治疗方法的利弊时就完全等于零，在逻辑的平方中根本没有它们的位置。

迄今为止，所有的人体结构都完全相同，跟标准解剖挂图所显示的一样。生命过程的生理学和感觉的生理学也完全相同。正常的以及偏离正常的一切，都可以从权威的著作中找到合理的解释。

忽然，在仅仅几天的时间里，她自己的身体竟从这个协调的系统中跌了出来，掉在坚硬的地上，变成一只没有任何防卫能力的口袋，里边盛满了随时都有可能生病并疼得叫喊起来的器官。

在几天的时间里，一切都掉了个儿，她那依然是由充分了解的各个部分组成的机体，变得不可知而又令人恐惧了。

在她儿子还很小的时候，她曾同他一起看过图画：一些最普通的家用器具，如茶壶、汤匙、椅子，要是画的角度比较特别，就会认不出来。

现在,她自己的病情以及她在治疗中所处的新地位,对她来说正显得这样难以辨认。现在,在治疗中她已不能成为明理的指导力量,而是成为百般抗拒的不明智的阻力。她在承认自己得病的一开始,就像一只被轧死了的青蛙。与疾病相处的最初阶段,她简直无法忍受:世界来了个底朝天,世间事物的整个序列都颠倒了。人还没有死,却已不得不撇下丈夫、儿子、女儿、外孙和工作,而正是她在工作中所使用过的器械今后将接连用到她自己身上。她不得不在一天之内放弃构成她生活内容的一切,然后还得像一个苍白的幽灵似的忍受若干时间的折磨,对自己将是彻底完蛋还是重返人间,久久不得而知。

在她的一生中,似乎不曾有过任何欢乐和喜庆日子,有的只是工作和焦虑、工作和焦虑;然而,回顾起来,这段生活竟是如此美好,如今简直难以同它分离,甚至想痛哭一场!

这个星期日对于她已不成其为星期日了,她整天都在使自己的内心为第二天的X光检查做好准备。

星期一,根据事先的约定,九点三刻的时候,多尔米东特·吉洪诺维奇同薇拉·汉加尔特以及一位住院医师一起在X光室内熄了灯,开始让自己在黑暗中先适应一下。柳德米拉·阿法纳西耶夫娜脱去了外衣,走到屏幕后面去。从女护理员手中接过第一杯钡餐时,她没有接稳,洒了一些出来:原来,她那曾经戴着胶皮手套在这里坚毅有力地按过不知多少病人腹部的手,竟在发颤。

她所知道的一切方法都在她自己身上被重复使用:扪触,按压,转侧,举手,呼吸。接着,他们把支架放低,叫她躺下,从不同的角度给她拍了片子。然后需要有一定的时间,让造影剂沿着食道继续扩散,而X光设备不应空等,所以住院医师就让自己的几名定期照光的病人进来。柳德米拉·阿法纳西耶夫娜甚至还坐起来想帮她一下,但由于思想无法集中,也就没能帮成。随后,又轮到她到屏幕后面去,吃钡餐和躺下拍片子。

检查并不是在通常那种肃静的工作气氛中进行,间或由医生发出简短的指示。其间,奥列先科夫不断地说着笑话,时而跟两个年轻的助手,时而跟柳德米拉·阿法纳西耶夫娜打趣,时而拿自己开心。他谈到自己还是个大学生的时候,怎样因闹事而被撵出莫斯科艺术剧院。当时,年轻的莫斯科艺术剧院正在首次公演《黑暗势力》①，扮演阿基姆的那个演员撺鼻涕以及捌开包脚布的动作做得如此逼真，以致多尔米东特和他的一位朋友嘘了起来。他说，从那时起，每次到莫斯科艺术剧院，总担心被认出来而被撵走。大家也都尽量多说话，免得在这种无声的透视检查之间的空隙出现令人压抑的场面。不过，东佐娃能清楚地听出，汉加尔特说话有点勉强、干巴，对薇拉她可是十分了解的！

然而，柳德米拉·阿法纳西耶夫娜岂不正是希望这样！她抹了抹吃过钡餐乳酪的嘴，再次宣称：

"不，病人不应当了解全部情况！我一向这样认为，现在也是如此。等你们需要讨论的时候，我就离开这个房间。"

他们接受了这样的安排，于是柳德米拉·阿法纳西耶夫娜走了出去，试图找点事情做。她一会儿给放射科实验员当帮手，一会儿又帮助整理病历，要做的事情很多，然而今天她什么事情也做不成。不一会儿，里边又叫她了，于是她怀着一颗忐忑不安的心走进去，希望他们以令人高兴的消息迎接她，希望薇罗奇卡·汉加尔特会如释重负地拥抱她和祝贺她。但是，这一切并没有发生，而只是又按照指示转动身体，接受检查。

柳德米拉·阿法纳西耶夫娜在对每一项这样的指示照办的同时，又不能不加以思考，不能不试图作出解释。

"根据你们的检查方法我就知道你们在我身上寻找什么！"她终于忍不住说了出来。

她是这样理解的：他们怀疑她的肿瘤不是在胃本身，也不在幽门，而是在贲门那里，——这是最麻烦的部位，因为动起手术来需要部分打开胸腔。

"喏，柳多奇卡，"黑暗中响起了奥列先科夫浑厚的低音，"是您自己要求作早期诊断的，现在您又觉得我们的检查方法不对头！要是您愿意的话，咱们就等上三个月，那时我们很快就会把结果告诉您，您说好不好？"

"不必等啦，谢谢您提出的等三个月的建议！"

下班前，主要的X光大片子已冲洗了出来，她也不愿看。她失去了平时

---

① 列夫·托尔斯泰的作品。

那种男子汉式的果断动作，软瘫在椅子上，处在一盏明亮的灯下，等着听奥列先科夫的总结发言——听他的发言、决定，而不是听诊断！

"好吧，是这么回事，尊敬的同行，您听着，"奥列先科夫善意地拖长了声音，"几位权威人士的意见是不一致的。"

而他的眼睛却从紧蹙着的眉毛下面注视着东佐娃惶惑不安的神情。他本以为，意志坚定的东佐娃会在这场考验中显示出更大的毅力。岂知她的软弱出乎意料，这就再一次证明奥列先科夫的见解是有道理的：现代人在死亡面前束手无策，拿不出任何武器去对付死亡。

"那么谁的意见最为悲观？"东佐娃勉强微微一笑。

（她心里希望不是他！）

奥列先科夫两手一摊：

"持悲观看法的是您的女儿们！瞧，您是怎么培养她们的。而我对您的看法还是比较乐观的。"他的嘴角略略扭曲了一下，不过这是一种充满了善意的表情。

汉加尔特坐在那里，面色苍白，仿佛在等候决定她自己命运的结论。

"好吧，那就谢谢了，"东佐娃觉得稍微轻松了些，"而现在……该怎么办呢？"

有多少次啊，病人们在稍事喘息之后等着听她的结论，而这结论始终建立在理智、数据的基础之上，这是按逻辑推断出来、经过反复验证的结论。然而，这片刻的喘息实际上掩藏着多少恐惧啊！

"是啊，有什么办法呢，柳多奇卡，"奥列先科夫声音浑厚地说，给人以安慰，"须知世界是不公平的。假如您不是自己人，毫无疑问，我们马上会把您连同可供参考的诊断意见书转给外科医生去处理，他们就会把您身上某个地方切开，顺便带走点什么。有那么一些蠢材，他们不从腹腔里带走什么纪念品是不肯罢休的。不过，切开以后，谁的意见正确倒也就清楚了，但您毕竟是自己人。在莫斯科，在Ｘ光放射学研究所里有我们的连诺奇卡，还有谢廖沙。因此，我们才这样决定：您去那里一趟，怎么样？……嗯？让他们看看我们所提供的书面意见，他们自己再给您检查一下。这样也就可以集思广益。如果需要开刀，在那里开刀也比较好。总的来说，那里的一切条件都比较好，您说呢？"

（他说的是"如果需要开刀"，这意思是不是也许不必开刀？……还是相反，更糟些……连开刀也……用不着了……）

"这么说，"东佐娃明白了，"手术很复杂，你们不敢在这里做，对吗？"

"不，完全不是这个意思！"奥列先科夫脸色沉了下来，一声断喝，"请不要在我的话里寻找别的意思。我们无非是想为您……这该怎么说呢？……为您找找门路。如果您不相信，那就……喏，"他向桌上一摆脑袋，"拿X光片自己看看好了。"

是啊，这是那么简单的事情！只要一伸手，就可以把片子拿过来进行分析。

"不，不，"东佐娃坚持不去接触X光片，"我不想看。"

事情就这样定了下来。他们征求了院长的意见。东佐娃到共和国卫生部去了一趟。不知为什么那里一点也没有耽搁，马上就批准了，给她开了介绍信。这样一来，在她工作了二十年的这个城市里，事实上已不再有什么事情拖住她了。

在向所有的人隐瞒自己的病痛时，东佐娃明确知道：只要向一个人说穿，事情就会再也控制不住，一切就会再也由不得自己了。日常生活中那些如此牢固、如此持久的纽带，甚至不是在几天之内，而是在几小时之内就断裂了。作为医院里和家里的顶梁柱，她现在可是要被取代了。

我们是如此依恋大地，竟不能在大地上完全站稳！……

现在还有什么好磨蹭的？就在那一个星期三，她跟即将代理放射科主任职务的汉加尔特一起到各病房作了最后一次巡诊。

她们这次巡诊是从早晨开始的，一直持续到临近吃午饭的时候。尽管东佐娃很信得过薇罗奇卡·汉加尔特，汉加尔特对所有的住院病人的情况也像东佐娃一样熟悉，但当柳德米拉·阿法纳西耶夫娜开始从一张张病床旁边走的时候，尽管已意识到自己在一个月之内不可能回来看他们，说不定永远也回不来了，但几天来她第一次头脑清醒，也变得坚强了些。她恢复了考虑问题的兴趣和能力。早晨，她本来打算尽快移交工作，尽快签署最后几份材料，然后就回家去收拾行装——这一设想不知怎的一下子都落空了。她已如此习惯于以一个领导者的身份亲自安排一切工作，因此今天她要给每一个病人至少作出一个月的预测：看病情将会怎样发展，治疗过程中需要采用哪些新的方法，会不会出现采取异常措施的可能等等，否则她是不会从那个病人的床前离开的。她几乎跟先前一样从这个病房巡诊到那个病房——这是她最近几天身处旋涡以来怀着轻松的心情所度过的最初几个小时。

她对不幸已经习惯了。

然而，她出入病房又好像有一种被剥夺了医生权利的感觉，好像做了什么不可原谅的错事而被取消了资格似的，所幸的是事情尚未向病人宣布。她给病人听诊、开药方、发指示，用想象中先知的那种眼神观察病人，其实她自己就感到不寒而栗，因为她再没有资格判断别人的生死了，因为再过几天她也将同样可怜巴巴、蠢乎乎地躺在病床上，很少注意自己的仪容，一心等着听资格更老而经验更丰富的专家说些什么，还会担心疼痛发作，说不定还会懊悔住进了那所医院，也有可能会怀疑对自己的治疗不那么对头。而且，还会像渴望崇高的幸福似的向往那种脱去病号衣裳晚上回自己家去的日常生活的权利。

一切涌上了心头，再次妨碍了她像平时那样有条不紊地思考问题。

薇拉·科尔尼利耶夫娜忧心忡忡地接过这副担子，她实在不愿意付出这样的代价。实际上她根本不愿意接这副担子。

对薇拉来说，"妈妈"这个称呼并不是毫无意义的。薇拉是三人当中对柳德米拉·阿法纳西耶夫娜作出最悲观诊断的一个，她预料这位"妈妈"将不得不接受一次大伤元气的手术，而被慢性放射病耗竭了体力的东佐娃，可能禁不起这样的手术。今天，薇拉同她并肩而行的时候，心里就想这也许是最后一次了，而她自己还得在这些病床之间巡诊好多年，每天都会怀着沉痛的心情怀念那个把她培养成医生的人。

这时，她用一个指头把泪珠悄然抹去。

而今天，薇拉恰恰应当比任何时候都更明确地预见到可能出现的情况，尽量不要漏提任何一个重要问题，因为这五十条性命第一次以其全部重量压到了她的肩上，而且今后她也没人可以请教了。

就这样，她们的巡诊在忧心忡忡和注意力分散的情况下持续了半天。她们先巡视女病房，随后把楼梯平台上和走廊里的病人一一看过。不用说，在西布加托夫床边停留的时间比较长。

她们在这个安静的鞑靼人身上倾注了多少心血啊！可是只赢得几个月的拖延罢了，何况这几个月也无非是在光线暗淡、空气不好的前厅角落里苟延残喘。骶骨已支撑不住西布加托夫了，他全靠两只有力的手从后面托住背脊，才能保持垂直的姿态；他唯一的活动就是到邻近的病房去坐一会，听听人家谈些什么；他呼吸的空气，都是从老远的一扇通风小窗里透过来的；头顶上方的天花板乃是他的整个天空。

除了接受规定的治疗、听女护理员们吵嘴、吃医院里的病号饭以及玩多米诺骨牌外，他生活中没有其他的内容，然而，哪怕就因为能过上这样一种可怜的生活，尽管背上还有愈合不起来的伤口，每次医生来巡诊时，他那痛苦不堪的眼睛还是闪烁着感激的目光。

这时东佐娃心想，如果抛弃自己通常的尺度，而采用西布加托夫的标准，那么，她还算得上一个幸福的人。

可是西布加托夫不知从哪儿得悉，柳德米拉·阿法纳西耶夫娜今天是最后一天上班了。

他们默然相对，什么话也没说，犹如即将被胜利者的鞭子驱散到天南地北的两个已被打败、但仍然忠于誓约的盟友。

"你是知道的，沙拉夫，"东佐娃的眼睛仿佛在说，"我所能做的，我都做了。但是我负了伤，自己也要倒下了。"

"这我知道，母亲，"鞑靼人的眼睛在回答，"对我来说，即使是生我的人也没有你的恩情大，可是我却无法搭救你。"

对艾哈迈占的治疗取得了出色的成功：他的病没有被耽误，一切都是准确遵循理论办的，结果也同理论完全吻合。统计了他接受照射的剂量之后，柳德米拉·阿法纳西耶夫娜对他宣布：

"你可以出院了！"

这事应该一早通知，好让护士长早点知道，他的衣服也就来得及从存放处取出来了。但即使在这个时候，已经完全丢掉拐杖的艾哈迈占也急匆匆地跑下楼去找米塔。现在，要他在这里多留一个晚上，他是受不了的——这个晚上朋友们在老城等他。

瓦季姆也知道，东佐娃在移交放射科的工作，即将到莫斯科去。事情的经过是这样的：昨天晚上妈妈拍来两封电报——一封拍给他，另一封拍给柳德米拉·阿法纳西耶夫娜,告诉他俩,胶体金已发往他们医院。瓦季姆立刻一瘸一拐地到楼下去;东佐娃到卫生部去了,但薇拉·科尔尼利耶夫娜已经看到电报,她向瓦季姆表示祝贺,并当即介绍他认识放射技师埃拉·拉法伊洛夫娜,这位技师将负责瓦季姆的治疗过程,只等胶体金送到他们的放射治疗室了。就在这个时候,神色沮丧的东佐娃回来了,她看了电报,透过自己那茫然的表情也尽力打起精神来向瓦季姆点头致意。

昨天瓦季姆无比高兴,连觉都睡不着,但是今天早晨他又产生了另一种想法:这胶体金究竟什么时候能送到? 要是东西直接交到妈妈手里的话,它今天上午就已经会在这里了。可在运输途中要不要三天时间? 还是要一星期? 当医生们走到他床前时,瓦季姆一开始就向他们提这个问题。

"要不了几天,当然要不了几天。"柳德米拉·阿法纳西耶夫娜对他说。

[但她心中明白,这所谓几天真是天晓得。她知道发生过这样的事:莫斯科一研究所要把另一种制剂寄给梁赞肿瘤医院,可是粗心的姑娘把地址错写成"喀山"肿瘤医院,而部里(这种事不经部里审批是绝对不行的)又错看成"哈萨克"肿瘤医院,于是那东西就被发到阿拉木图① 去了。]

一条值得高兴的消息可以使一个人发生怎样的变化啊! 同样一双黑眼睛,最近一个时期一直那么忧郁,现在却闪现出希望的光芒;同样两片厚嘴唇,本来已被刻上不可磨灭的歪斜皱纹,如今又展平了,并变得年轻些;瓦季姆胡子刮得干干净净,穿戴整齐洁净、彬彬有礼,简直像过命名日那天一清早就收到各种各样礼物似的洋溢着微笑。

最近两个星期他怎么会如此灰心丧气,如此意志消沉呢! 要知道,唯有意志坚定,才能得救! 意志包含了一切! 现在是在赛跑! 现在最重要的是,要使胶体金走完三千公里路程的速度比癌肿转移三十厘米的速度更快! 那时胶体金就能把他腹股沟的癌细胞清除干净,也能保护住身体的其余部分。至于那条腿,有什么办法呢,保不住也只好牺牲掉了。说不定放射性胶体金还会发挥后劲,把那条腿也治好呢——说到底,有哪一种科学能够绝对禁止我们相信奇迹?

---

① 阿拉木图:1929年至1991年间哈萨克苏维埃社会主义共和国的首府。

恰恰是他得以活下来，这才是公平合理的，明智的！而向死神屈服，听任那黑豹把自己吞噬——这个念头才是荒唐、消极、不值得的。凭着自己闪光的才华，他愈来愈相信自己能够活下去，活下去！由于兴奋过度，他半夜未能入睡，老是想象那只盛着胶体金的铅制称瓶此刻怎样了，是不是在列车的行李车上正向他这里运？还是正在往飞机场那里送？要么已经装上了飞机？他的眼睛穿过三千公里晦暗的夜空，心里在一个劲儿地催人们快往这里运，而且，倘若真有天使的话，他甚会呼唤天使来帮忙。

此刻，医生们来巡诊的时候，他带着怀疑的目光注视着医生们的动作。她们没有说一句不好的话，甚至脸上也竭力不动声色，而只是不停地作扣诊。不消说，她们不仅扣触肝脏，而是各处都摸，并且互相交换一些无关紧要的看法。瓦季姆在估量，她们扣触肝脏的时间是不是比摸别处的时间长些。

（她们注意到，这是一个多么细心和警觉的病人，所以在毫无必要的情况下甚至故意扣触了脾脏，但她们那熟练的手指的真正目标，是检查肝脏发生了多大变化。）

在鲁萨诺夫床前要很快地走过去也是绝对办不到的，因为他照例等着接受对他的那份特殊关注。近来他对这几位医生很有好感，虽然她们不是功勋科学家，也不是什么教授、副教授，但她们治好了他的病，这是事实。脖子上的肿瘤现已大大缩小，呈扁平状，可以微微活动了。是的，也许本来就没有多大的危险，只是被夸大了罢了。

"是这么回事，同志，"他对医生们宣称，"不管怎么说，我对这种针剂可受够了，已经打了二十多针了，也许差不多了吧？或者剩下的我回家去打完好不好？"

事实上，他的血液情况一点也不妙，尽管先后给他输过四次血。他面黄肌瘦，形容枯槁，就连头上的小圆帽似乎也显得大了些。

"总之，谢谢您，大夫！最初的时候是我不对。"鲁萨诺夫向东佐娃坦诚地宣称。他善于承认自己的过错。"您治好了我的病，我表示感谢。"

东佐娃模棱两可地点了点头。这倒不是由于谦虚或窘迫，而是因为他对自己所谈的问题还一点也不明白。她们估计，肿瘤还会在他的许多腺内发作。病变的速度将决定他能不能再活上一年。

其实,她自己的情况也是如此。

她跟汉加尔特都用力扪触他的腋窝和锁骨上方。她们按得如此之重,鲁萨诺夫甚至蜷缩了起来。

"真的,那里什么也没有!"他想使她们相信。现在已很清楚,人们无非是拿这种病来吓唬他,但他很刚强,瞧,岂不轻而易举地顶了过来。他对在自己身上发现的这种刚毅尤为自豪。

"那就更好,但自己必须十分注意,鲁萨诺夫同志,"东佐娃叮嘱他,"我们再给您打一两针,大概就可以让您出院了。不过,您每个月得来做一次检查。您自己要是发现什么地方有问题,那就提前来。"

然而,变得高兴起来的鲁萨诺夫凭自己的工作经验认为,规定到医院来检查纯粹是例行公事,无非出于填写统计表格的需要。所以,他马上就给家里打电话报告这一可喜消息。

巡诊的对象轮到了科斯托格洛托夫。他怀着复杂的心情等候她们:就是她们,似乎是救了他,又似乎是害了他。桶里是蜜糖和焦油参半,从此既不能吃,又不能用来润滑车轮。

每当薇拉·科尔尼利耶夫娜一个人走到他床前的时候,她便是薇加,而且,无论她为了履行职责问他什么,给他规定什么,奥列格看着她总是感到高兴。最近一个星期,不知怎的他完全原谅了她固执地施加于他身体的那种破坏作用。他开始承认薇加似乎有权对他的身体进行处置,而这甚至使他感到温暖。所以,每当薇加巡诊走到他床前,他总是想抚摩一下她的小手,或者像狗那样把自己的嘴脸在她手上偎倚一会儿。

但是现在她们是两个人一起走过来的,而且,她们是受规章制度约束的医生,所以奥列格无法摆脱不理解和受委屈的感觉。

"喏,怎么样?"东佐娃问道,一边在他床沿上坐下。

而薇加站在她背后,对奥列格微微露出笑意。这种友好的态度,或者可以说是不可避免的表情——每次见面她都对他嫣然一笑(哪怕是极不明显的),又回到了她身上。然而今天她的笑容却好像隔着一层膜。

"不见好,"科斯托格洛托夫没精打采地应道,一边使倒悬状态的脑袋搁到枕头上,"还是那样,不小心一动,这里……纵膈里面似乎就攥痛。反正我感到自己被治得够苦了,我请你们就此住手得了。"

他并不像过去那样热切要求,而是冷漠地说出这番话,仿佛说的是别人的事,而且知道显然医生们还要坚持自己的意见。

可是东佐娃似乎不再坚持自己的意见了,她也有点累了:

"随您的便,主意您自己拿。不过疗程还没有结束。"

她开始察看他照射区的皮肤,看来皮肤已在呼吁停止照射了。到疗程结束时,浅层反应也许还会加剧。

"现在已不是每天给他照两次了吧?"东佐娃问汉加尔特。

"已经改为一次。"汉加尔特回答。

(她说出的是一句很普通的话,"已经改为一次",同时稍稍伸了伸自己那纤细的脖颈,可给人的印象是,仿佛说了什么温存的话,应当要动人心弦!)

一些奇异的、有活力的线,像女人那长长的发丝把她同这个病员挂住并紧紧地缠在了一起。拉紧或扯断这些青丝的时候,只有她会感到疼痛,对方却感觉不到,周围任何人也看不出来。那天,薇拉听到人们在说他夜间跟卓娅鬼混的事,她就像被扯去了一把头发。也许,事情就那么了结了会更好。这一扯提醒了她一条规律:男人需要的不是同他们年纪相仿的女人,而是比他们年轻的女子。她不应该忘记自己的妙龄已经过去了。

可是后来他却千方百计在走廊里和她相遇,抓住一切机会跟她搭腔,而且说话又是那么自然,目光那么亲切。于是,这青丝线团又开始一根根地挣脱出来,重新将他们缠紧。

这些线究竟是什么?这是无法解释的,任何解释都不适宜。现在,眼看他就应该要离去了,往后他在那里将被一只铁腕抓住不放。除非病情恶化,除非死神逼他折腰,否则他是不会再到这里来的。他身体愈好,来的机会愈少,甚至永远也不会回来。

"我们给他注射了多少人造雌酚?"柳德米拉·阿法纳西耶夫娜问。

"量,大大超过了需要,"还没等薇拉·科尔尼利耶夫娜开口,科斯托格洛托夫就没有好感地说,目光迟钝地望着她们,"够我一辈子受用的了。"

要是在通常情况下,柳德米拉·阿法纳西耶夫娜就不会放过他这句无理的答话,一定会狠狠地教训他一顿。但此刻她的整个意志力都颓萎了,她也勉强在使巡诊收场。如果撇开自己正在告别的医生职责,说实在的，她也无法反驳科斯托格洛托夫。毫无疑问，这种治疗手段是非常野蛮的。

"我奉劝您，"她用和解的口气说，而且不使病房里的其他人听见，"您不要急于追求家庭幸福。您还得在没有正常家庭生活的情况下度过好多年。"

薇拉·科尔尼利耶夫娜垂下了眼睛。

"因为您的病被耽误的时间很长，这一点您要记住。您到我们医院里来的时候就已经太晚了。"

科斯托格洛托夫也知道事情不妙，但听东佐娃这样坦率地说出来，仍不免张口结舌。

"是——是啊，"他闷声闷气地说，但他找到了聊以自慰的念头："不过我想，领导上会考虑到这一点的。"

"好吧，薇拉·科尔尼利耶夫娜，请继续让他服用有助于白细胞生成的药物。不过，总的说来，还是得放他出去休息一下。这么办吧，科斯托格洛托夫，我们给您开三个月用的人造雌酚，这药目前药房里有发，您可以去买，带回家去以后一定要按时打针。要是你们那里没有人打针，那您可以带片剂回去。"

科斯托格洛托夫微微动了动嘴唇，想提醒她：第一，他根本没有什么家；第二，他没有钱；第三，他还不是那样一个傻瓜，会让自己慢性自杀。

但他看到东佐娃面色发灰发绿，疲惫不堪，也就改变了主意，没有说出来。

巡诊到此结束了。

艾哈迈占跑来说：事情都已经办妥，他的衣物也有人去取了。今天他要跟好朋友喝上几杯！有关的证明和单据他明天来取。他的情绪是那么激动，说话是那么快和响，别人还从来没有见到过他这个样子。他脚步稳健有力，仿佛根本没有跟他们一起在这里病了两个月。剪成平头的浓密黑发和两道漆黑的眉毛下，一对眼睛像醉汉眼睛那样发亮，由于感到外面的生活正等待着他，他的整个背部都在颤抖。他急忙去收拾东西，把该扔的也扔了，还跑去请求让他和一楼的病号们一起吃一顿午饭。

科斯托格洛托夫被叫去照X光。他在那里等了一会，接着就躺在仪器下面。照完之后，他出来还在台阶上看了看，天色怎么这样晦暗。

整个天空布满了迅速浮动的灰暗云团，灰暗浮云的后面是缓缓移动的深紫色的云层，预示着大雨将临。但空气十分暖和，所以这雨只能是一场春天的需雨。

散步是散不成了，他重又上楼回病房去。在走廊里他就听到激动异常的艾哈迈占在大声讲述：

"让那些混蛋吃得比士兵还要好！至少不比士兵吃得差！每天的口粮是一千二百克。其实应当让他们吃大粪！干活他们尽偷懒！我们刚把他们带到工区，他们马上就东奔西走，躲起来，整天睡大觉。"

科斯托格洛托夫悄悄走进门去。此时，已经打好了包裹的艾哈迈占，站在剥去了被单、枕套的床前，挥动胳膊，露出白牙，深信不疑地向全病房的人讲完他最后要讲的一个故事。

而整个病房已经大变样了——费德拉乌已经离开，哲学家和舒卢宾也都不在。不知为什么奥列格从未听到艾哈迈占当着病房里原来那些病号讲过这个故事。

"这就是说，他们什么也没建造，是吗？"科斯托格洛托夫轻声问道，"工区里看不见任何建筑物？"

"造倒是造的，"艾哈迈占有点乱了方阵，"不过，造得不好。"

"你们该帮帮他们呀……"科斯托格洛托夫说得更轻了，仿佛越来越没有气力。

"我们的任务是持枪站岗，他们的事情是挥锹干活！"艾哈迈占爽朗地回答。

奥列格望着自己的这个同病房病友的脸，仿佛是头一回看见它。不，这样的脸在好多年以前他就见过，那是裹在羊皮袄翻领里的，手里还端着自动步枪。艾哈迈占的智力不超过玩多米诺骨牌那个水平，可他为人真诚、直率。

如果一连几十年不许把事实真相讲出来，人们的头脑势必陷入迷津，那时，要了解自己同胞的思想就比了解火星人还难。

"可你知道自己在说些什么吗？"科斯托格洛托夫没有就此罢休，"怎么能让人吃大粪？你是开开玩笑而已，对吧？"

“绝不是开什么玩笑！他们可谈不上是人！他们不是人！”艾哈迈占十分激动，深信不疑地坚持己见。

他希望能说服科斯托格洛托夫，让科斯托格洛托夫像在场的其他听众一样也相信他说的话。虽然他知道奥列格是流放者，然而他不知道奥列格也在一些劳改营里待过。

科斯托格洛托夫心里纳闷，为什么鲁萨诺夫不插进来支持艾哈迈占，于是他朝鲁萨诺夫的床上斜瞅了一眼，原来鲁萨诺夫根本不在病房里。

“我原先把你看成一个战士，原来你是在这样的军队里当兵。”科斯托格洛托夫拖长了声调。“这么说，你是为贝利亚服务的啰？”

“我不知道什么贝利亚不贝利亚！”艾哈迈占生气了，脸涨得通红，“上边谁掌权——与我没什么关系。我宣过誓，所以也就执行任务。要是强迫你干，那你不干也得干……”

## 第三十三章

## 幸福的结局

那一天果然下起大雨来。整整一夜大雨如注，还刮风，风愈刮愈冷，到星期四早晨，已是雨夹雪了；医院里那些一再说春天已经来临、因而把双层窗扇都打开过的人，其中包括科斯托格洛托夫，此时也都不吭声了。不过，从星期四午后起，雪和雨都不下了，风也小了，窗外是一片晦暗、阴冷、沉寂的景象。

黄昏时分，西边的天际透过晚霞闪出一道细长的金色缝隙。

而到了鲁萨诺夫准备出院的星期五早晨，已是碧空如洗，没有一丝云彩，朝阳甚至开始晒干沥青路上的团团水洼以及那斜贯草地的土径。

大家也都感到，这下才是真正春天的开始，而且不会再反复了。于是，糊住窗缝的纸条被划开了，插销被拔起来了，双层玻璃窗被打开了，而干硬的油灰落到地板上由护理员进行打扫。

帕维尔·尼古拉耶维奇没有把自己的衣物交到存放处，也没有领用医院的东西，所以任何时候出院都可以。早晨，刚吃过早饭，家里的人就来接他。

你知道来的是谁！是拉夫里克开着汽车来了，他昨天刚领到驾驶执照！学校里也正好昨天开始放假，拉夫里克将有机会常去参加晚会，而玛伊卡将去郊游，所以这两个最小的孩子特别高兴。卡皮托利娜·马特维耶夫娜就是同他们俩一起来的，两个大孩子没来。拉夫里克已取得母亲的同意，接父亲出院后他将开车载朋友们去兜风，同时也借机显示一下，即使尤拉不在，他开车也一点不含糊。

就像完全倒过来放映一卷胶片似的,一切都朝相反方向进行,但与鲁萨诺夫前来住院的那天相比,今天的气氛愉快多了!帕维尔·尼古拉耶奇穿着病号服走进护士长的小房间,出来时已换上了一套灰色的西服。身穿一套蓝色新西服的拉夫里克无忧无虑,这小伙子机灵而又漂亮,若不是在前厅里老是跟玛伊卡嬉戏打闹,已经完全像一个大人了。他不停地让系在小皮条上的汽车钥匙绕着食指转,一派神气的样子。

"你把车上所有的门把都锁了吗?"玛伊卡问。

"都锁了。"

"窗玻璃都摇上了吗?"

"你可以去检查。"

玛伊卡晃着一头深色的鬈发跑去看了一下,回来说:

"一切都正常。"可她随即又显得很吃惊。"后备厢锁了没有?"

"你可以去检查。"

她又跑了出去。

前厅里依然有人端着盛有黄色液体的玻璃罐送往化验室。依然有一些衰弱不堪、模样难看的病人坐在那里等候床位,有的人就那么直挺挺地躺在长椅上。但帕维尔·尼古拉耶奇看待这一切甚至态度超然:他已用事实证明自己是个坚强刚毅的人,不在乎客观环境如何。

拉夫里克提着爸爸的手提箱。卡芭身穿杏黄色春秋大衣,上面缀有许多大纽扣,她满头是马鬃似的古铜色头发,由于高兴而显得年轻了些;她向护士长点了点头,表示告别,随即挎着丈夫的胳膊往外走。玛伊卡在另一边挽着父亲的胳膊。

"你瞧她头上的那顶小帽多漂亮!你瞧,小帽是新的,带条纹的!"

"帕沙,帕沙!"后面有人在喊。

他们都回过头去。

恰雷正从外科病房走廊那里过来。他看上去精力极其充沛,甚至脸色也不黄了。他身上仅有的病人迹象就是医院里的一件病号服和一双拖鞋。

帕维尔·尼古拉耶奇愉快地跟他握了握手,并对妻子说:

"你瞧,卡芭,这位是医院这个战场上的英雄,你们认识一下!他的胃被切除了,可是还照样那么乐呵呵的。"

在跟卡皮托利娜·马特维耶夫娜见面行礼的时候,恰雷不由得把脚跟一靠,姿势优美,而脑袋微微一侧,一方面是为了表示敬意,另一方面显得顽皮。

"那么电话呢,帕沙! 你得给我留个电话号码!"恰雷打断了他的话。

帕维尔·尼古拉耶维奇假装在大门口耽搁了一会儿,没有听清他的话。恰雷的为人固然不错,但毕竟属于另一个圈子,观念也属于另一个层次,跟这样的人交往也许会有失体面。鲁萨诺夫想找个比较得体的借口拒绝。

他们走到台阶上,恰雷立刻打量了一下已被拉夫里克调过头来准备出发的"莫斯科人"牌小轿车。他凭眼睛估了估这辆车的成色,不是问"你的吗?"而是直接问:

"跑了多少公里?"

"还不到十五。"

"那为什么轮胎已磨成这个样子?"

"是啊,这种情况是有的……再说,工人造出来就这么个质量……"

"我来帮你搞一副怎么样?"

"你能有办法吗? 马克西姆!"

"妈的你这点小事算啥! 轻而易举! 你把我的电话也记下好了,你写!"他一个指头点在鲁萨诺夫胸前,"等我出院以后,一个星期之内保证办到。"

这就用不着想什么借口了! 帕维尔·尼古拉耶维奇从记事本上撕下一页,把单位里和家里的电话号码都抄给了马克西姆。

"这就行了! 我们可以电话里谈!"马克西姆这才算是跟他告别。

玛伊卡弯腰钻进车内,坐到前座上,父母则坐在后面。

"咱们将会像朋友一样!"临别时马克西姆还让他们宽心。

车门砰砰地一一关上了。

"我们将会健康地活下去!"马克西姆喊道,并像"前线连队"那样握紧了拳头。

"喂,你说现在该动什么?"拉夫里克在考玛伊卡的驾驶知识,"是马上发动吗?"

"不! 得先检查一下是不是处在空挡的位置上!"玛伊卡回答得很利索。

他们的汽车出发了,时而溅起坑洼里的水,在矫形科大楼旁边拐过去。那里,一个穿灰色病号长衫和高筒靴的瘦高个儿恰好在沥青路面正中不慌不忙地散步。

"喏,好好向他按几下喇叭!"帕维尔·尼古拉耶维奇看见了以后马上就说。

拉夫里克按了喇叭,声音短促而尖厉。瘦高挑儿猛地向旁边一闪,回过头来。拉夫里克加大了油门从那人身旁十厘米的地方驶过去。

"这个人我管他叫'啃骨者'。你们无法想象这个家伙是多么让人讨厌,嫉妒心有多重。对了,卡芭,你见过他。"

"这有什么可奇怪的,帕西克!"卡芭叹了口气,"哪儿有幸福,那里就有嫉妒。你想成为一个幸福的人,总免不了惹人嫉妒。"

"这是一个阶级敌人,"鲁萨诺夫嘟哝着,"如果是在另一种情况下……"

"刚才就该把他轧死,你干吗让我按喇叭?"拉夫里克笑了起来,并回头看了一眼。

"你别乱转脑袋!"卡皮托利娜·马特维耶夫娜吓了一大跳。

汽车果然往旁边拐了一下。

"你别乱转脑袋!"玛伊卡重复了一句,咯咯地笑了起来,"我可以转脑袋吗,妈妈?"说着,她一会儿从左边,一会儿从右边把小脑袋转向后面去。

"我可不让他带着姑娘们去兜风,这他可要明白!"

汽车驶出医疗中心的大门以后,卡芭将车窗上的一扇玻璃摇下来,把一件不知什么小东西往车后扔了出去,并说:

"但愿再也不要到这鬼地方来!你们谁也不要回头看!"

而科斯托格洛托夫却在车后向他们大声骂娘,骂了一连串的脏话。

不过他心里想的却是:这很对,自己出院时也一定要上午离开。如果按通常那样在中午出院,对他是很不方便的,因为那么一来他就哪儿也来不及去了。

医院里已答应明天让他出院。

今天阳光灿烂、明媚,气温愈益升高。一切都很快被晒热、烤干。在乌什–捷列克,大概人们也已经在翻刨宅旁菜园、整修灌溉沟渠了。

他一路散步,一路遐想。多么幸福啊:在严寒刺骨的时节离开了乌什-捷列克,准备死在这里,如今回去恰好是春天,可以把自己的一小块菜园种上作物。把种子埋进土里,然后看它怎样破土而出——这是极大的乐趣。

只不过人家种菜园都是夫妇一起,而他是独自一人。

他走着走着,不由得想到一个主意:去找护士长。当初米塔曾把他拒之门外,说医院里"没有床位",如今这已成为过去。他俩早已互相熟悉了。

米塔坐在楼梯下自己那没有窗户、全靠电灯照明的小屋里(从院子里进来,肺部和眼睛都有点受不了),把一些登记卡片从这一沓搬到那一沓上去。

科斯托格洛托夫低头钻进矮小的门框,说道:

"米塔!我有件事求您,非常重要。"

米塔扬起她那并不柔和的长脸。这姑娘生就这么一张不讨人喜欢的脸,直到四十岁都没有一个男人试图吻一吻,摸一摸,所以,凡是能够使它显得富有生气的温柔表情,始终未能表现出来。米塔已成为一匹只知干活的老马。

"什么事?"

"我明天出院。"

"我非常为您高兴!"米塔心地善良,只是乍看起来有点凶似的。

"问题不在这里。我得利用一天的时间在城里把好多事情办完,乘当天晚上的火车走。可是衣服从存放处拿来总是很晚。您看,米塔奇卡,能不能这么办:今天就把我的东西取出来,随便塞到哪里,明天一清早我换了衣服就走。"

"一般来说,这样可不行,"米塔叹了口气,"尼扎穆特金要是知道了……"

"他不会知道的!我明白,这是违反制度的,不过,米塔奇卡,人只有冲破束缚才能活下去!"

"万一明天不叫您出院呢?"

"薇拉·科尔尼利耶夫娜明确对我说了。"

"不管怎么样,我得等她的通知。"

"好吧,我马上去找她。"

"您听到了新闻吗?"

"没有,什么新闻?"

"据说,到年底的时候就会把我们全都放走! 而且,说得十分肯定!"一提起这个传闻,她那本不讨人喜欢的脸立刻变得可爱了。

"您说的'我们'指谁? 是指你们吗?"

这就是说,指那些因民族不同而被流迁的特殊流放者。

"好像你们和我们都包括在内! 您不相信?"她提心吊胆地等着听他的意见。

奥列格搔了搔头顶,做了个鬼脸,完全闭上了一只眼睛:

"有可能。总之,不排除这种可能性。然而,像这类谣言我已经听了不少了,耳朵里似乎盛也盛不下。"

"但这一回说得有根有据,千真万确!"她是那么愿意相信这是真的,实在不该给她泼冷水!

奥列格将下唇掩在上唇里面,一边思量着。毫无疑问,确有什么事情快酝酿成熟了。最高法院已经垮了。只不过步子太慢,一个月的时间里没有别的动静,这又不免让人起疑。对我们的生命、对我们的心愿来说,历史的发展实在太慢了。

"那就愿上帝保佑,"他这样说,主要是为了她,"果真如此的话,您有什么打算? 离开本地?"

"不知道。"米塔几乎没有说出声来,她伸开指甲宽大的手指按在使她腻烦的零乱卡片上。

"您不是从萨利斯克① 一带被遣送来的吗?"

"是的。"

"喏,那里难道好些?"

"自——由——啊。"她轻声说出。

很有可能她还指望在自己家乡那儿嫁人吧?

奥列格找薇拉·科尔尼利耶夫娜去了。起初未能找到,她一会儿在X

---

① 俄罗斯罗斯托夫州一城市,位于俄罗斯东南部。

光室,一会儿在外科医生那里。后来,他终于发现她跟列夫·列昂尼多维奇一起在走廊里并肩而行,也就追了上去。

"薇拉·科尔尼利耶夫娜!我只耽搁您宝贵的一分钟,行吗?"

专门跟她一个人谈话是很愉快的,他也感觉到,自己对她说话时的声音跟对其他人说话时不一样。

她转过脸来。忙碌的习惯十分明显地反映在她身躯的倾斜度、两手的姿势和忧心忡忡的面部表情上。但她本着对任何人都关心的一贯态度马上停了下来。

"什么事儿?……"

她没有加上"科斯托格洛托夫"这个称呼。只是在向医生和护士以第三人称的方式提到他的时候,薇加才会那样称呼他。而当面她从不直呼其姓。

"薇拉·科尔尼利耶夫娜,我对您有一个请求……您能不能通知一下米塔,说我明天肯定出院?"

"可这有什么必要?"

"非常必要。是这么回事:我得乘明晚的火车走,而在这之前……"

"廖瓦①,这样吧,你先去!我一会儿就来。"

列夫·列昂尼多维奇走了,一路摇晃着有点伛偻的身躯,两手插在白大褂前兜里,背部的系带被绷得很紧。薇拉·科尔尼利耶夫娜对奥列格说:

"到我那儿去吧。"

她走在他前面,体态轻盈,步履敏捷。

她把奥列格带到器械室,当初奥列格曾在那里跟东佐娃辩论了半天。薇加就在那张刨工粗糙的桌子旁边坐下,并示意奥列格也坐到那里去。可是奥列格依然站着。

室内除了他俩再没别的人。照到这里来的一束阳光像一根金色的斜柱,只见尘埃飞舞,还有器械镀镍部分反射的光。屋子里很亮,几乎使人睁不开眼睛,也使人感到欢快。

"万一明天我来不及让您出院呢?您要知道,我得写一份病案总结。"

---

① 列夫的昵称。

奥列格一时搞不明白，薇加这样说是出于公事公办，还是有点儿想捉弄他。

"写——什么？"

"病案总结——这是整个治疗过程的结论。病案总结没写出来，就不能给病人办出院手续。"

这弱小的肩上压着多少工作啊！哪儿都在等她，哪儿都叫她去，而他还要占用她的时间，还要为他写病案总结。

然而她坐在那里——容光焕发，光彩熠熠。不单是她本人，不单是这种善意的、甚至亲切的眼神在闪光，而且她那娇小的身躯周围也形成了扇形的强烈反光。

"怎么，您是希望马上离开本市吗？"

"并不是我想这样，我心里倒是很愿意留下的，可是我没有地方住宿，我不想再在火车站上过夜。"

"是啊，您又不能去住旅馆，"她点点头，随即又皱起了眉头，"说来也不凑巧，我们有一个女工友，病人常常在她家借宿，可她自己也病了，没来上班。有什么办法可想呢？……"她沉吟了半晌，用上面一排牙齿磨了磨下唇，同时在纸上画了个碱水面包形状的东西，"您知道吗……其实……您倒是完全可以住在……我那里。"

什么？？她是这么说的吗？该不是他听错了吧？能不能请她再说一遍？

她的面颊明显泛起红晕，而她的眼睛仍然回避正面看他。她说得十分大方，似乎病人到医生家里去过夜是很平常的事情：

"明天正好是我上班时间比较特殊的一天：我上午在医院里只待两个小时，然后整个白天都在家；晚饭后我再走……我到熟人家去暂住一宿很方便……"

这时她看了他一眼！薇加两颊绯红，目光明净无邪。他是否能正确理解呢？他会不会辜负对他提供的这种方便？

而奥列格倒是真的不知怎样去理解这意思。当女人说这样的话时，难道是能理解的吗？……这可能意味着无限深情，也可能远不是这个意思。但是，这他并没有去想，也没有时间去想，因为她是那么一片好心地望着他，等他回答。

"谢——谢您。"他终于这么说。"这……当然再好也没有了。"他简直把远在一百年以前的童年时代所接受的教诲——怎样保持彬彬有礼的风度,怎样恭敬地答话——全都忘记了。"这可太好了……可是我怎能让您自己……我实在过意不去。"

"您放心好了。"薇加带着令人宽慰的笑容说,"要是需要待两三天的话,那我们也可以想想办法。您不是对离开这个城市感到惋惜吗?"

"是的,当然惋惜……对了!要是这样的话,那么证明上的出院日期就不能写明天,而得写后天!否则,监督处就会把我提去审问,为什么当天没离开那里?还会再把我关进班房。"

"好吧,好吧,我们就一起作弊得了。这就是说,我今天去通知米塔,明天让您出院,而证明上写后天的日期,是这样吗?您这个人,事儿可真复杂。"

但是,她的眼睛并没因这复杂性而露出忧郁的表情,相反,它们洋溢着微笑。

"并不是我事儿复杂,薇拉·科尔尼利耶夫娜!是制度复杂!就连给我的证明也得跟大家不一样:别人只要一张,我却得要两张。"

"为什么?"

"一张要交给监督处,以证明我出发的日期,另一张给我带走。"

(对监督处也许他能搪塞过去,可以一口咬定证明只有一张,而他不需要留一张备用吗?难道说以前他为了一纸证明所吃的苦头也都白吃了不成?……)

"还得有第三张吧——火车站好用。"她在一张纸上写了几个字。"这就是我的住址,要不要告诉您怎么走?"

"我,能找到,薇拉·科尔尼利耶夫娜!"

(且慢,她是经过了深思熟虑吗?……她是当真邀请他去吗?……)

"还有……"她把几张长方形的现成处方附到写有地址的那张纸上。"这就是柳德米拉·阿法纳西耶夫娜所说的那种药,给您几张同样的药方,这样可使剂量分散一些。"

那种药的药方。那种药!

她的口气就像提到一件无足轻重的事情。仿佛那只是地址的一个小小的附件而已。她给他治了两个月的病,居然一次也没有提起过这事,可真有理智!

大概这就是所谓分寸。

她已经站了起来。她已经向门口迈步了。

工作在等她。廖瓦在等她……

忽然,在呈扇形辐射开来的投向全室的反光里,奥列格此时仿佛是第一次见到她,见到这个白皙、轻盈、苗条的女子——如此友善、贴心,同时又是必不可缺的挚友!仿佛这时才第一次见到她!

他的心情变得喜悦,想与她坦诚相见。他问道:

"薇拉·科尔尼利耶夫娜!您为什么那么长的时间都在生我的气?"

她从光圈中望着,脸上的微笑似乎很睿智:

"难道您没有一点儿不对的地方?"

"没有。"

"一点儿也没有?"

"一点儿也没有!"

"您好好想想。"

"我想不起来,您哪怕提醒我一下!"

"我得走了……"

钥匙在她手中。她得把门锁上,于是不得不走了。

而跟她在一起是那么好!哪怕就那样站上一天一夜都行。

她沿着走廊走去,奥列格则站在那里望着那娇小的身影渐渐远离。

他随即又出去散步。满园春色,令人流连忘返。他漫无目的地走了两个小时,饱吸着新鲜空气和温馨。他已经舍不得离开这一曾囚禁他的小花园。想到自己不能眼看这些日本槐树开花,不能眼看这橡树迟些时候出芽长叶,不免感到惋惜。

今天他好像连恶心的感觉也没有了,也没觉得浑身虚弱。这时他倒十分愿意拿起铁锹翻翻土。他渴望着什么,但究竟渴望什么,他自己也说不上来。他发现大拇指在食指上空捻,下意识地想要支烟抽。不,哪怕做梦想抽烟也不行,戒了就是戒了!

走够了他便去找米塔。米塔真不错,她已把奥列格的那只背包领来藏在浴室里,浴室的钥匙将交给晚上来接班的一个年纪大的女工友。下班前他必须到门诊部去领取所有的证明。

他出院这件事正逐渐变成不可更改的事实了。

他沿着楼梯走上去,这虽不是最后一次上楼梯,至少也是最后几次之中的一次了。

到了楼上他遇见卓娅。

"喏,一切都好吗,奥列格?"卓娅挺自然地问。

她的态度大方得出奇,语气是那么自然,一点也不勉强。仿佛他们之间从来没有发生过什么事情:既没有使用亲热的称呼,也没有唱着《流浪者》中的插曲跳舞,也没有氧气筒旁的那一幕。

也许她做得对。难道应该时刻提醒过去的事? 念念不忘? 噘着个嘴赌气?

从某一天卓娅值夜班的晚上开始,奥列格就不去纠缠她了,而是上床睡觉。从某一天晚上开始,卓娅也以若无其事的姿态拿着注射器走到他床前,他就侧过身去让她打针。从那时起,他们之间逐渐形成的关系有如曾经被提在两人当中的那只胀鼓鼓的氧气袋,忽然悄悄瘪下来,随后完全消了,只剩下友好的问候:

"喏,一切都好吗,奥列格?"

他以两只长胳膊撑住身子靠在桌子上,让一绺蓬乱的黑发耷拉在额前:

"白细胞两千八。从昨天起已不再照X光了。明天我便可出院。"

"明天就要出院?"她那金色的睫毛眨动了一下,"那就祝您一路平安! 祝贺您!"

"莫非我有什么可祝贺的? ……"

"您真不知足!"卓娅摇了摇头,"您不妨好好回想一下您头一天到这里时,在平台上,是什么状态! 当时您大概以为自己顶多再活一个星期吧?"

这也是事实。

应该说,卓娅这个姑娘还是相当不错的:开朗、勤快、诚挚,心里怎么想,嘴上就怎么说。如果撇开他们之间似乎相互欺骗了对方而产生的这种难为情之感,如果一切从零开始,那么,有什么会妨碍他们成为朋友呢?

"真没料到。"他笑了笑。

"真没料到。"她也笑了笑。

卓娅没有再提买绣花线的事。

事情到此为止了。她将继续每周来医院值四次班,继续背教科书,偶尔也会绣绣花。而在城里参加晚会的时候,跳完了舞也会跟某个小伙子站在暗处。

在二十三岁上,她每一个细胞、每一滴血都是健康正常的,终究不能因为这一点而生她的气。

"祝您幸福!"他不带任何委屈情绪地说道。

说完他便走过去了。突然,卓娅同样落落大方地叫住了他:

"喂,奥列格!"

他转过身去。

"您大概没地方住宿吧?请记一下我的住址。"

(怎么?她也?)

奥列格茫然地望着她。要理解这一点实在是超出了他的智慧限度。

"我那儿很方便,靠近电车站。家里只有我和奶奶,而且,我们有两个小房间。"

"非常感谢,"他不知所措地接过一张小纸片,"不过,我未必……喏,到时候再说……"

"万一需要呢?"她满面笑容。

总之,对他来说,在原始森林里辨别方向也比了解女人的心思来得容易些。

他又走了两步,看见西布加托夫心情苦闷地仰卧在前厅角落的硬板床上,沉浸在恶浊的空气里。即使像今天这样阳光灿烂的日子,透进这里来的也只是间接而又间接的一点点反光。

西布加托夫直愣愣地望着天花板。

在这两个月的时间里,他的病情大大恶化了。

科斯托格洛托夫在他的硬板床沿上坐下。

"沙拉夫!到处都在传说:被流放的人全都会恢复自由,包括特种流放和行政流放。"

沙拉夫没有把头转过来,只把视线移向奥列格,似乎除了说话的声音他什么也没感触到。

"你听见没有？包括你们，也包括我们。都说这是真的。"

可他仿佛没有听懂。

"你不相信吗？……你不想回家去？"

西布加托夫又把自己的视线移到天花板上。他微微张开嘴唇，无动于衷地说：

"对我来说，这恐怕来不及了。"

奥列格把一只手放在西布加托夫搁在胸前的那如同死人的手上。

内丽娅从他们身旁一闪而过，走进病房：

"你们这里还有没有盘子留下？"接着她又回过头来，"喂，头发乱糟糟的那个！你怎么不吃饭？喏，快把盘子腾出来，要我等你不成？"

这可真是的！——科斯托格洛托夫错过了吃饭时间，自己还没有发觉。真是昏了头！不过，有一点他不明白：

"这与你有什么相干？"

"怎么与我不相干？我现在管送饭了！"内丽娅神气地宣布，"看见了吗，这罩衫多干净？"

奥列格站起身来，去吃最后一顿医院里的饭。无形无声的X光神不知鬼不觉地将他的食欲全部榨干了。可是，按照囚犯不成文的法典，饭盆里是不应该剩下食物的。

"来，来，快点吃下去！"内丽娅在发号施令。

不光罩衫是干净的，就连她的头发也卷成新的发式了。

"噢，你现在可真精神！"科斯托格洛托夫吃惊地说。

"本来嘛！为了三百五十卢布整天在地板上爬，我岂不是个傻瓜！况且，连口饱饭也吃不上……"

# 第三十四章

## 沉重一些的

　　大概，如同一个比许多同龄人活得更长的老人会感到无限空寂一样，这天晚上科斯托格洛托夫在病房里已经觉得待不住了——"是时候了，我也该走了"，虽然没有一个床位是空着的，病房里还都住满了人，老问题又被当作新问题摆在他们面前：是不是癌？能不能治？有什么别的有效办法？

　　傍晚，作为最后一个离开病房的人，瓦季姆也走了，因为胶体金已经送到，所以他被转到放射科病房里去了。

　　这样一来，病房里的老病号只剩下奥列格一人，他把一张张床位反复看一遍，回想着每一张床最初住的是谁，先后死了多少人。不过数了数，死去的人似乎并不算多。

　　病房里窒闷得很，外面又是那么暖和，所以科斯托格洛托夫睡前把一扇窗子打开了一道缝。春天的空气隔着窗台向他滚滚扑来。在医疗中心的围墙外，是一些小院落，那儿的房子又旧又矮，从这些小院落里也传来春天的活跃声息。由于隔着医疗中心的砖墙，这些小院落里的生活情景是看不见的，但此时可以清楚地听到各种声响——时而传来关门的声音，时而又传来呵斥孩子的声音；有醉汉的狂言乱语，有唱片的嗡鸣；而熄灯之后，已经很晚了，还可以听到一个女人以深沉有力的低音拖声拖调地在唱，不知是伤心还是得意：

　　　　　　　一个矿工小伙子呀，
　　　　　　　被她带呀带回了家……

所有的歌儿唱的都是这类内容,所有的人想的也都是这类事情,可是奥列格必须想点别的。

明天得早点起床,也需要保存一些体力,可是偏偏这一夜奥列格怎么也睡不着。要想的和无须想的一切全都浮现在他的脑海里:跟鲁萨诺夫还没结束的辩论;舒卢宾还没说完的话题;还有他自己要向瓦季姆阐述的一些论点;也有被枪杀的茹克的脑袋,以及昏黄的煤油灯光映照下卡德明夫妇那栩栩如生的面孔——当他向他们讲述无数城市见闻时,他们则要告诉他,村里有哪些新闻,这一段时间里他们收听到哪些音乐节目,此时,在他们三个人的心目中,矮小的土屋容纳的是整个宇宙。随后,他想象着十八岁的英娜·施特廖姆的漫不经心的傲慢表情,奥列格往后连走近她都会没有勇气。再就是这两者的邀请——两个女人都邀请他住到自己家里去——也使他大伤脑筋:该怎样正确理解她们的用意呢?

在那个使奥列格的心灵脱模成形的冰冷世界里,没有"不带杂念的好心"这样的现象和这样的观念。奥列格简直把这样的好心给忘了。所以,此时他用任何理由来解释这种邀请都行,可就是无法把它理解成纯粹的好心。

她们打的是什么主意,他又该怎样对付?——这他心里都不清楚。

他辗转反侧,手指空捻着无形的烟卷……

奥列格从床上爬起来,头昏脑涨地往外走。

在幽暗的前厅里,西布加托夫紧靠病房的门,照例在地板上的一只盆里坐浴,坚持医治自己的骶骨。他已不像先前那样耐心地怀着希望,而是处于绝望的迷惘之中。

在值班护士的小桌旁,背朝西布加托夫,有一位肩膀瘦削、个儿不高的女人身穿白布衫伏在台灯下。但这不会是一位女护士,因为今天是图尔贡值夜班,大概他已经到医生会议室里睡觉去了。这是那位与众不同、颇有教养的戴眼镜的护理员伊丽莎白·阿纳托利耶夫娜。她在晚上已把所有的事情都做完了,现在正坐在那里看书。

在奥列格住院的两个月里,这位勤勤恳恳、一副聪明模样的护理员,曾不止一次爬到他们床下去擦洗地板,而他们病人都躺在床上;她在床下搬动科斯托格洛托夫藏在尽里头的靴子,从未指责过他;她还用抹布擦拭墙板；把痰盂倒掉并洗刷得干干净净；她把贴有标签的瓶子分送给病人；凡是护士不必沾手的重的、脏的和有所不便的东西，她都主动拿来或取走。

她愈是任劳任怨地工作，她在这癌症楼里就愈不被人注意。有句古话说了已经两千年：长着眼睛并不意味着看得见。

然而，坎坷的生活能够提高识别人的能力。在这栋楼里，有些人一下子就互相认识了。虽然没有规定的制服、肩章和臂章使他们有别于其余的人，他们还是很容易互相辨认出来，仿佛额头上有什么闪光的标志，仿佛手心和脚掌上有什么烙印。(实际上这方面的迹象确实很多，例如：脱口而出的一个词儿；说这个词儿时的语调；话与话之间嘴唇的撇动；别人表情严肃时，此人却在微笑；别人都在笑的时候，此人却绷着脸。)就像乌兹别克人或卡拉卡尔帕克人在医院里毫不费力就能认出他们的同胞那样，这些人，哪怕曾被罩在铁丝网阴影中一次，就有这种本领。

科斯托格洛托夫同伊丽莎白·阿纳托利耶夫娜就是如此，他俩早已互相认出了对方，早已心照不宣地互相打招呼了。可是他们始终没有机会交谈。

现在奥列格走近她的小桌旁，故意老远就让拖鞋发出声响，免得她受惊：

"晚上好，伊丽莎白·阿纳托利耶夫娜！"

她看书时不戴眼镜。她转过头来——这转头动作的本身就跟她随时听候使唤的转头动作有某种无以名状的不同。

"晚上好。"她微微一笑，带着在自己宅邸接待上宾的那种上了年纪的贵夫人的全部尊严。

他们怀着良好的祝愿、不慌不忙地互相注视着对方。

这种眼神表明，他们随时愿意为对方提供帮助。

然而，真要涉及帮助，他们却无能为力。

奥列格侧着毛发蓬乱的脑袋，想看清那是本什么书。

"又是法文的？ 具体说，是什么书？"

"是克洛德·法雷尔[①]写的。"这位奇怪的护理员回答时把"洛"这个音

---

① 克洛德·法雷尔(1876—1957)：法国海军军官、作家，曾获龚古尔文学奖。

发得比较软。

"您的法文书都是从哪儿弄来的？"

"城里有一家外文图书馆。另外，我还从一位老妇人那儿借来看。"

科斯托格洛托夫斜睨着那本书，就像一条狗斜睨一件鸟标本：

"可您为什么老是看法文书呢？"

她眼角和嘴角的鱼尾纹既刻着她的年龄，又刻着她经历的磨难，也刻着她的智慧。

"那样不会感到痛苦。"她回答说。她的嗓门一向不大，说话声音很轻。

"又何必怕痛苦呢？"

站久了他觉得吃力。她注意到这一点，便将一把椅子挪给他。

"在我们俄罗斯，赞叹'巴黎！巴黎！'有多久了？大概有两百年了吧？让人耳朵都嗡嗡直响，"科斯托格洛托夫咕哝道，"那里的每一条街，每一家酒店，我们恐怕也都能背出来。可我就是要对着干——一点也不向往巴黎！"

"一点也不向往？"她笑了，奥列格也跟着笑了起来，"宁可接受看管和监督？"

他们的笑有一个共同的特点：似乎刚刚开始，却又不可能继续下去。

"是真的不向往，"科斯托格洛托夫喃喃地抱怨，"他们整天无所事事，轻浮浅薄，口舌也多。可真想喝住他们问一问：喂，朋友们！要你们干苦活，行吗？叫你们光吃黑面包没有热菜汤，受得了吗？"

"这是没有道理的。人家已脱离了黑面包阶段的生活。那是经过奋斗得到的。"

"也许是这样，也许这是我出于妒忌，不管怎样，反正想喝住他们问问。"

坐在椅子上，科斯托格洛托夫时而偏向左边，时而偏向右边，仿佛过高的身躯对他是个负担。他并不拐弯抹角，而是十分自然地直接问道：

"您是由于丈夫的问题而受到连累吗？还是由于自己的问题？"

她也同样直截了当地回答，有如对方在问她值班的事：

"是全家一起被抓的。闹不清究竟谁连累了谁。"

"现在也都在一起吗？"

"不，哪能呢！女儿死在流放地。战后我们转到这里来。丈夫在这里第二次被抓走,送进了劳改营。"

"这么说,现在只有您一个人?"

"还有一个小儿子。八岁。"

奥列格望着她那并没有颤动起来博取怜悯的脸。

是啊,他们所进行的是事务性的谈话。

"第二次是在1949年?"

"是的。"

"这是意料之中的。那是在哪个劳改营?"

"靠近泰舍特① 火车站。"

奥列格又点了点头:

"明白了。那是湖区劳改营,实际地点可能在勒拿河边,信箱地址是泰舍特。"

"您也到过那里??"她遏制不住心中的希望!

"没有,不过那地方我倒是知道。什么事情都是纵横交错的。"

"是杜扎尔斯基,您遇见过没有?!……在任何地方都没碰到过吗?"

她仍然抱着希望! 说不定碰到过……现在马上就可以谈起他的情况……

杜扎尔斯基?……奥列格哑了哑嘴。没有,没碰到过。不可能所有的人都碰到。

"一年写两封信!"她抱怨说。

奥列格点点头。一切都正常。

"可是去年只来了一封信,在5月份。从那时起就一直没有!……"

她只剩下一线希望了,死死地抱着一线希望。女人毕竟是女人。

"这您不要多想!"科斯托格洛托夫有把握地向她解释,"每个人一年写两封信,可您知道合起来有几千几万封? 而检查当局又懒得要命。在斯帕斯克② 劳改营里,有一个修炉匠,也是个囚犯,夏天去检修炉子,结果在检查处的炉子里发现近两百封没有寄出的信。是他们忘记烧掉的。"

---

① 俄罗斯伊尔库茨克州一城市,位于俄罗斯中部。
② 俄罗斯奔萨州一城市,位于俄罗斯东部。

尽管奥列格对她婉转解释，尽管她也好像早就应该对任何情况都能习惯了，可是此刻她仍然异常惊恐地望着他。

人莫非生来如此——永远也不可能摆脱惊异的本性？

"这么说，小儿子是在流放地生下来的？"

她点了点头。

"而现在，得靠您的工资把他抚养成人？要找份好一点的工作，可哪儿也不接收您？到处遭人责难是不是？你们母子是住在一个什么小小的窝棚里吧？"

他似乎是在提问，但他的这些问题是无须回答的。一切都是那么清楚、明白，简直让人牙床都咬得发酸。

伊丽莎白·阿纳托利耶夫娜把自己的一双由于洗被服、擦地板和在热水中浸泡变得粗糙的并有不少青紫斑和伤疤的小手，放在一本平装的、开本小巧雅致的厚书上，书的用纸显然不是国产的，页边由于裁切得很早，故有点毛糙。

"如果仅仅是窝棚小，那倒问题不大！"她说，"可麻烦的事情是：孩子渐渐长大懂事了，什么都要问，叫我怎样教育他呢？把事情的全部真相统统告诉他吗？要知道，就连大人也会承受不了的！那简直会把孩子的肋骨也压断！要是隐瞒真相，让他同生活妥协呢？这样做对吗？他的父亲会怎么说呢？况且，能瞒得住吗？毕竟孩子自己会观察，能看出来。"

"把真相统统告诉他！"奥列格果断地把一只手掌压在台玻璃上。他说这话的口气好像自己曾亲手把几十个孩子抚养大，而且做法无不成功。

她弯着两手的手指抵住头巾下的太阳穴，忧虑不安地望着奥列格。她的神经受到了触动！

"父亲不在，教育儿子可真难啊！要知道，这是需要有固定的生活轴心和指针的，可是这到哪儿去找呢？老是把握不住方向，时而往这边偏，时而又往那边斜……"

奥列格默然不语。这种情况他过去也听说过，可不能理解。

"这就是我读老的法国小说的原因，不过，只是利用值夜班的机会。我不知道那些作者是不是故意不谈比较重大的问题，当时外界的生活是不是也是这样残酷——我不知道，反正我读着心里平静。"

"当成麻醉剂?"

"当成恩赐,"她转过头来,由于包着白头巾,模样像个修女,"我不知道在我们身边有什么书读了不叫人心烦。有的书把读者当傻瓜,有的书倒是没有假话,作者也因此十分自豪。他们深刻地研究考证某某伟大诗人于一八几几年坐马车经过的是哪条村道,他在某一页上提到过的一位贵妇是谁。也许他最终把这一点解释清楚也是花了功夫的,可这是多么四平八稳! 他们选择了一条没有风险的道路! 只不过今天仍在受苦受难的活人与他们全不相干。"

她年轻的时候人们可能会叫她丽丽娅。当年她这鼻梁还预料不到自己会出现架眼镜的凹痕。这姑娘也有过眉目传情、嬉笑打闹的时刻,她生活中也有过紫丁香、花边裙和象征派的诗——任何一个吉卜赛女郎都没预言过她将在亚洲某地当勤杂工了结此生。

"文学作品里的一切悲剧,在我看来,同我们经历的现实相比简直太可笑了,"伊丽莎白·阿纳托利耶夫娜坚持说,"阿依达[①] 还被允许到地牢里去同亲爱的人死在一起,可我们连亲人的消息也不让知道。要是我也到湖区劳改营去……"

"您不必去! 去了也没有用。"

"……在学校里,孩子们写作文,题目有关于安娜·卡列宁娜不幸的、悲惨的、被断送的以及还有别的什么的一生。然而,难道安娜算得上不幸? 她选择了爱情,并为爱情付出了代价,这是幸福! 她是一个自由的、骄傲的人! 可要是在和平时期有身穿军大衣、头戴大盖帽的人闯进你出生和一直居住的房屋,命令全家在二十四小时内离开那所房屋,离开那座城市,而且只允许带你那双力气有限的手所能带的东西呢? ……"

这双眼睛所能够哭出来的泪水,早已经哭干了,从那里未必还能流出什么来。不过,为了发出最后的诅咒,里边也许还会燃起炽烈而纯净的火。

"……你要是把门打开,招呼路上的行人,说不定他们会从你的家里买去点什么,不,还不如说是扔几个小钱给你买面包吃,那时,那些嗅到了气味的商人——世上的事他们什么都知道,就是没料到轰雷有朝一日也会劈

———————

① 意大利同名歌剧中的女主人公。

到他们头上！——居然毫不知耻地出百分之一的价钱买你母亲传下来的钢琴,而你那头上扎着蝴蝶结的小女儿,最后一次坐下来准备弹一首莫扎特的曲子,但却放声大哭,跑开了,试想,我还去读《安娜·卡列宁娜》干什么?莫非我自己的这番经历还不够吗?……我从哪本书里可以读到关于我们的事情? 关于我们的事情! 难道说真的要过一百年不成?"

尽管她差不多是在大声疾呼了,然而多年恐惧的训练毕竟没有使她失去控制:她没有呼喊,没有呼号。只有科斯托格洛托夫听得见她的声音。

是的,也许还有在盆里坐浴治疗的西布加托夫听得见。

在她的叙述中可以看到的迹象并不算多,但也不算太少。

"列宁格勒?"奥列格问,"1935年?"

"您认出来了?"

"你们是住在哪一条街?"

"富尔什塔特街,"伊丽莎白·阿纳托利耶夫娜缓慢地回答,声调哀怨但又略带欣慰,"那您呢?"

"扎哈里耶夫街。就在旁边!"

"就在旁边……那时您几岁?"

"十四岁。"

"您什么也不记得吗?"

"很少。"

"您不记得? 那时就像发生了地震——住宅的大门敞开着,有人过去,拿了东西又离开,谁也不问谁。要知道,全城有四分之一的人家遭放逐。您不记得了?"

"不,我记得,但可耻的是,当时我没有觉得这有什么了不起。学校里向我们解释,为什么必须这样做,为什么这是有益的。"

有如被缰绳勒紧了的母马,这位渐渐变老的护理员把脑袋上下移动着说:

"关于围困时期,谁都会讲! 关于围困时期,长篇叙事诗也有人写! 这都是允许的事情。可是围困时期以前呢,好像什么事情也没发生过似的。"

是啊,是啊。有一次西布加托夫也是这样在盆里坐热水浴,卓娅就坐在这个地方,而奥列格也像今天这样,坐在这张小桌子旁边,他们在这盏台灯下交谈——不也是谈围困吗？

毕竟，在围困以前的时期，那座城市里什么事情也没发生过。

奥列格叹了口气，弯着臂肘斜托脑袋，心情沮丧地望着伊丽莎白·阿纳托利耶夫娜。

"惭愧，"他轻声说，"为什么在灾难还没有临到我们自己和我们的亲人头上时，我们就无动于衷？人的本性怎么是这样的？"

除此之外，还使他感到惭愧的是，他把感受这样的折磨看得比帕米尔的顶峰还高：女人要求于男人的究竟是什么，不能少于什么？仿佛生活的意义就集中在这一点上。仿佛除此之外，在他的故乡既没有苦痛，也没有幸福。

心中感到惭愧，但也舒坦多了。别人的不幸像潮水似的冲刷而过，冲走了他自己的不幸。

"在这之前，有那么几年，"伊丽莎白·阿纳托利耶夫娜回忆道，"曾勒令贵族迁出列宁格勒。大约也有十万人，而这曾引起我们特别注意了吗？其实，当时那里剩下的算是什么贵族啊！老的老，小的小，可怜巴巴的。我们明明知道，却眼睁睁地看着，无动于衷：反正没碰到我们自己。"

"你们也就买了他们的钢琴？"

"可能买下了。当然，买了。"

这时奥列格才算看清楚了，这个女人还不到五十岁。可是单从表面来看，她已经是个老太婆了。从白头巾里边垂下的一绺头发也跟一般老人的头发一样平直，已拳曲不起来。

"那么，你们是什么时候被迫迁走的？由于什么？定成了什么？"

"能由于什么呢？还不是叫作社害么，或者叫作社危——社会危害分子。这属于特殊条款，不用审讯，方便得很。"

"您丈夫是做什么的？"

"普通老百姓。音乐厅里一个吹长笛的。喝醉酒爱发议论。"

奥列格想起了自己死去的母亲——也是这样一个早衰的老妇，也是这样一个忙忙碌碌的知识妇女，也是这样由于没有丈夫而孤立无援。

如果是住在同一个城市里，他也许能为这个女人提供一定的帮助，给她的儿子指点方向。

然而,就像被大头针钉在格格和框框里的昆虫标本那样,各人有各人的位置。

"和我们很熟的一户人家,"此刻,沉默了那么久的一颗灵魂,一旦开了口,也就不停地讲下去了,"有两个大孩子,儿子和女儿,都是富有热情的共青团员。有一天,他们全家突然被勒令迁居。两个孩子赶到共青团区委去请求'保护'。那里对他们说:'我们一定保护你们。给你们纸,照这样写:兹申请自今日起不要再把我看做某某人的儿子、女儿,我声明同该两名社会危害分子划清界限,并保证今后同他们脱离关系,不与他们保持任何联系。'"

奥列格驼起了脊背,瘦削的肩头突到前头,脑袋耷拉着。

"很多人都写了……"

"是的。可是这兄妹俩说:让我们考虑考虑。他们回到家里,把团证往炉子里一扔,就开始收拾东西准备去流放地。"

西布加托夫那里有了动静。他攀住床架子,正在从坐盆里站起来。

伊丽莎白·阿纳托利耶夫娜急忙过去把那盆水端走。

奥列格也站起身来,在上床睡觉之前,他必然要到楼下去走一趟。

在楼下走廊里,他从焦姆卡所住的那间小屋的门前经过。跟焦姆卡同住在这间屋子里的另一个病人,做过手术以后于星期一死了,现在那个床位安排给刚开过刀的舒卢宾了。

这扇门一向关得很严实,但现在却虚掩着,里边黑洞洞的。晦暗中可以听到很困难的呼哧声。而护士一个人影也不见:她们要么在别的病人那里,要么睡觉去了。

奥列格把门缝开大些,探头进去。

焦姆卡睡着了。这是舒卢宾呻吟时发出的呼哧声。

奥列格进去了。走廊里的幽光从半开着的门洞透进去一点点。

"阿列克谢·菲利波维奇! ……"

呼哧声停了。

"阿列克谢·菲利波维奇! ……您不舒服吗?"

"啊?"猛然发出的这一声也像是呻吟。

"您不舒服吗? ……要不要给您拿点儿什么? ……要开灯不?"

"是谁啊?"由于惊恐而引起一阵咳嗽,接着又是一连串的呻吟,因为咳嗽把他震痛了。

"是科斯托格洛托夫。奥列格。"他已经走到床前弯下腰来,开始辨认枕头上舒卢宾的大脑袋。"要不要给您拿什么来? 让护士来吗?"

"不——需——要。"舒卢宾费力地吐出这几个字。

他没有再咳嗽,也没有再呻吟。奥列格对屋子里的晦暗愈来愈适应了,甚至能分辨出枕头上的鬓发。

"我不会完全死去,"舒卢宾喃喃地说,"不会完全死去。"①

看来,他在说胡话。

科斯托格洛托夫在被子上摸到一只发烫的手,轻轻地拍了拍:

"阿列克谢·菲利波维奇,您会活下去的! 坚持住,阿列克谢·菲利波维奇!"

"一小块碎片,是吗? ……是一小块碎片吧? ……"病人在喃喃自语。

这时奥列格领悟到,舒卢宾并没有说胡话,甚至还认出了他,而且再次提起手术前他们的最近一次谈话。当时他曾说过:"有时候我是那么清楚地感觉到我身上有种东西,它并非全部的我。好像有一种很难被摧毁的、十分崇高的东西在! 似乎是一种'宇宙精神'的一小块碎片。您没有这样的感觉吗?"

---

① 来源于普希金的诗歌《纪念碑》(1836)。

## 第三十五章

## 创世的第一天

　　大清早，别人都还睡着的时候，奥列格就悄悄地起来了，按要求铺好了床——把被套叠得方方正正，穿上了沉重的皮靴，踮着脚走出病房。

　　图尔贡坐在值班护士桌旁趴着睡觉——两手交叉叠在一本翻开的教科书上，黑发浓密的脑袋搁在胳膊上。

　　楼下的一个女工友老妇为奥列格开了浴室的门，他在那里换上了自己那已有两个月不曾穿过、变得有点陌生的衣服：一条旧的军人马裤、一件半毛的军装上衣、一件军大衣。奥列格在劳改营里的时候，这些衣服也都存放着不穿，所以还没有完全磨破。他冬天的帽子不是军帽，是到了乌什-捷列克以后才买的，由于尺码太小，脑袋被箍得很紧。这一天想必会比较暖和，奥列格决定索性不戴帽子，因为戴上了之后他就真像个稻草人了。他的皮带也不是束在军大衣外边，而是束在军大衣里边的军装上衣上，这样，走在街上，他那样子还会使人觉得是个复员军人，或者是个从禁闭室里逃出来的士兵。他把帽子装在行李袋里，这只从前线带回来的粗布口袋已经很旧了，上面油迹斑斑，一处曾被篝火烧穿，另一处是弹片窟窿的补丁，当初是奥列格的姑妈把它送到监狱里来的，因为他要求不把任何好的东西送到劳改营去。

　　不过，刚脱下病号服以后，就连这样的打扮，也使他显得气派、精神，似乎很健康。

　　科斯托格洛托夫急于尽快离去，免得被什么事情耽搁。那和善的女工友老妇拔去插在外门门把上的闩，放他出去。

他迈到台阶上，停了下来。吸了一口尚未受到任何干扰和未被搅浑的清新空气！他仔细一看，眼前是一个绿意渐浓、充满了生机的世界！他把头抬高一点，只见已经醒来、但却藏在什么地方的太阳把天空映得一片粉红。他把头昂得再高些，则见满天都是纺锤形的卷积云朵，这真是千百年精心琢磨而成的工艺品啊，可惜的是总共只有几分钟的工夫就要飘散，仅有不多的几个仰视的人才能欣赏到，也许，这里只有奥列格·科斯托格洛托夫一个人。

而一只熠熠闪亮、姿态优美而清晰可见的小舟，正在漂越泛着碎锦、花边、羽毛、泡沫的云海，那是一弯残月。

这是创世日之晨！世界之所以重新创造，仅仅是为了欢迎奥列格归来：往前走吧！活下去！

仅仅有镜子般明净的月亮，还不能算是映照恋人的新月。

由于幸福，奥列格脸上绽开了笑容。他不是笑对任何人，而是笑对天空和树木，满怀即使是老人和病人也会沉浸其中的那种早春清晨的喜悦，顺着熟悉的路径走去，除了扫院子的一个老头儿以外，没遇见任何人。

他回头看了看癌症楼。这座被几株高高的、尖顶呈金字塔形的白杨半掩映的，由浅灰色的砖头一块块砌起来的建筑物，七十年来一点也没变老。

奥列格一路走，一路向这医疗中心的树木告别。槭树上已挂起一串串耳坠似的柔黄花序。樱桃李也已开出第一批花儿——白色的，但在樱桃李的叶子映衬下花儿看起来是淡绿色的。

然而杏树这里却一棵也没有。据说，杏树已经开花了。到老城可以好好看看。

在创世的第一个早晨，谁做事会都那么合乎逻辑？奥列格把原先的计划统统推翻，想出一个极其荒唐的主意：此刻，趁大清早，马上坐车去老城看杏花。

他走出病人不得逾越的大门，看到电车调头处的广场上几乎空无人影，当初，他被一月的寒雨淋得浑身湿透，带着沮丧绝望的心情，就是从那里走进这座大门，准备死在里面的。

这次走出医院的大门，对他来说，何异于走出牢门？

在奥列格赖着住院的一月份，噪声刺耳、摇晃颠簸、挤得要命的电车使他受尽了折磨。而现在,他舒舒服服地靠窗坐着,甚至电车的轧轧声响也使他感到愉快。乘电车是一种生活,是一种自由。

电车慢慢地从桥上穿过一条河。桥下,根脚不稳的一棵棵柳树弯着腰,它们那垂向黄褐色急流的枝条已坦然吐青了。

便道旁的树木也披上了新绿,但还没有使自己遮住一排排平房——那是由不慌不忙的人们不慌不忙地建造起来的相当牢固的砖瓦房。奥列格怀着羡慕的心情望着:住在这些房子里的人多幸福啊!电车经过的街区都很漂亮:人行便道宽敞,林荫马路开阔。是啊,在一个玫瑰色的早晨,哪个城市会不使人悦目赏心!

街区的面貌渐渐变换:已不见林荫马路了,街道两边互相靠拢,窗外掠过一些不讲究美观和牢固的简易房屋,这大概是战争前夕匆匆盖起来的。就在这一带,奥列格看到一条街道的名称似曾相识。

怪不得有点熟呢:卓娅就住在这条街上!

他掏出纸质粗糙的小记事本,找到了门牌号码。他又向窗外望去,并趁电车放慢速度的当口看到了那所房子:窗户规格不一的一座两层楼房,大门一直洞开着,也许已彻底毁坏,院子里还有几间耳房。

对,就在这儿。可以下车了。

在这座城市里,他完全不是无家可归。他被邀请到这儿来,被一位姑娘所邀请!

可他继续坐着,可说是心甘情愿地接受这车身的颠簸和轰响。电车里仍然没有挤满乘客。在奥列格的对面,坐着一位戴眼镜的乌兹别克老人,他样子非同一般,像是一个老学究。他从女售票员手中接过车票后,把它卷起来插在耳朵里。他就这样坐着乘车,耳外露着粉红色的小纸卷儿。在进入老城的时刻,奥列格由于看到这样一个并非别出心裁的细节而益发感到心情愉快和舒坦。

街道显得更窄了,一些矮小的房子鳞次栉比。再过去,房屋连窗户也没有了,唯有一堵堵干打垒式的高高土墙,即使有房子高于土墙,也只看见用黏土抹得光滑的无窗户的房子背面。土墙上只有小门或耳洞——低低的,得猫着腰才能进去。从电车的踏板下到人行道只需一跳,而这里的便道窄得仅有一步宽。整个街道的宽度也只容得下一辆电车行驶。

这大概就是奥列格所要去的那个老城。只不过光秃秃的街上什么树也没有，更谈不上开花的杏树了。

不能再丢失机会了。奥列格下了车。

现在他仍然能够看到刚才那种景致，所不同的只是由于步行而速度慢些。在没有电车吱轧当啷的响声情况下，听得见一种敲打钢铁的声音。不一会儿，奥列格看见一个头戴黑白小圆帽、身穿黑布棉袍、腰束粉红围巾的乌兹别克人。那人蹲在当街，把单线电车道的一条路轨当砧子，用锤子敲打自己那把月锄的边缘。

奥列格停住了脚步，感慨不已：瞧这原子时代！直到现在，这里也跟乌什-捷列克一样，钢铁在生活中还是那么稀罕，竟找不到比铁轨更合适的砧子。奥列格注视着他，看这个乌兹别克人在下一辆电车到来之前是否来得及敲完。可是这个乌兹别克人一点也不着急，他细心敲打，而当电车带着隆隆的响声从下面开上来的时候，他就往旁边闪开半步，等车过去之后就又蹲下来。

奥列格望着这耐心的乌兹别克人的脊背，望着他腰间那粉红色的围巾（这围巾把天空全部粉红色都吸收了，天空已变得碧蓝）。跟这个乌兹别克人他连两句话都说不上，但感情上却把他当作一个勤劳的兄弟。

在春天的早晨锤打锄头——这难道不是新生？

太好了！……

他慢慢走着，心里感到奇怪：窗户在哪儿？他想看一眼土墙里边，但是一个个小门都掩着，闯进去多有不便。突然，光线从一个小小的通道口把他照亮。他弯下腰来，沿着有点潮湿的走廊走进院子。

沉睡的院落尚未醒来，然而，可以料想这里充满浓郁的生活气息。一棵树下有一张固定在地上的长椅和一张桌子，散扔在那里的儿童玩具都是相当时兴的。自来水龙头给这里的生活带来了生机，旁边有洗衣服的水槽。院子周围全是窗户——原来，房子倒是有很多窗户，只是都朝院子开的，临街一个窗户也没有。

奥列格在街上走了一阵，又穿过类似的一个通道口走进另一座院落。那里的一切也是同样的格局，有一个披着浅紫色披巾，细长的黑色发辫拖到腰下的乌兹别克少妇在照料几个孩子。她看见了奥列格，不过没有理会。

于是他便走了出来。

这与俄罗斯的习俗是完全不同的。在俄罗斯的农村和城市,所有正屋的窗户都必然是朝街开的,女主人可以隔着窗台上的盆花和窗帘,像林中的伏兵那样,观察街上走的陌生人是谁,他要到谁那儿去,以及去做什么。不过奥列格一下子就明白了而且接受了这种东方人的想法:你的日子怎么过——我不想知道,你也不要往我这儿张望!

一个无时不被人看见,无处不被人搜遍,任何时候都处在监视之下的囚犯,在劳改营里待了那么多年,如今还能为自己挑选比这更好的生活方式吗?

对老城的一切他愈来愈喜欢了。

适才他从房屋之间的空隙中已经看到过一家尚无顾客的茶馆,那里的老板还睡眼惺忪。现在他又看到一家,开设在临街的阳台上。奥列格走了上去。茶馆里已经坐着几个戴暗红色、深蓝色和有壁毯图案的小圆帽的男人,还有一个缠绣花白头巾的老头,而女人却一个也没有。奥列格于是想起,以前他也没在任何一家茶馆里见到过女人。门口并没有禁止妇女入内的牌子,但她们不是接待对象。

奥列格陷入了沉思。在这新生的第一天,对他来说,一切都是新的,一切都有待于领会。男人们聚在一起,是不是想以此表明,他们生活的主要部分无须女人参与?

他在靠栏杆的一个位子上坐下,从这里可以清楚地观察街景。街上渐渐活跃起来,但是没有一个人像城里人那样匆忙赶路。行人都慢条斯理,不慌不忙。坐在茶馆里的也都极其安宁。

倒是可以这样认为:军士科斯托格洛托夫,或者说囚犯科斯托格洛托夫,按照人们对他的要求,服满了兵役期和刑期,又被疾病驱使而吃尽了苦头,已经在1月份死去了。而现在,从医院里踉踉跄跄走出来的是某个新的科斯托格洛托夫,正如人们在劳改营里所说的那样,"单薄、清脆、透明",不过,不是走出来去度过完整的一生,而是去度过生命的一个零头——就像配给的口粮不够分量时用松木小棍扦加在面包上的一块零头:仿佛跟那份口粮是一起的,事实上却是单独的一块。

今天,在动用这生命的一小块零头的时候,奥列格希望它不要像已经度过了的大部分那样。他倒是希望今后不要再犯错误。

然而，在要茶的问题上他就又犯了个错误：不应当要聪明，应该老老实实要一壶靠得住的红茶。可是他偏偏为了满足好奇，要了一壶绿茶似的古柯茶。这种茶很淡，又不提神，似乎不是茶的味道，而漂在碗里的茶叶细末怎么也不想咽下去，真想泼掉。

其时天已大亮，太阳也渐渐升高了，奥列格真想吃点东西，但是这家茶馆里，除了经营两种泡茶，什么东西也没有卖的，而且，茶水还是不带糖的。

不过，他并没有离座去找吃的，而是仿效当地那种不慌不忙的作风，依然坐在那里，甚至还把椅子重新安放了一下。这时，他从茶馆的阳台上看见，被土墙围住的邻家院子上空有一丛粉红、透明、蒲公英似的东西，只是直径有六米左右，简直是一个没有分量的粉红色的气球。这么大的粉红色的东西他可从来没有见过！

杏花？？……

奥列格心想：这就是对没匆匆忙忙离去的奖赏。这就是说，没把周围的情景都看了，切不可急着往前跑。

他走到紧靠栏杆的地方，从这里高处仔细观察那有点儿透明的粉红色的奇迹。

他把这奇迹赠送给自己，作为创世日的礼品。

如同北方的房子室内摆着一棵用蜡烛装饰起来的圣诞枞树那样，在这被土墙封闭、仅向天空开放的小院子里，唯一的一棵杏树正在开花，人们就像生活在房间里似的，孩子们在树下爬，一个裹着黑底绿花头巾的女人在松土。

奥列格仔细地察看。粉红色只是总的印象。杏树上有蜡烛样的深红色的苞蕾，花瓣初展时表面呈粉红色，而开放后却像苹果花或樱桃花那样洁白。合起来就形成一种柔嫩得难以想象的粉红色，奥列格力图把这幅美景尽收眼底，将来可以久久地回忆，可以讲给卡德明夫妇听。

他是为寻找奇迹而来，奇迹果然被找到了。

今天，在这个刚刚诞生的新世界里，还有许多各式各样的欢乐在等待着他！……

那银舟似的月儿已经完全消逝了。

奥列格沿着梯级下到街上。没戴帽子的脑袋开始感到太阳的厉害。得买那么四百克左右的黑面包干吃下去填饱肚子,然后坐车去市中心。不知是不是由于穿上了自己的衣服他才那么精神抖擞,反正已不觉得恶心,脚步也十分轻松。

这时,奥列格看见一个小食摊,它设在土墙的凹处,并不影响街道的齐整。摊子的布篷是用两根斜杆支起来作遮阳用的。从遮阳篷下透出一缕青烟。奥列格不得不使劲把脑袋低下才得以走到遮阳篷下面,而站在里边脖子也不能伸直。

一只长长的烤炉跟整个柜台平行摆着。其中一处的煤炭烧得火红,其余的地方满是白色的灰烬。炉火上横搁着十五六根铝制的尖头长扦,上面串插着一块块的肉。

奥列格猜到了:这岂不是烤羊肉串!这是他在再生世界里的又一发现,正是在监狱里谈起食品时所经常提到的那种羊肉串。但奥列格本人活到三十四岁还从来没有机会亲眼看见过它:他既没到过高加索,也没进过馆子,而在战前的公共食堂里供应的无非是菜卷和大麦粥。

烤羊肉串!

这种烟和肉混杂在一起的味儿相当诱人!长扦上的肉不仅未被烧焦,甚至没有变成暗褐色,而是呈现出刚刚被烤熟时那种嫩红浅灰的颜色。胖乎乎的圆脸摊主,不慌不忙地把一批肉扦翻转过来,把另一批从火上移到灰烬那边去。

"多少钱?"科斯托格洛托夫问。

"三个。"摊主懒洋洋地回答。

奥列格不明白:"三个"是什么意思?三个戈比似乎太少,三个卢布好像又太多。莫非是三串卖一个卢布?打他从劳改营出来之后,到处都会碰到这种尴尬的局面:他怎么也弄不懂物价方面的概念。

"三个卢布买多少?"奥列格想出了这种摆脱窘境的问法。

摊主懒得说话,他捏住一根扦子的末端把它稍稍抬了起来,像逗孩子似的对奥列格晃了晃,又放回原处熏烤。

一串?三个卢布?……奥列格摇了摇头。这是另一种范畴的价格。他得靠五个卢布过一天。可又多么想尝尝啊!他默默地把每一块肉都仔细看过了,心里选准了一串。倒是真的,每一串都有其吸引人的地方。

不远的地方等着三个司机,他们的卡车就停在街上。又有一个女人走过来,但摊主用乌兹别克语对她说了什么,她不怎么高兴地离去了。而摊主突然把所有的羊肉串都放在一只盘子里,直接用手往上面撒了些葱末,还从瓶里往上浇了些什么卤汁。奥列格这才明白,司机们把这些羊肉串都买下了,每人五串!

这是无法解释却又到处盛行的那类双层价格和双层工资,但对那第二层奥列格是无法想象的,更爬不上去。这些司机满不在乎地花十五卢布小吃一顿,也许,这还不是他们的正式早餐。过这样的生活靠工资是不够的,是啊,羊肉串不是卖给那些光靠工资过活的人。

“没有了。”摊主对奥列格说。

“怎么没有了? 再不烤了? ?”奥列格懊恼不已。刚才他干吗还犹豫呢! 说不定这是一生中第一次和最后一次机会!

“今天没有送来。”摊主在收拾器具,做扫尾工作,看样子正准备放下遮阳篷收摊儿。

奥列格于是去向司机们恳求:

“弟兄们! 让一串给我吧! 弟兄们! 只让一串就行了!”

司机中一个面孔黝黑,但头发是亚麻色的小伙子点了点头:

“行,拿吧。”

他们还没有付钱。奥列格从一只用别针别住的口袋里掏出一张绿色的钞票,摊主甚至不是用手接钱,而是从柜台上往小箱里一扫,就像掸去尘屑和垃圾似的。

然而,一串烤肉已是奥列格的了! 他把士兵的行李袋放到落满了灰尘的地上之后,用双手拿起一根铝扦,数了数插在上面的肉,共有五块,第六块只有一半;接着就开始用牙从扦子上咬下来,也不是一下子一整块,而是一小口一小口地咬。他一边沉思一边吃,像一条狗似的把自己所得的一份食物衔到安全的角落里不慌不忙地吃着。他思量起这样一个问题:刺激人的欲望是多么容易,而满足被激起的欲望又是多么困难。多少年来,一块黑面包对他来说也称得上是大地的最高级的馈赠了! 他刚才还打算去买黑面包来当早饭呢,可是又受到一缕灰蓝色的烤肉烟味儿的吸引,于是人家让给他一串啃啃，面包似乎已不被他看在眼里了。

司机们每人吃完四五串烤肉，发动引擎开车走了，而奥列格却还在吮自己的那一串。他用舌头和嘴唇感受着每一小块鲜嫩的肉如何渗出汁来，如何散发香味，又怎样火候到家而丝毫不焦，感受着每一小块这样的肉里还蕴藏着多少未被破坏的天然魅力。他愈是深入感受这串烤羊肉的魅力，愈是体验到享受的乐趣，他面前的那扇门就愈是冷冷地关上了——对他来说没有通往卓娅之路。电车又将载着他从她家门前经过，他却不会下车。这一点正是在吃羊肉串的时候他才彻底明白的。

电车按原路把他载往市中心，只是这一回乘客挤得满满的。奥列格认出了离卓娅家最近的那个站，接着又过了两站。他不知道自己该到哪一站下车才比较好。忽然，有一位妇女从外面向车窗里兜售报纸，奥列格想看看这一情景，因为沿街叫卖的报童他还只是小时候见到过（最后一次见到正好是马雅可夫斯基自杀那天①，报童们跑着叫卖号外）。但这里是个上了年纪的俄罗斯妇女，动作一点也不麻利，往回找钱也慢得很，不过她总算想出了这样一个好办法，每一辆电车到站都有人买她的报纸。奥列格站着看了一会儿，明白是怎么回事。

"民警不赶吗？"他问。

"他们还没有想起来。"卖报的妇女擦了一下脸。

他没有照见自己，忘记自己是什么模样了。要是民警将他们两人审视一番，那就必定会先检查他的证件，而不是先检查那个卖报的女人的。

街上的电钟刚刚指到九点钟，可是天气已经相当热了，奥列格把大衣上边的搭钩解开。他沿着广场向阳的一边走，眯着眼睛朝太阳微笑，不慌不忙，任凭别人超越和推撞。

今天，还有许多值得高兴的事情等着他呢！……

他本来没指望能活到春天，可眼前正是这春天的太阳。尽管周围的人谁也没为奥列格获得新生而欢欣鼓舞，甚至没有人知道这件事，可是太阳却知道，所以奥列格朝它微笑。哪怕下一个春天永远不会来临，哪怕这是最后一个春天，但要知道，这一个春天已是额外得到的！为此就得谢天谢地了！

---

① 指1930年4月14日。

行人中谁也没有因看到奥列格而高兴，可是他见到所有的人都感到高兴！他高兴的是自己又回到了他们中间，回到了街上所有的一切中来！在他新创造的世界里，没有一件事物在他看来是乏味的、愚蠢的或丑恶的！几个月、几年的生活也比不上今日这登峰造极的一天。

小商亭在卖盛在纸杯里的冰淇淋。奥列格已不记得这样的小纸杯还是在什么时候见过。于是乎，一个半卢布又飞走了！他把曾经被篝火烧穿、被子弹打破的行李袋挎在肩后，腾出两手，用小木片一层层刮着冰淇淋吃，走得更慢了。

这时，映入他眼帘的是一家坐落在背阴处、带大橱窗的照相馆。奥列格用胳膊肘支在铁栏杆上，久久地端详着橱窗里的经过净化的那种生活和经过美化的那些面容，不消说，对姑娘们看得尤为仔细，橱窗里的照片也数她们的最多。她们中的每一个人先是穿上自己最好的衣裳，然后是摄影师把她们的头转来转去，十来次移置灯光，之后拍下几张，从中选出最好的一张加以修饰，差不多每十个这样的姑娘里选出一个来陈列橱窗，这奥列格都知道，但他仍然乐于仔细地看，乐于相信生活就是由这样的姑娘们组成的。为了补偿逝去的岁月，为了补偿他所不能活着见到的一切，同时也为了补偿如今他被剥夺的一切，他尽情地看啊，看啊，不怕难为情。

冰淇淋吃完了，该把纸杯扔掉，但杯子是那么干净、光滑，奥列格想到：路上用它喝水倒是挺好的。于是他把纸杯塞进行李袋里。把小木片也藏好了——说不定也能派上用场。

再往前走，他看到一家药房。药房——这地方也很有意思！科斯托格洛托夫立即走了进去。里边那整洁的长方形柜台，一张挨着一张，够瞧上一整天的。这里陈列的东西，在一个劳改营囚犯的眼里，全都是稀世珍品，都是在那个世界里几十年所未见到过的，其中有些东西即使奥列格在失去自由之前曾经见过，现在也很难叫出它们的名称，或者记起它们有什么用处。他带着怯生生的野人似的目光端详着各种镀镍的、玻璃的和塑料的药盒、药瓶。往下看还有一包包的草药，上面带有功效说明。奥列格是非常相信草药的，但是，他所需要的那种药在哪儿呢？……再往前是一排片剂柜，里面的新药如此之多，简直都叫不出名称来，而且都是闻所未闻的。总之，单单是这家药房就给奥列格打开了一整个可供观察与思考的大千世界。但他从一个橱柜走到另一个橱柜,叹了口气,只按卡德明夫妇的要求问了一下有没有水温计、苏打和高锰酸钾。水温计没有,苏打也没有,而只叫他到收款处去付三个戈比,卖了些高锰酸钾给他。

后来,科斯托格洛托夫在取药处排了二十分钟左右的队,行李袋虽已从肩上卸下,但还是觉得闷热。他毕竟有些动摇:这药要不要买?他把昨天薇加交给他的三张同样的处方拿出一张递进小窗口。他希望这种药没货,整个问题也就不存在了。可是这药这里有。小窗里的人开给他一张五十八卢布零几戈比的付款单。

奥列格甚至发出了轻松的笑声从窗口走开。在他生活道路的每一步中"五十八"这个数字老是追随着他①——对此他丝毫不觉得奇怪。但是,要他付一百七十五卢布配三张药方的药——这可是太过分了。这笔钱他可以过一个月的日子。他本想即刻把药方撕碎扔进痰盂,但考虑到薇加有可能问起这事,便又把它们收藏了起来。

真舍不得离开药房里这些镜子一般光洁的摆设。然而天气愈益变热,充满欢乐的一天在向他召唤。

今天,还有许多值得高兴的事情等待着他。

他从容不迫地走着。从一个橱窗走向另一个橱窗,像搭扣似的碰到什么就挂住。他知道,每走一步都会有意外的发现。

果然,映入眼帘的是邮局,而窗内的广告写着:"请打传真电报。"真令人震惊!十年前幻想小说里描绘的东西如今已在招徕行人。奥列格走进去。邮局里贴着大约三十个可通传真电报的城市名单。奥列格开始考虑给谁和往哪儿打传真电报,但是,在所有这些分布在占世界陆地面积六分之一土地上的大城市里,能用自己的笔迹送去喜悦的人他连一个也想不起来。

不管怎样,为了得到较为真切的感受,他走到小窗口跟前,要求让他看一下电文的表格,并了解一下字体的大小规格。

"电报机坏了,"一个女人回答他,"打不出去。"

啊,打不出去!那就让它见鬼去吧。这样倒是比较合乎习惯。似乎心里也比较坦然。

---

① 暗指奥列格是根据《刑法》第58条被判刑。

他继续往前走,看到一些海报。那是一家杂技团的和几家电影院的广告。每一家似乎都有日场,但他不能把赐给他周游大千世界的这一天的宝贵时间在这上面浪费。要是当真会留在这城里住上几天,那倒不妨去看看杂技:要知道,他可还跟个孩子差不多呢;要知道,他可是刚刚出生呢。

从时间上来看,这会儿到薇加那里去大概已经比较合适了。

假如他当真要去的话……

怎么能不去呢?她是朋友。她是真心诚意邀请的,甚至是羞赧的。在全城她是他唯一的亲人般的知心人,他怎能不去呢?

他自己内心深处最想望的一件事就是去找她。哪怕没看完这城市的大千世界,他也要去找她。

但是,总好像有什么东西将他阻拦,不时抛出这样那样的理由:也许为时尚早?她可能还没有回去或者家里还没有来得及收拾。

那就再晚一些……

每走到一个十字路口,他总要停下来寻思:千万不要猜错了方向,往哪儿走更好呢?他不向任何人打听,全凭自己的古怪念头选择街道。

就这样,他来到一家酒店——不是卖瓶装酒的那种酒馆,而是摆着一只只酒桶的铺子:光线半明半暗,地上半干半湿,空气中带有一种特殊的酸味。原来这是一家古老的小酒馆!店主直接从桶里把酒注入杯中。这低档的酒两个卢布一杯。跟那烤羊肉串相比,这的确很便宜!于是科斯托格洛托夫从内衣口袋里掏出又一张十卢布的票子将它兑开。

酒并没有什么特别的味道,但一杯下肚,他那虚弱的脑袋便开始晕乎起来。当他走出酒馆并继续往前走的时候,便更觉得生活可爱了,虽然从一大早生活就向他表示好感。他的心境变得如此轻松和愉快,似乎什么也破坏不了他的情绪,因为生活中一切糟糕的事情他都经历过来了,而余下的任何事都不可能更坏。

今天,还会有许多值得高兴的事情等待着他。

大概,再遇到一家酒馆的话,他还会喝上一杯。

但是他没有再看到酒馆。

他看到的倒是密密麻麻的一群人,他们把整个人行道都堵塞了,以致行人只能从马路上绕过去。奥列格心想,一定是街上出了什么事。其实并没有出事,人们都面朝阶梯和大门在等着什么。科斯托格洛托夫昂起头来一看,"中央百货商店"几个大字赫然在目。这就完全可以理解了:一定有紧俏商品出售。不过,究竟出售什么呢?他问了一个男人,又问一个女人,后来又问另一个女人,但大家都挤得紧紧的,谁也没回答出个名堂。奥列格只是了解到,现在正好快到开门的时候。好吧,既然是命运的安排,奥列格也挤进那人群里去了。

过了几分钟,两个男子把宽阔的大门打开,胆怯地打着手势,试图缓和前排的势头,但接着就像躲避马队一般闪到一旁。等在最前面几排的都是年轻的男男女女,他们一下子都拥进了大门,随后顺着正面的扶梯冲向二楼,其动作之迅速,也许只有这座大楼起火、他们要逃生才能达到那种程度。其余的人也挤了进去,每人都按各自的年龄和体力所允许的程度顺着梯级往楼上奔。人流似乎分出来一小股在一楼散开,但主流冲向二楼。在这冲锋的激浪中,不可能从容地往上走,所以黑发蓬乱的奥列格背着行李袋也往楼上奔跑(拥挤的人堆里有人骂他"丘八")。

到了楼上。人流立即分岔:人们朝三个不同的方向奔去,拐弯时小心翼翼,提防在镶木拼花地板上滑倒。只一瞬间奥列格就得作出选择。可是他哪能作出什么判断呢?他碰运气地跟在最胸有成竹的那些人后面奔去。

原来他排在针织品部迅速延伸开来的一条长队的队尾。几个穿浅蓝色工作服的女售货员却打着哈欠不慌不忙地走来走去,仿佛根本没看见这拥挤的长队,准备熬过又一天无聊空虚的时光。

稍稍喘息了一会儿,奥列格打听到,这里将要出售的不是女式短衫,就是毛衣之类。他悄声骂了一句娘,离开了长队。

另外两股人流涌到哪里去了,此时他已无法找到。每一个方向都有人前往,所有的柜台旁都人挤人。有一个柜台前人挤得较多,他估计紧俏的东西就在这里。人们在等着买廉价的深底盘子。售货员正在拆箱。这倒挺合适。乌什-捷列克没有这种深底盘子。卡德明夫妇用来喝汤的盘子都有点破损。带一打这样的盘子到乌什-捷列克去倒是个好主意!不过,带到那里之后,想必都会变成碎片。

接下来奥列格就在这百货商店的上下两层随意闲逛。他在摄影部看了看。战前不可能搞到的照相机及其各种附件,如今充满柜台,逗引顾客掏钱

购买。搞摄影——这也是奥列格未能实现的童年梦想之一。

他对一些男式风衣十分中意。战后他曾希望买一件普通人穿的那种风衣，认为男人穿在身上挺漂亮，然而，买这样一件衣服他现在得付三百五十卢布——相当于一个月的工资。奥列格继续往前走。

他没在任何柜台买任何东西，可他的心情却好像口袋里的钱鼓鼓囊囊似的，只不过什么也不需要罢了。肚子里的酒也在蒸发，使他兴奋。

有一个柜台在卖合成纤维衬衫。奥列格知道"合成纤维"这个词儿：所有乌什-捷列克的妇女，只要听到这个词儿，马上就往区百货商店跑。奥列格看了看这种衫衬，摸了摸，觉得挺不错。他看中了绿底白条的一件。（可是那衬衫价值六十卢布，他无法买下来。）

就在他对着衬衫思量的时候，一个身穿高级大衣的男子走到柜台前。他不是来看这种衬衫，而是看丝绸衬衫的。此人彬彬有礼地问售货员：

"请问，像这种五十号的衬衫你们有三十七号领口的吗？"

奥列格不禁哆嗦了一下！不，他左右两侧好像被人同时用锉刀锉了一下！他惊恐地猛然回头，看了看这个脸刮得干干净净、哪儿也没有一点划痕的男子——头戴细毡礼帽，白衬衫上系着一条领带。就奥列格的神态来说，要是对方就势打他一个耳刮子的话，那两人中必然有一个会马上从楼梯上飞滚下去。

怎么？？人们在战壕里身体变得酸臭，人们被扔进阵亡将士公墓和北极冻土坑里，人们一次、两次、三次被关进劳改营，人们在递解囚犯的车厢里冻得发僵，人们为了挣得一件带补丁的棉袄就得累死累活地抡动镐头，而这个有洁癖的家伙不但记得自己衬衫的号码，甚至还记得自己领口的尺码？！

就是这所谓的领口尺码把奥列格彻底击溃了！他怎么也没有想到领子还有单独的尺码！他抑制住自己受到伤害的呻吟，离开了衬衫柜台。竟还有领口尺码！为什么要有这么讲究的生活？返回这样的生活中去又是为了什么？如果要记住领口的尺码，那就得忘掉别的东西！更重要的东西！

这领口尺码问题简直搅得他筋疲力尽了……

走到日用杂货部，奥列格想起叶连娜·亚历山德罗夫娜一直想买一只轻便的蒸汽熨斗，虽然她并没托他捎回去。奥列格希望这种熨斗没货，就像需要的东西通常总是买不到那样，那么他的良心和肩膀就可以同时摆脱重负。然而，女售货员把货架上这样一只熨斗指给他看。

"可是，姑娘，这的确是轻便型的吗？"科斯托格洛托夫掂了掂熨斗的重量，有点怀疑。

"我干吗要骗您？"女售货员把嘴一撇。她那神态好像目中无人似的，始终沉入遐想之中，似乎眼前来来往往的不是实有其人的顾客，而是他们朦胧的影子在轻轻移动。

"我不是说您骗我，而是说您会不会弄错了？"奥列格说出了这样一种设想。

女售货员无可奈何地回到现实生活中来，为移动一件实物仿佛作出了惊人的努力，她把另一只熨斗放在奥列格面前。她再也没有剩余的气力对他作什么口头解释了。她又飞往虚幻玄妙的境界去了。

瞧瞧，不怕不识货，就怕货比货。轻便型的熨斗果然轻一千克。他有义务把这熨斗买下来。

不管那姑娘为取熨斗累得多么筋疲力尽，她还是得用疲惫的手给他开取货单，还得翕动无力的嘴唇说："到核查处去取。"（还要核查什么？核查谁？奥列格完全忘了。噢，回到这个世界可真不容易！）现在，是不是还得由她移动脚步把这只轻便熨斗拿到核查处去？奥列格觉得自己搅乱了这位女售货员的冥思遐想，实在是太不应该了。

熨斗放进了行李袋后，肩膀立刻感觉到它的分量。奥列格穿着军大衣已愈来愈觉得闷热了，得赶快离开这百货商店。

但就在这时，他从一面直顶到天花板的落地大镜子里看到了自己。虽然一个男人停下来对镜自照会感到不好意思，但这样的大镜子在整个乌什-捷列克也找不到。况且，他已有十年的光景没有在这样的镜子里照见过自己。于是，他根本不在乎别人怎么想，起先从远处端详了一番，然后走近些照，接着再走近些。

他自以为是个军人的样子，哪知已没有一点军人的气概了。只有这件大衣和这双靴子还有那么一点士兵大衣和靴子的影子。而且，他肩背早就有点驼了，腰板也挺不直了。而不戴帽子，不束皮带，他实在不像一个士兵，倒是像一个逃亡的因犯或到城里来买卖东西的乡下人。而这至少要有一股子剽悍劲儿,可是科斯托格洛托夫看上去饱受折磨,踉踉跄跄,疲惫不堪。

他还是不看自己的好。在没看到自己的模样之前,他还以为自己像个勇猛的战士,瞧行人居高临下,看女人也平起平坐。可现在,背着这个相当寒碜的、早已不是士兵所用而更像讨饭袋的行李袋,他要是站在街头伸出手,定会有人扔小钱给他。

可他还得去见薇加呢……这副模样如何去见她?

他又走了一阵,来到服饰用品部,或者叫作礼品部,反正是卖妇女饰物的地方。

一些妇女在嘁嘁喳喳地试这试那,挑挑拣拣,这个腮帮下部有一道疤痕、既不像士兵又不像乞丐的汉子走到她们中间停下,呆立不动,傻乎乎地看着。

女售货员冷冷一笑,思量着他想买点什么送给乡下的心上人呢?同时,她还留心盯着,怕他顺手捞走什么。

但他什么也没让售货员拿过来看,手什么也没碰。他只是站在那里傻乎乎地看。

这个闪耀着玻璃、宝石、金属、塑料等各种光泽的部门,犹如一道涂了磷光粉的拦路杆横挡在他愁眉不展的低垂的额前。科斯托格洛托夫的额头不能把这拦路杆撞断。

他明白了。他领悟到买一件饰物送给女人,替她别在胸前或围在脖子上——这是很美妙的。要是他不知道,不记得,倒也无可指责,但现在他是如此强烈地意识到这一点,那么,从这一分钟开始,似乎他就无法空着手去见薇加了。

然而,奥列格不能,也不敢送任何礼物给她。贵重的东西连看也不必看。可便宜的东西,他知道什么呢?瞧,这些胸针,这些带别针的刻花饰物,尤其是这枚镶有许多熠熠闪亮的玻璃晶体的六角形胸针,不是挺好看吗?

不过,也许这俗不可耐?……说不定一个有鉴赏力的女人甚至会羞于把这样的东西接到手里?……也许这类东西早已没有人戴,不时兴了?……人们戴什么和不戴什么,他哪儿知道?

再说,到别人家里去借宿,舌头发僵,脸涨得通红,把一枚胸针递过去——这算怎么回事?

有如击木游戏中的木棒，别扭的感觉接二连三地将他击倒。

这个世界的全部复杂性似乎都凝集在他的眼前：又得了解女人的时尚，又得善于选购女人的饰物，得使自己在镜子面前看上去体面，还得要记住自己领子的尺码……而薇加正是生活在这个世界里，这一切她全都知道，并且怡然自得。

他感受到一种困窘和沮丧的情绪。如果要到薇加那里去的话，那么现在正是时候，此刻就该去！

可是他不能。他失去了那股冲动的激情。他害怕了。

是百货商店将他们分隔开来……

刚才受市场偶像的驱使，奥列格竟怀着那么愚蠢的贪婪之心冲进这座该死的"神庙"，而此刻从这里走出来却是如此垂头丧气，疲惫不堪，简直像在这里买了几千卢布的东西，像在每一个部门都试过什么，然后人家给他把商品包起来，而现在他就弓起脊背扛着这小山似的一堆箱子和大包小卷。

然而，他只买了一只熨斗。

他是那么疲劳，仿佛为购买这些世俗的种种东西已花费了好几个钟头，而那个曾向他许诺过崭新的美好生活的、纯净的玫瑰色早晨到哪里去了？那些千百年雕琢而成的羽状浮云又在哪里？而在云海中浮沉的那月亮银舟呢？……

他在哪儿把自己那今晨还完整的心灵搞碎了呢？在百货商店……不，还早些，是跟酒一起喝掉了。不，还要早些，是跟羊肉串一起吃掉的。

他就该在看了开花的杏树之后马上奔赴薇加家……

奥列格不仅看橱窗和招牌看得倒了胃口，甚至对自己挤在街上密度愈来愈大的行色匆匆而又兴致勃勃的人群中也感到腻烦。他真想躺在小河旁的某个庇荫处，荡涤心怀。要说城里他还有哪儿可以去，那就是焦姆卡要求他去的动物园。

奥列格觉得，似乎还是动物世界更容易理解，更接近于自己的水平。

还有一点使奥列格心情压抑：军大衣穿在身上他觉得太热，但又不愿把它脱下来单独拿着。他开始打听去动物园该怎么走。通向那里的是一些修得很好的街道——宽阔、清静，带有石板铺的人行便道，树木枝杈繁茂。这里没有商店，没有照相馆，没有戏院，没有酒馆——一家也没有。有轨电车的隆隆声也离得较远。这里明媚、静谧，别有一番情致，阳光的热力透到树下。几个小姑娘在人行道上做"跳房子"游戏。主妇们在小庭院里栽种什么，或插扦埋杆让植物爬藤。

动物园大门口几乎是儿童的天下——这倒很容易理解，因为正好是学校放假，天气又那么好！

走进动物园，奥列格首先看到的是一只捻角山羊。栅栏里高耸着有陡坡和悬崖的岩壁。山羊的两条前腿正好蹬在悬崖边上，它骄傲地站着，动也不动，腿细长有力，角很奇特：两只长长的弯角像是用骨质的带子按螺旋形一圈圈绕起来的。它没有胡须，但是浓密的鬣毛从颈项两侧直垂到膝前，像水仙女的头发。不过，这山羊富有一种庄严的气质，以致这头发似的鬣毛既没有使它女性化，也没有使它显得可笑。

伫立在捻角山羊栏前、一心想看它那稳健的蹄子在这光滑峭壁上走一走的人，已经感到失望了。那山羊站在那里已经很久了，酷似一座雕像，成为这巉岩的延伸部分；风一丝儿也没有，它的长毛也不飘动，简直无法证明它是活的山羊而并非是逼真的艺术品。

奥列格站了五分钟，怀着钦佩的心情离开了：山羊始终没有动弹！瞧，具备这样的性格也就能经得起人生的磨难！

拐到另一条小径的起点，奥列格看到一只笼子旁边相当热闹，围观的孩子特别多。笼子里有什么东西在疯狂地转动，不过总是在老地方打转。原来是一只松鼠落在轱辘里。正如俗话所说的那样——松鼠落在轱辘里①。不过俗话本来的意义全然磨灭了，无法想象那是怎么回事：为什么是松鼠？为什么在轱辘里？而这里是把俗话用实物表现出来。笼子里倒是为松鼠安排了一棵树干，树干上枝权向各处伸展。但树上还阴险地挂着一个轱辘——那是一面鼓，鼓面向着观众洞开，鼓筒内壁设有横档，于是整个鼓筒就变成一架封闭式的没有尽头的梯子。就这样，不知为什么松鼠没去理睬为它安排的树和高处的枝权，却落进了这轱辘里，虽然谁也没把它往里赶或用诱饵骗它进去。吸引它的无非是虚假的动作和虚假的运动这样一种幻觉。想必它最初是出于好奇，轻轻地踩动梯档，还不知道这是多么残酷的、愈陷愈深

① 意思是"忙得团团转"。

的玩意儿。(第一次不知道,以后几千次倒是知道了,可还是照样干!)于是,一切就发疯似的旋转起来!松鼠那整个赤褐色的纺锤形身体和蓝褐色的尾巴,在飞速狂奔中按筒弧形展开;轮梯的横档闪动得如此之快,简直完全看不清楚了;松鼠把所有的力气都使上了,大概直到心脏破裂才会停下!然而,松鼠的前爪连一级梯阶也没有爬上去。

比奥列格更早站在那儿的人就看到松鼠一直在那么奔跑,而奥列格站了几分钟,也还是那样。笼内没有外力能使轮子停转把松鼠从那里救出来,也没有理智的声音向它呼唤:"算了吧!这是白费力气!"什么也没有!只有一个明摆着的不可避免的结局——松鼠的死亡。奥列格不愿站在那里看到这样的结局,于是他继续往前走。

这样,本地的动物园以两个意味深长的例子——入口处左右两边可能性相等的两种生命线,迎接自己的一些大小游览者。

奥列格走过银雉、锦鸡、红羽毛和蓝羽毛的野鸡跟前。欣赏了孔雀那难以形容的绿松石似的脖颈、开屏时宽达一米的尾巴及其玫瑰色和金色的流苏。经过颜色单调的流放地和医院生活之后,奥列格的眼睛终于饱览了绚丽的色彩。

这里并不炎热:动物园地域辽阔,树木已开始投下阴影。奥列格渐渐从疲劳中恢复过来,他走完了整个养禽场(有安达卢西亚鸡、图卢兹鹅、霍尔莫戈尔鹅),登上了养着鹤、鹰、鹭的一座山,在那里他终于看到凌驾于整个动物园之上的一块岩石上有几只被帐幕似的笼子罩着的西域兀鹫。如果不看说明的话,说不定会以为它们是老鹰呢。它们被安置在最高的地方,然而笼顶同岩石之间的空间很低,以致这些阴郁的大鸟痛苦难当,它们频频展开翅膀拍打,却没有地方可飞。

望着兀鹫那难受的情状,奥列格自己也耸动了一下肩胛骨,舒展舒展身体。(莫不是由于熨斗压得直不起腰?)

一切都会引起他的思考。笼子上的说明写着:"雪鸮很讨厌囚居。"道理倒是明明白白!可还是把它们关起来!

有没有退化的雪鸮适应囚居的呢?

另一处的说明写着:"豪猪喜欢夜间活动。"对此我们也不陌生:晚上九点半把人叫去,到凌晨四点钟才放回来。

还有："獾居住在复杂的深穴里"。嗯，这倒是跟我们的方式差不多！好样儿的，獾啊，否则有什么办法呢？它的嘴脸也是条纹布样式的，跟苦役犯一个模样。

对这里的一切，奥列格都理解了其反义，大概不该到这个地方来，就像不该去百货商店一样。

一天的时间已经消磨不少了，可是许诺的欢乐似乎尚未出现。

奥列格离开那里，去看熊。一只像是系着白领巾的黑熊站在那里，鼻子从栏杆里伸出来抵在铁丝罩上。后来它突然一跃，纵身竖立起来，两只前爪攀住栅栏。此时，它脖子上系的已不像是白领巾了，倒像是神甫胸前挂十字架的链子。它纵身一跃，吊在栏杆上！除此之外，它还有什么办法表达自己的绝望呢？

隔壁的囚笼里坐着它的配偶——母熊和一只小熊。

而再过去的一个囚笼里，幽禁着一只棕熊。它总是在笼内跺足，焦躁不安，似乎想在笼内走走，可是只能转来转去，因为笼壁之间的距离还不到它三倍的身长。

因此，按熊的尺度来衡量，这不是囚笼，而是隔离室。

被这情景深深吸引住了的孩子们在窃窃私语：

"我说，咱们扔几块石子给它，它一定会以为是糖果呢！"

奥列格没有觉察到孩子们在怎样仔细地观察他。其实，他在这里就是一只免费展出的动物，只不过自己看不见自己罢了。

一条林荫小径通向河边——那里关着北极熊，不过好歹让两只待在一起。有几条沟渠流入它们栏内，形成一个冰水库，它们每隔几分钟就要跳下去凉快一会儿，然后爬到水泥平台上，用爪子挤去脸上的水，沿着水上平台的边沿徘徊。在这里夏天四十度的高温下，这北极熊的感觉会怎样呢？想必同我们在北极圈内的感觉相似。

在囚禁野兽的问题上，最错综复杂的情况是：即使奥列格站在它们一边，比方说，他有权力，也仍然不能着手拆毁笼栏放它们出来。因为它们在失去家园的同时也失去了合乎理性的自由理想。倘若突然把它们放出来，那就只会更可怕。

科斯托格洛托夫就是这样荒诞地思考着问题。他的头脑已经被如此扭曲,以致什么都不能按本来面目和不带成见地被接受下来。现在,他在生活中不论看到什么,眼前总会浮现灰色的幽灵,耳边总会响起地府的嘶鸣。

奥列格从神色忧郁的、在这里最苦于无处奔跑的鹿跟前经过,从印度的瘤牛、金色的刺豚鼠跟前经过,再次上坡——这一回是来到猴山。

大人和孩子在笼前给猴子喂食取乐。科斯托格洛托夫面无笑容地从旁边走过去。猴子的脑袋谈不上什么发型,仿佛个个都推成了平头。它们神情郁悒,在板铺上专心回忆往昔的悲欢,那模样使他不由得想起过去的许多熟人,有几只甚至使他联想到今天还关在什么地方的人。

在一只孤独、眼睛浮肿、两臂垂在两膝之间陷入沉思的黑猩猩身上,奥列格似乎看到了舒卢宾的形象——舒卢宾的姿势常常是这样。

在这个晴朗炎热的日子里,病床上的舒卢宾正在生死线上挣扎。

科斯托格洛托夫并不指望在猴山发现什么有趣的东西,只是走马观花似的匆匆而过,甚至开始不往那儿瞅了。他正打算往别处去,忽然看见较远的囚笼上挂着什么告示,有一些人在那里看。

他往那里走去。笼内空空如也,一块普通的说明牌上写着:"猕猴"。而钉在木板上的一份草草写就的告示内容:"某游客的愚蠢无意义的残忍行为,使这里的一只母猕猴双目失明。那个可恶的人将烟末撒进了猕猴的眼睛里。"

奥列格为之一震!在这之前他还面带笑容,仿佛无所不知地信步漫游,而现在却想狂吼,发出整个动物园都能听得见的咆哮,仿佛这烟末是撒在他的眼睛里!

这到底是出于什么目的?!……无缘无故,为什么要这样做呢?……毫无意义——究竟是什么目的?

那告示的孩子般单纯的口气尤其揪住他的心。关于那个无名无姓、早已逃之夭夭的人,没有说他惨无人道。没有说那个人是美帝特务,而只说他是个可恶的人。正是这一点最令人震惊:这个可恶的人为什么要无缘无故地这样做呢?孩子们哪,你们长大了可不要成为可恶的人啊!孩子们哪,可不要残害毫无防卫能力的弱者啊!

告示已被读了又读,可是大人和小孩们仍然站在那里,望着空荡荡的囚笼。

奥列格背着自己那装有熨斗的油迹斑斑、曾被篝火烧穿和子弹打穿的行李袋,向爬虫类、两栖类和猛兽的王国走去。

一些穿山甲互相靠拢趴在沙地上,像是鳞片状的石块。它们失去自由之前的那种灵活性在哪里呢?

一条巨大的扬子鳄趴在那里,浑身黑如生铁,大嘴扁平,腿仿佛被扭歪了方向。牌子上写着:气候炎热时它并不每天吃肉。

动物园这个有现成食物的理想世界,也许会使扬子鳄非常适应吧?

一条巨大的蟒蛇附在树上,像一根很粗的枯枝。它整个身子动也不动,只有尖尖的芯子在晃动。

玻璃罩下盘伏着一条名叫蝰蛇的毒蛇。

至于普通的毒蛇,则每种都有好几条。

奥列格毫无兴趣去仔细观看这些爬虫。他一心在想象那只双目失明的猕猴的面孔。

这时他已走在囚禁猛兽区域的小径上。这里毛色丰富多彩,竞相争艳,笼子里关着的既有猞猁又有雪豹,既有灰褐色的美洲狮又有黄底黑斑的美洲豹。它们是囚徒,它们苦于没有自由,但是奥列格把它们看做是劳改营里的刑事犯。世上哪些人明摆着有罪,毕竟是分得清的。瞧,这里写着,一只美洲豹一个月要吃一百四十公斤肉。这真是不可想象!还纯粹是血淋淋的鲜肉!这样的肉从来不住劳改营里运,往那里运的是点肉皮和下水,而且,一个小队一个月才有一千克。

奥列格想起了囚犯中那些被解除看管的驭手,他们克扣马料,靠吃它们的燕麦得以活下去。

再往前走,奥列格看到了老虎先生。它的凶残本性集中表现在胡须上,正是在胡须上啊!而它的眼睛是黄色的……奥列格思绪万千,站在那里,怀着满腔的仇恨望着老虎。

一个当年曾被流放到图鲁汉斯克①的老政治犯,在新时代的劳改营与奥列格见面,他告诉过奥列格,说那不是黑丝绒般的眼睛,而是不折不扣的

---

① 俄罗斯克拉斯诺亚尔斯克边疆区一个小镇,位于俄中部。斯大林曾数次遭到流放,最后一次即在此地(1913—1916)。

黄眼睛!

奥列格面对虎笼站着,仿佛被仇恨钉在了地上。

无缘无故,无缘无故——究竟出于什么目的??

他心绪不安。他不想再待在动物园里了。他想从这里赶快出去。他不想去看什么狮子了。他开始往出口处盲目地闯去。

一匹斑马在眼前一闪,奥列格瞥了一眼,继续向前。

突然,他停住了脚步! 站在……

站在奇迹面前! 看了可怕的嗜血食肉动物之后,面前的大蓝羚岂不是性灵的奇迹! 这只大蓝羚毛色浅褐,细腿匀称而轻盈,小脑袋十分警觉,但一点也没有害怕的样子。它站在离铁丝网很近的地方望着奥列格,大眼睛里充满了信任和亲切的柔情! 是的,那是一双柔情脉脉的大眼睛!

噢,这真是太像了,像得让人受不了! 她那温柔而又略带埋怨的目光一直盯着他,仿佛在问:"你为什么不来呢? 要知道,已经过去半天的时间了,你为什么还不来?"

这是常人所不能理解的事,这是灵魂的托身,因为她明明站在那里等候奥列格。奥列格刚一走近,她立刻用责备而又原谅的目光问:"你不来吗? 难道你不来了吗? 可我在等你呀……"

是啊,他为什么不去呢?! 他究竟为什么不去呢! ……

奥列格晃了晃脑袋,向出口处走去。

他还来得及见到她!

# 第三十六章

## 也是最后的一天

　　现在，奥列格不能怀着贪婪的心情一个劲儿地想她，但要是能像一条狗，能像一条挨了打的可怜巴巴的狗那样去躺在她的脚下，那倒是一种享受。躺在地板上，像一条狗似的嗅她的脚——这也许是可能设想的一切幸福中最大的幸福。

　　然而，他当然不能允许自己表现这种动物的纯真——去到她家乖乖地趴在她的脚下。他得说一些表示歉意的客气话，她也将说一些客气话，表示歉意，因为几千年来事情就是被搞得如此复杂了。

　　即使现在他也似乎看到昨天她两颊泛起的红晕，当时她说：您知道吗，您完全可以住在我那里，完全可以！这红晕必须用笑声来抵消，用笑声挡住它，阻止它，不能让她再感到窘迫，这就是为什么必须想好最初的几句话，显得既有礼貌，又相当幽默，从而冲淡那不同寻常的境况：出于某种原因，作为一个病人，他到自己的医生——一个年轻的单身女人家里去借宿。要不然就什么话也别去想了，而只是在门口一站，望着她。不消说，应该立刻称她薇加，对她说："薇加！我来了！"

　　然而，不管怎么说，跟她在一起——不是在病房里，不是在诊疗室里，而是在一间普通的居室里，随便谈谈什么，这都是莫大的幸福。他大概会犯错误，不少地方会不合时宜，因为他对人类的正常生活已经完全生疏了，不过，他倒是可以通过眼神表示："可怜可怜我吧！求求你，可怜可怜我！没有你，我是那么不好受啊！"

　　的确，他怎么能浪费这么多时间！他怎么能不去找薇加！他早就该去了！现在，他毫不犹豫，迈着大步往前走去，只担心见不到她。在城里逛了半天了，他已经弄清楚街道的位置，此时他知道该往哪儿走了，所以他一直往前走去。

如果他们互相怀有好感，如果他们在一起互相交谈觉得那么愉快，如果他有机会拉住她的两手，搂住她的肩膀，从近处温柔地望着她的眼睛——难道说这还不够吗？甚至还会远远超过以上所说的那些——难道说这还不够吗？……

当然，如果对象是卓娅，那就不够了。可这是薇加呀，是一头大蓝羚啊……

要知道，只要想到可以把她的双手握在自己手中，胸中的弦就会绷紧，他就会激动得不知如何是好。

可到底够不够呢？……

离她的家愈近，他的神经就愈紧张。这是不折不扣的恐惧！然而这种恐惧又使人感到幸福，又使人高兴得要死。单凭这种恐惧，他此刻就有一种幸福之感！

他一路往前走，只看所经过的那些街的街名，对商店、橱窗、电车、行人则根本不去注意。突然在拐角处，由于拥挤他一时未能绕过站在那里的一位老妇而猛醒过来，发现这老妇人在卖小束装的紫色小花。

在他那被磨灭和被改造之后重新适应的记忆里，即便找遍最偏僻的角落也见不到去造访女人必须带花这么一回事的影子！这一点已被他忘得干干净净，仿佛世上根本不存在这样的事情似的！他一直背着沉甸甸的有补丁的行李袋心安理得地走着，没有丝毫犹豫不决的样子。

可就在这时，他看到了一些鲜花，而且，这些鲜花是卖给人家派什么用场的。他皱起了眉头。模糊的回忆浮现于脑海，宛如溺死者的尸体漂出浑浊的水面。对了，对了！在他青春时期那个遥远和近乎虚幻的世界里，有给女人赠送鲜花的惯例……

"这——算是什么花儿？"他问卖花的老妇，有点难为情。

"紫罗兰，还能是什么？"她有点不高兴。"每束一个卢布。"

紫罗兰？……这就是富有诗意的紫罗兰？……不知为什么，他记得紫罗兰不是这样的。它们的茎秆该是更匀称些，更高些，而花朵本身也更像铃铛。不过，也许他记不清了，也有可能这是本地的品种，无论如何，这里没有任何别的花儿可供选择。既然想起来了,那么不带鲜花去不仅不可以,而且还会感到羞愧:刚才他不带鲜花怎么竟心安理得地走来着!

可是,这该买多少呢?一束?看起来太少。两束?还是有点寒酸。三束?四束?太贵了。劳改营里的那种机灵似乎在他头脑里的某个地方卡嗒一响,像计算器般地转动起来:要是还还价钱,两束花给一个半卢布,或者五束花给四卢布就能买得下来。不过,响起的这清晰的卡嗒声对奥列格似乎不起作用。他掏出两个卢布,一声不响地给了卖花老妇。

他拿起两小束紫罗兰。花儿很香,但也不是他青春时期接触的紫罗兰的那种香味。

他就这样拿着鲜花,边走边嗅倒还可以,而单独拿在手里,看上去一定十分可笑:一个有病的退伍士兵,帽子也不戴,背着行李袋,手拿紫罗兰。这两束花怎么也安置不好,索性塞进袖筒里得了,那样别人倒是看不见。

薇加家的门牌号码岂不……对,就是这座房子!

她说过,先得走进院子。他进到院子里去,之后便向左拐。

(而心在突突地跳!)

一条公共的水泥长廊,有顶无墙,栏杆下面的斜栅是用树枝编的。栏杆上晒晾着一些被子、褥垫、枕头,拉在柱子之间的一根根绳子上还晾着床单和内衣。

从这一切来看,这里很不像薇加住的地方。周围的一切都很不像样子。有什么办法呢,她不能为此负责。再往前,在所有这些晾晒物的后面,马上就该出现她那带号码的房门,门内就是薇加一个人的天地了。

他从晾着的一条被单下面钻过去,找到了那扇房门。门是普普通通的门。浅褐色的油漆有的地方已经剥落。门上有一只绿色的信箱。

奥列格从军大衣袖筒里取出了紫罗兰。用手理了理头发。他心情激动,不过这是使他高兴的一种激动。她不穿白大褂,在家庭环境里,是什么样儿呢?……

不,他两条腿拖着沉重的靴子从动物园走来所经过的不只是这几个街区!他走的是祖国大地的漫长道路,走了两个七年!而现在,终于复员了,来到了这扇门前,那里一个女人默默地等了他十四年。

就这样,他那中指的关节触到了门上。

不过，他还没有来得及正式敲门，门却自动地开了。（是不是她从窗子里先看见了他？）接着，从门内冲着奥列格推出一辆鲜红的摩托车，这车在狭小的门口显得特别庞大。推车的是一个大脸盘的小伙子，鼻子像被踩扁了似的。对奥列格的到来他甚至连问都不问——来干什么和来找谁——只顾往外推摩托车，似乎没有让路的习惯，于是奥列格往旁边闪了闪。

奥列格一时愣住了，弄不明白这个小伙子跟单身独居的薇加是什么关系，为什么他从她家里出来？尽管经过了那么多年，但他毕竟不会完全忘记，人们一般都不是独家居住，而是合住公房！忘是不会忘记的，但也不能要求他记住。在劳改营的营房里，自由被想象得与营房截然相反，绝不会几户人家合住一套公房。是的，即使在乌什-捷列克，人们也都是独门独户，不知道什么是合住的公房。

"请问。"他对小伙子说。然而那小伙子把摩托车从晾着的被单下面推过去之后，已经顺着梯级往下去了，车轮落在梯级上发出咚咚的碰撞声。

而门他却任其敞开。

奥列格犹豫不决地往里走。此时，在昏暗的过道深处看得见还有一扇、两扇、三扇门——究竟是它们之中的哪一扇呢？昏暗中出现了一个女人，她灯也不开，立刻怀着敌意问道：

"您找谁？"

"我找薇拉·科尔尼利耶夫娜。"科斯托格洛托夫一反常态，不好意思地说。

"她不在！"那女人不去敲门试试看，当即怀着反感以十分自信而生硬的口气把他顶了回去。她冲着科斯托格洛托夫走过来，迫使他后退让路。

"请您敲敲她的门。"科斯托格洛托夫镇定了下来。他是为了盼望见到薇加才这样软下来的，否则对这位没好气的女邻居他也能以牙还牙。"她今天不上班。"

"知道。不在。起先在，走了。"额头很低、面颊有点歪斜的这个女人上下打量他。

她已经看见紫罗兰了，要藏起来已为时太晚。

如果手中没有这两束紫罗兰，此刻他还会有个人样儿，可以自己去敲门，不受影响地谈话，继续追问下去——她走了多久，很快回来吗，留张条子给她。(说不定薇加也留了条子给他？……)

可是紫罗兰使他变成了一个求爱者、一个前来送礼物的人、一个痴情的傻瓜……

于是，在这个面颊有点歪斜的女人的进逼下，他退到了长廊上。

而对方不仅把他从进攻基地赶走，还跟踪观察：这个流浪汉的背袋里似乎有什么东西直往外顶，可不能让他从这里顺手牵羊捞走了什么。

不带消音器的摩托车，在院子里肆无忌惮地发出开枪似的啪啪声，有时突然中止，随后又响起来，接着又停止了。

奥列格不知所措。

女人怒气冲冲地盯着他。

薇加既然答应了，她怎么会不在家呢？是的，她本来在等他，可是后来出去了。多么不幸！这不是不巧，不是扫兴，而是不幸！

奥列格把拿着紫罗兰的那只手缩进了军大衣的袖子里，就像手被砍去了似的。

"请问，她很快就会回来还是上班去了？"

"她走了。"女人把字眼咬得很清楚。

不过，她并没回答问题。

可是，就这样站在她面前等着也很尴尬。

摩托车抽动起来，啪啪地喷吐着，放了一阵烟，随后又熄火了。

而栏杆上放着的是一些沉甸甸的枕头、褥垫和罩着被套的毯子。这都是被拿出来晾晒的。

"那您还等什么呢，公民？"

由于这些床上用品所形成的庞大碉堡，奥列格怎么也想不出对策。

而那个女人则直盯着他，连思考的时间都不给他。

那辆该死的摩托车始终发动不起来，简直把人心都撕成了碎片。

于是，奥列格从枕头碉堡那儿后退——循着来时的原路被撵得退了下去。

要不是还有这些枕头（一只角被揉皱，两只角像奶牛的乳房那样松垂，还有一只角像方尖碑似的耸立着），要不是还有这些枕头，说不定他会想出办法来，会采取什么行动。不应该就那么干脆地走了。薇加一定会回来的！而且，很快就会回来！那时她也会感到遗憾！必定会感到遗憾！

然而，枕头、褥垫、带被套的毯子以及像旗帜似的晾在绳子上的床单，似乎都标志着一种稳定的、世世代代检验过的经验，此刻要将这种经验推翻，他是无能为力的。他也没有权利这样做。

恰恰是现在。恰恰是他。

一个单身汉，只要他心中燃烧着信念或强烈的追求，便能睡柴堆，睡木板。囚犯没有选择的余地，只能睡在光秃秃的硬板铺上。被强制与他分开的女囚犯也是如此。

不过，要是男人和女人约好了在什么地方待在一起，那么，这些松软的嘴脸就会信心十足地等着显示自己的威风。它们明白，自己的估计绝不会错。

奥列格离开那个他自知无力攻克的要塞，背着沉甸甸的熨斗，缩着被砍去了似的手，跟跟跄跄地走出大门，枕头碉堡则得意地用机枪朝他的背影射击。

那该死的摩托车还是发动不起来！

到了大门外面，这些劈劈啪啪的响声减轻了些，奥列格也就停住了脚步又等了一会儿。

他还没有完全失去等到薇加的希望。她要是回来，不可能不从这里经过。那时他们就会相对一笑，高兴地说："您好！……""您可要知道……""说起来也真可笑……"

那时，他已不会马上把被挤皱、变蔫了的紫罗兰从袖子里抽出来？

等到了就可以跟她一起重新返回院子里去，但是，他们又不得不经过那些松软而自信的碉堡！

碉堡不会放过他俩，绝不会让他们在一起。

即使不是今日，总也会有那么一天，薇加，就连与世俗灰尘格格不入的、步态轻盈、热情洋溢和有浅褐色眼睛的薇加，也会把自己那轻柔美好的被褥（但毕竟是被褥）搬出来晒在敞廊上。

鸟儿无巢不居，女人的生活离不开被褥。

就算你出污泥而不染，就算你崇高纯洁，但夜晚那不可避开的八小时你能躲到哪里去呢？

总不能不睡下。

总不能不醒来。

滚出来了！鲜红的摩托车从大门内滚出来了，一路朝科斯托格洛托夫作最后的射击，而那塌鼻子的小伙子到了街上，神气得像个胜利者。

科斯托格洛托夫失败了，灰溜溜地走开去。

他把紫罗兰从袖子里移出来。再过几分钟，这两束花便无法送人了。

迎面走来两个小姑娘——乌兹别克少先队员，她们那同样的黑色发辫都是用电线扎紧的。奥列格的两手各拿一束花递给她们：

"拿去吧，小姑娘。"

她们诧异起来。先是两人互相看了一眼，接着又看了看奥列格。她们用乌兹别克语交谈了几句，认识到此人并不是喝醉了酒，也不是要纠缠她们。也许，她们甚至还明白，这位士兵叔叔把鲜花送给她们是有其难言之苦的？

其中一个接过花束，点了点头。

另一个也接过花束，点了点头。

接着，她们快步往前走，两个人肩头紧靠在一起，谈论得很起劲。

他的肩后只剩下肮脏、汗湿的行李袋了。

在哪儿过夜——这得重新考虑了。

旅馆里不行。

去卓娅那里不行。

找薇加不行。

不，可以。可以。薇加一定会感到高兴，尽管她不会让你看出来。

然而，这说"不行"还不如说是"不准"。

对奥列格来说，薇加不在，整个这座美丽、富饶、有百万人口的城市，就像背上的那只沉重的行李袋。说来也奇怪，今天早晨他还那么喜欢这个城市，想多待几天。

还有一点也很奇怪：今天早晨他为什么那样高兴？而此时，他的痊愈却突然不再使他觉得是什么特别的喜事。

还没走完一条街区，奥列格就感觉到自己饥肠辘辘，两腿疲软，周身乏力，觉得残余的肿瘤在体内滚动。这时他一心想着的是尽快离开这座城市。

然而，即使重返乌什-捷列克，这一前景对他也没有吸引力了，尽管现在去那里的路完全畅通。奥列格明白，如今到了那里，必会更受到苦闷的折磨。

他实在是想象不出，现在能有哪一个地方、哪一件事情能使他心情舒畅。

除非回到薇加身边。

他会扑到她的脚下，对她说："不要撵我走，不要撵我走！这不能怪我啊。"

然而，这说"不行"还不如说是"不准"。

他看了看太阳。太阳开始往西偏了，想来已过了两点了。现在得拿个主意。

他看到一辆电车上的号码正是开往流放人员监督处方向的那趟车的。于是他开始观察，看它在近处的什么地方靠站。

电车本身像患有重病似的载着他通过一条条铺着石头的狭窄街道，一路发出钢铁摩擦的轧轧声，拐弯处尤其刺耳。奥列格抓住电车吊环，弯下身来，想看看窗外有些什么。但这一带没有草木，没有林荫道，只有铺着石头的路和墙面褪色的房屋。闪过一张日场露天电影的海报。看看那是怎么放映的倒挺有意思，但不知为什么，他对世上的新奇事物已没有什么兴趣。

十四年的孤独生活他挺了过来，为此而感到骄傲，但他不知道，像这样若即若离的状态半年下来会意味着什么……

他认出自己要到的那一站，便下了车。从这里得沿着乏味的工厂区的一条没有树木、晒得发烫的宽阔大街步行一千五百米左右。马路上不断有卡车和拖拉机来来往往，轰隆作响，而人行道顺着长长的砖墙延伸，然后跨过工厂的铁路轨道，接下来跨过一条煤渣路堤，经过一片挖了好多坑的空地，再次跨过铁轨，往前又是沿着墙边，最后终于见到几排单层木棚。这些棚子的正式名称是"临时民房"，可是它们已有十年、二十年甚至三十年的历史了。现在，尽管不像1月份科斯托格洛托夫第一次来找监督处时那样，雨下个不停，泥泞不堪，但终究是一段漫长而又令人泄气的路程，也很难让人相信，这条街跟那些环形林荫路、粗壮的橡树、挺拔的白杨和堪称奇观的红杏花开竟在同一个城市里。

无论他怎样压抑自己的感情，说应该那样，那样才对，那样才好，事后仍然会更为猛烈地迸发出来。

主宰全市所有流放人员命运的监督处如此神秘地设立在郊区究竟用意何在？瞧，反正它就在此地，在这些棚屋、泥泞的通道、玻璃打破后用胶合板钉死的窗户与到处都挂满了晾晒的床单和衣衫中间。

奥列格想起了那位连上班时间人也不在的监督官可憎的面部表情，想起当时他在这里接待自己的情形，此时，到了监督处木棚的走廊里，奥列格放慢了脚步，让自己也摆出一副独立不羁的面孔。科斯托格洛托夫从来不许自己向看守们露出笑脸，即使对方向他微笑。他认为有责任提醒他们，自己什么也没有忘记。

他敲了敲门，走了进去。第一间屋子半明半暗，几乎空无一物：只有两条瘸腿的长凳和栏杆后面的一张桌子——当地的流放人员每月两次的注册圣礼想必就在这里进行。

此时，这里什么人也没有，而里边牌子上写着"监督处"的一扇门敞开着。奥列格走过去往里面张望了一下，严肃地问道：

"可以进吗？"

"请进，请进。"一个十分亲切的声音表示欢迎他。

怎么回事？奥列格有生以来从未听见过内务人民委员部的人用这样的语调说话。他进去了。在整个光亮的房间里只有监督官一人坐在办公桌后，但这不是先前那个表情严肃让人捉摸不透的蠢货，而是面相和善、甚至书生气十足的亚美尼亚人坐在那里。此人一点架子也不摆，穿的也不是制服，而是一套颇为讲究的便装，显得跟这棚屋不大协调。这位亚美尼亚人如此和蔼地打量着奥列格，仿佛自己的工作是摊派戏票，并且欢迎奥列格这位好主顾的到来。

在劳改营里待过之后，奥列格不可能对亚美尼亚人抱有太多的好感：在那里，亚美尼亚人为数不多，但相互抱成团，总是占据存物处、面包房之类的好地方干活，有些差使甚至可说是肥缺。不过，说句公道话，这也不能怪罪他们：这些个劳改营不是他们发明的，这西伯利亚不是他们创造的，凭什么道理要他们不互相庇护，不做交易，成天用十字镐去刨土？

看到办公桌后这位对他满面笑迎的亚美尼亚人，奥列格想到的正是亚美尼亚人不打官腔、讲究实际的特点，心头马上感到一种温暖。

监督官尽管很胖，听到奥列格报出了姓名并说明是临时登记注册，却马上从座位上利索地站起来,开始在一只柜子里翻查卡片。与此同时,他似乎是竭力不使奥列格觉得乏味,因此口中一个劲儿地念叨:要么是毫无意义的感叹词,要么是按规定来说严格禁止念出来的一些卡片上的姓名:

"噢……那我们就来看一看……卡利福吉季……康斯坦丁尼季……好吧,请您坐一会儿……库拉耶夫……卡拉努里耶夫……哎哟,一个角给弄破了……卡济马戈马耶夫……科斯托格洛托夫!"接着,他又完全忽视内务人民委员部的严格规定,没有询问,就主动说出了对方的名字和父称:"是奥列格·菲利蒙诺维奇吧?"

"是的。"

"噢……您是从1月23日开始在肿瘤医院里治病的……"这时,他抬起头来,一双灵活的、富有人情味的眼睛望着奥列格,"怎么样?您觉得好些了吗?"

奥列格深受感动,他甚至已经感觉到自己的喉咙里有点哽住了。所需要的是多么少啊:只要让一些通情达理的人坐在这类可憎的桌子旁边,情况就完全不同了。此时,奥列格的神经已松弛下来,很自然地回答:

"这怎么对您说呢……从某种意义上来说是好了些,从另一种意义上来说坏了些……(坏了些?真是忘恩负义!还有什么能比躺在医院的地板上只求一死时的状态更坏呢?)总的来说是好了些。"

"噢,那就好!"监督官为他感到高兴,"您干吗不坐下?"

哪怕是摊派戏票也得花一些时间的!得在什么地方盖上印戳,填写日期,还得往一本厚厚的簿册里注上些什么,还得从另一本簿册里注销什么。这位亚美尼亚人当即欣然办理了上述种种手续,把奥列格先前交来的获准外出证明从卷宗里取了出来,一边将它递给奥列格,一边含有深意地望着他,并且压低了声音,以完全不是谈公事的口吻说:

"您……不必苦恼。这一切很快就会结束。"

"您指的是什么?"奥列格十分惊异。

"这还用问?当然是指注册、流放、监督管制这类事情!"他无所顾忌地露出了笑容。(显而易见,他有另外一种比较愉快的工作可做。)

"什么?已经有了……指示吗?"奥列格急于了解底细。

"指示倒还没有下达,"监督官叹了口气,"不过已有苗头了。我可以肯

定地对您说：一定会下达的！您要坚持住，把身体养养好，再回到人们中间去。"

奥列格露出了苦笑：

"是啊，我已经被逐出了人间。"

"您有什么专长？"

"什么专长也没有。"

"结婚了吗？"

"没有。"

"这倒也好！"监督官深信不疑地说，"在流放地结婚的，后来往往要离婚，这有一系列的麻烦事。而您恢复自由以后，回到家乡去，也就可以娶个媳妇儿！"

娶媳妇儿……

"但愿如此，谢谢您！"奥列格站了起来。

监督官心怀善意地向他点头作别，但还是没有伸出手去。

奥列格走过两间屋子时，一直在想：为什么来了这样一位监督官？他是生来如此，还是风气所致？他是固定在这里，还是临时的？还是如今特地要派这样的人来任职？弄清楚这一点是很重要的，但显然不宜回去。

奥列格又沿着工厂区的这条长街经过棚屋、铁轨、煤渣路堤急匆匆地走，脚步比较轻松，也比较平稳，很快就热得把军大衣脱了下来，监督官给他灌输的那一桶喜悦也渐渐地顺着血管流遍全身。这一切，他是逐步领会到的。

奥列格之所以是逐步领会到的，是因为坐在那些办公桌后的人早已失去了他的信任。战后，一些有大尉、少校头衔的官员特意散布谎言，说什么即将对政治犯实行大赦，这事他怎能不记得呢？当时大家是多么相信他们！"是大尉亲自对我说的！"其实，他们是奉命给情绪绝望的囚徒打气，让他们坚持服苦役！让他们完成定额！让他们至少有活下去的一个奔头！

然而，对于这位亚美尼亚人，如果还可以作一些猜测的话，那么，就其所担任的职务来说，也不可能摸到很深的底情。再说，奥列格自己根据报纸上的一些简短的消息，岂不也悟出了这一点？

我的天哪，要知道是时候了！早该这样做了，难道不是吗！一个人会由于肿瘤而丧命,一个国家增生了许多劳改营和流放地又怎能生存?

奥列格又感到自己是个幸福的人了。不管怎么说,他总算没有死。不久他就可以买张火车票去列宁格勒了。去到列宁格勒!……莫非当真可以走到圣以撒大教堂那儿摸摸它的圆柱?……

圣以撒大教堂的圆柱——那算什么!眼下的事情是,同薇加的一切都变了!简直令人头晕目眩!现在,如果真的……如果确实……要知道,这已不再是幻想!他可以在这里住下,跟她住在一起!

跟薇加生活在一起?!生活!在一起!只要想到这里,心都快要跳出来了!

要是马上到她那里去,把这一切告诉她,她会多么高兴啊!为什么不告诉她呢?为什么不去呢?倘若不告诉她,世上还有什么人更值得告诉呢?还有谁会更关心他的自由?

而他就在电车站上。此刻就得作出选择:去火车站呢,还是去薇加那里?而且,必须抓紧时间,否则她又会走开。太阳已经不那么高了。

他又激动了起来。心又要他飞向薇加!在去监督处的路上想到的那些理由已统统不见了。

他为什么要像做错了事身上有污点似的,回避薇加呢?她给他治病的时候,岂不也想过什么?

当他提出异议,要求停止这种疗法的时候,她不是保持过沉默并退出镜头吗?

为什么不去呢?难道他们的关系不能进一步发展?为什么不能站得高些?难道他们不是人吗?就薇加来说,至少她有这个权利!

他已经在往车上挤了。站上聚集了那么多人,全都往这路车上拥!大家都要往这个方向去!而奥列格一只手上是军大衣,另一只手上是行李袋,没法抓住扶手。他被挤得团团转,先是被推上了踏板,然后被挤进了车厢。

从各个方向都在拼命挤他,他发现自己处在两个姑娘背后。她们的模样像大学生,一个皮肤白皙,一个黝黑。她们同奥列格靠得那么近,大概会感觉到他的呼吸。他的两手分别被夹得牢牢的,不仅无法掏钱给火气很大的女售票员,而且无论哪一只手都动弹不得。他仿佛用拿着军大衣的左手半搂着皮肤黝黑的那个姑娘。而整个身体压向皮肤白皙的那一个,以致从膝盖到下巴颏儿都触及她，她也不可能不感觉到他。最强烈的情欲也不可能像车上这群人那样使他们贴得如此之紧。她的脖子、耳朵、头发卷儿与他靠拢的程度远远超出了一切可以设想的界限。隔着自己那破旧的呢子军衣，他吸收着她的温暖、柔软和青春。黝黑的那个姑娘继续向她谈着学校里的事情，白皙的这一个却停止了答话。

在乌什－捷列克是没有电车的。像这样的挤法，先前只是在弹坑里才有过，但那里并不总是跟女人混杂在一起。这种感受他几十年没有得到验证，没有得到充实，因而此时益发觉得强烈！

但这不是幸福，这是悲哀。这种感受有一道不能跨越的门槛，哪怕是受到内心的怂恿也不行。

要知道，有人曾经预先告诉过他：力比多还会保留下来。这就是它了！……

如此过了两站。随后尽管还是挤，但来自后面的压力已不是那么厉害，奥列格有可能稍微松动一下。但他没有这样做：他不想脱出身来结束这痛苦的享受。此时此刻，别的他什么也不想要，只想那样再待会儿，再待上一会儿。哪怕电车现在开回老城！哪怕它发了疯似的，吱吱轧轧不靠站地直到深夜那么环行！哪怕它敢于去做环球旅行！——反正奥列格不想首先脱出身来！奥列格尽量延长这种幸福的时刻，比这更高的幸福他现在不配得到。与此同时，他怀着感激的心情记下了脑勺上的头发卷儿（而她的脸奥列格始终未能看到）。

皮肤白皙的姑娘脱出身来，开始往前面移动。

在把虚软、微屈的两膝站直的同时，奥列格明白了，去找薇加也必将以痛苦和欺骗为结局。

他去她那里，求之于她的必然会多于她求之于自己的。

他们曾如此崇高地一致认为，精神上的交流比任何其他形式的交流都更为宝贵，但这座高高的桥由他俩的手搭起来之后，奥列格发现自己的手臂有点支撑不住了。他去找她，见了面会侃侃而谈，可内心里却痛苦地想着另一件事。等她一走，他一个人留在她房间里，他就会对着她的衣服、她的每一件小物品哀怨地哭起来。

不，应当比天真的小姑娘有头脑些。应当去火车站。

他没有往前去，从那两个女学生身旁经过，而是往后挤，从后面的门跳下了车，被什么人骂了一句。

电车站附近又有人在卖紫罗兰……

太阳已快落下去了。奥列格穿上了军大衣，换车去火车站。这路电车已不像刚才那么挤。

在车站广场上挤了一阵，问了几次也没问出个名堂，最后他终于挤到一个类似带篷集市那样的亭子跟前。那是卖远程火车票的地方。

售票的窗口共有四个，每个窗口前面都排有一百五十至二百人。暂时离开的人还不计算在内。

奥列格看到，火车站上一连几天几夜排队的这种景象，似乎还是老样子。世上许多事物起了变化——时尚变了，路灯换了，青年人的作风也不一样了，但是排队买火车票的这种情况从他记事以来就是如此：1946年是这样，1939年是这样，1934年和1930年也是这样。对新经济政策时期摆满了食品的橱窗他还记忆犹新，但不排队的火车站售票处他甚至想象不出是什么样子：不知出门之难的只有那些持有特别身份证或特殊证明的人。

眼下他倒有一张证明，尽管说明不了其重要性，但是还能派上用场。

空气令人窒息，科斯托格洛托夫直冒汗，但他还是从行李袋里掏出了那顶很紧的皮帽子戴在头上，就像绷在帽楦上似的。他把行李袋挂在一只肩上，他做出的神态让人觉得，似乎他躺在手术台上由列夫·列昂尼多维奇给他开过刀之后还不到两个星期。于是他带着极度虚弱的表情和暗淡无神的目光从长蛇阵的尾部向窗口那里一步一拖地挨近些。

那里也有一些喜欢这样做的人，但他们并不往窗口那儿挤，也没有人打架，因为旁边站着一个民警。

在这里，奥列格当着众人的面，动作迟缓地从衣襟里边的斜兜里掏出了证明信，很信任地把它递给了民警同志。

民警是个留小胡子的乌兹别克人，英姿勃勃，像一位年轻的将军，他表情严肃地看了奥列格的证明，向排在最前面的一些人宣布：

"这个人我们得让他排在前头。刚开过刀。"

说着，他指定奥列格排在第三个。

奥列格精疲力竭地看了一眼队伍中的新伙伴,甚至不打算挤进去,耷拉着脑袋站在一旁。一个上了年纪的乌兹别克胖子戴着一顶盘子似的棕色丝绒宽边帽,因而脸上有古铜色的阴影,他把奥列格往队伍里推了一下。

靠近售票处站着是很有意思的:看得见女售票员往外扔车票的手,看得见旅客从暗兜里或从腰带缝兜里掏出来紧紧捏在手中的那些绰绰有余的血汗钱,听得见旅客胆怯的请求和女售票员无情的拒绝——显然,事情在进展中,而且进展得不慢。

不一会儿,轮到奥列格俯身往窗口里探头买票了。

"请给我一张到汗陶①的普通硬席票。"

"到哪里?"女售票员问。

"汗陶。"

"我似乎没听说过这个地方。"她耸了耸肩膀,开始翻查一本厚厚的手册。

"你怎么啦,亲爱的,怎么要买普通的票呢?"排在后面的一个女人可怜他,"刚开过刀,坐普通车厢行吗? 爬上爬下,刀口会迸裂的。还是买卧铺吧!"

"没钱哪。"奥列格叹了口气。

这话是真的。

"没有这么个车站!"女售票员大声说,随即把手册啪的一声合上了。"买到另一个站吧!"

"怎么会没有呢。"奥列格微微露出笑容。"这个站卖票有一年了,我自己就是从那上车来的。早知道这样,我会把车票保存下来给您看看。"

"这我可毫无办法! 既然手册上查不着,那就是说,没有这个站!"

"可是火车明明在那里停啊!"奥列格有点要争论的架势,声调似乎比一个刚开过刀的人来得激动一些,"那里还有售票处呢!"

"公民,您不买就走过去! 下一个!"

"对,干吗耽搁时间?"后面的人开始嚷嚷了起来。"给你到哪儿的票就拿呀! ……才开过刀,可还磨磨蹭蹭。"

噢,此时奥列格是多么想据理力争啊! 噢,此时奥列格是多么想让周围

---

① 哈萨克斯坦江布尔州一小镇,位于哈萨克斯坦中南部。

的人评评理,并要求旅客服务处的负责人和车站站长出来解决问题啊!噢,他可真想把这些木头脑袋狠敲一顿以伸张正义——尽管这只是一点点、可怜巴巴的正义,但毕竟是正义啊!至少在维护这点正义的过程中可以感到自己作为一个人的正当权利。

然而,供求关系的法则也好,运输计划的法则也罢,都是铁的法则!刚才劝奥列格买卧铺票的那个女人,已从他背后把钱往窗洞里塞了。而刚才让他插进队伍里去的那个民警,已经抬起了一只手,准备将他拉到旁边去。

"即使从汗陶下车我还得走三十公里,而从另一个站我就得走七十公里。"奥列格还在向窗口那儿诉苦,但这已经是按劳改营里的方式,以求可怜罢了。他自己急忙表示同意:"好吧,那就买到楚站。"

女售票员对于这一站倒是非常熟悉,票价也知道,而且也还有多余的票,巴不得赶紧卖给他。奥列格没有走远,就在那儿对着亮光核对了票上打的小孔,核对了车厢号码,核对了票价和找回来的零钱,这才慢慢地走去。

离开那些知道他开过刀的人远了,奥列格也就把腰直了起来,摘下那顶不像样子的帽子,将它塞回行李袋里。离开车还有两个小时,衣兜里有了火车票后度过这段时间是会很愉快的。现在倒是可以庆祝一下了:吃一杯在乌什-捷列克再也吃不到的冰淇淋。喝一杯在那里同样喝不上的清凉饮料格瓦斯。还得买一些黑面包路上吃。也不要忘记买点白糖。再就是耐心排队灌一瓶开水(随身带着饮水可是件大事情!),而咸鲥鱼无论如何不能带。哦,这可比乘坐递解犯人的车好多了!上车的时候不会搜身,不会把他带到闷罐似的车厢里,不会让坐在有押解人看守的地上,也不会让你两天两夜口渴难熬!还有,倘若能占到第三层的行李架,那就可以伸开腿躺在那里——管它是两个人合用还是三个人合用,反正一个人躺上再说!躺上之后,肿瘤的疼痛也感觉不到了。这岂不是幸福!他是一个幸福的人!他有什么可抱怨的呢?……

况且监督官还透露了有关大赦的消息……

生活中久久期待和呼唤的幸福已经来了,终于来了!可不知为什么奥列格竟认不出它。

不过,归根结底,薇加有一个"廖瓦",而且用"你"相称。说不定还会有什么别的心上人。反正各种可能性都存在!……一个人闯进另一个人的生活中去就像一场爆炸。

今天,他看到清晨的月亮时,曾怀有信心!可是,那月亮是亏缺的……

现在必须早点到站台上去,尽快在那趟车开始放人上车之前赶到那里,越早越好。等到那一列空车靠在站台上,就得看准哪一节车厢,跑过去排在队伍的前头。奥列格去看了一下行车时刻表。有一趟开往另一方向的列车——第七十五次列车——已经到了该上车的时候。这时,奥列格便装出万分焦急的样子,匆匆往门前挤,一边还逢人就问,就连站台检票员也不例外(捏在手里的车票只露出一点点):

"七十五次已经开走了吗?……七十五次已经开走了吗?……"

他非常害怕赶不上那趟七十五次列车,检票员连车票也没核对,就推着他背上那只沉甸甸而又胀鼓鼓的行李袋将他放了过去。

到了站台上,奥列格不慌不忙地走了一会儿,随后就停了下来,把行李袋放到水泥地上。他回忆起另一次类似的可笑经历——1939年在斯大林格勒,那是奥列格应征入伍的前几天,当时已经同里宾特洛甫签订了条约,但莫洛托夫尚未发表讲话,对十九岁青年的动员令也还没有颁布。那年夏天,他和朋友一起在伏尔加河上划一条小船顺流而下,到斯大林格勒后他们把船卖了,因为得换乘火车回去上课。可是他们划船旅行带的东西很多,两个人勉勉强强拿得下,而且奥列格的朋友还在一个偏僻小镇的商店里买到一只扬声器——当时在列宁格勒很难买到这类东西。那只扬声器是圆锥形的大喇叭,又没有用匣子装,奥列格的朋友担心上车时会被挤扁。他们进到斯大林格勒车站时,马上发觉已是排在密密麻麻的长队末尾,整个大厅都塞满了手提箱、口袋、木箱,而要赶在上车之前挤到站台上去是不可能的,眼看着会有两宿找不到地方躺一躺的危险。提前进站,在当时是严格禁止的。奥列格马上灵机一动,对朋友说:"你自己能不能把所有这些东西都设法拖到车厢跟前,哪怕你落在最后?"他拿起扬声器,迈着轻松的步子,走向车站工作人员出入的一个上了锁的通道。他隔着玻璃门郑重其事地向一位女值班员摆了摆扬声器。对方开了门。"还有这一只,我把它安上也就完事啦。"奥列格说。那女的点头会意,似乎知道他整天都在跟喇叭打交道。列车进站后,他赶在旅客上车之前头一个跳进车厢,占好了两个行李架。

十六年过去了,什么也没有改变。

奥列格在站台上徘徊,看到这里还有另外一些狡猾的人,像他一样,不是上这趟车,而是混进来的,现在带着东西在等。这样的人有不少,但站台上毕竟比车站大厅和站前广场上空得多。这里也有七十五次列车上的旅客在悠闲地散步,他们衣着讲究,不慌不忙,因为座位是对号的,不怕被别人抢占。有拿着受赠花束的女人,有拿啤酒瓶的男人,有的人还在照相——对他来说,这是高不可攀而又可说是不可思议的生活。在温暖的春日黄昏里,这个长长的带顶盖的站台使他想起童年时代到过的南方的一个地方——也许是矿水城①。

这时,奥列格发现,车站邮局是对着站台开的,甚至站台上还直接摆着一张有四个斜面的小桌子,供旅客写信。

他心中一下子烦乱起来,觉得这是应该做的,而且最好马上就做,趁印象还没有模糊,还没有磨灭。

他带着行李袋挤进门去,买了一只信封,不,买了两只信封和两张纸,不,还买了一张明信片,随后又挤出来回到站台上。他在斜面小桌旁坐好,把装有熨斗和黑面包的行李袋夹在两腿中间,开始写信——先从最容易的明信片着手:

焦姆卡,你好!

我去过动物园啦!告诉你:真棒!这么好玩的地方我还从未见过。一定要去。

那里有北极熊,你能想象吗?有鳄鱼、老虎、狮子。你花上一整天的时间好好看看,那里还有卖小馅饼的地方。有捻角山羊,别漏了看。在它旁边站会儿,想一想,别急着离开它。要是看到大蓝羚,同样如此……有很多猴子,你一定会笑个够。但少了一种动物:一个可恶的人往猕猴眼睛里撒了烟末子,无缘无故地把它给弄瞎了。

火车快要开了,匆此。

祝你恢复健康,做一个真正的人!我相信你!

代我向阿列克谢·菲利波维奇问候!希望他一定要恢复健康。

握你的手!

奥列格

———————————

① 俄罗斯斯塔夫罗波尔边疆区一城市,北高加索的一处疗养胜地。

信写起来一点也不费力,只是笔很不好用,笔尖不是歪的就是裂的,总是戳破纸张,像用铁锹在写似的。墨水缸里积着一些纤维渣滓,因此无论怎样小心谨慎,表面上看起来信是很可怕的:

小蜜蜂卓英卡:

　　您让我的嘴唇接触到真正的生活,为此我由衷地感谢您。要是没有那几个晚上,我必定会感到自己完全——完全是个被偷之一空的人。

　　您比我明智,正因如此,我现在才能离开而不受良心的谴责。您邀请我到您家去,可我没有去。谢谢!不过我想:让我们保持已有的关系吧,不去破坏它。我将永远怀着感激的心情铭记您的一切。

　　由衷地、诚挚地祝愿您婚姻美满幸福!

**奥列格**

这有点像在秘密监狱里的情形:在允许申诉的日子里也是给你这种满是纤维渣滓的墨水缸,给你跟这差不多的蘸水笔,而纸比明信片还小,墨水写上去洇得厉害,都透到纸背了。任你写给谁都行,爱写什么就写什么。

奥列格把信读了一遍,折好后放进信封里,打算封口(他从小就记得有一部侦探小说,情节的起因就在于信封的混淆),但事情不尽人意!本来,按国家标准规格,信封的斜口上应有一层胶水,可是现在那里只有一道暗淡的痕迹,不消说,胶水是没有的。

于是,奥列格把三支笔都试了试,选出笔尖不算太坏的一支,把它擦干净了,考虑写最后一封信。刚才他还那么坚定,甚至脸上露出了笑容。可现在一切都晃动了起来。他曾拿定主意写"薇拉·科尔尼利耶夫娜",结果写的是:

亲爱的薇加!

　　(我一直想这样称呼您,此刻总算如愿了。)

　　我可以完全敞开心扉给您写信了。我跟您交谈的时候从未这样坦率,但毕竟我们心中都这样想过,不是吗?您主动提供自己的房间和床铺,这就是说,我并不只是您所接诊的一位病人,对吗?

今天我到您那里去过几次！有一次还真的走到了门口。我去找您的时候非常激动，简直像十六岁的孩子似的，这对于有我这样经历的人来说实在不体面。我感到激动、羞怯、高兴、害怕。要知道，若不是经过那么多年的颠沛流离，还不可能明白什么是"上帝的安排"！

然而，薇加！倘若我去时您正好在家，我们之间就有可能出现一种不正常的、完全属于虚幻的事情！后来，我走在路上也就明白了：您不在家反倒更好。到目前为止，您所忍受的一切痛苦和我所忍受的一切痛苦，至少可以说出个缘由，可以表白！但是，我们之间所可能发生的事情，甚至对任何人都无法承认！您和我，我们之间，似乎有一条灰色的死蛇，但它愈来愈膨胀！

我比您年长，这倒不是指岁数，而是就生活经历来说。因此，请您相信我：您是对的，您在各个方面，在一切方面都是对的！无论是在您的过去，还是在您的现在，都是如此，只是您无法预料自己的未来。您尽可表示反对，但我敢预言：您不用等漂游到对一切都淡漠的老年，就会庆幸今日没有分担我的命运。（我根本不是指自己的流放生涯，现在甚至有风声说那种情况很快就会结束。）您已经把自己的前半生像一只羊羔那样宰了，如今您就饶了自己的后半生吧！

现在，当我反正要离开这里的时候（即使流放期告终，往后我也不会再到你们医院检查和进一步治疗了，这就是说，我们将从此分手），我要把自己的内心袒露给您：就连我们在谈论崇高精神的时候，尽管我也是那么真诚地想和真诚地相信这种崇高精神，我还是一直想，一直想把您抱起来，并且吻您的嘴唇！

这一点您尽可自己去分析。

现在，我没有征求您的同意，就此吻它们。


第二只信封也是如此：斜口上只有一道暗淡的痕迹，根本没有一层胶水。不知为什么奥列格总觉得这不是偶然的，这是为了便于检查。

可是一瞧背后（哎哟，他的整个计谋和花招全都落空了！），列车已经靠站了，人们都往那里跑！

他提起袋子,抓起信封,挤进了邮政所:

"胶水在哪儿? 姑娘! 你们这里有没有胶水? 胶水!"

"因为老是有人拿走。"那姑娘大声解释。她看了奥列格一眼,犹豫不决地拿出一罐胶水:"拿去,就在我这儿用,粘吧! 不要走开。"

在黑乎乎的很稠的胶水罐里有一柄小学生用的毛刷,整个刷子都沾满了新的和陈的干硬胶块,简直没法捏住任何部位,涂胶水时只得把刷子柄横过来像拉锯似的在信封斜口上拉。然后用手指把多余的胶水抹去。封上口。再就是把挤出来的胶水用指头抹掉。

而人们都在往那里跑。

现在:把胶水还给姑娘,把行李袋拿起来(它始终被夹在两腿之间,免得被人顺手牵羊),把信投入邮箱,自己也往那儿跑!

尽管他筋疲力尽,似乎马上就会倒下来,可是说跑就跑!

奥列格绕过从正门拥出来的人群,拖着沉重的行李袋从站台上跳下去,跨越铁轨,再爬到另一个站台上,待他跑到自己的车厢前,大约排在第二十名。就算前面还有他们自己的人会加塞儿,那也会排在第三十名左右。中层的铺位恐怕是不会有了,不过,反正他也不要那里的,因为他腿太长。然而,但顶上的行李架应该能占到。

所有的旅客都带着式样相同的篮子,有的甚至还带着提桶——莫不是都盛着头一茬新鲜果蔬? 会不会是运到恰雷所说的那个卡拉干达去纠正供销方面的错误呢?

列车员,一个头发斑白的老头儿,嚷嚷着让大家沿着车厢站好,不要拥挤,说人人都有位子。但最后这句话他说得并不那么有把握,而队伍却在奥列格后面越排越长。这时,奥列格立即发觉队伍里有点骚动,有人企图往车上冲,而这正是他所担心的。头一个企图钻过去的是个装疯卖傻的家伙,不明真相的人会以为他是个精神病患者而任其不排队上车,可是奥列格一眼就认出这个装成精神病患者的是从劳改营里出来的痞子,这种人常用这种伎俩去吓唬人。而一些本来在那里安分排队的人也跟在这个带头起哄者后面拥了过来,说什么"他可以,为什么我们不可以?"

当然,奥列格也是能够那样往前钻的,那他就会毫不费力地占到行李架的位置,但在过去的岁月里,这种事他干得太多了,现在他希望老老实实、规规矩矩行事,就像小老头儿列车员那样。

小老头儿终究没有放那装疯卖傻的家伙过去,而那家伙已经推搡着他的胸脯,满嘴脏话地骂娘,仿佛这是很普通的语言。这时队伍里已有人在咕哝,表示同情:

"让他过去算了! 一个有病的人!"

就在这个当口,奥列格腾地离开原地,三脚两步跨到那家伙跟前,不管他的鼓膜能否承受得了,对着耳朵大喊:

"嗨,嗨! 我也是从那里来的!"

那家伙朝后一仰,揉了揉耳朵:

"从哪儿?"

奥列格知道自己赖以支持的是最后一点力气,现在打起架来恐怕吃不住,不过万一弄到那个地步,他的两条长胳膊还都空着,而装疯卖傻的家伙一只胳膊上却挎着篮子。于是,他改换了方式,居高临下地对着那个家伙,声音极轻地一字一句对他说:

"那里哭的有九十九,笑的只有一个。"

排队的人不明白是什么治好了那家伙的疯癫,但见他冷静下来,眨了眨眼睛,对穿军大衣的高个儿说:

"我可什么也没说,我不反对,你先上好了。"

但是奥列格仍站在那家伙和列车员旁边。在最坏的情况下他从这里也能挤上去。不过,那些跟着起哄的人开始散开排队去了。

"得了!"那家伙没趣地说,"等就等会儿吧!"

人们带着篮子、提桶走来。从盖在上面的布袋底下,有时可以清楚地看到粗壮的浅紫淡红色椭圆形小萝卜。从出示的车票来看,有三分之二的乘客是到卡拉干达。原来,奥列格是为这些人维持了队伍的秩序! 正常的旅客也纷纷上车。有一个女人相当体面,罩一件蓝色短上衣。奥列格一上车,那个装疯卖傻的家伙也就稳步跟着上来了。

奥列格在车厢里快步走,发现不靠边的一个行李架几乎还空着。

"就这么样啦,"他宣布说,"我来把这篮子挪动一下。"

"往哪儿挪? 干吗?"有人惊慌起来,是个瘸子,但看上去倒挺健康。

"不干什么!"科斯托格洛托夫答话时已经爬上去了,"人家没地方躺下。"

他很快就在行李架上安顿停当：行李袋里的熨斗拿出来，袋子就当作枕头；军大衣脱下来铺着，上装也脱了——这里，高高在上，随心所欲，怎么都行。他躺下来歇会儿，凉快一下。那穿四十四码靴子的两条腿，半个靴筒以下都悬在过道上方，但在那么高的地方并不妨碍任何人。

下面的旅客也在归置东西，脱衣凉快，互相认识。

那个瘸子颇好交际，他说过去当过兽医士。

"为什么不当了？"有人惊奇地问。

"这你怎么不懂！每死一只羊都得上被告席，与其这样，我倒宁愿作为残疾人退休，运运蔬菜！"瘸子大声解释。

"这倒也是！"罩蓝色短上衣的女人说，"在贝利亚掌权时，贩运蔬菜、水果的是要抓起来的。如今只有贩卖工业品的才抓。"

太阳想必只剩下最后一点余晖了，而这也被车站挡住映不过来。车厢里，下面还比较亮堂，可上面已暮沉沉的了。有包房的旅客和软卧旅客此时在站台上散步，而这里的人则坐在占到的位子上，安置行李。奥列格把整个身体伸直。多舒服啊！蜷着腿在囚犯车厢里待两昼夜是很难受的。在那样的车厢小间里挤十九个人很不是滋味，挤二十三个人情况就更糟。

其他一些人没活到今天。而他活下来了。瞧，癌症也没能置他于死地。如今，流放期也已经像鸡蛋壳儿裂开了缝。

他想起监督官劝他娶媳妇的事儿。不久大家都会这么劝他。

躺着可真好。真舒服。

只是在列车抖动了一下并开始启动的时候，他才感到心脏那里，或者说灵魂深处——胸中最重要的那个地方，突然往后收缩。这时，他翻了个身，俯卧在军大衣上，闭着眼睛，脸贴在装有面包的行李袋上。

火车在运行，科斯托格洛托夫的两只穿着靴子的脚尖朝下在过道上空晃荡，像死人似的。①

1963—1967

--------

① 在1968年初版《癌症楼》中，此段后还有两段：
一个可恶的人把烟末撒进了猕猴眼里。
无缘，无故……

# 经典译林

## Yilin Classics

| 书名 | 单价 | ISBN 号 |
| --- | --- | --- |
| 艾青诗集 | 35.00 元 | 9787544773584 |
| 爱的教育 | 32.00 元 | 9787544768580 |
| 安娜·卡列尼娜 | 49.00 元 | 9787544740883 |
| 安徒生童话选集 | 42.00 元 | 9787544775731 |
| 傲慢与偏见 | 36.00 元 | 9787544774697 |
| 八十天环游地球 | 32.00 元 | 9787544775861 |
| 巴黎圣母院 | 42.00 元 | 9787544775748 |
| 白洋淀纪事 | 32.00 元 | 9787544772617 |
| 百万英镑 | 35.00 元 | 9787544777360 |
| 包法利夫人 | 38.00 元 | 9787544777353 |
| 悲惨世界 (上、下) | 98.00 元 | 9787544777346 |
| 背影 | 28.00 元 | 9787544777483 |
| 被侮辱与被损害的人 | 39.00 元 | 9787544777261 |
| 边城 | 25.00 元 | 9787544757416 |
| 变色龙：契诃夫中短篇小说集 | 39.00 元 | 9787544777421 |
| 变形记 城堡 | 38.00 元 | 9787544777292 |
| 草叶集：惠特曼诗选 | 39.00 元 | 9787544789509 |
| 茶馆 | 32.00 元 | 9787544773539 |
| 茶花女 | 35.00 元 | 9787544777384 |
| 查拉图斯特拉如是说 | 38.00 元 | 9787544759793 |
| 沉思录 | 22.00 元 | 9787544759649 |
| 城南旧事 | 23.00 元 | 9787544768801 |
| 大卫·科波菲尔 (上、下) | 65.00 元 | 9787544769068 |
| 地心游记 | 32.00 元 | 9787544775847 |
| 飞鸟集·新月集：泰戈尔诗选 | 39.00 元 | 9787544786096 |
| 飞向太空港 | 39.00 元 | 9787544781763 |
| 福尔摩斯探案集 | 58.00 元 | 9787544775373 |

| | | |
|---|---|---|
| 复活 | 42.00 元 | 9787544777308 |
| 傅雷家书 | 49.00 元 | 9787544771627 |
| 富兰克林自传 | 36.00 元 | 9787544750691 |
| 钢铁是怎样炼成的 | 39.00 元 | 9787544774635 |
| 高老头 | 29.80 元 | 9787544768856 |
| 格列佛游记 | 35.00 元 | 9787544774642 |
| 格林童话全集 | 49.00 元 | 9787544777285 |
| 给青年的十二封信 | 29.00 元 | 9787544774321 |
| 古希腊悲剧喜剧集(上、下) | 69.80 元 | 9787544711708 |
| 海底两万里 | 38.00 元 | 9787544775717 |
| 红楼梦 | 55.00 元 | 9787544774604 |
| 红与黑 | 49.00 元 | 9787544777315 |
| 呼兰河传 | 35.00 元 | 9787544783620 |
| 呼啸山庄 | 39.00 元 | 9787544775779 |
| 基督山伯爵(上、下) | 108.00 元 | 9787544777490 |
| 纪伯伦散文诗经典 | 42.00 元 | 9787544777438 |
| 寂静的春天 | 35.00 元 | 9787544773430 |
| 假如给我三天光明 | 25.00 元 | 9787544768511 |
| 简·爱 | 39.00 元 | 9787544774666 |
| 金银岛 | 35.00 元 | 9787544780100 |
| 荆棘鸟 | 45.00 元 | 9787544768818 |
| 静静的顿河 | 128.00 元 | 9787544777513 |
| 镜花缘 | 39.00 元 | 9787544771603 |
| 局外人·鼠疫 | 38.00 元 | 9787544781756 |
| 菊与刀 | 35.00 元 | 9787544750707 |
| 宽容 | 32.00 元 | 9787544760492 |
| 昆虫记 | 39.00 元 | 9787544775830 |
| 老人与海 | 32.00 元 | 9787544774789 |
| 理想国 | 45.00 元 | 9787544785204 |
| 聊斋志异 | 55.00 元 | 9787544779791 |
| 猎人笔记 | 38.00 元 | 9787544775809 |
| 林肯传 | 28.00 元 | 9787544759960 |

| | | |
|---|---|---|
| 鲁滨逊漂流记 | 39.00 元 | 9787544783392 |
| 绿山墙的安妮 | 36.00 元 | 9787544775755 |
| 罗马神话 | 16.80 元 | 9787544711722 |
| 罗生门 | 39.00 元 | 9787544777193 |
| 骆驼祥子 | 32.00 元 | 9787544775724 |
| 麦田里的守望者 | 38.00 元 | 9787544775106 |
| 美丽新世界 | 35.00 元 | 9787544777254 |
| 名人传 | 39.00 元 | 9787544774673 |
| 拿破仑传 | 38.00 元 | 9787544759809 |
| 呐喊 | 23.00 元 | 9787544768528 |
| 牛虻 | 38.00 元 | 9787544777339 |
| 欧·亨利短篇小说选 | 36.00 元 | 9787544775823 |
| 欧也妮·葛朗台 | 32.00 元 | 9787544775854 |
| 彷徨 | 32.00 元 | 9787544786041 |
| 培根随笔全集 | 28.00 元 | 9787544768788 |
| 飘(上、下) | 88.00 元 | 9787544777407 |
| 乞力马扎罗的雪 | 39.80 元 | 9787544790925 |
| 热爱生命·海狼 | 38.00 元 | 9787544777469 |
| 人类群星闪耀时 | 29.80 元 | 9787544766906 |
| 人性的弱点 | 28.00 元 | 9787544759977 |
| 儒林外史 | 42.00 元 | 9787544781084 |
| 三个火枪手 | 59.00 元 | 9787544777278 |
| 三国演义 | 45.00 元 | 9787544774598 |
| 沙乡年鉴 | 42.00 元 | 9787544775441 |
| 莎士比亚喜剧悲剧集 | 49.00 元 | 9787544777322 |
| 少年维特的烦恼 | 28.00 元 | 9787544777506 |
| 神秘岛 | 48.00 元 | 9787544772884 |
| 神曲(共三册) | 128.00 元 | 9787544777414 |
| 圣经故事 | 35.00 元 | 9787544768825 |
| 十日谈 | 38.00 元 | 9787544714280 |
| 双城记 | 45.00 元 | 9787544781879 |
| 水浒传 | 55.00 元 | 9787544774581 |

| | | |
|---|---|---|
| 四世同堂（上、下） | 78.00 元 | 9787544788380 |
| 苔丝 | 39.00 元 | 9787544777179 |
| 谈美 | 26.00 元 | 9787544772013 |
| 谈美书简 | 28.00 元 | 9787544772006 |
| 汤姆叔叔的小屋 | 45.00 元 | 9787544775793 |
| 汤姆·索亚历险记 | 32.00 元 | 9787544774659 |
| 唐诗三百首 | 39.00 元 | 9787544781916 |
| 堂吉诃德 | 62.00 元 | 9787544714877 |
| 天方夜谭 | 42.00 元 | 9787544775816 |
| 童年 | 38.00 元 | 9787544762168 |
| 童年·在人间·我的大学 | 49.00 元 | 9787544775786 |
| 瓦尔登湖 | 28.00 元 | 9787544768764 |
| 我是猫 | 39.00 元 | 9787544777186 |
| 物种起源 | 42.00 元 | 9787544765022 |
| 雾都孤儿 | 35.00 元 | 9787544768696 |
| 西顿野生动物故事集 | 38.00 元 | 9787544789424 |
| 西游记 | 48.00 元 | 9787544774611 |
| 希腊古典神话 | 49.00 元 | 9787544777391 |
| 乡土中国 | 29.00 元 | 9787544781886 |
| 小妇人 | 45.00 元 | 9787544766784 |
| 小王子 | 29.00 元 | 9787544774628 |
| 星星离我们有多远 | 35.00 元 | 9787544782043 |
| 羊脂球 | 38.00 元 | 9787544775878 |
| 一九八四 | 36.00 元 | 9787544777216 |
| 伊索寓言全集 | 35.00 元 | 9787544775762 |
| 尤利西斯 | 58.00 元 | 9787544712736 |
| 约翰·克利斯朵夫（上、下） | 98.00 元 | 9787544777476 |
| 月亮和六便士 | 45.00 元 | 9787544773805 |
| 战争与和平（上、下） | 108.00 元 | 9787544777445 |
| 朝花夕拾 | 22.00 元 | 9787544768535 |
| 中国哲学简史 | 48.00 元 | 9787544771580 |
| 子夜 | 49.00 元 | 9787544784221 |
| 最后一课 | 36.00 元 | 9787544777377 |